GOLDMANN

Buch

Als John Tremont, der sich als Maler in einer der schönsten Landschaften Frankreichs niedergelassen hat, vom Herzinfarkt seiner Mutter erfährt, nimmt er das nächste Flugzeug nach Los Angeles, um sie noch einmal zu sehen. Doch ihr eiserner Lebenswille, mit dem sie ihre Umgebung tyrannisiert, ist ungebrochen.
Sehr viel mehr vom Alter gezeichnet ist Johns Vater, Jack Tremont. Nach einem Schlaganfall liegt er in der Klinik und scheint nicht mehr recht zu Kräften kommen zu wollen. Erst als John seinen Vater aus dem Krankenhaus holt und selbst die Pflege übernimmt, verwandelt sich der Vater zusehends. In langen Gesprächen lernen Vater und Sohn sich nun völlig neu kennen und verstehen. Und allmählich nimmt Jacks Wunschtraum von einem ruhigen Farmerleben, den er gegen den Willen seiner Frau nie hat durchsetzen können, immer konkretere Formen an.

Autor

William Wharton ist das Pseudonym eines amerikanischen Malers, der in den zwanziger Jahren in Philadelphia geboren wurde und lange in Frankreich auf einem Hausboot auf der Seine gelebt hat. Whartons erster Roman »Birdy« wurde zu einem internationalen Erfolg und bei den Filmfestspielen von Cannes mit dem Großen Spezialpreis ausgezeichnet. »Vater« ist sein zweiter, stark autographischer Roman, der von Steven Spielberg unter dem Titel »Dad« mit Jack Lemmon in der Hauptrolle verfilmt wurde.

Als Goldmann-Taschenbücher liegen bereits vor:

Birdy · Roman (6611)
Die Nacht in den Ardennen · Roman (8966)

WILLIAM WHARTON

DAD

VATER

ROMAN

Aus dem Amerikanischen
von Barbara Hennings

GOLDMANN VERLAG

Titel der Originalausgabe: Dad
Originalverlag: Alfred A. Knopf Inc., New York

Der Goldmann Verlag
ist ein Unternehmen der Verlagsgruppe Bertelsmann

Made in Germany · 3/90 · 2. Auflage

Umschlaggestaltung: Design Team München
Umschlagfoto: © 1989 by MCA Publishing Rights,
a Division of MCA Inc.

Druck: Elsnerdruck, Berlin
Verlagsnummer: 8608
SK/Herstellung: Peter Papenbrok/Voi
ISBN 3-442-08608-6

Für die Frauen in meinem Leben:
Mutter, Schwester, Töchter, Frau

That man's father
is my father's son.

(Zweite Hälfte eines Rätsels)

1

AAA CON ist der erste Name im Telefonbuch der meisten amerikanischen Großstädte. Dabei handelt es sich um ein Unternehmen, das Privatfahrzeuge an Leute vermittelt, die die Wagen von einem Ort an den anderen fahren und beim jeweiligen Besitzer abliefern.
Mein Sohn Billy und ich warten im Büro der Los-Angeles-Filiale von AAA CON. Ich habe ein ärztliches Attest besorgt, eine Fünfzig-Dollar-Bürgschaft hinterlegt, Formulare ausgefüllt und Referenzen angegeben. Billy ist zu jung, so einen geliehenen Wagen zu fahren, das Mindestalter ist einundzwanzig. Wir haben bereits einen Wagen zugeteilt bekommen und warten jetzt darauf, daß er vorgefahren wird.
Billy ist aufgeregt, weil es ein Lincoln Continental ist. Ich scheue mich, ihm zu sagen, daß er nicht fahren darf. Ich bin kein übermäßig verantwortungsbewußter Mensch, aber doch *so* verantwortungsbewußt, besonders mit anderer Leute Fünfzehntausenddollarfahrzeugen.
Also muß ich die ganze Strecke quer durch dieses riesige Land fahren, und ich freue mich keineswegs darauf.
Das Büro hier ist trostlos. Solche Firmen sind reine Abfertigungsstätten; für Teppiche oder ausgefallenes Mobiliar wird nichts ausgegeben. Ich schätze, daß sie rund hundert Dollar an jedem Fahrzeug verdienen, das sie über Land schicken.
Endlich ruft uns der bullige Bursche am Schreibtisch zu sich. Er fragt, welche Strecke wir fahren wollen, und erklärt sich mit der Route über die Bundesstraßen 15-70-76 einverstanden. Sie wird am wenigsten von Lastwagen befahren, wegen der steilen, unfertigen Paßstraße bei Loveland. Danach ist die Strecke in beiden Richtungen größtenteils vierspurig.
Wir werden den Wagen in Philadelphia, meiner alten Heimatstadt, abliefern und dann ein Flugzeug nach Paris nehmen. Paris ist unser eigentliches Zuhause, schon seit fünfzehn Jahren.
Eine halbe Stunde später bekommen wir den Wagen. Er ist nicht neu, vielleicht zwei Jahre alt, hat eine kastanienbraune Lackierung und ein schwarzes Vinyldach; schicke Angelegenheit; sieht aus wie ein Gangsterschlitten. Wir sollen ihn bei einem gewissen Scarlietti abliefern; wer

weiß, womöglich fahren wir ein Vehikel, aus dem sonst meuchlings Leute abgeknallt werden.

Dies muß meine zwanzigste Fahrt quer durch die Staaten sein; über die Hälfte davon solche Überführungstouren.

Einmal überbrachten wir ein blaßgelbes Chevy Impala-Kabrio. Das war während der Ära der offenen Sportwagen, bevor Klima- und Stereoanlagen aufkamen. Wir banden unsere Kinder mit Hüpfseilen im Wagen fest, damit sie nicht hinausfallen konnten, und brausten dann, zumeist auf der Bundesstraße 66, von Westen nach Osten, mit offenem Verdeck, Wind und Sonne in den Gesichtern. Die Kinder konnten raufen, kreischen, spielen, Krach machen, soviel sie wollten; wir hörten überhaupt nichts. Es war fast wie Flitterwochen für Vron und mich.

Außerdem verbrauchte der Chevy wenig Benzin. Für diesen Lincoln jedoch werde ich allein für Benzin dreißig Dollar extra berappen müssen. Immerhin werden wir es bequem haben; es ist kein Klacks, einen Wagen innerhalb von acht Tagen dreitausend Meilen weit quer durchs ganze Land zu schaukeln, und ich werde allmählich zu alt für solche Geschichten.

Das, wovor mir schon die ganze Zeit graut, kommt gleich nachdem wir mit dem Lincoln losgefahren sind.

Wir müssen unser Gepäck abholen und uns von Mom verabschieden. Billy ist ebenfalls kribbelig. Wir wissen, daß es nicht leicht sein wird; nichts ist leicht mit Mom; aber nach allem, was geschehen ist, wird dies besonders schwer sein.

Wir manövrieren unseren tiefroten Riesendampfer behutsam die Colby Lane hinauf. Ein Wagen wie dieser ist nicht für enge, altmodische Vorortstraßen gebaut. Dad hat das Grundstück hier vor etwa fünfundzwanzig Jahren für zweitausendsechshundert Dollar gekauft. Er hat das Haus eigenhändig gebaut, mit einem Gesamtkostenaufwand von weniger als sechstausend Dollar; es muß heute über achtzigtausend wert sein.

Wir parken in der Auffahrt und gehen ins Haus. Mom ist todschick angezogen; für jemand, der innerhalb der vergangenen fünf Monate zwei Herzinfarkte gehabt hat, sieht sie verdammt gut aus. Trotzdem, sie ist verweint um die Augen, blaß; und dieser seltsame neue, schlurfende Gang – als hätte sie die Hosen voll und balancierte ein Buch auf dem Kopf.

Sie fängt prompt an zu weinen und fragt, was sie denn machen soll, wenn ich wegfahre; betont immer wieder, daß sie ganz allein dastehen wird, denn ihrer Ansicht ist es meiner Schwester Joan egal, ob sie lebt oder stirbt.
Mein ganzes Leben lang, und besonders während der letzten Monate, habe ich Moms Klagen anhören müssen. Ich meine immer, daß ich irgendwann dagegen immun sein müßte; nach fünfzig Jahren sollte ich gründlich gefeit sein, aber gelegentlich tut es noch immer weh. Manchmal höre ich wirklich zu, und manchmal kann ich es nicht mehr ertragen. Inzwischen bin ich schlicht abgestumpft.
Ich warte, bis sie sich beruhigt. Ich erkläre ihr noch einmal, daß manche Dinge einfach sein müssen. Ich muß nach Hause. Ich bin schon viel zu lange von Vron und Jacky weg. Ich kann nicht den Rest meines Lebens damit zubringen, mich um sie und Dad zu kümmern. Sie weiß das alles, wir haben es oft genug durchgekaut.
Billy steht abseits und hört zu. Er fängt an, Fernsehkanäle abzuklappern, er sucht nach etwas, egal was. Ich kann es ihm nicht verdenken. Mom nörgelt weiter. Ich nicke vor mich hin, während ich unsere Reisetaschen zum Auto schleppe. Sie nötigt uns noch eine mit Pillen gefüllte Schulvesperdose auf. Das ist ihre Art, Liebe zu zeigen, für uns zu sorgen, uns ein Gefühl der Abhängigkeit zu geben.
Aber zu guter Letzt entkommen wir doch.

Der nächste Teil ist noch härter. Wir rollen die Colby Lane hinauf, zu dem Pflegeheim, in dem Dad untergebracht ist. Das Heim liegt nur eine Straße vom Haus meiner Eltern entfernt. Wir haben es ausgesucht, damit Mom in der Nähe sein kann. Wir hatten ein anderes erwogen, uns dann aber auf dieses Heim geeinigt. Es hat seine Nachteile, aber Mom kann zu Fuß herkommen, wann sie will. Das tut Dad wahrscheinlich nicht gut, aber niemand kann es ihr verwehren.
Wir parken um die Ecke und gehen hinein. An den Geruch hier werde ich mich nie gewöhnen. Es ist eine Mischung aus altem Männermief und Tierasyl. Als ich sechzehn war, arbeitete ich bei einem Kleintierveterinär. Morgens spritzte ich mit einem Schlauch als erstes die Käfige aus, spülte all den Hunde- und Katzenmist der vorhergegangenen Nacht heraus. Dieser Gestank hier setzt sich aus all jenen Gerüchen und dem Geruch allgemeinen Siechtums zusammen.
Ich wußte nie so recht, was die Worte Siechtum oder Verwesung

bedeuteten. Als Kinder sagten wir oft: „Pisse, Kacke und Verwesung". Jetzt weiß ich Bescheid. Verwesung tritt ein, wenn etwas verrottet, von Bakterien zersetzt wird. Die armen alten Leute hier verrotten, verwesen, verfaulen. Das Ergebnis ist Siechtum, ausgezehrt, erschöpft, verbraucht zu sein.

Gerüche wie diesen kann man kaum überdecken. Kein Desinfektionsmittel, keine noch so starke Seife und kein Spray der Welt schafft das. Es ist der Geruch des Todes, der Rückverwandlung zu Erde, der niemand von uns entgeht.

Das Heim wird von einem deutschstämmigen Geschwisterpaar, Bruder und Schwester, geführt. Man kann sich keine freundlicheren Leute vorstellen. Natürlich tun sie es für Geld, eine Menge Geld. Das Erschwinglichste, ein Zweibettzimmer, kostet fünfundzwanzig Dollar pro Tag. Aber ich würde solche Arbeit, Tag und Nacht, tagein, tagaus, nicht auf mich nehmen. Ich könnte es nicht.

Sie erklären mir, daß Dad noch im gleichen Zimmer liegt, glauben aber nicht, daß er uns erkennen wird; er steht unter Beruhigungsmitteln. Ich habe das akzeptiert; Sedierung ist für ihn zur Zeit das beste; mir ist alles recht, was es ihm leichter macht. Echte, brauchbare, dauerhafte Lösungen scheint es nicht zu geben. Es ist kein Platz mehr für ihn auf dieser Welt. Ich weiß inzwischen einiges über das Alter. Alt ist man, wenn die meisten Leute es lieber hätten, man wäre tot.

Wir gehen den Korridor entlang, an offenen Türen vorbei. Wir blicken verstohlen hinein, sehen dünne, verbrauchte menschliche Hüllen; Leute mit Sauerstoffschläuchen in den Nasen; Katheter, die unter Bademänteln hervorkommen. Sie sitzen mühsam aufgestützt in den Betten oder in Rollstühlen. Es ist erst Nachmittag, doch alle tragen Nachtzeug. Einige kauen vornübergebeugt und hören Radio oder starren auf Fernsehschirme. Offene Münder, meist zahnlos. Während wir vorbeigehen, blicken einige zu uns heraus, krallen sich mit den Blicken an uns fest wie Gefangene, die aus Zellen spähen. Ich fühle mich sträflich gesund, jung und mit einer endlosen Zukunft vor mir. Wie muß es Billy mit seinen neunzehn Jahren zumute sein, der neben mir geht?

Dad liegt auf der Männerstation; wie albern, die Farce bis an diesen Punkt des Lebens fortzuführen. Er ist in einer Art gigantischem Gitterbett untergebracht. Der Raum ist verdunkelt, die Vorhänge sind zugezogen. Dad hat die Augen offen, starrt unverwandt an die Decke.

Er hat einen Zimmergenossen. Der Mann ist taub und lächelt uns an. Sie haben ihn bewußt ausgesucht, weil Dad manchmal nachts aufschreit.
Alles in allem hat Dad in diesem Heim zwei Wochen zugebracht. Vor einer Woche wurde er erneut aus dem Krankenhaus entlassen. Er hatte zu viel Flüssigkeit verloren.
Ich blicke auf ihn hinab. Irgendwie ist er schon tot; gelbliche Haut, aber ohne eine einzige Falte. Er war erschreckend abgemagert und hatte dann wieder etwas zugenommen; jetzt ist er wieder skelettdürr.
Wir beugen uns dicht zu ihm hinunter. Ich sage guten Tag. Er hört es und richtet seine Augen auf uns, gibt aber kein Zeichen des Wiedererkennens. Er starrt uns in die Augen, wie ein Baby oder ein Hund, erwartungslos, er scheint lediglich auf passive Weise vom Auge selbst fasziniert zu sein. Er krallt sich in die Decken und Laken, zerknüllt sie, läßt sie wieder los – wie er es in letzter Zeit so oft tut. Verkrampfte, fahrige Bewegungen. Manchmal knirscht er mit den Zähnen, preßt heftig die eine Kieferhälfte gegen die andere, wie um alles zusammenzuhalten. Im Augenblick ist er allerdings nicht übermäßig aktiv, zuckt er nur mit den Fingern, vielleicht um sich selbst zu beweisen, daß es überhaupt noch etwas gibt; daß er noch da ist und lebt. Er blickt an mir vorbei und spricht durch bebende Lippen.
„Ich muß mal pissen."
Das ist überhaupt nicht Dads Art. Er hat solche Worte nie gebraucht. Es ist fast unerträglich, Dad in dieser Verfassung zu sehen, in Billys Anwesenheit von „Pissen" sprechen zu hören. Wenn er wüßte, was er tut, käme das nie vor; er würde das nicht einmal mir gegenüber aussprechen.
Wir ziehen an einem Hebel, um das Seitengitter des Bettes herabzulassen, und helfen Dad, die Beine herauszuheben. Ich streife ihm den Bademantel über die Schultern; schiebe seine Füße in die Hausschuhe. Er trägt Socken. Noch hat er keinen Katheter. Ich hoffe, daß er so lange wie möglich ohne einen auskommt. Er ist so schamhaft; wenn sie ihn katheterisieren, geht es mit ihm schnell bergab. Daß Schwestern das Ding kontrollieren kommen und auswechseln, wäre für ihn entwürdigend. Falls sie bei ihm einen Katheter anbringen, wird es kein innenliegender sein, sondern lediglich ein Kondom, das über den Penis gestreift wird, mit einem Röhrchen, das in einen Beutel führt; wenigstens wird's nicht wehtun.

Billy und ich richten Dad auf, und er klammert sich an uns fest. Seine Finger, Hände und Arme sind, obwohl sie heftig zittern, noch immer stark. Wir helfen ihm, über den grauen Asphaltfliesenfußboden in das kleine Badezimmer zu schlurfen. Er setzt, unter äußerster Konzentration, einen Fuß vor den anderen. Im Badezimmer beugt er sich, mit den Händen an die Wand gestützt, über die Toilette. Er sieht uns nicht an, starrt nur in die Schüssel. Er spuckt hinein; aber er kann nicht Wasser lassen.

Wir stehen da. Es kommt nichts. Billy sieht zu mir herüber. Ich drücke auf die Spülung, weil ich meine, es könnte helfen, aber Dad spuckt lediglich noch einmal aus. Meines Wissens hat er früher nie ausgespuckt, oder vielleicht hat er auch immer in die Toilette gespuckt, war er ein Klospucker. Ehrlich gesagt, habe ich ihn bis zu diesen letzten Monaten überhaupt nie aufs Klo gehen sehen.

Ich überlege, daß wir ihn besser ins Bett zurückbugsieren sollten. Als wir jedoch versuchen, ihn wegzubewegen, klammert er sich mit festem Griff an die Rohre über der Toilette. Er packt so fest zu, daß seine Knöchel weiß sind. Ich versuche, sie zu lösen.

„Komm schon, Dad. Laß das Rohr los."

Er läßt nicht los. Er sieht mich nicht an; er preßt nur die Kiefer zusammen und knirscht mit den Zähnen. Ich versuche, seine Hand vom Rohr zu lösen, immer nur einen Finger auf einmal, wie man es mit einem Baby tut, wenn es einem in den Bart greift. Da läßt er plötzlich los und krallt sich an ein anderes Rohr. Dieses Rohr ist die Warmwasserleitung, es muß ihm die Hand verbrennen, aber er hält wie besessen dran fest. Billy zerrt an seiner anderen Hand.

„Komm, Gramps; laß los! Komm, laß los jetzt."

Ich will schon aufgeben, Hilfe herbeirufen, als wir ihn endlich losbekommen. Wir drehen ihn herum. Sobald er abgewendet ist, scheint er die Rohre zu vergessen. Wir versuchen, ihn durch die Türöffnung zu steuern, aber er verfällt in seinen üblichen Tick, untersucht das Rahmenprofil, fährt mit der Hand darüber, auf und ab, als sei es ein neuer Gegenstand, den er noch nie gesehen hat. Dieser Mann hat sein eigenes Haus von Grund auf selbst gebaut und seit seiner Kindheit Tischlerarbeiten gemacht. Zur Zeit ist es beinahe unmöglich, ihn an einem Türpfosten vorbeizuschleusen; aber wir schaffen es.

Wir schleifen ihn zum Bett, setzen ihn, ziehen ihm Bademantel und Hausschuhe aus und helfen ihm, sich hinzulegen. Wie gewöhnlich hat er Angst, den Kopf zu senken. Ich bette seinen Kopf in meine Hand und lasse ihn langsam auf das Kissen herab. Er ist außerordentlich angespannt. Er starrt zur Decke, und sein Mund beginnt, sich zu bewegen: die Zähne klappern, die Lippen öffnen und schließen sich über den Zähnen, auf und nieder, mit bebenden, unkontrollierten Bewegungen.

Erstaunlicherweise hat Dad noch alle Zähne. Da liegt er, ein dreiundsiebzig Jahre alter Mann, und hat noch alle seine makellos schönen Zähne, leicht gelblich verfärbt, lange Zahnhälse, aber nicht eine Füllung. Ich habe bereits sechs Zähne verloren, und Billy neben mir fehlen auch schon einige und drei sind wurzelbehandelt, goldgefüllt oder porzellanüberkront. Wenn Dads und Billys Schädel jemals geröntgt würden und man außer den Zähnen nichts sähe, so würde man Dad für den jüngeren Mann halten.

Er starrt weiterhin zur Decke. Ich streichle seinen Kopf, versuche Dad zu beruhigen. Er hält meine Hand fest und drückt kräftig. Er gibt mir einen markigen Händedruck, als wüßte er Bescheid, und drückt dann noch einmal zu. Mir ist, als sei dieses Händedrücken die letzte wirkliche Mitteilung, die ich von Dad erhielt.

Wir gehen hinaus. Ich schaffe es nur mit Mühe. Aus irgendeinem albernen Grund möchte ich nicht, daß Billy mich weinen sieht.

Wen erblicken wir, an einen Baum gelehnt, als wir zur Tür hinaustreten? Natürlich Mom. Sie ist blaß und atmet schwer. Wir rennen zu ihr hinüber. Sie hält die vermaledeite Vesperdose in der Hand.

Sie legt sich eine ihrer Digoxin-Kapseln unter die Zunge. Sie ist in einer fürchterlichen Verfassung, aschfahl. Sie keucht ihre Geschichte heraus, wie sie sich die Straße entlanggeschleppt hat und andauernd stehenbleiben und Pillen nehmen mußte, um sich bis zu uns heranzukämpfen.

Ich kann nicht mehr an mich halten.

„Mutter, so wichtig konnte das doch nicht sein. Es ist Wahnsinn, daß du hier raufgerannt kommst mit einer Dose voll Pillen. Du setzt dein Leben für nichts und wieder nichts aufs Spiel."

Aber sie mußte kommen. Sie wußte, daß wir hier, nur ein Stück weiter oben an der Straße, bei Dad waren. Ohne sie. Sie konnte nicht wegbleiben.

Wir helfen ihr ins Auto und fahren nach Hause. Ich bringe sie ins Bett, bringe sie dazu, ein Zehn Milligram-Valium einzunehmen. Wir machen die ganze Abschiedsszene noch einmal durch.

Ich gebe Billy einen Wink, ins Auto einzusteigen. Ich sage Mutter, so bestimmt ich kann, daß ich gehen muß. Ich sage Aufwiedersehen, küsse sie, wende mich ab und gehe. Joan hat endlich eine Frau gefunden, die zweimal in der Woche saubermacht, und Joan selber wird an zwei weiteren Tagen kommen; trotzdem fühle ich mich zutiefst schuldig.
Wir haben vor, direkt bis Vegas durchzufahren, weil wir während der Nacht so viel Wüste wie möglich hinter uns bringen wollen. Im Sommer ist es verflucht heiß da draußen, selbst in einem vollklimatisierten Auto.
Wir haben die erste Panne, bevor wir uns der Wüste überhaupt *nähern*. Wir sind zwanzig Meilen von San Bernardino entfernt, als das Kontrolllämpchen für die Lichtmaschine zu blinken beginnt. Es bleibt uns nichts anderes übrig, als umzukehren; wir können es gerade noch bis Los Angeles schaffen; weiter aber auch nicht.
Wir fahren am Pico Boulevard an einer Werkstatt vor, die ich kenne. Der Spannungsregler ist defekt, er muß ausgewechselt werden. Mindestens hundert Dollar für Ersatzteile und Arbeit. Mist!
Ich rufe AAA CON an und berichte, was vorgefallen ist. Sie raten mir, den Besitzer anzurufen, mit R-Gespräch. Das tue ich auch. Nach einigem Herumdrucksen bekomme ich grünes Licht. Das heißt, daß wir Geld hinblättern müssen, aber wir bekommen es bei Ablieferung des Wagens zurück. In der Werkstatt heißt es, der Wagen sei am nächsten Vormittag fertig. Ich schwatze Scarlietti auch noch ein paar zusätzliche Reisetage ab.
Zu Mutter können wir nicht zurück. Ich glaube nicht, daß ich noch einmal in diesem Hinterzimmer schlafen könnte; zu viele schlimme Erinnerungen, schlimme Nächte. Marty, meine Tochter, wohnt in der Nähe der Werkstatt, und Billy und ich traben zu Fuß dorthin.
Marty gibt mir zwei Aspirin und bringt mich im Ehebett unter. Ich kann sie hören, Marty, ihren Mann Gary und Billy, die im vorderen Zimmer fernsehen, eine Wiederholung von *Detektiv Rockford: Anruf genügt*.
Ich spüre ein überwältigendes Verlangen zu weinen. Zweimal gehe ich ins Badezimmer, setze mich auf die Toilette, aber so wie Dad nicht pinkeln konnte, bin ich unfähig zu weinen. Ich lege mich, alle viere von mir gestreckt, aufs Bett, und da überkommt es mich; es gibt kein Halten mehr.
Marty und Gary schlafen auf dem Fußboden, Billy schläft auf dem Sofa. Ich habe das einzige Bett im Haus ganz für mich. Wir haben wirklich nette Kinder.

Um sieben sind wir alle auf zum Frühstücken. Gary und Marty müssen um acht am Arbeitsplatz sein.
Als ich anrufe, ist der Wagen fertig; aber die Rechnung liegt fünfundzwanzig Dollar über dem Voranschlag. Wir gehen hin und holen ihn ab.
Wir gleiten über den Wilshire Boulevard aus der Stadt. Ich sage L. A. im Stillen Lebewohl: all seiner Künstlichkeit, der überzuckerten Härte. Ich kann nicht behaupten, daß mir der Abschied schwerfällt; es war ein aufreibender Aufenthalt. Ich weiß, daß Joan mir fehlen wird, aber ich habe gelernt, damit zu leben.
Wir fahren der Sonne entgegen, gen Osten, durch San Bernardino aus der Stadt hinaus und aufwärts, über den Paß.
Als wir auf der anderen Seite hinunter und auf Vegas zu fahren, saust uns etwa hundertzwanzig Meilen außerhalb von L. A. ein riesiger Hund ins Auto. Ich trete in die Bremsen, aber sie greifen nicht gleichmäßig, und wir überschlagen uns beinahe. Zum Glück herrscht nicht viel Verkehr, denn wir schleudern, und den Hund erwischt es doch noch. Er prallt vorn links auf und wirbelt nach rechts. Ich halte am Straßenrand, und wir rennen zurück.
Der Hund dreht sich wie rasend um die eigene Achse; sein Hinterteil ist zerschmettert. Er müßte tot sein, aber er windet sich und jault. Es ist unerträglich, das mitanzusehen und zu hören; er schnappt, und wir können nicht an ihn heran. Es dauert fast fünf grauenvolle Minuten, bis er erlahmt und stirbt. Er trägt weder Halsband noch Hundemarke, deshalb schleifen wir ihn von der Straße weg ins Gebüsch. Es ist eine Art deutscher Schäferhund, so groß wie ein Wolf. Wir holen den Radschlüssel aus dem Kofferraum und benutzen ihn als Schaufel, um im Sand ein flaches Grab auszuheben. Wir bedecken es mit trockenen Gräsern und Reisig.
Die Vorderseite unseres Wagens hat nicht einmal einen Kratzer abbekommen. Unglaublich, der Unterschied zwischen Maschinen und Tieren. Wir müssen ihn entweder mit dem Rad oder mit der Stoßstange getroffen haben. Als wir wieder im Auto sitzen, sprechen wir während der nächsten hundert Meilen kaum ein Wort.
Dann, rund vierzig Meilen vor Vegas, findet neben der Straße eine Art Motocross-Bergrennen statt. Billy ist begeistert, und wir halten an. Ich bleibe im Wagen. Auf mich wirkt das alles staubtrocken, steril, brutal, aber Billy findet es sagenhaft. Alles, was ihn reizt – das Unfertige, Zufällige, das Behelfsmäßige, der Lärm, die Gerüche –, erinnert mich

nur an Dinge, an die ich nicht mehr denken möchte. In Billys Alter hatte ich zuviel davon, so viel, daß es mir bis an mein Lebensende reicht. Der Komfort gewinnt eine immer größere Bedeutung, je älter ich werde – der Komfort und die Illusion der Berechenbarkeit.

Nach zehn Minuten ist Billy wieder da, seine Augen blitzen von nachempfundenem Nervenkitzel; er hat ein paar neue Viertakter gesehen, die er noch nicht kannte.

Eine Stunde später rollen wir in Vegas ein. Die Stadt hat gerade einen sintflutartigen Wolkenbruch hinter sich. Caesar's Palace ist bis zu den Terrassen hinauf mit dickem Schlick verkrustet. Die Parkplätze sind ausdörrende Morastfelder. Dadurch wird es nur noch augenfälliger, daß diese mitten in die Wüste hingeklotzte Stadt eine Beleidigung der Natur ist.

Es ist unheimlich, diese künstliche Welt mit dickem, zusammenbackendem, hellbraunem Schlamm überschwemmt zu sehen, der in der Sonne zerbröckelt wie ein Christbaum mit glitzernden Lamettaresten in einer Mülltonne.

Wir parken so zentral wie möglich und hasten aus der Hitze weg. Mittag ist längst vorbei. Bleischwere Sonne drückt uns fast die Schädeldecke ein. Es muß vierzig Grad Celsius oder mehr im Schatten sein.

Wie ein Schreck überfällt uns die Kälte. Wir schleppen Schlamm auf eitergelbe und blutrote Teppiche und weiter hinein in die Schummrigkeit. Rundherum das Schwirren und Klimpern von Spielautomaten. Es riecht nach gekühlter Luft, vermischt mit schweren Parfums, nach Geld und Angst. Wir sind umhüllt von der übersättigten Atmosphäre dieser perversen hoffnungsträchtigen, hoffnungslosen Welt.

Billy und ich wollen Münzen im Wert von je einem Dollar ausgeben. Billy verliert sie innerhalb von fünf Minuten. Er behauptet, die statistischen Chancen, beim Einwurf von zwanzig Nickelmünzen nicht mindestens einmal zu gewinnen, seien astronomisch klein, aber genau das passiert ihm. Ich möchte nur mein Kleingeld loswerden, habe jedoch das entgegengesetzte Problem. Ich gewinne im Handumdrehen Münzen im Wert von über zwanzig Dollar, meine Hände sind voll, die Taschen beulen sich. Ich gebe Billy eine Handvoll der anderen, damit er sie wieder verspielen kann. Ich möchte auf dem schnellsten Weg hier raus. Etwas in mir will nicht gewinnen; ich möchte von diesen Münzen keine einzige mitnehmen.

Aber es kostet uns eine Stunde harte Arbeit, bis wir es endlich geschafft haben. Immer wenn wir gerade alles bis auf zehn Nickels losgeworden waren, lande ich erneut einen Volltreffer. Da klingeln Glöckchen, und Mädchen in Tingeltangelkostümen eilen herbei, um mir behilflich zu sein! Gottlob hat Billy eine fürchterliche Pechsträhne, sonst stünden wir noch immer da und pumpten uns die Hände blutig an münzspeienden Spielautomaten.

Wir treten in die Hitze hinaus und fahren weiter, auf der Suche nach etwas Eßbarem. Wir hätten beide gern ein mexikanisches Restaurant gefunden, um ein letztes Mal im amerikanischen Westen *Tacos* zu essen, einigen uns aber auf ein Pizzalokal.

Wir gehen hinein; wieder klimatisierte Luft; karierte Tischtücher. Wir teilen uns einen Krug Bier und essen jeder eine Pizza. Langsam kommt es mir so vor, als könnte ich endlich doch noch entkommen; nach Hause fahren.

Es ist nach drei Uhr, als wir weiterrollen. Wir wollen es unbedingt noch bis Zion schaffen. Ich kenne dort, unmittelbar am Eingang des Nationalparks, ein gutes Motel. Aber ich fahre versehentlich durch meine Ortschaft, und es ist bereits elf Uhr, als wir Bryce erreichen. Nirgends ein offenes Restaurant, und wir finden kein Motel. Ich habe uns einen schönen Schlamassel eingebrockt, aber Billy beklagt sich nicht; jedenfalls nicht laut.

Schließlich finden wir eine kleine Bar, die gerade schließt. Der Mann an der Theke macht uns Schweinebraten-Sandwiches mit Mayonnaise. Er bringt jedem von uns ein Bier. Dieser Mann ruft auch eine Hotelanlage in Bryce an und findet etwas für uns. Das Großartige am Reisen ist, daß man erfährt, wie viele gute, freundliche Menschen es gibt.

Wir fahren in ein Waldstück hinauf, direkt in den Park hinein; die Hütten kosten vierzehn Dollar pro Nacht. Ich nehme eine Dusche in der Hoffnung, daß es mich beruhigt. Ich bin tattrig, nervös. Ich habe etwas Seconal dabei, aber ich möchte es nicht nehmen, wenn es nicht unbedingt notwendig ist. Ich habe auch Valium bei mir. Diese ganze Geschichte hat einen regelrechten Pillenschlucker aus mir gemacht. Davor hatte ich noch nie im Leben eine Beruhigungstablette oder Schlafmittel genommen.

Ich lege mich hin und beschließe, mir eine Stunde zu geben. Wenn ich bis dahin nicht schlafe, werde ich etwas unternehmen. Das ist mein letzter Gedanke.

2

Es war kurz nach Neujahr. Wir verbrachten die Weihnachtsferien in unserer Mühle.
Das *moulin* ist eine alte Wassermühle, die wir vor zehn Jahren gekauft und hergerichtet haben. Sie liegt in Frankreich, in Morvan. Wir verbringen die meisten Sommer- und Schulferien dort.
Das Wetter war für den Winter in dieser Gegend ungewöhnlich warm, daher male ich im Freien. Ich trage drei Paar Socken und Handschuhe, doch herrscht gutes Mallicht. Es hat einen eigenartigen Reiz, Landschaften in der Kälte zu malen, wenn es nicht schneit. Die Farben sind abgetönt, gedämpft, und die Formen treten viel deutlicher als sonst hervor.
Ich befinde mich auf der Straße zu dem Wald, in dem Billy seine Blockhütte gebaut hat. Von hier aus hat man eine schöne Aussicht auf unser Dorf mit der sanft gewellten Landschaft im Hintergrund. Zwei hohe Pappeln rahmen die linke Seite ein, und eine ausladende Linde beugt sich über eine Straße, die sich rechter Hand abwärtswindet. Ich male auf einer querformatigen Leinwand, etwa sechzig mal neunzig.
Es ist schon so warm, daß die Farbe nicht dick wird, aber mir ist kalt geworden, deshalb schnüre ich mein Bündel und wandere heimwärts, auf einen *vin chaud*. Ich trage die Leinwand auf die Staffelei geschnallt auf dem Rücken. Ich bummle vor mich hin und stelle mir vor, in mein eigenes Bild hineinzuspazieren, als ich Jacky, unseren Jüngsten, die Straße herauf auf mich zurennen sehe. Er hält ein blaues Papier in der Hand.
Ich erkenne es, selbst auf die Entfernung, als ein französisches Telegramm. Telegramme werden hier mit der Hand geschrieben, so daß sie kaum zu entziffern sind. Ich bin so altmodisch, daß ein Telegramm mir einen Adrenalinschock versetzt, besonders in dieser ländlichen Abgeschiedenheit. Ich fühle mich offen, verwundbar, ganz unvorbereitet.
Ich stelle die Malkiste ab. Jacky hat Stiefel und eine Kapuzenjacke an. Er ist losgelaufen, ohne die Jacke zuzuknöpfen.
„Daddy! Mommy hat gesagt, ‚Gib das Daddy'."

Er reicht mir das Telegramm. Ich drück ihn an mich und knöpfe seine Jacke zu. Ich möchte den verdammten Umschlag am liebsten gar nicht aufmachen.
Jacky bittet mich nicht, ihm das Bild zu zeigen. Keines unserer Kinder ist an meiner Arbeit interessiert. Ich könnte genausogut für IBM arbeiten. Malen ist eben das, was Daddy macht. Daddy packt sich eine Holzkiste auf den Rücken, zieht los und malt Bilder, um sie zu verkaufen.
Ich hebe meine Kiste auf, und wir setzen uns in Bewegung. Der Boden ist hart, aber nicht vereist. Ich öffne das Telegramm. Es kommt von meiner Schwester.

MUTTER HATTE SCHWEREN HERZINFARKT
STOP KANNST DU KOMMEN STOP ALLES LIEBE JOAN

Ich bin erschüttert. Auf ihre besondere Art schien meine Mutter immer so unverwüstlich.
Als wir in der Mühle ankommen, zeige ich Vron das Telegramm. Ich setze mich, aber ich habe keinen Hunger. Es ist klar, daß ich zurück muß. Joan ist keine Panikmacherin. Wenn sie sagt, die Sache sei ernst, dann ist sie es auch.
Mit Vrons Hilfe beginne ich zu packen. Sie ist so ausgeglichen, so beruhigend; ohne Zweifel der kühle Kopf in unserer Ehe. Ich kann noch immer nicht fassen, was ich tue. Ich werde diese schöne Idylle verlassen. Innerhalb eines Tages werde ich mich in Los Angeles, in Palms, befinden, in der Sackgasse, wo meine Eltern wohnen. Ich versuche, Ruhe zu bewahren, versuche, Jacky nicht zu erschrecken. Ich erkläre ihm, daß seine Großmutter krank ist und daß ich sie besuchen muß. Für einen Achtjährigen ist es schwierig, zu begreifen, was das heißt. Er kann sich nicht vorstellen, wie lange ich fort sein werde; ich mir übrigens auch nicht.
Vron bringt mich zum Zug nach Paris, und dort erwische ich einen Air-France-Flug direkt nach L. A. zum Sondertarif von achthundertfünfzig Dollar für Ferienrundreisen von mindestens 21 bis zu maximal 45 Tagen. Schöne Ferien! Aber es ist entschieden billiger als ein reguläres Flugticket.

Ich habe von Paris aus telegrafiert und meine Flugnummer angegeben,

und als ich aus dem Flugzeug steige, sind Joan und ihr Mann Mario da. Wir verstauen meine Sachen in ihrem VW-Bus. Joan und Mario fahren stets einen Campingbus oder einen Kombi; sie haben fünf Kinder. Wir biegen in den Sepulveda Boulevard ein, als Joan mir berichtet, was vorgefallen ist.
Sie hatte Dad und Mom besuchen wollen, die jedoch nicht daheim waren. Sie nutzte die Gelegenheit, Staub zu saugen und ein paar Fenster zu putzen. Dann fing sie an, sich Sorgen zu machen. Sie mußten einkaufen gegangen sein, neuerdings gehen sie kaum noch aus; aber es hätte eigentlich nicht so lange dauern dürfen.
Sie fährt zum Einkaufszentrum hinüber, wo sie die beiden tatsächlich findet. Mutter sitzt mit weißem Gesicht auf einer Bank neben dem Lucky Market. Dad, der sich nicht zu helfen weiß, der nicht fassen kann, was geschieht, packt Lebensmittel in den Kofferraum des Wagens und lädt sie wieder aus.
Joan ist erschrocken über Moms Aussehen. Sie fährt die beiden im elterlichen Auto nach Hause und läßt das eigene auf dem Parkplatz stehen. Daheim bittet sie Dad, die Lebensmittel einzuräumen, und fährt Mom in aller Eile ins Perpetual Hospital. Mutter will nicht. Sie ist eine Hypochonderin, die viel für Ärzte, aber nichts für Krankenhäuser übrig hat.
In der Klinik stellen die Ärzte bei ihr sofort einen kritischen Herzbefund fest. Sie schaffen sie unverzüglich auf eine Intensivstation, schließen sie an Überwachungsgeräte und Venentropf an und führen ihr Sauerstoff zu; sie geben ihr Tranquillizer und gerinnungshemmende Medikamente.
Während dieser ersten Nacht in der Klinik hatte sie den eigentlichen Infarkt. Wenn man schon einen Herzinfarkt haben muß, dann ist eine Intensivstation dafür der geeignete Ort. Man teilt Joan mit, der Infarkt sei so schwer gewesen, daß Mom ihn außerhalb der Klinik nicht überlebt hätte. Alle Befunde liegen noch nicht vor, aber die Ärzte sind sicher, daß ein bedeutender Teil des Gewebes im linken unteren *Ventrikel* zerstört ist.
Sie ist also nicht tot, aber gut klingt ihr Bericht nicht.
Wir fahren direkt zum Haus meiner Eltern. Joan möchte mich unter anderem hierhaben, damit ich mich um Dad kümmere. Sie scheint sich um ihn mehr zu sorgen als um Mom. Mir geht es genauso. Ich weiß nicht, warum wir beide das Gefühl haben, daß Mom schon allein mit

allem fertig wird, aber so ist es; auch wenn es noch so unsinnig erscheint. Wahrscheinlich ist es nur eine Art Abwehrhaltung.
Dad erwartet uns schon an der Haustür mit dem Fliegengitter. Ich bin sicher, daß er jedesmal, wenn ein Wagen in die Nähe kam, aufgestanden ist und nachgesehen hat. Wir schütteln uns die Hand; in unserer Familie umarmen sich Männer nicht. Er weint nicht, aber ihm stehen Tränen in den Augen, und sein Gesicht ist gelblich. Er ist nervös, und seine Hände zittern.
Er setzt sich in seinen Schaukelstuhl gleich hinter der Tür, während ich meine Reisetasche durch den Flur in das mittlere Zimmer im Seitentrakt des Hauses schaffe. Er kommt mir viel zerbrechlicher vor als beim letzten Besuch. Der liegt fast zwei Jahre zurück. Er sieht nicht wesentlich älter aus, nicht einmal dünner, nur weniger vital.
Auf der Herfahrt sagte Joan, ich solle Moms Herzinfarkt so harmlos wie möglich darstellen, weil Dad sich zu Tode ängstige. Also trinken wir miteinander ein Glas von dem Fusel, den meine Eltern anstelle von Wein trinken. Sie kaufen diesen sogenannten Muskateller in Vierliterkrügen und schütten ihn dann in eine Karaffe aus unechtem Kristall um; das gehört zu Mutters Bemühungen um einen gehobenen Lebensstil. Das Zeug schmeckt nicht übel, wenn man dazu ein getoastetes Käse-Sandwich kaut, doch, mein Gott, es ist bonbonsüß. Wenn man Wein nicht mag, ist das Zeug erträglich, ein Mittelding zwischen Limonade und einem Manhattan.
Wir sitzen herum. Dad ist noch immer nicht in der Klinik gewesen; Joan hat ihm gesagt, Mom dürfe keinen Besuch haben. Daher verdrücke ich mich durch die Seitentür und fahre den Wagen meiner Eltern leise aus dem Hof. Es ist ein Rambler, Baujahr 1966, der nur ganze fünfundzwanzigtausend auf dem Buckel hat. Ein elf Jahre altes Fahrzeug, das aussieht wie ein Vorführwagen. Sie decken es immer mit Plastikfolie ab; sogar die Bezüge auf den Sitzen sind kunststoffbeschichtet. Der Wagen hat Klimaanlage, Radio, Servobremsen, Servolenkung, alle Schikanen. Man fühlt sich in die Vergangenheit zurückversetzt, wenn man diesen Wagen fährt. Er ist irrsinnig bequem zu fahren mit seinem Automatikgetriebe und hat für einen kleinen Wagen allerhand Pferdestärken unter der Haube. Dad kaufte ihn, als er sich noch für Autos interessierte, als sein letztes, sein Rentnerfahrzeug. Er hat auf diesen gesetzt und ist gut gefahren damit, schlichte, klassische Linienführung, rechteckiges Heck.

In der Empfangshalle in der Klinik erklärt mir eine nette Frau, wie ich die Intensivstation finde.
Höchstwahrscheinlich gewöhnt sich niemand je an Krankenhäuser, fühlt sich wohl darin, abgesehen vielleicht von Ärzten oder Krankenschwestern. Sie atmen nichts als Elend, Schmerzen und Tod.
Aber dieses Krankenhaus ist irgendwie anders, hochmodern. Die Fußböden sind mit Teppich ausgelegt, überall ertönt Lautsprechermusik. Nichts von dieser weißgekachelten, hochglanzgebohnerten Krankenhausatmosphäre. Es riecht nicht einmal nach Krankenhaus; eher wie in einem Holiday Inn. Sogar der Aufzug: ein sanfter Glockenton beim Einsteigen, Selbstbedienung; Lautsprechermusik. Lautsprechermusik auf jeder Etage, überall ununterbrochen dieselbe besänftigende Geräuschkulisse.
Wegweisern folgend schlage ich mich zur Intensivstation durch. An der Anmeldung weise ich mich aus und frage, ob ich meine Mutter sehen kann. Man teilt mir mit, daß sie schwer krank ist und keine Aufregung verträgt. Ich erläutere, daß ich eigens aus Paris gekommen bin. Kurzes Ratschlagen; man beschließt, daß ich hinein darf, aber mich sehr still verhalten muß.
Ich bewege mich leise an Reihen von Behandlungsboxen vorbei. Sämtliche Patienten sind an Schläuche angeschlossen und über und über verpflastert, die meisten sind bewußtlos. Dies ist wahrhaftig die letzte Station vor dem Grab, die moderne Entsprechung eines indianischen Sterbehauses.
Ich weiß nicht, worauf ich mich gefaßt machen muß; auch ohne Herzinfarkte verändern Menschen sich enorm innerhalb von zwei Jahren. Es ist immer erschreckend, einen Menschen dieses Alters nach einer Weile wiederzusehen. Ich weiß, wir verändern uns alle, die Kinder, Vron, ich; aber wir sehen einander so oft, daß wir es nicht bemerken.
Ich werfe einen Blick in ihre Kabine, und da liegt sie nun. Ich habe Mom vermutlich seit meiner Kindheit nicht mehr im Bett gesehen. Mit achtzehn ging ich von zu Hause fort zum Militär, und davor habe ich meines Wissens ihr Schlafzimmer nie betreten, zumindest nicht mehr nach meinem zehnten Geburtstag. Jetzt sehe ich sie daliegen, in einem Bett mit angestelltem Kopfteil, ein Sauerstoffröhrchen in der Nase, an Monitore, Infusionsgeräte und Katheter angeschlossen. Ein Computer-Bildschirm über ihrem Kopf zeigt ein fortlaufendes Elektrokardiogramm, ein kleiner roter Punkt auf einem Digitalanzeiger gibt ihre Puls-

frequenz an. Sie sieht aus wie ein verhinderter Astronaut. Sie hat eine grünlichweiße Gesichtsfarbe, ihre Augen sind geschlossen. Ihr Gesicht ist eine Maske.
Es hat eine seltsame Bewandtnis mit Moms Gesicht. Es zeigt sämtliche Falten und Züge ihres früheren Mienenspiels auf, meist negative. Scharfe Spuren von Mißtrauen, tiefe Falten von Unzufriedenheit und Anklagen. Sie sind tief eingekerbt, selbst im Ruhezustand. Gleichzeitig hat Mom etwas Jugendliches an sich. Sie färbt ihr Haar noch immer dunkel, fast schwarz, es ist kräftig, fest, dicht. Ganz anders als Dad. Sein Gesicht ist glatt, satinglatt, sein Haar besteht nur noch aus weißen Büscheln über den Ohren.
Mutter schminkt sich maßvoll, nicht übertrieben für eine Frau von siebzig Jahren. Sie hat immer jünger ausgesehen, als sie ist. Selbst jetzt, krank, vielleicht sterbend, wirkt sie nicht viel älter als fünfundfünzig.
Ich setze mich auf einen Stuhl neben das Bett und beobachte die Meßgeräte, die mir mitzuteilen versuchen, was vor sich geht. Ich weiß, daß es draußen in der Kontrollzentrale Monitoren gibt. Ich wüßte gern, was das Personal dort veranlassen würde, hereinzustürzen.
Ich beobachte die Pulsfrequenz, sie steigt auf 87, sinkt auf 83 und steigt wieder auf 92 an. Ich hatte keine Ahnung, daß der Pulsschlag sich so verändert. Ob es an ihrem Herzen liegt?
Ich blicke starr auf den Bildschirm und mehr oder weniger in mich hinein, als ich ihre Stimme vernehme.
„Du bist also doch gekommen. Ich muß wirklich krank sein."
Das ist typisch Mom. Zuerst Anschuldigungen, Zweifel, ob ich überhaupt kommen würde; dann Selbstmitleid. Ich bücke mich und küsse sie auf die mir zugewandte Wange.
„Ach, du bist gar nicht so krank, Mom. Ich mußte anderer Dinge wegen sowieso kommen."
Wie kann ich nur so etwas Dummes sagen! Selbst wenn meine Mutter halb tot wäre, könnte ihr niemand so leicht etwas vormachen. Einem Menschen, der sogar der Wahrheit mißtraut, kann man schlecht etwas vormachen.
„Schwindle mich nicht an, Jacky."
Sie schließt die Augen und beginnt dann langsam ihre bühnenreife Fassung vom Verlauf des Herzanfalls. Sie sollte Schmierenkomödien fürs Fernsehen schreiben. Sie kann fast alles interessant darstellen und teilt sich dabei selber die Glanzrollen zu.

„Daddy wußte nicht ein noch aus . . . Ich bleibe durch schiere Willenskraft am Leben und sage Daddy, daß es bloß Verdauungsstörungen sind. Ich bete gerade zum heiligen Judas, dem Schutzheiligen der hoffnungslosen Fälle, da kommt in letzter Sekunde Joan und rettet mir das Leben."
Widerstrebend billigt sie Joan das zu, nimmt es aber gleich wieder zurück, indem sie bemerkt, die McCarthys, also ihre Familie, wüßten sich in Notfällen immer zu helfen, während die Tremonts durchdrehten. Gottlob hätte Joan gutes McCarthy-Blut.
Es folgt die szenische Darstellung dessen, was die Ärzte ihr berichtet haben. Wenn sie mit Mutter so viel redeten, wie sie behauptet, fände sie keine Zeit mehr zum Schlafen und alle sonstigen Arbeiten im Krankenhaus blieben liegen.
Und alle sind so beeindruckt von ihrer Kraft; sie attestieren ihr die Willenskraft eines um die Hälfte jüngeren Menschen. Mutter betrachtet das vermutlich als Beleidigung; keiner, der halb so alt ist wie sie, hat ihre Willenskraft.
Aber sie gibt zu, daß sie Angst hat.
Dann fangen wir an zu planen, Regieanweisungen auszuarbeiten.
„Sag Dad gegenüber nichts von einem Herzinfarkt. Sag ihm einfach, es hätte etwas mit meinen Innereien zu tun. Das wird er verstehen, Jacky, weil ich die Gebärmutteroperation hatte. Sag ihm, da wär bloß was mit meinen Innereien nicht in Ordnung."
Der Gedanke gefällt ihr.
„Aber was immer du sagst, Jacky, Krebs darfst du niemals erwähnen, du weißt, daß er eine Heidenangst vor Krebs hat."
Ich weiß nicht, was Krebs mit der ganzen Sache zu tun hat, aber ich nicke. Ich werde mit Joan reden, und wir werden überlegen, wie wir Dad gegenüber vorgehen. Es ist unmöglich, ihm vorzuenthalten, daß Mutter einen Herzinfarkt hatte. Ein Herzinfarkt ist etwas anderes als eine Gebärmutteroperation. Wenn man einen Herzinfarkt gehabt hat, bleibt man, selbst wenn man überlebt, zeitlebens ein Herzpatient.
Aber es hat keinen Sinn, das Mom jetzt zu sagen. Ich bleibe noch eine Weile und beobachte sie. Sie döst ein und wacht wieder auf, manchmal schlägt sie im Schlaf um sich. Einmal reißt sie das Monitorkabel heraus, und drei Schwestern kommen hereingestürzt. Mann, sind die einsatzbereit!
Mutter ist eine außergewöhnlich lebhafte Frau, selbst im Schlaf; sie ist

nervös und bewegt sich schnell. Die Schwester sagt mir, es sei schon das vierte Mal, daß sie das Monitorkabel herausgezogen hat. Diesmal kleben und pflastern sie es vom Ellenbogen bis zum Handgelenk fest; fehlte nur, daß sie ihr das Kabel an den Arm nagelten. Der Infusionsschlauch ist noch ein Kapitel für sich.

Als ich gehe, stelle ich überrascht fest, daß mir gar nicht nach weinen zumute ist. Ich fühle mich in erster Linie niedergeschlagen und eigenartig rastlos. Sie so darniederliegen zu sehen, ist, als blickte man auf einen alten vertrauten Baum, der vom Blitz getroffen wurde und quer über den Weg gefallen ist.

Ich fahre mit dem Vorsatz nach Hause, so vergnügt dreinzuschauen wie möglich. In unserer Familie kommt mir die Rolle des Spaßmachers, des Hofnarren, des Clowns zu.

Ich *weiß*, was von mir erwartet wird; man entwickelt einen siebten Sinn für so eine Rolle. Ich stelle Dads Wagen weiter oben an der Straße ab und gehe zu Fuß bis zum Haus. Für gewöhnlich parken wir diesen Wagen in der Auffahrt oder im Hof. Dad kommt mir an der Tür entgegen.

„Wo ist der Wagen, Johnny?."

„Ja, also, Dad, ich war im Krankenhaus. Als ich hinkam, hatte Mutter schon alles gepackt und wollte gerade abreisen. Der Arzt sagte, sie müßte Urlaub machen und ausspannen; deshalb ist sie unterwegs nach Palm Springs. Ich habe ihr das Auto gegeben und bin mit dem Bus zurückgekommen."

Klar ist das gemein. Dad glaubt mir. Er ist froh, daß es Mutter gutgeht, aber er ist tiefunglücklich, daß sie ohne ihn nach Palm Springs fährt. Joan drängt sich an mir vorbei und blickt die Straße hinauf.

„Jack, du bist unmöglich! Da oben steht der Wagen doch, Dad. Dein Sohn ist ein echter Knallkopf."

Immerhin hilft uns das über den kritischen Punkt. Ich habe ein bißchen Zeit gewonnen, mich zu sammeln.

Der Fernseher läuft, und ich lasse mich auf dem goldlackierten Stuhl, Moms Stuhl, nieder. Sie sehen sich das Spiel zwischen den Angels und Oakland an. Oakland liegt natürlich in Führung. Dad hat kapiert, daß ich im Krankenhaus gewesen bin, und er versucht, die Sache nicht hochzuspielen.

„Was für einen Eindruck hat sie auf dich gemacht, Johnny? Geht es ihr einigermaßen?"

Dann, beinahe ohne Übergang, „wann kommt sie wieder nach Hause?"
„Es geht ihr gut, Dad, aber sie muß noch eine Weile im Krankenhaus bleiben. Sie läßt dich grüßen und schickt dir einen dicken Kuß."
Er fragt nicht, was ihr fehlt. Ich glaube, er will es gar nicht wissen. Ich blicke zu Joan hinüber, die auf der Couch sitzt, und sie legt einen Finger an die Lippen.
Wir sehen schweigend fern. Oakland hat fünf Punkte Vorsprung.
Joan steht leise auf, deutet auf das vordere Hinterzimmer, und geht hinaus. Ich denke, es wird Hinterzimmer genannt, weil es hinter dem Wohnzimmer, der Küche und dem Bad liegt; sie meint das Schlafzimmer im Seitentrakt.
Etwas weiter hinten befindet sich noch ein Schlafraum; das eigentliche Hinterzimmer. Das Haus ist L-förmig angelegt, der Querteil liegt an der Straße. Darin ist der Wohn-Eßraum untergebracht. Der lange Teil des L erstreckt sich auf der linken Seite nach hinten, rechts davon befindet sich die halb umbaute Terrasse. In diesem Trakt liegen, Rücken an Rücken, die Küche und das Badezimmer; das mittlere oder erste „Hinter"-Zimmer, dann das tatsächliche Hinterzimmer am Ende des Flurs. Außerdem gibt es noch ein weiteres Zimmer im Garten; das wird manchmal auch Hinterzimmer genannt. Das Haus meiner Eltern besteht nun mal aus lauter Hinterzimmern.
Joan wartet auf mich. In einer Spielphase, als zwei Spieler das erste und das dritte Mal erreicht haben und einer der Angels im Aus ist, verlasse ich den Raum, als wollte ich auf die Toilette; Dad und Mario blicken nicht einmal auf. Ich gehe in das Schlafzimmer und ziehe sachte die Tür zu. Joan liegt ausgestreckt auf dem Bett, ich setze mich auf den Fußboden.
Als Kinder haben Joan und ich uns unsere eigene Welt ausgedacht, als Abwehr gegen das, was ich heute als die Mentalität der Armen bezeichnen würde. Menschen mit dieser Mentalität mißtrauen allem, was aus dem Rahmen fällt, allem, was nicht allgemein bekannt oder anerkannt ist; was nicht praktisch ist, taugt in ihren Augen ebenfalls nichts.
Inzwischen hat Joan fünf Kinder. Sie ist die geborene Mutter, eine der unfaßlichen Frauen, die wirklich mit ihren Kindern spielen. Und ich meine nicht nur, solange sie Babys sind; sie spielt immer mit ihnen. Sie hat einen vierundzwanzigjährigen Sohn, Yale-Absolvent, Cum-laude-Examen, mit dem sie noch heute spielt. Es kann vorkommen, daß man die beiden im Garten beim Muschelspielen oder bei Schießübungen mit dem Luftgewehr antrifft.

Mutter nennt Joan eine „Nulpe“, wenn sie das tut. „Guck dir diese Nulpe an, spielt auf allen vieren mit ihren erwachsenen Kindern.“
Wer irgend etwas tut, womit sie nicht einverstanden ist, wird von ihr automatisch als „Nulpe“ eingestuft. Sie schnaubt durch die Nase, wenn sie das Wort ausspricht. Joan ist eine „Nulpe“ (Schnauben), weil sie mit ihren Kindern spielt. „Die werden sie nie respektieren. Herrgott nochmal, die halten sie doch selbst bloß für eine Göre.“
Joan und ich spielen *noch immer* miteinander. Ich mit meinen zweiundfünfzig Jahren und sie Ende Vierzig – aber wenn wir zusammenkommen, wird gespielt. Unser Spiel entspringt tiefem Vertrauen. Was taugt Versteckenspielen, wenn jemand spickt? Kann man sich sorglos auf einer Schaukel vernügen mit jemand, dem man nicht traut?
„Was für einen Eindruck hat Mom auf dich gemacht, Jack?“
Sie lacht, als ich Mutters erste Worte wiederhole. Ich gebe zu, daß sie nicht gerade umwerfend aussah.
„Der Arzt meint, wir müssen einfach abwarten, bis man das Ausmaß der Herzschädigung beurteilen kann.“
Sie denkt eine Weile nach.
„Ich mache mir Sorgen wegen Dad. Ich könnte ihn mit zu uns nehmen, aber hier, wo er im Garten und in seinem Gewächshaus herumpusseln kann, ist er besser aufgehoben.“
Ich nicke.
„Wie lange kannst du bleiben?“
„Das Ticket gilt für einen Aufenthalt zwischen einundzwanzig und fünfundvierzig Tagen.“
„Das sollte genügen, hoffe ich.“
Sie rollt sich auf die Seite und streift die Schuhe ab.
„Sei unbesorgt, Joan. Ich werde bei Dad bleiben. Es wird schon schiefgehen. Daheim bin ich ein hochmoderner Hausmann.“
Sie wirft mir einen ihrer „unverschämten“ Blicke zu.
„Bist du sicher? Du weißt, daß er praktisch hilflos ist.“
„Keine Bange. Er ist auch mein Vater, weißt du.“
„Das wäre prima.“

Joan beschreibt mir den typischen Tagesablauf hier im Hause. Sie sagt, es käme vor allem darauf an, alles in ruhigem Fahrwasser zu halten. Sie erklärt, daß Mutter nach Stundenplan lebt und daß ihrer beider Leben im Grunde ein einziges Einerlei ist.

„Erstmal steht Mutter früh auf und macht ihre Gymnastik. Für sie ist das die schönste Zeit des Tages; da hat sie das ganze Haus für sich. Gegen zehn bringt sie Dad eine Tasse Kaffee und gibt ihm seine Blutdruckpillen, seine Vitaminpillen und was es sonst noch an Pillen gibt, auf die sie gerade schwört. Morgens gibt es echten Kaffee, keinen coffeinfreien.

Weißt du, Jack, Dad hat es irgendwie fertiggebracht, sich während der letzten acht Jahre das Gefühl zu bewahren, daß er sich auf einem verlängerten Urlaub befindet; daß er früher oder später wieder zur Arbeit gehen muß. Er erlebt jeden Tag, als könnte es sein letzter sein."

Sie zählt mir die Medikamente auf, die Dad nimmt. Einige kenne ich, und er bekommt Unmengen. Ich könnte versuchen, ihn zu bewegen, mit Meditationsübungen oder vielleicht sogar mit Yoga anzufangen. So halte ich selbst meinen Blutdruck niedrig. Ich habe meine Blutdruckmanschette mitgebracht, da kann ich seinen Druck mitüberprüfen, wenn ich bei mir messe. Das Reserpin, das er einnimmt, ist ein schweres Geschütz, im Grunde ist es Gift.

Joan betet den Rest seines Tageslaufs herunter, einschließlich der obligatorischen Fernsehschnulzen. Ich sage ihr, daß ich versuchen will, das durchzustehen; aber meine Gedanken kreisen nur um die Frage, wie ich Leben in die Bude bringen kann. Ich kann andere Menschen einfach nicht sich selbst überlassen. Ich möchte ihm vor allem die drei Stunden Fernsehschnulzen am hellichten Tag abgewöhnen. Was für ein Jammer, in Kalifornien zu leben, mit all der Sonne da draußen, und im Haus zu hocken, um sich bewegte farbige Striche anzusehen. Mein Gott, das Meer ist keine zehn Minuten weit weg.

„Noch was, Jack, Dad arbeitet ein bißchen in seiner Werkstatt, aber sein Koordinationsvermögen läßt nach; das macht ihn verrückt. Weißt du noch, daß er fast alles reparieren konnte? Jetzt macht es ihm Mühe, den eigenen Rasierapparat in Gang zu halten."

Ihre Augen werden feucht, und sie blickt zu Boden. „Er hält mich langsam für ein technisches Genie, weil ich seinen Rasierapparat in Ordnung bringen kann; reinige, die Klinge auswechseln und dergleichen."

„Aber du *bist* ein technisches Genie!"

Sie konnte mit vier Jahren schon Rollschuh laufen, da war ich sieben und konnte mich nicht einmal aufrecht halten auf den verdammten Dingern. Sie fuhr mit dem Zweirad, bevor ich es konnte. Ich bekam zu

Weihnachten den Erector-Baukasten geschenkt, und sie spielte damit. So war das schon immer.
„Versuch, dich in ihn zu versetzen, Jack; hilf ihm, ohne ihm das Gefühl der Unzulänglichkeit zu geben. Es geht ihm gut, solange er sich nicht aufregt."
Sie steht vom Bett auf und schlüpft in ihre Schuhe.
„Wir sollten lieber wieder rausgehen, damit sie nicht meinen, wir wären ausgebüchst."

Das Spiel ist noch im Gang. Oakland ist nicht mehr einzuholen. Wir kommen gerade hinein, als Rollie Fingers einen *Homerun* schlägt, mit dem es außer ihm selber noch drei Mannschaftskameraden aufs Schlagmal schaffen. Wir sehen uns die Wiederholung an.
Joan und Mario verabschieden sich nach dem Homerun. Ich bin mit Dad allein. Ich kann mich nicht erinnern, wann ich das letzte Mal mit ihm allein war. Während wir uns das Ende des Spiels ansehen, gehe ich im Geist noch einmal durch, was Joan mir gesagt hat. Ich bin ein mittelprächtiger Koch und Hausmann, aber der Versuch, Mutter zu ersetzen, macht mir Angst.
Joan hat, bevor sie ging, das Abendessen zubereitet, und um halb sieben gehe ich in die Küche und wärme es auf. Ich decke den Tisch für zwei. Dad sitzt an seinem gewohnten Platz am Tischende, und ich decke für mich an meinem angestammten Platz zu seiner Linken. Ich werde mich nicht auf Moms Platz an der Küchenseite setzen, obwohl es praktischer wäre.
Dad verfolgt mich mit den Augen. Ich bringe Butter, Salz, Pfeffer, Geschirr, Messer, Gabeln, Löffel herbei. Ich stelle das heiße Essen direkt vom Herd auf einen Untersetzer in der Mitte des Tisches.
„Wo hast du kochen gelernt, Johnny?"
Dad nennt mich meistens Johnny; ganz selten einmal John. Ich weiß nicht, wie er zu seiner jeweiligen Entscheidung kommt. Mom nennt mich immer Jacky. In der High School nannte ich mich zuerst Johnny, dann Jacky und schließlich Jack, aber zu Hause bürgerte es sich nie ein. Ich weiß nicht, warum Mom und Dad verschiedene Namen für mich haben, aber so ist es nun einmal. Es ist fast, als wäre ich für jeden von ihnen eine andere Person.
„Ich habe das nicht gekocht, Dad; das war Joan. Ich stelle es bloß auf den Tisch. Komm, laß uns essen."

Ich weiß, daß er mir nicht glaubt. Ich bringe Speisen aus der Küche, also muß ich sie gekocht haben. Speisen werden in Küchen gekocht. Er hat diese Küche entworfen, den Herd, die Spüle, den Kühlschrank eingebaut; die Küchenschränke getischlert; hält sie in Schuß, wenn irgendetwas defekt ist. Aber wie man sie benutzt, ist ihm ein Rätsel. Er kann ebensowenig mit einer Küche umgehen, wie er mit einem der Düsenflugzeuge umgehen kann, die er zwanzig Jahre lang bei *Douglas* konstruieren half.
Es ist eine gute Mahlzeit, und anschließend sehen wir noch ein bißchen fern. Während der Sendepausen und der Werbung flitze ich in die Küche und räume auf. Dann fange ich an, meine Sachen in das hinterste Schlafzimmer, draußen im Garten, zu schleppen. Ich nehme außer meinen Gepäckstücken noch ein paar Decken mit nach hinten. Dad sieht mir zu.
„Ich würde nicht da draußen schlafen, Johnny, es ist schrecklich kalt und feucht; du schläfst hier drin bestimmt besser. Ich lasse nachts die Heizung auf kleiner Stufe laufen, damit es überschlagen ist."
Offen gestanden schlafe ich gern im Kalten. Meine Eltern heizen zu viel für meinen Geschmack, und außerdem sind sie Anhänger von Heizdekken. Ich nicht. Ich fühle mich nicht wohl, nicht einmal in Kalifornien, wenn ich kein Gewicht auf mir spüre; eine leichte Heizdecke mit nur einem Laken drunter gibt mir das Gefühl, verletzbar zu sein. Ich weiß zwar, daß ich es warm habe, meine aber, daß es eigentlich nicht sein kann. Aber so etwas kann ich Dad nicht sagen; er würde es als Beleidigung auffassen.
Wie dem auch sei, ich bekomme die unterschwellige Botschaft mit. Er hat Angst. Wahrscheinlich wäre es ihm lieb, wenn ich mich da hinten zu ihm legte, aber darum könnte er mich nie bitten; selbst wenn ich es von mir aus anböte, könnte er es nicht annehmen. Er hat vermutlich nie mehr allein geschlafen, seit Mutter, vor über fünfunddreißig Jahren, das letzte Mal im Krankenhaus war. Ihm graut davor. Was soll ich also tun? Ich kann ihn nicht an der Hand nehmen und ins Schlafzimmer bringen und ihm den Schlafanzug anziehen.
„Tja, Dad, ich glaube, wir müssen in die Falle."
Zögernd steht er auf und stellt den Fernseher ab. Dann dreht er den Thermostat etwas zurück. Er sieht nach, ob alle Türen und Fenster geschlossen sind. Das gehört zu denjenigen seiner Obliegenheiten, von denen ich weiß. Er knipst alle Lichter aus, bis auf ein Nachtlämpchen an

der Fußleiste im Flur. Er geht nach hinten in sein Schlafzimmer.
Ich beschließe, im Zimmer daneben zu schlafen; ich kann ihn in der Verfassung nicht allein lassen. Ich werde die Klappen am Warmluftschacht schließen. Ich werde die Tür zumachen und das Fenster öffnen.
Ich bin gerade ins Bett geklettert, als er anklopft und die Tür aufmacht. „Johnny, ich kann meinen Schlafanzug nicht finden; ich weiß nicht, wo sie die immer verwahrt."
Ich tappe barfuß mit ihm in sein Zimmer. Es steht ein Schrank darin und eine Kommode mit drei Schubladen. Ich durchsuche die Schubladen und finde ihn sofort. Mutter hat ihre Sachen in der obersten Schublade untergebracht; die mittlere ist für Dad, und die untere ist mit Pullovern vollgepackt. Ich reiche ihm den Schlafanzug. Er sieht mich an, als wäre ich ein Wundertier.
Wir wünschen einander noch einmal gute Nacht, und er bittet mich, sein Nachtlicht an der Fußleiste im Flur anzulassen. Er klammert sich an; er möchte nicht allein gelassen werden in diesem Schlafzimmer. Wenn ich ein wirklich einfühlsamer, liebender, rücksichtsvoller Sohn wäre, hätte ich angeboten, ihn im Nebenzimmer schlafen zu lassen und selbst da hinten einzuziehen. Dies große, leere Ehebett ohne Mutter macht ihm Angst. Schwer zu sagen, was das Richtige wäre.

3

„He, Dad; wach auf! Los, Dad!"
Großer Gott, womöglich ist er tot. Aber er atmet; Mann, und wie er atmet; klingt wie Todesröcheln.
„Los, Dad, auf geht's. Es ist schon acht Uhr."
Das heißt, nach der richtigen Zeit, unserer Pazifik-Zeit. Wir sind noch immer nicht da angekommen, wo Rocky-Mountains-Zeit gilt. Er ächzt und dreht sich herum. Vielleicht ist er doch nicht tot. Nach dem ganzen Zirkus, den er durchgemacht hat, könnte er leicht einen Herzinfarkt oder einen Schlaganfall bekommen. Ich sehe ihn genau an; er *scheint* auf dem Damm zu sein.
Ich dusche, poltere herum, klappere mit Gegenständen und mache so viel Krach wie möglich. Das ist überhaupt nicht seine Art; gewöhnlich ist er jeden Morgen früh auf und nervt die ganze Familie. Ich rubble mich ab und gehe wieder hinein.
„He, Dad; auf jetzt. Zeit zum Aufstehen."
Es ist, als wäre er bekifft. Jetzt fange ich ernstlich an, mir Sorgen zu machen. Was soll ich denn tun, wenn er hier draußen, so weitab vom Schuß, stirbt? Ich setze mich auf die Bettkante und rüttle ihn.
„He, Dad. Alles klar?"
Er ächzt und öffnet die Augen. Sie bleiben verschwommen, und er dreht sich wieder weg.
„Komm schon, Dad! Mach jetzt, ja? Es ist gleich halb neun!"
Endlich schwingt er die Beine über die Seite und richtet sich auf. Er hängt total abgeschlafft da. Aber er ist wach, er lebt.

Nach dem Duschen ist er wieder fit. Wir werden gleich losfahren und erst unterwegs frühstücken. So können wir noch ein bißchen in der Morgenkühle fahren. Gott, wenn er mich doch fahren ließe; was für ein Jammer, in dieser Rakete mit fünfundfünfzig dahinzutuckern. Er fährt, als wäre Fahren eine Strafe für ihn. Er sitzt mit mürrischer Miene über das Lenkrad gebeugt, um ihn nichts als freie Straßen, Bäume und ein weiter, wolkenloser Himmel; er schaut nicht einmal um sich; hockt nur verkrampft da, auf das Schlimmste gefaßt.

In so einem schnellen Schlitten wie diesem kann man es sich doch gemütlich machen und das verflixte Ding von selber fahren lassen. Die guten Fahrer sagen alle, daß man sich entspannen soll, damit man ein Gefühl für die Straße bekommt. Es ist ein Verbrechen, einen so hochverdichteten Motor derart untertourig zu fahren.
Bevor wir wieder einsteigen, bitte ich ihn noch einmal.
„Tut mir leid, Bill."
„Warum denn nicht? Ich hab den Führerschein."
„Nein, Bill. Wir können solche Risiken nicht eingehen; es lohnt sich nicht."
Also gondeln wir wieder los. Ich blicke durch das Seitenfenster auf die vorbeiziehende Landschaft. Wenn ich ihm beim Fahren zusehe, werde ich nur verrückt. Er hat schnelle Reaktionen, sie sind auch nicht zu hastig, aber irgend etwas daran macht mich nervös. Er ist so *tod*ernst; wenn man sich mit seinem Fahrstil beschäftigt, verkrampft man sich selbst. Es macht keinen Spaß.
Mein Vater ist sehr pingelig. Die Leute meinen immer, Künstler wären so leichtlebige, lässige Leute. Er bestimmt nicht. Er ist stur wie ein Panzer. Diese Geschichte mit Bryce und Zion zum Beispiel. Er war *so* überzeugt. Wir fuhren an einer größeren Stadt vorbei, und ich *wußte* einfach, daß es der Ort war, wo er die ganze Zeit hinwollte, aber er hatte irgendeine bestimmte Vorstellung im Kopf, es war nichts zu machen; er hat eine Art Tunnel-Optik.
Vielleicht wird er langsam senil. Wahrscheinlich ist Altwerden nichts anderes; man fixiert sich stärker auf bestimmte Ziele.
Mom und Dad wirken beide alt in letzter Zeit. Mom ist so ruhig und lehnt alles Aufregende oder Neue ab. Wenn ich bloß bei Tisch furze oder rülpse, macht sie schon ein echtes Drama daraus. Sie gehen überhaupt nicht mit der Zeit, passen sich dem neuen Leben nicht an.
Und, großer Gott, dieser Abschied von Gramps, grauenhaft. Das war auch wieder typisch Dad; immer stur drauflos und alles in sich reinfressen. Und Grandma ist so eine Nervensäge. Ich glaube nicht, daß sie je etwas für irgendwen getan hat, ohne eine Gegenleistung zu erwarten. Das Leben ist für sie ein einziges Monopoly-Spiel im Superformat.

Dad hat das Radio wieder angestellt. Wir kriegen nichts außer Cowboymusik und Rauschen. Zwischen den Ortschaften kommt nichts Gutes, und die meiste Zeit sind wir irgendwo weitab von Gut und Böse. Wir

sollten anhalten und eine Kassette kaufen, *richtige* Musik, die Stones oder Dylan oder die Doors, irgend etwas Gescheites.
Ich habe noch rund hundertfünfzig Dollar in der Gürteltasche, aber es geht mir gegen den Strich, etwas davon für so eine alberne Kassette auszugeben. Ich werde jeden Cent brauchen, und ich möchte nicht um Geld bitten. Er hat noch immer nichts gesagt. Er weiß, daß ich nicht mehr weiterstudieren werde, aber noch hat er kein Wort darüber verloren.
O Gott! Jetzt werden wir gleich einen Laster überholen. Es ist echt das Letzte, mit anzusehen, wie er einen Laster überholt. Er schert erst aus, wenn die Sicht frei ist bis zum Horizont. Zum Henker, hinter uns kommt kilometerweit nichts.
Er guckt zum zehnten Mal in den Rückspiegel. Jetzt ist es soweit! Wir sind auf der Überholspur und gondeln gemächlich neben so einem Riesenbrummer her. Der Kerl blickt total entgeistert aus der Wäsche, als er uns da unten vorbeizockeln sieht, drei Stundenkilometer schneller als er selbst. Er muß denken, daß wir nur noch auf drei Töpfen fahren. Wenn Dad dieser Karre mal Zunder geben würde, wären wir innerhalb von drei Sekunden dran vorbei. Aber nein, wir machen es auf die gemütliche Tour, vielleicht sparen wir Benzin dabei. Ich muß unbedingt abschalten.

4

Am anderen Morgen wache ich um halb neun auf und habe das Gefühl, daß ich langsam wieder zu mir komme. Diese neunstündige Zeitverschiebung hatte mich aus dem Tritt gebracht.

Ich mache Frühstück. Vron und ich trinken kaum Kaffee, aber meine Eltern sind Kaffeetrinker – gottlob keine eingeschworenen, sie mahlen, brühen und filtern nicht, begnügen sich mit löslichem Kaffee.

Sie haben einen Elektroherd, flache Heizspiralen; ich bin mir nicht sicher, ob 1 oder 6 die höchste Stufe ist. Ich versuche es mit 6. Ich sehe in der Küchenschrankschublade neben dem Eßzimmer nach und finde die Aufstellung mit Dads Medikamenten, genau wie Joan sagte. Ich sortiere sie nach Tabellen, soundso viele morgens, mittags und vor dem Schlafengehen. Ich werde das jetzt erst mal mitmachen, aber irgendwann muß Dad diesen Teil selbst übernehmen.

Ich bin innerlich darauf vorbereitet, nach dem Frühstück mit ihm über Mutters Zustand zu sprechen. Joan und ich sind beide der Meinung, daß er es am besten aufnehmen wird, wenn es von mir kommt.

Es ist grotesk, aber Dad ist überzeugt, daß ich für irgendeine Art Geheimdienst im Auftrag der Regierung arbeite. Den Gedanken hegt er seit über zehn Jahren. Er spielt nie direkt darauf an. Er sieht mich nur hin und wieder listig und ein wenig verschämt an und sagt dann: „Was macht der Job, John?"

Er könnte sich offenbar nie mit dem Gedanken anfreunden, daß ein erwachsener Mann Bilder malt, um seinen Lebensunterhalt zu verdienen; das paßt nicht in seine Vorstellungen von vernünftigem Verhalten. Mutter hat damit keine Schwierigkeiten; sie hat mich ein für allemal als alten Hippie abgestempelt. Ich trage einen Bart, lebe in Paris und bin höchstwahrscheinlich drogensüchtig. Sie tut mein Leben als reine Zeitvergeudung ab. Aber Dad braucht eine Rechtfertigung und hat sich diese zurechtgelegt. Joan hält das für den größten Witz aller Zeiten. Einmal schickte sie mir zu Weihnachten ein lebensgroßes Zorro-Kostüm, das sie selber geschneidert hatte. Dazu hatte sie einen Spielzeugkasten mit Detektivutensilien zum Sichern von Fingerabdrücken und ein Vergrößerungsglas gepackt.

Anfänglich versuchte ich, meinen Spukstatus abzustreiten, beschloß dann aber, mitzuspielen. Sei's drum; er tut es mir zuliebe. Neuerdings sage ich nur noch: „Alles in Butter, Dad." Das genügt für gewöhnlich; weiter treiben wir es nie.

Ich nehme die Tabletten, gieße ihm Kaffee in die Tasse und klopfe an die Schlafzimmertür. Ich bin entschlossen, ihm den Kaffee nicht ans Bett zu bringen. Ich rufe durch die Tür..

„Zeit zum Aufstehen, Dad; der Kaffee ist fertig."

„Gut, Johnny, gut, ich komme gleich."

Wie ich so dastehe, wird mir plötzlich bewußt, daß wir noch immer ein Spiel miteinander spielen.

Dad wurde 1904 geboren. Für Männer dieses Jahrgangs endete der Erste Weltkrieg, als sie vierzehn waren, und der Zweite Weltkrieg fing an, zumindest was die Vereinigten Staaten betrifft, als sie siebenunddreißig waren. Dad hat den Krieg verpaßt.

Irgendwie sitzt ihm das in den Knochen. Bestimmt ist es ihm klar, daß er Glück hat, davongekommen zu sein, aber er hat nie dieses verlogene „wahre Männerleben" im Feld miterlebt. Das macht ihm zu schaffen.

Dad hatte bei seinen Eltern gelebt, bis er heiratete, und dann nahm Mom das Heft in die Hand. Er hat immer in einer von Frauen geprägten Umgebung gelebt, nie als alleinstehender Mann oder mit anderen Männern zusammen.

Alle seine Brüder haben vorübergehend als Junggesellen gelebt; der eine war im Ersten Weltkrieg. Sie sind außerdem begeisterte Jäger. Jahrelang wollte Dad mich mit seinem Vater und seinen Brüdern zur Jagd mitnehmen, aber Mom duldete es nicht.

„Kommt nicht in Frage! Wenn ihr zwei auf die Jagd geht, könnt ihr eure Kleider und eure stinkende Unterwäsche selber waschen. Und mir kommen keine von diesen komisch riechenden Wildlederhandschuhen oder Indianer-Mokassins ins Haus. Das kann ich euch flüstern!"

Jedes Jahr im Herbst zog der ganze Clan, einschließlich aller meiner Vettern aus der Tremontschen Verwandtschaft, nach Maine hinauf. Meistens schossen sie Rehe, manchmal auch Bären. Bei Grandpa häuteten sie die Tiere dann und gerbten die Felle selber. Meine Vettern erzählten mir dann immer, wie sie tief im Wald, in der Kälte, auf der Lauer lagen und Karten spielten und Bier tranken. Mir scheint, daß mich das von ihnen trennte; aus mir würde nie ein richtiger Mann werden.

Und wenn ich jetzt den Flur entlangmarschiere und an die Tür klopfe, spiele ich Soldat. Als ich sage „Zeit zum Aufstehen, auf geht's!", wird es mir klar. Ich sage zwar nicht „Hoch, ihr Schlappschwänze, macht euch auf die Socken", aber es ist die zivile Entsprechung. Dad kommt in Schlafanzug und Hausschuhen herausgerudert und schlurft über den Flur zum Badezimmer.

Dies Schlurfen ist neu an ihm, und ich frage mich, ob es nicht von einem leichten Schlaganfall herrührt.

Aber es ist naheliegender, daß er spürt, wie er älter wird, und alte Leute schlurfen eben, also schlurft er. Morgens die Pantoffeln über einen Teppich schleifen zu lassen, hat etwas, das seinem Sinn fürs „Angebrachte" entspricht.

Er kommt aus dem Bad und steuert in Richtung Eßzimmer.

„Dad, willst du dich nicht erst mal anziehen? Es wird noch eine Weile dauern, bis die Eier fertig sind."

Er sieht mich aus brillenlosen Augen an.

„Wo ist deine Brille, Dad?"

„Ich hab sie nicht gefunden, Johnny."

Ich gehe mit ihm ins Schlafzimmer zurück, die Brille liegt auf dem Nachttisch, wo er sie vor dem Einschlafen hingelegt hat. Ich sollte froh sein, daß er sie abgenommen hat, denke ich. Es liegt ein schmieriger Schleier darauf, von Rand zu Rand. Ich nehme sie mit ins Badezimmer und spüle die Gläser mit warmem Wasser ab. Ich gehe selber unachtsam mit Brillen um, aber ehe meine Umgebung mir vor den Augen verschwimmt, wische ich die Mistdinger immerhin ab.

Er steht neben dem Bett und rückt sie mehrmals sorgfältig über den Ohren zurecht. Er hat sich immer beschwert, daß seine Brillen ihn an der Nase und an den Ohren drücken, deshalb wechselt er ständig die Gestelle, mal randlos, mal Metall, mal Plastik und so weiter. Er fing erst an, eine Brille zu tragen, als er über fünfzig war, und hat sich nie daran gewöhnt.

Der Kaffee wird kalt. Ich weiß, er erwartet, daß ich ihm seine Kleider zusammensuche. Ich erblicke die Sachen vom Vortag neben dem Bett, wo er sie fallen ließ. Ich hebe sie auf und breite sie auf dem Bett aus.

„Hier, Dad. Du kannst die Sachen anziehen, die du gestern anhattest. Sie sind noch nicht schmutzig."

Er sieht mich eindringlich an, neigt den Kopf.

„Ich ziehe nie dieselben Sachen zweimal hintereinander an, Johnny.

Deine Mutter würde mich umbringen."
Er beschwert sich nicht, stellt nur fest. Ehrlich gesagt, gehöre ich *selber* nicht zu denen, die täglich die Wäsche wechseln.
Ich sehe mich um und suche Unterwäsche heraus. Dad trägt Dacron-Unterhosen, die wie Boxershorts geschnitten sind, und die Sorte Unterhemden, die man trug, bevor T-Shirts aufkamen. Die seinen sehen aus wie Oberteile altmodischer Badeanzüge oder Turnleibchen, Schulterträger und große Löcher, durch die man die Arme steckt. An der Innenseite seines alten Unterhemdes steckt ein *Skapulier* der Herz-Jesu-Brüderschaft. Dad streift das frische Hemd über und tastet mit der Hand daran herum.
„Wo ist mein Skapulier, John?"
Er scheint zu denken, in jedes seiner Unterhemden sei eines eingebaut. Ich nehme das alte ab und gebe es ihm. Er bricht sich fast einen ab beim Anstecken; man merkt, daß er es noch nie gemacht hat. Er geht mit äußerster Konzentration vor, bauscht das Unterhemd zum Ball, steckt das Skapulier an und streicht die Falten wieder glatt. Er tätschelt das Skapulier drei- oder viermal und lächelt. Er ist stolz, daß er sich nicht in die Haut gepiekt hat, vermute ich. Ich gebe ihm ein Oberhemd und ein Paar Hosen aus dem Schrank; lege ihm frische Socken zurecht.
„Sieh mal, Dad, du mußt lernen, wo alle diese Sachen sind. Mutter ist krank und kann das nicht mehr machen."
Er lächelt ein breites, bereitwilliges Lächeln.
„Da hast du recht, Johnny. Ich werde das alles lernen. Du wirst schon sehen."
Ich gehe wieder in die Küche und wärme den Kaffee auf. Ich brate ein paar Eier. Die Tabletten liegen neben seinem Teller. Ich warte, und es dauert eine Ewigkeit, bis er aus dem Schlafzimmer kommt. Womit gibt er sich bloß so lange ab?

Ich schmiege mich dicht an Milly und wasche ihre Zitzen mit warmem Wasser. Das Euter ist schwer, der Milchgang geschwollen. Das frische Wasser dampft von den prallen rosigen Zitzen in das trübe neue Dämmerlicht. Ich schiebe den Eimer zurecht, hocke auf den Schemel und beginne den rhyhthmischen Singsang von Milch auf Metall. Mit jedem Strich werden meine Finger wärmer.

Als Dad herauskommt, serviere ich uns Spiegeleier mit gerösteten Tief-

kühlkartoffeln. Dad setzt sich und beguckt sie sich wie eine fremdartige Weltraumspeise.
„Ist denn kein Rosinengebäck mehr da?"
„Doch, aber laß uns lieber erst mit ein paar Eiern anfangen; dann kannst du das Gebäck essen."
„Johnny, ich esse morgens nie so viel."
„Versuch es dies eine Mal, Dad. Das gibt dir eine gute Grundlage. Kaffee und Gebäck ist nicht genug, trotz all der Vitaminpillen."
Verflixt, er muß einfach etwas Ordentliches zum Frühstück essen; wenigstens Orangensaft und ein Ei.
Er ißt behende und fängt mit dem Eigelb erst an, als das Weiße aufgegessen ist; zum Schluß wischt er sich den Mund mit der Serviette ab. Er wischt, als gelte es, die Lippen wegzurubbeln. Und natürlich muß es eine Stoffserviette sein, Stoffservietten zu jeder Mahlzeit, und zwar saubere. Joan hat mich daran erinnert, aber ich wußte es selber noch.
Dad lehnt sich zurück und trinkt seinen abgekühlten Kaffee.
„Siehst du, Johnny, jetzt stellt Mutter meistens den Plattenspieler an, und dann hören wir Musik."
Der Plattenspieler steht neben dem Tisch. Es ist ein altmodischer Magnavox mit Holzgehäuse. Über dem Plattenteller ist ein verschiebbarer Deckel angebracht. Ich mache die richtigen Knöpfe ausfindig und stelle den Apparat an. Es ist bereits eine Platte aufgelegt. Ich schließe den Deckel. Zugedeckt sieht er wie eine Geschirrvitrine aus; die Vorderfront ist aus einem gewebten, metalldurchwirkten Material mit hölzernen Laubsägeschnörkeln davor.
Bing Crosbys Stimme erklingt mit „I Wonder What's Become of Sally". Es ist ein tiefer, warmer Klang, unsauber, aber angenehm. All die neuen Stereo- und High-Fidelity-Anlagen sind sehr klar, sehr präzise, aber ich höre in der Musik immer den rauchgrau getönten, durchscheinenden Kunststoff mit. Sie ist so unglaublich akkurat, perfektioniert. Der verwaschene, dunkle Holzton des alten Bing hat etwas Wohltuendes dagegen. Ich bin sicher, daß jeder ernsthafte Stereofan sich vor Bauchschmerzen krümmen würde, aber für mich hört es sich gut an. Ich sitze neben Dad und schlürfe Kaffee mit ihm.

Als die Platte zu Ende ist, räume ich das Geschirr ab. Ich lasse heißes Wasser ins Spülbecken laufen. Dad ist mir in die Küche gefolgt. Er späht über meine Schulter, während ich Spülmittel in das heiße Wasser

spritze. Ich schabe Teller ab und lasse sie in den Sud gleiten.
„Weißt du, John, ich glaube, das könnte ich auch machen."
„Klar, Dad, da ist gar nichts dabei. Du läßt heißes Wasser mit Spülmittel in das eine Becken und klares Wasser ins andere. Du bürstest das Geschirr im heißen, seifigen Becken, ziehst es dann durchs Spülwasser und stapelst es in den Abtropfkorb."
Er sieht mir bei jeder Bewegung genau zu. Er will unbedingt, daß ich aus der Küche gehe, während er den Rest macht; seine erste Hausarbeit, das Frühstücksgeschirr von zwei Personen.
Ich fange an zu fegen. Sie haben einen Staubsauger, aber ich fege lieber. Ich habe einen Besen im Heizraum entdeckt und fange mit dem hinteren Schlafzimmer an. Mutter gehört zu den Leuten, die täglich staubsaugen. Den Teppichen wird eine gesonderte Behandlung zuteil werden.
Ich fege alles auf Häufchen. Wenn ich genug Dreck beieinander habe, häufele ich ihn zusammen, und dann geht es weiter. Dies ist ein Vier-Häufchen-Haus. Unsere Wohnung in Paris gibt drei Häufchen her, das Hausboot nur zwei. In der Mühle reicht ein Häufchen; je nach Verschmutzungsgrad komme ich manchmal auch auf zwei. Dort wird alles schneller schmutzig, aber es ist nur Erddreck, kein Ruß oder schmieriger Dreck wie in Paris. Der Schmutz hier liegt der Konsistenz nach dazwischen, ergibt aber eindeutig vier Häufchen.
Ich sehe nach Dad, den ich draußen im Garten oder im Gewächshaus vermute. Aber er steckt noch immer in der Küche und wäscht voll Hingabe ab. Ich wüßte gern, wo er in Gedanken ist.

Unten am Brunnen wippt ein zierlicher Vogel mit dem Schwanz und schwingt sich mit einem kleinen Aufwärtsschlenker in die Luft, während ich mich hinunterbeuge und den Eimer ins Wasser tauche.

Ich schleiche näher und beobachte ihn. Er nimmt jedes Geschirrstück und untersucht es minuziös nach Schmutz, und dann wäscht er einen Fleck nach dem anderen ab. Ihm fehlen nur noch Mikrometer, Zentrifuge und Sterilisator zu seinem Glück. Er schabt drauflos, als versuchte er, das Blümchenmuster abzureiben. Wenn er meint, daß die Stücke sauber genug sind, taucht er sie mindestens zehnmal ins Spülwasser.
Der Witz ist, daß er einen Mordsspaß zu haben scheint mit diesem Wasserspiel. Es gefällt ihm, Geschirr zu spülen, mit heißem und kaltem Wasser herumzuplantschen.

Dad kann sich fast jeder Sache mit übertriebenem Perfektionismus widmen. Ich weiß, ich drehe durch, wenn ich zu lange zusehe. Mutter hat darüber schon seit eh und je lamentiert. Ich habe viel von ihr und will es nicht wahrhaben.
Sie argumentiert, daß sie alles selber machen muß, weil Dad, der aus jeder Mücke einen Elefanten macht, sie wahnsinnig macht. Es wäre auch möglich, daß er noch nicht verlernt hat, sich zu freuen, während Mom und ich die Dinge lediglich hinter uns bringen. Ich stehle mich rückwärts aus der Küche.
Manchmal nennt Mutter Dad „Kilowattklau". Das ist einer ihrer Lieblingsspitznamen für ihn. Ein anderer ist „Fummelfritze". Manchmal ist er auch „Hans-Dampf-in-allen-Gassen".
Endlich befindet Dad, daß das Geschirr so in Ordnung ist. Es ist zwar sauber genug fürs Werbefernsehen, aber ihm ist noch nicht in den Sinn gekommen, daß auch noch andere Tätigkeiten unter die Rubrik „Geschirr spülen" fallen. Das sind die kleinen, wichtigen Verrichtungen, die den Unterschied ausmachen zwischen jemand, der sich in Küchendingen auskennt, und jemand, der keine Ahnung davon hat. Das ist mir bei unseren heranwachsenden Kindern aufgefallen und bei verschiedenen Freunden, die bei uns aufkreuzten.
Sie sagen, daß sie den Abwasch „machen" wollen, das ist aber auch alles. Sie „machen" den Abwasch. Alles übrige bleibt liegen. Sie waschen unter Umständen nicht einmal die Töpfe ab. Mit Sicherheit wischen sie weder den Herd noch das Spülbecken, noch die Tische oder Schrankflächen ab. Sie räumen nicht auf; Butter, Salz, Pfeffer, Gewürze, Küchenbretter. Eine junge Frau ließ das Abwaschwasser im Becken stehen. Sie war fünfundzwanzig Jahre alt und fürchterlich darauf erpicht zu heiraten. Nach dieser Episode konnte ich kaum noch Sympathie für sie aufbringen. Meine eigene Altjüngferlichkeit machte mir das unmöglich.
Also erkläre ich Dad alles. Er verfolgt genau, was ich tue, und schüttelt verwundert den Kopf.
„Wo hast du das alles bloß gelernt, Johnny? Beim Militär?"
Alle meine Kenntnisse, die Dad sich nicht erklären kann, habe ich beim Militär erworben.
„Schon möglich, Dad."
Gelegentlich denke ich jetzt an die bedauernswerten Offiziere und Unteroffiziere, die versuchen müssen, die Dinge mit einem Rudel acht-

zehn- bis neunzehnjähriger männlicher Wesen zu bewältigen. Ich drehe schon durch, wenn nur ein oder zwei das Haus unsicher machen. Die ganze Fegerei, das Bettenbauen, der Küchendienst, über den wir immer so meckerten, war nichts anderes als normale Hausarbeit.
Verstehen Sie mich nicht falsch, Reinlichkeit mag eine der edelsten Tugenden sein, aber sie bedeutet mir nicht viel, und Vron sieht genauso großzügig über Schmutz weg wie ich.
Aber meine *Mutter* ist da ganz anders. Sie ist eine Sauberkeitsfanatikerin. Schmutz *ist* das Böse! Sie pflegte mit einer eigens für diesen Zweck reservierten Zahnbürste die Ritzen in unseren Hartholzfußböden auszukratzen. Ihrer Meinung nach bargen (so drückte sie sich aus) sie Schmutz und Keime. In unserem Haus in Philadelphia hatten wir, abgesehen von Küche und Keller, fast in jedem Raum Hartholzfußböden. Einmal im Monat kratzte meine Mutter den keimbergenden Schmutz aus ihnen heraus. Sie hob das Häufchen auf, bis wir nach Hause kamen, damit wir bestaunen konnten, was wir „hereingeschleppt" hatten.
Mom hat außerdem einen Fenstertick. Die Fenster werden einmal wöchentlich geputzt, ob sie es nötig haben oder nicht. Als ich klein war, mußte ich mindestens eine Handbreit Abstand halten von den Fenstern. Sobald die geringste Gefahr bestand, daß ich eine Scheibe anhauchen oder berühren könnte, geriet sie in helle Aufregung. Über den kleinsten Fleck fiel sie mit Windex Fensterreiniger, einem Stück Zeitungspapier und einem weichen Lappen her.
Heute ist es für mich ein Hochgenuß, mich an ein Fenster zu lehnen, die Nase daran plattzudrücken und Lippenabdrücke darauf zu hinterlassen. Es bereitet mir diebische Freude, auf beschlagene Scheiben zu schreiben und Bilder zu zeichnen. Alle unsere Kinder sind Fensterbeschmutzer und Fingermaler. Manchmal kann man kaum noch durch unsere Fenster gucken. Trotzdem spüre ich noch heute, wenn ich mich einem Fenster nähere, eine Mutter-Barriere, die ich durchbrechen muß. Diese Kleinigkeiten verstopfen die Seele.

Als wir mit der Küche fertig sind, setzen Dad und ich uns ins Wohnzimmer. Er steht auf, um den Fernseher anzustellen, aber ich bitte ihn, das nicht zu tun. Sobald man in diesem Haus im Wohnzimmer sitzt, stellt man den Fernseher an; so wie man die Tür abschließt, wenn man aufs Klo geht.

Ich weiß nicht recht, wie ich es angehen soll; wir haben das Thema den ganzen Vormittag lang sorgfältig vermieden.
„Sieh mal, Dad, du mußt wissen, daß Mutter ernstlich krank ist."
Er verkrampft sich. Ich beobachte seine Augen. Er sieht mich mit herzzerreißendem Blick an; er bereitet sich auf das Schlimmste vor.
„Lebt sie noch, Johnny?"
„Sicher lebt sie, Dad, aber sie hat einen Herzanfall gehabt, keinen wirklich schweren, aber es war schlimm genug. Ihr Herz wird nie mehr das sein, was es vorher war. Zum Beispiel wird sie nie mehr soviel arbeiten können wie bisher."
Er nickt. Ich merke, daß er nicht begreift.
„Ich sage ihr ja immer, daß sie zuviel arbeitet, Johnny. Sie arbeitet einfach zuviel."
„Da hast du recht, Dad, und du wirst eine Menge von der Arbeit hier übernehmen müssen. Ich werde dir beibringen, die leichten Hausarbeiten zu erledigen. Joan wird rüberkommen und den Großputz machen, Wäsche waschen, einkaufen und so, aber den alltäglichen Kram, kochen, aufräumen, oberflächliches Saubermachen, wirst du übernehmen müssen."
Er ist ganz Ohr, hört aufmerksam zu, begreift aber noch immer nicht.
„Und dann, Dad, wirst du dich um Mutter kümmern müssen. Du weißt ja, wie sie ist, sie bringt sich noch um, wenn wir nicht aufpassen. Du wirst dich um sie kümmern müssen."
Er nickt noch immer, ohne mich anzusehen, den Blick auf den Boden gesenkt.
„Ja, das kann ich machen. Du sagst mir, was zu tun ist und wie man es macht, und dann werde ich das schon machen."
„Als erstes werden wir Mutter heute vormittag besuchen. Denk daran, daß sie krank ist, sie sieht nicht grade blendend aus. Wir dürfen sie vor allem nicht aufregen oder ihr Sorgen bereiten. Wir müssen sie davon überzeugen, daß wir auch allein gut klarkommen."
Ich sehe ihn prüfend an. Er hört begierig auf jedes Wort. Ich bin der Hauptmann, der die Befehle erteilt.
„Weißt du, Dad, Mutter ist überzeugt, daß niemand außer ihr dich versorgen kann. Wir müssen ihr beweisen, daß du es auch selber schaffst."
Jetzt schüttelt er den Kopf hin und her, ein langsames Nein, und unterdrückt mit einer Hand vor dem Mund das gekünstelte Lachen, das

er manchmal an sich hat.
„Genau, Johnny, genau; wir werden sie reinlegen."
Mann Gottes!
Dann stelle ich fest, daß Dad angezogen ist, sich aber nicht gewaschen hat. Er muß irgendwie aus dem Konzept sein, denn normalerweise ist er sehr gepflegt. Ich nehme an, Mutter würde nun sagen: „Jetzt gehst du dich aber waschen, Jack", und dann würde er sich waschen. Dann würde sie vermutlich sagen: „Jetzt zieh dich an." Ich habe nicht die richtigen Stichworte gegeben.
Also sage ich ihm, daß er sich noch einmal ausziehen und sich waschen soll. Danach werden wir uns gut anziehen und in die Klinik fahren.
„Wir werden versuchen, uns feinzumachen, weil Mutter dich gern schick angezogen sieht, Dad."
Das heißt, was *Mutter* sich unter schick vorstellt, ein Mittelding zwischen George Raft und John Boles. Dazu gehört ein breitkrempiger Hut und ein Anzug mit breitem Revers. Das kommt jetzt alles wieder in Mode, und Mom wird sich einen neuen Aufzug für ihn ausdenken müssen; vielleicht dünne Krawatten, geknöpfte Krägen, schmale Revers. Oder vielleicht wird das mal *mein* Seniorenkostüm.
Aber ich weiß schon Bescheid. Er wird eine gestreifte Krawatte mit Krawattenklammer tragen; eine goldende Armbanduhr; saubere Fingernägel; glatte, polierte, lederbesohlte Schuhe.
Ich suche alles zusammen und breite es auf dem Bett aus. Einen schönen Mist habe ich gebaut; erst bewege ich ihn dazu, sich anzuziehen, und dann, kaum zwei Stunden später, halte ich ihn dazu an, sich wieder auszuziehen. Als spielte ich mit einer Ausschneidepuppe.
Dad fragt, ob er baden soll.
„Normalerweise bade ich nur einmal die Woche, Johnny; ein alter Mann wie ich macht sich nicht mehr so schmutzig."
„Wasch dir bloß Gesicht und Hände, Dad; mach dir die Fingernägel sauber und putz dir die Zähne; das genügt."
Ich werde ihn nicht waschen und anziehen; ich werde ihm nicht einen Arm nach dem anderen hochheben und seine Achselhöhlen einseifen. Ha! Was weiß ich, was ich alles noch tun werde.
Es fällt mir schwer, mich mit der Situation abzufinden. Dad ist immer ein sehr fähiger Mensch gewesen. Es scheint mir auch nicht so sehr Senilität zu sein. Er ist teilnahmslos geworden, träge, kindisch. Eine ganz gute Überlebenstechnik, wenn jemand anders dir alles abnehmen

will, laß ihn machen. Aber Dad hat nicht mehr das Zeug, für sich selbst zu sorgen. Er hat abgebaut.
Penibel langsam wäscht er sich und zieht sich an. Als er herauskommt, hängt die Krawatte schief, aber ich halte mich zurück. Ich rolle den Wagen heraus. Er besteht darauf, daß ich ihn fünf Minuten lang warmlaufen lasse, bevor wir abfahren. Ich respektiere Dads Wünsche in dieser Beziehung.

Dad und Autofahren ist ein Kapitel für sich. Er ist von seinem sechzehnten Lebensjahr an Auto gefahren, bis er siebzig wurde. Er hat nie einen Unfall gehabt oder jemals die Versicherung beansprucht. Meistens fuhr er pro Jahr im Schnitt etwas über fünfzehntausend Meilen, bis er pensioniert wurde.
Dann, als er sich nach seinem siebzigsten Geburtstag den Führerschein verlängern lassen wollte, geriet er in Panik. Er hatte das Schriftliche mühelos bestanden, aber aufgrund seines Alters verlangten sie eine praktische Fahrprüfung. Als er das hörte, gab er dem Prüfer von der Zulassungsstelle seinen Führerschein ab und hörte auf der Stelle auf, Auto zu fahren.
Das war unsinnig, denn er war mit dem Auto zur Prüfung gefahren. Er fuhr fast jeden Tag. Er hatte den Mut verloren, weiter nichts. Er war über die Maßen nervös und eingeschüchtert.
In jeder Wettbewerbsgesellschaft kommen auf einen Gewinner Hunderte von Verlierern. Irgendwann in seinem Leben, vor langer Zeit, ist Dad dazu übergegangen, die Menschheit in Bosse und Arbeiter aufzuspalten. Sich selber betrachtet er als Arbeiter.
Mich hält Dad unter anderem für einen Boss. Ich kann ihm nicht klarmachen, wie lächerlich das ist. Ich lasse niemanden für mich arbeiten, der bloße Gedanke ist mir zuwider.
„Nein, Johnny, Bosse sind Bosse, und Arbeiter sind Arbeiter, und du bist ein Boss. Du hast das Auftreten von einem Boss."
Jedenfalls sieht Dad auch diesen Burschen, der bei der Kraftfahrzeugzulassungsstelle angestellt ist und der lediglich seinen Job versieht, als einen Boss an. Er erstarrt zur Salzsäule, gibt den Führerschein ab und ist seither nie mehr Auto gefahren. Außerdem ist er überzeugt, daß er die Prüfung nie bestanden hätte; für ihn gibt es gar keinen Zweifel, daß er dazu nicht mehr imstande ist; es gibt zu viele Dinge, die er nicht mehr bemerkt, Dinge, die Unfälle verursachen könnten.

„John, als guter Autofahrer weißt du, wann du kein guter Fahrer mehr bist."

Mit Mutter ist es schon so ein Kapitel. Sie fing erst an, Auto zu fahren, als sie auf die Vierzig zuging, obwohl Dad seit der Heirat versucht hatte, es ihr beizubringen. Er hatte sich mit Siebzehn aus Schrotteilen ein eigenes Auto gebaut. Ein ziemlich uriges Vehikel; es hatte nicht einmal eine Windschutzscheibe. Ich kenne eine Menge Anekdoten darüber und habe ein Foto gesehen. Meine Tante Trude sagte, ihr Vater, mein Großvater, hätte Dads Schwestern kategorisch verboten, mit ihm in dem Ding zu fahren.

Als wir Kinder waren, gehörte es zu den sonntäglichen Gepflogenheiten, nachmittags mit Mom Fahrschule zu machen. Damals hatten wir einen Ford, Baujahr 1929. Dad hatte für fünfzehn Dollar ein Schrottfahrzeug gekauft und selber hergerichtet. Fünfzehn Dollar waren damals der Wochenlohn eines Bundesangestellten vom Arbeitsamt. Als Kind gewann ich den Eindruck, daß es für einen Menschen mit das Schwierigste sein mußte, Auto fahren zu lernen.

Dad sagte immer: „Nicht aufregen, Bess, immer mit der Ruhe, es wird schon werden." Joan und ich saßen verängstigt auf den Rücksitzen, duckten uns, spickten, kicherten. Moms Glanzleistung war es, beim Vorwärtsfahren den Rückwärtsgang reinzuwürgen. Das Getriebe gab knirschende, grollende Geräusche von sich, und wir beiden wurden gegen die vordere Sitzbank geschleudert. Mutter ist eine Zumutung für jedes Fahrzeug; für Menschen auch.

Mom ist so übernervös, daß sie Verstand und Körper nicht in Einklang bringt. Sie bekam unbezähmbare Weinkrämpfe und bezichtigte Dad der Grausamkeit. Ein paarmal stieg sie kurzerhand aus. Dann fuhr Dad neben ihr her und redete ihr gut zu, daß sie wieder einsteigen solle, und sie lief weiter, als sei er Luft, und weinte.

In Kalifornien bestand Mom schließlich die Fahrprüfung. Der Bursche, der sie bestehen ließ, beging einen Riesenfehler. Sie ist ein Verkehrsrisiko. Ist es möglich, *zu* schnelle Reflexe zu haben? Sie hat eine *zu* lebhafte Einbildungskraft, zumindest um ein Fahrzeug zu steuern. Sie schwenkt das Lenkrad unentwegt von der einen in die andere Richtung, so daß der Wagen Schlangenlinien fährt. Unter ihren Händen bekommt ein Auto einen eigenen Willen, der total im Widerstreit mit ihrem Willen liegt. Mom redet auch mit Autos und läßt sich ohne Punkt und Komma über sämtliche Autofahrer aus, die ihr vor die Stoßstange kommen. Trotz alledem, oder vielleicht gerade deshalb, kann sie ihre Aufmerksamkeit nicht auf die Straße konzentrieren. Sie hat eine Reihe kleinerer Unfälle gehabt und einen Totalschaden verursacht. Ein wahres Wunder, daß sie noch nie jemand umgebracht oder sich selbst ernstlich verletzt hat.

Als Dad aufhörte zu fahren, wurde Mom die Familienchauffeurin. Dad ist selbst in seiner schlechtesten Verfassung zehnmal besser, als Mom jemals in ihrer Höchstform war. Aber in gewisser Weise ist das die Geschichte ihrer Beziehung. In ihrer herrschsüchtigen Art nahm Mom das Heft in die Hand. Sie schlüpfte in die führende Rolle. Und Dad, schüchtern, aufmerksam, einfühlend, wie er ist, mit seinem überentwikkelten Verantwortungsgefühl, überließ ihr mehr und mehr die Zügel.

Wahrscheinlich ist das generell gar nicht so unüblich im Leben. Wenn man etwas gut kann, dann kämpft man nicht so verbissen; man hat es nicht nötig.

Trotz alledem ist Dad auch jetzt noch derjenige, der den Wagen instand hält. Er sieht nach, ob es genug Wasser hat, läßt das Öl regelmäßig wechseln. Er kontrolliert den Reifendruck und läßt alle sechs Monate eine Inspektion machen.

Wir fahren los zum Krankenhaus. Ich möchte wissen, ob Dad mir den Weg zeigen kann. Vor zehn Jahren wurde er dort einmal an der Galle operiert und mußte häufig hin- und herfahren.

Aber er kann mich überhaupt nicht dirigieren; er ist wie ein Kind. Er hat aufgehört, an Straßen und Richtungen zu denken. Ich frage ihn, welches die günstigste Strecke ist, und er hebt die Schultern.

„Ich weiß nicht, Mutter fährt meistens."

Was für eine Rollenumkehrung. Es war immer der größte Witz in unserer Familie, daß Mom nie weiß, wo sie gerade herkommt. Sie hat sich tatsächlich einmal vier Häuserblocks von zu Hause entfernt verfahren, weil sie irgendwo falsch abgebogen war. Sie ging in eine Polizeiwache, um nach dem Weg zu fragen. Ich habe selbst auch etwas davon; ich verfahre mich leicht.

Aber ich bekomme langsam den Eindruck, daß Dad nur noch einen Bruchteil seiner Leistungskapazität ausschöpft. Ich meine zu spüren, wie es dazu kommt, wie leicht es auch bei mir dazu kommen könnte. Es ist erschreckend, wie das Zusammentreffen von Resignation und

mangelndem Selbstvertrauen einen Menschen weit über jegliche physiologische Entkräftung hinaus lähmen kann.
Ich nehme mir vor, Dad zu nötigen, sich die Straßennamen wieder einfallen zu lassen. Ich möchte seinen Geist aufscheuchen aus dem Hinterhof seines selbstgebauten Hauses, aus dieser Sackgasse, die sich friedlich zwischen die Arme gigantischer Schnellstraßen schmiegt. Ich frage ihn im Vorbeifahren Straßennamen ab und ermuntere ihn zu antworten.
Dann, mitten in meinem munteren Geplauder, wird mir plötzlich bewußt, daß ihn etwas anderes beschäftigt. Er sendet Schwingungen aus wie Windstille vor einem Sturm.
„Weißt du, John, es ist ein gutes Krankenhaus; es wird von der Gewerkschaft empfohlen."
Ich nicke und biege auf der DeSoto Avenue links ab.
„Aber es sind schrecklich viele Nigger dort; und nicht bloß Nigger, auch Japse." Er verstummt und sieht zu mir herüber.
„Und wenn schon, Johnny, es ist ein gutes Krankenhaus."
Ich versuche, nicht darauf einzugehen. Ich will nicht damit anfangen, ausgerechnet jetzt.

Als wir die Klinik betreten, haben wir an der Anmeldung als erstes mit einer gutaussehenden schwarzen Frau zu tun, die sich vom Tag zuvor noch an mich erinnert.
„Guten Tag, Mr. Tremont, Ihrer Mutter scheint es heute gutzugehen."
Ich bin beeindruckt, daß sie sich nicht nur an mich, sondern auch an die Situation erinnert. Ehrlich gesagt, war mir, als ich allein ankam, gar nicht aufgefallen, daß sie schwarz ist. Ich hatte wahrgenommen, daß sie hübsch, liebenswürdig und umsichtig ist, aber nicht ihre Farbe. Nur wegen des Gesprächs im Auto fällt es mir auf; so funktioniert das.
Dad steht da und lächelt; aber seltsam, es ist, als betrachtete er jemand in einem Käfig im Zoo. Sie befindet sich *tatsächlich* in einem Käfig, einem Glaskäfig; vielleicht gehört das auch dazu, oder vielleicht bilde ich mir das alles nur ein.
Wir waten durch Lautsprecherberieselung auf den Aufzug zu.
„Kennst du sie, Johnny?"
„Ich habe mit ihr gesprochen, als ich Mom das letztemal besuchte."
„Sie war wirklich nett."
„Mhm, sie scheint ein netter Kerl zu sein."

Er schüttelt den Kopf und spricht zum Fußboden hinunter.
„Die Welt hat sich so geändert, Johnny; es ist kaum zu glauben, wie sehr die Welt sich geändert hat."
Wir betreten den Aufzug. Dad wird nervöser; sein Gesicht ist weiß geworden, seine Hände zittern. Ich lege den Arm um seine Schultern.
„Komm, Dad, ist schon gut. Sie sorgen für Mutter, so gut sie können. Hier kann sie sich endlich mal richtig ausruhen, das braucht sie schon lange."
Wir gehen durch die teppichbelegten Korridore; die Wände sind mit wilden Phantasieornamenten bemalt. Wir kommen auf der Intensivstation an. Wieder eine schwarze Frau. Ich frage, ob wir Mutter besuchen können. Sie sieht in ihren Krankenblättern nach. Wir dürfen, wenn wir nicht lange bleiben. Wir gehen um die Schwesternstation herum zu Moms Box. Sie ist wach und sieht uns hereinkommen.
Dad küßt sie, und sie weint. Dad fängt auch zu weinen an. Ich werde verlegen. Mom und Dad hatten nie viel übrig für öffentliche Zurschaustellung von Zuneigung oder Gefühlen. Ich kann mich nicht erinnern, jemals gesehen zu haben, daß sie sich richtig küßten, abgesehen von einem flüchtigen Abschieds- oder Begrüßungskuß. Joan und ich haben uns irgendwann einmal darüber unterhalten. Wir versuchten damals auch, uns zu erinnern, ob Mutter uns als Kinder jemals in den Arm genommen oder geküßt hat. Keiner von uns konnte sich an ein derartiges Ereignis erinnern.
Mutter hatte als junges Mädchen ein schreckliches Erlebnis gehabt. Sie war eines von zehn Kindern in einer Familie, die in einem Reihenhaus mit drei Schlafzimmern in Süd-Philadelphia lebte. Sie hatte zwei Schwestern, die Rose und Anne hießen; sie schliefen zu dritt in einem Bett, Mom, als die Jüngste, in der Mitte. Innerhalb von einem Jahr starben Anne und Rose beide an Tuberkulose, in jenen Tagen galoppierende Schwindsucht genannt.
Mutter war zeitlebens überzeugt, daß sie Tuberkulose hätte. Das Entsetzlichste an diesem Erlebnis war, daß Rose, die als zweite starb, in Moms Armen den Tod fand. Es war ein stickig heißer Sommertag, und Mutter versuchte, sie aus dem Fenster zu halten, damit sie besser atmen konnte. Rose bekam plötzlich einen Blutsturz und starb innerhalb weniger Minuten. Mutter war damals vierzehn und hatte, was man damals einen „Nervenzusammenbruch" nannte. Sie ging danach nie mehr in die Schule.

Ihr Leben lang hat Mom eine groteske Furcht vor Bakterien gehabt. Sie küßte uns nie auf den Mund, weder meine Schwester noch mich. Wenn sie doch einmal irgend jemanden küßte, wischte sie den Kuß sofort wieder ab, wie Lippenstift; sie wischte Bakterien ab.
Mom streckt die Arme aus und möchte, daß ich zu ihr komme und sie küsse. Sie küßt mich auf den Mund und wischt sich nicht ab. Mag sein, daß es ihr jetzt, wo sie im Sterben liegt, nicht mehr auf Bakterien ankommt. Dad steht da und sieht sie an, die Tränen laufen ihm übers Gesicht. Mutter taxiert ihn flüchtig von oben bis unten.
„Er sieht fabelhaft aus, Jacky; was für ein wunderbarer Sohn du bist. Was würden wir ohne dich machen?"
Sie richtet sich im Bett auf.
„Geht es dir gut, Jack; nimmst du auch deine Blutdrucktabletten?"
„O ja, Bette, mir geht's prima. Weißt du, Johnny kann kochen und saubermachen und all das; er ist wie eine richtige Ehefrau."
Mutter wirft mir einen raschen Blick zu und deutet ein Schnauben an.
„Ihr müßt eben versuchen, euch irgendwie über die Runden zu helfen. Ich bin bald wieder draußen. Ihr könnt ja bei McDonald essen, und im Tiefkühlfach sind noch Lebensmitel."
Jetzt setzt eine Beschreibung verschiedener Menüs ein, die Dad gern ißt und gut verträgt. Das bedeutet: keine Zwiebeln, kein Knoblauch, keine Gewürze, außer Salz. Letzten Endes läuft es auf Hacksteaks in verschiedenen Variationen hinaus, mal mit Nudeln, mal mit dem künstlichen Kartoffelbrei aus der Tüte.
Ich nicke vor mich hin. Ich denke, daß ich schon aufbrauchen werde, was sie im Tiefkühlfach hat, aber ich habe nicht die Absicht, so zu essen. Mom ist möglicherweise die schlechteste Köchin der Welt. Ich möchte die Tradition nicht fortführen. Ich koche gern und ziehe Abwechslung vor; wenn es sein muß, koche ich auch zweierlei, für Dad und für mich. Aber ich bin sicher, daß Dad mögen wird, was ich zubereite. Der arme Teufel hat über fünfzig Jahre lang nichts als krankenhausartige Armeleutekost bekommen.
Dad starrt Mutter unverwandt an, als überraschte es ihn, daß sie einfach im Bett liegenbleibt und nicht aufsteht und die Dinge in die Hand nimmt. Es muß für ihn schlimmer sein als für mich. Als es Zeit ist zu gehen, küßt er sie erneut; er kann sich eine Frage nicht verkneifen.
„Wann kommst du wieder nach Hause, Bette? Was glaubst du, wie lang es dauern wird?"

Mom dreht sich zu mir und wirft mir einen ihrer berühmten Blicke zu. Diese Blicke haben es in sich. Es ist gewissermaßen, als versuchte sie, einen meist abfälligen Gesichtsausdruck vor einer anderen Person zu verbergen, aber sie tut es so demonstrativ, daß jedermann es mitbekommen muß; eine theatralische Sarah-Bernhardt-Gebärde, für die letzte Reihe, ganz oben auf den Rängen gedacht. Diesmal sieht sie mich an, hebt die Augenbrauen und verdreht die Augen zur Decke. Sie sagt: „Siehst du, daß er aufgeschmissen ist, er hat keine Ahnung."
In gewisser Weise trifft das zu, aber er steht unmittelbar daneben; er *sieht* den Blick. Es ist entweder unglaubliche Herzlosigkeit oder mangelnde Sensibilität. Sie tut das auch mit meiner Schwester, mit meinen Kindern und mit mir; es ist etwas, das ich seit jeher unerträglich finde.
„Weißt du, Mom, Dad hätte dich einfach gern wieder zu Hause. Es ist vollkommen natürlich; wir alle hätten das gern. Wir alle hätten dich gern so bald wie möglich wieder draußen."
Ich versuche, ihre blödsinnigen Grimassen einfach zu überspielen.
„Aber du mußt dir Zeit lassen und dich ausruhen. Tu, was die Ärzte sagen. Du wirst dich wieder erholen, aber du wirst deine Lebensweise ändern müssen, Mom. Du hast einen Herzinfarkt gehabt und kannst mit deinen Kräften nicht mehr solchen Raubbau treiben wie bisher."
Ihre Augen schwimmen.
„Ich weiß nicht, ob ich so leben will, Jacky. Wenn ich nicht mehr machen kann, was ich will, was hat das Leben dann noch für einen Sinn?"
Ich beherrsche mich; ich will sie nicht aufregen.
„Gut, Mom. Aber tu, was der Arzt sagt. Er weiß am besten Bescheid, und er wird dich entlassen, wenn du soweit bist."
Dann kommt sie mit dem Knüller.
„Weißt du, ich bin gar nicht so sicher, daß ich einen Herzinfarkt hatte. Wie wollen die Ärzte das so genau wissen? Es hat sich eher wie Blähungen angefühlt."
Das mußte kommen, aber ich halte meine große Klappe. Was bleibt mir anderes übrig?
Ich küsse sie zum Abschied, dann gehen wir.
Sobald wir wieder im Auto sind, fängt Dad wieder damit an.
„Johnny, was glaubst du, wann kommt sie tatsächlich wieder nach Hause?"
„Sie sollte so lange wie möglich in der Klinik bleiben. Je länger sie bleibt,

desto besser für sie.“
„Da hast du wahrscheinlich recht, Johnny; ich glaube, du hast recht.“
Aber er glaubt es nicht.
An diesem Abend tun wir nicht viel. Wir sehen ein bißchen fern, dann schiebe ich meine alte 175er Honda aus dem Geräteschuppen in den Hof. Sie hat eine gründliche Reinigung und Überholung nötig; sie ist fast zwei Jahre lang da drin gestanden. Dad kommt heraus und macht sich in seinem Gewächshaus zu schaffen. Er kann stundenlang da drin herumpusseln, ganz für sich.

Die Sonne richtet sich lautlos auf über Iras Scheune.
Jeden Tag eine Spur früher, ein Stück weiter rechts.
Startzeichen für den Tag, setzt der Nacht ein Ende.

5

Ich muß eingeduselt sein, denn mein Kopf macht einen Ruck, und die Landschaft hat sich verändert, bergiger, nicht mehr so trocken.
Ich hoffe bloß, daß wir nicht auf meine Zukunft zu sprechen kommen; wenigstens vorerst nicht. Er wird nie verstehen, weshalb ich genug habe von Santa Cruz. Er hat den ganzen Papierkram für das Stipendium erledigt, Wohnsitznachweise, High-School-Zeugnisse angefordert, den ganzen Krampf. Und jetzt, ein Jahr danach, will ich nicht mehr. Manchmal kann ich es selber nicht verstehen.
Aber, Großer Gott, er hätte diesen Laden mal sehen müssen. Eine einzige Kinderbewahranstalt. Meiner Meinung nach ist Santa Cruz ein Altersheim für Jugendliche.
Mir wäre fast das Kotzen gekommen, als ich mit meinem Motorrad nach zehn Tagen Fahrt dort ankam. Von Kopf bis Fuß verdreckt; meine ganze Habe in zwei Satteltaschen verstaut. Ich traute meinen Augen nicht. Lastwagen und Autos fuhren vor, aus denen sie Stereoanlagen ausluden, wandfüllende Hi-Fi-Systeme, Teppiche, Teddybären, Zehngang-Rennräder, Tennisschläger, Golfsachen, Fechtanzüge, Überseekoffer voller Klamotten. Lieber Himmel, nicht zu fassen, was diese Leute an Krempel mit sich schleppten. Es sah aus wie ein Junior-High-School-Flohmarkt.
Und dann mein beknackter Zimmergenosse, Flash. Meine *Mutter*, meine *eigene* Mutter hat ihn für mich ausgesucht. Sie füllte ein Formular aus mit den Merkmalen, die ihrer Meinung nach mein Wunschpartner haben mußte. Kaum zu glauben, aber in Santa Cruz gibt es selbst für so was ein Formular. Mom gab an, daß ich gern jemand mit einer guten Stereoanlage hätte, der sich für Elektrobasteleien, Motorräder und Waldlauf interessiert. Ich habe später in der Verwaltung nach diesem Formular gefahndet, um dahinterzukommen, wie ich an diesen Burschen geraten bin.
Ich kriege in der Tat einen Zimmergenossen mit einer sagenhaften Stereoanlage; und er ist sogar ein geradezu genialer Elektriker. Aber nebenbei spinnt er. Er hat beispielsweise an unserer Zimmerdecke an einem Flaschenzug ein Rennrad aufgehängt und ein gigantisches Schloß

daran montiert. Er hat das Schloß selbst entworfen und gebaut. An dem Fahrrad hängt ein Schild. Drauf steht:

WENN DU DIES FAHRRAD KLAUST, WIRST DU DAS BESTE FAHRRAD
DER WELT KLAUEN, DAS MIT DEM BESTEN SCHLOSS DER WELT
GESICHERT IST, UND DU WIRST VOM BESTEN DETEKTIV DER WELT
VERFOLGT WERDEN BIS ANS ENDE DER WELT.

Natürlich ist das die totale Herausforderung. Zu guter Letzt müssen wir permanent unsere Tür abschließen. Niemand außer uns schließt seine Tür ab in Santa Cruz, die Türen werden nicht einmal zugemacht! Flash trägt immer Schwarz; er trägt schwarze T-Shirts, schwarze Jeans, schwarze Socken, schwarze Jockey-Unterhosen, schwarze Schuhe, schwarze Schlafanzüge. Er hat langes schwarzes Haar, das rundherum glatt herunterhängt, sogar übers Gesicht, und auf dem Oberkopf zur Bürste geschnitten ist, so daß man die weiße Schädelhaut durchscheinen sieht; sie ist das einzig sichtbare Weiße an ihm. Er sieht aus, als sei er direktenwegs aus *Mad* entsprungen.

Soweit ich mich erinnere, ging Flash, abgesehen von Prüfungen, nie zum Unterricht. Er verließ das Zimmer nur, um mit dem Rennrad herumzufahren oder sich etwas zu essen zu holen. Das ist typisch Santa Cruz; man wird von niemand beobachtet. In diesem Laden kümmert sich kein Mensch einen Dreck um das, was man tut. Und doch überkommt einen irgendwann ein schlechtes Gewissen, weil man nicht genug tut. Sie haben dort ein Benotungssystem, bei dem verhauene Arbeiten einfach nicht angerechnet werden, das heißt, entweder man hat bestanden, oder es ist, als sei nichts gewesen; man kann nicht durchfallen. Trotzdem ist es auf vertrackte Weise eine Art Gewächshaus für Supermänner, ein Treibhaus für Mammutbäume. Ehrlich gesagt habe ich mich in dem mickrigen amerikanischen Gymnasium in Paris selbständiger gefühlt; dort konnte man wenigstens durchfallen.

Der Betrieb in den Studentenwohnheimen in Santa Cruz war wahnwitzig. Im Vergleich dazu kommt man sich in einer Pariser Wohnung vor wie ein Eremit in einer Gebirgshöhle. Jeder rannte bei jedem in die Bude, und nach der dritten Woche hatten wir durchgehend Große

Nachtmusik. Das Licht brannte pausenlos; es gab nirgends einen Winkel mit gedämpfem Licht, geschweige denn Dunkelheit. Manchmal machte ich die Augen zu und versuchte, mich zu erinnern, wie Dunkelheit war. Wenn ich gelegentlich gegen drei Uhr morgens hinausging und mich umdrehte, bebte das ganze Gebäude vor Lärm und Licht, der Strom wurde in Kilotonnen verplempert. Und am nächsten Tag im Unterricht redeten dieselben Leute von Ökologie und Umweltschutz. Bloß um dem zu entkommen, lebe ich praktisch in der Bibliothek. Ich habe sogar einen Job dort; es hilft mir, einen Rest Verstand zu bewahren. Diese Leute sind nicht einen Augenblick allein. Sie schreiben ihre Arbeiten inmitten von einem Tohuwabohu aus Krempel, Krach und Gerüchen. Die Gerüche, Gott, die würden jeden umhauen. In sämtlichen Räumen sind die Fußböden übersät mit Papier, Lebensmitteln, schmutzigen Socken, Klamotten, Büchern. Jeder latscht über diese Haufen. Die Leute rennen halbnackt herum; es ist ein Zoo, kein bißchen Privatleben.

Dad hat noch nicht wirklich versucht herauszubekommen, wieso ich nicht weiterstudieren will. Das ist eine Macke von ihm; er redet nicht über die Dinge. Er kann schon mit Leuten reden; sich unterhalten, meine ich; er ist ein großer Geschichtenerzähler, und Malen ist meinetwegen auch Kommunikation; aber er redet nicht, wenn etwas wichtig ist. Er verdrängt lieber alles, was er nicht hören will. Mom ist genauso. Aber wir *müssen* das hier früher oder später besprechen, bloß werde *ich* das Thema nicht anschneiden.

Ich möchte gern mal schreiben. Schreiben ist etwas, das mir Spaß macht. So ist es zur Malerei gekommen. Ich weiß, daß ich besser schwafeln kann als die meisten; das müßte von Vorteil sein. Als erstes werde ich es mit einem Roman versuchen oder vielleicht mit einem Theaterstück, egal. Ich brauche nur meine Blockhütte und ein bißchen Ruhe. Ich werde mich anstrengen und zur Abwechslung mal etwas Produktives tun. Hergott nochmal, mein Leben verrinnt, und ich habe nichts vorzuweisen.

Vielleicht kommt Debby *doch*. Sie wäre bestimmt ganz weg von meiner Blockhütte. Sie hat die Nase gestrichen voll von Berkeley, und es wäre schön, eine nette Frau dabeizuhaben.

Der Haken ist, daß ich nicht weiß, wie ich zu Geld kommen soll. Ich kriege keine Arbeitserlaubnis. Durch die EWG-Bestimmungen ist es für einen Amerikaner unmöglich, in Frankreich legal an Arbeit zu kommen. Vielleicht werde ich mich bei der Zuckerrübenernte verdingen. Soviel ich weiß, kann man dabei im Monat an die tausend Dollar verdienen. Ich könnte leicht mit ein paar Tausendern pro Jahr auskommen. Debbys alter Herr wird auch ein bißchen beisteuern.

„He, Dad, laß uns irgendwo anhalten zum Frühstück. Ich bin am Verhungern."
Er nickt. Er ist weit weg in Gedanken. Wir werden bald von Utah nach Colorado überwechseln. Die Rockies liegen irgendwo vor uns, sind aber noch nicht zu sehen.
Als ich auf meiner Yamasaki da entlangzockelte, war ich den Dingen so viel näher. Ich machte Bekanntschaft mit jedem Hügel, jedem Schlagloch. Ich sog jede einzelne Meile in mich ein und spuckte sie wieder aus, immer einen Mundvoll auf einmal. Mit klappernden Zähnen und rüttelnden Nieren hielt ich den Lenker umklammert. Abends war ich total kaputt. Zweimal pinkelte ich Blut. Auch das Schlafen im Freien mit Mücken und Moskitos war eine Tortur. Ich hatte ein Zelt dabei, aber kein Moskitonetz. Ich muß allergisch sein gegen Moskitos; jeden Morgen war ich aufgedunsen wie ein Ballon. Mit den dicken Wurstfingern den Lenker festzuhalten und zu schalten war allein schon eine Qual.
„Dad, wie wär's, wenn wir ein Fenster aufmachen; geht das? Diese kalte Konservenluft geht mir auf den Geist."
„Gute Idee. Wir haben sowieso die Wüste jetzt hinter uns."
Er drückt auf Knöpfe, und beide Fenster gleiten langsam herunter; der bionische Mensch. Wind weht herein und umfächelt uns.
„Ah, das fühlt sich gleich besser an, Bill. Wenn ich in so eine Kiste einsteige, vergesse ich alles um mich herum."
Eine halbe Stunde darauf halten wir an und genehmigen uns Berliner und Kaffee. Großer Gott, man sollte es nicht für möglich halten! Das bißchen, bloß für uns zwei, kommt schon auf zweifünfzig.
Diese Welt ist echt das Grab. Man ackert sich zu Tode, bloß um am Leben zu bleiben; fast jeder Job wirft gerade so viel ab, daß man die Miete für seine vier Wände bezahlen, sich ernähren und Kleider kaufen kann, selbst gebrauchte Klamotten. Und es gibt keine Möglichkeit, ohne Arbeit sein Leben zu fristen; wir sind alle Gefangene. Man braucht sich bloß Gary und Marty anzusehen; für die gibt's kein Zurück mehr. Ein einziger Horrortrip.

6

Am nächsten Tag mache ich mich nach dem Besuch im Krankenhaus daran, meine Honda zu überholen. Zuerst breite ich Zeitungen darunter aus, um altes Öl oder Dreckkrümel aufzufangen. Ich blase die Vergaserdüsen durch, dann nehme ich die Zündkerzen heraus, schabe sie ab und baue sie wieder ein. Das Motorrad ist so lange herumgestanden, daß beide Kerzen *Schimmel* angesetzt haben. Ich lege einen Gang ein und schiebe es hin und her, um zu prüfen, ob sich der Motor festgefressen hat, aber er ist in Ordnung, die Kolben bewegen sich.

Ich reinige die Unterbrecherkontakte und stelle die Zündung ein, so gut es ohne das richtige Werkzeug geht. Obwohl ich ein lausiger Automechaniker bin, tüftele ich gern an einer kleinen simplen Maschine wie dieser herum; es ist etwas, das mein Verstand bewältigen kann, und gerade jetzt brauche ich das.

Dad kommt nach draußen und sieht mir zu. Er ist seit jeher ein so phantastischer Handwerker gewesen, daß er mich nervös macht. Bei uns zu Hause haben sich immer alle schiefgelacht, weil ich so stümperhaft mit Maschinen umgehe. Jahrelang nannten sie mich „Murks", weil ich so viel Murks machte in allem, was handwerkliches Geschick erfordert. Erst nachdem ich fünf Jahre lang von zu Hause weg war, merkte ich, daß meine handwerklichen Fähigkeiten nur im Vergleich zu Joan und Dad so bescheiden waren.

Dad steht über mir. Ich weise darauf hin, was für ein feines Maschinchen so ein Motorrad ist; gar nichts Besonderes, bloß ein Motor auf Räder montiert; das ideale Fortbewegungsmittel für Fahrten ins Grüne, fast so gut wie Flügel. Ich weiß, daß Dad es für gefährlich hält und eines erwachsenen Mannes in mittleren Jahren unwürdig, auf zwei Rädern herumzukippeln.

Ich finde den Schlüssel an der Tür im Gartenhäuschen, wo ich ihn zuletzt hingehängt hatte. Ich schließe die Batterie an, natürlich ist sie leer. Ich nehme sie heraus und lege sie in den Kofferraum des Autos; Dad und ich fahren zur nächsten Tankstelle, um sie schnelladen zu lassen. Man sagt mir, daß es eine Stunde dauern wird.

„Na gut, Dad, solange wir warten müssen, können wir ja auf ein Bier in

die Bar gegenüber gehen."
Er sieht mich an.
„Was?"
„Da drüben ist eine kleine Bar, dort können wir uns ein Bierchen einpfeifen, während wir warten müssen."
„Meinst du, das geht?"
„Klar, komm schon, wir sind beide über einundzwanzig; es ist nicht verboten, sich nachmittags in einer Kneipe ein Bierchen zu genehmigen. Dazu sind Kneipen da."
Es ist eine gewöhnliche Bar; schummrig, mäßig klimatisiert, ein altes Fenstergebläse summt vor sich hin. Ich finde es ganz reizvoll, am Tag in eine Bar zu gehen, besonders hier in Kalifornien. Nach einer gewissen Zeit bedrücken mich der hohe, bläuliche Himmel und die seltsame Schalheit von allem. Es ist eine Wohltat, in die dunkle, dicke Luft einer Bar einzutauchen.
Wir setzen uns in eine Nische. Es ist eine klassische Kneipe; ein paar Stammgäste stehen oder sitzen am Tresen, und mindestens eine Prostituierte klappert die Mittagsgäste ab.
„Was möchtest du trinken, Dad?"
„Also, ein Bier wäre mir schon recht, aber wir haben doch eine Menge gekühltes Bier im Kühlschrank daheim, gleich um die Ecke."
Ich bestelle zwei Bier und frage Dad, ob er lieber am Tresen sitzen möchte.
„Meinst du, das geht?"
„Klar, komm schon."
Wir klettern auf Barhocker; der Barkeeper schiebt eine Schale mit Erdnüssen zu uns herüber.
„Muß man die Erdnüsse extra bezahlen, John?"
„Normalerweise nicht, Dad, es sei denn, die Inflation hätte die Leute hier wirklich hart getroffen."
Ich nehme eine Handvoll, und Dad klaubt sich zaghaft eine Nuß heraus. Dad sagt, daß er seit über fünfzig Jahren nicht mehr allein in einer Bar war, zuletzt vor seiner Heirat. Er sieht sich die Leute an und benutzt dazu den Spiegel hinter der Bar. Er guckt verstohlen nach den Frauen; eine von ihnen lächelt ihm freundlich zu. Er blickt schnell weg und starrt in sein Bier.
„Kommst du öfter in solche Bars, John?"
„In Paris gibt es weniger Bars, Dad; wir gehen mehr in Cafés. Da kann

man sich reinsetzen und einen Kaffee oder ein Bier trinken, aber es ist nicht wie das Lokal hier; in manchen Cafés kann man auch draußen sitzen. Es ist ganz anders. Es gibt kaum Tage, an denen ich nicht kurz in eines meiner Lieblings-Cafés einkehre."

Dad macht ein Gesicht, als sei daran möglicherweise etwas Verwerfliches. Ich blicke auf meine Uhr; wir haben noch immer fast eine halbe Stunde. Ich versuche, Dad zu bewegen, daß er erzählt, wie es war, bevor er heiratete, als er zusammen mit seinem Vater und seinen Brüdern als Zimmermann in Hog Island arbeitete. Ich komme ihm nicht bei. Schwer zu sagen, ob er sich nicht erinnert oder einfach nicht darüber sprechen möchte. Er weiß nicht einmal mehr, daß Onkel Harry damals in Philly bei uns wohnte. Dabei ist das ein wichtiger Teil meiner Lebensgeschichte, und es fällt mir schwer, mich damit abzufinden, daß er sich überhaupt nicht daran erinnert.

Ich weiß, daß Vron lebhafte Erinnerungen an Dinge hat, die wir gemeinsam erlebt haben, Dinge, an die ich mich nicht erinnere, und mir geht es umgekehrt genauso. Auf erschreckende Weise sind wir alle allein.

Wir holen die Batterie ab, fahren nach Hause und bauen sie in das Motorrad ein. Ich drehe den Zündschlüssel um, trete aufs Pedal, und der Motor springt sofort an. Es ist ein umwerfendes Gefühl, einen Motor wieder zum Laufen zu bringen, etwas wieder zum Leben zu erwecken. Ich tuckere ein paarmal die Straße auf und ab damit. Das Motorrad hat so lange herumgestanden, daß es schwarzen Qualm ausstößt und Fehlzündungen hat, aber dann läuft der Motor allmählich runder. Ich rolle vors Haus und parke an der Auffahrt. Es nudelt noch ein Weilchen im Leerlauf.

Es ist bald Zeit fürs Abendessen, und ich überlege, ob wir in ein Restaurant gehen sollen, komme aber zu dem Entschluß, daß die Geschichte mit der Bar genug Aufregung für einen Tag war. Dad hat bereits seine Fernsehschnulzen verpaßt und wandert unruhig umher, sieht auf die Uhr und stellt den Apparat an und wieder ab. Ein bedeutender Bestandteil seines Lebens ist heute ausgefallen. Er ist an einem Punkt angelangt, an dem die Fernsehwelt wirkliches Leben für ihn ist, und ich trage die Verantwortung für einen Tag, der ihm fehlt.

Ich beschließe, das wieder wettzumachen, indem ich uns rasch ein leckeres Abendessen zurechtzaubere. Ich durchstöbere die Tiefkühltruhe und treibe zwei passabel aussehende Spencer-Steaks auf. Ich werde daraus eines meiner bewährten Schnellgerichte zubereiten. Ich defroste und brutzele die Steaks in einer aus Pilzsuppe angerührten Soße. Dann gebe ich einen Schuß Wein darüber und lasse das Ganze zugedeckt eine Stunde lang bei niedriger Stufe auf der hinteren Platte schmoren. Dabei entsteht ein schmackhaftes Mittelding zwischen Steak und Gulasch. In einem dieser toasterähnlichen Backöfchen mit Glasscheibe vorn taue ich ein paar abgepackte Pommes frites auf und öffne dazu eine Dose Erbsen. Es macht mir Spaß. Dad ist draußen im Garten und gießt, dann geht er ins Gewächshaus. Ich sehe immer wieder nach ihm, aber dort ist er unsichtbar für mich.

Ich bessere im Gartenschuppen einen Spaten aus, spanne den Stiel in meinen Schraubstock: glattes Hickoryholz, von Schwielen blankpoliert wie von Zeit.

Ich decke den Tisch und rufe Dad. Er ist wieder überrascht, daß ich Essen aus der Küche hervorbringe; daß es warm und in Schüsseln angerichtet ist.

Er fragt, ob Zwiebeln an dem Fleisch sind, und ich versichere ihm, daß dem nicht so ist. Ich schlage vor, daß wir zum Essen Bier trinken.

„Wir werden bald betrunken sein, wenn wir die ganze Zeit Bier trinken, John."

„Ein paar Flaschen Bier haben noch nie jemand geschadet, soviel ich weiß, Dad. Komm, es wird uns beide ein bißchen entspannen."

Also gibt es Bier zum Essen und hinterher Kaffee. Ich mache ihn ziemlich stark; es ist Pulverkaffee, nur eine Frage der Kaffeemenge, die man in kochendes Wasser gibt, kein Kunststück.

Dad schüttet wie üblich einen einzigen gestrichenen Löffel Zucker hinein, rührt beinahe eine Minute lang hingebungsvoll um und klopft dann die letzten Tropfen von seinem Löffel am Innenrand der Tasse ab. Er hebt die Tasse behutsam an und reckt die Lippen vor wie ein Pferd oder ein Maultier, das sich über einen Eimer Wasser hermacht. Er pustet vorsichtig, bevor er schlürft. Die Lippen meines Vaters sind seit jeher überempfindlich gegen heiße Getränke.

Er hebt den Kopf, blickt in die Tasse, gibt noch zwei Teelöffel voll Zucker hinein und exerziert das Rühren und Löffelabklopfen noch einmal durch. Diesmal schlürft er den Kaffee zu Ende, als tränke er Calvados oder einen guten Marc de Bourgogne.

„Menschenskind, John, das ist vielleicht ein Kaffee. War das coffeinfreier? Deine Mutter und ich trinken nur morgens richtigen Kaffee."
Ich versichere ihm, daß er coffeinfrei ist.
„Na, jedenfalls ist er stark. Machen sie den Kaffe beim Militär so?"
„Nein, so machen ihn die Franzosen, Dad. Sie trinken sehr starken Kaffee in winzigen Tassen, meistens ohne Sahne oder Milch."
„Ich hoffe nur, daß ich heute nacht schlafen kann."
Nach dem Abwasch machen wir uns auf den Weg zur Klinik. Diesmal kann Dad ein paar Straßennamen nennen. Langsam fallen sie ihm wieder ein. Ich erkläre ihm, daß er Mutter unter Umständen im Notfall in die Klinik fahren muß.
„Aber ich habe doch keinen Führerschein, John."
„Es wäre ein Notfall, Dad. Wenn es um Leben oder Tod geht, werden sie dich deswegen nicht festnehmen."
Ich sollte mich übungshalber ein paarmal von ihm ums Karree fahren lassen.
Mutter beschwert sich. Man läßt sie nicht fernsehen. Es hängt ein Apparat an der gegenüberliegenden Wand, aber die Schwestern bewilligen ihr keine Fernbedienung. Sie will wissen, ob ich das Personal nicht irgendwie dazu bewegen kann, die Überwachungsmonitoren zu entfernen.
„Es macht mich verrückt, Jacky; diese dämlichen grünen Zeilen wackeln auf und ab, und der rote Punkt da blinkt die ganze Zeit und gibt unentwegt andere Zahlen an. Es würde jeden um den Verstand bringen."
Ich erkläre ihr das mit dem Puls und dem EKG und daß die Schwestern beides die ganze Zeit überprüfen.
„Siehst du, sie benutzen mich bloß als Versuchskaninchen! Ich hab es doch gewußt! Wie soll ich bei dem ganzen Theater wieder gesund werden? Sie machen Experimente mit mir. Wir bezahlen gutes Geld, und denen ist es egal, ob ich lebe oder sterbe."
Dad schüttelt den Kopf. „Na, na, Bette, tu du mal schön, was die Ärzte sagen. Die verstehen was von dem Geschäft. Du mußt ihnen vertrauen."
Als wir gerade aufbrechen wollen, kommt er erneut damit an. Ich hatte gehofft, ihn vorher weglotsen zu können.
„Wann kommst du wieder nach Hause, Bette?"
Mom wirft mir wieder einen ihrer Blicke zu. Dabei hebt sie nicht nur die Augenbrauen, sondern senkt das linke Augenlid zu einem langsamen,

infamen, bedeutungsvollen Zwinkern. Dad sieht es und wird ganz klein.
„Keine Bange, Dad; Mutter ist hier gut aufgehoben, und wir holen sie nach Hause, sobald die Ärzte sagen, daß sie soweit ist."
Mutter fährt dazwischen. „Glaubt mir, *niemand* will schneller wieder hier raus als *ich*."
Mutter besteht darauf, daß ich mit dem Arzt über ihre Theorie mit den Verdauungsstörungen rede. Ich sage ihr, daß ich mir einen Termin geben lassen werde.
Als wir nach Hause kommen, spreche ich mit Dad über die Dinge, die er lernen muß.
„Ich werde mir das niemals alles merken können. Denk dran, daß ich vergeßlich bin."
Ich lege Listen an. Ich schreibe diese Listen in Druckbuchstaben mit einem Filzschreiber auf DIN-A5-Karteikarten. Als ob ich einen Computer programmierte. Ich stutze alles auf Ja-Nein-Fakten zurecht, auf eine Ein-Aus-Denkweise, *binär*. Ich versuche, alles einfach und übersichtlich zu machen. Wenn ich beispielsweise „abwaschen" schreibe, führe ich jede Tätigkeit, die dazugehört, einzeln auf. Es sind siebenunddreißig verschiedene Schritte: einen Spritzer Spülmittel ins Wasser geben, Stöpsel aus dem Abfluß ziehen, Schwamm auswringen. Diese Karte hänge ich über das Spülbecken. Fürs Staubwischen führe ich sämtliche Gegenstände auf, die abgestaubt werden müssen, sowie den Aufbewahrungsort für das Staubtuch und füge am Ende an, „Staubtuch wieder an Haken im Flurschrank hängen."
Es macht mir Spaß, und Dad spielt mit. Er ist nicht beleidigt. Er hat es gern, wenn ich ihm klipp und klar sage, was zu tun ist, damit er nichts falsch machen kann. Wieder sein Boss-Arbeiter-Syndrom.
Ich stecke einen Packen Karten mit den Hausarbeiten, in der Reihenfolge, in der sie im Laufe eines typischen Tages erledigt werden müssen, in einen Klemmhefter. Er trägt den Klemmhefter mit sich herum. Abends legt er ihn neben sich auf den Nachttisch.
Am nächsten Morgen zieht er sich an, macht sein Bett und kommt mit seiner Flugzeugträgermütze auf dem Kopf heraus und peilt das Badezimmer an. Er liest in dem Klemmhefter, während er den Flur entlangschlurft. Es ist rührend und komisch, aber er ist glücklich; es ist wie Schatzsuchen für ihn. An diesem Abend geht er, immer wenn er gerade nicht fernsieht, seinen Hefter durch, besieht sich die verschiedenen

Karten und stellt mir Fragen. „Ich kann das machen; ich bin sicher, daß ich mit alledem klarkomme."

Ich bereite ihn auch allmählich darauf vor, Mom zu betreuen. Was mir Sorgen macht, ist der Gedanke, daß sie zu Hause einen Re-Infarkt bekommen könnte, wenn ich wieder weg bin. Es kann so viel getan werden in den ersten paar Minuten. Mund-zu-Mund-Beatmung und äußerliche Herzmassage können den Unterschied zwischen Leben und Tod bedeuten. Dad muß das alles lernen.

Ich fange an, mit ihm darüber zu reden, aber irgend etwas in ihm will nicht zuhören; er will mit einer so nervenaufreibenden Situation nichts zu tun haben. Aber ich lasse nicht locker. Ich darf ihn in der Beziehung nicht wie ein kleines Kind behandeln.

„Sieh mal, Dad, ich zeige dir doch, wie es geht. Du mußt dich bloß an bestimmte Anweisungen halten."

Er will mir nicht in die Augen sehen.

„Das ist etwas, das ich beim Militär gelernt habe; Hunderten von Menschen ist das Leben auf diese Weise gerettet worden."

Es widerstrebt mir, ihn anzuschwindeln, aber ich muß alle Register ziehen. Ich habe ein einziges Mal Mund-zu-Mund-Beatmung und Herzmassage gemacht, und zwar bei einer alten Dame in Frankreich, und die war bereits tot. Das bißchen, das ich weiß, habe ich aus meiner Privatbibel, dem Nachschlagebuch der Pharmafirma Merck, gelernt.

Während der Sendepause überrede ich Dad, sich vor dem Fernseher auf den Fußboden zu legen. Er streckt sich aus und kreuzt die Hände über der Brust wie ein Leichnam. Er starrt an die Decke und sieht mich immer noch nicht an. Ich knie mich neben ihn, schiebe ihm eine Hand unter den Nacken und hebe ihn an.

„Jetzt mach den Mund auf und streck die Zunge raus, Dad."

Er tut es, ich greife ihm unters Kinn und hebe seinen Kopf an, indem ich ihn gleichzeitig nach hinten ziehe; ich halte ihm die Nase mit den Fingern zu; er sieht mich an. Unterdessen erkläre ich ihm alles in ruhigem, leisem Tonfall, wie ich hoffe.

„An diesem Punkt, Dad, muß ich meinen Mund auf deinen Mund legen und für dich atmen."

Er fängt an sich zu sträuben. Er wendet den Kopf ab und dreht sich auf die Seite.

„Nein, nein; mach nicht so was mit mir!"

Er erhebt sich auf die Knie.

„Ich wollte es ja gar nicht wirklich *machen*, Dad, ich habe es dir nur erklären wollen."

Ich lege mich auf den Teppich und fordere ihn auf, an mir denselben Griff zu probieren. Ich schiebe seine Hand unter meinen Nacken und strecke meine Zunge heraus. Ich verlagere seine andere Hand so, daß er mir die Nase zuhalten kann. Seine Hände zittern derart, daß er mir beinahe die Nase abreißt. Er schielt immer wieder verstohlen zum Fernseher, ob die Sendung weitergeht. Er blickt wieder herunter.

„Machen die Leute so was in aller Öffentlichkeit miteinander, John?"

„Sicher, kann sein, daß du das mit Mutter machen mußt. Wenn sie nochmal einen Infarkt bekommt, wirst du ihr gewaltsam Luft in die Lungen pressen müssen, damit Sauerstoff in ihr Gehirn gelangt. Das ist ihre einzige Überlebenschance."

Er weicht zurück. Er stemmt sich hoch und verzieht sich im Rückwärtsgang zum Schaukelstuhl.

„Das kann schon sein, John, aber es sieht ungehörig aus. Machen Männer so was miteinander? Vielleicht ist es manchmal einfach Gottes Wille, daß wir sterben."

Ich lasse es gut sein und sehe mit ihm fern. Ich kann seine Empfindungen verstehen, aber er muß sie überwinden; es ist zu wichtig.

In der nächsten Sendepause möchte ich ihm etwas über Herzmassage beibringen. Ich überrede ihn, sich noch einmal auf den Boden zu legen.

„Sieh mal, Dad, während du Mund-zu-Mund-Beatmung machst, solltest du gleichzeitig Herzmassage geben. Damit das Herz wieder zu schlagen anfängt. Du mußt fest drücken, einmal pro Sekunde, mitten auf den Brustkorb."

Ich beuge mich vor und fange an, mit dem Handballen auf sein Brustbein zu drücken, etwa mit der Hälfte der Kraft, die man für eine wirksame Herzstimulierung braucht, aber so fest, daß er kapiert, worum es geht.

„He, du, das tut weh! Das würde einer Frau wirklich wehtun; du würdest sie direkt auf den . . . in die . . . Brüste boxen."

„Sie würde nichts spüren, Dad, sie wäre ja bewußtlos. Es ist besser, ein paar blaue Flecke zu haben als tot zu sein, oder nicht?"

Er stützt sich auf einem Ellenbogen auf.

„Sie würde mich niemals so was machen lassen, Johnny. Sie würde sich nie so von mir boxen lassen. Ich habe noch nie im Leben einer Frau weh getan. Ich könnte das nie machen."

„Du würdest es tun müssen, Dad; es ginge um Leben und Tod."
Das Fernsehprogramm läuft weiter; es dreht sich, ob man es glaubt oder nicht, um irgendeinen intelligenten Delphin. Dad macht es sich mit einem tiefen Seufzer im Schaukelstuhl bequem. Er atmet heftig und wirft mir verstohlene Seitenblicke zu, als sei er knapp einem übergeschnappten Triebtäter entronnen.
Während er mit Fernsehen beschäftigt ist, schreibe ich in großer Schrift Telefonnummern auf Karteikarten: Klinik, Feuerwehr, Krankentransport, Joan. Ich befestige diese Karten an der Wand über beiden Telefonen, dem im Wohnzimmer und dem im Schlafzimmer. Das eigentlich Problematische ist, daß Dad mit dem Telefon auf Kriegsfuß steht. Es ist schwer, ihn dazu zu bewegen, daß er überhaupt abnimmt und den Hörer in der Hand behält, wenn jemand ihn angerufen hat. Ich habe ihn, ehrlich gesagt, noch nie eine Nummer wählen sehen. Wir hatten kein Telefon, als ich noch zu Hause lebte. Erst hier, in Kalifornien, haben sie sich eines zugelegt. Ich kann Telefone selber nicht leiden, aber, lieber Gott, bei den Entfernungen auf dieser Welt kann man ihr Vorhandensein nicht einfach leugnen.
Es wird also ein hartes Stück Arbeit sein, Dad beizubringen, eine Nummer zu wählen und eine Notfallmeldung durchzugeben. Ich versuche, alles auf die einfachsten Aussagen einzuschränken. Mit Klebstreifen befestige ich über jedem Apparat eine Meldung. Sie lautet:

DIES IST EIN NOTFALL. HERZINFARKT. DIE PATIENTIN IST BEWUSSTLOS. KOMMEN SIE SOFORT. ANSCHRIFT 10432 COLBY LANE, ECKE OVERLAND UND PALMS BOULEVARD

Ich lasse Dad alles wiederholen, bis er es auswendig weiß. Mit aufgelegtem Hörer üben wir, Joans Nummer zu wählen, bis er es schafft. Dann gehe ich ins Schlafzimmer und rufe Joan an. Ich sage ihr, daß Dad anrufen und seine Notfallmeldung üben wird. Sie sagt, daß sie warten will.
Ich lege auf und gehe ins Badezimmer. Als ich wieder ins Wohnzimmer komme, sieht Dad sich wieder die Delphine an. Ich lasse mich vor ihm auf den Boden fallen und bleibe mit ausgebreiteten Armen liegen.
„Also, Dad, jetzt bin ich Mutter und habe gerade eben einen Herzanfall gehabt. Ruf Joan an und gib ihr die Meldung durch."
Er steht auf und stellt sich über mich.

„Ist alles in Ordnung, Johnny?"
„Ja. Mach jetzt, was wir geübt haben."
Er sinkt auf die Knie und fängt an, seine Hand unter meinen Nacken zu legen und meinen Kopf nach hinten wegzuziehen.
„Nein, Dad. Ruf zuerst Joan an und gib ihr die Notfallmeldung durch."
Er rappelt sich hoch und geht hinüber ans Telefon. Er wählt, ohne den Hörer abzunehmen.
„Nimm den Hörer ab, Dad."
Er hebt ihn hoch, hält ihn ans Ohr und horcht, aber diesmal wählt er nicht.
„Wähl die Nummer, Dad."
Er hält den Hörer verkehrt herum, so daß ihm das Kabel vom Ohr herunterhängt.
„Dreh ihn herum, Dad."
Er dreht den Apparat auf dem Tisch herum.
„Nein, den Hörer, Dad. Dreh ihn so herum, daß das Kabel unten aus der Sprechmuschel kommt."
Er hält ihn vom Kopf weg, starrt ihn an und dreht ihn dann langsam herum. Er lächelt. Jetzt konzentriert er sich auf die an die Wand geheftete Karte.
„Merk dir, Dad. Ruf Joan an, nicht den Krankenwagen und auch nicht die Feuerwehr oder das Krankenhaus. Ruf Joan an."
„Genau. Kapiere, John. Joan."
Er beginnt zu wählen. Er wählt jede Zahl mit größter Sorgfalt und läßt den Finger hin und zurück in den Löchern. Bis zu mir hinunter höre ich das Telefon klingeln. Gottlob ist es Joans Stimme. Ich lausche angestrengt. Dad hält den Hörer ein paar Zentimter weit vom Kopf weg.
„Hallo, Dad?"
„Oh! Tag, Joan, wie geht's, schön, deine Stimme zu hören."
Ich souffliere ihm laut vom Fußboden aus.
„Gib ihr die Meldung durch."
„Du Joan, Johnny will dich sprechen."
Er macht Anstalten, mir den Hörer auf den Fußboden hinunterzureichen, aber das Kabel ist nicht lang genug.
„Nein, Dad. Gib ihr die Meldung durch, weißt du noch, die Notfallmeldung."
„Ach so, ja. Ich weiß. Joan? Johnny liegt hier vor mir auf dem Boden, und er sagt, er wäre Mutter und er hätte einen Herzanfall gehabt."

An diesem Punkt bin ich mir nicht sicher, ob er Spaß macht. Ich stehe auf und nehme den Hörer.
„Hallo, Joan; dreimal darfst du raten, wer am Apparat ist."
Ich bekomme nicht ein vernünftiges Wort aus ihr heraus. Ich war so damit beschäftigt, meinen unfehlbaren Plan durchzuführen, daß mir gar nicht auffiel, wie komisch das Ganze ist. Ich fange auch zu lachen an, und Dad sitzt auf dem Stuhl und lächelt vor sich hin. Er ist froh, uns lachen zu hören.
Wir üben dieses Rollenspiel, bis Dad es wie am Schnürchen kann. Ich rufe das Krankentransportunternehmen an und frage, ob sie einen Scheinanruf entgegennehmen können. Sie sind entgegenkommend und spielen mit. Die nächste halbe Stunde verbringt Dad damit, die Tür aufzumachen, weil er einen Krankenwagen erwartet.

Am nächsten Tag braucht er seine übliche Stunde zum Bettmachen. Er glättet sorgfältig jede Falte und kriecht auf den Knien herum, um zu prüfen, ob die Überdecke auf allen Seiten gleichmäßig herunterhängt. Ich zeige ihm, daß er die Decke einfach hochziehen, unter die Kopfkissen stopfen und straffen und dann alles glattstreichen kann. Es ist eine Chenilleüberdecke mit kleinen weißen Noppen in einem unruhigen Rautenmuster.
Dad sorgt sich, es könnten verborgene Falten im Laken untendrunter sein. Wie Frankenstein züchte ich ein Wesen heran, das sich verselbständigt. Er hat es nur mit zwei Laken, der Heizdecke und der Überdecke zu tun, aber das genügt, ihn eine Stunde lang zu beschäftigen.

Ich bewege mich langsam vorwärts, den schweren Rupfensack in den Gürtel gehängt. In Abständen von einem Fuß drücke ich mit meinem Stab ein Loch in die feuchte Erde, lasse eine Saatkartoffel hineinfallen und trete alles fest. Es ist, als schöbe ich Eier unter eine brütende Glucke.

Ich lasse ihn machen. Er hat seinen Spaß und ist beschäftigt. Und ich habe mehr Zeit für mich. Ich gehe dazu über, Yoga zu machen, während er mit dem Bett herumtrödelt. Ich habe mich bereits in Moms Trott gefügt.
Vor zwei Jahren sah sie mich einmal Yoga machen und veranstaltete ein wahres Drama vonwegen heidnischer Hindu-Religion und Exkommunikation. Sie wollte, daß ich es einem Priester beichtete. Von da ab

betätigte ich mich, wenn ich sie besuchte, nur noch hinter verschlossenen Türen als Yogi.

Aber Dad zieht sich schon alleine an. Mit Hilfe seiner Karten sucht er selbst seine Kleider zusammen, wäscht und pflegt sich. Er kommt aus dem Schlafzimmer und ißt Eier mit Schinken. Ich gebe ihm auch sein Rosinenbrötchen. Ich stelle die Musik an. Er trägt das Frühstücksgeschirr ab und macht die Küche, während ich fege und aufräume. Da wir nur zu zweit sind, gibt es praktisch nichts zu tun. Ich scheure das Badezimmerwaschbecken und die Badewanne mit Ajax und schrubbe anschließend die Toilettenschüssel.

Ich zeige Dad, daß seine schmutzige Unterwäsche, seine Hemden und Socken in den Wäschepuff im Badezimmer gehören und wo er seine langen Hosen aufhängen kann. Er lernt sogar, seine Pullover aus der untersten Schublade herauszusuchen.

Bei der nächsten Fahrt in die Klinik dirigiert er mich auf der ganzen Strecke. Er fängt an, seine wiedergefundene Fähigkeit zu aktiver Teilnahme zu genießen. Er fragt mich sogar darüber aus, wie das Leben in Paris ist und wie Jacky sich in der Schule macht.

Mutter ist schlapp. Ich weiß nicht, ob sie unter Medikamenten steht oder ob das die normalen Nachwirkungen eines Herzinfarktes sind. Ich habe einen Gesprächstermin mit ihrem Arzt, Dr. Coe.

Ich lasse Dad bei Mom und begebe mich nach unten in Dr. Coes Sprechzimmer. Er ist ein junger Bursche, taktvoll und vernünftig. Er gibt mir einen Überblick über Moms Krankengeschichte; zeigt mir Kardiogramme und macht mich auf wesentliche Einzelheiten aufmerksam. Offenbar hat Arteriosklerose zu einem Gefäßverschluß geführt, und es gelangt nur noch eine ungenügende Blutmenge in ihr Herz. Es bleibt abzuwarten, wieviel Gewebe geschädigt wurde und wie gut das Herz kompensieren kann. Wenn ihr Zustand kritisch werden sollte, könnten sie es mit einem Bypass versuchen, aber in ihrem Alter ist das nicht zu empfehlen. Seiner Meinung nach sind Bettruhe und medikamentöse Therapie das beste für sie.

Er betont immer wieder, daß die Medizin ein riskantes und trügerisches Geschäft sei.

Ich bin von Dr. Coe beeindruckt, aber niedergeschlagen über Moms Zustand. Ich gehe zurück auf ihr Zimmer; sie ist jetzt schon munterer. Ich sage ihr, daß ich mit ihrem Arzt gesprochen und alle EKGs gesehen habe. Sie hat eindeutig einen Herzinfarkt gehabt, darum kommen wir

nicht herum. Ich sage ihr, daß es ihr bald wieder besser gehen wird, wenn sie die Anweisungen des Arztes befolgt. Sie *muß* einfach auf halbe Kraft machen, sich schonen; sie hat sowieso ihr Leben lang zu schwer gearbeitet.
Sie bekommt feuchte Augen; sie steigert sich in ihren sturen „Kommt-gar-nicht-in-Frage“-Ausdruck hinein.
„Wie soll ich mich denn schonen, Jacky? Wie soll ich dann deinen Vater versorgen? Du weißt doch, wie er ist.“
„Mach dir deswegen keine Sorgen. Das kriegen wir schon hin. Bis du nach Hause kommst, wird Dad in der Lage sein, sich um alles zu kümmern. Ich bringe ihm bei, wie man kocht. Er wässert den Garten und pflegt den Rasen. Es wird alles prima klappen.“
Jetzt weint sie, außer sich.
„Erzähl mir keine Märchen. Du wirst wieder in dein Beatnikleben entschweben, und Joan ist mit ihrer eigenen Familie beschäftigt. King Kong, ihr italienischer Scheich, wird sie nie öfter als einmal die Woche zu uns kommen lassen. Er erlaubt ihr nicht mal, *mich* anzurufen, obwohl ich bezahle, damit sie umsonst telefonieren kann. Ich weiß Bescheid, du kannst mir nichts vormachen!“
Ich warte ab. Dad beugt sich vor. Es tut ihm weh, Mutter weinen zu sehen; so oft weint sie auch wieder nicht.
„Ehrlich, Bette, du wirst schon sehen. Ich strenge mich wirklich an; ich werde das schon meistern. Keine Bange; wir kriegen das hin.“
Drei Sekunden Pause.
„Was meinst du, wie lange es noch geht, bis du wieder nach Hause kommst, Bette?“
Es ist weniger die Frage, als vielmehr der klagende Tonfall in seiner Stimme. Unter Tränen schießt Mutter mir ihren bewußten Blick zu.
„*Laß mal*, Dad! Das wird noch eine Weile dauern. Der Arzt wird uns Bescheid sagen, wenn sie soweit ist. Es kostet über zweihundert Dollar pro Tag, Mom auf der Intensivstation zu behandeln, und sie behalten die Leute nicht länger hier als nötig. Sobald ihr Herz wieder in der Reihe ist und besser funktioniert, werden sie sie in eine andere Abteilung verlegen und dann nach Hause entlassen. Wir werden im Seitenzimmer eine eigene kleine Privatklinik für sie einrichten.“
Mutter weint wieder.
„Ich möchte lieber sterben, als so zu leben. Willst du damit sagen, daß ich mein Leben lang ein Krüppel sein werde, eine Last für alle anderen?

Was für eine Ungerechtigkeit, daß ausgerechnet mir das passieren soll. Ich habe immer auf meine Gesundheit geachtet, Gymnastik gemacht, eine ausgewogene vitaminreiche Kost zu mir genommen; und alles für nichts und wieder nichts. Das ist ungerecht."

Wie wahr. Es war noch nie ein Vergnügen, bei uns zu Hause zu essen. Als wir klein waren, gab es zu jeder Mahlzeit dreierlei Gemüse. Und nicht nur das, wir mußten auch die Gemüsebrühe trinken. Mir graute vor dem Essen: Bohnenbrühe, Spinatbrühe, Erbsenbrühe, Karottenbrühe; sie standen unweigerlich da, wenn wir uns zu Tisch setzten, jede in einem gesonderten Glas. Wie man sie auch würzte: Salz, Pfeffer, Ketchup; es schmeckte alles nach Abwaschwasser. Mutter tat sich gütlich an diesen Säften, als seien sie das kostbarste Lebenselixier; sie war eine glühende Anhängerin von Bernarr Macfadden. Dad rührte das Zeug nie an, und Grandpop und Onkel Harry drückten sich auch davor, als sie bei uns wohnten; aber Joan und ich kamen nicht darum herum. Und dann mußten wir allmorgendlich Lebertran hinunterwürgen. Ich glaube, wenn der alte Bernarr gesagt hätte, daß Kuhpisse gesund sei – Vitamin P – wäre sie mit einer Tasse hinter Kühen hergerannt. Als wir allzusehr über den Lebertran maulten, kaufte sie eine mit Pfefferminz versetzte Sorte, die wie öliger Kaugummi war. Sie schmuggelte das Zeug in Orangensaft, auf dem dicke, pfefferminzgrüne Fettkügelchen schwammen.

Und dann war da noch die Bierhefe. Davon mußten wir jeden Morgen unsere Ration einnehmen; ein Geschmack wie vermoderte Blätter und Schimmel. Sie enthielt angeblich noch irgendwelche zusätzlichen Vitamine. Mutter wußte schon über Vitamine Bescheid, bevor sie erfunden wurden. Sie stellte ihr und unser Leben unter das Motto „ewig leben". Sie war ihrer Zeit um Jahre voraus. In Anbetracht all der Bioläden und Gesundheitsapostel heutzutage hat sie eigentlich viel mehr von einem Hippie als ich je haben werde.

Sicher ist es ungerecht. Sie wird sich nie damit abfinden. Das weiß ich. Just in diesem Moment tüftelt sie im Geist schon an einer Masche, wie sie mit diesem Herzinfarkt fertig wird. Im Bett herumliegen gehört garantiert nicht dazu. Ich sehe sie schon irgendeine verrückte Gymnastik fürs Herz erfinden. Es ist großartig, daß sie den Elan besitzt, aber diesmal kann er ihr den Rest geben.

Dad und ich kommen für die Fernsehschnulzen rechtzeitig nach Hause.

Ich gehe ins Hinterzimmer im Garten und falle todmüde um; die Anstrengungen machen sich bemerkbar. Nach dem Aufwachen lege ich weitere detaillierte Listen an für Dad. Ich zerlege noch einige Tätigkeiten wie Badezimmerputzen und Kühlschrankabtauen in einzelne Schritte.
Als die Schnulzen vorbei sind, nimmt Dad mich mit hinaus in sein Gewächshaus. Er versteht es meisterhaft, aus winzigen Ablegern Pflanzen zu züchten, besonders nichtblühende Pflanzen. Er verfügt über eine enorme Auswahl ausgefallener, vielfarbiger Blattpflanzen. Neben jede hat er einen Eisstiel mit dem lateinischen Namen, dem Pflanzdatum und dem Fundort gesteckt.
Es ist ein wahrer Dschungel. Dad bricht unterwegs immer Blätter oder Zweige von sämtlichen interessanten Sträuchern oder Pflanzen ab. In Hawaii muß er an die hundert Ableger stibitzt haben. Er packte sie in feuchten Handtüchern in seinen Koffer. Mutter war nicht gerade begeistert, aber in der Beziehung ist er nicht zu bremsen. Und irgendwie schafft er es, aus diesen winzigen Schnipseln – manchmal nur aus einem Blatt oder einem Aststückchen – Pflanzen zu ziehen.
Er hat ein einmaliges Berieselungsystem für sein Gewächshaus ausgetüftelt, um einen feinen Sprühnebel zu erzeugen. Es ist mit einem Feuchtigkeitsmesser gekoppelt und schaltet sich automatisch ein, um ständig für dschungelfeuchte Luft in dem Raum zu sorgen. Es riecht sogar wie in einem Dschungel; fast erwartet man, Papageien und Affen in den oberen Zweigen seiner Kletterpflanzen kreischen zu hören. Er fühlt sich dort mehr daheim als im Haus.

Ich binde Tomatensetzlinge hoch, spillerige, flaumbedeckte, langbeinige Pflänzchen, die leicht knicken und brechen. Schwer von dunklen Blättern, Blüten und jungen schwellenden Früchten. Ich bin umgeben von ihrem kräftigen, grünen, würzigen Duft. Vorsichtig hebe ich jeden abstehenden Zweig an, binde ihn fest und drehe ihn dabei behutsam in die wärmende Sonne, bringe die Erde mit dem Himmel in Verbindung.

Im Freiland zieht Dad Avocadobäume, dreierlei Sorten, so daß es fast immer Avocados gibt. Außer einem Zitronenbaum hat er noch seinen sogenannten Obstsalatbaum. Es ist ein Pfirsichbaum, auf den er Nektarinen- und Aprikosenzweige aufgepfropft hat. Der Baum trägt alle drei Fruchtarten auf einmal; er sieht aus wie von Hieronymus Bosch gemalt. Er hat außerdem noch einen kleinen Gemüsegarten mit Mangold, roten

Rüben, Tomaten, Kopfsalat, Radieschen, Karotten; dankbare Gemüsesorten. Diesen Garten hält Dad sich nur zum Vergnügen, er behauptet, alle diese Dinge könne man billiger kaufen als anbauen, aber er freut sich diebisch, wenn er selbstgezogenes Gemüse in die Küche bringen kann.

Nach dem Abendessen ruft Marty an. Sie kommt gerade von ihrem Frauenarzt und hat erfahren, daß sie schwanger ist. Sie hat seit zwei Jahren schwanger werden wollen, und sie ist so aufgeregt, daß sie es mir kaum erzählen kann. Ich bin hingerissen! Ich werde Großvater! Ich hole Dad an den Apparat, damit sie es ihm selber sagen kann. Er hält sich den Hörer vom Ohr, lauscht, grinst und nickt mit dem Kopf. Er gibt nicht viel mehr von sich als freudige Grunzlaute und M-hms, aber er strahlt wie ein Honigkuchenpferd. Tränen steigen in seinen Augen auf und laufen ihm über die Wangenränder. Die Aussicht, Ur-Großvater zu werden, muß großartig sein für ihn, zu wissen, daß es noch ein bißchen weitergeht.

Wir legen den Hörer auf und sehen einander an. Wir lächeln beide um die Wette und wischen uns die Tränen ab. Es ist ein großer Augenblick, zu bewegend für Worte.

Dad steht auf und stellt den Fernseher an, aber mir ist nicht danach zumute, Merv Griffin zuzusehen, wenn er so tut, als redete er mit uns. Ich bin wie auf Kohlen; ich möchte meine wachsende Unruhe austoben.

„Komm, Dad; laß uns ein bißchen ausgehen und feiern!“

„Was meinst du mit *ausgehen*, Johnny?“

„Ich weiß ein Lokal, Dad. Unten in Venice, es heißt The Oar House. Da gehen wir hin.“

„Wie bitte? Das *was*?“

Ich wiederhole es laut und deutlich und lache.

„The *Oar* House, Dad: Oar, O-A-R.“

Die Handelskammer von Santa Monica hatte so viel Ärger gemacht, weil es wie „Whore House“ klang, daß das Schild wieder abgenommen wurde. Jetzt hängen nur noch zwei riesige gekreuzte Ruder über der Tür.

Eine gewaltige Stereoanlage bringt das Lokal zum Vibrieren wie eine Diskothek, aber die Musikauswahl ist sagenhaft – angefangen von Schlagern aus den zwanziger Jahren über Country Musik bis zu Rock und elektronischem Wimmern. Man bekommt dort für eineinhalb Dollar einen Krug Bier und so viel Popcorn und Erdnüsse, wie man will. Sie haben dort ein Faß mit gerösteten, ungeschälten Erdnüssen und eine Maschine, die pausenlos Popcorn produziert. Vermutlich könnte man von Bier, Popcorn und Erdnüssen leben, Eiweiß und Kohlehydrate in Hülle und Fülle, außerdem ist Mais ein Getreide.

Aber das Beste sind die Wände und Decken. Sie sind mit eigens angefertigten Graffiti bemalt und über und über behängt und geschmückt mit dem seltsamsten Sammelsurium ausgefallener Gegenstände, das man sich vorstellen kann. Franklin-Kamine, Rennschlitten, Riesenpuppen, Fahrräder, kaputte Uhren, Autoteile. Das Ganze mit psychedelischen Farben bemalt.

Freitag und Samstag abends tanzen die meisten barfuß. Die Fußböden sind mehrere Zentimeter dick mit Sägespänen bedeckt, so daß es wie im Zirkus riecht: Schweiß, Erdnüsse und Sägespäne. Das Licht ist rosig und verändert sich ständig. Ich mag diese Art Lokale, eine gute, zwanglose Atmosphäre; eine leicht abgetakelte viktorianische Kulisse; ein verpoptes englisches Pub. Es hat auch etwas von einem alten Wildwest-Saloon.

Dahin fahren wir also; es liegt in der Nähe des Strandes, etwa zehn Minuten vom Haus meiner Eltern entfernt.

Dad bleibt unter der Tür stehen und sieht sich um.

„Liebe Güte, Johnny, die Leute sind ja verrückt. Sieh dir das bloß an."

Er deutet an die Decke. Da hängt, kopfunter, eine Puppe, völlig haarlos, irgend jemand hat sie blau angemalt.

„Was soll denn das darstellen?"

„Gar nichts, Dad, es ist bloß zur Dekoration da."

Ich hole an der Bar eine Karaffe mit dunklem Bier und zwei eisgekühlte Krüge. Ich lotse Dad zu meiner Lieblingsnische ganz hinten, für die Raumakustik ideal gelegen. An diesem Platz hat man das Gefühl, als käme einem die Musik direkt aus dem Kopf. Ich hole mehrere Hände voll Popcorn und Erdnüsse und breite sie auf dem Tisch aus. Ein kunststoffbeschichtetes Bild von einem Mädchen in einer sehr verführerischen Pose ziert die Tischplatte. *Das* war mir früher nicht aufgefallen. Ich sehe alles mit anderen Augen, als ginge ich mit einem Kind in den Zoo.

Wir schauen uns die Leute an. Es wird ausgiebig gedrängelt und geflirtet; ausschließlich Jeans-und-Pulli-Publikum. Man muß eigentlich mindestens einundzwanzig sein, um eingelassen zu werden, und das wird streng gehandhabt, trotzdem sehen die Mädchen sehr jung aus. Aber

neuerdings wirkt beinahe jede Frau unter vierzig auf mich wie ein Kind. Dad sieht sich alles aufmerksam an. Er vergißt beinahe, sein Bier zu trinken.
„Du, Johnny, das ist ja besser als Fayes Theatre in Philadelphia, damals in den alten Zeiten."
Er wirft den Kopf herum und lacht. Er hat die Angewohnheit, beim Lachen die Hand vor den Mund zu halten, um seine Zähne zu verdekken. Dad und ich haben beide auseinanderstehende Vorderzähne; auffallend weit auseinanderstehend, etwa einen halben Zahn breit. Dad ist in der Beziehung unglaublich empfindlich. Sein Vater hatte auch so eine Lücke, und ich bin stur oder eitel genug, auf meine stolz zu sein. Ich sehe sie als ein besonderes Merkmal der männlichen Linie in unserer Familie an. Billy und Jacky haben allerdings beide keine; Marty hatte früher mal eine, deren kieferorthopädische Behandlung ein kleines Vermögen kostete. Ich mag auseinanderstehende Schneidezähne bei Frauen sogar, aber man kann von einem Mädchen nicht verlangen, so etwas zu behalten, wenn sie nicht will.
Dad ist seine Zahnlücke so peinlich, daß er nie lächelt oder lacht, ohne eine Hand vor den Mund zu legen; auch jetzt sitzt er da und schmunzelt hinter der vorgehaltenen Hand.
Wir trinken langsam unser Bier und hören etwa eine Stunde lang der Musik zu und sehen uns den Betrieb an. Gegen zehn sind wir wieder zu Hause. Wir sind beide müde und schaffen es irgendwie, ins Bett zu steigen, ohne den Fernseher anzustellen.

Am nächsten Tag läßt sich alles gut an. Ich höre Dad hinten beim Anziehen und Bettmachen rumoren. Ich mache mein Yoga und fege. Gegen neun ist er draußen. Er holt sich sogar seine Medikamente selber und setzt sich dann mit mir zu einem kräftigen Frühstück an den Tisch. Alle seine Bewegungen sind etwa doppelt so lebhaft wie vorher. Er sitzt aufrechter, ißt schneller. Ich erinnere mich, daß Dad, als er noch jung war, sein Essen immer hinunterschlang; ich frage mich, ob er wieder dazu übergehen wird.
Wir führen sogar ein vernünftiges Frühstücksgespräch. Wir unterhalten uns über Malerei. Vor Jahren schenkte ich Dad einmal einen Malkasten. Er enthielt alles, was er brauchen würde, einschließlich zweier mittelgroßer Leinwände.
Daraufhin fing Dad mit der Malerei an und verbrach einige der fürchter-

lichsten Bilder, die ich gesehen habe. Er rahmte sie für Mom, und nun hängen sie in den Schlafzimmern.
Dummerweise benutzte Dad nicht die Leinwand, die ich ihm daließ. Er sagte, er wolle sie aufheben; für sein großes Meisterwerk, nehme ich an. Er zog los und besorgte sich Malpappen, mickrige Baumwolleinwand, auf Pappe aufgezogen. Sie waren allesamt nicht größer als etwa fünfzehn mal fünfundzwanzig. Dad betrachtet Gemälde als handgemalte, handkolorierte Fotografien an. Er malt sogar nach Fotografien. Ich kann ihn nicht dazu bewegen, nach der Natur oder nach seiner Fantasie zu malen. Er braucht etwas vor sich, das für ihn meßbar ist.
Einmal malte er ein Bild von einer Indianerin vor einem Hochwebstuhl inmitten in einer Wüstenlandschaft; das Ganze auf einer Leinwand kaum größer als Postkartenformat. Dad ist höchstwahrscheinlich der zeitgenössische Meister des Haarpinsels. Dieses Indianerbild ist ein Musterbeispiel für Augen-Hand-Koordination; aber es ist miserable Malerei.
Er hat auch zwei Zahlenbilder gemalt. Die sind ganz auf seiner Wellenlänge. Die Bilder haben ein passables Format, etwa dreißig mal fünfundvierzig. Das eine stellt das Herz Jesu dar, das andere die Mutter Gottes. Die hat er auch gerahmt; sie hängen in dem vorderen Schlafzimmer neben dem Bett, in dem ich jetzt schlafe. Auch das sind technisch einwandfreie Bilder, einwandfrei aufeinander abgestimmte Farben, und er hat nirgends über die Linien hinausgemalt. Diese beiden könnten als Vorlage für einen Malen-nach-Zahlen-Kasten dienen.
Aber an diesem Morgen eröffnet er mir beim Frühstück, daß er die Malerei an den Nagel gehängt hat. Offenbar hat er versucht, eine der San-Fernando-Missionsstationen zu malen. Für ihn ist es eine gewaltige Angelegenheit, schon fast ein Wandgemälde, vierzig mal sechzig. Einen Augenblick lang hoffe ich, daß er wirklich nach San Fernando hinausgefahren ist, aber er hat wiederum ein Foto verwendet. Er zeigt mir die Aufnahme; er hat sie in ein Raster aufgeteilt. Ein vertracktes Bild für einen Anfänger. Ich glaube kaum, daß ich aus diesem mißratenen Motiv etwas gestalten könnte. Im Vordergrund ein unförmiges Gestrüpp, dann mehr als die Hälfte der Fläche nichts als leerer kalifornischer Himmel. Zwischen Gestrüpp und Himmel quetscht sich ein gelblicher Bau aus Adobeziegeln in einem seltsamen Winkel zur Ebene des Fotos. Schlimmer noch, über die Vorderfront des Gebäudes ziehen sich Rundbögen. Es ist praktisch nicht darstellbar, eine pfeilartige Fluchtlinie vom linken Vordergrund nach rechts hinten.

Dad berichtet mir, daß er eine Heidenmühe hatte mit diesen Rundbögen. Die Bildkomposition kümmert ihn nicht, aber die Bögen haben ihn fast wahnsinnig gemacht. Perspektive ist für ihn ein Buch mit sieben Siegeln.
Nach dem Abwaschen gehen wir nach hinten, und er zeigt mir sein Bild. Er hat es vor Mutter versteckt. Es ist ein schmuddeliges Geschmiere mit dicken grünen Klecksen im Vordergrund.
Ich zeichne ein bißchen darin herum, um ihm zu zeigen, wie er die Rundbögen verbessern kann, und skizziere so etwas wie Perspektive hinein, aber es ist unmöglich, nach so einer hundsmiserablen Fotografie ein brauchbares Gemälde zu machen. Es ist sowieso nicht ratsam, nach Fotos zu malen; Kameras haben eine einäugige Sehweise, dabei geht die Dynamik der zweiäugigen menschlichen Sehweise verloren.

Ich würde für mein Leben gern an Vron schreiben und ihr von dem Baby erzählen, aber ich bin sicher, daß Marty das lieber selber tun möchte; es ist ihr Baby; es fällt mir sehr schwer, mich zurückzuhalten.

Dad geht in sein Gewächshaus. Er verbringt wirklich viel Zeit dort.

Der Boden ist gerade richtig, so weich, daß der Spaten bis zum Schaft einsinkt, aber nicht schmierig. Neue Erde tut sich auf, sie glänzt an den Stellen, an die sich das Metall gepreßt hat.

Wir besuchen Mutter und erzählen ihr Martys große Neuigkeit. Mom nimmt sie gelassen auf, als hätte sie das schon erwartet. Wenn man im Sterben liegt, ist eine Geburt vielleicht nicht mehr so etwas Überwältigendes. Womöglich fühlt sie sich sogar verdrängt.
Als wir zurückkommen, bin ich noch ein bißchen rastlos, deshalb gehe ich auf den Hof und werkele an meinem Motorrad herum. Als ich damit fertig bin, verspüre ich Lust, mit Dad eine Runde zu drehen. Es müßte Spaß machen, langsam zum Strand nach Venice hinunterzurollen. Ich denke, das Fahrgefühl könnte helfen, den Kopf frei zu bekommen.
Wir haben zufällig noch zwei alte Sturzhelme da. Ich grabe sie in der Garage aus. Dad sieht mir zu.
„Wie wär's, Dad? Wie wär's mit einer gemütlichen Spazierfahrt ans Meer, auf meinem Motorrad; es ist ein schöner Nachmittag; komm, wir sehen uns den Sonnenuntergang an."

Er starrt unverwandt auf das Motorrad.
„Ich weiß nicht so recht; es sieht mir riskant aus."
„Wenn du Angst bekommst, dann fahren wir nicht. Wir können ja erst mal hier um den Block fahren und ausprobieren, wie es dir gefällt."
Ich helfe ihm, den Reservehelm festzuschnallen. Ich weiß nicht, warum er so verboten aussieht, gar nicht wie ein Motorradfahrer, eher wie Charles Lindbergh mit einer dieser alten ledernen Fliegerkappen. Außerdem läßt der Helm seinen Kopf vornüberfallen, als sei er zu schwer für seinen Nacken.
Ich schwinge mich auf das Motorrad und klappe die Fußstützen herunter. Ich zeige ihm, wie man aufsteigt. Ich erkläre ihm, daß er die Arme um mich legen und sich gut festhalten soll.
„Kann ich mich nur auf diese Weise festhalten?"
„So ist es am besten, Dad. Ich hätte gern, daß du mitgehst, wenn ich mich in die Kurve lege, als wären wir beide ein Mann."
Er klammert sich an; ich trete den Starter herunter, lege sachte den ersten Gang ein. Wir rollen aus der Auffahrt und gondeln im Schnekkentempo einige der kurzen Sackgassen auf und ab. Ich komme gar nicht über den zweiten Gang hinaus.
Wir fahren zurück zum Haus und halten an.
„Na, wie war's, Dad?"
„Es ist auch nicht schlimmer als Fahrradfahren. Ich bin seit meiner Jugend nicht mehr auf einem Zweirad gesessen."
„Willst du es riskieren, bis nach Venice mitzufahren? Ich nehme Nebenstraßen, da haben wir kaum Gegenverkehr."
„Mir soll's recht sein, Johnny, aber, großer Gott, ich darf gar nicht dran denken, was deine Mutter sagen würde, wenn wir einen Unfall hätten."
Er kichert und rückt seinen Helm zurecht. „Dann wäre sie im Krankenhaus, und wir wären beide tot."
„Keine Bange, Dad, uns passiert schon nichts. Ich fahre seit zwanzig Jahren Motorrad. Wir sind auf dem Ding sicherer als in einem Auto."
Dad macht Anstalten wieder aufzusteigen. Ich ziehe den Riemen an meinem Helm fest.
„Das Dumme ist, Dad, daß die meisten Motorradfahrer wie die Irren rasen. Wenn dieselben Leute Auto fahren, dann haben sie eben *Auto*unfälle."
Ich trete, aber es springt nicht an. Ich ziehe den Choke.

„Das Lebensgefährliche am Auto sind Lenkrad und Windschutzscheibe oder das Armaturenbrett, wenn man mit dem Gesicht dagegenknallt; ein Auto hält abrupt an, und die Leute bewegen sich weiter. An einem Motorrad ist nicht viel zum Aufprallen dran; du fliegst durch die Luft und wirst ein bißchen abgebremst, bevor du aufschlägst."
Mir wird plötzlich bewußt, was ich da ausspreche, und ich beschließe, den Mund zu halten. Das war nicht gerade ermutigend. Dad klammert sich an und lacht wieder in sich hinein.
„John, du würdest selbst dem Teufel noch Heiligenbilder andrehen."
Er biegt den Kopf hintenüber und lacht; er hält die Hand nicht vor den Mund; er kann es gar nicht, denn er klammert sich krampfhaft an mir fest.
Wir fahren gemächlich den Palms Boulevard entlang. Es ist ein schöner Nachmittag, und die Sonne steht tief vor uns. Es ist eine sanft hügelige Strecke, beinahe wie die Berg- und Talbahn auf dem Rummelplatz. Wir lassen uns auf der einen Seite hoch- und auf der anderen hinuntertragen. Wir fahren am Golfplatz von Palms vorbei und kreuzen den Lincoln Boulevard. Ich rolle die Rose Avenue hinunter und parke auf dem Fußgängersteg.
Wir gehen ans Meer; ganz nette Brecher; Gischt stiebt hoch und bricht die Sonnenstrahlen. Ein sanft geschwungener, liebevoll angelegter Fahrradweg säumt den Sand.
Wir klemmen die Sturzhelme unter die Arme wie zwei gestrandete Ritter. Es kommen Leute aus dem Wasser; junges Volk hockt Bongo spielend im Sand; ein Betrunkener versucht, zu der Musik zu tanzen. Es ist eine friedvolle Stimmung, und ich hoffe, daß Dad mitgeht und sich innerlich nicht allzusehr gegen das alles sträubt.
Wir bleiben stehen und hören zu. Ein paar Gitarren begleiten die Bongos. Es ist wie in den Tropen; kaum zu glauben, daß der Lincoln Boulevard nur acht kurze Häuserblocks weit landeinwärts liegt, vollgestopft mit Autos, kleinen Industriebetrieben und Tausenden von Aufmerksamkeit heischenden Leuchtreklamen. Dad wendet sich mir zu.
„Weißt du, Johnny, ich habe den Beruf verfehlt. Ich glaube, ich könnte gut ein Hippie sein."
Wir schlendern über den Fußgängersteg. Eigenartig, daß sich das Steg nennt, denn das Ganze ist aus Zement und wird nicht von Stützpfeilern getragen. Es ist lediglich eine Straße ohne Autos, die am Sandstrand entlangführt. Vielleicht war es früher einmal ein Brettersteg, oder das

Wort wurde den Holzstegen an der Atlantikküste nachempfunden. Oder vielleicht bin ich der *einzige*, der von einem Steg spricht.
Wir kommen an einem Laden vorbei, der sich The Fruits and Nuts nennt. Er wird von einem jungen Pärchen, Tony und Shelly, geführt. Sie nehmen sich endlos Zeit für uns. Sie interessieren sich für Moms Krankengeschichte und empfehlen Kräuter zur Herzstärkung. Bei ihnen gibt es große Gläser mit frisch gepreßtem Karottensaft. Sie bereiten ihn in einem Mixer zu, und er schmeckt süß, ganz anders als Moms Gemüsebrühe. Dad linst aus den Augenwinkeln zu mir herüber, trinkt Karottensaft und lächelt pausenlos. Tony hat einen Bart und lange, zu einem Pferdeschwanz gebundene Haare. Dies ist bombensicher ein Hippie, der erklärte Feind.
Er erzählt Dad, daß er Kräuter hat, die den Blutdruck regulieren helfen. Ich möchte einige für mich selber kaufen; ich bin bereit, alles zu versuchen! Aber Tony *schenkt* sie mir. Ich bekomme so ein schlechtes Gewissen, daß ich Äpfel und Bananen kaufe; Tony versichert uns, daß sie frisch und schmackhaft sind. Er viertelt einen Apfel mit einem Taschenmesser, damit wir ihn uns alle miteinander teilen können.
Wir finden nur mit Mühe den Absprung. Apfel kauend wandern wir weiter. Kein Mensch kann so geräuschvoll an einem Apfel herumschnurpsen wie Dad; seine Apfelgeräusche hören sich an, als verspeise er die größte aller Leckereien.
„Mein Gott, John, die sind aber nett; kennst du sie?"
„Nee. Mir ist unklar, wie die über die Runden kommen; die verschenken ja alles."
Dad beißt in den nächsten Apfel aus der Tüte.
„Vielleicht sind sie reich. Vielleicht haben sie den Laden bloß zum Spaß."
„Ja, schon möglich."
„Aber sie sehen nicht aus, als ob sie reich wären."

Wir setzen uns die Helme auf, steigen aufs Motorrad und rollen langsam zum Haus zurück. Der Himmel hinter uns ist noch in Rot getaucht von der untergehenden Sonne. Es ist einer dieser lauen Abende, die es in Kalifornien manchmal gibt, wenn der Küstennebel erst zur Nachtzeit aufsteigt.
Wir haben das Haus kaum betreten, als das Telefon klingelt. Marty ist am Apparat. Sie und Gary wollen Vron anrufen und ihr das mit dem

Baby erzählen. Sie wollen mich dabeihaben. Ich schlage vor, daß sie herüberkommen, wir haben einen Nebenanschluß.

Sie treffen ein, als wir gegessen haben. Martys Augen leuchten vor Aufregung. Wir können direkt wählen und kommen sofort durch. Marty fängt an zu weinen, kaum daß sie die ersten Worte herausgebracht hat. Ich bin am Nebenanschluß im Schlafzimmer. Es tut so gut, Vrons Stimme zu hören. Möglich, daß auch sie weint; ich weine jedenfalls. Für zehn Dollar weinen wir uns via Satellit über zehntausend Kilometer gegenseitig etwas vor. Als wir aufgehängt haben und ich wieder ins Wohnzimmer komme, hat Dad die Brille abgenommen und wischt sich die Augen. Er sieht zu mir auf.

„Weshalb weinen wir eigentlich, Johnny?"

Das löst die Spannung, und wir sind fast aus dem Häuschen vor Aufregung. Wir trinken ein bißchen Wein miteinander, bevor sie nach Hause fahren.

Dad stellt den Fernseher an. Ich hatte Marty gebeten, mir ein Buch mitzubringen. Ich versuche zu lesen, aber jedesmal, wenn ich anfangen will, unterbricht Dad mich. Lesen gilt als Laster in diesem Haus. Mutter ist ganz groß im Verbrennen von Zeitungen und Zeitschriften, die länger als einen Tag im Hause sind. Papier ist für sie wie abfallendes Laub, eine natürliche, anhaltende Plage, die es zu bekämpfen gilt. Ein Buch ist nichts weiter als Papier; wenn man es gelesen hat, gehört es verbrannt. Bücher aufzubewahren ist wie Betten ungemacht lassen. Außerdem führt Lesen zu Gehirnerweichung, verdirbt die Augen und bläst den Leuten protestantische oder kommunistische Gedanken ein.

Dad reagiert ähnlich auf Lesen, aber aus anderen Gründen. Sein Vater, mein Großvater, behauptete steif und fest, daß die Beschäftigung mit Büchern nur etwas für Mädchen sei. Er gab seinen Töchtern eine gute Ausbildung mit, ließ sie auf die High School gehen, aber die Jungen wurden von der Schule genommen, sobald sie alt genug waren, Landwirtschaft, das Tischler- oder Schlosserhandwerk zu lernen. Er war der festen Überzeugung, daß Männer dazu da sind, Dinge zu tun; Frauen nehmen alles passiv auf und geben es weiter. Diese Vorstellung ist in der Familie meines Vaters tief verwurzelt.

Gegen zehn Uhr dreißig verziehe ich mich leise ins Schlafzimmer. Ich habe keine Ahnung, wie lange Dad aufbleibt und sich Johnny Carson ansieht.

Drei Tage später wird Mom aus der Intensivstation verlegt. Dr. Coe teilt mir mit, daß sie noch zwei Wochen in der Klinik bleiben muß. Sämtliche Befunde weisen daraufhin, daß sie einen schweren Herzinfarkt gehabt hat und daß die Genesung langwierig sein wird.

In der Zwischenzeit ist Dad schön vorwärtsgekommen. Er ist praktisch von fremder Hilfe unabhängig. Einmal, an einem Sonntag, gehen wir sogar mit einem Freund von mir segeln, und keiner von uns wird seekrank. Wir kreuzen nur ein oder zwei Stunden lang im Segelhafen hin und her, es ist ein außergewöhnlich windstiller Tag.

Während wir segeln, bemerke ich, daß Dad unrasiert ist. Ich kann mich nicht entsinnen, daß die Bartstoppeln meines Vaters früher jemals mehr als einen halben Tag alt waren. Auf dem Heimweg frage ich ihn, ob er einen Hautausschlag hat; ich denke, daß er vielleicht einen Punkt auf seinem morgendlichen Badezimmerplan ausgelassen hat. Er sieht zu mir herüber, als ich auf den Jefferson Boulevard abbiege.

„Nein, Johnny, meine Haut ist ganz in Ordnung."

Er streicht sich mit der Hand über die Stoppeln. Ich warte einen Augenblick ab, weil ich nicht weiß, wie ich es ansprechen soll.

„Naja, Dad, ich hab bloß gefragt, weil mir scheint, daß du heute morgen vergessen hast, dich zu rasieren."

Er lächelt und hält die Hand vors Gesicht, um sein Lächeln zu verdecken.

„Weißt du, John, ich habe mich noch nie mit Bart gesehen. Ich habe mit fünfzehn angefangen, mich zu rasieren, und dann habe ich mich mein Leben lang jeden Morgen rasiert. Bevor ich heiratete, habe ich mich sogar, wenn ich mit Dad und den anderen auf der Jagd war, mit kaltem Wasser rasiert. Ich würde gern nur ein einziges Mal sehen, wie es aussieht. Ich glaube, das ist schon in Ordnung, meinst du nicht auch? Mutter ist im Krankenhaus, und ich nehme den Bart wieder ab, sobald sie nach Hause kommt."

Ich bin verblüfft über meine Reaktion. Ich mache mir Gedanken, was die Nachbarn sagen werden. Sie könnten denken, daß ich Dad verkommen lasse.

Dann fällt es mir wie Schuppen von den Augen. Ich fange an zu lachen. Dad lacht auch; wir lachen noch immer, als wir in die Auffahrt einbiegen. Auf jeden Fall werden die Nachbarn nicht annehmen, daß wir völlig niedergeschlagen sind über Moms Herzinfarkt.

Wir sehen uns ein Baseballspiel mit den Dodgers im Fernsehen an. Im

Anschluß daran bricht Dad ein Gespräch vom Zaun. Er fängt damit an, daß er immer für die Angels war, weil bei den Dodgers zu viele Nigger sind. Am liebsten würde ich gar nicht darauf eingehen; ich möchte uns die gute Stimmung nicht verderben. Aber er will reden; er hat irgend etwas auf dem Herzen.

„Weißt du, John, als ich ein kleiner Junge war und wir aus Wisconsin an die Ostküste gezogen sind, wohnten wir zuerst unten in Südwest-Philadelphia in der Nähe von vielen Negern. Es war riskant für uns, zu Fuß durch bestimmte Stadtteile zu gehen, und jeder Nigger, der sich im Westen über die Sixtieth Street und im Norden über die Woodlawn Avenue hinaus verirrte, mußte damit rechnen, von uns umgebracht zu werden. Es war, als würden wir ständig im Kriegszustand leben.

Das war der Hauptgrund, weshalb wir nach Upper Darby umgezogen sind. Es fiel mir furchtbar schwer, an die zehn Kilometer weit von meiner Verwandtschaft wegzuziehen, aber wir hatten einfach Angst vor diesen Niggern. Die Saint Barnabas Church unterhielt die einzige Schule, in die keine Nigger gingen, und darauf waren wir stolz; sogar die Pfarrer vertraten damals diese Meinung."

Er unterbricht sich. Ich frage mich, was er von mir hören will.

„Und heutzutage, Johnny, erzählen sie uns in der Kirche, daß wir uns das alles aus dem Kopf schlagen müssen. Unser Pfarrer sagt, daß es eine Todsünde ist, so zu denken. Ehrlich, Johnny, ich habe persönlich nichts gegen Nigger; mir läuft es bloß so komisch den Rücken runter, wie bei einem Hund, dem sich das Fell sträubt, wenn er eine Wut oder Angst hat. Und jede Wette, daß es den Niggern mit mir genauso geht.

Wenn Bette und ich in die Saint Augustine-Kirche gehen, setzen wir uns immer weit weg von Niggern und Mexikanern. Bei dieser Geschichte mit dem ‚Friedenskuß' muß man lächeln und den Umsitzenden die Hand geben, und das bringen wir einfach nicht fertig mit einem Mexikaner oder einem Nigger.

Johnny, man kann die Leute nicht so schnell ändern. Das sage ich dem Priester immer wieder bei der Beichte, und er sagt, ich soll Gott um Liebe und Barmherzigkeit bitten.

Ich bitte Gott darum, Johnny, aber es kommt nichts. Ich möchte, weiß der Himmel, nicht in die Hölle kommen, bloß weil ich mich nicht dazu aufraffen kann, einen Nigger zu lieben. Es ist eine Ungerechtigkeit. Die ganze Zeit tut man, was von einem erwartet wird, wenn man jung ist, und dann ändern sie einfach die Regeln."

Er hält inne. Ich weiß noch immer nicht, was er von mir will. Ich bin froh, daß ich das Problem nicht habe, nicht nur die Rassengeschichte, sondern überhaupt die Abhängigkeit davon, ob jemand anders mich für einen guten Menschen hält oder nicht. Die Leute geben die Verantwortung für ihr eigenes Leben zu leicht aus der Hand.

Ich mache uns einen kleinen Imbiß: Bier, Kartoffelchips und Salzbrezeln. Dad geht zum Fernseher, besinnt sich und macht es sich in seinem Schaukelstuhl gemütlich; ich setze mich auf Moms goldlackierten Stuhl.
„Weißt du, Dad, wenn du einen Bart stehen läßt, ist der Haken der, daß Mutter einen Tobsuchtsanfall kriegt, wenn wir sie besuchen. Du kannst so nicht ins Krankenhaus gehen."
Er wirft mir einen seiner verschmitzten Blicke zu, steht auf und geht ins Badezimmer. Nach ein paar Minuten kommt er mit einem Mundschutz vor dem Gesicht und mit funkelnden Augen wieder heraus.
„Die Dinger setzt Mutter immer auf, wenn sie sich die Haare färbt. Wir sagen ihr, ich hätte eine Erkältung, und ich wollte sie nicht anstecken."
Ich verschlucke mich an meinem Bier und renne zum Küchenausguß. Er kommt mir besorgt nach. Ich sehe ihn verstohlen noch einmal an; er sieht aus wie ein würdevoller Chirurg. Angesichts von Mutters Angst vor Bakterien ist es eine teuflisch gute Idee.
Die Maskenarie klappt bestens im Krankenhaus. Dad bringt sogar ein glaubhaftes Schniefen und Husten zuwege. Sein Bart wächst rasch. Innerhalb von einer Woche ist er über das pieksende Stoppelstadium hinaus und fängt schon an sich zu kringeln. Er ist lockig und dicht, nach der Art von Schamhaaren, und drahtig. Das Verblüffendste ist, daß er einen graumelierten, dunkel kastanienbraunen Farbton hat. Auf dem Kopf hat Dad nicht mehr viele Haare, und die sind weiß. Alles, was sonst noch von seiner ursprünglichen Haarfarbe geblieben ist, sind ein paar dunkle Haare in seinen Augenbrauen.
Aber bei seinem Bart ist es umgekehrt. Es ist mehr Dunkelbraun darin als Weiß. Dad sieht damit mindestens zehn Jahre jünger aus, unglaublich rüstig.
Ich erwische ihn immer wieder dabei, wie er in den Badezimmerspiegel starrt. Seine auseinanderklaffenden Zähne sind ganz von einem Vollbart umrahmt. Ich habe Mühe, mich daran zu gewöhnen. Es ist, als sei Dad um eine Generation jünger geworden, als wären wir gleichaltrig.
Joan kann sich gar nicht beruhigen. Sie streichelt seinen Bart und lächelt

vergnügt und gibt ihm einen herzhaften Kuß. Sie lacht sich beinahe kaputt, als wir ihr den Trick mit dem Mundschutz vorführen. Aber sie fürchtet, daß Mom uns dennoch auf die Schliche kommen wird.

Während dieser letzten Woche ohne Mom gehen Dad und ich abends regelmäßig ins Oar House. Wir trinken jeder einen Krug Bier und sehen uns vergnügt das Treiben an; tausendmal besser als Fernsehen. Wir führen sogar ansatzweise Gespräche miteinander. Wir unterhalten uns über Mutter, ihren Gesundheitszustand und all die Vorkehrungen, die wir treffen wollen, um ihr das Leben im Haus leichter zu machen. Er hat angefangen, eigene Ideen zu entwickeln. Er richtet eine Gegensprechanlage zwischen dem vorderen Schlafzimmer, in dem sie liegen wird, und dem hinteren Schlafzimmer ein; er dehnt sie sogar bis ins Gartenzimmer aus. Eine ziemlich neckische Angelegenheit, aber es funktioniert.

Einmal jagt er mir einen Heidenschreck ein, indem er mich mitten in der Nacht wachklingelt. Er sagt, er wolle bloß ausprobieren, ob es laut genug sei, um jemand aus dem Schlaf zu klingeln. Das Ganze findet um drei Uhr in der Früh statt, als er wie üblich raus muß zum Pinkeln. Dad hat einen ausgeprägten Sinn für Schabernack.

Ein paarmal besuche ich Gary und Marty mit Dad zusammen. Er sagt nicht viel, genießt aber sichtlich die Unterhaltung. Meistens reden wir über das Baby, das unterwegs ist, oder darüber, wie es Mom geht. Wir sehen nie fern miteinander.

Der Tag kommt, an dem wir Mutter nach Hause holen. Es ist alles bereit. Dad kommt an diesem Morgen glattrasiert aus dem Badezimmer; wir verlieren kein Wort darüber. Wir fahren Mutter im Wagen nach Hause, und sie quasselt im Rekordtempo drauflos. Sie wird einen zweiten Infarkt bekommen, bevor wir das Haus überhaupt erreichen.

Ich bringe sie zu Bett, ziehe die Jalousien herunter und bestehe darauf, daß sie einen Mittagsschlaf macht. Mir war zuvor gar nicht bewußt gewesen, was für eine gewaltige Verantwortung es ist, sie zu Hause zu haben. Wenn irgend etwas passieren sollte, dauert es immerhin über fünfzehn Minuten, bis sie in der Klinik ist.

Ich verspüre stärkere Panik als Dad. Er und ich genehmigen uns gemeinsam Bier und Sandwiches auf der Terrasse. Er fragt, wann er meiner Meinung nach wieder mit Mom schlafen kann. Das Kapitel hatte ich bisher überhaupt noch nicht bedacht.

Unmittelbar nach dem Mittagsschlaf finde ich Mutter auf der Bettkante sitzend vor, wo sie mit den Armen in einen Bademantel hineinfuchtelt. Sie will aufs Klo und behauptet hartnäckig, daß sie nichts „machen“ kann, wenn sie im Bett auf einer Bettpfanne sitzt. Sie ist nicht davon abzuhalten. Wir gehen langsam den Flur entlang. Ich dirigiere sie ins Badezimmer, sie scheucht mich raus und schließt die Tür ab.
Dad und ich lauern draußen, hören es seitlich an die Kloschüssel strömen, dann geht die Spülung. Wir warten, aber sie kommt nicht heraus. Dad hält es nicht mehr aus.
„Alles in Ordnung da drin, Bette?“
Bette wird übrigens wie „Bett“ ausgesprochen.
„Mir geht es gut. Betuttelt mich nicht so, das macht mich nervös.“
Dann schließt sie die Tür auf. Sie ist geschminkt und hat Lockenwickler in den Haaren. Mumm kann man meiner Mutter nicht absprechen; aber mit dem gesunden Menschenverstand scheint es zu hapern.
Es geht jeden Tag ein bißchen aufwärts mit ihr. Mutter bekommt langsam wieder Farbe, oder vielleicht ist es nur ihr Rouge. Es kostet uns die größte Mühe, sie zur Mäßigung anzuhalten. Sie will das Heft wieder in die Hand nehmen. Gleichzeitig klagt sie darüber, wie schwer ihr das Atmen fällt.
Am dritten Tag bringen wir sie auf die Terrasse heraus. Es ist ein warmer, windstiller Tag, und sie war lange eingesperrt. Es scheint ihr gutzutun; sie liegt in der Sonne und versucht, sich zu entspannen.
Meistens kocht Dad. Er ist zu Recht stolz auf sich. Jeden Morgen ist er um acht aus den Federn, und wir wechseln uns ab mit dem Fegen und Frühstückmachen. Es stellt sich heraus, daß auch er ein Besenfanatiker ist. Das treibt die arme Mom zum Wahnsinn; sie will, daß wir staubsaugen; behauptet, daß wir den Schmutz nur hin- und herschieben und alles verstauben.

Gegen Ende dieser Woche ist der Wäschepuff voll. Dad bietet an, alles im Wäschesalon zu waschen. Er will, daß ich ihn hinfahre und ihm zeige, wie man es macht. Joan ist bereit, unsere Wäsche zu übernehmen, aber Dad will das selber erledigen.
Während Mom Mittagsruhe hält, fahre ich Dad also ins Einkaufszentrum und erkläre ihm die Maschinen in der Münzwäscherei. Er war schon mit Mom dagewesen, hatte aber nicht aufgepaßt.
Es zeigt sich, daß diese Tätigkeit ganz nach seinem Geschmack ist. Die

Effektivität und das planmäßige Funktionieren des Ganzen befriedigen ihn zutiefst. Ich schlage vor, er soll sich, wenn es ihm langweilig wird, ein bißchen im Lucky Market oder gegenüber in der Bowling Alley umsehen. Ich überlasse ihn sich selbst. Eine volle Stunde lang wird er sich in der großen, weiten Welt allein durchschlagen müssen.
Als ich nach Hause komme, ist Mom wach. Sie fragt, wo Dad ist.
„Er ist in der Münzwäscherei und besorgt die Wäsche."
„Ach, heilige Mutter Gottes, Jacky, das kann er nie und nimmer! Ich nehme ihn immer mit, aber er steht mir mehr im Weg rum als sonst was. Er will die Laken immer so zusammenlegen, daß keine Falte mehr drin ist, das macht mich fast verrückt!"
„Ach, er wird's schon schaffen, Mom."
Sie schnaubt und reiht mich flugs in die große, wachsende Schar der „Einfaltspinsel" ein.
„Du wirst schon sehen. Er wird Bleichmittel zu den farbigen Sachen geben oder sonst irgendeine Eselei machen. Joan hat gesagt, daß *sie* die Wäsche übernehmen will; laßt ihr zwei die Finger davon. Sie tut ja sonst kaum etwas."
„Es ist schon gut so, Mom, da hat Dad wenigstens etwas zu tun. Joan hat genug um die Ohren."
Aber Mutters Mißtrauen überträgt sich auf mich. Ich weigere mich zwar, gleich zurückzufahren, aber ich sehe dauernd auf die Uhr. Wenn man ein kleines Kind zum ersten Mal allein einkaufen schickt, geht es einem genauso; man ist versucht, hinterherzulaufen.
Als ich gehe, sage ich zu Mutter, daß ich Mittagessen machen werde, sobald wir wieder da sind. Ich spüre, daß sie kribbelig wird; die Dinge entgleiten ihr. Es wird nicht mehr lange dauern, bis sie irgendeinen Unfug anstellt.
Dad sitzt in der Münzwäscherei, neben sich den Korb mit der getrockneten, zusammengelegten Wäsche. Er hat die Sachen sogar aufgeteilt in Mutters Wäsche, meine Wäsche und seine. Ich traue meinen Augen kaum. Und er ist stolz wie ein König; er sitzt da und leckt an einem Himbeerlutscher.
„Du, John, das hat vielleicht Spaß gemacht. Ich bin drüben gewesen und habe beim Kegeln zugeguckt. Ich hab nicht mehr gekegelt, seit ich immer mit Ira Taylor oben in der Sixty-Ninth Street kegeln war; das muß schon über dreißig Jahre her sein. Ich hatte ganz vergessen, wieviel Spaß das macht. Wir wohnen bloß zwei Ecken weiter, aber ich bin noch

nie dagewesen. Man gewöhnt sich an, unentwegt zu arbeiten, und verlernt, sich zu amüsieren. Es kostet bloß fünfzig Cent pro Spiel. Wir können es uns leisten, und ich hab doch uferlos Zeit. Ich bin noch nicht zu alt dazu."
Ich packe Kleidungsstücke in die Wäschebeutel.
„Klar, Dad, vielleicht können wir mal herfahren und kegeln. Ich hab auch schon lange nicht mehr gekegelt."
Wir stapeln unsere Wäsche ins Auto, und Dad leckt seinen Lutscher zu Ende. Ich möchte nicht, daß er mit einem Lutscher im Mund ins Haus marschiert; das würde Mutter mit Sicherheit den Rest geben. Wir fahren den Wagen in den Hof und beginnen auszuladen. Mom ist aufgestanden und macht die Seitentür auf. Dad und ich tragen die Wäsche hinein. Als ich in die Küche komme, stelle ich fest, daß sie Mittagessen gemacht hat. Einen Augenblick lang bleibe ich ratlos stehen und überlege, wie ich darauf reagieren soll. Es widerstrebt mir, sie wie ein kleines Kind zu behandeln; meinen Ärger möchte ich ihr auch nicht zeigen. Ich beschließe, es hinzunehmen. Das scheint die Taktik zu sein, mit der man sie noch am ehesten von derlei Unfug abhalten kann.

Damit müssen wir nun mal leben. Mom steckt in alles ihre Nase hinein, und Dad und ich können ihr nichts recht machen. Sie beschwert sich sogar, daß Dad sich abends die Zähne nicht anständig putzt.
„Du mußt dir das mal ansehen, Jacky; er bürstet immer nur vorn, und den Rest läßt er einfach."
Das sagt sie von einem Mann, der noch alle seine Zähne besitzt. Mutter hat hinten den ganzen Mund voller Brücken. Anfänglich strengen wir uns einfach noch mehr an. Wir fegen, saugen, schlagen Abfalleimer mit Plastiktüten aus, schrubben Klos, stauben ab, klopfen Teppiche, das ganze Trara; aber wir machen alles falsch. Joan kommt uns besuchen, und ich berichte ihr, was sich abspielt. Sie lacht und setzt sich.
„Hast du noch immer nicht begriffen, Johnny, daß niemand es Mom recht machen kann? Ich habe gedacht, du wüßtest das. Ich komme jede Woche rüber und helfe bei den schweren Hausarbeiten, Fensterputzen und Bödenschrubben und so. Ich weiß, daß sie alles nochmal macht, jedes Fenster ein zweites Mal putzt und die ganze Zeit vor sich hin schimpft. Es ist für Mom eine Wonne, sich und alle anderen davon zu überzeugen, daß kein Mensch *irgend etwas* so gut macht wie sie. Die Welt wird von zwei Sorten von Menschen bevölkert, von Bette McCar-

thy und den übrigen. Die übrigen, das sind Taugenichtse und im Grund Ferkel. Nimm's nicht tragisch, versuch, dich damit abzufinden. Macht es euch schön gemütlich miteinander, du und Dad; gegen sie habt ihr keine Chance."

Zum Kuckuck, das weiß ich ja alles. Ich habe es bloß in meiner Begeisterung über Dads Entwicklung vergessen.

Joan kann es gar nicht fassen, wie aufgeweckt, wie lebendig er ist. Kaum zu glauben, daß das noch derselbe Mann sein soll. Ich beschreibe Joan einige unserer Unternehmungen; das Oar House, Segeln, Motorradfahren. Sie findet alles großartig, meint aber, daß Mom nichts davon erfahren sollte.

„Sie wird ihm das Leben vermiesen, Johnny. Und wenn sie jemals was von dem Bart erfährt, Gott im Himmel! Das Lamento, das ich mir über *deinen* Bart anhören mußte; sie würde es bestimmt nicht überleben."

Wir lachen beide glucksend in uns hinein. Mom hält ihren Mittagsschlaf, Dad ist draußen im Gewächshaus.

Ich pflüge Furchen für den Saatmais, frisch umgebrochener Boden, eine Reihe eng an der anderen, kleine Grasbüschel und Schilfhalme zeigen die Furchentiefe an. Jimmy zieht langsam und leicht; und ich drücke gerade fest genug, um nur den Mutterboden zu wenden; gerippte Erde wie Cordsamt.

Als ich am nächsten Tag ins Badezimmer komme, ist die Badewanne frisch geschrubbt. Das geht zu weit. Unter all den Tätigkeiten, die einem Herzpatienten verboten sind, rangiert Badewannenschrubben sicherlich obenan. Mutter sonnt sich mit Dad auf der Terrasse. Ich gehe hinaus.

„Mutter! Hast du die Badewanne geschrubbt?"

„Jacky, es war so ein Saustall, Schmutzringe und Wasserspritzer überall, ich konnte es nicht mehr mit ansehen. Ich bin sicher, daß ihr beiden einfach aus der Wanne steigt, ohne nochmal einen Blick reinzuwerfen; ihr hinterlaßt überall kringelige Haare und zentimeterdicke Ränder. Auch wenn ich krank bin, brauche ich noch lange nicht in einem Schweinestall zu leben."

„Ach, komm, so schlimm war es gar nicht. Ich wollte sie gerade saubermachen. Du hättest bloß noch zehn Minuten zu warten brauchen. Bloß weil du nicht mal zehn Minuten lang ein paar Haare in einer Badewanne ertragen kannst, setzt du dein Leben aufs Spiel."

Ich steigere mich in einen blödsinnigen Zorn hinein.
„Dad und ich tun, was wir können, und dir fällt nichts Besseres ein, als uns alles schwerzumachen. Mutter, damit du es nur weißt, wenn du dich nicht hinlegst und ausspannst und tust, was der Arzt sagt, fliege ich morgen nach Hause. Wenn wir es dir nicht gut genug machen, dann stell eine ausgebildete Krankenschwester an. Tu, was du nicht lassen kannst, aber ich mache diesen Blödsinn nicht mehr mit."
Mutter sieht mich an und bricht in Tränen aus.
„Wenn ich nicht mal in meinem eigenen Haus ein kleines bißchen arbeiten darf, wozu soll ich dann überhaupt noch leben? Du weißt doch, daß *er* zu nichts zu gebrauchen ist."
Sie wedelt mit dem Arm in Dads Richtung.
„Joan kommt so gut wie nie, und du wartest auch bloß drauf, wieder nach Europa zu diesen Ausländern zu gehen."
Ich wende mich ab und gehe ins Haus, während sie weiterzetert. Dad kommt hinter mir her. Ich bereite das Mittagessen. Er ist verstört; das sind wir alle.
„Sie kann nichts dafür, Johnny; sei nicht so hart; es fällt ihr nicht leicht auszuspannen, du weißt doch, wie sie ist."
„Sicher, Dad. Aber denk dran: hier handelt es sich nicht bloß darum, daß man sie verwöhnt, wenn man ihr ihren Willen läßt; es kann leicht ihren Tod bedeuten. Ich habe nicht die Absicht zuzusehen, wie sie sich aus Stolz und unbefriedigter Herrschsucht umbringt.
Und du mußt dich ihr gegenüber auch auf die Hinterbeine stellen Dad; in ihrem und in deinem Interesse. Das ist etwas, um das wir uns nicht drücken dürfen. Wenn sie Badewannen schrubbt, hat sie keine Überlebenschance; das ist kein Witz."
Mir ist nicht klar, ob er begreift. Er ist so eingeschüchtert, daß er wieder in seinen Arbeiter-Boss-Tick verfällt, ein ernstes Gesicht macht und pausenlos mit dem Kopf nickt.
„Du hast recht, Johnny. Du hast absolut recht. Ich werde mit ihr reden. Sie weint alleine vor sich hin da draußen; sie weint nicht oft. Weinen ist bestimmt auch nicht gut für ihr Herz."
„Besser als Badewannen putzen, Dad."
Lieber Gott, werden wir die ganze Zeit auf sie aufpassen müssen? Ich gehe mit Sandwiches und Bier und Cola für Mom wieder nach draußen. Sie hat noch gerötete Augen und wischt Tränen weg. Sie sieht mich nicht an.

„Hör mal zu, Mom. Du hast Dad zu Tode geängstigt mit deiner Dickköpfigkeit, aber ich werde den Mund in Zukunft halten. Von mir aus kannst du gleich jetzt auf das Dach hier raufklettern und Stepptanz machen, und ich werde sitzenbleiben und Beifall klatschen. Hol dir von mir aus einen Schrubber und fang an, den Rasen zu schrubben, mir soll's recht sein.
Und wenn du dann nochmal einen Herzinfarkt kriegst, werde ich versuchen zu helfen, ich werde versuchen, dich rechtzeitig in die Klinik zurückzuschaffen, und vielleicht können sie dir das Leben retten. Wenn sie es nicht können, werde ich mich um die Beerdigung kümmern und helfen, Dad wieder aufzurichten. Aber das ist auch alles. Ich *weigere* mich, dich wie ein kleines Kind zu behandeln! Du bist eine erwachsene Frau, du bist nicht altersschwach, und es ist *dein* Leben. Wenn du dich umbringen willst, ist das deine Sache."
Ich halte inne, um es wirken zu lassen. Sie sieht mich jetzt an.
„Begreifst du, Mom? Du wirst kein Wort mehr von mir hören. Es ist deine Sache; nimm du dein Leben selber in die Hand. Ich vermute, daß du über mehr Grips verfügst, als du bisher bewiesen hast. Ich glaube schon, daß du in Wirklichkeit am Leben bleiben willst, aber du gefällst dir darin, Dad und mich zu Tode zu piesacken. Iß jetzt."
Danach bessert es sich. Jetzt muß sie beweisen, daß sie nicht dumm ist. Aber ihre Vorstellungen von dem, was sie tun kann, ohne sich zu schaden, sind grotesk. Dad tut mir leid, denn er wird rund um die Uhr Wache schieben müssen. Ich schüttele ungläubig den Kopf, wenn sie ein Bett macht oder Unterzeug auswäscht, aber ich sage nichts.

Marty ruft fast jeden Abend an und bietet an, herüberzukommen und mich abzulösen, wenn ich will. Ich sage ihr, daß wir zurechtkommen; ich weiß, wie sehr Mom ihr auf den Wecker fällt, daß fast alles an Marty Mom stört. Am meisten die Tatsache, daß sie jung ist und ihr eigenes Leben lebt.
Nach zwei Wochen ist es an der Zeit, Mutter zur Nachuntersuchung in die Klinik zu bringen. Ich rufe den Arzt kurz vorher an und bitte ihn, ihr die Hölle heiß zu machen, weil sie zu betriebsam ist.
Er inszeniert seinen Auftritt großartig, aber Mutter hat sich offensichtlich in ihr Schneckenhaus verkrochen und blockt ab. Er zeigt ihr die Röntgenaufnahmen, aber sie würdigt sie kaum eines Blicks. Er holt die EKG-Streifen hervor, erläutert ihr die chemischen Vorgänge im Blut,

führt ihr Diagramme vor, aus denen hervorgeht, welche Partie ihres Herzens geschädigt ist. Es kommt nicht an; sie will es nicht wissen. Hinterher, als ich Mom in einem Rollstuhl zum Parkplatz schiebe, dreht sie sich um und sieht mich über die Schulter an.
„Jacky, ich glaube nicht, daß er ein richtiger Arzt ist. Ich bin sicher, daß er kein Herzspezialist ist. Hast du seinen Gürtel gesehen und diese engen Hosen? Das ist auch bloß so ein Hippie. Heutzutage schafft doch jeder das Medizinstudium. Wahrscheinlich ist er noch Student; der ist bestimmt noch keine dreißig."
Ich enttäusche sie und halte den Mund. Während des ganzen Nachhausewegs harkt sie auf denselben Themen herum, macht Dr. Coe und das Perpetual Hospital schlecht. Dann fällt sie über die „Nigger-Schwestern" her. Es gibt kein Halten mehr.
Ich lächle unentwegt, nicke wie ein Schwachsinniger und konzentriere mich aufs Fahren. Mutter bremst und kuppelt auf der ganzen Fahrt mit. Ich schwöre mir, ihr das nächste Mal einen Sack über den Kopf zu stülpen und sie auf den Rücksitz zu verfrachten.
Zu Hause erzählt sie Dad, daß sie einen sehr leichten Herzinfarkt gehabt habe, so leicht sogar, daß es zweifelhaft sei, ob sie überhaupt einen hatte. Von allem, was der Arzt uns gesagt hat, erwähnt sie nichts, abgesehen von dem bißchen, das sie selber hören wollte. Ich werde Dad nachher reinen Wein einschenken; ich will sie nicht wieder zu Tränen reizen. Dad hat recht, Weinen ist vermutlich nicht das Wahre für eine Herzpatientin.
Nach dem Mittagessen legt sie mit Volldampf los.
„Seht euch bloß an, wie die Farbe von diesem Haus abblättert. Der Garten verkommt völlig, kein Mensch jätet. Die Fenster sind verdreckt. Wir haben nicht *eine* wirklich ausgewogene Mahlzeit gehabt, seit ich wieder zu Hause bin. Dad nimmt seine Medikamente nicht regelmäßig, er sieht schlecht aus, und er rennt so viel hin und her, daß er bald seinen zweiten Schlaganfall kriegen wird."
Soviel ich weiß, hat er noch keinen ersten gehabt.
Ich versuche, ihr zu beteuern, daß es Dad prächtig geht und daß er gut ernährt wird, aber es hilft nichts. Die Dinge entgleiten ihr, und sie gerät an den Rand einer Panik; ihr eigentlicher Lebensinhalt wird ihr entzogen.
Und Dad entkommt *tatsächlich* ihrer Fuchtel, wird immer unabhängiger. Er geht nach hinten zu ihr und fragt sie in seiner neuen, forschen

Art, wie es ihr geht und was er für sie tun kann. Das macht Mom rabiat, die Rollen sind vertauscht, und das so rasch, so mir nichts, dir nichts. Er bringt ihr Gläser mit Wasser, legt ihre Medikamente zurecht, macht ihr Bett, reguliert die Heizdecke, massiert sie und versucht ganz allgemein, ihr dabei zu helfen, sich zu erholen. Alles, was er tut, verschlimmert die Sache nur, sie ist in einer unerwarteten Zwickmühle gefangen.

Dads Kochkünste machen sich auch. Es ist keine Feinschmeckerküche, aber schließlich ist in diesem Hause noch nie besonders gut gekocht worden. Dad macht Suppen aus der Dose und überbäckt Sandwiches im Tischgrill. Er bereitet mehrere komplette Mahlzeiten ganz ohne meine Hilfe zu; nichts Kompliziertes – Lammkoteletts mit Dosenerbsen und Kartoffelbrei, oder irgendwelche Steaks mit eingemachten Bohnen und Pommes frites aus dem Tiefkühlfach – aber es schmeckt gut.

Manchmal geht Dad in Moms Zimmer, um nach ihr zu sehen, und vergißt dabei, seine Schürze abzunehmen; das bringt sie auf die Palme. Ich vermute fast, daß er es absichtlich tut; diese Schürze ist wie seine Flugzeugträgerkappe eine Art Rangabzeichen geworden. Und ich weiß, daß das alles für Mom fast noch schlimmer ist als ihre ständige Überanstrengung, aber ich sehe keine andere Möglichkeit. Ich muß früher oder später wieder wegfahren, und Joan kann nicht alles machen.

Joan ist bekümmert, sieht aber auch keine andere Lösung. Dad muß die Dinge in die Hand nehmen. Es wäre eher noch schlimmer, eine Pflegerin anzustellen. Mutter macht da kein langes Federlesen; *ihr* kommen keine Fremden ins Haus.

So geht es noch eine Woche lang weiter. Dad macht jeden Tag Fortschritte, während Mom innerlich kocht und sich ständig übernimmt. Dads dreiundsiebzigster Geburtstag naht. Wir beschließen, eine kleine Feier für ihn zu veranstalten, nur wir vier; Joan, ich, Dad und Mom. Wir wollen Mom aus den Vorbereitungen heraushalten, aber sie ist nicht zu bändigen. Ich backe den Geburtstagskuchen, und sie ist überzeugt, daß ich dabei das Haus niederbrennen werde; sie will, daß ich bei Van de Kamp einen Kuchen kaufe. Sie macht die Backofentür so oft auf, daß der vermaledeite Kuchen zusammenfällt. Das würde *jeden* aus der Fasson bringen. Ich schleppe sie mindestens dreimal wieder ins Bett. Sie ist am Rande eines Tränenausbruchs. Sie stimmt ihr Lamento an:

„Das ist möglicherweise der letzte Geburtstag, den ich jemals noch mit meinem Mann feiern werde, und du willst alles allein machen. Ich kenne

mich; ich fühle mich prächtig; du kannst gar nicht wissen, wie ich mich fühle ..." und so weiter und so fort.
Joan besorgt Dad einen blaugestreiften Flanellschlafanzug und in Moms Auftrag eine Strickjacke zum Knöpfen. Ich kaufe ihm eine dunkelgrüne Flugzeugträgerkappe. Ich würde ihm gern einen Kanarienvogel schenken, einen Harzer Edelroller, aber es ist nirgends einer aufzutreiben; die Vogelpest hat in Amerika die Kanarienvögel beinahe ausgerottet.
Es bereitet Dad Freude, beim Kuchenbacken zu helfen. Wir machen alles selber; kein Kuchen aus der Tüte. Er kann es nicht fassen, daß man einfach aus Mehl, Zucker, Eiern, Milch, Butter und Salz, Backpulver und irgendeinem Aroma einen Kuchen backen kann. Es ist erschrekkend, wie weit die meisten Männer sich von den lustvollen Seiten des Lebens entfernen. Wir backen einen zweiten Kuchen, nachdem der erste zusammengefallen ist, und schichten beide übereinander.
Das Fest ist ein großer Erfolg. Wir schneiden den Kuchen an, er ist ein bißchen kompakt, aber sehr lecker. Dad bläst alle Kerzen auf einen Schlag aus: sieben große und drei kleine. Er macht viel Aufhebens um das Auspacken jedes einzelnen Geschenks, schüttelt es, horcht, ob etwas klappert, stellt die abwegigsten Vermutungen an und läßt sich nicht davon abbringen, jeden Knoten einzeln aufzuknüpfen und das Geschenkpapier aufzuheben. Er legt das Papier sorgfältig zusammen, bevor er mit dem nächsten Geschenk weitermacht. Er zieht den Genuß in die Länge.
„Komm schon, Jack, mach es auf; hör auf, mit dem Papier herumzuspielen; wir haben nicht den ganzen Tag lang Zeit."
Dad dreht sich zu Mom herum und lächelt.
„Oh, doch, das haben wir, Bette; wir haben den ganzen Tag Zeit; heute ist mein Tag, den ganzen Tag lang."
Er sagt es liebenswürdig und lächelt, aber es ist die erste schlagfertige Antwort, die ich seit über zwanzig Jahren von ihm gehört habe. Joan guckt herüber und wirft mir einen *ihrer* Blicke zu. Joans Blick besteht darin, daß sie den Mund zumacht und die Augen weit aufreißt, so daß das Weiße rund um die Iris zu sehen ist. Dabei nickt sie und zieht dann den Kopf zwischen die Schultern. Er läßt sich am besten in Worte fassen mit „Ich glaub, mich laust der Affe!"
Weil ich keinen Kanarienvogel finden konnte, vermache ich Dad das Schweizer Militärtaschenmesser, das Billy mir zum fünfzigsten Geburtstag geschenkt hat. Ich hoffe, Billy nimmt es nicht krumm. Es

hat etwas sehr Befriedigendes, so ein Taschenmesser zu besitzen. Das hier hat dreizehn verschiedene Klingen und Werkzeuge: Lupe, Elfenbeinzahnstocher, Schere, Pinzette, Säge, zwei Schneiden, zwei Schraubenzieher (normal und für Kreuzschlitzschrauben), Dosenöffner, Flaschenöffner, Korkenzieher und Lederahle. Dad ist hingerissen und klappt sämtliche Teile auf einmal auf. Sie stehen in alle Himmelsrichtungen ab wie die Borsten eines Stachelschweins. Mutter kommt erwartungsgemäß mit ihrer „Einfaltspinsel"-Bemerkung, und wir drei lachen.
„Ihr werdet schon sehen, er wird sich noch den Finger abschneiden, bevor der Tag zu Ende ist."
Sie hat auch Bedenken wegen der Waschbarkeit des Flanellschlafanzugs; sie trocknen angeblich so schlecht.
Später verzieht Dad sich ins Badezimmer, und als er wieder herauskommt, hat er den Schlafanzug an, darüber die neue Strickjacke und auf dem Kopf die Schirmmütze. Er steht lächelnd da und klappt das Schweizer Messer auf, bis hin zu der Lupe, und linst durch sie hindurch wie durch ein Lorgnon.
Mutter behauptet, das sei der Beweis, daß er von Tag zu Tag seniler würde und auch bald so spinnen würde wie sein Sohn. Dad sagt, er käme sich vor wie Dagwood Bumstead oder wie ein Sträfling in dem gestreiften Schlafanzug. Er singt ein paar Zeilen aus einem seiner Lieblingslieder:

„Ach, wenn ich Engelsflügel hätt,
Dann flög ich über diese Kerkermauern;
In die Arme meiner Liebsten
Ins sichere Versteck."

Seine Stimme bebt, aber sie ist kraftvoll und wohltönend. Ich glaube, ich habe ihn nicht mehr singen gehört, seit er uns als Kinder immer in den Schlaf sang.
An diesem Abend wollen sie miteinander schlafen. Ich ziehe vom Gartenzimmer ins mittlere Zimmer, und Mom geht mit Dad zusammen ins hintere Zimmer. Er lächelt und sagt, das sei sein schönstes Geburtstagsgeschenk. So etwas aus seinem Munde grenzt ans Frivole; Joan lacht, und er wird rot.

Mitten in der Nacht höre ich den Summer neben meinem Bett. Ich

nehme den Hörer ab, aber Dad steht schon an meiner Schlafzimmertür; sein Gesicht wirkt leichenblaß in dem schwachen Licht.
„Mutter meint, daß sie einen neuen Herzanfall hat, Johnny. Sie sieht schrecklich aus."
Ich springe auf und renne nach hinten ins Elternschlafzimmer. Sie ist blaß und schwitzt, aber sie ist bei Bewußtsein. Sie sagt, sie hätte fürchterliche Schmerzen und so ein Engegefühl in der Brust. Sie weint. Ich gebe ihr Digoxin, aber es hilft nicht. Jetzt muß ich alle die Dinge tun, auf die ich Dad vorbereitet habe. Ich lasse ihn bei ihr und sage ihm, daß er laut rufen soll, wenn sie das Bewußtsein verliert.
Als erstes bestelle ich einen Krankenwagen, dann rufe ich die Klinik an, um sie auf unser Kommen vorzubereiten.
Ich kehre ins Schlafzimmer zurück. Sie ist noch immer bei Bewußtsein, hat aber starke Schmerzen und weint. Ich denke, daß sie in erster Linie aus Enttäuschung und Niedergeschlagenheit weint; sie hatte sich diesen Herzinfarkt ja selbst schon halbwegs ausgeredet. Außerdem hat sie Angst.
Der Krankenwagen ist in weniger als zehn Minuten da. Sie bringen eine Krankenliege und ein Beatmungsgerät herein; Mom bekommt sofort Sauerstoff. Der Rettungssanitäter mißt ihren Blutdruck, schüttelt den Kopf und sagt, wir sollten uns lieber beeilen. Wir rollen sie hinaus zum Krankenwagen; ich sage, daß ich mitfahren werde, und frage Dad, ob er auch mit will. Er lehnt ab, er möchte zu Hause bleiben und beten.
Mit rotierendem Warnlicht und heulender Sirene fahren wir bei Rot über die Kreuzung am Palms Boulevard. In der Klinik gehen wir gleich durch die Ambulanz durch, und Mom wird auf die Intensivstation gebracht. Ich bleibe im Ambulanz-Wartezimmer.
Nach einer halben Stunde kommt ein junger Arzt herunter und fragt nach mir. Er sagt mir, daß sie einen Re-Infarkt hat und daß sie alles tun, was in ihren Kräften steht. Er sagt, daß es für mich nichts zu tun gebe, und daß ich nach Hause fahren solle. Sie würden mich anrufen, sobald irgendeine wesentliche Veränderung eintrete. Er meint damit: falls sie sterben sollte.
Ich muß dringend pinkeln und gehe auf die Toilette. Ich blicke flüchtig in den Spiegel; ich bin fast so bleich wie Mom. Ich hatte keine Ahnung, in was für einem Schockzustand ich selbst mich befinde. Außerdem habe ich ein schlechtes Gewissen wegen des Geburtstagsfestes, und weil sie miteinander geschlafen haben. Sie hat mich hinters Licht geführt. Sie

hat sich vermutlich selber etwas vorgemacht. Es ist so schwierig zu ermessen, wo man die Grenze ziehen muß.
Ich nehme ein Taxi nach Hause. Dad steht wartend an der Tür. Er ist noch im Schlafanzug, war aber immerhin so vernünftig, einen Pullover überzuziehen und seine neue Mütze aufzusetzen. Ich bezahle das Taxi und gehe hinein.
„Wie geht's ihr, Johnny? Was ist mit ihr?"
Er ist den Tränen nahe; er hält seinen Rosenkranz in der Hand.
„Es geht ihr gut, Dad; mach dir keine Sorgen. Es wird schon wieder werden. Sie haben sie wieder auf die Intensivstation gelegt. Die Ärzte tun alles Notwendige. Sie haben die ganze Notfalleinrichtung."
Ich begleite Dad in sein Schlafzimmer und helfe ihm ins Bett. Während ich weg war, hat er das Bett in seiner pingeligen Art vollkommen frisch gemacht. Ich knipse das Licht aus und schließe die Tür. Mir kommt der Gedanke, daß ich Joan anrufen könnte, aber ich lasse ihn wieder fallen. Die Dinge sind uns aus der Hand genommen. Wir können nichts tun, und Joan braucht ihren Schlaf. Ich fühle mich ausgepumpt. Ich gehe wieder ins Bett und schlafe tatsächlich irgendwie ein.
Am darauffolgenden Morgen rufe ich in der Klinik an; keine Veränderung. Ich bespreche alles mit Dad. Er scheint guter Dinge zu sein; er zeigt keinerlei Rückzugssymptome wie beim ersten Mal. Er ist ganz bei der Sache, möchte helfen.
„Das muß uns beiden eine Lehre sein, Dad. Wir dürfen nicht auf sie hören. Sie will nicht wahrhaben, daß sie krank ist, deshalb darf man nicht nach ihr gehen. Wir müssen sie vor sich selbst schützen."
Dad nickt.
„Tja, es ist nicht so einfach, ihr immer eine Nasenlänge voraus zu sein, John. Man weiß nie, was sie wirklich denkt."
Ich rufe Joan an und berichte ihr, was geschehen ist. Sie ist entsetzt und hat ebenso ein schlechtes Gewissen wie ich. Wir vereinbaren, uns in der Klinik zu treffen. Dad sagt, er wird zu Hause bleiben, die Küche saubermachen und in seinem Gewächshaus arbeiten. Es ist am besten, ihm nicht zuviel zuzumuten.
Mutter steht unter starken Beruhigungsmitteln, sämtliche Monitoren sind in Betrieb. Sie ist an Veneninfusion und Katheter angeschlossen; die ganze Maschinerie läuft auf Hochtouren, um sie am Leben zu erhalten. Die Schwestern erinnern sich noch an uns. Sie sagen, Dr. Coe habe Mutter untersucht und erwarte uns in seinem Sprechzimmer.

Wir gehen hinunter. Er teilt uns mit, daß es sich eindeutig um einen erneuten Herzinfarkt handelt, daß er ihm aber nicht so schwer erscheine wie der erste. Er fragt, ob sie irgendeinem unerwarteten Schreck oder Streß ausgesetzt gewesen sei. Ich erzähle ihm von dem Geburtstagsfest, und daß Dad mit ihr geschlafen hat. Er schüttelt den Kopf.
„Wir müssen vorsichtiger umgehen mit ihr, Mr. Tremont. Sie müssen darauf achtgeben, daß sie sich nicht übernimmt; sie kann solche psychischen Erschütterungen nicht mehr verkraften, ihr Herz ist dem nicht mehr gewachsen."
Auf dem Heimweg gehen Joan und ich Pizza essen. Wir sind beide niedergeschlagen. Wir überlegen, was wir tun können. Dad kann Mom genauso wenig bändigen wie wir. Ich würde am liebsten sämtliche Reinigungsutensilien aus dem Haus verbannen, außerhalb ihrer Reichweite verwahren. Ich werde die schmutzige Wäsche ins Gartenzimmer einschließen. So ähnlich muß es sein, Rasierklingen vor einem potentiellen Selbstmörder zu verstecken. Joan schüttelt den Kopf.
„Sieh mal, John, wir müssen sie ihr Leben leben lassen. Darauf hat sie zumindest einen Anspruch."
Ich bin mir da nicht so sicher. Es fällt mir schwer, mich nicht einzumischen.
Joan sagt, sie will zweimal in der Woche herüberkommen und alles unbeschreiblich sauberhalten. Ich biete an, ihr eine Zahnbürste zu kaufen, damit sie die Ritzen in den Holzfußböden ausputzen kann.
Wir kommen auf mein Rückflug-Ticket zu sprechen; die Fünfundvierzig-Tage-Frist ist fast abgelaufen. Joan sagt, sie und Mario würden sich die Kosten für den Rückflug teilen, wenn ich nur noch ein bißchen dabliebe. Sie weiß, daß ich gern nach Hause möchte, aber was bleibt uns anderes übrig?

Am folgenden Tag nehme ich Dad mit zu Mom. Sie ist bei Bewußtsein, bekommt aber noch immer starke Sedativa. Sie ist weinerlich. Dad weint auch und ist erschrocken über ihre Verfassung. Er hatte sie beim ersten Mal nicht während der schlimmsten Phase erlebt. Mutter spricht in einer dünnen, gebrochenen Stimme.
„Wenn ich von so einer Kleinigkeit wie einem Geburtstagsfest schon einen Herzinfarkt bekomme, wozu soll ich dann noch weiterleben? Bloß um am Leben zu bleiben, will ich nicht die ganze Zeit wie eine Invalide leben."

Ich zögere, dann spiele ich meinen letzten Trumpf aus.
„Mutter, das ist Hoffnungslosigkeit; je mehr du so redest und denkst, desto weniger Vertrauen bringst du Gott entgegen. Das trägt nicht zu deinen Heilungschancen bei, und du setzt die Unsterblichkeit deiner Seele aufs Spiel. Und Dad gegenüber ist es auch herzlos."
Es widerstrebt mir, dies Register zu ziehen, aber die Lage erscheint mir verzweifelt. Wenn Mutter beschließt, nicht weiterzuleben, kann nichts auf dieser Welt sie am Leben erhalten.
Dad sieht mich an, als hätte der Tapezierer aus der Nachbarschaft sich plötzlich in einen blutrünstigen Mörder verwandelt.
„Mutter, es ist Sünde, so zu reden; falscher Stolz, eine Anmaßung gegenüber Gott und seinen unerforschlichen Ratschlüssen."
Hol's der Teufel, es wird wahrscheinlich auch nichts nützen, aber es ist den Versuch wert. Mom ist hin- und hergerissen zwischen Verstocktheit und Seelenheil, aber langsam kommt sie zur Vernunft. Sie hat kaum eine andere Wahl.

Dad und ich knüpfen wieder bei unseren alten Gewohnheiten an. Er blüht auf. Wir genießen beide die kurz zuvor entdeckte Kumpanei. Solange wir Mutter zu Hause hatten, war alles umsonst: ein sinnloses Abstrampeln, bloß um es ihr recht zu machen; ständig das Gefühl der Unzulänglichkeit.
Als erstes zimmern wir ein Geländer für die Treppe von der Seitentür zum Innenhof. Es ist wohltuend, mit gutem Werkzeug und Eichenholz im Sonnenschein zu arbeiten.
Später, nachdem wir die Liegestühle weggeräumt und den Rasensprenger hinten im Garten abgestellt haben, stehen wir nebeneinander und betrachten unverwandt die untergehende Sonne.
„Johnny, was würdest du davon halten, wenn wir ans Meer fahren und uns den Sonnenuntergang ansehen?"
Die Gelegenheit lasse ich mir nicht entgehen.
„Hört sich gut an; das bringt uns vielleicht auf andere Gedanken."
Dad geht ins Haus seine Jacke holen, und ich lasse den Motor warmlaufen. Er kommt mit den Motorradhelmen heraus.
„Wozu den Wagen anspannen, John; ich dachte, wir könnten mit dem Motorrad fahren."
Also stülpen wir uns die Helme über und tuckern hinunter nach Venice. Als wir am Spülsaum des Strandes entlangschlendern, zieht Dad die

Schuhe aus und krempelte sich die Hosenbeine hoch. Ein sanfter, geruhsamer Sonnenuntergang in einem Rot, das ins Violette hinüberspielt. Die See ist ruhig; lange, weiche Wellenberge. Es ist Ebbe. Sonnenstrahlen brechen sich im nassen Sand, während das Wasser unter die Wogen zurückschlüpft.
Es gibt noch mehr Spaziergänger am Strand; ein paar Dauerläufer. Alle lächeln oder grüßen. Ein irischer Setter saust und tollt mit einem jungen Mädchen herum; sie wirft Stöcke, Steine oder Muscheln über die Brandung hinaus. Ein verzauberter Augenblick; Gelegenheit, kurz zu vergessen, wie hart das Leben manchmal ist.
Wir sprechen kaum. Über gestohlene Freuden wie diese, unverdient, außerplanmäßig, spricht man nicht.

Es ist fast sieben, und wir haben nichts zum Essen vorbereitet. Ich schlage vor, in einem Restaurant namens Buffalo Chips neben dem Oar House essen zu gehen. Es wird von denselben Leuten geführt und strahlt eine ähnliche Atmosphäre aus. Man kann sogar über eine Hintertreppe von einem Lokal ins andere gelangen.
Wir fahren hinüber, und ich erspähe direkt vor dem Restaurant einen Parkplatz. Man hat schon mit der Ausweiskontrolle fürs Oar House angefangen, weil Samstagabend ist. Bestimmt ist es für diese jungen Burschen ein Ereignis, einen zweiundfünfzigjährigen Knaben auf einem zehn Jahre alten Motorrad ankommen zu sehen, mit seinem dreiundsiebzig Jahre alten Pappi hinten auf dem Sozius. Zwei von ihnen kommen herüber. Während ich das Motorrad aufbocke.
„Na, hoffentlich haben Sie beide Ihre Ausweise dabei; Leute unter einundzwanzig haben hier keinen Zutritt."
Dad nimmt bedächtig seinen Helm ab, die Beine noch übers Motorrad gegrätscht. Er lächelt.
„Also, ich will dir mal was sagen, mein Sohn. Ich hab mich jahrelang angestrengt, einundzwanzig zu werden. Es ist jetzt schon das vierte Mal, aber ich krieg den Bogen einfach nicht raus."
Wir lachen und schütteln einander die Hände. Sie versprechen, das Motorrad im Auge zu behalten.
Das Restaurant ist auf Sandwiches spezialisiert, vom Pastrami- bis zum Steak-Sandwich. Die Sandwiches mit dem warmen Roastbeef sind ein Gedicht. Wir bestellen zwei, dazu einen Krug Bier. Das Roastbeef wird hier mit einem ordentlichen Klecks Meerrettich garniert. Dad und ich

schwelgen. Wir unterhalten uns über die italienischen Straßenverkäufer, bei denen es seinerzeit in Philadelphia immer Meerrettich gab.
Das Publikum hier drüben ist ebenso ungezwungen wie im Oar House. Es wird gelacht und herumgealbert, herüber und hinüber geflirtet. Nach dem Essen gehen wir über die Hintertreppe ins Oar House. Wir ergattern zwei Plätze hoch oben an einer Wand, von wo aus wir beim Tanzen zusehen können. Ich hole noch einen Krug Bier und hocke mit Dad mitten in dem Trubel.
Ich sehe die Ausweis-Kontrolleure und Rausschmeißer auf uns zukommen. Sie haben sich die jünger aussehenden Leutchen vorgeknöpft und überprüft. Jetzt kommen sie zu uns herüber.
„Ah, hier stecken die beiden."
Der größere, ein strammer Bursche mit einem großen buschigen Schnauzbart, hat uns angesprochen.
„Hab ich's doch gewußt, daß die zwei bloß ins Restaurant gegangen sind, um sich hier einzuschleichen."
Er grinst.
„Also los, Mann, dann zeigen Sie mir mal Ihren Ausweis."
Dad blickt auf, lächelt, lacht.
„Ihr werdet uns schon ins Kittchen stecken müssen, Sohnemann; wir haben keine Papiere. Ich fahr nicht mehr Auto, und mein Sohn lebt in Paris, in Frankreich."
Es macht mich froh, Dad so stolz und selbstbewußt zu erleben.
Sie lachen und gehen weiter. Wir trinken gemütlich unser Bier aus. Es ist schon fast elf Uhr; wir sollten uns allmählich auf den Heimweg machen. Wir gehen auf den Ausgang zu. Ein Teil der Gäste hat von dem Motorrad Wind bekommen und kommt mit hinaus, um uns bei der Abfahrt zuzusehen. Ich helfe Dad, seinen Helm festzuschnallen, weil seine Hände zittern. Ich ziehe meinen eigenen Helm fest, trete den Starter herunter, und die Maschine springt auf Anhieb an. Die Rückfahrt ist kühl und wohltuend. Dad wird allmählich ein guter Beifahrer; er legt sich mit mir in die Kurven und sträubt sich nicht gegen meine Fahrweise.

Als er am nächsten Morgen zum Frühstück kommt, stelle ich fest, daß er sich wieder nicht rasiert hat. Ich sage nichts. Wir wollen Mom um zwei Uhr besuchen, und bis dahin wird es wirklich auffallen. Dad macht den Abwasch, und ich fege. Als wir fertig sind, gehen wir seine Werkstatt aufräumen.

Sein Werkzeug gehört zum Besten, was es gibt. Es ist alles an den Wänden aufgehängt, die jeweiligen Umrisse sind in weißer Farbe daruntergemalt, damit man gleich überblickt, was fehlt. Die Werkzeuge, die nicht an den Wänden hängen, sind in Metallkästen verstaut, deren Schubladen auf Kugellagern laufen. sein alter Zimmermannskasten ist auch da, alles gut in Schuß, darunter ein Stanley-Hammer mit Holzgriff und drei Deitzen-Sägen, zwei davon Schrotsägen und eine Brettsäge. Dad war schon immer ein Werkzeugliebhaber und kann wirklich damit umgehen. In Dads Werkzeug steckt eine ganze Lebensgeschichte.
Draußen in der Werkstatt frage ich Dad, wie er das mit Mutter und seinem Bart zu machen gedenkt. Die Masche mit dem Mundschutz kann er nicht wiederholen. Er sagt, er wird ihr einfach sagen, daß er sich einen Bart wachsen läßt.
„Liebe Güte, John, sie läßt sich die Haare schneiden und färben, ohne mich jemals zu fragen; wieso sollte ich nicht in der Lage sein, mir einen Bart wachsen zu lassen, wenn mir danach zumute ist?"
„Aber Dad, das wird ihr mit Sicherheit den Rest geben."
Er blickt von seiner Werkbank zu mir auf.
„Glaubst du das wirklich, Johnny? Ich will sie nicht umbringen."
So wie er das sagt, klingt es ganz so, als hätte er es überdacht und dann beschlossen, Mom doch nicht umzubringen.
„Na gut, meinetwegen, dann rasiere ich mich eben. Ich kann ja warten, bis sie in besserer Verfassung ist, und sage es ihr erst dann."
Danach gehen wir ins Haus, und er rasiert sich, bevor wir uns zur Klinik aufmachen.

7

Wir zockeln noch immer mit achtzig Sachen dahin. Dad scheint zu meinen, er säße in seinem Renault 4L, diesem Blechkasten, den er in Frankreich fährt.

Amerika ist wirklich ein verfluchtes Ungetüm von einem Land. Wir sollten uns in vier oder fünf Länder aufteilen: im Nordosten ein spießiges Land für Puritaner und hochgestochene New England-Liberale: irgendwo in der Mitte eine Art urwüchsiges bäuerliches Land; im Süden ein altmodischer Sklavenstaat für Leute, die auf so etwas abfahren; Texas gäbe einen militaristischen, faschistischen Staat ab, und Kalifornien, mit Teilen von Oregon, die Heimat der Lebenskünstler.

Nach unserer Karte kommen wir praktisch überhaupt nicht vorwärts. Dad deutet mit dem Finger auf eine Ortschaft namens Glennwood Springs und beschließt, daß wir dort heute gut übernachten könnten. Morgen werden wir durch Vail fahren, einen großen Ski-Kurort, in den Ford sich immer verzog, wenn er sich eigentlich als Präsident hätte betätigen sollen. Die Gegend hier ist sehr schön: zartrosa Felsgebilde in verschiedenen Violettschattierungen; sogar bläuliche, fast schwarze Felsen.

Während der restlichen Nachmittagsstunden drücken wir ziemlich auf die Tube. Einmal wagt er sich sogar, neunzig zu überschreiten, ob man es glaubt oder nicht.

Ich muß wieder an die Uni denken, vielleicht bereite ich mich innerlich auf die große niederschmetternde Grundsatzdiskussion vor, die alles an den Tag bringt.

USC – University of California at Santa Cruz; „UCK SUCK" nannten wir sie immer. Die Studenten kamen mir alle so stumpfsinnig, wurstig und irrsinnig naiv vor. Gleichzeitig liefen mir dauernd Karatekas mit schwarzem Gürtel oder Bogenschützen-Champions oder Schachmeister über den Weg. Ich spielte mit so einem Knilch aus meinem Biologieseminar Tennis, und er knallte die Bälle immer mit solcher Wucht an mir vorbei, daß ich sie gar nicht bekommen konnte. Das hätte jedem einen Minderwertigkeitskomplex eingejagt.

Im Unterricht hatte ich allerdings das Gefühl, den anderen haushoch

überlegen zu sein. Ich stelle die einzigen intelligenten Fragen, und die Profs sprechen immer mich an. Aber dann, in den Prüfungen, spielen mich diese Freaks an die Wand. Diese kalifornischen Roboter sind harte Konkurrenz; im ersten Quartal wäre ich beinahe durchgerasselt. Ich hatte keine Ahnung, wie sehr ich mich ranhalten mußte. Auf ihre lockere, lässige Tour pauken diese Kalifornier wie die Berserker.
Ihre Stärke waren Prüfungen. Sie waren gerissene Examensbüffler. Um Wissensstoff, der nicht geprüft wurde, kümmerten sie sich einen Dreck. Sie versuchten geradezu zwanghaft herauszuknoblen, was drankommen würde. Sie lernten einfach nur *diesen* Stoff, ohne allzuviel Gedanken darauf zu verschwenden, und gaben ihn dann in blauen Prüfungsheften wieder von sich.
In der ersten Zeit bemühe ich mich mitzuhalten. Ich stelle Fragen und versuche nachzudenken. Aber in UCK SUCK ist kein Raum für Fragen oder Nachdenken. Ausgeschlossen! Man braucht seine *gesamte* geistige Potenz, um die Prüfungen zu bestehen. Mag sein, daß etwas davon hängenbleibt, wenn man es wieder von sich gibt, wie wenn man in einem trockenen Gipsmodell mit Schlicker Gefäße gießt.
Jedenfalls reicht es mir. Ich weiß nicht, was diese geistige Zwangsernährung mit dem Überleben zu tun hat. Was nützt es, ein Stück Papier zu besitzen, als Beweis dafür, daß man auf der Universität war, irgendwelchen Leuten in den Hintern gekrochen ist und vier, sechs oder acht Jahre lang gepaukt hat?
Ich kann ja einfach *behaupten*, ich hätte studiert. Wer will das nachprüfen? Ich werde *behaupten*, ich hätte Examen gemacht, *behaupten*, ich hätte promoviert. Wer kennt sich da schon aus? Niemand wird anrufen und nachfragen. Meistens nimmt man eine Stelle an und füllt einen Personalfragebogen aus. Ich sage einfach, ich habe promoviert, zwei Doktortitel sogar, wenn schon, denn schon, was soll's. Ich bin Doktor der Physik und der Chemie.
Es gibt nicht genug Leute auf der Welt, die auf diesen Gebieten intelligente Fragen stellen können. Nicht einmal die *Physiker* selber könnten mir auf die Schliche kommen. Sie spezialisieren sich alle schon so früh, daß keiner von ihnen weiß, was sein Kollege tut. Irgendwo kommt ein wissenschaftlicher Hiwi einem Fünkchen Charm von einem Quark auf die Spur, und dann hat so einer keinen blassen Dunst, was ein physikalischer Optiker treibt. Keiner von ihnen hat irgend etwas aus der allgemeinen Physik behalten. Ich werde einfach sagen: „Das ist nicht mein

Fachgebiet." Ich werde drei Tage darauf verwenden, rund zwanzig Konstanten auswendig zu lernen, und schon ist die Sache gelaufen.
Ich werde mir einen guten Drucker suchen, der mir ein bildschönes gefälschtes Diplom anfertigt, und ein paar Namen erdichten für die Unterschriften. Rupert Crutchins oder Part Faley. Oder ich werde mir jemand anlachen, der in einem Universitäts-Sekretariat arbeitet, und einen Schwung fotokopierter, fingierter Zeugnisse und Unterlagen für mich abschicken lassen; ich werde mir selbst eine Durchschnittsnote von 4,0 verpassen; Eindruck schinden, Respekt einflößen.
Höchstwahrscheinlich werde ich sowieso nur in der Industrie arbeiten; der Firma Exxon dabei helfen, noch ein paar Billionen mehr zu verdienen, also spielt es keine Rolle.
Das ist alles so ein fauler Zauber. Wenn man etwas kann, dann kann man es; wenn man es nicht kann, dann kann man es eben nicht. Schulen und Papiere können daran nicht viel ändern.
Oben in Oregon habe ich mich als gelernten Waldarbeiter ausgegeben. Ich erfand den Namen eines Betriebes und sagte, ich hätte dort gearbeitet. Sie dachten gar nicht daran, der Sache nachzugehen.
Klar habe ich in den ersten Tagen Mist gebaut; sie müssen mich für einen kompletten Idioten gehalten haben. Aber gegen Ende der Woche habe ich es genausogut wie alle anderen hingekriegt.
Der Haken ist, daß es eine verflucht gefährliche Arbeit ist, beim Holzfällen dieses Stahlseil an den Stämmen zu befestigen, bevor sie weggeschleppt werden. Die sieben Dollar pro Stunde sind wirklich hart verdientes Geld. In der dritten Woche ging ich zu Boden und war weg. Wenn dieser Schlepper zurücksetzt und die Stämme losrollen, muß man wie der Blitz drunter vorkommen; sonst wird man plattgewalzt. Zwei Tage später hat es mich nochmal erwischt. Ich wollte mich auszahlen lassen. Aber ich war schon so ein guter Choker, daß sie mir eine Lohnerhöhung anboten, damit ich blieb.
Man kann sich überall durchmogeln. Ich arbeitete auch mal als Bootsbauer in Portland. Denen erzählte ich, ich hätte in L. A. im Bootsbau gearbeitet. Ich hatte mir in der Bibliothek im Telefonbuch von Los Angeles ein Bootsbauunternehmen herausgesucht.
Ich hatte nicht einmal ein *Modell*schiff gebaut. Ich werde schon seekrank, wenn ich ein Schiff nur *sehe*. Aber ich kriegte den Job. Ich mußte Mahagoniholzstücke abschmirgeln und rauhe Kunstharzkanten glattfeilen. Dann wurde ich befördert und durfte mit einer Laubsäge Sperr-

holzformen aussägen. Wenn man so einen Job eine Stunde lang gemacht hat, hat man alles Wissenswerte intus.
Was ich *überhaupt* nicht begreife, ist, wie es die Leute ein Leben lang an diesen Arbeitsplätzen aushalten. Kein Wunder, daß sie sich irgendwann Drogen reinziehen oder vor der Glotze kleben.

Wir kommen vor Anbruch der Dunkelheit in Glennwood Springs an. Die Rockies erheben sich vor uns wie eine Wand. Die Sonne, die hinter uns steht, sieht aus, als säße sie in der Falle, ausgesperrt vom Rest der Welt, diesseits des Gebirges. Von hier aus gesehen könnte man meinen, daß es auf der anderen Seite, bis hinüber an die Ostküste dunkel ist.
Wir entdecken ein Hotel irgendwo in den Vorbergen. Es ist ein alter Kasten, kein Motel. Es hat ein Foyer mit verschlissenen Teppichen, eichenem Empfangstisch und Klingelknopf. Sogar ein richtiger Billardtisch ist da. Es kostet praktisch dasselbe wie ein Motel, also schwelgen wir in Luxus. Ich kann mich nicht erinnern, jemals in einem amerikanischen Hotel übernachtet zu haben.
Wir haben ein altmodisches Zimmer mit Doppelbett und dick gestrichenen, gußeisernen Dampfheizkörpern unter den Fenstern. Dieser Schuppen muß in kalten Wintern eisig sein. Im Badezimmer steht eine richtige Badewanne auf Löwenklauen. Wir steigen nacheinander in die Wanne, heißes Wasser ist in Hülle und Fülle da. Ich dusche normalerweise, aber hier gibt es keine Dusche. Ich lasse die Wanne randvoll laufen, und dann aale ich mich darin. Ich mache das Wasser so heiß, daß ich es gerade noch aushalten kann, dann lasse ich es langsam abkühlen.
Ich trockne mich am Fenster ab, während Dad sein Bad nimmt. Es hört sich an, als ließe er nur ein paar Zentimeter Wasser ein; er bleibt kaum länger als fünf Minuten darin. Er hat es immer so eilig mit allem.
Unten leihen wir uns Queues aus für den Billardtisch. Ich habe im Gemeinschaftsraum in Cowell Hall in der UCK SUCK ein bißchen Billard gespielt, ich bin kein As, kann es aber einigermaßen. Wir spielen reihum. Dad stellt sich fürchterlich tolpatschig an, es sieht aus, als wollte er das verdammte Queue direktenwegs durch den Tisch bohren, aber er kriegt sie rein. Ich komme kaum zum Spielen. Wann und wo hat er Billard spielen gelernt, in Dreiteufelsnamen? Vielleicht beim Militär.
Gegenüber von unserem Hotel ist ein Pizza-Lokal, aber wir können beide keine Pizza mehr sehen. Auf der anderen Seite des Flusses machen wir ein Steak House ausfindig. Zu den Steaks bestellen wir uns Bratkar-

toffeln und Maiskolben. Man kriegt sonst so gut wie nie Mais am Kolben in einem Restaurant. Aber die Drecksrechnung kommt auf knapp zwölf Dollar. Mann, wie soll ein Mensch sich eigentlich über Wasser halten, wenn schon das Essen so teuer ist?

Dad kann kaum noch den Kopf aufrecht halten, als wir zum Hotel zurückgehen. Er zieht seinen verrückten Schlaf-Jogging-Anzug an und steigt ins Bett. Er ist sofort weg und schnarcht wie eine Lokomotive, bis ich ihn auf die Seite wälze.

Ich habe mir von einem Tisch im Foyer eine Ausgabe von *Mad* stibitzt und strecke mich damit auf dem anderen Bett aus. Ich stelle den Fernseher in der Ecke an, ganz leise. Er hat nur einen Kanal, und dort untermalt ein Western die allgegenwärtige Cowboymusik. Ich würde durchdrehen, wenn ich hier leben müßte. Nach zehn Minuten ödet es mich an; das *Mad*-Heft habe ich schon gelesen, es ist zwei Jahre alt. Ich überlege, ob ich ausgehen und mich ein bißchen in der Stadt herumtreiben soll, mir den Fluß näher ansehen, aber ich bin zu müde.

Wenn ich bloß die leiseste Ahnung hätte, wie es weitergehen soll.

8

Am nächsten Morgen kommt Dad, als ich gerade in der Küche Frühstück mache, im Schlafanzug zu mir heraus.

„Johnny, da stimmt irgendwas nicht; würdest du bitte mal ins Badezimmer gehen und dir das ansehen?"

Ich gehe nachsehen, und die Toilettenschüssel ist voll Blut! Ich drehe mich nach ihm um.

„Was ist passiert?"

Ich mustere ihn, ob er sich irgendwo geschnitten hat. Er starrt in die Schüssel.

„Ich weiß auch nicht. Als ich Wasser gelassen habe, ist es so rausgekommen."

Ich bin entetzt. Große Mengen Blut erhöhen immer meinen Adrenalinausstoß.

„Oje, Dad, da müssen wir wohl in die Klinik und das untersuchen lassen. Die ganzen Sorgen und das alles haben dich vielleicht innerlich durcheinandergebracht."

Er sieht mich an.

„Du glaubst doch nicht etwa, daß es Krebs ist, oder so was?"

Dad hat wahnsinnige Angst vor Krebs. Sein Vater starb qualvoll an Leberkrebs; zwei seiner Schwestern an Brustkrebs; es scheint in der Familie zu liegen.

„Ganz bestimmt nicht, Dad. Aber bloß um sicherzugehen, werden wir uns bei einem Urologen anmelden, wenn wir Mutter heute nachmittag besuchen."

Mutter hat sich schon ein bißchen mit der Situation versöhnt. Sie verspricht, zu tun, was die Ärzte sagen, und will sich wirklich schonen. Sie ist froh, daß ich ihr ins Gewissen geredet habe, sie hatte es noch nicht von der Seite gesehen.

„Außerdem, Jacky, muß ich *seinet*wegen am Leben bleiben."

Danach bringe ich Dad in die Urologie. Wir sagen Mutter nichts davon. Dort drücken sie uns eine Flasche in die Hand und deuten auf eine Toilettentür. Ich erkläre Dad, wie er in die Flasche urinieren und danach dann den Zettel mit einem Gummi außen an der Flasche befestigen muß.

Er ist nervös, sagt aber, daß er es schon schaffen wird.
Nach wenigen Minuten kommt er lächelnd wieder heraus, die Flasche bis an den Rand mit Urin gefüllt. Der ist noch immer rötlich, aber nicht mehr so schlimm wie der Urin morgens in der Toilette. Die Schwester wirft einen Blick darauf und trägt Dad für den nächstmöglichen Untersuchungstermin ein.

Anderntags fahre ich Dad um neun Uhr in die Klinik. Ich leiste ihm Gesellschaft, anstatt zu Mutter hinüberzugehen. Ich kann nicht überall auf einmal sein, und das hier ist im Moment wichtiger. Er ist angespannt, blaß, still. Nach zehn Minuten kommt ein großer, gutaussehender schwarzer Bursche zu uns heraus. Er sagt, der Arzt wolle sich Dad jetzt ansehen. Ich frage, ob ich mit hineingehen kann. Er sieht Dad an und nickt.
Der Arzt heißt Santana. Er erklärt uns, daß er eine Zystoskopie machen muß. Na, die Schose kenne ich; das ist eine sehr schmerzhafte Angelegenheit. Ich frage, ob sie wirklich notwendig ist.
„Sie ist absolut entscheidend. Wir können keine gesicherte Aussage machen, bevor wir in die Blase hineingesehen haben."
Dad ist so nervös, daß er förmlich vibriert. Wir gehen hinaus und warten auf Sam; das ist der Name des jungen Schwarzen. Dad möchte wissen, was sie mit ihm vorhaben.
„Ach, es ist eigentlich keine große Sache, Dad. Sie werden ein dünnes, kleines Röhrchen durch das Loch an der Spitze von deinem Penis stecken. Damit können sie sich alles von innen ansehen."
„Du meinst, durch das Loch, aus dem ich Wasser lasse?"
„Ja, genau. Am Ende des Röhrchens befindet sich ein winziges Lämpchen, und damit können sie in deine Blase gucken und nachsehen, was los ist."
„Das muß aber wehtun, Johnny!"
„Es tut auch weh. Aber wir kommen nicht drum herum, es muß sein."
Sam kommt heraus und sagt, wir sollen morgen um acht Uhr wieder dasein. Diesen Abend darf Dad ab sechs Uhr nichts mehr essen.
Ich bringe ihn ohne Umwege wieder nach Hause. Er kann Mutter in dieser Verfassung einfach nicht besuchen, und ich getraue mich nicht, ihn alleinzulassen. Er wird von Minute zu Minute furchtsamer.
Zu Hause fragt er stündlich zwei- oder dreimal, wann wir zu der Untersuchung fahren. Er liest die einfachen Anweisungen, die Sam ihm

mitgegeben hat, immer wieder durch. Er will es unbedingt richtig machen und ist gleichzeitig außer sich vor Angst.
Ich bin selber beinah mit den Nerven am Ende. Ich bin schon zu lange von meinem eigenen Leben abgeschnitten, mir fehlt Vrons täglicher Zuspruch.
Ich rufe Marty an und rede mit ihr, aber das hilft auch nicht. Um ein Haar hätte ich sie gebeten, Mutter zu besuchen, aber das wäre vermutlich ein einziges Fiasko.
Sobald Dad weiß, daß der Zeitpunkt da ist, von dem an er nichts mehr essen soll, überkommt ihn ein Bärenhunger. Ich denke, ich sollte nicht vor seinen Augen essen und bekomme auch Hunger. Wie zwei hungrige Wölfe streichen wir durchs Haus und spähen etwa alle zehn Minuten in den Kühlschrank.

Ich hole ihn früh aus den Federn, und ohne Frühstück sausen wir los zur Klinik. Sam erwartet uns schon. Er nimmt Dad mit, um ihn für die Untersuchung vorzubereiten. Ich gehe zu Dr. Santana ins Sprechzimmer. Ich erkläre ihm, daß mein Vater eine tiefsitzende Furcht vor Krebs hat. Ich bitte Santana, Dad behutsam aufzuklären, falls etwas Ernstes vorliegen sollte. Santana sieht sich Röntgenbilder an, versichert mir aber nebenher, er wisse schon, wie er mit derlei Dingen umzugehen habe. Ich gehe wieder hinaus und setze mich ins Wartezimmer; Sam und Dad kommen auf dem Weg zum Untersuchungszimmer vorbei. Ich frage Sam, ob ich während der Untersuchung bei Dad bleiben soll, aber er lächelt liebenswürdig und sagt, er hielte es nicht für notwendig. Dad ist entspannter; trotz seiner Vorurteile vertraut er sich Sam an. Er muß Sams natürliche Autorität spüren. Dieser Mann hat wirklich Ausstrahlung.
Dr. Santana kommt heraus, nachdem Sam mit Dad verschwunden ist. Ich frage ihn, was Dad seiner Meinung nach hat. Er fährt sich mit der Hand durch die Haare.
„Nun, Mr. Tremont, es könnte eine Vielzahl von Dingen sein, aber ich vermute stark, daß er kleine Zellwucherungen in der Blase hat. Die Frage ist nur, ob sie bösartig sind oder nicht."
„Werden Sie das nach der Zystoskopie beurteilen können?"
„Nicht wirklich, aber ich werde dann wissen, ob sie herausgenommen werden müssen oder nicht. Die Tatsache, daß sie bluten, ist kein gutes Zeichen."

Ich sage es noch einmal.
„Ernstlich, Dr. Santana, was Sie auch tun, bringen Sie es ihm bitte schonend bei. Das Ganze ist ein schreckliches Erlebnis für ihn. Er ist ein sehr schamhafter Mensch; allein schon, daß jemand seinen Penis anfaßt, ist für ihn ein großer Schock."
„Seien Sie ganz unbesorgt, Mr. Tremont; wir sind sehr vorsichtig, besonders mit älteren Patienten."
Er geht zu Dad hinein. Ich bleibe im Wartezimmer sitzen. Ich höre Dad durch die Tür. Er versucht, sich zu beherrschen, aber es rutschen ihm grunzende Schmerzlaute heraus. Eine Zystoskopie ist kein Vergnügen. Nach etwa einer Viertelstunde kommen Sam und Santana wieder heraus; Sam winkt mir zu und sagt, ich könne ins Untersuchungszimmer gehen.
Dads Gesicht ist grünlichweiß. In seinen Augen stehen Tränen; er sitzt seitlich auf einer Untersuchungsliege.
„Junge, Junge, Johnny, das tut aber weh."
„Das weiß ich, Dad, ich habe es auch einmal mitgemacht."
„Beim Militär?"
„Nein, danach. Bei mir wurde es in Deutschland gemacht, als wir dort gewohnt haben. Ich hatte echt den Eindruck, die Deutschen dort wollten es mir heimzahlen."
„Na, John, ich hoffe, daß sie das nicht nochmal machen; ich würde eingehen."
Er zieht die Unterhosen an und verstaut seinen Penis. Er hat einen Mullverband darum, auf dem Blutspuren zu sehen sind. Ich reiche ihm seine Kleidungsstücke eines nach dem anderen, während er sich anzieht. Ich knöpfe gerade sein Hemd zu, als Dr. Santana noch einmal hereinkommt. er hat einen Klemmhefter mit Krankenblättern in der Hand.
„Also, Mr. Tremont, das müssen wir uns genauer ansehen."
Dad starrt auf Santana, dann auf mich; seine Stimme bebt.
„Was will er damit sagen, Johnny, ansehen? Ich dachte, er hätte es sich gerade erst angesehen."
Dad wendet sich wieder dem Arzt zu.
„Ich meine, ich muß Ihnen einen Operationstermin geben, Mr. Tremont."
Ich stehe hinter Dad und gestikuliere wie wild; Santana übersieht mich geflissentlich. Dad guckt sich hilfesuchend um, und ich versuche zü lächeln. Großer Gott, es ist schwer zu lächeln, wenn man halb wahnsin-

nig ist vor Angst. Santana fährt fort.
„Ja, es sind ein paar kleine Geschwülste da drin, und die müssen wir herausnehmen. Wir werden durch die Harnröhre herangehen, wie wir es heute schon getan haben. Es wird keine richtige Operation. Machen Sie sich keine Sorgen, Mr. Tremont; es ist nichts weiter dabei."
Eine Bagatelle. Nichts weiter dabei. Dad stirbt fast vor Angst. Er verfällt zusehends; sinkt in einen tiefen Schockzustand. Dieser Santana muß sämtliche Praktika über „Umgang mit Patienten" geschwänzt haben.
Santana lächelt und entschwindet. Dad steht schweigend da. Er sieht so irrsinnig verletzlich aus.
„Will er damit sagen, daß ich Krebs habe, Johnny? Geschwülste. Das hört sich an wie Krebs."
Ich lache, als sei das der abwegigste Gedanke, den ich je gehört habe.
„Ach Quatsch, nein, Dad! Eine Unmenge Leute haben immer wieder Geschwülste. Er wird bloß einen kleinen Eingriff machen und sie wegschnippeln, um ganz sicher zu gehen."
Ich denke nach, so schnell ich kann, versuche, ihn zu beschwichtigen, aufzumuntern, anzuschwindeln, ihm wieder auf die Beine zu helfen.
„Da sind bloß so ein paar winzige Zysten, Dad, die Art Dinger, die Mutter schon mehrmals gehabt hat. Deshalb heißt die Untersuchung auch Zystoskopie. Wenn es Krebs wäre, würden sie dich heute nicht mehr weglassen; sie würden auf der Stelle aufmachen und operieren."
Gott, es ist belemmernd mitanzusehen, wie er mich beobachtet; wie er sich anstrengt, mir zu glauben, Angst hat. Ich ziehe ihn fertig an; seine Hände sind zu zittrig, um Schnürsenkel zu binden.
Wir gehen in Santanas Sprechzimmer. Dad setzt sich, und ich stelle mich hinter seinen Stuhl. Santana sitzt an seinem Schreibtisch und sieht sich noch immer Röntgenaufnahmen an. Ich versuche, seinen Blick auf mich zu lenken, aber vergeblich.
Endlich blickt er auf und sagt: „Also, Mr. Tremont, ich habe Sie für den zehnten März eingetragen; wir sollten das so bald wie möglich angehen."
Das ist in etwa zwei Wochen. Dad sitzt da und nickt. Jetzt spricht wieder der Boss zu ihm, und was der Boss sagt, stimmt. Obwohl er außer sich ist vor Angst, hebt und senkt er den Kopf und lächelt und hält sich die Hand vor die Zähne; spielt seine Rolle lückenlos.
Ich würde Santana gern zur Rede stellen wegen seiner plumpen Umgangsweise, aber noch wichtiger ist, daß ich Dad so schnell wie

möglich hier herausbekomme. Es widerstrebt mir, schon *wieder* wegzurennen, ohne Mom zu besuchen, aber sie würde Dad sofort durchschauen. Und wenn sie etwas jetzt nicht brauchen kann, dann das.

Was soll ich also tun? Am meisten sehne ich mich danach, mit Joan zu sprechen. Aber zuvor muß ich Dad helfen, sich wieder zu fangen. Ich fahre ihn nach Hause und schenke jedem von uns ein Glas Muskateller ein. Ich stelle eine von den Quiz-Sendungen an, die er gern mag. Dad sitzt in seinem Schaukelstuhl, ohne auf den Fernseher zu blicken.

„Johnny, ehrlich; glaubst du, daß es was Ernstes ist?"

„Dad, wenn es was Ernstes wäre, meinst du, sie würden dann zwei Wochen warten? Dann würden sie sich nicht so viel Zeit lassen. Du hast eine ganz gewöhnliche, alltägliche Zyste. Du weißt, wie viele Zysten bei Mutter schon entfernt worden sind. Es ist völlig harmlos. Hör auf, dir den Kopf zu zerbrechen."

Immerhin hört er mir zu.

„Aha, es ist eine Zyste, bloß eine Zyste."

Ich nehme seine Worte wieder auf.

„Ganz bestimmt, bloß eine Zyste, kein Grund zur Sorge."

Ich lüge wie gedruckt. Ich weiß gar nichts; es könnte alles sein, aber es hat keinen Sinn, ihn die nächsten zwei Wochen mit dieser Angst leben zu lassen.

Wir versuchen, uns die Sendung anzusehen. Es werden Leute gezeigt, die in einer Art dreidimensionalem Riesen-Mühlespiel übereinanderhocken. Verschiedene Kästen leuchten nacheinander auf, und sie bemühen sich, einander mit ihren Antworten auszutricksen. Dad brabbelt vor sich hin.

„Bloß eine Zyste, völlig harmlos. Kein Grund zur Sorge, bloß eine Zyste."

Mitunter dreht er den Kopf zur Seite und blickt zum Fenster hinaus auf das Auto, und ich denke, er muß irgend etwas sehen, aber er wendet sich wieder zu mir und lächelt.

„Es ist bloß eine Zyste. Kein Grund zur Sorge. Absolut harmlos."

Ich wünschte, dieser Hornochse von Santana säße dabei und müßte das mit ansehen. Ich erzähle Dad noch einmal den Schwindel mit der Zystoskopie, mit der man nur nach Zysten sucht. Ich weiß gar nicht, warum es Zystokopie heißt, aber ich bin froh über dieses Zusammentreffen.

Endlich läßt seine Verkrampfung nach, sein Lächeln wirkt machmal

schon wieder natürlicher. Ich verausgabe mich völlig für das Abendessen und brutzele uns zwei große T-Bone Steaks. Dazu trinken wir Bier, und hinterher gibt es Kaffee. Wir hauen richtig rein. Dad genießt es sichtlich. Er erholt sich, findet ein Stück seines Selbstvertrauens wieder, gewinnt verlorenes Terrain zurück. Wir versuchen es mit einem Männergespräch, so gut wir eben können. Es ist schwierig mit ihm. Nicht nur, weil wir Vater und Sohn sind, sondern weil er nicht viel erlebt hat. Einige Zeit nach dem Essen geht Dad zu Bett; er ist vollkommen groggy. Ich bleibe noch auf und schalte den Fernseher ein. Es gibt einen alten Film, den ich wirklich mag. *It Happened One Night*, mit Clark Gable und Claudette Colbert. Wohl einer der romantischsten Filme, die je gedreht wurden.
Ich brauche die Zuwendung, die Liebe einer Frau. Ich bin einsam, nicht bloß scharf, sondern einsam. Ich sehne mich nach dem Zusammensein mit einer Frau, diesem Beben und Nehmen von Freude, diesem gemeinsamen Erleben der natürlichsten Seite des Lebendigseins. Seit über einem Monat schlafe ich nun allein, habe niemand, dem ich mich mitteilen kann, liege allein in einem Bett.
Ich schlafe im Schaukelstuhl ein und wache mit dem ersten Tageslicht auf. Ich habe nicht einmal die Schuhe abgestreift. Das passiert mir sonst nicht. Ich dusche. Ich sehe zu, daß alle Wände abgewischt sind und die Wanne fleckenlos ist. So ergeht es einem, wenn man in Moms Nähe lebt. Man verbringt seine ganze Zeit damit, alles doppelt und dreifach nachzusehen. Das ist die Geschichte meiner Kindheit, der unermüdliche Versuch, allfälligen Vorwürfen immer einen Schritt voraus zu sein.

Ich schärfe Dad ein, Mom nichts von seiner Operation zu erzählen; er soll es mir überlassen, ich will sie behutsam einweihen, ihr so viel Zeit lassen wie irgend möglich. Und dann werden wir ihr lediglich erzählen, daß bei Dad eine Zyste entfernt wird, aber erst unmittelbar vor seinem Termin.
Als Mutter nach Hause kommt, bringe ich sie wieder im mittleren Schlafzimmer unter. Ich habe eine Spezialmatratze ausgeliehen, die an eine Luftpumpe angeschlossen ist, damit sie sich nicht wundliegen kann. Obendrein habe ich für den Notfall ein Beatmungsgerät gemietet. Diesmal sind wir für alles gerüstet. Ich habe meine Blutdruckmanschette und kann Puls und Temperatur messen. Es ist nicht gerade eine Intensivstation, aber eine selbstgemachte Entsprechung. In aller Ruhe lese ich

Mom die Leviten; sie muß sich in Zukunft schonen. Diesmal ist sie anscheinend bereit mitzuziehen.

Was Mom keine Ruhe läßt, ist der Gedanke an einen dreifachen Hochzeitstag. Vermutlich hat sie ihn ausgebrütet, während sie im Krankenhaus lag.

Meine Eltern feierten vor drei Jahren goldene Hochzeit, während Joan und Mario erst diesen Januar silberne Hochzeit hatten, und Vron und ich werden im kommenden Juni fünfundzwanzig Jahre verheiratet sein. Mutter ist entschlossen, ein größeres Fest steigen zu lassen, solange ich noch hier bin, obwohl Vron in Paris ist. Joan meint, es könnte ihr Auftrieb geben; es wäre ganz nach Moms Geschmack. Joan hatte Mom zur Feier der goldenen Hochzeit ein richtiges Hochzeitskleid genäht. Es fand ein Gottesdienst statt mit Erneuerung des Ehegelöbnisses und dem ganzen Brimborium. Ich fuhr damals nicht hin; für so etwas Geld auszugeben, kommt mir unsinnig vor; daher habe ich ein schlechtes Gewissen und lasse mich darauf ein.

Zwei Tage bevor Dad in die Klinik muß, werfen wir uns in Schale. Mario, Dad und ich tragen Anzüge mit weißen Hemden und Krawatten. Joan und Mutter haben ihre Hochzeitskleider angezogen. Joan hat eine Schichttorte gebacken mit dem Brautpärchen obendrauf, das sie noch von ihrer eigenen Hochzeitstorte aufbewahrt hat. Mit den Dekorationen von ihrer Hochzeit, faltbaren Silberglöckchen und weißen Kreppapierschlangen schmücken wir das Eßzimmer.

Mario und ich machen abwechselnd Aufnahmen mit einer Polaroid-Kamera. Wir fotografieren einander dabei, wie wir uns gegenseitig Kuchen in die Münder stopfen. Wir stellen die Aufnahmen alle so, als wäre Vron dabei. Joan und Vron wurden beide in demselben Kleid getraut. Wir heirateten fünf Monate nach Joan und Mario, deshalb konnte Vron sich das Hochzeitskleid sparen.

Joan hat das Kleid natürlich aufgehoben und trägt es jetzt. Sie stellt sich neben den Bildausschnitt und schiebt mir Torte in den Mund. Da es eine Schnellbildkamera ist, können wir die Schnappschüsse sofort sehen. Es hat überall den Anschein, als sei Vron rein zufällig nicht darauf. Einmal nimmt Mario mich mit ausgestrecktem Arm auf, als hätte ich ihn Vron um die Schultern gelegt. Er sagt, er wird den Ausschnitt so wählen, daß niemand etwas merkt, aber er bedenkt die Ausschnittverschiebung nicht, und auf dem Foto sieht es aus, als hätte ich den Arm um jemand Unsichtbaren gelegt.

Wir feiern am Dienstagabend, und Dad soll am Donnerstag operiert werden. Rückblickend kommt es mir seltsam vor; vielleicht hatte Mutter eine Art Vorahnung. Man würde nie auf die Idee kommen, daß wir Mom in Wirklichkeit aus dem Bett hoben, Aufnahmen machten und sie dann, samt Hochzeitskleid und allem Drum und Dran vorsichtig wieder ins Bett legten. Ich möchte nicht wissen, was Dr. Coe dazu sagen würde.

Ungeachtet meiner Einwände schlafen Dad und Mom in dieser Nacht zusammen im Ehebett. Dad verspricht, vernünftig zu sein; ich bin nahe daran, eine Keuschheitstrennwand zu basteln. Natürlich weiß Mom am nächsten Morgen Bescheid über Dads Operation; er hat den Mund nicht halten können. Ich vermute, daß es nach fünfzig Jahren vertraulichen Zusammenlebens unmöglich ist, etwas für sich zu behalten.

Sie will genau wissen, was los ist. Ich sage ihr, daß er eine Zyste hat, daß etwas Blut im Urin war und daß ich ihn in die Klinik gebracht habe. Ich sage ihr, daß alles in Ordnung ist, abgesehen von einer Zyste in seiner Blase, die sie bei der Zystoskopie gefunden haben.

Mom saugt geräuschvoll Luft ein und hält sie an, als ich die Zystokopie erwähne; auf dem Gebiet kennt sie sich aus. Sie hat seit meiner Geburt Ärger mit der Blase. Das hat sie mich auch nie vergessen lassen; ich habe „ihre Innereien kaputtgemacht". Ich weiß noch, daß ich als Kind ein schlechtes Gewissen hatte und immer wünschte, ich hätte das nicht getan. Ich habe sie unzählige Male über meinen „Riesenschädel" reden gehört. Damals habe ich immer wieder in den Spiegel geguckt und war überzeugt, einen Kopf zu haben, der eineinhalbmal so groß war wie bei normalen Menschen. Ich habe Hutgröße 7½, leide aber eigentlich nicht an Makrozephalie.

Die Folge war, daß Mutters Blase sich senkte und weiter oben wieder angenäht werden mußte. Ihre Blase war immer klein und muß regelmäßig gedehnt werden; eine schmerzhafte Prozedur.

Meine Geburt war ein derartiges Trauma für sie, daß sie nach Hause zurückkam und meinem Vater eröffnete, sie würde nie wieder Kinder bekommen. Eines sei genug, und sie hätte die Nase voll. Er solle sie nie wieder anrühren. Sie sind streng katholisch, daher kamen Verhütungsmittel nicht in Frage.

Anfänglich hält Dad sich daran; sie hat ihm einen Heidenschreck eingejagt; sie bleiben rund sechs Monate lang keusch. Zusammen mit Onkel

Ed und Tante Mary bewohnen sie ein Reihenhaus. Ich wurde Anfang November geboren, und den ganzen Winter über hängt Mutter die Windeln im Freien auf und läßt sie auf der Wäscheleine, bis sie gefroren sind – als Vorbeugung gegen Windelexanthem, und ich habe während der ersten drei Lebensmonate ununterbrochen Darmkrämpfe.

Dad ist ein normaler Mann mit überdurchschnittlicher Libido. Das ist mir erst in letzter Zeit klargeworden. Nach sechs Monaten kommt er eines Abends von der Arbeit nach Hause und drückt Mutter etwas in ein Stück Papier Gewickeltes in die Hand. Es entpuppt sich als eine kunstvoll geschnitzte hölzerne Wäscheklammer, keine Federklammer, sondern das alte Modell zum Zusammendrücken. Dad kann gut mit dem Schnitzmesser umgehen und hat aus dieser Klammer einen kleinen Mann geschnitzt. Er hat Arme, Hände, Finger, alles. Ein kleiner Zettel liegt dabei, auf dem steht „Das ist die Art von Mann, die du brauchst. Der bin ich nicht."

Mom kapierte. Sie hat diese Wäscheklammer ihr Leben lang aufbewahrt, und der Zettel liegt samt Baby-Tagebüchern, Geburtsurkunden, Babyanleihen, Kriegsanleihen, Verteidigungsanleihen und Sparbriefen in ihrer Zedernholztruhe für Wertsachen.

Aber sie hat noch immer Angst, deshalb luchst sie einer Mrs. Hunt, weiter unten an der Straße, eine Verhütungsmethode ab. Warum sich die mit der Kirche verträgt, ein Kondom für Dad aber nicht, ist mir unklar. Aber sie ist erst achtzehn Jahre alt. Sie stillt mich noch, deshalb wird sie wahrscheinlich sowieso vorerst nicht wieder schwanger werden.

Die Methode besteht darin, allmorgendlich einen Teelöffel Bleichmittel zu trinken. Nach ein paar Tagen dieser Kur fange ich an, mich grünlich zu verfärben und sehe immer elender aus. Ich weiß nicht, wie es Mom zumute ist. Als ich Krämpfe bekomme, schleppt sie mich zum Arzt. Er kann sich die Sache nicht erklären. Er fragt, was sie mir zu essen gegeben hat. Sie sagt, sie hätte mich in erster Linie gestillt und mir nur ein bißchen Babynahrung gegeben. Er beschließt, ihre Milch zu untersuchen. Er fragt sie nach ihrer Ernährung, ob sie viel Alkohol getrunken habe. Sie berichtet, daß sie Bleichmittel hinuntergewürgt hat. Ich wette, dem Doktor blieb die Spucke weg.

Sobald sie mit dem Bleichmittel aufhörte, ging es mir wieder besser. Wie sie es danach gemacht haben, weiß ich nicht. Drei Jahre lang bekamen sie keine Kinder, also müssen sie irgend etwas unternommen haben. Wenn Dad sich schon vor dem Schlafengehen ein Kondom überstreifte,

konnte Mutter ja so tun, als sei es nicht da.
Solche Geschichten kommen in den irisch-amerikanischen Romanen immer wieder vor, aber sie ereignen sich bis heute, wieder und wieder. Niemand scheint etwas dazuzulernen; die Leute müssen es schön finden, sich selbst auf jede erdenkliche Weise zu quälen.
Aber kehren wir zu den zystoskopischen Untersuchungen zurück. Da kennt Mutter sich aus, und sie ist nicht halb so entsetzt, wie ich befürchtet hatte. Aber Dad ist zutiefst verängstigt.

An dem fraglichen Tag fahre ich Dad zur Untersuchung und zur präoperativen Vorbereitung in die Klinik. Mutter ist weinerlich, und Joan kommt und leistet ihr Gesellschaft. In der Klinik bringe ich Dad in sein Zimmer und lege mit Hand an, als er seine Sachen im Wandschrank verstaut. Ich zeige ihm, wo das Klo ist, und helfe ihm in das Krankenhaushemd hinein. Ich spreche mit ein paar von den Krankenschwestern und erzähle ihnen, wie sehr er sich fürchtet, aber sie reagieren in erster Linie praktisch. Sie hören mir zu, aber sie haben ihre Pflichten und sind zu beschäftigt, um mit persönlicher Fürsorge viel im Sinn zu haben.
Dad schämt sich in dem Krankenhaushemd – einem langen knopflosen Kittel mit durchgehendem Schlitz auf dem Rücken – und möchte seinen Schlafanzug anziehen, aber das wird ihm nicht gestattet.
„Soll ich etwa damit herumlaufen, Johnny; hinten offen, und dann vor all den Schwestern hier?“
Ich möchte ihm gut zureden, aber ich kann nicht; ich verstehe nicht, warum Krankenhauskittel so geschnitten sind. Es ist einfach entwürdigend. Es muß eine andere Lösung geben. Sie geben Billionen von Dollars für Gebäude und Ärzte aus. Sie berechnen mehrere hundert Dollar für einen Tag und haben noch immer denselben Hemdtyp in Gebrauch wie zu Zeiten des Bürgerkriegs.
Ich helfe Dad ins Bett und zeige ihm, wie der Fernseher funktioniert. Er findet ein Programm, das ihm gefällt, und schon kommt ihm alles weniger fremdartig vor. Ich sage ihm, daß ich so bald wie möglich wiederkommen werde, und gehe hinaus.
Die Schwester sagt, daß sie am Abend anfangen wollen, ihm Beruhigungsmittel zu geben, und daß er am nächsten Morgen operiert werden wird. Zu Hause erzähle ich Mutter, daß alles gutgegangen ist. Sie will nicht mehr im Bett bleiben; sagt, sie läge dauernd wach und müsse nachdenken; sie möchte aufstehen und fernsehen.

Ich könnte den Fernsehapparat nach hinten schaffen, aber sie will auf dem Schaukelstuhl sitzen.
Sie fühlt sich einsam und ist so fügsam, daß ich ihr ins Wohnzimmer helfe und ihr ein paar Kissen unter den Kopf stopfe. Als Fußstütze schiebe ich einen anderen Stuhl heran. Heute abend steht Lawrence Welk mal wieder auf dem Programm.
Er hüpft doch allen Ernstes auf und nieder und sagt dabei „. . . unde eins unde zwei unde drei . . ." Ich versuche, mich in die Zukunft zu versetzen. Wie werde ich mich fühlen, wenn ich siebzig bin? Was wird dann mein Lieblingszeitvertreib sein? Irgend etwas wird es geben, irgendeine Masche, die mich interessieren und ablenken wird, die meine Kinder aber lächerlich und meine Enkel unmöglich finden werden. Ich sehe und höre zu. Mutter lacht über all die läppischen Witze und mimischen Mätzchen. Sie läßt sich immer wieder darüber aus, wie jung Lawrence Welk für sein Alter sei und wie wunderbar er tanze; und daß er gleich alt wie Daddy sei.
Danach sehen wir uns einen Spielfilm an; dann schaffe ich sie ins Schlafzimmer zurück. Ich bette sie behutsam auf ihr Lager und gebe ihr ein Valium.
Ich kehre ins Wohnzimmer zurück. Ich möchte nicht mehr fernsehen. Ich schreibe einen Brief an Vron. Ich versuche, ihr mein Gefühl der Einsamkeit, des Abgeschnittenseins zu beschreiben. Ich brauche meine eigenen vier Wände, vertraute Dinge. Ich fühle mich wie ein ausgewachsener Vogel, der in das mistverkrustete Nest vom Vorjahr zurückkriecht. Außerdem komme ich mir unfähig vor, hilflos; Vron würde das alles zehnmal besser machen als ich.
Ich sehe nach Mutter. Sie schläft ruhig. Ich ziehe meinen Schlafanzug an und steige ins Bett. Ich denke an Dad, so allein im Krankenhaus. Ich denke darüber nach, wie rasch es mit ihm bergab gegangen ist.

Am nächsten Tag kommt Joan. Wir beschließen, uns bei Mom abzulösen und Dad unabhängig voneinander zu besuchen. Ich fahre als erster. Er sitzt aufrecht im Bett, es scheint ihm gutzugehen; er sagt, er hätte nichts gespürt, nichts mitbekommen; er ist wund da unten, aber das ist auch alles.
Er möchte wissen, was dabei herausgekommen ist; ob er Krebs hat. Er ist sehr beunruhigt.
„Fragst du bitte nach für mich, John, ja?"

Ich beteuere, daß ich mit Santana sprechen werde, daß aber mit Sicherheit alles in Ordnung sei. Ich gehe in die Urologie und treffe Santana in seinem Sprechzimmer an. Er ist auf der Hut, aber wir kommen gleich zur Sache.
„Also, Mr. Tremont, ich habe die Laborbefunde soeben bekommen; es waren mehrere maligne Tumoren. Ich denke, daß ich sie alle ausgeräumt habe, aber wir müssen medikamentös therapieren. Wir werden nicht bestrahlen, nicht bei einem Mann im Alter Ihres Vaters."
„Aber es ist eindeutig Krebs."
„Ja, eine besonders bösartige Form. Es ist gut, daß wir gleich aufgemacht und sie herausgenommen haben."
„Bitte, was Sie auch tun werden, Dr. Santana, sagen Sie meinem Vater nichts davon. Er ist schrecklich durcheinander und verängstigt."
„Ach, kommen Sie, Mr. Tremont, Sie würden sich wundern, was diese alten Leute alles verkraften können. Jüngere Leute neigen immer dazu, ihre Eltern zu unterschätzen."
Seine Einstellung macht mir Sorgen. Er scheint nicht zu verstehen, oder nicht verstehen zu wollen.
„Doktor, in diesem Fall trifft das nicht zu. Mein Vater ängstigt sich zu Tode."
„Es dürfte kein Operationsschock vorliegen, Mr. Tremont; es war eine relativ simple Exzision, kaum als Operation zu bezeichnen."
Ich wiederhole so eindringlich wie möglich, daß ich sehr dankbar wäre, wenn er davon absehen könnte, Dad zu sagen, daß er Krebs hat. Mir ist, als hätte er zugehört.
Ich gehe zu Dad zurück und sage ihm, der Doktor meine, es sei alles gutgegangen. Er fragt mich nicht mehr direkt, ob es Krebs ist, daher brauche ich nicht zu lügen. Aber ich bin bereit dazu.
Zu Hause erzähle ich Mutter, daß Dad putzmunter sei. Ich gehe mit Joan ins Wohnzimmer und berichte ihr, was der Arzt mir eröffnet hat. Joan macht sich, genau wie ich, mehr Gedanken darüber, wie Dad es aufnehmen wird, als über den Krebs selbst.
Nachdem Joan in die Klinik gefahren ist, möchte Mutter wissen, worüber Joan und ich gesprochen haben; ich lüge und sage ihr, ich hätte Joan dasselbe erzählt wie ihr.
„Jetzt sag mir mal die Wahrheit, Jacky. Ist es irgendwas wirklich Ernstes? Hat er Krebs?"
Ich bin normalerweise ein guter bis mittelprächtiger Schwindler, aber

Mom hat eine Superspürnase.
„Mutter, ich würde es dir doch *sagen*, wenn es etwas Ernstes wäre! Der Arzt hat gesagt, sie hätten die Zyste herausgenommen, das ist alles!"
Es kommt der Wahrheit einigermaßen nah; aber ich merke, daß sie noch mißtrauisch ist.
Joan kommt zurück. Dad wollte von ihr wissen, was sie weiß, und sie hat ihm dasselbe gesagt wie ich. Er hat sich damit zufriedengegeben und war froh, daß es vorbei ist.
Mutter besteht darauf, Dad selber zu besuchen. Sie ist noch nicht einmal eine Woche zu Hause, und schon will sie einen Krankenbesuch machen. Joan und ich geben nach; wenn sie unbedingt auf diese Weise sterben will, bitte sehr. Joan muß nach Hause und für ihre Meute kochen; ich sage, daß ich es schon allein schaffen werde.
Ich mache Abendessen und behalte immer den Flur im Auge, falls Mutter aus ihrem Zimmer kommen sollte, um nachzusehen, ob ihr beschränkter Sohn womöglich die Küche in Brand setzt.
Mutter verliert kein Wort über das Essen, aber sie meckert auch nicht. Nach dem Essen gehen wir wieder in ihr Zimmer, und sie sagt mir, was sie anziehen möchte. Ich hole ihre Sachen aus Schubladen und von Kleiderstangen. Sie sagt, sie könne sich selber anziehen, während ich den Abwasch mache. Ich wische gerade den Wohnzimmertisch ab, als ich sie ins Badezimmer schlurfen höre. Ich rufe in der Klinik an und frage, ob ein Rollstuhl für sie in der Empfangshalle bereitgestellt werden kann.
Als ich auflege, kommt sie aus dem Badezimmer. Man sollte nicht für möglich halten, daß sie krank ist. Mutter ist eine wahre Meisterin im Verstellen. Ihr Haar ist toupiert, und sie trägt hohe Hacken. Stolz wie eine Spanierin; die äußere Wirkung bedeutet sehr viel für sie. Ich würde am liebsten zurückrufen und den Rollstuhl abbestellen. Es wird einen komischen Eindruck machen, sie in so strahlender Aufmachung durch das Krankenhaus zu schieben.
Aber es hält nur eine Minute vor; sie hat ihren Auftritt gehabt, jetzt erbleicht sie unter der Farbe. Ich helfe ihr auf den Schaukelstuhl.
„Setz dich hier hin, Mom, und ruh dich einen Moment aus. Hast du ein Valium genommen?"
Sie nickt. Ich werde nie erfahren, ob es stimmt oder nicht.
„Hast du dein Digoxin bei dir?"
Sie nimmt ein Fläschchen aus ihrer Handtasche. Sie spricht nicht; sie ist

noch zu erschöpft oder hat Schmerzen. Mom ist ein zäher Brocken.
Ich lasse den Wagen warmlaufen und fahre ihn aus dem Hof. Ich schließe die Türen, setze mich ins Auto und trete aufs Gaspedal, um Mom Zeit zum Verschnaufen zu geben. Als ich hineinkomme, ist sie aufgestanden; ich helfe ihr in den Wagen.
Sie will sich nicht auf dem Rücksitz ausstrecken, will vorn sitzen. Sie holt ihre schwarze Schlafbrille hervor und setzt sie auf. Raffiniert. Sie ist mir um Längen voraus. Wenn ich keine abrupten Manöver zu machen brauche, wird sie die Fahrt gut überstehen.
Ich fahre wie ein Ein-Mann-Trauerzug durch den Feierabendverkehr. Ein paar Burschen gucken in den Wagen herein, als fragten sie sich, was mit diesem Trottel los ist, der mit dreißig in der Stunde auf der rechten Spur fährt. Sie erblicken eine alte Dame mit einer tiefdunklen, völlig undurchsichtigen Brille, die kerzengerade neben dem Fahrer sitzt und keine Notiz nimmt von ihrer Umwelt. Ich versuche, mich mit ihr zu unterhalten, aber sie ist zurückhaltend. Schließlich dämmert es mir, daß sie nur die Tränen zurückhält. Womöglich ist Mom *doch* eine Hexe; das würde manches erklären.
Der Rollstuhl steht bereit; ich helfe ihr hinein und rolle sie über den Parkplatz, an der Anmeldung vorbei zum Aufzug. Mutter dreht den Kopf herum.
„Ich kriege schon Angst, wenn ich bloß hier reinkomme. Bei Krankheit muß ich immer gleich an Nigger und Japse denken."
Wir kommen auf Dads Stockwerk an, und ich hoffe, daß er schläft oder unter Beruhigungsmitteln steht. Wenn sie nur eben bei ihm hineinschauen kann und sieht, daß es ihm gutgeht, dann können wir wieder gehen.
Ich rolle in sein Zimmer und merke sofort, daß etwas nicht stimmt. Am liebsten würde ich den Rollstuhl auf der Stelle wieder umdrehen und Mutter nach draußen schieben. Ich hätte es tun sollen, aber ich verfalle selbst in eine Art Schockzustand.
Dad ist wach. Aber was für ein Wachzustand! Seine Augen sind weit aufgerissen, so daß das Blau sich inselförmig vom Weißen abhebt. Er blickt flüchtig zu uns herüber, als wir hereinkommen, macht aber keine Geste des Erkennens. Er knetet das Laken mit den Fingern und starrt wie gebannt zur Zimmertür.
Ich gehe rasch auf ihn zu und nehme seine Hände; sie sind eiskalt. Er sieht mich kurz an; nichts; winzige, zusammengezogene Pupillen. Er

wendet sich ruckhaft ab, als eine Schwester an der Tür vorbeigeht.
Als er mich wieder ansieht, fangen seine Lippen an zu beben. Er fliegt am ganzen Körper; er versucht zu sprechen. Ich beuge mich dicht über ihn, um ihn zu verstehen. Seine Stimme tönt rasselnd, verschleimt, dunkel, erschrocken aus ihm heraus.
„Was ist denn das? Was ist los da draußen?"
Ich bin hin- und hergerissen zwischen dem Wunsch, Mom wegzuschaffen, und dem Wunsch, ihn zu beschwichtigen.
„Da ist nichts los, Dad. Du bist hier in der Klinik, und es ist alles in Ordnung. Es ist alles gut."
Er sieht mir in die Augen, aber er traut weder dem, was ich sage, noch mir. Mutter hat sich neben mir irgendwie aus dem Rollstuhl hochgerappelt und greift an mir vorbei nach ihm. Sie beugt sich herüber und küßt Dad. Er erwidert den Kuß, die Lippen zur Schnute gespitzt wie ein Kind, eine Farce von einem Kuß. Mutter weint noch nicht; sie flüstert Dad ins Ohr.
„Tag, Jack, mein Schatz; geht es dir gut?"
Sie hat sein Gesicht in beide Hände genommen. Er starrt auch sie mit demselben kulleräugigen, kindlichen Blick an. Er lächelt, aber es ist kein richtiges Lächeln; es zittert; das Lächeln eines Kindes, das auf Befehl lächelt. Mom drückt seinen Kopf an ihre Brust und streicht ihm mit den Händen über den kahlen Schädel.
„Liebchen, was ist denn los?"
Sie sieht mich verzweifelt an, die Tränen rollen ihr über die Wangen. Tonlos formt sie die Worte: „Was ist los mit ihm, Jacky?"
Ich weiß nicht, was ich tun soll. Ich stecke den Kopf zur Tür hinaus und gestikuliere wie wild zum Anmeldungstisch. Mutter könnte jeden Moment tot umfallen. Wieviel kann so ein Herz verkraften? Mir ist, als sei mir mein eigenes Herz in den Mund gesprungen. Ich bringe es nicht fertig, Mutter von Dad wegzuziehen.
Es kommt keine Schwester. Ich halte Dads Hände, und Mutter hält seinen Kopf. Er sträubt sich nicht. So halten wir ihn und hoffen, daß er wieder zu sich kommt. Er ist nicht mehr bei sich, das hier ist nur eine Hülle. Was auch immer sein Wesen ausmachen mag, es ist weg.
Er versucht beharrlich, an mir vorbei zur Tür hinauszuschauen. Die Spiegelung im Glas macht ihm Angst. Ich gehe hinüber und zeige ihm, daß es damit nichts weiter auf sich hat – nur eine Glastür, die Licht reflektiert. Ich fahre mit der Hand darüber, während ich erkläre. Er

begreift nicht. Seine Angst wurzelt jenseits aller Vernunft. Endlich kommt eine Schwester vorbei. Ich fange sie an der Tür ab.
„Was ist hier passiert?“
Sie sieht mich an, kühl, verächtlich.
„Warum? Stimmt irgend etwas nicht?“
„Ist er stark sediert?“
Sie sieht auf das Kurvenblatt.
„Nein, eigentlich nicht. Das ist in so einem Fall nicht nötig.“
„Aber was ist denn los mit ihm? Er erkennt uns nicht und muß einen schrecklichen Nervenschock erlitten haben.“
Sie tritt an mir vorbei ins Zimmer. Mutter drückt noch immer Dads Kopf an sich. Die Schwester sieht auf den Rollstuhl.
„Was hat der hier drin zu suchen?“
Ich beherrsche mich. Nur nicht ausfällig werden.
„Meine Mutter ist herzkrank und erst vor fünf Tagen aus der Klinik gekommen.“
Sie wirft einen Blick auf Mutter und beugt sich dann vor, um Dad den Puls zu fühlen; sie streift ihm eine Manschette über und mißt seinen Blutdruck. Ich habe das niederschmetternde Gefühl, das einen überfällt, wenn man merkt, daß man nicht ankommt.
Aber der Riva-Rocci und der Puls sagen ihr etwas. Sie sieht Dad in die Augen und fühlt seine Stirn. Mom fängt an zu schluchzen. Ich gehe zu ihr hinüber.
„Was kann bloß mit ihm sein, Jacky? Er erkennt nicht einmal mich. Was kann das sein?“
„Komm, Mom, setz dich hier hin. Die Schwester wird sich darum kümmern. Sie haben ihn wahrscheinlich so mit Mitteln vollgepumpt, daß er halbwegs schläft; du weißt ja, wie es ist nach einer Narkose.“
Mein Gott, ich wünschte, es wäre leichter, ihr etwas vorzumachen. Aber sie läßt sich von mir zum Rollstuhl zurückgeleiten. Ich weiß, daß ich sie von hier weg und nach Hause bringen muß. Oder vielleicht sollte ich sie gleich in der Klinik lassen. Wenn sie jetzt keinen neuen Herzinfarkt kriegt, wird sie nie wieder einen bekommen. Ich stelle mich dicht neben die Schwester und flüstere mit ihr.
„Ich werde meine Mutter nach Hause bringen, und dann komme ich wieder her. Ich möchte Dr. Santana unverzüglich sprechen.“
Sie sieht mich an mit Augen, die randvoll sind von Untergebenenautorität.

„Dr. Santana hat bereits heute nachmittag bei Ihrem Vater Visite gemacht. Er ist momentan nicht in der Klinik."
Ich fange an, Lunte zu riechen.
„Jetzt passen Sie mal auf. Sie werden Dr. Santana anrufen lassen. Richten Sie ihm aus, daß der Zustand von Mr. Tremont sich drastisch verschlechtert hat und daß sein Sohn, Dr. Tremont, ihn umgehend zu sprechen wünscht."
Mir scheint, daß dies der Moment ist, aus dem albernen Doktortitel Kapital zu schlagen. Ihre Augen leuchten bei dem Wort „Doktor" auf. Vor zwanzig Jahren arbeitete ich einmal an einem Forschungsauftrag über Krankenschwestern mit. Wir versuchten herauszubekommen, was manche Schwestern zum Durchhalten und andere zum Aufstecken bewegte. Die American Nurses Association finanzierte die Untersuchung. Sie wollten vermeiden, Schwestern auszubilden, die nicht das Zeug für den Beruf hatten. Es war eine Dreijahresuntersuchung, die den Komplex nach sämtlichen Seiten auslotete. Die zwei Faktoren, die nach unseren Ergebnissen am häufigsten mit einer langfristigen Berufsausübung korrelierten, waren Vaterfixierung und sadistische Neigungen. Die ANA veröffentlichte unsere Untersuchungsergebnisse nicht.
Aber mir ist bewußt, daß ich gegenüber diesem Mädchen automatisch in die Vaterrolle gerutscht bin. Ich bin jetzt auch einer von den Weißkitteln. Ich bin sicher, daß sie Santana anrufen wird.
Von der Empfangshalle aus telefoniere ich mit Joan. Ich schildere ihr kurz, was vorgefallen ist, und frage, ob sie kommen und bei Mutter bleiben kann. Sie will in einer halben Stunde da sein. Mom weint ununterbrochen auf dem Heimweg, und ich versuche, sie zu beruhigen. Ich habe selber Mühe, mir Panik und Ärger nicht anmerken zu lassen, daher sind meine Anstrengungen ziemlich fruchtlos. Joan wird es eher gelingen; sie hat Dad nicht selbst gesehen.
Ich verfrachte Mutter ins Bett und gebe ihr zwei Valium. Sie wirft mir vor, sie drogensüchtig zu machen, aber irgendwie muß ich dafür sorgen, daß sie schlafen kann. Joan kommt, kaum daß Mom die Pillen hinuntergeschluckt hat. Sie geht ins Schlafzimmer, und Mutter verliert erneut die Fassung. Joan sieht übers Bett zu mir herüber und drückt Mom dabei an sich. Sie bekommt es auch mit der Angst zu tun; man muß es mir ansehen. Ich lasse die beiden allein und gehe ins Badezimmer. Ich sehe schrecklich aus. Ich kämme mein Haar, wasche mir Hände und Gesicht. Joan kommt aus dem Schlafzimmer, als ich das Bad verlasse.

„Was ist denn los, Jack? Mutter sagt, Dad wäre übergeschnappt. Was ist passiert?"
„Ich weiß es nicht, Joan. Ich fahre gleich wieder hin. Wenn mein Verdacht zutrifft, dann hat Santana Dad gesagt, daß er Krebs hat, und Dad hat eine Schockreaktion. Ich habe ihnen gesagt, daß sie Santana rufen sollen."
Ich ziehe meine Jacke wieder über.
„Behalte Mom im Auge. Ich weiß nicht, wie sie das überlebt hat. Ich weiß nicht mal, wie *ich* es geschafft habe."
„Aber übertreib's nicht; du bist zweiundfünfzig, weißt du. Spiel dich lieber nicht zum Helden auf."

Als ich im Krankenhaus ankomme, ist Santana in Dads Zimmer. Er hat zwei Schwestern bei sich. Er dreht sich nach mir um.
„Was hat das zu bedeuten, Mr. Tremont? Ich kann keine drastische Verschlechterung bei Ihrem Vater feststellen."
Ich sehe Dad an. Er grinst und nickt mit seinem „Jawoll, Boss"-Lächeln. Ich hoffe, daß er wirklich wieder bei Sinnen ist, aber sein seelisches Gleichgewicht scheint noch immer erschüttert zu sein.
„Dad, erinnerst du dich, daß Mutter dich heute besucht hat?."
Er starrt mich an, keine Antwort. Er zuckt nicht einmal mit den Wimpern. Er fängt wieder an zu nicken. Er starrt Santana unverwandt lächelnd an.
„Das kommt mir nicht wie normales Verhalten vor, Dr. Santana. Ich halte es für ernst. Er erkennt mich nicht, und er hat seine Frau nicht erkannt."
Das wirkt. Santana nimmt seine Taschenlampe und sieht Dad in die Augen, prüft seinen Puls. Er beugt sich über Dad.
„Mr. Tremont, ich bin Dr. Santana. Wissen Sie, wer ich bin?"
Und Dad fängt doch tatsächlich wieder damit an, nickt, lächelt und sagt: „Mir geht's gut, ja, mir geht's prima, Herr Doktor, danke."
Santana richtet sich auf, wendet sich mir zu.
„Ja, er hat einen Nervenschock."
Er beauftragt die Schwester, Medikamente zu holen. Er fordert mich durch einen Wink auf, das Zimmer mit ihm zu verlassen. Er wird langsam einsichtig.
„Das ist üblicherweise so bei älteren Menschen, Mr. Tremont. Sie haben häufig eine verzögerte Schockreaktion wie in diesem Fall, auch schon

nach kleinen chirurgischen Eingriffen. Und er hat bereits sklerotische Veränderungen, wie Sie wissen."
Ich nicke. Ich versuche, mich zu zügeln, klar zu denken.
„Nun, es handelt sich um eine Form von Senilität –"
Ich unterbreche ihn.
„Aber er war nicht senil, als er herkam, Doktor. Wieso sollte so plötzlich Senilität bei ihm auftreten?."
Santana fährt sich durch die Haare, seufzt.
„Mit der Senilität hat es eine merkwürdige Bewandtnis; sie kann kommen und gehen. In einer Streßsituation wie dieser tritt sie häufig zutage. Wir wissen nicht so viel über diese Probleme, wie uns lieb wäre."
Mir scheint, daß ich ihn genausogut jetzt fragen kann, wie zu irgendeinem anderen Zeitpunkt.
„Dr. Santana, haben Sie meinem Vater heute gesagt, daß er Krebs hat?"
Er sieht mich starr an und weicht einen Schritt zurück. Er braucht mir kein Wort zu sagen.
„Ich habe Ihnen bereits erklärt, daß ich die moralische Pflicht habe, dem Patienten gegenüber ehrlich zu sein."
„Wollen Sie damit sagen, daß Sie trotz meiner Warnung vor den möglichen Folgen meinen Rat einfach übergangen und es ihm gesagt haben?"
Ich deute auf Dad. „Sehen Sie sich doch an, wozu Ihre moralische Ehrlichkeit geführt hat!"
Ich starre Santana ins Gesicht. Ich spreche im Flüsterton, aber ich bin fuchsteufelswild. Santana ist ein kleiner Bursche und macht noch einen Schritt rückwärts; vielleicht ist er um seine Chirurgenhände besorgt.
„Es könnten auch physiologische Ursachen sein, Mr. Tremont. Möglicherweise haben Operation oder Narkose eine verminderte Blutzufuhr zum Hirn bewirkt. Das könnte zu einer derartigen Reaktion führen. Ich bin sicher, daß Ruhe und eine geeignete medikamentöse Therapie wieder Abhilfe schaffen werden; seien Sie unbesorgt."
Meine erste Regung ist, ihm an den Kragen zu gehen, aber ich bezähme mich. Ich bin emotional zu geladen, um kampffähig zu sein.
Ich bleibe noch eine halbe Stunde lang bei Dad und versuche, mit ihm Kontakt zu bekommen, aber er ist unerreichbar. Ich erkenne meinen Vater nicht wieder. Was auch immer Dads Persönlichkeit ausmacht, es ist nichts mehr davon da. Die Art, wie er den Kopf zwischen die Schultern zieht, hat etwas Affenähnliches, er hat das früher nie gemacht. Er streichelt und befühlt alles mit den Händen. Er reibt die eine Lippe

über der anderen hin und her, verzieht das Gesicht, lächelt und brabbelt zusammenhangloses Zeug vor sich hin. Ich habe schon so manche geistesgestörten Menschen beobachtet, aber noch nie einen, den ich liebe.

Ich fahre nach Hause. Ich sage Joan, daß Dads Zustand unverändert ist, daß ich mit dem Arzt gesprochen habe. Ich möchte, daß sie ihn besucht; vielleicht wird er sie wiedererkennen. Sie sagt, daß Mom sich vernünftig benimmt, aber furchtbar aufgewühlt ist; sie ist angeblich überzeugt, daß Dad den Verstand verloren hat.

Joan fährt ab, und ich sehe nach Mom. Joan hat sämtliche Jalousien zugezogen, und Mutter hat einen Waschlappen auf dem Kopf liegen. Das ist ein Allheilmittel bei uns in der Familie; im Zweifelsfall immer einen nassen Waschlappen auf den Kopf legen, selbst wenn man kein Fieber hat. Ich meine, daß es in erster Linie signalisiert „Ich bin krank".

Aber Mom sieht schlecht aus. Ich setze mich neben sie auf den Bettrand.

Jetzt fängt sie mit einem Thema an, das zum Dauerbrenner wird.

„Die Geisteskrankheit liegt bei denen in der Familie, Jacky. Daddy hatte einen Vetter, der taub war. Orin, sein Bruder, war auch nicht ganz richtig im Kopf."

Das ist einer von meinen Onkeln, einer, der sehr exzentrisch ist, wie ich zugeben muß.

„Joey gehört auch dazu, so ein Schlagzeugspieler in einer Jazzband. Den haben sie auch irgendwann ins Irrenhaus stecken müssen."

Joey ist Orins Sohn; bei einem schweren Motorradunfall zog er sich einen Schädelbruch zu, so daß er seine motorischen Fähigkeiten noch einmal von Grund auf ausbilden mußte.

Mutter hört gar nicht wieder auf. Sie kann offensichtlich sämtliche Tremonts drei Generationen weit zurückverfolgen. Sie kommt sogar mit einem leiblichen Vetter meines Großvaters an, der sich als junger Mann, als er in Wisconsin einmal mit einem Gewehr über einen Zaun kraxelte, durch den Unterkiefer schoß, so daß er nie mehr richtig essen konnte. Er verbrachte den Rest seines Lebens als Einsiedler im Wald.

Sie läßt keine Spielart aus. Jeder Verwandte meines Vaters, der in irgendeiner Weise von der Norm abwich, ist auf ihrer Liste.

Ich widerspreche ihr nicht. Die Familie meines Vaters ist zumindest normal. Kein Selbstmord, keine Scheidung, kein Verbrechen. Sie haben im großen und ganzen alle ihr Leben lang hart gearbeitet. Kein ernst zu nehmender Alkoholismus. Onkel Pete könnte ihre These stützen, aber er arbeitete, bis er siebzig wurde, also war er kein echter Alkoholiker; er trank einfach nur eine Menge. Alle meine leiblichen Cousinen und Vettern väterlicherseits, und es sind derer an die dreißig, verdienen ihren Lebensunterhalt selber. Der Staat hat an den Sozialversicherungsbeiträgen dieser Familie einiges verdient.

Jetzt packt Mom über Dad aus. Daß er schon immer eigentümlich gewesen sei; daß Tante Trudy, Dads älteste Schwester, sie, kurz bevor sie ihn heiratete, vor ihm gewarnt habe.

Ich kann mir die Warnung lebhaft vorstellen. Die Tremonts sind alle große Spaßvögel, aber Mutter hat nie einen Sinn für Frotzeleien und Spaß gehabt. Vron ist da genauso. Es lohnt sich nicht, sie zu verkohlen, weil sie nicht mitspielen; sie werden böse. Mutter greift auch manchmal etwas, das im Spaß gesagt wurde, wie etwas Ernstgemeintes auf, und benutzt es gegen irgend jemand. Ich vermute, daß Tante Trudys Ausspruch, mit dem sie ihren Bruder Jack als „eigentümlich" bezeichnete, in diese Kategorie gehört.

Und – großer Gott! – Mom ist überzeugt, daß Dad kein richtiger Weißer ist. Mein Großvater, Dads Vater, war Halbindianer: ein Oneida, aus einem der Irokesen-Völker. Aber in den Augen meiner Mutter war er kein Indianer, sondern ein Nigger. Mein Vater hat tatsächlich eine dunklere Hautfarbe als die Iren, schöne volle Lippen und schaufelförmige Zähne. Außerdem hat er vorstehende Brauenbögen und hohe Backenknochen. Mit zunehmendem Alter sieht er dem Indianer auf den alten Nickel-Münzen immer ähnlicher.

Und dann Mutters Freundin, Fanny Hogan. Ich halte sie für eine der vulgärsten Frauen der Welt. Die beiden sind seit ihrem zwölften Lebensjahr miteinander befreundet. Fanny hat eine laute, tiefe, saftige Stimme. Sie ließ sich von ihrem Mann scheiden, nachdem sie ihn in die Klapsmühle getrieben hatte, und danach warf sie ihre einzige Tochter mit sechzehn aus dem Haus. Seither lebt sie allein. Als kleiner Junge haßte und fürchtete ich diese Frau.

Jahrelang bestimmte Fanny Mutters Leben, sagte ihr, was sie anziehen sollte, suchte die Jungen für sie aus. Mutter hat gern jemand, der sie herumkommandiert, damit sie etwas zum Meckern hat. Wahrscheinlich kein unübliches Muster. Als Mom Dad kennenlernte, war Fanny Hogan eifersüchtig.

Fanny sagte Mutter, Dad habe höchstwahrscheinlich einen ziemlich starken Nigger-Einschlag und sie würde kleine schwarze Mischlingskinder kriegen. Nach ihrer Darstellung hatte sich da mal irgend so einer in den Holzschuppen geschlichen. Sie schärfte Mutter ein, daß sie sich Klarheit verschaffen könne, indem sie sich Dads Rückgrat ansähe. Es müsse am unteren Ende tiefgelb oder braun sein. Mutter schleppte Dad bei ihren Rendezvous immer an den Strand, um nachzusehen, aber damals trug man einteilige, in einem Stück geschnittene Badeanzüge.

An dem Abend ihrer Hochzeit, als sie endlich im Bett sind, knipst Mom immer wieder das Licht an und besieht sich Dads Rücken, um herauszubekommen, ob sie einen Nigger geheiratet hat.

Mutter hat schon immer den Verdacht gehegt, einen Mann mit einem Erbschaden zu haben. Und jetzt kommt es tatsächlich an den Tag.

Ich möchte nicht böse werden. Mir ist klar, daß Mutter nur versucht, sich zu schützen. Sie lebt selber in einer so schrecklichen Unsicherheit, was ihre Person, ihren eigenen Stellenwert betrifft, einfach alles, was sie ist, daß sie nach allen Richtungen ausschlägt; je größer ihre Angst wird, desto schlimmer wird es mit ihr.

Ich wünschte, ich hätte davon schon als Kind etwas begriffen. Solange alles gutgeht, ist Mutter großzügig und liebenswürdig. Aber sobald sie sich bedroht fühlt, wird sie zur Furie. Sobald sie Eifersucht verspürt oder sich ungeliebt oder übergangen fühlt, wird es unmöglich mit ihr.

Ich sitze eine Stunde lang neben ihr und höre ihr zu. Ich beherrsche mich. Mom braucht das. Sie bereitet sich innerlich darauf vor, daß Dad sterben muß. Wenn es ihr gelingt, ihn unwichtig erscheinen zu lassen, wird sie in der Lage sein, es zu verkraften. So versuche ich mir zumindest zu erklären, was ihre Beweggründe sein mögen. Wer weiß schon, was wirklich vor sich geht?

Joan kommt aus der Klinik zurück. Mom ist endlich eingeschlafen, und ich gehe hinaus ins Wohnzimmer. Joan weint.

„Es ist so furchtbar, Jack. Was kann bloß mit ihm los sein?"

Ich erzähle ihr, was der Arzt mir gesagt hat.

„Nein, Johnny, es ist mehr als das. Irgend etwas ist total schiefgegangen. Er ängstigt sich zu Tode; ich habe noch nie einen so verängstigten Menschen gesehen."

Joan nennt mich in Notsituationen immer Johnny; das letzte Mal geschah es, als sie im fünften Monat eine Fehlgeburt hatte, während sie bei uns in Frankreich zu Besuch war. Sie nannte mich Johnny, als wir Kinder waren.

Joan beruhigt sich allmählich. Ich bringe alles vor, was sie trösten könnte. Sie hat Trost so bitter nötig, daß sie bereit ist, fast alles zu glauben.

Irgendwann ringen wir uns zu der Einsicht durch, daß sie besser nach Hause fährt. Am Morgen werde ich Dad besuchen und ihr sofort Bescheid sagen, wie es ihm geht.

Später rufe ich Marty an und schildere ihr andeutungsweise, was mit Dad passiert ist. Sie fängt zu weinen an, so daß Gary an den Apparat kommt. Ich rate ihnen, sich aus dem Ganzen herauszuhalten. Sie müssen erst einmal ihr Baby auf die Welt bringen. Das hier ist jetzt meine Sache.

„Mom und ich kriegen keine Kinder mehr, und der größte Gefallen, den ihr beide uns jetzt tun könnt, ist, daß ihr eures kriegt."

Sie bringen Einwände vor, aber ich lasse mich nicht beirren. Ich sage ihnen, daß ich schon nach Hilfe schreien werde, wenn ich sie brauche. Ich schwöre heilige Eide. Joan und ich müssen diese ganze Geschichte allein durchstehen.

9

Zum Frühstück essen wir Schinkeneier in dem Pizzalokal. Während Dad zahlt, rolle ich im Wagen zu einer Tankstelle hinunter. Auf einem Drehständer werden Acht-Spur-Kassetten zum Verkauf angeboten. Ich ringe mich dazu durch, eine Dylan-Kassette zu erstehen.

Ich sehe Wasser, Öl und Batterie nach. Das Ding hat so viel Motor unter der Haube, daß man eine Lokomotive damit antreiben könnte. Die Batterie hat das Format einer Obstkiste. Der Prüfstab ist so lang, daß ich mir fast einen abbrechen muß, wenn ich das eine Ende festhalte und am anderen den Ölstand ablesen will. Und dann schluckt dieser Wahnsinnstank achtundachtzig Liter.

Wir haben die meisten Lastwagen aus dem Feld geschlagen und schaukeln jetzt durch eine bildschöne Landschaft. Ich hole meine Kassette heraus, spiele an den Knöpfen herum und stecke sie ein. Ich balanciere die Lautsprecher aus, und wir werden von Klängen eingehüllt. Ich sehe nach, wie Dad es aufnimmt, aber er sitzt wie üblich mit sturem Blick übers Lenkrad gebeugt.

Ich stelle die Rückenlehne tiefer und lasse die Landschaft an mir vorüberziehen. Der Himmel wird immer blauer, je höher wir kommen, und die Luft ist glasklar. Hier gibt es mehr Tannen, weniger Laubbäume. Die Klangwiedergabe ist phantastisch, fast so gut wie Kopfhörer. Ich schwelge.

Ich lasse das Band mehrmals ablaufen. Die Übergänge sind nicht schlecht. Acht-Spur-Kassetten haben den Nachteil, daß jeder Abschnitt exakt zwanzig Minuten lang ist; der Spurwechsel kann mittendrin kommen.

Wir sind gerade wieder mal beim zweiten Song angelangt, als Dad fragt, ob wir das eine Weile abstellen können. Na schön. Ich möchte kein Theater machen, aber ich kann den Mund nicht halten.

„Was paßt dir an Bob Dylan nicht, Dad?"

Er blickt rasch herüber und lächelt wie so ein Yoga- oder Meditations-Guru.

„Nichts weiter, Billy; bloß zwei Stunden am Stück ist ein bißchen übertrieben."

„Mensch, Dad, diese Lieder sind wichtig. Er singt über Dinge, über die wir alle nachdenken sollten."
„Bitte, bloß eine Weile, Bill. Wir können uns später noch ein bißchen davon anhören."
Wir rollen schweigend weiter; geballtes Schweigen.
„Er ist besser als diese Mafia-Schmalzheinis, Dean Martin, Bing Crosby, Frank Sinatra, Perry Como, diese ganzen Typen, die dir und Mom so gefallen."
Er sagt nichts.
„Menschenskind, denen fällt doch nichts weiter ein als solcher Schwachsinn wie ‚Ich liebe dich' oder ‚küß mich', und das walzen sie dann breit."
Ich bin nicht sicher, ob er mir zugehört hat. Er kann total abschalten, wenn er will.
„Also, Bill; mal sehen, ob ich dir meinen Standpunkt klarmachen kann. Erstens mal ist alles verdammt lange spielend leicht gegangen. Die Leute meiner Generation haben am Anfang einer dreißigjährigen Wohlstandsära geheiratet und mit dem Existenzaufbau angefangen. Die meisten unserer Freunde leben als Frührentner mit Nebenbeschäftigung in Hangvillen mit Swimming-pool und Cadillac.
Herrgott nochmal, jeder, der eine weiße Hautfarbe und halbwegs alle Tassen im Schrank hatte, konnte es zu etwas bringen, wenn er nur wollte. Ihr junges Volk seid mitten in alledem aufgewachsen. Natürlich reizt es niemand, für etwas zu kämpfen, das man schon immer gehabt hat. Wir sind an unsere Zwanzig-Minuten-Duschen, mollige zwei Meter lange Badehandtücher, frische Unterwäsche jeden Morgen, fahrbare Untersätze, Tiefkühltruhen voller Lebensmittel, Stereoanlagen, das ganze Brimborium, gewöhnt. Und dann zu alledem die Last, zur Schule oder auf die Uni gehen zu *müssen*."
Junge, Junge, das war nahe dran. Mensch, Billy, du wirst es nie lernen!
„Die Jugend von heute, die will was hören von *harten* Zeiten, *harten* Leuten. Und Burschen wie Bob Dylan bringen das. Du weißt ja, Dylans richtiger Name ist Zimmermann, er stammt aus Hibbing, einer Ortschaft bei Duluth, in Minnesota. Er besingt Tennessee, weil Tennessee der Inbegriff von Männlichkeit, Armut und urwüchsiger Sprache ist. Eigentlich macht er Woody Guthrie nach, wie der den armen Bergbauern aus den Appalachian Mountains mimt. Und er steht bestimmt nicht draußen auf einem ärmlichen Maisfeld, wenn er diese Lieder singt. Er steht in einem Aufnahmestudio umgeben von Tontechnikern, lauter

Spezialisten, die mit Reglern und Entzerrern und Verstärkern und was weiß ich das Gedudel zusammenmixen. Es ist völlig automatisiert; nicht mal Dylan hört selber jemals, wie es wirklich klingt."

Sieh sich einer den technischen Wunderknaben an. Zum Kuckuck, dabei kann er nicht mal „Jingle Bells" auf der Mundharmonika spielen, ohne Fehler zu machen. Mir graut immer vor Weihnachten. Jedes Jahr kommt er mit seiner Mundharmonika an und verhunzt die ganzen Weihnachtslieder. Wie weit ist es bloß noch bis Philadelphia?

„Aber, meinetwegen, Bill. Mir geht's bloß drum, daß *ich* nichts hören will von harten Zeiten; es interessiert mich nicht. Dylan ist auch bloß ein Unterhaltungskünstler wie Crosby, Sinatra oder Como. Dafür wird er bezahlt. Daß er singt, was die Leute hören wollen. Er hat sich genau die richtige Stimme zugelegt, schwarz genug, aber auch wieder nicht zu schwarz, urig, aber nicht hinterwäldlerisch, ein akzeptables Armutskrächzen. Ein netter, gutbürgerlicher junger Jude, aus dem sie ein gesellschaftliches Ereignis gemacht haben."

Er schweigt. Ich hoffe inständig, daß er fertig ist. Ich werde die Kassette in meinen Rucksack packen und erst mal vergessen.

„Noch eins, Bill. Diese Stimme. Ich meine nicht den Tennessee-Tonfall, sondern die Stimme selber. Sie belemmert mich. Da ist sowas Verkniffenes drin. Ich habe nicht das Gefühl, daß er ein denkendes Wesen ist, mit dem ich reden, mich verständigen kann. Da ist so viel Haß in seiner Stimme, so ein pauschaler Haß."

Oh, Mann! Ich sehe schon, auf dieser Fahrt wird es nicht viel Dylan geben. Ich wünschte bloß, ich könnte meine acht Dollar zurückbekommen.

Auf der Steigung nach Loveland hinauf hängen wir hinter einer Lastwagenkolonne. Mein Alter denkt nicht daran zu überholen, also quälen wir uns mit fünfundvierzig bis fünfzig Stundenkilometern voran. Der Wagen heizt sich auf. In dieser Höhe im Hochsommer ist ein wassergekühlter Motor problematisch.

Endlich wird die Straße wieder breiter, und wir kommen nach Vail. Eine amerikanische Bilderbuchstadt, ähnlich wie der Ort in Österreich, wo wir als Kinder immer Ski fuhren. Nur daß diese Stadt auf fünffache Größe angeschwollen ist. Sie erinnert mich an Santa Cruz: supermoderne rustikale Architektur, alles in Holz und Glas.

Wir halten zum Tanken an und gehen dann in ein Restaurant. Wir bestellen Eierpfannkuchen mit echtem Ahornsirup. Ich lange zu,

schütte einen ordentlichen Schuß von dem Zeug über den Teller und tränke die Pfannkuchen damit; dazu jede Menge Butter. In Frankreich bekommt man keinen Ahornsirup.
Als wir wieder unterwegs sind, lege ich die Kassette noch einmal ein. Zum Henker, schließlich habe ich acht Dollar investiert. Ich kann das verflixte Ding doch nicht einfach wegwerfen. Ich reguliere die Lautsprecher, stelle leise, und dann gebe ich mich dieser Mundharmonika hin. Draußen ist es schön: strahlende Sonne und tiefe Abgründe auf beiden Seiten, rundherum Kiefern. Ich sehe dicke Cumuluswolken vor uns hersegeln und lasse mich von der Musik durchfluten.
Ich weiß nicht, wo Dad in Gedanken ist. Wir sitzen in ein und demselben Wagen, aber mir kommt es vor, als sei er meilenweit weg. Es ist sinnlos, ein Gespräch in Gang zu halten; es führt doch zu nichts. Vermutlich muß er noch diese ganze Misere in Kalifornien verdauen.
Ich verstehe auch nicht, wie es kommt, aber anscheinend kann ich mit Geld nicht umgehen. Kaum habe ich mal einen Batzen beieinander, schon ist er wieder futsch. Manchmal denke ich, ich muß Löcher in den Taschen haben. Ich habe welches, und wenn ich danach greife, ist es weg, als hätte ich es nur geträumt.

Ich arbeite in so einer Bootsbaufirma und schlafe in einer besseren Spelunke, um ein bißchen Kohle zusammenzukratzen, als Mom mir schreibt, daß Dad in Kalifornien ist und Grandmom einen Herzinfarkt gehabt hat. Ich fahre per Anhalter hin, in der Annahme, daß ich vielleicht helfen kann.
Grandmom ist inzwischen aus der Klinik entlassen worden, aber Granddad ist total von der Rolle. Er ist daneben, ausgeflippt. Er weiß nicht, wer ich bin, weiß nicht, wer mein Vater ist. Und Dad sieht grauenhaft aus; er muß über fünfzehn Pfund abgenommen haben, seit ich ihn das letzte Mal gesehen habe. Er ist blaß, kahler, grauer; wirkt besorgt. Ich ziehe in das Gartenzimmer; Dad schläft im mittleren Zimmer.
Ich halte es über eine Woche lang aus, dann kommt Tom aus Santa Cruz. Er hat auch Leine gezogen und hat einen Wagen dabei. Meine Eltern besitzen in Topanga Canyon ein fünfzehn Hektar großes Hanggrundstück, dahin verziehe ich mich mit Tom. Tom hat einen irren Stereorekorder mit Batteriebetrieb und ein Zelt.
Unser Wasser schaffen wir mit dem Auto herbei, und die Einkäufe

machen wir auf dem Markt in Topanga. Ich borge mir Dads kleine 175er Honda, damit fahren wir über die Feuerschutzschneisen; wir müssen nur den Forstschützern aus dem Weg gehen. Ich baue ein paar Stürze, schlage den Tank an einer Seite an, verbiege das Bremspedal und breche den Kupplungshebel ab, aber ich beule den Tank wieder aus, sprühe Farbe darauf, biege das Bremspedal zurecht und erneuere den Hebel. Als ich fertig bin, merkt man kaum noch etwas.

Wenn Dad bei Granddad in der Klinik ist, fahre ich runter und leiste Grandmom Gesellschaft. Die Frau ist absolut wahnsinnig. Den ganzen Tag lang geht es: „Warum rasierst du dir nicht den Bart ab? Wovor versteckst du dich?“ oder: „Warum trägst du die Haare so lang?“ oder: „Wenn du schon lange Haare hast wie ein Mädchen, dann wasch sie wenigstens.“

Es ist ein ewiges Gestänker. Eines Tages rückt sie mir mit einer Schere auf die Pelle. „Sieh mal da, Billy, ich schneide dir bloß das bißchen hier ab, das über den Ohren so absteht.“ Ich büchse aus. „Komm schon, sei nicht albern; laß mich dir wenigstens den Nacken ordentlich schneiden.“

Und dann kommt sie manchmal, wenn ich schon schlafe und sie eigentlich längst im Bett sein sollte, ins Gartenzimmer. Sie kommt hereingeschlichen und schnüffelt überall herum.

Einmal durchwühlt sie meine gesamte Unterwäsche; schmeißt alles in die Badewanne und wäscht es aus. Wo sie angeblich einen Herzinfarkt gehabt hat, wäscht sie *meine* Wäsche. Sie erzählt mir, daß kein Mädchen Burschen mit dreckiger Unterwäsche mag. Vorstellungen hat die Frau! Dann fragt sie, ob ich mich ordentlich abwische. Es hätte nur gefehlt, daß sie es mir vormacht. Sie belehrt mich, ich müßte mehrere Blatt Toilettenpapier nehmen und zusammenlegen und von außen wischen, nicht zwischen den Beinen, und ich sollte mindestens dreimal wischen. Es ist nicht zu fassen; sie hat nicht die Spur Takt. Mir ist schleierhaft, wie Dad das aushält; unvorstellbar, sie als Mutter zu haben.

Irgendwann gehe ich an die Decke. Dad ist unterwegs zum Malen, und sie hat mich den ganzen Nachmittag lang beharkt, hat gebohrt, ob ich in die Kirche gehe, ob ich noch unschuldig bin, ob ich eine feste Freundin habe. Ich sage ihr, daß sie mich wahnsinnig macht, daß sie Dad wahnsinnig macht und daß sie Granddad vermutlich zum Wahnsinn getrieben hat. Sie kriegt einen Weinkrampf, rennt ins Schlafzimmer und knallt die Tür zu.

Als Dad nach Hause kommt, erzähle ich ihm, was vorgefallen ist.
„Menschenskind, Billy, du weißt doch, daß sie schwer krank ist."
Es hört sich nicht verärgert an, nur resigniert. Ich komme mir unheimlich mies vor, aber ich hab die Nase ziemlich voll. Tom ist doch wieder nach Santa Cruz zurückgegangen; er hat mir sein Zelt dagelassen. Wenn es unerträglich wird, kann ich jederzeit wieder auf meinen Berg umziehen. Tom will Psychologe werden.
Dabei gibt es doch schon viel zu viele Psychologen; von allem gibt es zu viele. Zu viele Ingenieure, zu viele Chemiker, zu viele Ärzte, zu viele Zahnärzte, zu viele Soziologen. Aber es gibt nicht genug Leute, die effektiv etwas *tun* können, die wirklich eine Ahnung haben, wie man diese Welt ins Lot bringt.
Man muß sich das mal richtig überlegen; sich mal klarmachen, wie die Dinge wirklich sind; Gott, da sind – also, gehen wir mal von hundert Prozent aus. Die Häfte sind unter achtzehn oder über fünfundsechzig; das heißt, nicht erwerbstätig. Bleiben fünfzig Prozent zwischendrin. Die Hälfte davon sind Frauen; die meisten davon sind so mit dem Kinderkriegen beschäftigt oder mit dem Versorgen von Kindern, daß sie damit total ausgelastet sind. Manche davon arbeiten nebenbei, bleiben, sagen wir mal, noch dreißig Prozent. Zehn Prozent davon sind Ärzte oder Anwälte oder Soziologen oder Psychologen oder Zahnärzte oder Geschäftsleute oder Künstler oder Schriftsteller oder Lehrer oder Priester, Pfarrer oder Rabbis; niemand von denen *produziert* irgend etwas, sie gehören nur zum Dienstleistungsbereich. Jetzt sind wir schon auf zwanzig Prozent runter. Mindestens zwei oder drei Prozent leben von Zinsen oder Werbegeschenken oder sind schlicht reich. Macht siebzehn Prozent. Sieben Prozent davon sind arbeitslos, meistenteils mit Absicht! Also bleiben letztendlich zehn Prozent, die die ganzen Nahrungsmittel produzieren, Häuser errichten, Straßen bauen und ausbessern, Strom produzieren, in den Bergwerken arbeiten, Autos herstellen, Müll abholen; die *ganze* Dreckarbeit machen, die *eigentliche* Arbeit. Alle suchen bloß nach einem Dreh, um nicht wirklich etwas tun zu müssen. Und das Schlimmste von allem ist, daß diejenigen, die die Arbeit *machen*, am schlechtesten bezahlt werden.
Ich weiß, daß ich nicht der erste bin, der zu diesem Schluß kommt, aber ich glaube, daß selbst Marx nur nach einer Möglichkeit suchte, sich vor der Arbeit zu drücken; Lenin genauso; noch zwei solche Mittelklasse-Taugenichtse.

Tom will also zurück und Psychologe werden. Dann soll er sich mal den Heerscharen von Psychologen anschließen, deren Klientenschaft aus lauter Leuten besteht, die sich mit Gewissensbissen herumplagen, weil sie nicht ihren Teil tun. Und nicht nur das, keiner von denen kann sich mehr selbst versorgen.
Ich frage mich bloß, wo ich in dem ganzen Schlamassel hingehöre.

10

Am nächsten Tag rufe ich Dr. Ethridge im Perpetual Hospital an. Er ist seit fünfzehn Jahren Dads Arzt. Nachdem ich mehrmals von Telefonistinnen und Schwestern abgewimmelt wurde, komme ich durch.

Ich erkläre ihm, was vorgefallen ist. Ethridge spielt den Jovialen.

„Ach, Mr. Tremont, derlei Dinge kommen doch täglich vor. Dr. Santana weiß ganz genau, was er tut; er ist ein sehr fähiger junger Chirurg. Ich werde gleich heute vormittag bei Ihrem Vater vorbeigehen; er ist schon seit langem Patient bei mir. Wir stammen beide aus Wisconsin, wissen Sie. Gegebenenfalls müssen wir uns einfach damit abfinden, Mr. Tremont, daß jetzt Senilität bei ihm einsetzt."

Er speist mich mit den gleichen Parolen ab wie Santana.

„Derartig rasch, Dr. Ethridge? Spontane Vergreisung? So etwas habe ich noch nie gehört."

„Nun, Mr. Tremont, Ihnen ist ja bekannt, daß er langsam vergeßlich wurde."

Ich lasse nicht locker.

„Aber, Dr. Ethridge, er hat sich bei vollem Bewußtsein der Operation unterzogen, und jetzt . . . na, Sie werden ja sehen."

Ich mache eine Pause, aber er sagt nichts.

„Dr. Ethridge, wäre es Ihnen recht, daß ich mitkomme, wenn Sie ihn heute vormittag besuchen?"

Wieder eine Pause. Womöglich liest oder schreibt er irgend etwas, während er telefoniert.

„O nein, das wird nicht notwendig sein. Ich werde ihn mir bei der Vormittagsvisite ansehen und Sie nach dem Mittagessen anrufen."

Er legt auf.

Ich sage Mutter, daß ich mit Dr. Ethridge gesprochen habe, daß seiner Meinung nach alles wieder gut werden wird und daß wir uns keine Sorgen zu machen brauchen. Natürlich möchte sie Dad besuchen.

„Nein, Mom, der Arzt sagt, daß wir ihn jetzt nicht besuchen sollen; er darf nicht gestört werden und bekommt Beruhigungsmittel. Dad ist nervös und verstört wegen der Operation; ein älterer Mensch wie er verkraftet so was nicht so leicht."

„Jacky, wenn wir ihn erst mal zu Hause haben, wird alles wieder gut."
Sie ist überzeugt, daß er sich vollkommen erholen wird, wenn wir ihn nur aus der Klinik bekommen. Sie kann ihn versorgen, und das ist er auch gewöhnt, anstatt sich „von diesen Niggern betatschen zu lassen".
„Mutter, *du* kannst ihn nicht versorgen. Wenn wir ihn nach Hause holen würden, müßte ich das machen, und mit Sicherheit können sie ihn im Krankenhaus besser betreuen."
Dr. Ethridge ruft um vier endlich an.
„Mr. Tremont, ich habe Ihren Vater besucht; gegenwärtig scheint er geistig verwirrt zu sein. Ich habe auch mit Dr. Santana gesprochen; er meint, Sie hätten seinen Sachverstand angezweifelt."
Ich werde zornig.
„Dr. Ethridge, es war absolut falsch von Dr. Santana, meinem Vater zu sagen, daß er Krebs hat, obwohl ich ihn wiederholt auf Vaters krankhafte Angst vor diesem Leiden aufmerksam gemacht habe. Jetzt haben wir die Bescherung. Mein Vater verfiel unmittelbar nach Dr. Santanas Eröffnung in diesen Zustand."
„Mr. Tremont, derlei Entscheidungen müssen Sie uns Medizinern überlassen. Wenn Ihr Vater von den diagnostischen Möglichkeiten einer Klinik Gebrauch macht, müssen Sie sich schon unserem Urteil in diesen Dingen anvertrauen."
Dann ergeht er sich lang und breit über das Thema „Wir verstehen etwas von unserem Geschäft". Ich höre zu, bis er seinen Sermon heruntergebetet hat.
In diesem Moment würde ich am liebsten auf Ethridge, Santana, das Perpetual Hospital, die ganze Sippschaft verzichten und nochmal von vorn anfangen. Aber ich tue es nicht; meine Unsicherheit, mein Zorn, meine Angst sind zu groß.

Dad bleibt fünf Tage lang in der Klinik. Ich bin so viel bei ihm wie irgend möglich. Joan löst mich bei Mutter ab. Ich spreche jeden Tag mit Santana, und er wird immer nervöser. Ich lasse keinen Tag verstreichen, ohne neurologische und psychiatrische Untersuchung und Überwachung für Dad zu verlangen. Ich durchforste eine Neuauflage des medizinischen Ratgebers von Merck, den ich mir in der Universitätsbuchhandlung besorgt habe, nach irgendeiner glaubhaften Erklärung für die Ereignisse.

Beim Klinikpersonal renne ich gegen Mauern an. Gleichzeitig muß ich zu Hause in Mutters Gegenwart versuchen, Ruhe zu bewahren, und ihr beteuern, daß alles schön vorangeht.

In der Klinik erzählen sie mir immer wieder, daß sich alles legen wird, sobald er sich von dem Schock erholt. Aber Dad verharrt in seinem zutiefst verstörten, verängstigten, abwesenden Zustand. Er hat die Kontrolle über Blase und Darm verloren. Er muß gefüttert werden, und es ist sehr schwierig, ihn zu füttern. Er hat keinerlei Verlangen nach Essen und wird täglich weniger. Alle seine Sinne scheinen ausgeschaltet zu sein.

Die Schwestern sind zu beschäftigt, um ihm genügend Nahrung zuzuführen. Ich übernehme das Füttern; sie haben nicht viel dagegen. Es kann bis zu zwei Stunden dauern, ihm auch nur die Hälfte einer leichten Mahlzeit einzuverleiben. Es ist schlimmer, als einen sechs Monate alten Säugling zu füttern. Er beißt so fest auf den Löffel, daß man ihn kaum wieder herausbekommt. Er dreht und windet den Kopf hin und her. Einen Großteil der Zeit warte ich nur, bis er hinuntergeschluckt hat. Er schiebt das Essen in die eine oder andere Backe wie ein Eichhörnchen oder spuckt es manchmal auch wieder aus. Er weicht meinem Blick aus oder starrt auf den Löffel oder ins Leere, nur nicht in meine Augen. Ich spreche zu ihm über das Essen, über Mom, über Joan, über alles, was mir einfällt, aber es kommt kein Echo.

Allmählich greifen sie im Krankenhaus Moms Idee auf, daß er sich zu Hause wieder „berappeln" könnte. Ich ringe mich auch langsam zu der Ansicht durch.

Aber ich weiß, daß es nie gutgehen kann, solange Mom zu Hause ist. Sie müßte bei Joan leben, und das wäre problematisch. Aber es geschieht etwas, das mir die Entscheidung abnimmt.

Dads mißliche Lage besteht zum Teil darin, daß er sich ständig dreht und windet und auszudrücken versucht. Er zerrt auch dauernd an seinem Katheter. Nach den ersten Tagen schnallen sie ihn in eine Art Zwangsjacke. Sie wird hinten verschlossen und hat handschellenähnliche Fesseln, die an Gurten hängen und die man ihm über die Hände streifen kann. Er hat einige Bewegungsfreiheit, kann aber nicht mehr an den Katheter herankommen. Er wehrt sich dagegen; es ist traurig, mit ansehen zu müssen, wie er sich sträubt, wie ein junger Hund an der Leine. Wenn ich ihn füttere, nehme ich das Ding ab, lasse aber seine Hände nicht aus den Augen.

Die Schwestern befürchten auch, daß Dad sich wundliegen könnte. Er hat rapide abgenommen und scheuert sich bei seinem ständigen Abwehrgestrampel Po und Rücken auf; seine Haut wird dünner.
Etwa vom vierten Tag an setzen sie ihn, wenn sie die Bettwäsche wechseln, auf einen Stuhl neben das Bett. Sie lassen ihn ein bis zwei Stunden lang da draußen sitzen, damit Luft an seinen Rücken kommt, aber er wird in seiner Zwangsjacke angebunden.

Als ich eines Abends zu ihm komme, um ihm sein Abendessen zu geben, ist Dad noch immer an den Stuhl gefesselt. Er hat unter sich gelassen und irgendwie den Katheter herausgezogen, so daß er im eigenen Urin schwimmt. Eine Hand ist abgeschnürt; sie ist blau. Außerdem hat er so herumgezappelt, daß sein Krankenhaushemd ihm völlig verwurstelt um den Bauch hängt und er weiter unten ganz nackt ist.
Ich bin entsetzt. Ich knie mich neben ihn, seine Beine sind eiskalt. Das alles geschieht in der chirurgischen Abteilung einer modernen Klinik und nicht in einer Nervenheilanstalt des neunzehnten Jahrhunderts. Ich weiß nicht, wie lange er sich schon in dieser Lage befindet, aber Beine und Füße sind rot und weiß gefleckt, der Urin trocknet bereits darauf an.
Ich klingle und brülle laut. Eine Schwester kommt hereingestürzt, und ich beschimpfe sie übel. Sie hilft mir, Dad loszubinden und ihm ein frisches Hemd überzuziehen. Wir legen ihn behutsam wieder ins Bett. Ich möchte Dad so gern trösten, aber er scheint nicht zu registrieren, was vor sich geht.
Am nächsten Tag knöpfe ich mir sowohl Ethridge als auch Santana vor. Sie sagen, es sei schwierig, einen Patienten in der Verfassung meines Vaters in einer normalen Klinik zu versorgen. Ich erkläre ihnen, daß ich ihn mit nach Hause nehmen werde, weil im Perpetual Hospital nicht ausreichend für ihn gesorgt wird.
Ich fahre nach Hause und versuche, Mom aus dem Weg zu gehen. Ich schleiche mich mit einer Dose Bier ins Gartenzimmer. Ich trinke still vor mich hin und versuche nachzudenken. Ich möchte tun, was für Dad und Mom richtig ist, nicht nur den eigenen Ärger abreagieren.
Ich sehe zu, daß Mom ihren Mittagsschlaf macht, und rufe Joan an. Ich möchte nüchtern berichten, ohne zu viel künstlerische Übertreibung, ohne Effekthascherei. Als ich fertig bin, entsteht eine lange Pause. Sie weint.

„Das ist ja schrecklich, Jack. Wir müssen etwas unternehmen. Mom hat recht. Wir müssen ihn nach Hause holen. Könntest du ihn dort versorgen, wenn Mom zu uns hierherkommt?“
„Ich glaube, daß ich es schaffe; ich weiß, daß ich es besser machen werde als die in der Klinik. Aber wird das mit Mom bei euch gutgehen, mit Mario und so? Du weißt ja, wie sie ist.“
„Wir werden schon klarkommen. Ich bringe sie in Maryellens Zimmer unter; das liegt gleich neben dem Bad, und ich werde sie soviel wie möglich ins Bett stecken. Mario kann draußen in seiner Werkstatt oder im Garten arbeiten. Wenn er Sportplatzaufsicht hat, kommt er sowieso nicht vor sechs nach Hause. Mario versteht schon; mach dir da keine Sorgen.“
Es ist also beschlossene Sache. Als Mom aufwacht, sage ich ihr Bescheid. Sie möchte bei mir bleiben und helfen. Ich bin kategorisch. Ich sage ihr, daß es unmöglich geht. Sie würde mit Sicherheit nochmal einen Infarkt bekommen, und ich kann sie nicht beide gleichzeitig versorgen. Sie kann uns besuchen, sobald es Dad besser geht.
Ich helfe ihr beim Packen. Wir steigen ins Auto, sie setzt die Schlafbrille auf, und ich fahre sie über den Sepulveda Boulevard und nicht über die Schnellstraße zu Joan.
Als ich Dad am nächsten Tag abhole, geht die Oberschwester auf mich los. Sie ist eine stämmige, matronenhafte Person und heizt mir ein, weil ich die Schwester gestern angepfiffen habe, aber ich lasse nicht so leicht mit mir umspringen. Ich sage ihr, sie soll mir aus dem Weg gehen. Alle diese Leute denken ständig bloß an die Wahrung ihrer Kompetenzen. Sie ruft den Hauspolizisten herbei. Ich erkläre ihm die Zusammenhänge. Er nickt und tut, als hörte er zu. Wir werden uns rasch einig. Er hilft mir, Dad Schlafanzug und Bademantel anzuziehen. Ich verstaue seine übrigen Habseligkeiten in einer Plastiktüte. Ich bedeute der Oberschwester, sich zu beeilen und mir Entlassungspapiere und einen Rollstuhl zu besorgen.
Der Wachmann zwinkert mir zu; der ideale Mann für den Job. Wir bugsieren den Rollstuhl zusammen in den Aufzug. Dad sitzt bibbernd und schnatternd darin und knetet seinen Bademantel mit den Fingern. Es ist schwer vorstellbar, daß das jemals ein lebensfähiges menschliches Wesen war. Selbst seine Finger und Zehen sind wie im Krampf gekrümmt. Der Kopf hängt herunter, als sei er zu schwer. Er gleicht dem Bild, das van Gogh einmal in einer Irrenanstalt gemalt hat, auf dem ein Mann das

Gesicht auf die Fäuste stemmt, nur daß Dad nicht einmal mehr über genug Koordination verfügt, das zu tun.
Ich schiebe ihn im Rollstuhl über den Parkplatz und verfrachte ihm mühsam in unseren Wagen. Er bekommt überhaupt nicht mit, was vor sich geht. Ich fahre ihn nach Hause.
Ich muß ihn beinahe über den Hof, die Stufen hinauf ins Haus hineintragen. Er setzt einen Fuß vor den anderen, aber sie tragen ihn nicht; es ist, als ließe man eine Riesengliederpuppe laufen. Er hat seine alte Flugzeugträgerkappe auf, die dabei verrutscht. Er nickt und murmelt vor sich hin, ohne zu merken, wo er ist.
Ich beschließe, ihm seine normalen Kleider anzuziehen. Er ist nicht wirklich krank, nur hinfällig. Ich bin überzeugt, daß er sich erholen wird, sobald er wieder anfängt, er selbst zu sein. Ich bringe ihn ins hintere Zimmer, setze ihn in den Sessel und ziehe ihn an. Ich suche eine Hose aus, dazu ein blaues Hemd, eine Strickjacke mit Knöpfen und die neue Mütze, die ich ihm geschenkt habe.
Er faßt nach oben, nimmt die Kappe und wirft sie auf den Boden. Dann kippt er beinahe vom Stuhl, als er sich danach bückt. Ich setze sie ihm wieder auf den Kopf. Diesmal behält er sie auf. Ich denke, daß ein warmer Kopf vielleicht den Kreislauf fördert und irgendwelche Neuronen in seinem Hirn anregt. Ich greife nach jedem Strohhalm.
Ich geleite ihn ins Wohnzimmer und setze ihn auf seinen Schaukelstuhl. Es ist tröstlich für mich, ihn nach all den Tagen, an denen er an das sterile Krankenhausbett gefesselt war, wieder da sitzen zu sehen. Ich weiß nicht, ob es ihm guttut, aber meine Moral hebt es enorm. Der äußere Eindruck bedeutet mir sehr viel, zu viel vermutlich; mag sein, daß ich deshalb Künstler bin, um die Dinge so nachzuschaffen, wie ich sie gern hätte.
Ich hoffe, daß bei ihm vielleicht, wenn wir einfach so weitermachen, als sei nichts geschehen, alles wieder in die Reihe kommt.
Ich gehe in die Küche und fange an, das klassische Mittagessen meiner Eltern zuzubereiten. Es besteht aus einem gegrillten Käsesandwich, mit kleingehackten süßsauren Zutaten garniert, rund zehn Ritz-Crackern und einem Glas Bier. Ich renne hin und her, um Dad im Auge zu behalten. Er sitzt mehr oder weniger ruhig da und starrt unverwandt auf die Uhr über dem Fernseher.
Ich schaffe die Sandwiches ins Wohnzimmer und bringe ein zusammenklappbares Tablett zwischen seinem und Mutters Stuhl an. Sie benutzen

diese Tabletts immer beim Fernsehen. Während ich hin und her renne, beugt Dad sich mehrmals vor, als wolle er aufstehen, aber die Schaukelbewegung des Stuhls durchkreuzt sein Vorhaben, und er fällt zurück.

Ich stelle den Fernseher an und entdecke eine ihrer liebsten Seelenmassageshows. So nennen sie sie selber immer. Dad stiert stumpfsinnig auf den Fernsehapparat. Er beugt sich leicht nach vorn und streckt langsam eine Hand aus, als wolle er etwa einen halben Meter vor sich in der Luft nach irgend etwas greifen. Das tut er mehrmals, dann gibt er es auf.

Ich schiebe ihm das Bierglas in die Hand, aber er kann nichts damit anfangen. Er sieht das Glas an, dann mich. Es ist, als gäbe es keinerlei Beziehung zwischen uns, keine Zugehörigkeit zu derselben Spezies, schon gar keine Verwandtschaft. Ich habe Zirkusnummern gesehen mit Schimpansen, die darauf dressiert waren, aus einer Tasse zu trinken und von einem Teller zu essen. Die Schimpansen wirkten menschenähnlicher als mein Vater. Dad starrt auf dieses Bierglas und hat keine Ahnung, was es damit auf sich hat. Ich lege meine Hand über der seinen um das Glas und hebe es langsam an seine Lippen; seine Hände sind kühl und zittrig. Ich kippe es so, daß das Bier ihm in den Mund läuft. Etwa die Hälfte rinnt wieder aus den Mundwinkeln heraus, aber etwas bekommt er ab und schluckt. Ich senke seine Hand wieder und warte ab, wie es weitergeht.

Nichts. Ich nehme ihm das Bier aus der Hand und stecke ein halbes Sandwich hinein. Dann beuge ich seinen Arm wieder, bewege ihn aufwärts an seinen Mund, aber er macht die Lippen nicht auf. Seine Kiefer sind fest zusammengepreßt.

Also schneide ich das Brot in kleine Stücke und habe mehr Glück. Er öffnet den Mund und nimmt die Brotstücke an, kaut und schluckt. Auf diese Weise füttere ich ihm ein halbes Sandwich. Er kostet; es ist etwas, das er mag. Ich versuche es noch einmal mit dem Bier. Diesmal geht es leichter, aber er hat den Unterschied zwischen essen und trinken noch nicht spitzgekriegt; er kaut das Bier. Um ein Haar beißt er den Rand des Glases ab. Nächstes Mal werde ich einen Krug nehmen.

Im Fernsehen kommt *City Hospital.* Eine der Lieblingsserien meiner Eltern, aber ich bin gerade nicht in der Verfassung, mir das anzusehen. Dad scheint nicht zur Kenntnis zu nehmen, was gesendet wird; er starrt nur auf Bewegungen und Farben. Ich knipse herum, bis ich die Dinah-Shore-Show habe. Dad schaut in den Fernseher, wie man in ein Kaleidoskop schauen würde. Er sieht auf die Bewegungen, horcht auf die

Geräusche; es beruhigt ihn, hilft ihm sitzen zu bleiben, aber das ist so ziemlich alles.
Ich quassele drauflos, über das Fernsehen, über irgend etwas, aber er hört nicht hin. Ich werde unruhig; Geduld ist nicht meine Stärke, besonders wenn ich kein Echo bekomme. Ich rede über Joan, ihre Kinder, über Vron, unsere Kinder, über Mutter; über alles, was ich noch von der Arbeit weiß, die er bei General Electric und dann bei Douglas gemacht hat. Nichts.

Fernsehen eignet sich gut bei Tag, aber gegen Abend wird es kompliziert. Es hat irgendeine seltsame Bewandtnis mit farbigem Fernsehlicht, das über den Teppich zuckt.
Meine Eltern haben ein schauerlich verworrenes Muster auf ihrem Wohnzimmerteppich. Mutter hat diesen Teppich gekauft, weil man darauf ihrer Meinung nach den Schmutz nicht sieht. Er ist kunterbunt: rot, grün, braun, orange, winzige gelbe Punkte, wie ein wahnwitziges pointillistisches Gemälde, aber ohne erkennbares Bild.
Das Flimmern der Fernsehfarben auf diesem Teppich macht Dad verrückt. Er rutscht immer wieder von seinem Schaukelstuhl auf den Fußboden, betastet die Oberfläche, versucht, Lichter und Schatten festzuhalten oder glattzustreichen.
Ich knie mich zu ihm. Ich fahre mit der Hand über den Teppich und sage ihm, daß es nichts auf sich hat damit, und versuche, ihn zu besänftigen. Ich helfe ihm mehrmals wieder auf den Schaukelstuhl hinauf, aber er rutscht unausweichlich wieder hinunter.
Schließlich lasse ich ihn gewähren; er tut sich nicht weh dabei und ist beschäftigt; immer noch besser, als dauernd nur wie ein Ölgötze auf dem Schaukelstuhl zu sitzen. Er kriecht auf Händen und Knien umher, befühlt den Teppich und wischt mit der Hand darüber. Inzwischen ist es dunkel geworden, und die Stimmung wird immer gespenstischer. Man hört kaum ein Geräusch von ihm, nur das Reiben seiner Hand auf dem Teppich. Es erinnert mich daran, wie er Joan und mir beibrachte, Pennies zu polieren.
Es ist jammervoll, mit ansehen zu müssen, wie er sich auf allen vieren fortbewegt; aber ich weiß nicht, was ich sonst machen soll. Niemand hat mich jemals auf etwas Derartiges vorbereitet. Ich sitze in der Dunkelheit und sehe ihm entgeistert zu, wie er in dem stillen Haus über den Fußboden kriecht. Ich weiß, daß ich mich ums Abendessen kümmern

sollte, kann mich aber zu keiner Bewegung aufraffen.
Jedesmal, wenn vom Fernseher ein unerwartetes Geräusch oder Lichtveränderungen kommen, fährt er zurück und richtet sich geduckt zu einer sitzenden Position auf. Das ist der Urmensch, der Mensch, bevor er sich auf zwei Beine erhob. Er erschrickt bei jeder Veränderung und begreift nicht, was um ihn herum geschieht. Es ist, als käme er von irgendeinem anderen Planeten, einem anderen Stern; diese Welt ist ihm vollkommen fremd. Eine ausgewachsene Kreatur, die mit gewissen motorischen Fähigkeiten ausgestattet ist und absolut nichts damit anfangen kann. Er hat jeglichen Bezug verloren zu allem, was sein Wesen, seinen Intellekt ausmacht. Seine Fähigkeit, die Welt zu erfahren, seinen Verstand zu benutzen, ist verlorengegangen. Er ist weit weg, im entlegensten Teil seines Bewußtseins.

Ich kauere mich nieder und starre staunend in das neue Licht. Ich denke an alle, die noch schlafen, da oben im Haus, noch immer an diesem anderen Ort in sich selbst geborgen. Feldlerchen steigen aus dem Gras auf, fliegen dicht über die Schilfspitzen. Taumeln, kehren um, schnappen nach frühen Insekten. Beinahe wie Rauchschwalben.

In mir keimt der Verdacht auf, daß womöglich eine schwere Hirnschädigung eingetreten ist, daß er einen Schlag hatte und einen großen Abschnitt seines Gehirns für immer eingebüßt hat.
Ich denke, daß es schon ein großer Fortschritt für ihn wäre, wenn er wenigstens Blase und Darm wieder beherrschen lernt. Ich führe ihn stündlich zur Toilette. Es funktioniert, manchmal, jedenfalls zum Wasserlassen. Ich nehme seinen Penis heraus und ziele, aber er will ihn selber halten. Er trifft meistens in die Schüssel, bespritzt aber die Wand, wenn seine Konzentration nachläßt. Lieber wische ich auf, als ihm diese eine Freude zu nehmen. Der Urin ist einigermaßen normal gefärbt, nicht blutig, aber er stinkt wie die Pest.
Wir essen nicht viel an diesem Abend. Pommes frites und Hamburger. Ich füttere ihm die Pommes frites einzeln und zerteile die Frikadellen in kleine Stücke. Er ißt etwa die Hälfte.
Um zehn Uhr bringe ich ihn ins Schlafzimmer. Ich habe den Raum zu seiner Sicherheit umgeräumt. Normalerweise ist alles in diesem Zimmer symmetrisch angeordnet. Das Bett steht mitten vor der Wand, rechts und links davon die Nachttische. Die Kommode ist auf der Seite meiner

Mutter, der Schrank auf Dads Seite. Die Zedernholztruhe steht am Fuß des Bettes, ein Schreibtisch vor dem Fenster. Diese Grundanordnung besteht in unserem Haus, seit ich denken kann.
Aber ich habe sie umgeändert. Ich habe beide Nachttische an eine Seite des Bettes geschoben. Dann habe ich das Bett mit einer Längsseite an die Wand gerückt und drei Eßzimmerstühle davorgestellt. So kann ihm nichts passiereren, hoffe ich. In der Klinik hatte er ein Gitterbett.
Ich ziehe Dad aus und helfe ihm in den Schlafanzug. Er wehrt mich nicht ab; er ist nervös und zappelig, aber er läßt mich bereitwillig Arme oder Beine anheben. Er ist sehr empfindlich, oder möglicherweise gehe ich ruppiger mit ihm um, als mir bewußt ist, denn bei dem Geschiebe, während ich ihm die Hosen ausziehe oder einen Arm in einen Ärmel stecke, stöhnt oder ächzt er mehrmals, als hätte ich ihm wehgetan.
Ich schiebe zwei Stühle zur Seite und bugsiere ihn behutsam aufs Bett. Nur mit Mühe erreiche ich, daß er lockerläßt und sich hinlegt. Ich halte seinen Kopf, bis er auf dem Kissen liegt. Er starrt mit weit aufgerissenen Augen an die rosa gestrichene Decke, er klappt kaum mit den Augenlidern, als beobachtete er sie angestrengt. Mir kommt der Gedanke, daß das Hinlegen ein größeres Ereignis für ihn ist. Vielleicht hat er die Fähigkeit verloren, Bewegungen im Raum zu kompensieren. Möglicherweise sieht er im Liegen alles, als sei es auf die Seite gekippt. Was früher oben war, liegt jetzt geradeaus für ihn, und er kann sich nicht umstellen. Wie eine Filmkamera, die man nach oben richtet. Ich versuche, mir das vorzustellen, mich irgendwie in ihn hineinzuversetzen.
Seine Augen haben angefangen, über die Licht- und Schattenmuster an der Decke zu wandern, als sei es eine vollkommen neue Welt, zumindest ebenso interessant, wie die auf die Seite gekippte Welt. Er scheint zu sehen, wie ein Kind sieht. Wenn er nicht mein eigener Vater wäre und ich gefühlsmäßig nicht so betroffen wäre, könnte es faszinierend sein. Es ist erstaunlich, mit welcher Intensität er sich dieser Welt zuwendet. Wahrscheinlich sieht er Formen, Schatten, Farben und Bewegungen auf eine ursprüngliche, subjektive Weise, wie ein Künstler sie zu sehen versucht, ohne daß ihm das jemals gelingt.
Ich lege ihn zurecht, verschränke ihm die Hände über der Brust und ziehe die Decken hoch. Um das Bett zu schonen, habe ich eine Plastiktischdecke unter das Laken gelegt; aber ich habe Zweifel wegen der Heizdecke. Kann er sich selbst umbringen damit, wenn er nachts ins Bett macht?

Ich nehme die Heizdecke ab und werfe mehrere normale Decken aus der Zedernholztruhe über ihn. Bevor ich ihn allein lasse, hole ich etwas Wasser, hebe seinen Kopf mit der Hand an und gebe ihm seine verordneten Medikamente und dazu fünf Milligramm von Moms Valium. Ich sage ihm gute Nacht und hoffe das Beste.

Ich ziehe mich im mittleren Zimmer für die Nacht um. Dann gehe ich noch einmal ins Wohnzimmer. Ich suche etwas zum Lesen; es ist nichts aufzutreiben außer dieser lausigen Hearst-Gazette, dem *Herald-Examiner.* Ich mache mir einen Imbiß, setze mich in den Schaukelstuhl und lasse mehrere Artikel über Morde, Vergewaltigungen und kommunistische Anschläge auf Amerikas Sittengefüge über mich ergehen. Nach einer halben Stunde sehe ich nach, was Dad macht. Ich spähe vorsichtig durch die Tür und versuche, kein Geräusch zu machen. Er ist verschwunden!

Ich bin fassungslos. Ich stoße die Tür ganz auf und knipse die Lichter an. Das Bett ist leer! Das Zimmer ist leer! Ich rase durch den Flur zurück und sehe ins Badezimmer. Niemand! Ich suche im mittleren Zimmer, aber da ist er auch nicht. Er ist wie vom Erdboden verschwunden! Ich besinne mich einen Augenblick lang und hole tief Luft. Ich sehe in der Küche nach, dann nochmal im Wohnzimmer.

Ich weiß nicht, was mich schließlich auf die Idee bringt, unter dem Bett nachzusehen, aber da steckt er. Er schläft nicht, er stöhnt da unten leise vor sich hin. Ich hätte ihn hören müssen, als ich hineinsah, aber ich war so mit Suchen beschäftigt, daß ich nicht hingehört habe. Er stöhnt und versucht, sich auf den Bauch zu wälzen. Er liegt auf der Seite und stößt mit der Schulter an die Bettfedern. Das Bett ist zu niedrig, und er kann sich nicht umdrehen.

Ich versuche, seine Füße zu fassen zu kriegen, aber er tritt nach meinen Händen. Ich kann ihn nicht auf den Rücken ziehen, weil er eingekeilt ist. Ich versuche, ihn am Arm zu zerren, aber er stöhnt noch lauter. Ich verkeile mich selbst da unten und bekomme Platzangst. Ich robbe rückwärts hinaus, um nochmal von vorn anzufangen.

Ich getraue mich nicht, das Bett zu verschieben, aus Angst, ihn zu zerquetschen. Ich versuche, eine Ecke anzuheben und hochzuhalten, in der Hoffnung, daß er sich dann auf den Bauch rollt. Aber als ich das Bett vorsichtig wieder herunterlasse, ist es noch schlimmer. Er liegt zusammengekrümmt wie ein Fötus auf der Seite und ist zwischen die Bettfedern eingezwängt. Er wimmert lauter und ächzt vor Schmerzen. Ich

hebe das Bett schnell wieder hoch.
„Dreh dich um, Dad, dreh dich um!“ brülle ich und muß das Bett wieder herunterlassen. Jetzt stöhnt und schreit er, ich zerquetsche ihn! Ich hebe das Bett an. Ich habe einen Bandscheibenschaden und weiß nicht, wie lange ich das aushalten kann.
Ich strecke einen Fuß aus und angle nach einem der Stühle. Ich rücke ihn zu mir heran und stemme das Bett gleichzeitig hoch, bis der Bettrahmen auf den Stuhl zu liegen kommt. Ich zittere am ganzen Leib und schwitze wie ein Schwein. Ich setze mich auf den Boden, um nach Luft zu schnappen.
Ich blicke hinunter; er liegt noch immer zusammengekrümmt da, aber das Bett lastet nicht mehr auf seiner Schulter. Ich kann nicht erkennen, ob er schläft, aber wenigstens stöhnt er nicht mehr. Ich überlege, ob ich die Bettdecken abnehmen und da unten um ihn legen soll. Falls er schläft, möchte ich ihn keinesfall wecken. Das Zimmer ist warm, und der Teppich ist dick, besonders unter dem Bett, wo nie jemand den Fuß hingesetzt hat.
Aber dann fängt er wieder an zu stöhnen. Ich ziehe mir das triefende Oberteil meines Trainingsanzuges über den Kopf. Ich prüfe, ob das Bett sicher auf dem Stuhl aufliegt. Zur Sicherheit klemme ich noch einen Stuhl darunter. Was für ein Bild, wenn uns jetzt jemand überraschte; so etwas könnte man unmöglich jemandem erklären! Ich rutsche zu ihm hinunter.
Ich schiebe mich ganz nahe an ihn heran und schmiege mich an seinen Rücken. Ich lege ihm die Arme um die Taille und fange an, ihn rückwärts herauszuziehen. Zentimeterweise rucke ich rückwärts und ziehe dabei an ihm und gebe auf die Stühle acht. Er leistet keinen Widerstand, stöhnt nur und krümmt sich noch stärker in seine Fötus-Haltung. Ich fürchte, daß ich zu stark an ihm zerre, er kommt mir so zart vor, daß ich ihn zerbrechen könnte. Sein Koordinationsvermögen ist hinüber, er könnte sich leicht einen Arm oder ein Bein verrenken, ohne daß ich es merke. Nach zehnminütigem Gestrampel sind wir draußen. Er ist noch immer zusammengekringelt. Seine Augen sind zugepreßt, fest zugepreßt.
Wir sind beide übersät von Schmutz- und Staubstriemen. Mutter mag eine der perfektesten Hausfrauen der Welt sein, aber kein Mensch staubt die Sprungfedern unter einem Bett ab, jedenfalls nicht mit siebzig.
Ich ziehe Dad den Schlafanzug aus und muß ihn verrenken und an ihm

zerren, um das Ding von seinen verkrampften Armen und Beinen herunterzubekommen. Ich ziehe die Stühle weg und lasse das Bett wieder auf den Boden. Ich nehme Dad in die Arme und richte ihn auf; er fängt an, sich zu entkrampfen. Ich bugsiere ihn ins Badezimmer.

Ich reibe ihn mit dem Schwamm ab, wische ihm den Schmutz von Kopf, Händen und allen anderen Stellen. Ich führe ihn ins Schlafzimmer zurück und setze ihn seitlich aufs Bett. Jetzt sind seine Augen weit geöffnet, die Pupillen stecknadelkopfgroß und verfolgen mich genau. Ich hole einen frischen Schlafanzug und wurstele ihn hinein. Es ist, als müßte man ein zehn Monate altes Riesenbaby anziehen.

Dann strecke ich ihn langsam wieder auf dem Bett aus und bette seinen Kopf aufs Kissen. Als er liegt, setze ich mich zu ihm und beobachte ihn. Er ist so unglaublich nervös; seine Lippen, der ganze Mund zucken; Finger und Hände zittern und fahren über den Rand des Lakens, das ich bis an seinen Hals hochgezogen habe. Er drückt totale Abwehr aus.

Ich renne schnell ins Badezimmer, fülle ein Glas mit Wasser und gehe zu ihm zurück. Er ist noch da, hat sich nicht gerührt. Ich hebe wieder seinen Kopf mit einer Hand an und schiebe ihm ein Valium zwischen die Zähne; noch eine Nutzungsmöglichkeit dieser Lücke, abgesehen von Weitspucken. Ich muß es da durchstecken, weil seine Kiefer fest zusammenpreßt sind. Er kaut und schluckt die Kapsel wie einen Bonbon. Ich schütte ihm sachte Wasser zwischen die Zähne, und er schluckt auch das. Ich hoffe, daß ich ihn nicht mit Valium umbringe. Was in Dreiteufelsnamen sollte ich bei einer gerichtlichen Untersuchung aussagen? Es sind nicht einmal *seine* Valium-Kapseln; sie gehören Mutter. Ich senke seinen Kopf behutsam aufs Kissen, schalte das Deckenlicht aus und setze mich neben ihn.

Ich schlafe ein, halbnackt, schmutzig. Als ich aufwache, liege ich halbwegs, den Kopf im Arm, auf dem Bett. Er schläft. Es tut so gut, ihn entspannt zu sehen, mit glattem Gesicht, vollkommen ruhig, in totenähnlichem Schlaf; aber er atmet. Er macht mir Hoffnung. In der Klinik habe ich ihn nicht ein einziges Mal so schlafen gesehen. Ich schleiche mich leise hinaus. Ich wasche mich im Badezimmer und breite meinen verschwitzten Trainingsanzug über der Duschvorhangstange zum Trocknen aus. Ich ziehe Jockey-Unterhosen und ein T-Shirt an und steige ins Bett. Es ist nach halb zwei.

Ich weiß nicht, was mich geweckt hat, jedenfalls ist es kurz vor fünf. Ich beschließe, nachzusehen, was er treibt. Auf Zehenspitzen gehe ich über den Flur nach hinten und versuche, die Schlafzimmertür leise zu öffnen. Sie geht nicht auf! Ich drücke sie so weit auf, daß ich den Kopf hineinstecken kann. Er liegt zusammengerollt auf dem Fußboden vor der Tür, zu meinen Füßen; Gesicht, Hände, Füße und Beine, alles ist mit Scheiße verschmiert! Der Gestank wirft mich beinahe um.

Einen Moment lang befällt mich Unsicherheit, ob ich weitermachen kann. Ein starker animalischer Drang, einfach die Tür zuzumachen und wegzulaufen, überkommt mich. Ich möchte so schnell und so weit wie möglich weglaufen, in ein Flugzeug steigen und nach Hause fliegen. Ich möchte Joan anrufen, die Klinik anrufen, irgend jemand anrufen und um Hilfe bitten.

Ich drücke die Tür vorsichtig auf. Dad brabbelt, mümmelt, zittert am ganzen Leib. Er ist eiskalt. Er schläft nicht. Als ich mich über ihn beuge, sieht er mich mit starrem Blick ohne ein Zeichen des Wiedererkennens an, als hätte jemand ein Licht angeknipst. Ich ziehe mein T-Shirt aus und nehme ihn auf die Arme. Wie gesagt, ich habe Rückenbeschwerden; ich staune über das, was ich da mache. Dad ist kein schwerer Mann, aber er wiegt doch rund hundertvierzig Pfund.

Ich lasse ihn in die Badewanne gleiten und stelle das Wasser an. Guter Gott, was für eine Schweinerei. Das Zeug klebt ihm auf dem Kopf, in den Schamhaaren, überall. Ich lasse die Wanne vollaufen und wasche ihn, so gut ich kann. Der Gestank erfüllt das Badezimmer. Mutter würde gleich zweimal in Ohnmacht fallen. Ich lasse die braune Soße ablaufen, als ich das meiste entfernt habe, und fülle die Wanne noch einmal. Ich spüle ihn ab und versuche abzuwischen, was bei mir, als ich ihn trug, an Brust und Armen hängengeblieben ist.

Dad beobachtet mich nur. Ich leere die Wanne und trockne ihn noch in der Badewanne ab. Ich wetze ins Schlafzimmer und schnappe mir seinen letzten sauberen Schlafanzug. Der eine ist staubbedeckt, der andere scheißeverschmiert. Dann hebe ich ihn aus der Wanne und setze ihn für alle Fälle auf die Toilette. Ich hätte gern, daß er vollkommen entleert ist; es kann nicht mehr viel dasein, aber ich möchte nichts riskieren.

Wir sind jetzt bei dem Flanellschlafanzug angekommen, den Joan ihm zum Geburtstag geschenkt hat.

Ich stolpere mit ihm zurück ins Schlafzimmer. Das Bett ist sauber, Gott sei Dank. Er muß vorher herausgefallen oder aufgestanden sein. Ich lege ihn aufs Bett, diesmal auf die Seite und in seiner Fötus-Stel-

lung. Vielleicht schläft er so am liebsten. Ich ziehe die Bettdecken hoch und beobachte ihn noch fünf Minuten lang. Er rührt sich nicht.
Ich gehe wieder ins Badezimmer, fülle einen Eimer mit warmem Wasser und schütte einen Becher voll Waschmittel hinein. Ich nehme eines der älteren, abgewetzten Handtücher und haste ins Schlafzimmer zurück. Er ist noch immer ruhig, aber ich kann nicht erkennen, ob er schläft. Der Gestank ist überwältigend. Ich stelle mich gewöhnlich nicht sehr an mit Dingen wie Kot, Müll oder Erbrochenem, aber das hier grenzt für mich ans Unerträgliche. Das Zeug ist überall. An den Wänden, den Holzverkleidungen, der Tür und, was das Schlimmste ist, auf dem Teppich. Ich schrubbe, wische und kratze. Mom hat immer so einen Horror vor Schmutz; aber, mein lieber Mann, das hier hat mit Schmutz nichts mehr zu tun. Fäkalien sind bei ihr sowieso ein besonderes Kapitel.
Ich selber bin nach Freudschen oder beinahe schon allgemeingültigen Kriterien ein analer Typ. Ich hebe gern alles auf, klammere mich an, bin ein Nestbauer, Haushalter und Bewahrer; aber mit gutem Grund, wie mir scheint.
Es muß gewesen sein, als ich zwei Jahre alt war – nicht einmal ganz zwei. Mutter brüstet sich gern mit dem Vorfall, und seltsamerweise kommt er mir, während ich diesen Schlamassel saubermache, wieder ganz klar ins Bewußtsein. Ehrlich gesagt, glaube ich nicht, daß ich mich jemals wirklich an dieses Ereignis erinnert habe, aber hier auf dem Fußboden, vor der Schranktür, fällt es mir wieder ein; ich erinnere mich – nicht an meine Mutter, wie sie die Geschichte erzählt –, sondern ich erinnere mich selber lebhaft daran, wie es tatsächlich ablief.
Diese Erinnerung zieht einen Vorhang beiseite und ermöglicht es mir, mich ein bißchen in Mom hineinzuversetzen. Ich hatte schon immer das Gefühl, daß ich mich eigentlich daran erinnern müßte, denn es muß ein fürchterlicher Schock gewesen sein, aber ich habe es nie gekonnt.
Meine Mutter hatte mich so gut abgerichtet, daß ich mit achtzehn Monaten „sauber" war. Eines Tages zog sie mir einen weißen Anzug an, ohne Windeln, und nahm mich zu einem Besuch bei ihrer Mutter und einigen ihrer Schwestern mit nach Süd-Philadelphia. Sie wollte sich mit mir produzieren: „Seht mal, lockige blonde Haare; und, da, bitte, keine Windeln mehr." Meine Mutter war zwanzig; das muß ich ihr zugute halten; immerhin war ich am Leben.
Mutter hat mich fertig angezogen und verschwindet kurz, um aufs Klo zu gehen oder sich zu pudern. Sie kommt heraus, und ich stehe mit

hochrotem Gesicht, lächelnd, breitbeinig und stolz da. Ich habe in die weißen Hosen gekackt. In ihrer Version heißt es an dieser Stelle: „Und ich kann euch sagen, ich hab ihm den Hosenboden versohlt wie noch nie. Ich hab die vollen Hosen genommen, sie ihm um den Kopf gebunden und ihn in den Flurschrank gesperrt."

Daran erinnere ich mich jetzt. Irgend etwas an der Kombination von diesem Gestank, der Holzverkleidung, der Tür und Dads Hilflosigkeit ruft alles wieder in mir wach. Ich flenne. Ich schrubbe und flenne. Mag sein, daß ich wegen Vater weine, aber ich glaube, daß ich meinetwegen weine, einen fünfzig Jahre alten Vorfall beweine. Mag sein, daß ich auch wegen Mom weine. Ich hoffe es. Ich verspüre so etwas wie den Wunsch, ihr zu sagen, daß ich es nie wieder tun werde.

Ich mache alles wieder so sauber wie irgend möglich. Ich entleere den Eimer in die Kloschüssel, wische die Badewanne aus, seife alles ein, spüle alles ab. Ich verteile Raumspray. Ich wechsle meine Jockey-Shorts und ziehe das T-Shirt wieder über. Ich gehe zu Dad zurück; er liegt noch zusammengerollt da. Ich bin todmüde. Es ist jetzt etwa halb sieben. Der Schlafmangel und die Anstrengungen gehen mir an die Nieren.

Diesmal werde ich es anders machen. Ich verbarrikadiere das Bett wieder mit Stühlen. Dann strecke ich mich auf dem Fußende seines Bettes aus und lege meine Hand auf seinen linken Fuß. Ich möchte ihn nicht anbinden. In dieser Stellung, zu seinen Füßen, schlafe ich ein. Als ich aufwache, ist es hell. Dad ist noch da. Ich sehe auf die Uhr, es ist beinahe neun. Er schläft.

Es stinkt noch immer alles penetrant nach Scheiße, deshalb gehe ich mich duschen. Ich bade nicht in der Wanne, obwohl ich sie mit Ajax geputzt habe. Ich könnte schwören, daß sich der Gestank in den feinen Härchen in meiner Nase festgesetzt hat. Ich dusche rasch, renne, während ich mich abtrockne, hin und her, um nach ihm zu sehen, putze mir die Zähne und ziehe mich an. Ich führe mich auf wie eine Mutter mit einem Neugeborenen. Jetzt weiß ich, wovon Vron spricht, wenn sie sagt, daß sie sieben Jahre lang nicht ein einziges Mal aufs Klo gegangen ist, ohne ein Baby auf dem Schoß zu haben.

Gegen zehn wacht Dad auf. Ich ziehe ihn an. Ich möchte versuchen, ihm sein Frühstück zu geben, als sei nichts gewesen. Ich setze ihn auf den Stuhl mit der Armlehne an seinem Tischende. Aber er ißt nichts; er spielt nur mit allem herum. Also füttere ich ihn. Er sträubt sich nicht; macht nur immer wieder den Mund auf. Wir bekommen zwei Eier hinunter, ein Stück Brötchen und Orangensaft; immerhin wird er heute nicht verhungern. Ich beobachte ihn aufmerksam. Wenn er die Hand nach irgend etwas ausstreckt, greift er daneben. Es ist fast, als sei er halb blind. Dann, wenn er sich korrigieren will, bewegt er die Hand prompt in die falsche Richtung.

Ich stelle den Plattenspieler an; diesmal lege ich Guy Lombardo auf. Dad interessiert sich genausosehr für den Tisch, die Tischbeine, das Muster der Tischdecke und, natürlich, den Teppich wie für das Essen. Er beugt sich immer wieder vor und versucht, den Boden zu berühren. Deshalb binde ich ihn, während ich den Abwasch mache, leicht mit dem Gürtel seines Bademantels an den Stuhl. Mir fällt nichts Besseres ein. Als ich das Geschirr abgeräumt und ins heiße Wasser gestellt habe, werfe ich einen Blick zu ihm und sehe, daß er sich so weit vorbeugt, daß er mitsamt Stuhl ins Kippen gerät. Ich stürze hinüber, so schnell ich kann, aber er schlägt mit Gepolter auf, bevor ich bei ihm bin. Er sieht verständnislos zu mir auf, vermutlich meint er, daß ich auf dem Kopf stehe. Er macht keinerlei Anstalten aufzustehen, wimmert nur.

Ich fühle mich entsetzlich. Ich binde ihn los und hebe ihn auf die Füße. Ich sehe ihn mir an und stelle fest, daß er an Hüfte und Ellbogen dicke blauschwarze Beulen hat. Ich hatte keine Ahnung, daß alte Menschen so leicht Blutergüsse bekommen. Die Leute werden denken, daß ich den eigenen Vater verprügle.

Es ist ein herrlicher, sonniger Tag. Ich mache den Abwasch fertig und bringe Dad auf die Terrasse hinaus. Das ist etwas, was Dad und Mom beide gern tun, draußen sitzen und sonnenbaden; es ist ein Stück wahrgewordener Traum. Ich lege ihn in einen der Redwood-Liegestühle, die er selbst gezimmert hat. Ich habe ihn mit Strickjacke, grauen Hosen, Socken, schwarzen Schuhen ausstaffiert, und er hat die Schirmmütze auf dem Kopf. Wenn man ihn nur daliegen sähe, würde man nie merken, daß irgend etwas nicht stimmt.

Ich lege mich in einen Liegestuhl neben ihn und fange an zu reden wie ein Buch. Ich versuche, mir alle meine Kindheitserlebnisse mit ihm ins Gedächtnis zu rufen. Ich stelle ihm Fragen, und wenn er nicht antwortet, rede ich einfach weiter. Ich spreche über seine Brüder, seine Schwestern, seine Mutter und seinen Vater, sämtliche Ereignisse aus seinem Leben, von denen ich weiß. Ich spüre, daß er anfängt zuzuhören; auf eine passive Art ist er dabei; aber ich glaube nicht, daß er versteht. Er lauscht, wie ein Hund oder ein Kind lauschen; nur dem Tonfall, ohne verstandesmäßiges Erfassen.

Ich schließe die Augen und lausche den Geräuschen. Erstes Insektengesumm und das Zwitschern von Erdfinken. Ich höre die Haustür knallen; wahrscheinlich Johnny, der vor der Schule die Hühner füttern geht. Ich sollte lieber voranmachen und das Wasser da raufschaffen.

Es vergeht über eine Stunde, bis er sich regt und zu sprechen versucht. Ich beuge mich dicht über ihn. Er spricht mit einer tiefen, heiseren Stimme und stottert heftig. Es ist, als müßte er die Laute gewaltsam ausstoßen.

„Sie werden sich über uns ärgern, wenn wir hierbleiben. Wo ist der Besitzer des Hauses?"

Es ist ein so phantastischer, aberwitziger Satz aus seinem Mund; aber immerhin etwas, Worte mit einem Zusammenhang. Dennoch bricht es mir das Herz. Er hat dieses Haus selbst gebaut, Nagel für Nagel, von Grund auf, Fundamente, Rahmenwerk, Elektro- und Sanitärinstallationen, alles, was dazugehört. Jetzt meint er, es gehörte jemand anders. Er kann diesen einen, einzigen sichtbaren Beweis dafür, daß er überhaupt gelebt hat, nicht für sich in Anspruch nehmen.

Er streckt zaghaft eine zitternde Hand aus und klopft mir leicht aufs Knie, sehr sanft; ich spüre es kaum, eine geisterhafte Berührung. Er hebt den Kopf wieder, blickt nach links und nach rechts, dann in den Himmel empor. Er scheint beinahe an der Luft zu schnuppern, wie die Waldmurmeltiere es in meiner Vorstellerung immer Anfang Februar am Groundhog Day tun, um festzustellen, wie lange der Winter noch dauert. Er beugt sich noch einmal zu mir und flüstert aufgeregt.

„Sie werden uns im hohen Bogen hier rauswerfen. Komm, wir gehen lieber."

Ich lege meine Hand auf seine Hand und versuche, ihm in die Augen zu sehen; die Pupillen sind leicht vergrößert, aber er will mich nicht ansehen.

„Immer mit der Ruhe, Dad, das Haus gehört dir. Keiner wird uns rauswerfen. Das ganze Grundstück gehört dir."

Er wirft mir einen raschen, verstohlenen Blick zu; ein schwaches Lächeln zuckt über sein Gesicht. Ich kann nicht erkennen, ob das Lächeln bedeutet „Ach wirklich, ist das nicht herrlich?" oder „Du bist wohl übergeschnappt."

Das ist unser einziger Kontakt an diesem Vormittag. Während der übrigen Zeit spreche ich meistens mit mir selber. Dad hat früher einmal eine kleine Lautsprecheranlage fabriziert, um die Musik vom Plattenspieler auch draußen auf der Terrasse hören zu können. Ich gehe hinein und lege einen großen Stapel Bing Crosby, Perry Como und die Hawaii-Musik auf. Dad und Mom haben eine ausgesprochene Schwäche für nachgemachte Hulahulamusik. Wir hören Bing Crosby „Sweet Lailani" singen und dann irgend etwas mit einer kleinen Schilfhütte. Dad scheint sich zu lösen; er schläft zwischendurch sogar hin und wieder ein. Aber jedesmal, wenn er aufwacht, überfällt ihn dasselbe nervöse Zittern.

Gegen zwei mache ich Mittagessen; ich kann ihm den größten Teil des Biers einflößen, und er verdrückt ein ganzes Sandwich. Ich sterbe fast vor Hunger, deshalb genehmige ich mir zwei Sandwiches und ein zweites Glas Bier. Ich langweile mich zu Tode. Das hört sich schrecklich an, aber es ist die Wahrheit. Mir ist schleierhaft, wie Menschen, die so etwas beruflich machen, bei der Stange bleiben. Es ist so entmutigend, und ich bin von Natur aus kein sehr ausdauernder Typ.

Um drei bringe ich ihn zum Mittagsschlaf hinein. Während ich wieder seinen Fuß festhalte, schläft er ein. Ich denke mit Schrecken an die kommende Nacht.

Diesen Abend kann ich Dad dazu bewegen, eine vernünftige Portion zu essen, aber er trinkt kaum. Ich sorge mich, daß er austrocknen könnte. Es ist mühsam, ihm Flüssigkeit einzuflößen, und er hat offenkundig Durchfall. Ich habe versucht, ihm Kakao zu geben, und hätte ihn beinahe verbrannt dabei, ein unglückliches Zusammentreffen seiner zittrigen Bewegungen und meiner Unbeholfenheit beim Füttern.

Ich setze ihn angelehnt in den Schaukelstuhl vor dem Fernseher. Ich renne hin und her, räume ab und spüle und lasse ihn nicht aus den Augen.

Wieder geht die vertrackte Geschichte mit dem Teppich los. Er ist auf den Boden hinuntergeglitten und kriecht auf allen vieren umher und versucht, das Muster und die wabernden Fernsehschatten zu pflücken. Ich setze mich auf Mutters Stuhl und sehe ihm zu. Er kriecht auf den Knien zum Kaffeetisch, wo er eine Vase mit künstlichen Blumen untersucht. Er geht sehr behutsam damit um, betastet sie leicht, mustert sie, versucht zu begreifen. Ich rede wie ein Wasserfall, erkläre ihm die Dinge, die er sich ansieht, aber er reagiert nicht.

Dann kniet er sich auf den Boden und legt Kopf und Schultern auf das Sofa. So verharrt er fast zehn Minuten, bis ich meine, er könnte eingeschlafen sein. Ich schleiche hinüber und sehe ihm in die Augen; sie sind weit geöffnet, die Lider bewegen sich nicht. Gott, bin ich froh, daß Mom nicht hier ist und das mit ansehen muß! Ich wünschte, ich müßte es auch nicht!
Ich sitze am Eßzimmertisch, von wo aus ich ihn im Auge behalten kann, und schreibe einen Brief an Vron. Ich erzähle ihr, daß Dad operiert worden ist und daß ich deshalb länger dableiben muß. Ich schreibe, daß ich Dad versorge, seit er nicht mehr in der Klinik ist. Dann kann ich mich nicht mehr bremsen und lasse die Katze aus dem Sack. Ich bin den Tränen nah und schreibe diesen Brief, obwohl ich weiß, daß es unfair ist.
Nach dem Brief rufe ich Joan an. Ich möchte sie nicht beunruhigen, deshalb sage ich nur, es ginge alles gut. Ich erzähle, Dads Zustand habe sich kaum verändert, aber wir kämen schon klar. Sie sagt, Mom würde mit Maryellen oft Herzblatt spielen; bisher noch keine nennenswerte Szene mit Mario.

Mir graut vor der Nacht. Irgend etwas ist vorige Nacht mit mir passiert. Ich habe keine Angst vor der Dunkelheit. In der Beziehung habe ich wirklich Glück, ich bin gern allein im Dunkeln, fühle mich wohl darin; Dunkelheit hat für mich etwas Beruhigendes. Billy hat Angst vor der Dunkelheit und Jacky auch. Auf Marty wirkt sie lähmend.
In unserer Mühle hatten wir das Klo lange Zeit unten im Keller. Marty weigerte sich, hinunterzugehen, wenn nicht jemand mit ihr kam. Sie hatte einen Dracula-Film gesehen, als sie etwa vierzehn war, und der ging ihr ziemlich nahe. Hinterher hängte Marty sich sogar ein Kruzifix über das Kopfende ihres Bettes. Sie ist nicht gläubig, aber sie hatte ein Kruzifix. Ich bin überzeugt, wenn ich in der Lage gewesen wäre, ihr ein Gewehr mit einer Silberkugel zu besorgen, hätte sie es beim Schlafen unters Klopfkissen gelegt.
Dieses Kruzifix beeindruckte Mom stark, als sie uns einmal mit Dad zusammen in Paris besuchte. Sie war schon immer beunruhigt gewesen über den Mangel an Religiösität in unserer Familie. Wir haben bei uns noch nie das Herz Jesu oder Palmzweige über frommen Bildern an die Wände drapiert – all die Utensilien einer erzkatholischen Familie. Aber Marty hatte ein Kruzifix über dem Bett, also konnten wir nicht rettungslos verloren sein.

Jetzt fange *ich* an, aus den Augenwinkeln, knapp außerhalb meines Gesichtsfelds, Dinge zu sehen. Immer wieder drehe ich ruckartig den Kopf um. Ich bin richtig schreckhaft geworden.
Ich ziehe Dad aus und setze ihn hoffnungsvoll auf die Toilette, aber es kommt nichts. Ich ziehe ihm den Schlafanzug über und bringe ihn nach hinten ins Schlafzimmer. Er bekommt nicht mit, was mit ihm geschieht, er ist ganz woanders.
Ich lege ihn ins Bett. Was kann ich tun, um die Katastrophen der letzten Nacht zu vermeiden? Ich beschließe, mich auf einen Stuhl neben ihn zu setzen und zu lesen. Das einzige Buch, das ich im ganzen Haus auftreiben kann, ist ein Buch über die verschiedenen Methoden, sich psychisch aufzurichten, wenn man kurz vor dem Durchdrehen ist. Moms Ratgeber in allen Lebenslagen. Es wimmelt von Gemeinplätzen, aber es ist nicht schlecht, in leicht verständlichem Stil geschrieben, gar nicht so abwegig; eine Art psychotherapeutische Erste Hilfe.
In dieser Nacht fängt Dad zum ersten Mal an, in die Luft zu greifen, als flögen Schmetterlinge vor seiner Nase herum. Er faßt mit den Fingern sehr sacht, sehr zart nach oben und versucht, etwas in der Luft zu erhaschen. Es ist nichts da, soweit ich sehen kann, aber er verfolgt es mit den Augen und umschließt es behutsam mit den Fingern, wie ein Kind, das in einem Sonnenstrahl nach tanzenden Stäubchen faßt.
Ich lege das Buch beiseite und bette meinen Kopf dicht neben seinen Kopf auf das Kissen. Er fährt fort, seine anmutigen klaubenden Bewegungen zu machen. Ich versuche zu sehen, was er sieht. Was es auch sein mag, wonach er greift, er erwischt es nicht. Er greift mit der ungehaltenen Geste danach, die man macht, wenn man vergeblich versucht, ein Fadenende durch ein Nadelöhr zu ziehen. Was es auch für Dinge sein mögen, er bekommt sie nicht zu fassen. Aber er beklagt sich nicht; gibt nur zwischen klappernden Zähnen und zuckenden Lippen schnatternde Laute von sich; er sagt nichts, drückt nur äußerste Konzentration aus. Ich schiebe meine Hand über die seine, während er hascht, streichelt, zugreift.
„Was ist das, Dad? Was siehst du da?"
Er sieht mich nicht an. Seine Augen fixieren eine Stelle etwa einen halben Meter vor seinem Gesicht.
Wenn man jemanden neben sich hat, der etwas sieht, was man nicht sieht, fängt man an, sich selber unsichtbar zu fühlen.
Zuerst knipse ich das Deckenlicht an; vielleicht bewirkt das dämmrige

Licht eine Art Halluzination. Er hält kurz inne und starrt auf das Licht, dann fällt sein Blick auf eines seiner „Dinger", und er faßt danach, indem er die Hand vorsichtig millimeterweise näherschiebt.

Ich knipse das Deckenlicht wieder aus. Es läßt ein paar Sekunden lang nach, dann fängt es wieder an.

Ich schalte die Nachttischlampe aus und warte ab, was passiert. Im Halbdunkel beobachten wir einander. In dem restlichen Licht kann ich erkennen, daß er nicht mehr um sich greift. Was er auch immer zu erhaschen versucht, es fliegt jedenfalls nicht bei Dunkelheit. Ich lausche seinem zittrigen, brabbelnden – „bebebebedebgegbebe –"

Gott, ist das schaurig! Ich fahre ihm mit der Hand über die Stirn und über den Arm, der über der Bettdecke liegt. Er ist so angespannt, als lauerte er kurz vor einem Hundert-Meter-Sprint bei „Auf die Plätze" auf den Startschuß. Man könnte anhand seines angespannten Körpers gut eine Anatomiestunde veranschaulichen. Derartige Muskeln würde man eigentlich einem geschwächten alten Mann gar nicht zutrauen. Außerdem habe ich nicht viel Erfahrung im Befühlen von Armen oder Schultern eines Mannes. Abgesehen davon, daß ich hin und wieder die männliche Gestalt skizziert oder gemalt habe, weiß ich, abgesehen von meinem eigenen Körper, praktisch nichts über die Beschaffenheit eines männlichen Körpers. Er fühlt sich ziemlich anders an als der einer Frau. Ich streichle ihn so, vielleicht eine Viertelstunde lang, und das Brabbeln läßt nach. Im Dunkeln kann ich nicht erkennen, ob er schläft. Ich beuge mich zu ihm; sein Atem geht flach, aber ich kann es nicht mit Sicherheit feststellen.

Ich angle nach hinten und knipse die Bettlampe an. Er starrt mich an, als das Licht aufleuchtet. Irgendwie hat er in der Dunkelheit die ganze Zeit über genau gewußt, wo meine Augen waren. Er durchbohrt mich mit seinen blicklosen Stecknadelkopfaugen. Er sieht mich genauso an, wie er irgendeinen Gegenstand, einschließlich seiner Schmetterlinge, ansehen würde. Sein Blick drückt keinerlei Erkennen aus, nur eine vage Neugierde. Es ist, als hätte er den Wunsch, zu verstehen oder etwas zu erfahren, aber keinerlei Erwartung, das zu schaffen. Er sieht mich so an, wie ich in einer sternklaren Nacht die Milchstraße ansehen würde, unfähig, das, was ich sehe, mit dem, was ich weiß, zur Deckung zu bringen.

Ich lächle; aber das sagt ihm nichts. Er beobachtet mich und scheint befriedigt zu sein, solange ich mich nicht zu rasch bewege. Nach einer halben Ewigkeit klappt er ein paarmal mit den Augenlidern. Dann fangen sie an zu flattern und fallen langsam zu, so wie die Sonne hinter einem Berg untergeht. Er wirkt wie tot, wenn sie halb geschlossen sind und die Pupillen unter den Lidern nach oben rutschen. Ich lausche seinen Atemgeräuschen, und er fängt an, lange, stolpernde Atemzüge zu machen. Ich lehne mich zum Lesen auf dem Stuhl zurück, aber ich kann mich nicht konzentrieren. Ich wechsle hin und her zwischen besorgtem Wachen und Einschlafen. Dazwischen scheint mein Bewußtsein sich nirgends wohlzufühlen.

Dann geht es mir durch den Kopf: Was ist, wenn ich einschlafe? Ich möchte ihn nicht noch einmal auf dem Fußboden vorfinden. Was soll ich tun? Ich kann ihn nicht allein lassen, und ich kann nicht die ganze Nacht so sitzen bleiben. Ich beschließe, mich zu ihm ins Bett zu legen. Vielleicht tut es ihm gut, jemanden in seiner Nähe zu spüren. Er hat praktisch sein Leben lang mit einem anderen Menschen zusammen geschlafen; es muß eine erschreckende Veränderung sein, allein zu schlafen.

Ich schiebe ihn zur Wand, um ihm den Weg nach draußen zu versperren, ziehe meinen Schlafanzug über, strecke mich auf dem Rücken aus und lausche seinem Atem. Es dauert nicht lange, bis ich einschlafe.

Ich wache erschrocken auf. Was mich aufweckt, ist sein Geruch. Er kauert auf Händen und Knien über mir. Ich liege flach auf dem Rücken, und er hockt auf mir, sein Kopf ist unmittelbar über meinem Kopf. Er sieht mir im Dunkeln direkt ins Gesicht, berührt meine Nase fast mit seiner Nase.

Ich fahre so heftig zusammen, daß unsere Köpfe aneinanderstoßen. Ich brauche einen Augenblick, um mich zu besinnen, wo ich bin, was vor sich geht. Ich packe ihn an den Schultern und wälze ihn vorsichtig zurück auf seine Seite. Mein Herz macht blubablubalub im Dunkeln, und ich bin überzeugt, daß sich bei mir ein Herzinfarkt anbahnt. Gott im Himmel, wieviel Belastung kann ein zweiundfünfzig Jahre altes Herz verkraften? Ich bin vollkommen durchgedreht.

Dad liegt verkrampft neben mir. Ich stelle die Bettlampe wieder an und sehe zu ihm hinüber. Er erwidert meinen Blick mit starren leeren Augen, dann macht er sich wieder über die Schmetterlinge her. Großer Gott!

Ich stehe auf und gehe ins Badezimmer. Auf dem Rückweg rieche ich

noch immer den Gestank von gestern.
Er hascht noch immer nach seinen Schmetterlingen. Ich lege mich neben ihn, atme langsam und versuche, mich wieder zu beruhigen. Plötzlich habe ich des Rätsels Lösung. Er pflückt das Muster von der Tapete an der gegenüberliegenden Wand. Seine Wahrnehmung ist gestört, und er sieht das Blumenmuster vor seinem Gesicht hängen. Er pflückt Blumen. Ich sehe ihm noch eine Weile zu, dann weiß ich es ganz sicher.
Ich wälze mich aus dem Bett und nehme eines der weißen Laken aus der Zedernholztruhe. Ich hänge es über die zwei kleinen Fotos an der Wand. Das eine zeigt Joan als Drittklässlerin, ein Bild aus der Zeit, als sie in Philadelphia auf die St. Alice's School ging. Sie preßt die Daumen auf den Schultisch, der vor ihr steht. Auf dem anderen Foto bin ich, siebte Klasse, nämliche Haltung. Die beiden Bilder hängen an dieser Wand, seit meine Eltern vor über fünfundzwanzig Jahren in dieses Haus eingezogen sind. Ich drapiere das Laken so darüber, daß es die ganze Wand verdeckt. Dann lege ich mich neben Dad ins Bett.
Er hört fast augenblicklich auf. Was kann bloß mit seiner Wahrnehmung passiert sein?
Ich drehe mich auf die Seite und lege ihm meinen Arm um den Brustkorb. Auf diese Weise werde ich merken, wenn er sich bewegt. Ich spüre, wie sein Körper sich verkrampft, erschauert, zuckt, ausschlägt; wie ein Hund, der träumt.
Ich kann nicht einschlafen, immer, wenn er sich gerade zu beruhigen scheint und ich wegdämmere, fährt er zusammen, strampelt mit einem Fuß oder schlägt mit einem Arm um sich. Aber irgendwann muß er aufgehört haben, denn ich schlafe endlich doch noch ein. Ich bin soweit, daß ich auf einem Haufen Nägeln schlafen könnte.
Wieder wache ich auf, diesmal von einem Schwinger aufs Auge! Er hat vermutlich heftig ausgeholt und mir den Arm übers Gesicht gehauen. Meine Nase blutet, meine Lippe ist aufgeplatzt. Er hat mir ein ganz nettes Ding verpaßt.
Ich gehe ins Badezimmer und sehe in den Spiegel. Ich kann mich auf ein blaues Auge gefaßt machen. Die Nase hört auf zu bluten, die Lippe ist innen im Mund aufgeplatzt. Es ist acht Uhr; ich habe nicht das Gefühl, überhaupt geschlafen zu haben.
Aber Dad ist neun Stunden lang im Bett gewesen und hat die meiste Zeit geschlafen; immerhin etwas. Als ich wieder ins Schlafzimmer komme, ist er wach. Ich geleite ihn ins Badezimmer. Er hält sich selber aufrecht,

und ich muß ihn nur führen. Er geht aufs Klo und entleert Blase und Darm. Ich werde mich nie daran gewöhnen, einem erwachsenen Mann den Hintern abzuwischen. Ich eigne mich nicht zur Krankenschwester. Eine neue Erfahrung mit mir selber. Ich bringe ihn wieder ins Schlafzimmer und helfe ihm beim Anziehen. Es geht ihm besser als am vorherigen Abend, er ist mehr bei der Sache. Er hilft sogar ein bißchen nach mit den Hemdärmeln und stemmt sich hoch, so daß ich ihm die Hosen überziehen kann.

Ich gebe ihm sein Frühstück, schaffe ihn auf die Terrasse nach draußen, bringe ihn auf einem der Liegestühle unter und stelle die Musik an. Währenddessen rede ich ununterbrochen, aber es kommt kein Echo. Mein Geplapper hat für ihn nicht mehr Bedeutung als das Keckern eines Eichhörnchens.

Dann, irgendwann am Nachmittag, ich weiß nicht, was die Wende herbeiführt, setzt er sich aufrechter hin und nimmt seine Umgebung zur Kenntnis. Er wendet sich mir zu und sieht mir mit einem verschmitzten erkennenden Zwinkern direkt in die Augen. Überrascht beuge ich mich vor, und er deutet in den Garten.

„Mandy ist nicht mehr auf der Weide, Ed."

Wer ist Ed, wer ist Mandy, was für eine Weide? Meine Gedanken überschlagen sich. Mehr kommt nicht; dann nickt er ein paarmal mit dem Kopf, als bestätige er sich selbst, eine Gewohnheit, die er schon immer hatte, dann lehnt er sich zurück. Ich denke nach. Ed muß sein Bruder sein, genau ein Jahr älter als Dad. Sie wuchsen als Farmerssöhne miteinander in Wisconsin auf.

Es ist sicher das beste, ich spiele einfach mit.

„Keine Bange, Jack; ist nicht schlimm."

Ich möchte, daß er dabeibleibt. Ich warte. Dann, etwa eine Viertelstunde später:

„Gib mir mal den achtzehner Schraubenschlüssel da rüber, Jim."

„Gut."

Er beginnt das mühsame Unterfangen, zwei Dinge zusammenzufügen. Er hält etwas Unsichtbares in der Linken und preßt etwas Unsichtbares in seiner Rechten dagegen. Er preßt aus Leibeskräften und knirscht dabei mit den Zähnen. Er preßt mal von der einen, mal von der anderen Seite, vor Anstrengung keuchend und mit höchster Konzentration.

„Na, klappt's?"

Aber er schindet sich nur weiter und gibt keine Antwort.

Das sind die zwei großen Augenblicke dieses Tages. Ich bringe ihn auf einen Mittagsschlaf ins Haus und lege mich wieder zu ihm. Ich schlafe und weiß nicht, ob er auch schläft oder nicht. Er versetzt mir keine Hiebe, nichts, es sind uns zwei friedvolle Stunden vergönnt.
Danach koche ich, und wir essen zu Abend. Dann stelle ich den Fernseher an. Diesmal lasse ich das Licht brennen. Ich lege ihn in seinem Schaukelstuhl zurecht und setze mich hinter ihn. Ich schaukele seinen Stuhl, wie man eine Babywiege schaukeln würde, so wie er es früher immer selber gemacht hat; er hielt den Stuhl mit leichtem Körperdruck immer in Bewegung, während er fernsah. Ich möchte die ursprüngliche Situation wiederherstellen, so gut es geht.
Aber es hilft nichts. Er fängt wieder an, sich nach vorn zu beugen, dann läßt er sich auf Hände und Knie fallen. Er jagt wieder seinen Phantomen nach und klaubt die Muster vom Teppich. Er kriecht den Flur entlang ins Badezimmer. Er guckt in die Toilettenschüssel wie ein Hund; es fehlt nur, daß er den Kopf hineinsteckt und säuft. Er stemmt sich am Waschbeckenrand hoch und starrt sich im Spiegel an, ohne eine Bewegung, ohne irgend etwas zu tun; starrt sich nur wie gebannt an. Dann greift er nach den beiden Kalt- und Warmwasserhähnen und zerrt daran. Er versucht nicht, sie aufzudrehen, rüttelt nur daran. Ich führe ihn wieder ins Wohnzimmer und setze ihn auf seinen Stuhl.
Es fängt alles wieder von vorn an. Er verfällt auf die fixe Idee, Türrahmen zu inspizieren, immer wieder. Ich sehe zu und versuche, mir ein Bild von dem zu machen, was in seinem Kopf vorgeht.

Seidige, körnerbesetzte Kolben, jedes schimmernde Haar mit einem Korn verbunden. Behutsam drücke ich in jeden Kolben ein paar Tropfen Öl. Manche Halme tragen vier oder fünf, das gibt eine gute Ernte.
Der Himmel ist heiß, aber der Boden an meinen Füßen ist noch feucht, vor Sonne und Wind geschützt. Die glänzenden, blauschillernden, grünen, breiten Blätter und die pollenschweren Rispen stehen hoch aufgerichtet um mich her. Vorsichtig, ganz langsam, bahne ich mir einen Weg durch meinen selbstgemachten Dschungel und schüttele frischen Pollen in die offenen Narben wartender Griffel. Eine sanfte Brise kommt auf. Ich bleibe stehen und lausche dem rasselnden Klappern von Staubblüten und gewundenen Blättern, die sich gegeneinanderbewegen.

Was kann mit ihm los sein? Wer ist dieser Riesensäugling? War er als

Kind so? Ist er wieder da angekommen ohne Erinnerung an sein übriges Leben? Ist davon nichts mehr da? Kann ein ganzes Leben so mir nichts, dir nichts verlorengehen? Es ist, als sei jemand mit einem gigantischen Magneten über die Magnetbänder eines Computers gefahren und hätte alles gelöscht. Computer und Bänder sehen noch genauso aus wie vorher, aber es ist nichts mehr darauf gespeichert.

Er bleibt auf dem Fußboden vor dem Fernsehapparat liegen, hingestreckt wie ein Indianer aus einem Wildwestfilm. Soll ich ihn aufwekken? Was soll ich tun? Es fällt mir so schwer, Entscheidungen zu treffen. Ich hole ein paar Decken und lege sie über ihn. Sachte, um ihn nicht zu wecken, schiebe ich ihm ein Kissen unter den Kopf. Er schläft tief.

Ich werde mich in den Stuhl setzen und auf ihn aufpassen. Ich schließe die beiden Außentüren ab, ziehe die Jalousien zu. An den Wohnzimmerausgängen zu Küche und Flur sind keine Türen, aber ich schließe sämtliche Türen im Flur. So kann ich mich einigermaßen sicher fühlen, selbst wenn ich doch eindösen sollte.

Außerdem treffe ich sämtliche Sicherheitsvorkehrungen, die man für kleine Kinder trifft. Ich räume den Kaffeetisch und alle niederen Abstellflächen ab, entferne den ganzen Krempel, mit dem er sich verletzen könnte. Ich lehne mich im Schaukelstuhl zurück, rufe Joan an und sage ihr, daß alles in Ordnung sei. Sie sagt mir, daß Mom sich anständig benehme und daß Mario ihr aus dem Weg gehe. Ich lege auf und bleibe keine fünf Minuten wach.

Als ich aufwache, ist er wieder verschwunden! Im ersten Schreck will es mir gar nicht in den Kopf. Ich versuche, keine Panik aufsteigen zu lassen. Er kann ja nicht weit sein; wahrscheinlich ist er in der Küche. Ich gehe nachsehen, aber sie ist leer. Ich gehe durch die Küche und sehe in den Flur. Er ist nicht da. Die Türen zu Schlafzimmern und Badezimmer sind noch zu. Ich wetze durch den Flur und sehe in sämtlichen Räumen nach. Er ist nicht zu sehen.

Herr des Himmels, das ist doch gar kein so großes Haus, es dürfte nicht einmal hundert Quadratmeter haben. Ich kontrolliere rasch die vordere und die hintere Haustür; sie sind noch abgeschlossen. Dann renne ich wieder nach hinten und sehe unter seinem Bett nach; ich gucke hinter die Tür; gucke in den Wandschrank, unter die Zedernholztruhe, in die Kommode. Ich verliere langsam die Nerven. Was soll ich Mutter und Joan sagen, wenn er mir entwischt ist?

Ich gehe ins mittlere Schlafzimmer und sehe auch unter diesem Bett, in diesem Schrank, unter allen Möbeln nach. Ich bin drauf und dran, die Schubladen in den Kommoden aufzuziehen und darin nach ihm zu suchen. Ich renne in die Küche, sehe unter den Tisch, in den Backofen. Ich gehe wieder ins Wohnzimmer. Ich suche hinter der Couch, hinter dem Sessel. Eine andere Möglichkeit gibt es nicht. Es ist wie in einem dieser Krimis mit verschlossenen Räumen. Was geschah mit der Leiche? Die ist auf und davon, das ist der Witz; vielleicht sogar mitten durch eine Wand. Vielleicht ist er unsichtbar geworden! *All* das spukt mir durch den Kopf. Die Geschichte mit den „unsichtbaren Schmetterlingen" verfolgt mich.

Ich lasse mich in den Schaukelstuhl fallen. Soll ich die Polizei anrufen? Nein, das muß ich selber lösen. Ich mache ein paar Yoga-Vollatmungen. Ich stehe wieder auf und überprüfe sorgfältig noch einmal eine Tür nach der anderen. Er kann unmöglich hinausgelangt sein, die Haustürverriegelung ist noch zu. Selbst wenn er plötzlich wieder in den Vollbesitz seiner Kraft und seines Verstandes gelangt wäre, die Türen aufgemacht hätte, hinausgegangen wäre und die Türen hinter sich geschlossen hätte, wäre es ein Ding der Unmöglichkeit, die Haustür von außen wieder zu verriegeln!

Dann fällt mir eine Tür ein, hinter der ich nicht nachgesehen habe. Links im Flur, gleich hinter der Küche und noch vor der Badezimmertür befindet sich eine Lamellentür, die in einen winzigen Abstellraum, etwa einen halben mal einen Meter groß, führt, in dem die Heizung untergebracht ist. Darin werden auch Staubsauger und Besen verwahrt. Ich muß meinen ganzen Mut aufwenden, um diese Tür aufzumachen.

Ich öffne sie, ohne ernstlich zu erwarten, daß er da drin ist. Es ist lediglich der einzige Ort, der noch übrigbleibt.

Da steht er, mit dem Rücken zu mir, vollständig angezogen, über die Heizung gebeugt. Ich weiß nicht, wie er die Tür hinter sich zugekriegt hat. Ich habe keine Ahnung, wie lange er schon da drin ist, aber lang genug, um die Hosen voll zu haben. Erstaunlich, daß mir der Geruch nicht in die Nase stach; aber die Härchen in meiner Nase sind eben noch immer davon überzogen.

Ich stehe in der Tür, mein Herz klopft wie wild, und ich habe ein seltsam leichtes Gefühl im Kopf.

„He, Dad, was machst du denn da?"

Beim Klang meiner Stimme wendet er sich mir zu. Er blickt einige Sekunden lang durch mich hindurch, dann dreht er sich wieder zur

Heizung. Ich nehme ihn sanft am Arm und führe ihn zum Badezimmer. Er sträubt sich nicht aktiv, aber ich spüre einen unterschwelligen Widerwillen. Er würde gern in dem Abstellraum bleiben.
Es ist halb drei Uhr nachts. Ich ziehe ihn aus, mache ihn sauber, lasse die Badewanne voll und werfe seine verdreckten Sachen hinein. Ich wasche ihn ab, so gut es geht, und ziehe ihm den frischgewaschenen Schlafanzug an. Ich führe ihn nach hinten ins Schlafzimmer. Ich bin am Rande der Verzweiflung; es würde mir nicht schwerfallen, zu heulen wie ein Schloßhund.
Jetzt stehe ich, halb an die Wand gelehnt, mit Dad im Arm im Flur und getraue mich nicht, die Schlafzimmertür aufzumachen. Das Türenöffnen wird für mich allmählich zum traumatischen Erlebnis. Ich sage mir, daß ich Joan unbedingt am Morgen anrufen muß. Ich brauche eine Erholungspause.
Dad bleibt steif liegen, als ich ihn endlich ins Zimmer und aufs Bett geschafft habe. Er liegt plappernd und wimmernd da oder jault sporadisch auf wie ein junger Hund. Was soll ich machen? Ich denke daran, seine Hände anzubinden, damit er mir nicht wieder eine knallen kann. Mein Gesicht ist geschwollen und fühlt sich wund an. Ich bin absolut nicht scharf darauf, nochmal eine gewischt zu kriegen. Ich hole meinen Trainingsanzug ins Schlafzimmer und ziehe mich um, während ich ihn beobachte und hoffe, daß er einschläft. Ich klettere zu ihm ins Bett. Diesmal mache ich es, wie ich es sonst mit meiner Frau mache.
Vron hat die Angewohnheit, mir im Bett den Rücken zuzudrehen, und ich schmiege mich an sie, schiebe meine Knie in ihre Kniekehlen und lege einen Arm um sie. Ich schlafe nicht die ganze Nacht so, aber so fange ich an.
Es ist für mich der Inbegriff der Behaglichkeit, mit jemand anders zusammen zu schlafen. Mit einem anderen Menschen zu schlafen, ist eine der großen Freuden des Lebens, vielleicht sogar eine Lebensnotwendigkeit. Ich glaube, daß die Menschen erst in jüngster Zeit angefangen haben, allein zu schlafen. Das Einzelbett und getrennte Schlafzimmer sind wahrscheinlich zum Teil verantwortlich für unser angsterfülltes Leben.
Besonders grausam ist es, von Kindern zu verlangen, daß sie allein schlafen. Ein Kind erlebt Zeit anders, länger.
Und Dad ist gegenwärtig wie ein Kind. Ich schlafe mit ihm. Klein wie er ist, kommt er mir doch monströs vor. Ich habe noch nie mit einem Mann

geschlafen. Ich habe zwar schon in kleinen Militärzelten oder Schützenlöchern mit anderen in Löffelstellung geschlafen, aber wir steckten in getrennten Schlafsäcken, und man spürte einander nicht unmittelbar, nur als unförmige Masse. Der Geruch ist anders, das Körpergefühl, die Höhe der Schultern, der Brustumfang, die Härte überall, das Gefühl von Kompaktheit; es ist etwas vollkommen anderes.
Aber ich denke, daß ich ihn schon unterkriege, wenn ich muß. Wir schlafen! Er schläft; ich schlafe! Wir schlafen die ganze Nacht durch wie die Murmeltiere. Ich rühre mich nicht, und er auch nicht. Mein Gott, tut das gut!

Als ich um neun aufwache, schläft er noch und schnarcht leicht. Ich schäle mich vorsichtig aus dem Bett. Er liegt wieder eng zusammengekrümmt auf der Seite. Ich ziehe ihm die Bettdecken über die Schultern. Ich lasse ihn so lange schlafen, wie er möchte. Und wenn er sechsunddreißig Stunden durchschläft, mir soll es recht sein. Ich fühle seinen Puls, er ist langsam und regelmäßig. Ich gehe ins Bad, wo die dreckigen, stinkenden Klamotten noch in der Wanne liegen. Vielleicht hatte ich gehofft, die Heinzelmännchen würden sie auswaschen. Ich lasse heißes Wasser ein, rubbele und spüle, bis das Wasser klar ist und nicht mehr gelb. Dann hänge ich die Sachen hinten auf die Leine. Ich scheuere die Wanne aus und lasse sie beinahe randvoll laufen. Zwischendurch sehe ich immer wieder rasch nach Dad; er schläft wie ein Stein. Ich lasse mich in die Wanne gleiten und versuche, mich zu entspannen.
Nach zehnminütigem Vollbad kontrolliere ich wieder, was er macht, und ziehe mich an. Ich mache mir ein Frühstück nach *meinem* Geschmack; drei Eier mit ein paar Streifen kanadischem Schinken und mit Käse überbacken. Ich richte Dads Medikamente; allmählich geht es auf elf Uhr zu. Ich sehe regelmäßig bei ihm nach, aber er schläft noch immer. Ich mache den Abwasch, räume das Haus auf, fege Wohnzimmer, Küche, Badezimmer und Flur. Ich kehre die Terrasse. Es ist beinahe Mittag.
Allmählich fange ich an, mir Sorgen zu machen. vielleicht hat er einen Schlaganfall gehabt. Vielleicht liegt er im Koma. Womöglich habe ich ihm nicht genug zu essen und zu trinken gegeben, und er stirbt.
Ich rechne nach, daß er seit über zwölf Stunden schläft. Die Zeit, die er im Abstellraum über die Heizung drapiert verbrachte, nicht mit eingerechnet.

Leise gehe ich ins Schlafzimmer, schiebe die Vorhänge beiseite und ziehe die Jalousien auf. Sie sind immer fest geschlossen; selbst bei Tag muß man da hinten Licht anmachen. Anscheinend ist es eine fixe Idee von armen Leuten, zu meinen, daß Schlafzimmer immer dunkel sein müssen. Vielleicht hat es mit Spät- und Nachtschichtarbeit in der Fabrik zu tun. Dad hat das zu seiner Zeit zur Genüge mitgemacht. Soviel ich mich erinnere, hat er die meiste Zeit, die er in Kalifornien verbrachte, Spätschicht gearbeitet. Oder vielleicht sind verdunkelte Schlafzimmer in Irland oder Frankreich Sitte.
Ich möchte aber Licht und Luft in den Raum lassen, sonst werden wir den Durchfallgestank nie wieder los. Außerdem möchte ich die finsteren, bösen Geister verjagen und gute Feen und Sonne hereinlassen.
Ich setze mich vors Fenster. Die Sonne strömt herein, und ich knöpfe mein Hemd auf; den Kopf an die Wand gelehnt, döse ich auf dem Stuhl ein.

Als ich wieder aufwache, ist es zwei Uhr nachmittags. Er ist wach, ich weiß nicht, wie lange schon. Er liegt auf dem Rücken. Er zittert und krampft nicht mehr, seine Augen wirken entspannter; aber dann merke ich, daß sein Gesicht naß ist. Er liegt mit dem Kopf auf dem Kissen und weint. Sein ganzes Gesicht ist naß von Tränen. Sie rollen ihm über die Backen. Ich trete näher. Auch das Kissen ist durchnäßt. Es ist ein lautloses Weinen, kein Schluchzen, nur ein lang anhaltendes, unkontrolliertes Weinen.
Ich streiche ihm mit der Hand über den Kopf, dann lege ich meine Hand auf seine Hand. Zum ersten Mal ergreift er meine Hand und hält sie fest.
„Was ist los, Dad? Es ist doch alles in Ordnung."
Er weint noch heftiger. Er weint heftig, herzzerreißend, und dann schluchzt er. Er sieht mich nicht an. Seine Augen sind offen, starr an die Decke gerichtet, und er stößt tiefe, krampfartige Schluchzer aus. Ich rede unentwegt mit ihm, streichle die eine Hand, während er mit der anderen meine Hand umklammert.
Was ist das nun wieder? Was ist der Auslöser? Ich hebe und schiebe ihn behutsam an die Bettkante, damit ich ihn anziehen kann, und dabei weint er ununterbrochen. Es passiert einem nicht oft, daß man von einem Mann ein so tiefes, unhysterisches Schluchzen hört.
Ich mummele ihn ein und nehme ihn mit nach draußen auf die Terrasse. Er legt den Kopf an die Lehne und weint. Ich sehe einen Augenblick lang

zu und gehe dann ins Haus, einen Imbiß holen. Ich fühle mich vollständig hilflos. Ich schmiere rasch ein Käsebrot und trage es mit einem Glas Bier hinaus. Dad hat sich nicht von der Stelle gerührt und weint noch immer. Er wird noch austrocknen vor lauter Tränen.
Ich kann ihn nicht zum Essen bewegen. Er macht den Mund nicht auf, und wenn ich ihm ein Stück Brot in den Mund mogle, kaut er nicht. Er wehrt das Essen nicht ab, er beachtet es einfach nicht, nimmt es nicht zur Kenntnis. Ich versuche, ihm Bier einzuflößen, und ertränke ihn beinahe. Er gibt den Durchgang zum Magen nicht frei, es fließt in seine Luftröhre. Ich werde ihm noch eine Lungenentzündung anhängen! Ich sitze eine halbe Stunde lang neben ihm, halte seine Hände und hoffe, daß es aufhört, daß er es sich, was es auch sein mag, von der Seele weint. Aber es geht ununterbrochen weiter.
Ich renne ins Haus und schleppe den Nebenanschluß mit ins Freie, so daß ich auf den Stufen sitzen und ihn im Auge behalten kann, während ich spreche. Ich rufe Joan an. Sie muß übersinnliche Kräfte haben; noch bevor ich den Mund aufmache, noch bevor sie überhaupt weiß, daß *ich* es bin, sagt sie: „Was ist los, Jack? Was hat er?"
„Joan, ich habe keine *blasse* Ahnung, was los ist; er weint unentwegt. Er ist weinend aufgewacht und hat seither nicht mehr aufgehört zu weinen."
„Guter Gott! Kann ich irgend etwas tun?"
„Könntest du rüberkommen, Joan? Ich bin mit meinem Latein am Ende."
„Gut, ich bin gleich da. John und Maryellen müßten beide bald nach Hause kommen. Sie können auf Mom aufpassen. Hast du Dr. Ethridge schon angerufen?"
Ich höre Joan zu und beobachte Dad. Er achtet überhaupt nicht auf mich oder auf das, was ich mache.
„Gute Idee, Joan. Ich werde Ethridge anrufen. Es widerstrebt mir, dich damit zu behelligen. Aber ich bin offenkundig nicht zum Krankenpfleger geboren. Glücklicherweise hatte ich noch nie in Krankenhäusern zu tun; ich glaube, wenn ich nur einen Monat lang mit Anormalen zu tun hätte, hätte ich bald den größten Dachschaden von der ganzen Station."
„Er ist dein *Vater*, Jack. Selbst *Ärzte* können ihre eigenen Familienangehörigen nicht vernünftig behandeln."
Es ist so wohltuend, ihre besonnene, ruhige Stimme zu hören. Ich möchte gar nicht wieder aufhängen.

„Also gut, Joan, ich werde Ethridge anrufen und auf dich warten. Während du hier bist, kann ich vielleicht einkaufen gehen und ein bißchen Wäsche machen. Ich habe keine Unterwäsche und keine Socken mehr."
„Ich bringe mit, was ich gewaschen habe; von dir sind auch ein paar Sachen dabei. Ich werde gegen vier dasein; dann schaffe ich es gerade noch vor dem Feierabendverkehr."
„Gut, aber fahr vorsichtig. Wir können keine Notfälle mehr gebrauchen. Die Notfallstation ist voll belegt."
„Na gut, ‚Glucke Jack'. Ich werde aufpassen."
Sie lacht leise vor sich hin. Ein sanftes, zufriedenes Lachen hat etwas so Wohltuendes, es ist wie Balsam, auch wenn sonst alles drunter und drüber geht. Wenn ich dieses Lachen konservieren oder aufnehmen könnte und durch die Flure psychiatrischer Einrichtungen schallen ließe, wären sie wahrscheinlich innerhalb von drei Monaten schon zur Hälfte leer.
Ich ziehe die Karte mit der Perpetual-Telefonnummer heraus und wähle Ethridges Nummer. Dad liegt noch immer weinend vor mir.
Nachdem ich wie üblich von Pontius zu Pilatus weiterverbunden worden bin, bekomme ich ihn an den Apparat; ich sage Ethridge, daß ich Dad auf Dr. Santanas Geheiß mit nach Hause genommen habe. Ich bekomme eine sehr kühle Antwort; er sitzt noch immer auf dem hohen Roß und spielt den „großen Boss".
„Dr. Ethridge, ich weiß auch nicht warum, aber mein Vater weint ununterbrochen. Er weint schon den ganzen Tag. Er ißt nichts und reagiert nicht."
Es entsteht eine kleine Pause.
„Macht er einen depressiven Eindruck?"
Das ist vermutlich eine naheliegende Frage, aber sie hört sich idiotisch an. Nein, Herr Doktor, er ist nicht depressiv, er weint bloß.
„Das kann man wohl sagen, Doktor. Er macht einen schrecklich depressiven Eindruck."
„Nun, das klingt ganz so, als sollten wir es einmal mit Elavil versuchen; das dürfte ihn umstimmen. Derlei schwere Depressionen sind nach chirurgischen Eingriffen bei älteren Leuten nicht selten."
Er redet, als ginge es um einen jungen Hund, der Würmer hat.
„Mr. Tremont, wenn Sie herüberkommen wollen, werde ich in der Klinikapotheke ein Rezept für Sie hinterlegen lassen."

Seine Stimme hört sich nach „Basta" an, und ich lasse ihn aufhängen. Ich bleibe einige Minuten mit dem Hörer in der Hand sitzen, unfähig, mich zu bewegen. Ich fühle mich ausgestoßen. Ich brauche noch mehr von Joans heilsamem Lachen. Ich setze mich draußen auf der Terrasse zu Dad und nehme seine Hand. Ich habe Hawaii-Musik angestellt und ziehe mein Hemd aus, um noch ein bißchen Sonne abzubekommen. Irgend etwas muß mir diese ganze Geschichte bringen, und wenn es nur eine braune Hautfarbe ist. Ich halte Dads Hand in meiner Hand und stelle mir vor, ich säße auf einem Schiffsdeck und führe in die Flitterwochen nach Hawaii. Ich werde eindeutig langsam plemplem!

Joan trifft ein und hat saubere Wäsche und einen hausgemachten Braten dabei. Ich berichte ihr, was Ethridge gesagt hat. Sie greift es gleich auf und bittet mich, die Medikamente sofort zu holen.

Sie setzt sich neben Dad, sieht ihn weinen und bricht selber in Tränen aus. Sie hält seine Hände fest und versucht, seine Aufmerksamkeit auf sich zu lenken, aber er sieht sie nicht an. Nur als sie ihn küßt, reckt er ihr wie immer die gespitzte Schnute entgegen. Es geschieht beinahe instinktiv, so wie ein Baby zu saugen anfängt, sobald man seine Lippen berührt. Dads Lippen bleiben auch nach dem Kuß noch ein paar Sekunden lang gespitzt. Abgesehen von der Schnute bleibt sein Gesichtsausdruck unverändert.

Die Situation mit Mutter bei ihr zu Hause würde langsam unerträglich, sagt Joan. Mom hat Mario die Doppelrolle von Mafiachef und Nero zugeteilt. Sie nennt ihn einen „Großkotz" und putzt ihn andauernd vor den Kindern herunter. Joan weiß nicht, wie lange sie noch verhindern kann, daß Mario der Kragen platzt. Ihrer Meinung nach ist Mutter unfähig, in irgendeiner Gemeinschaft zu leben, ohne sie zu dominieren.

„Weißt du, Jack, wenn Mom doch dreißig Jahre später auf die Welt gekommen wäre, dann hätte sie eine hervorragende Feministin abgegeben."

Ich schildere ihr einige meiner Erlebnisse mit Dad. Sie ist voller Mitgefühl, lacht, wenn es komisch ist, und legt mir ihre Hand auf den Arm und weint bei den traurigen Stellen. Dad sitzt neben uns und weint fast lautlos vor sich hin. Kaum zu glauben, daß ein Mensch so lange ununterbrochen weinen kann. Er weint meines Wissens seit über drei Stunden.

Ich brause zur Klinik und hole das Elavil ab. Als ich zurückkomme, sitzt Joan dicht neben Dad. Sie schüttelt den Kopf.

„Das ist ja schrecklich, Johnny. Er will mich einfach nicht ansehen. Er ist wie ein kleiner Junge, der unartig war und ein schlechtes Gewissen hat. Was kann bloß los sein?"

Ich zerdrücke zwei Elavil-Tabletten in einem Glas Wasser. An ganzen Tabletten würde er mit Sicherheit ersticken. Ich weiß nicht, was ich Joan erwidern soll. Sie betrachtet mich als denjenigen in der Familie, der etwas von Psychologie verstehen sollte. Ich weiß absolut nicht, was los ist, kann es mir nicht erklären. Joan beugt Dads Kopf nach hinten, ich halte ihm die Nase zu, und wir schütten ihm die Medizin langsam zwischen die Zähne; glücklicherweise schluckt er diesmal.

Ich setze mich und warte ab. Ich habe keine Ahnung, wann die Wirkung von dem Zeug einsetzen kann. Joan ist im Haus und bereitet das Abendessen zu. Nach etwa fünfzehn Minuten hört Dad zu weinen auf. Die Tränen scheinen auf seinen Augen zu trocknen. Er schluchzt nicht mehr und fängt wieder mit den schnatternden, schnappenden Lippenbewegungen an. Er wird von kurzen Krämpfen geschüttelt, als reagiere er auf kleine Schmerzanfälle.

Ich brülle.

„Mensch, Joan; sieh dir das mal an. Diese modernen Medikamente sind unglaublich. Keine halbe Stunde, und er hat aufgehört zu weinen. Er scheint nicht mehr traurig zu sein."

„Aber glücklich wirkt er auch nicht. Er sieht aus, als würde sich ein regelrechter Krieg in seinem Kopf abspielen."

Etwa zehn Minuten danach wird er – ach, es läßt sich kaum beschreiben. Er reagiert überempfindlich auf jeden Laut, jede Lichtveränderung, die kleinste Regung, einfach alles. Sogar die eigene Atmung versetzt ihn in Aufruhr. Er befindet sich in einem permanenten Erregungszustand; sämtliche Körperteile sind in Bewegung, vibrieren, zucken, winden sich.

Es ist wie damals in Kalifornien, als unsere Waschmaschine sich aus der Verankerung losriß und ich versuchte, sie zu bändigen. Die Maschine bockte wie wild, während ich mich mit ihr herumschlug und Vron zubrüllte, daß sie den Stecker herausziehen sollte.

Ich beuge mich über ihn, um ihn festzuhalten. Ich fürchte, daß er seine Kräfte vollkommen verausgabt. Er hat den ganzen Tag noch nichts gegessen und verpulvert Kalorien wie ein Wahnsinniger.

„Mein Gott, Joan! Das Zeug hat ihn vielleicht aufgeputscht. Vielleicht soll Elavil so was bewirken, aber für ihn ist das garantiert nicht gut."

Joan umschlingt mit ihren Armen seine Beine. Wir reden beide auf ihn

ein, versuchen, ihn zu beschwichtigen, und halten ihn dabei unablässig fest.
Ich muß ihm eine Beruhigungstablette geben, bevor er vollkommen aus den Fugen gerät; so kann er nicht lange weitermachen. Ich laufe hinein und hole ein Valium aus Mutters Zimmer. Wir zerdrücken es und flößen ihm etwas davon durch die Zähne ein. Ich messe seinen Blutdruck. Er beträgt zweihundertzwanzig zu hundertzehn. Sein Puls rast, daß ich die Schläge nicht zählen kann, nur noch ein Flattern.
Joan bleibt bei ihm, während ich die Klinik anrufe und mich zu Ethridge durchkämpfe. Ich berichte ihm, was vor sich geht und was ich bisher unternommen habe.
„Mr. Tremont, wer hat Ihrem Vater den Blutdruck gemessen?"
„Ich, Dr. Ethridge."
„Halten Sie sich etwa für einen Arzt?"
Irgendwie scheint sich dieser Fatzke dadurch, daß ich Dads Blutdruck gemessen habe, von mir bedroht zu fühlen. Dann wischt er mir gleich noch eine aus.
„Und sind Sie überhaupt befugt, Medikamente zu verordnen, Mr. Tremont?"
Der Augenblick scheint mir gekommen, ihn ein bißchen anzuschwindeln. Ich denke gar nicht lange darüber nach, ich tue es einfach.
„*Doktor* Tremont, Herr Dr. Ethridge. Ja, ich habe allerdings die Befugnis, etwas zu verordnen. Das gehört durchaus zu meinen Rechten als Mitglied der American Psychological Association. Im übrigen mißfällt mir Ihr Verhalten ausgesprochen, Dr. Ethridge, es ist zweifellos unethisch und in einer derartigen Notsituation unangemessen."
Eigentlich bin ich schon seit über zwanzig Jahren nicht mehr in der APA. Eine der kleinen Annehmlichkeiten, die ich sausenließ. Einen Augenblick lang herrscht Schweigen. Ich gebe ihm ein bißchen Zeit, aber er sagt nichts.
„Alles, was ich im Augenblick von Ihnen will, Dr. Ethridge, und zwar so rasch wie möglich, ist eine Empfehlung, was wir tun können, um die Wirkung des Elavil gegenzusteuern, das *Sie* telefonisch verordnet haben."
Ich spüre, daß ich einen wunden Punkt getroffen habe. Noch eine lange Schweigepause. Wenn er aufhängt, liefere ich ihm eine Schießerei, das schwöre ich.
„Nun, Mr. Tremont, Ihr Verhalten mißfällt mir genauso. Was Ihren

Vater betrifft, sollten Sie vielleicht erst einmal abwarten, bis er sich beruhigt hat oder wieder depressive Symptome zeigt, bevor Sie ihm noch mehr Elavil geben. Das Valium, das Sie ihm gegeben haben, sollte sedierend wirken, aber nun wird er höchstwahrscheinlich wieder depressiv werden. Probieren Sie es aus, bis Sie einen vernünftigen Mittelweg gefunden haben. Wenn das nicht funktioniert, müssen Sie ihn wieder herbringen."

Es ist ratsam, das Telefonat abzubrechen, bevor ich ihm sage, was ich denke.

Es dauert eine Zeitlang, aber langsam läßt Dads Spannungszustand nach. Joan und ich sitzen bei ihm und reden mit ihm oder miteinander. Wir kommen zu der Erkenntnis, daß es so nicht weitergehen kann. Da Mom sich bei Joan zu Hause wie eine Verrückte aufführt und es mit Dad überhaupt nicht besser wird, sind wir aufgeschmissen. Es gibt nicht nur keinerlei Anzeichen für eine Besserung, sondern Dad läßt körperlich und geistig sogar nach. Ich kann ihn zwar nicht wiegen, weil er auf der Waage einfach nicht stillsteht, aber er wird zusehends weniger. Seine Ellbogen und seine Knie sehen aus wie Kugellagerpfannen, und seine Muskeln werden immer schmächtiger.

Wir beschließen, ihn wieder in die Klinik zu bringen. Ich rufe an und bereite sie auf unsere Ankunft vor.

Aber vorher wollen wir ihn saubermachen. Trotz all meiner Fürsorge riecht er einfach. Meine Großeltern hatten diesen Geruch an sich, als ich als kleiner Junge in Philadelphia bei ihnen zu Besuch war. Ein Geruch, der sich für mich mit Alter verbindet: nach altem Schweiß, Verstopfung und angetrocknetem Urin. Vielleicht ist es gar nicht so schlimm mit Dad, aber Joan und ich haben eine zwanghafte Mutter, deshalb müssen wir ihn waschen, bevor wir ihn in die Klinik bringen. Es ist uns peinlich, daß er riecht.

Wir nehmen die Plastikunterlage vom Bett und breiten sie auf dem Wohnzimmerboden aus. Wir ziehen ihm seine Sachen aus und drehen die Heizung auf. Er legt sich hin und läßt uns widerstandslos machen, sieht nur zu. Joan nimmt einen Arm und reibt ihn mit einem Waschlappen, Seife und warmem Wasser ab; dann nimmt sie sich den anderen vor; er läßt es einfach zu; weder macht er mit, noch sträubt er sich, er sieht ihr nicht einmal zu. Joan wäscht ihm die Hände, reibt die Haut zwischen den Fingern, reinigt seine Fingernägel und schneidet sie.

Ich tue dasselbe mit seiner unteren Partie. Ich wasche ihm Zehen,

Zehenzwischenräume und Fußsohlen. Ich schneide ihm die Zehennägel mit der großen Nagelschere vom Nachttisch. Ich wasche ihm den Schritt, wische ihn hinten ab und schiebe die Vorhaut zurück, um seinen Penis sauberzumachen. Dabei hebe und senke ich seine Beine genauso, wie man es bei einem Baby tun würde. Es fällt mir so schwer, das mit Dad in Zusammenhang zu bringen.
Wir ziehen ihm einen frischen Schlafanzug und seinen Frotteebademantel an. Wir bekommen ihn nur mit vereinten Kräften in den Schlafanzug. Er hat derartige Ausfallserscheinungen, daß er nicht nachhelfen kann. Er kann auch nicht gehen. Er ist nicht in der Lage, einen Fuß vor den anderen zu setzen. Er steht nur da und taumelt.
Joan macht in ihrem VW-Campingbus ein Bett für ihn zurecht. Ich raffe ihn an mich und trage ihn hin. Joan steigt vorn ein, und ich bleibe auf der Fahrt bei Dad auf der Bettkante sitzen und versuche, ihn zu beruhigen. Während dieser ganzen Prozedur ist er nervös, schnattert mit den Lippen und fixiert uns auf hilflose Weise mit den Augen oder stiert auf den nächstbesten Gegenstand vor seiner Nase.
Als wir die Klinik erreichen, renne ich herum und fahnde nach einem Rollstuhl, aber als sie herauskommen und sehen, in welcher Verfassung Dad ist, bringen sie eine Krankenliege. Wir rollen ihn in die Ambulanz. Zwei Ärzte und eine Schwester bemühen sich sofort um ihn. Während sie arbeiten, erkläre ich ihnen die Situation. Sie geben ihm unverzüglich eine intravenöse Infusion. Der diensthabende Arzt ist ein teilnahmsvoller junger Bursche. Es stellt sich heraus, daß Dads Harnstoffwert erhöht ist; das Blutbild sieht nicht gut aus; er verliert eindeutig zuviel Flüssigkeit. Der Bluthamstoffwert, erklärt der Arzt, zeigt die Konzentration von Stickstoff und Harnstoff im Blut an.
Sie meinen, Dad müsse in der Klinik bleiben. Wir unterschreiben die notwendigen Formulare. Dad hat in der Zwischenzeit ein Sedativum bekommen und wirkt etwas entspannter. Wir bleiben bei ihm, bis sie ihn nach oben rollen. Wir küssen ihn zum Abschied, aber er schläft.
Als wir nach Hause kommen, essen Joan und ich miteinander, was sie vorbereitet hat. Dann fahre ich in Mutters Wagen hinter Joan her in Richtung San Fernando Valley. Wir sagen Mom, daß es Dad plötzlich schlechter gegangen sei und wir ihn deshalb wieder in die Klinik geschafft hätten.
Das löst eine Riesenszene aus. Wenn wir ihn nur ihr überlassen hätten, wäre alles gutgegangen. Sie fehlt ihm, sonst nichts.

„Schließlich ist er *mein* Mann! Ihr Grünschnäbel habt ja keine Ahnung, was für ein zartfühlender Mann er ist; er kann nicht ohne mich auskommen. Jetzt habt ihr die Bescherung."
Joan und ich nicken und pflichten ihr bei; noch einen Herzinfarkt können wir nicht brauchen. Es kostet nicht viel, Mom dazu zu überreden, mit mir nach Hause zu kommen. Man könnte meinen, der Aufenthalt bei Joan sei eine Art Buße gewesen, die ihr für die Herzinfarkte auferlegt wurden: fünf Vaterunser, zehn Ave Maria und eine Woche bei deiner Tochter.
Ein Glück, daß Mario nicht daheim ist; sie läßt kein gutes Haar an ihm. Ich nehme an, daß Mario dagegen allmählich mehr oder weniger abgehärtet ist, aber man kann von niemand verlangen, sich mit solchem Unsinn abzufinden.
Joan tut mir leid. Es tut bestimmt weh. Ich weiß aus eigener bitterer Erfahrung, daß es wehtut. Ich weiß auch, daß diese Art von Gift selbst in gute Beziehungen eindringt; man kann es gar nicht restlos tilgen. Mom besitzt gerade genug amateurhaftes psychologisches Geschick, um Anflüge von Unzufriedenheit oder Verletzlichkeiten herauszuspüren und darauf herumzureiten. Aber sie muß sich vorsehen; oder besser noch, ich bringe sie am besten so schnell wie möglich von hier weg.

Ich fahre sie nach Hause. Es wird schon spät, und sie hat noch nichts gegessen. Mir ist auch nicht nach Kochen zumute, und ich möchte Mutter auch nicht in der Küche haben, deshalb führe ich sie in eines ihrer Lieblings-Restaurants, ein mieses Lokal namens The Williamsburg Inn. Ich kann ohne weiteres ein zweites Abendessen verdrücken, besonders wenn ich abgespannt oder deprimiert bin oder mich unter Druck fühle. Dieses Williamsburg Inn ist ein protziges Kolonialstil-Restaurant, Ecke National und Sawtelle Street in West Los Angeles. Es hat eine rote Backsteinfassade mit weißem Fachwerk und spillerige nachgemachte Holzsäulen vor einer schmalen Veranda. Es steht sogar einer dieser unerträglichen kleinen Figuren von einem schwarzen Jungen in rotem Anzug mit Knickerbockers davor, an der man sein Pferd anbinden kann. Herrgott, es gibt nicht ein einziges Pferd im Umkreis von zig Kilometern, aber es leben viele Schwarze hier.
Und dann der ganze superpatriotische Mumpitz: amerikanische Flagge, wohin man sieht. Fünfzigfach vergrößerte Faksimiles der Unabhängigkeitserklärung an den Wänden nebst rund zwanzig Kopien des Stuart-

schen George-Washington-Porträts. Die Kellnerinnen stecken in tief dekolletierten Kostümen nach Art von Martha Washington. Diese Mädchen werden sicherlich nach ihrer Oberweite ausgesucht. Das ganze Lokal ist von einer undefinierbaren antischwarzen Atmosphäre durchdrungen, es riecht nach Südstaaten, nach Hurrapatriotismus.
Höchstwahrscheinlich haben sie einige nicht sehr feine Methoden, jeden Schwarzen, der sich hier hereinverirren könnte, hinauszuekeln, mit Kleinigkeiten, auf die man gar nicht so genau den Finger legen könnte: kleinere Portionen, überwürztes Essen, schleppende Bedienung – derlei Niederträchtigkeiten.
Normalerweise ist Mutter begeistert von Restaurants dieser Art. Sie macht dann Bemerkungen wie: „Da trifft man auf so einen netten Menschenschlag“ oder „Es ist so *kultiviert*“.
Aber heute ist sie in Meckerlaune. Nichts ist ihr gut genug. Nichts ist mehr so, wie es einmal war. Juden müssen das Lokal gekauft haben. Der Drink vor dem Essen taugt nichts; es ist überhaupt kein Alkohol drin, bloß neckische Eisstückchen, Wasser und Früchte. Was ist daran so neu? Dazu wurde der Cocktail ja erfunden; die Leute können sich einbilden zu trinken, ohne zu viel Alkohol zu sich zu nehmen.
Dann ist die Bedienung dran. Das arme Mädchen, dessen Brüste uns praktisch auf die Teller hängen, kann es Mutter nicht recht machen.
Das Essen ist allenfalls mittelprächtig und teuer. Bei jedem neuen Gang höre ich mir Mutters Genörgel an. Ich lasse sie reden; sie hat ihren Spaß, und es lenkt sie wenigstens von Dad ab. Ich höre mir zum wiederholten Mal sämtliche Einzelheiten ihrer Reise nach Williamsburg in Virginia zu den Barlittles an. Das muß vor zehn Jahren gewesen sein, und ich habe es sicher schon fünfmal gehört. Williamsburg ist eine Ortschaft, die von den Rockefellers so hergerichtet wurde wie nie zuvor, damit die Leute vergessen, das Geld zurückzuverlangen, das ihnen mit krummen Ölgeschäften aus der Tasche gezogen wurde.
Als wir nach Hause kommen, sage ich Mutter, daß ich draußen im Gartenzimmer schlafen werde. Ich führe ihr das Notrufsystem vor, das Dad eingerichtet hat, und erkläre es ihr. Sie will wissen, warum ich nicht drinnen im Haus schlafe. Wenn ich sage, daß ich im mittleren Schlafzimmer schlafen möchte, würde sie mich mit Sicherheit im Gartenzimmer haben wollen. Ich weiß das. Ich bin nicht raffiniert genug, um mit Mom fertig zu werden. Aber ich kann schlafen. Mom übersteht die Nacht ohne Komplikationen.

Aber am nächsten Tag muß ich sie verschiedene Male davon abhalten, unsinnige Dinge zu tun, die ihren Tod bedeuten könnten. Außerdem will sie es mir nicht abnehmen, daß ich eine Mahlzeit kochen kann.
Für Mom ist es der schlimmste Affront, wenn ihrer Meinung nach alles schiefgeht, das heißt, wenn irgend jemand anders ohne ihre Hilfe etwas richtig macht. Das hört sich etwa so an:
„Mein Gott, sieh mal einer an, was mein dussliger Sohn alles kann, er kann ein Ei kochen! Wer hätte das gedacht? Ich wußte gar nicht, daß du so viele Talente hast, Jacky. Eines Tages wirst du von den über fünfzigjährigen Männern auf der Colby Lane noch der beste Wasserkocher sein."
Im Laufe der Essensprozedur machen wir davon etliche Versionen durch.
Danach gehen wir zum Fernsehen ins Wohnzimmer. Mutter setzt sich auf Dads Stuhl, an den ich einen Hocker für ihre Füße gezogen habe. Sie hat die Angewohnheit, Beine oder Füße übereinanderzulegen, und der Arzt hat ihr eingeschärft, daß das für die Durchblutung nicht gut ist. Es gehört zu den Dingen, die Herzpatienten nicht tun sollen. Sie vergißt es immer wieder, und ich erinnere sie immer wieder daran. Ich achte mehr auf ihre Füße als aufs Fernsehen. Wahrscheinlich möchte ich mich für die Kränkungen beim Essen revanchieren.
Auch die besserwisserischen Kommentare beim Abwasch waren überwältigend. Ich weiß zufällig, daß sie eine schlampige Abwäscherin ist, schlampiger als ich, und das will etwas heißen. Aber man hätte meinen können, dieses Geschirr sollte für eine Gehirnoperation keimfrei gemacht werden.
Gegen elf werde ich so müde, daß ich schlafen gehe. Sie sitzt noch immer auf dem Stuhl und behauptet, sie sei noch nicht müde. Ich habe keine Lust, mit ihr zu streiten.

11

Am nächsten Morgen will Billy endlich selbst fahren. Sei's drum. Er soll spüren, daß ich ihm vertraue. Wenn wir einen Unfall haben, werden wir noch schnell die Plätze tauschen, bevor wir sterben.
Heute geht es auf der Ostseite der Rockys hinunter, das wird eine langweilige Fahrerei werden. Wir fahren früh los, aber wie früh man auch aufbricht, man hat immer eine Lastwagenschlange vor sich. Wegen der Paßhöhe nehmen nicht allzu viele Lastwagen die Route 70, aber es sind noch immer genug; deshalb ist es eine Tortur, und die Straße ist nicht breit genug zum Überholen.
Ich mache es zur eisernen Regel, daß nicht überholt wird, wenn wir uns nicht einig sind. Ich bin schon mit Billy gefahren. Außerdem bin ich jetzt für die Musik zuständig. Ich will mich nicht über seinen Fahrstil aufregen und gleichzeitig „Bobby Boy" anhören müssen, wie er mir mit seinem näselnden Singsang weiszumachen versucht, daß er als einziger den Sinn des Lebens entdeckt hat.
Es ist ein herrlicher Tag. Vom Paß, der auf dreitausendsechshundert Metern liegt, lassen wir uns im Sonnenschein durch die Kurven bergabwärts tragen; mächtige Bäume und Felsen, klare Bäche, die auf dem Grund tiefer Einschnitte blinken. Die Straße windet sich durch Haarnadelkurven. Entlang der ganzen Strecke befinden sich Abschnitte des großen Highways im Bau, der eines Tages hier entlangführen soll.
Wir werden uns nie einig sein beim Überholen. Billy kann nirgends mehr als siebzig Meter überblicken, und diese großen Lastzüge sind mindestens fünfundzwanzig Meter lang. Sie sind vor uns aufgereiht, so weit das Auge reicht.
Daher schiebt Billy, nachdem er einige Male den Blinker gesetzt hat und ich den Kopf geschüttelt habe, den Sitz nach hinten und fährt mit ausgestreckten Armen. Er hat den Kopf zurückgelehnt, als blicke er durch Bifokalgläser. Glücklicherweise können wir nicht schneller als fünfundvierzig Stundenkilometer fahren.
Mit Musik ist nicht viel los. Wir befinden uns außerhalb des Sendebereichs von Denver, und abgesehen von Countrymusik aus den Kleinstädten bekommt man nichts herein.

Ich möchte gern mal eine Acht-Spur-Kassette von Glenn Miller auftreiben. Ich frage mich, ob diese Musik je auf Band aufgenommen wurde. Ich wette, es gibt eine Menge Leute, Leute meines Alters, die diese alten Schlager gerne wieder hören würden ... „Moonlight Serenade", „Sunrise Serenade", „In the Mood" ...
Ich konnte Glenn Miller vom ersten Takt an immer gleich erkennen. Zuerst ließ er seine Holzbläser mit dem Thema loslegen, dann setzten Blechbläser und Schlagzeug ein, nahmen es auf und verwoben es zu einer Art Zaubergespinst. Ich konnte es in Gedanken beinahe vor mir sehen. Es war, als sähe man einem Tänzer zu oder den Zeitlupenaufnahmen von einem Basketballspieler, der dribbelt, mit der Schulter antäuscht, hochspringt und einen Sprungwurf abstößt, während er zu Boden geht.
Ich besaß jede Platte, die Miller je aufgenommen hatte. Mit fünfzehn kaufte ich einen der ersten tragbaren Plattenspieler. Die Ersatzbatterie hatte die Ausmaße einer Zwölf-Volt-Motorradbatterie. Das Ding kostete ein Vermögen. Ich spielte meinen Vögeln, draußen in der Voliere, immer Glenn Miller vor. Es war himmlisch, diese alten 78er abzuspielen, drei Minuten auf jeder Seite, und Glenn Miller zuzuhören, wie er mit meinen Vögeln ein Konzert veranstaltete. Ich schrieb ihm das sogar einmal, bekam aber keine Antwort.
Während meiner Militärzeit zogen meine Eltern von Philadelphia nach Kalifornien. Ich hatte meine Sammlung sorgfältig verpackt und sie Joan anvertraut. Sie war damals fünfzehn.
Joan versuchte, sie auf dem Boden hinter dem Vordersitz bei sich zu behalten, aber der Platz wurde fürs Reisegepäck für unterwegs gebraucht, und so packten sie sie nach hinten in den Kofferraum.
Sie fuhren im Hochsommer quer durch die Wüste. Als Joan die Platten auspackte, waren sie zu einer einzigen dicken, kompakten, gewellten Platte zusammengebackt, der dicksten Glenn-Miller-Platte der Welt.
Den ganzen Krieg über habe ich von diesen Platten geträumt. Wenn ich nach Hause käme, würde ich sie mindestens zwei Wochen lang abspielen und langsam wieder zu mir kommen. Ich erfand in Gedanken ganze Konzerte und versuchte, mich an die Musik zu erinnern.
Und dann kam ich nach Hause. Nach etwa einer Stunde der Wiedersehensfreude frage ich, wo meine Platten sind. Joan bedeutet mir, ihr zu folgen. Niemand sagt etwas. Sie führt mich in ihr Zimmer und fördert aus dem Innern ihres Wandschrankes diesen schwarzen, runden

Klumpen zutage. Ich weinte. Damals weinte ich leicht. Ich mußte mich sehr beherrschen, um nicht über nahezu alles zu weinen.
Ich befand mich nach meiner Verwundung auf dem Rückweg zu meinem Haufen in einem Zelt inmitten eines morastigen Geländes, als wir die Nachricht bekamen, daß Glenn vermißt sei. Fast einen Monat lang war ich zwischen Lazaretts und Ersatzeinheiten hin- und herverlegt worden. Dieser Verein hier wurde von einem echten Haudegen alter Schule heimgesucht, der immer, wenn es ans Essenfassen ging, über unser Gelände flog und die Zelte von einem antiquierten Eindecker aus bombardierte. Es war keine Flakeinheit in der Nähe, deshalb rannten wir alle raus und feuerten M-1-Karabiner und Browning-Maschinenpistolen auf ihn ab. Unsere allabendliche Zielübung vor dem Futterschütten.
Ich glaube, dieser Knallkopf schmiß die Bomben eigenhändig zur Seite raus wie im Ersten Weltkrieg. Es war eine Art Eigenbau aus zusammengepfriemelten Masher-Granaten; etwa die Hälfte davon ging gar nicht los. So ein armer Irrer, der die deutsche Variante der Hemmingwayschen Einzelgängermasche abzog.
Er hat soeben seine kleine Runde gedreht und zwei Bomben abgeworfen. Beide sind, ohne zu explodieren, im Morast versackt, und wir haben ihn nicht erwischt. Ich gehe gerade ins Zelt, mein Eßgeschirr holen, als der Postverteiler dieser Durchgangseinheit vorbeikommt und Exemplare von *Stars & Stripes* austeilt. Ich öffne meines, und da steht es. „MAJOR GLENN MILLER IM EINSATZ ÜBER ÄRMELKANAL VERMISST! SUCHTRUPPS MELDEN FLUGZEUG ALS WAHRSCHEINLICH VERLOREN!" Ich kann es nicht fassen.
Ich gehe in mein Zelt zurück und lasse die Nachricht erstmal allein auf mich wirken. Die ganze Musik, die Tanzfeste in der Kirche, alles, was meine wunderbare, abrupt verkürzte Jugend zu verkörpern schien, aus und vorbei. Ich fühlte mich betrogen; abgeschnitten vom besten Teil meines Lebens; mir wurde bewußt, daß es nie mehr so sein würde wie früher.
Sicher, das trifft auf alles und jeden zu, auch ohne Krieg oder einschneidende Todesfälle. Aber ich hatte mir mit der Illusion, daß ich eines Tages zurückkehren würde, über die Runden geholfen; zurückkehren nicht nur im geographischen Sinne, sondern zurückkehren zu dem, was war, um da weiterzumachen, wo ich aufgehört hatte.
Wie ich an jenem Frühlingsabend so in meinem Zelt kauerte, ließ ich

meiner Trauer freien Lauf. Ich kam beinahe zu spät zum Essenfassen.

Die Cowboymusik im Radio hört und hört nicht auf. Die Typen haben kaum mehr als zehn verschiedene Melodien in ihrem Repertoire; nur die Worte ändern sich. Ich versuche, diesen Worten zu folgen, es ist richtiges Amerikanisch, aber ein auf den Kopf gestelltes Amerika, oder vielleicht von innen nach außen gekehrt.
Ich strecke die Hand aus und stelle ab. Billy lächelt.
„Gott segne euch, gnädiger Herr. Noch fünf Minuten, und ich hätte das gute alte Schießeisen rausgeholt und mir eine Kugel durch meinen Stetson geballert."
Ich fange an zu lachen. Gott, was für eine Wohltat zu lachen. Mir kommt es so vor, als hätte ich sechs Monate lang nicht mehr laut gelacht. Dabei bin ich normalerweise ein großer Lacher und habe ein markerschütterndes Walroßwiehern an mir. Jetzt lache ich so sehr, daß ich schon fürchte, ich könnte hysterisch werden. Billy lacht auch, in erster Linie wahrscheinlich über mein Gelächter.
„Dad, was der Welt fehlt, das sind ein paar neue Cowboylieder, vielleicht mit Pornotexten, bißchen was Lebensnäheres."
Wir fahren durch Tunnels, an unglaublichen Felsformationen vorbei, so schön wie in Bryce. Wahrscheinlich haben wir irgendwo in einem Tunnel die Wasserscheide des nordamerikanischen Kontinents passiert. Es ist nicht zu übersehen, daß wir irgend etwas überquert haben. Von hier an ist alles anders. Wenn man die Felsgebirge hinter sich gebracht hat, ist der erste große Schritt nach Osten und ein Riesenschritt in Richtung Europa getan. Diese Seite hier ist kultivierter, zahmer. Weniger aufregend, sicher, aber hier läßt sich's verdammt viel leichter leben. Es fängt hier mit den domestizierten Tieren an. Die Menschen sind noch nicht allzu domestiziert, die Pflanzen auch nicht, es gibt keine richtige Landwirtschaft.
Drüben, auf der anderen Seite, von der wir herkommen, ist alles wild: wilde Pflanzen, wilde Felsen, wilde Menschen, wilder Himmel, Wildwasser und Wildtiere. Die einzigen Ausnahmen ein paar Menschen-Ghettos wie Los Angeles oder San Francisco.
Wir werden durch eines der ausgedehntesten Tierzuchtländer der Welt fahren, mitten durch Kansas, sechshundert Kilometer bestes Weideland. Erst wenn wir den Mississippi überquert haben, wird es mit den Kulturpflanzen anfangen; und jenseits der Appalachian Mountains mit

den kultivierten Menschen.
Wir haben das Gebirge hinter uns und fahren auf einem schnurgeraden achtspurigen Highway, vier Spuren in jeder Richtung. Das ist unsere Belohnung. Billy kommt mir vor wie hypnotisiert. Ich werfe einen Blick hinüber, wir fahren hundertzwanzig. Verflixt, man darf nicht über achtzig fahren.
„Sieh mal auf den Tacho, Billy; he, du, wir haben ganz schön Fahrt drauf."
Ich dramatisiere nicht, sage es nur so, wie ich sagen würde: „Sieh dir mal die gelbe Kuh da draußen an." Aber er geht tatsächlich vom Gas, geht *runter* auf neunzig. Nach Tempo hundertzwanzig kommt es mir vor wie fünfzig.
Draußen gibt es nichts zu sehen; die Straße hat nicht die leiseste Biegung; ist wie ein flacher Schienenstrang. Und rundherum nichts als zahme Tiere, Kühe, Ochsen.
Billy hat angefangen, vor sich hin zu lachen und zu glucksen. Hin und wieder summt er und schlägt mit dem linken Fuß den Rhythmus dazu.
„Hör dir das mal an; die ersten guten Western-Songtexte seit ‚Bury Me Not on the Lone Prairie'."
Er fängt an zu singen, eine Mischung aus Johnny Cash, Bob Dylan und Arlo Guthrie. Er verwendet dazu Nummer drei der Cowboymelodien:

Im Tal und auf der Höh im Oregon-Wald
keine Säge so schrill wie Friedas erschallt.
Holzfäller fluchen und schlagen gleich zu,
aber bei Friedas Namen geben sie Ruh.

„Dann kommt ein Motorsägen-Solo. Das könnte ich leicht auf einer Gitarre spielen."
Er fängt an, zu summen und schnarrende Geräusche von sich zu geben, die einen Motorsägen-Refrain abgeben sollen.
„Dann geht es folgendermaßen weiter – wart mal – ah, ja!"

Frieda hat Ellbogen wie Elefantenknie;
manche behaupten, sie macht im Stehen Pipi;
auf den Kram mit den Bienen und Blumen hat sie kein Bock,
aber Bäume fällt sie ruck-zuck.

Wieder brummt und summt und schnarrt er sich eins. Es folgt eine längere Schweigepause, während er die nächste Strophe ausheckt. Er schlägt noch immer den Takt mit dem nackten Fuß und gluckst vor Vergnügen.
„Okay, ja, so geht's weiter, denke ich."

Friedas Ende kam an einem dunklen, grauen Tag,
zwei wollte sie fällen auf einen Schlag;
wieso geht das so leicht, fragt sie mit Schrecken,
und sieht die Säge in ihren Schenkeln stecken.

Wieder die Mundgeräusche. Ich hatte keine Ahnung, daß er so viele Leute imitieren kann; es klingt tatsächlich beinahe wie eine Gitarre. Ich habe ihn schon Motorradgeräusche nachahmen gehört, aber das hier ist mir neu.
Er hält kurz inne. Aber dann legt er wieder los. Wir lachen jetzt alle beide.

Frieda fiel auf die Stümpfe, o Jamma,
manche behaupten sogar, sie murmelte MAMMA!
Sie blickt auf, die Bäume wirbeln herum;
mit einem Seufzer fällt Frieda um.

Er summt und schüttelt sich vor Lachen, so daß er kaum noch fahren kann. Er vergißt sogar, das Gaspedal durchzudrücken, und wir fahren zum ersten Mal an diesem Tag vorschriftsmäßige achtzig. Ich habe Tränen in den Augen und Seitenstechen; ich steigere mich offenkundig in einen hysterischen Lachanfall. Ich muß aufpassen.

Nach ein paar Kilometern halten wir zum Tanken an und machen Mittagspause. Der Imbiß-Kiosk ist ein auf Eisenbahnschwellen montierter, umgebauter Wohnwagenanhänger. Eine leichte Aluminiumschwingtür fällt hinter uns zu.
Vor der Rückwand befindet sich eine Theke, und neben dem Eingang stehen zwei Tische. Wir bestellen Hamburger und nehmen an einem der Tische Platz. Außer uns ist keine Kundschaft da. Es ist beinahe zwei, der mittägliche Stoßbetrieb vorbei. Wir bestellen Milkshakes zu den Hamburgers.

Es hat eine besondere Bewandtnis mit amerikanischen Hamburgers in Amerika; es ist wie mit dem französischen Brot in Frankreich. Vielleicht liegt es an der Atmosphäre oder am Gras, das die Kühe fressen, aber ein Hamburger schmeckt in Amerika ganz besonders.
Und die Hamburger, die wir in diesem aufgebockten Wohnwagenanhänger futtern, sind eine Wucht. Wir garnieren sie mit allem, was da ist: Relish, Senf, Ketchup, Mayonnaise. Das Zeug *trieft* uns zwischen den Fingern durch. Die Milkshakes hier sind aus festem Speiseeis, es ist so steif, daß die Strohhalme senkrecht darin stehen bleiben. Wenn es eine amerkanische Entsprechung des *Guide Michelin* gäbe, müßte diese Bude drei Sternchen mit einem Extra-Stern bekommen.
Milkshake und alles zusammengenommen nehme ich wahrscheinlich auf einen Sitz drei Pfund zu. Im Lauf der vergangenen fünf Monate habe ich nahezu zwanzig Pfund abgenommen, was meiner Figur sehr gut bekam, aber jetzt werde ich alles wieder ansetzen.
Pizzas, Hot Dogs, Hamburgers, Milkshakes; bis wir Philadelphia erreichen, werde ich mich kaum noch hinters Lenkrad quetschen können.

Ich warte noch immer, daß Billy damit herausrückt, warum er in Santa Cruz aufgehört hat. Bevor er bei Mutter aufkreuzte, hatte ich keine Ahnung davon, daß er das Studium aufgesteckt hat. Damals fragte ich ihn, ob er denn mitten im Quartal abgehauen sei, aber er sagte, er hätte es gar nicht erst angefangen.
Er hat eine Zeitlang oben in Oregon als Hilfsarbeiter beim Holzfällen gearbeitet, ich nehme an, er wollte mal so etwas wie Keseys *Manchmal ein großes Verlangen* ausleben. Ich wünschte nur, er hätte es mir gesagt, wenigstens aus steuerlichen Gründen. Ich habe sein Studium als Sonderausgabe angegeben, und wenn sie ihm Lohnsteuerformulare schicken, komme ich in Teufels Küche. Es hat mir gerade noch gefehlt, daß das Finanzamt hinter mir herschnüffelt.
Ich kann ihn mir lebhaft vorstellen, da oben in den Wäldern, keine Erfahrung mit dieser Art von Leben, geschweige denn mit der Arbeit selber, und er als Waldarbeiter: wie er Stahlseile an gefällten Baumstämmen festzurrt. Großer Gott! Genau wie ich damals, als ich zur Infanterie kam, ohne jemals zuvor ein Luftgewehr oder auch nur Knallfrösche besessen zu haben. Ich weiß, daß Billy sich dabei verletzt hat; so viel hat er mir immerhin erzählt.
Wir reisen weiter und umfahren sämtliche größeren Ortschaften. Sobald

man vom Highway abbiegt, geht man im Stadtverkehr unter. Keine dieser Städte besitzt irgendeinen Reiz. Wenn man über fünfzehn Jahre lang in Paris gelebt hat, fällt es einem schwer, sich für Abilene im Bundesstaat Kansas zu erwärmen, auch wenn dort Dwight D. Eisenhower seine vielversprechende Jugend verbrachte. Das höchste der Gefühle ist eine Stadt wie Denver, ein harmloser westlicher Abklatsch von Chicago, welches wiederum ein Abklatsch von New York ist, und das wiederum ist ein Abklatsch von Paris oder Rom oder Athen oder London.

Wir halten zum Abendessen an und führen uns wieder mal Pizza zu Gemüte. Wir haben vierundzwanzig Stunden lang keine Pizza gegessen. Wir futtern dazu einen Berg grünen Salat, weil wir beide verstopft sind. Der Salat ist teurer als die Pizza. Aber wir brauchen beide Grünzeug zwischen die Zähne. Danach suchen wir uns ein Motel abseits von der Straße.

Ein typisches Mittelweststädtchen, lauter Einzelhäuser mit Veranden, alles aus Holz oder Feldstein; Bürgersteige an den Straßen. Nach dem Abendessen gehen Billy und ich spazieren. Die Leute auf den Veranden staunen uns an.

Auf den Bäumen müssen Heuschrecken oder Grillen sitzen, die einen gotteslästerlichen Lärm veranstalten. Es hört sich an wie ein wildgewordener Generator; das Gekrächze tönt aus allen Himmelsrichtungen.

Am Stadtrand sehen wir einen erleuchteten Baseballplatz, rundherum geparkte Autos. Billy hat nie Baseball gespielt. Er weiß nicht einmal, wie die einzelnen Spieler heißen. Wenn ich etwas von einem Shortstop erzählte, könnte er gar nichts damit anfangen. Höchstwahrscheinlich würde er denken, es handelte sich um eine Limonadensorte oder ein Herren-Deodorant.

Aber, mein Gott, als junger Bursche lebte, atmete, starb ich für Baseball. Ohne Baseball hätte ich in meiner Nachbarschaft unmöglich überleben können. Für uns bestand das Jahr nicht aus Frühjahr, Sommer, Herbst und Winter. Es bestand aus Baseball, Football, Basketball und Eishockey. In die Übergangszeiten quetschten wir die Drachen-, Rollschuh- und Schwimm-Saison hinein.

Im März hockte ich garantiert im Keller und besserte Bälle und Schlaghölzer aus. Sobald der Schnee geschmolzen war, warfen wir Bälle auf Treppenstufen, um Augen und Arme zu trainieren. Wir hatten weiß Gott wie viele Spiele, die man mit Tennisbällen auf Zementstufen spielen konnte. Dann, den ganzen Sommer über, gab es nur noch Baseball. Wir zogen nach dem Frühstück los und kamen erst abends um neun wieder nach Hause. Selbst wenn man den Ball nur noch gegen den Himmel erkennen konnte, hörten wir nicht auf zu spielen.

Wir spielten jeden Tag drei oder vier reguläre Spiele mit je neun Durchgängen. Das zweite Spiel fand zur Mittagessenszeit statt, da kamen gewöhnlich die Nicht-Auserwählten dran. Wenn man eine Vesper dabeihatte, war das eine Schmach.

Ich warf mich morgens in meine zusammengestoppelten Baseballklamotten, der Clou davon meine Kappe mit dem A der Philadelphia Athletes vorne drauf, füllte eine Milchflasche mit Wasser, hängte die Baseballhandschuhe ans Schlagholzende, steckte einen Ball in die Hosentasche und machte mich auf zum Baseballplatz. Es waren immer jede Menge Spielwillige da. Meistens wurde gewählt; wir hatten selten feste Mannschaften, aber es waren immer mehr als genug da, um zwei komplette Neuner-Mannschaften aufzustellen, und man mußte harte Konkurrenzkämpfe durchstehen, um hineingewählt zu werden. Es gab regelrechte Auswahlrituale, beispielsweise schwang man ein Holz, nachdem man es aufgefangen hatte, dreimal um den Kopf und mußte es dann mit einem anderen Kandidaten Hand über Hand umgreifen, bis einer von beiden draußen war. Wenn die Teams gewählt waren, gab es Hilfsjobs für die Glücklosen: Spiel beobachten und alles notieren, schiedsrichtern, hinter verschlagenen Bällen herjagen und verschwundene Bälle suchen.

Es war interessant, wie die Rollenverteilung sich vollzog, wie man herausfand, wo man, je nach Können und Veranlagung, am besten spielte. Zuerst war ich Fänger, weil ich als Innenfeldspieler nicht beweglich und behende genug war und nicht gut genug schlagen konnte, um als Außenfeldspieler eingesetzt zu werden, nicht einmal auf der rechten Seite.

Aber als Fänger war ich wiederum nicht stark genug. Als Ray Ziggenfuss in die Nachbarschaft zog, wurde mir rasch klar, daß meine Tage als Fänger gezählt waren. Ray war stark, hatte flinke Hände und konnte gut schlagen. Er konnte gut genug schlagen, um im Außenfeld zu spielen, aber er wollte fangen. Ein Bursche namens Mickey Mullens war der andere Fänger, und der war auch gut. Mir blühte es, als Balljunge und Essenholer eingeteilt zu werden.

Ich nahm mein sorgsam gespartes Weihnachtsgeld und kaufte mir einen

Originalhandschuh für den ersten Malspieler. Ich übte Tag und Nacht, wochenlang, abschlagen und all die taktischen Verteidigerkombinationen. Ich konnte den linken Fuß akrobatisch weit nach hinten strecken und konnte mit diesem Handschuh greifen und zuschnappen, wie eine Eidechse Fliegen fängt. Es war der einzige Innenfeld-Platz, den ich ergattern konte.

Aber ich war kein Linkshänder. Ein linkshändiger erster Malspieler hat einen gewaltigen Vorteil; er hat die behandschuhte Hand am Innenfeld und steht deshalb günstiger zum Ball. Auch gegenüber rechtshändigen Werfern waren Linkshänder hier im Vorteil.

Also schaffte ich es trotz aller Anstrengungen nicht. Ich arbeitete mich vom Ballholer zum Spielbeobachter hoch, aber ich wollte bei mehr als einem Spiel pro Tag mitmachen.

Ich beschloß, Werfer zu werden. In unserer Gegend war das Werfen den Nichtathleten vorbehalten. Stundenlang trainierte ich und warf Ziggenfuss zu oder übte, in einen Kreis an einer Backsteinwand zu treffen, und entwickelte mich zu einem einigermaßen treffsicheren Werfer mit einem ganz ordentlichen Schleuderwurf. Damals nannten wir so einen gedrehten Wurf einen Stoppball oder einen Heber. Heute nennen sie einen Heber einen Kurvball, und was wir Kurvball nannten, einen Spiralball. Selbst Baseball ändert sich.

Und nun stecken Billy und ich in diesem kleinen Kaff in Kansas, wo gerade zwei College-Mannschaften ein Spiel austragen. Ich bin ganz aufgeregt; Billy sagt, er würde mitgehen, aber er ist nicht begeistert.

Auf dem Parkplatz kommen wir an ein paar Motorrädern vorbei. Die einheimischen Kraftprotze liefern einander Fünfzig-Meter-Kurzstrekkenrennen. Ich habe Mühe, Billy daran vorbeizulotsen, aber wir sind zu Spielbeginn doch noch im Stadion.

Es riecht nach im Freien gerauchten Zigaretten, nach Zaundraht, frischer Farbe, und dem alles durchdringenden Geruch von Erdnüssen und Hot Dogs. Das ist ein amerikanisches Baseballspiel, wie es im Buche steht.

Aber das Spielniveau ist nicht berühmt. Wir sind wahrscheinlich von den vielen Profispielen im Fernsehen verdorben.

Billy langweilt sich sowieso zu Tode. Ich versuche immer wieder, ihm zu erklären, was passiert, aber er kann nichts damit anfangen. Es ist eine Binsenweisheit, daß es im Baseball auf raffinierte Spieltaktik ankommt.

Wenn man die kleinen Positionswechsel nicht mitbekommt, kann es eine Tortur sein. Wenn man nichts davon versteht, wie die Innenfeldspieler agieren müssen, wenn das erste und dritte Mal von Angreifern besetzt und zwei Spieler im „Out“ sind, dann sieht man nichts weiter als einen Kerl, der mit einem Stock einen Ball an einem anderen vorbeidrischt.
Billy findet es echt bescheuert.
„Mann, sieh dir bloß den Kerl an, der da draußen rumsteht, Dad!“
Er deutet auf den rechten Außenfeldspieler.
„Noch nicht ein einziges Mal hat ihm einer einen Ball zugespielt. Entweder er steht rum oder er rennt nutzlos hin und her. Und dem Dicken da, der hinter dem Typ mit der Keule hockt, wird wahrscheinlich bald ein Horn rechts an seinem Schädel wachsen.“
Ich gebe auf und genieße das Spiel. Bei Billy ist nichts mehr zu retten, zu viele Jahre Europa. Als das Spiel vorüber ist, steuern wir wieder unser Hotel an. Ich wußte gar nicht, wie müde ich bin. Ich liege da und muß darüber nachdenken, wie unterschiedlich Billys Leben im Vergleich zu meinem Leben verlaufen ist. Den größten Teil seines Lebens haben wir zusammen verbracht, aber viel Gemeinsames haben wir eigentlich nicht erlebt. Verdammt schade.

12

An diesem Abend taucht Billy auf. Ich schlafe schon, und Mutter ist noch auf und sieht sich die Johnny-Carson-Show an.

Ein Wunder, daß sie nicht tot umfiel. Das erste, was ich mitkriege, ist, daß die verflixte Gegensprechanlage neben meinem Bett summt. Es ist Mom, am Rande der Hysterie.

„Jacky, komm her! KOMM! *Billy* ist da!"

Mir schwirrt der Kopf. „Billy *hier?* Billy ist in Santa Cruz. Er kann gar nicht hier sein." Ich stolpere hinaus, in meinem zum Schlafanzug umfunktionierten Trainingsanzug, das Abbild des verhinderten Sportlers.

Aber da steht er leibhaftig. Ich habe Billy nicht mehr gesehen, seit er Paris verließ, um mit dem Studium anzufangen. Es tut verdammt gut, ihn zu sehen. Wir begrüßen einander mit einer angedeuteten Umarmung. Mein Gott, er stinkt zehn Meilen gegen den Wind. Ich trete einen Schritt zurück; was für ein Anblick! Unterernährt, picklig. Wenn Billy nichts Vernünftiges ißt, bekommt er Akne. Seine Sachen sind verdreckt, seine Schuhe schlappen.

Mutter steht da und preßt die zu kleinen Fäusten geballten Hände auf den Mund. Ich muß zugeben, daß er ein Bild des Jammers abgibt. Er sieht aus wie die etwas zu groß geratene Zeichenvorlage für einen Kinderdorf-Weihnachtsaufkleber.

Er erzählt uns, Vron hätte ihm geschrieben, daß Grandma krank sei. Er fragt sie, wie es ihr geht, aber sie kriegt kein Wort heraus.

Ich berichte ihm, daß Dad krank ist und in der Klinik liegt. Ich versuche, Mom auf einen Stuhl zu bugsieren. Ich weiß nicht, wieviel ich Billy in Moms Anwesenheit über Dad erzählen kann.

Ich überlege, wo ich ihn unterbringen soll. Am besten im Gartenzimmer, wo ich bisher geschlafen habe. Da draußen kann er Mom nicht so leicht auf die Nerven gehen. Ich werde ins mittlere Zimmer ziehen. Ich werde ihm einen Schlüssel geben und ihm sagen, daß er sein Zimmer stets abschließen soll. So wie er mit den Sachen umgeht, ungemachte Betten und so weiter, könnte es zuviel sein für sie. Ich spüre, daß sie sich bereits in eine Szene hineinsteigert.

Ich bin selbst etwas irritiert. Wenn er schon auf mich einen heruntergekommenen Eindruck macht, muß er auf Mom noch zehnmal so schlimm wirken. Ehe ich es kapiere, ist sie im Badezimmer verschwunden und läßt ein Bad ein. Ich schleppe sie zurück auf den Stuhl. Ich bitte sie, schlafen zu gehen, aber sie rührt sich nicht von der Stelle.
„Bitte, Mutter. Es ist schon spät."
Ich weiß, daß jede Minute, in der sie Billy vor Augen hat, ein Nagel zu ihrem Sarg ist. Ich helfe ihr aus dem Stuhl und führe sie ins Schlafzimmer. Ich lege sie sachte aufs Bett, hole ein Glas Wasser und Valium. Ich stelle alles auf den Nachttisch.
Ich haste zurück und rate Billy, aus seinen Klamotten zu steigen und ein Bad zu nehmen.
„Wirf alles, was du anhast, und die Sachen in deinem Seesack in den Wäschepuff. Ich werde es morgen waschen. Hier ist ein Bademantel und ein Schlafanzug von Granddad."
Ich werde nicht auf Joan warten, sondern diese Sachen selbst in die Münzwäscherei bringen. Wenn sie zu lange im Haus bleiben, werden wir alles ausräuchern müssen.
„Bill, bade erst mal in aller Ruhe, wasch dir die Haare und mach's dir gemütlich, während ich Mutter einschlafen helfe. Haarwaschzeug ist unter dem Waschbecken."
Ich gehe zurück ins Schlafzimmer. Mutter ist aus dem Häuschen. Sie hat das Valium nicht genommen. Ihr Kopf liegt auf dem Kissen, aber sie hebt ihn unentwegt hoch und will reden. Ich setze mich auf die Bettkante und bestehe darauf, daß sie das Valium nimmt.
„Was ist los mit ihm, Jacky? Er sieht krank aus. Wie hat er sich bloß ernährt? Laufen sie heutzutage im College so rum? Er sieht aus wie ein Hippie. Nimmt er Rauschgift, Jacky? Frag ihn, Jacky, du mußt ihn fragen! Ich dulde keine Rauschgiftsüchtigen in meinem Haus!"
Und so weiter und so fort.
„Er ist nicht mal so sauber wie ein Hippy; er sieht aus wie ein Landstreicher. Mich wundert, daß die Polizei ihn so auf der Straße rumlaufen ließ."
Ich lasse sie reden und warte, daß das Valium seine Wirkung tut. Alles, was sie sagt, entspricht entfernt der Wahrheit. Das ist das Problem mit Mutter. Sie erfindet gar nicht so viel, sondern sie hängt sich an irgendwelchen unerfreulichen Einzelheiten auf und schmückt sie zu eigenen Hirngespinsten aus.

Endlich beruhigt sie sich. Ich stehle mich leise hinaus. Billy hat soeben sein Bad beendet und kommt triefendnaß in Dads zweitem Morgenmantel aus dem Badezimmer. Er geht ins Wohnzimmer, stellt den Fernseher an, läßt sich in den Schaukelstuhl fallen und legt die Füße auf den anderen Stuhl. Billy kann sich überall im Handumdrehen einnisten, heimisch machen.
Ich gehe ins Badezimmer. Alles ist klatschnaß, und in der Wanne steht noch das schmutzige Wasser! Wahrscheinlich können Leute, die lieber duschen, mit einer Badewanne nicht umgehen. Bestimmt hat er es nicht absichtlich dringelassen; es ist schlichte Gedankenlosigkeit. Ich wische die Wasserlachen auf, werfe seine Sachen in den Wäschepuff und mache die Badewanne sauber. Ich werde nichts sagen. Mir liegt vor allem daran, herauszubekommen, was er hier macht, warum er nicht an der Universität ist.
Im Wohnzimmer stelle ich den Fernseher leiser, damit er Mom nicht aufweckt. Billy muß alles immer ein paar Phon lauterstellen, als ich es ertragen kann. Während der Sendepause stehe ich auf und stelle den Apparat ab.
„Billy, Grandmom ist nicht in sehr guter Verfassung. Sie hat zwei schwere Herzinfarkte gehabt und macht es nur noch mit Mühe und Not. Jeder Tag, den sie jetzt über die Runden kommt, ist ein Gewinn für sie. Sie hat eine sogenannte Koronarthrombose gehabt, sie kann keinerlei Erschütterungen oder Anstrengungen verkraften. „Aber Grandma ist nicht das eigentliche Problem, so schlimm das alles ist. Mit Dad steht es viel kritischer."
Ich schildere ihm den Stand der Dinge und merke, daß er weiß wird im Gesicht. Unsere Kinder hängen alle sehr an Dad. Er hat eine Ader für Kinder und spielt gern mit ihnen. Er hatte immer etwas Neues für sie, einen neuen Trick oder ein selbstgemachtes Spielzeug oder Wurfspiele, Tischtennis, ein Luftgewehr; irgend etwas. Das gehörte zu Moms Beweisen dafür, daß er „nicht ganz bei Trost ist. Joan hat es auch von ihm; da kommt die verrückte Tremontsche Veranlagung raus".
Billy hat aufgehört zu schaukeln und beugt sich vor. Ich möchte es ihm nicht unnötig schwermachen, aber ich möchte ihn doch in die Probleme einweihen.
Ich erzähle ihm, daß Dad uns nicht wiedererkennt, nicht sprechen kann, gewaschen und gefüttert werden muß. Er will wissen, was mit ihm los ist. Ich gebe wieder, was Ethridge und Santana mir vonwegen spontaner

Vergreisung gesagt haben.
Dann sage ich ihm unverblümt, was ich von der Betreuung halte, die Dad bisher zuteil wurde. Ich habe noch mit keinem Menschen darüber gesprochen, nicht einmal mit Joan. Ich verschweige ihm nicht, daß ich von Diagnose und Therapie nicht überzeugt bin. Mir scheint, daß es eine ernste physiologische Störung sein könnte, komplizierter als simple Senilität. Ich denke, daß auch ein Narkosefehler oder ein arterieller Verschluß im Gehirn in Frage kommen, vielleicht ein Blutgerinnsel, das infolge der Operation entstand. Ich fische im trüben; das weiß ich; mein Wissen reicht nicht aus.
Ich offenbare ihm meine Zweifel, meine Sorgen; ich muß mich aussprechen. Mir war zuvor gar nicht bewußt gewesen, daß er nach Vron und Joan derjenige ist, der mir am nächsten steht. Es geht mir jetzt erst auf.
„Das kann ich dir sagen, Bill. Dad hat weniger Anzeichen für Vergreisung gehabt als die meisten Männer in seinem Alter. Klar, er ist nicht mehr fünfzig, aber senil ist er nicht."
Irgendwann frage ich endlich, weshalb er hergekommen ist. Er sagt, er hätte das Studium aufgesteckt, es hätte ihm nichts gebracht.
Damit kann ich mich abfinden. Wenn man nicht weiß, was man will, ist das Studium eine von vielen Möglichkeiten, Zeit zu schinden. Aber Bill war immer so ein guter Schüler.
Ich frage ihn, was er für Pläne hat: Arbeit suchen, oder was? In diesem Augenblick erwähnt er die Möglichkeit, nach Frankreich zurückzukommen.
Vron und ich hätten ihn natürlich gern in unserer Nähe, aber wenn er nicht studiert, muß er arbeiten; er kann nicht bei uns zu Hause herumlungern. Bill hat seine eigene Lebensart; und die verträgt sich nicht mit der unseren; ebensowenig wie *mein* Lebensstil hier nach Kalifornien paßt. Er ist aus dem Nest ausgeflogen.
Aber wir lassen es dabei bewenden; keiner von uns ist bereit, sich eingehender damit auseinanderzusetzen. Wir unterhalten uns über Dad, und dann geht er nach hinten ins Gartenzimmer. Ich begebe mich auf mein Zimmer und schlafe schneller ein, als ich für möglich hielt; vielleicht nur, um nicht nachdenken zu müssen.

Am nächsten Tag kommt Joan; sie drückt ihn an sich und zupft ihn liebevoll an seinen langen Haaren. Billy und ich packen die Wäsche in den Wagen. Joan kündigt an, daß sie putzen will, während wir fort sind.

Sie hat etwas zu essen mitgebracht und will am Abend für uns kochen. Nach der Münzwäscherei fahren wir in die Klinik.
Billy starrt Dad fassungslos an, der mit offenen Augen daliegt wie ein gefällter Baum. Dad erkennt keinen von uns beiden, auch nicht, als Billy ihn herzhaft umarmt und ihm einen Kuß gibt. Billy geht so stürmisch auf ihn zu, daß er beinahe den Infusionsschlauch herausreißt. Dad stiert Billy an, Kopf und Nacken sind steif, die Lippen bewegen sich lautlos. Sie haben ihm wieder einen Katheter gelegt. Mit einem Blick unter die Bettdecke stelle ich fest, daß es ein Dauerkatheter ist. Er wird zu einem lebenden Stück Fleisch. Wenn er kein Mensch wäre, würden wir ihn sterben lassen. Er wird immer weniger, und es hat den Anschein, als könnte man nichts dagegen tun; ich glaube kaum, daß er noch einen einzigen Tag meiner laienhaften Pflege überlebt hätte.
Billy ist tief erschüttert; er geht auf den Flur hinaus, während ich noch bei Dad bleibe; ich streichle ihm den Kopf und spreche leise mit ihm. Dad sieht mich ungerührt an, ohne das geringste Anzeichen von Gefühl oder Interesse. Billy kommt wieder herein; er hat aufgehört zu weinen, aber seine blaßblauen Augen sind rotgerändert. Wir fahren, ohne viel zu sagen, im Aufzug hinunter und gehen auf den Parkplatz hinaus. Das grelle Tageslicht blendet uns. Ich nehme Dads Sonnenbrille aus dem Handschuhfach und reiche sie Billy.
„Was ist passiert, Dad? Was kann bloß passiert sein, daß er so verändert ist?“
Ich fange noch einmal von vorn an. Ich sage ihm, daß ich es nicht weiß und daß die Ärzte es meiner Meinung nach auch nicht wissen.
Wir holen die Wäsche aus der Münzwäscherei. Gemeinsam legen wir Billys Sachen und auch Laken und Handtücher zusammen. Wir sind noch immer stumm.
Zu Hause sage ich Joan, daß es keinen Sinn hat hinzufahren; Dad würde gar nicht mitbekommen, daß sie da ist. Sie fährt trotzdem los. Ich weiß, wie ihr zumute ist; es zerreißt einem das Herz; aber man muß es tun.
Mom will wissen, was wir alle gern wüßten.
„Was ist los mit ihm, Jacky? Ist er verrückt?“
Ich versuche sie davon zu überzeugen, daß er nicht verrückt ist. Mom wirft mir einen ihrer bedeutungsvollen, alles durchschauenden Blicke zu.
„Er war noch nie ganz bei Trost, das weiß ich. Ich habe über fünfzig Jahre mit ihm zusammengelebt! Er ist *kein* normaler Mann.“

Was mich im Laufe der folgenden Tage erschlägt, ist Billys Fernsehkonsum. Vielleicht will er jetzt die ganzen Jahre ohne Fernseher bei uns zu Hause nachholen. Er sieht stundenlang fern. Es spielt überhaupt keine Rolle, was gesendet wird. Ich habe den Eindruck, daß er sich nicht einmal die Mühe macht, die Kanäle zu wechseln, er starrt stur in den Apparat, auch während der Werbung. Er sieht sich Schnulzen, Talkshows, Wildwestfilme, Krimiserien an; sogar ein Baseballspiel. Er starrt in den Apparat, als gälte es, ein Augenmarathon zu schaffen.
Mom ist froh, jemand zu haben, der mit ihr fernsieht. Sie klärt Billy über alles auf, was in ihren Schnulzen bisher passiert ist; wer mit wem geschlafen hat und wer wie an ein uneheliches Kind gekommen ist und wer versucht, wem den Ehemann oder die Ehefrau abspenstig zu machen. Billy glotzt sich unbeirrt durch alles durch.

Ich weiß, daß irgendwo noch ein alter Malkasten herumliegen muß. Ich krame ihn hervor, wasche die Pinsel in Terpentin und sehe die Tuben durch. Vielleicht kann ich einen Rest Verstand bewahren, wenn ich male. Ich gestehe es mir nicht gern ein, aber meine Malerei *hat* tatsächlich einen therapeutischen Aspekt. Der sollte bei mir als Berufsmaler keine Rolle spielen, aber er ist nicht zu leugnen.
Wenn ich Dinge von außen in meine Innenwelt hineinnehmen kann, wo ich bestimme und wo ich sie so umgestalten kann, wie ich es möchte, dann wirkt das heilsam auf mich.
Ich bitte Billy, ein Auge auf Mutter zu werfen; ich gehe nach hinten, fördere ein paar uralte weiße Arbeitshosen, ein Sweatshirt und eine Kappe zutage. Ich werde die Leinwand nehmen, die ich Dad dagelassen habe.
Ich habe mir die Kiste auf den Rücken gepackt und sitze auf dem Motorrad, bevor ich mir überhaupt Gedanken darüber gemacht habe, was ich malen will. Ich hatte vollkommen vergessen, wo ich bin. Eine Möglichkeit wäre natürlich, Innenansichten von Garagen zu malen. Aber ich möchte draußen in der Sonne sein; ich habe genug von Innenansichten, vom Seelenmüll der anderen. Meine Augen brauchen Weite. Ich möchte auch nicht diese Vorstadthäuserzeilen malen. Ich weiß, daß sie ein wichtiger Bestandteil von Amerika sind, aber ich habe keine Lust, sie zu malen. Ich weiß aus Erfahrung, daß ich nur Dinge gut male, die ich gern malen möchte. Wenn ich keinen anderen Drang verspüre, ist es nur Arbeit.

Aber es gibt *doch* etwas, das mich reizt: die kleinen Läden und die alten Häuser an der Strandpromenade von Venice. Ich rolle hinunter und parke da, wo die Rose Avenue am Strand mündet. Ich bocke das Motorrad mit Schwung auf den Ständer auf und schlendere los in meinen Arbeitshosen, an den Seiten tiefe Taschen für Nägel und vorn kleine Taschen für ein Metermaß und einen flachen Zimmermannsbleistift. Ich gehe vornübergebeugt mit der Kiste auf dem Buckel. Mein aufgewühltes Inneres setzt sich langsam, wie der Schaum auf einem Glas Bier.
Ich bleibe vor einem alten Backsteinmotel stehen, einem seltsam aussehenden Gebäude mit einem leicht abschüssigen Innenhof. Das Dach ist mit dunkelgrünen Fayenceziegeln gedeckt, von denen einige fehlen. Glastüren schirmen den Hof vor dem Wind ab. Die Sonne wird darin eingefangen, festgehalten. Ein hübsches Motiv. Ein kalifornisches Gegenstück zu Neuschwanstein, dem Schloß des wahnsinnigen Bayernkönigs Ludwig; keine monströse Imitation wie Disneyland, nur Ausdruck einer vergleichbaren Seelenverfassung, eines romantischen Gemüts, das nicht einfach noch ein gewöhnliches Motel errichten wollte.
Es ist eine Symphonie in Backstein und Keramik. An der Rückseite steht sogar ein Turm, zu dem hölzerne Stiegen führen. Ich würde gern in dem Zimmer hinten, ganz oben in diesem Turm leben, und das werde ich auch, sobald ich mich in das Bild hineinversetzt habe.
Erstaunlich, wie schnell ich wieder hineinkomme. Es ist, als hätte ich die Pinsel erst gestern aus der Hand gelegt. Ich bin sofort mittendrin, ohne Umwege.
Ich trage gerade die letzten Striche Grundierung auf, als ich aufblicke und feststelle, daß die Sonne schon untergeht. Ach du grüne Neune, sie werden denken, daß ich mich aus dem Staub gemacht habe!
Ich packe meine Kiste und schwinge mich aufs Motorrad. Es fühlt sich an wie in den alten Zeiten, der Terpentingeruch und die Malkiste, und dann mit schlackernder, nasser Leinwand auf dem Rücken mit einem Motorrad durch die Gegend gondeln. In Paris beachtet mich kaum jemand; ich gehöre einfach dazu. Aber hier werde ich angehupt und angejohlt; sie halten mich wahrscheinlich für irgend so einen komischen kalifornischen Kauz. Ich steige ab und drehe das Bild in der Halterung um.
Zu Hause kleben sie noch immer am Fernseher. Ich gehe nach hinten und ziehe wieder meine normale Kluft an. Mit dem Gartenschlauch und

einer Bürste schrubbe ich mir die Farbe von den Händen. Ich fange mit den Essensvorbereitungen an und sage Billy, daß er mit uns essen oder losziehen und unternehmen kann, wozu er Lust hat. Ich gebe ihm fünf Dollar und die Schlüssel zu meinem Motorrad.
Das Abendessen verläuft ganz manierlich. Billy bleibt da und legt sein bestes Verhalten an den Tag. Kein lautes Geschmatze; kein Furzen, nicht hörbar jedenfalls, kein Rülpsen. Er behauptet, Bauchweh zu bekommen, wenn er nicht rechtzeitig rülpst und furzt. Mom benimmt sich ebenfalls anständig. Wir bringen die Mahlzeit gut über die Bühne, aber ich bekomme Verdauungsstörungen, weil ich dauernd darauf gefaßt bin, daß irgend etwas passiert.
Nach dem Essen zieht Billy los. Ich spüle das Geschirr und setze mich zu Mom ins Wohnzimmer. Aus irgendeinem Grund ist der Fernsehapparat nicht angestellt. Mag sein, daß Billys hemmungsloser Konsum selbst Moms Bedarf gesättigt hat. Ich möchte mich gern mit ihr darüber unterhalten, wie es war, als sie und Dad jung waren, als sie sich kennenlernten, was sie für Pläne hatten. Ich weiß, daß ich es niemals auch nur annähernd wahrheitsgetreu erfahren werde. Ebenso weiß ich, daß sie nicht rundheraus lügen wird. Ihre Phantasien werden, mehr noch als bei anderen Leuten, für sie im Laufe der Zeit immer wirklicher, wahrer.
Ich habe großes Interesse, von den beiden zu hören. Mir wird allmählich bewußt, daß ich bald der älteste Zweig der männlichen Linie unseres Stammbaums sein werde. Wenn Dad einmal nicht mehr da sein wird, werde ich keinen unmittelbaren Zugang mehr zu stammesgeschichtlichen, familiären Quellen haben. Ich hätte öfter mit meinen Großeltern reden und versuchen sollen, mehr darüber zu erfahren, wie sie waren, was sie dachten. Ich brauche Halt. Es hat so etwas Belangloses, ein Mann zu sein, nichts geradliniges, ein ewiges Zickzack. Ich brauche ein bißchen Mutter-Klebstoff, um nicht auseinanderzufallen.
Es ist verblüffend, was Mutter alles nicht weiß. Sie weiß nicht, wie viele Geschwister ihre Mutter hatte. Ein bißchen weiß sie über ihre Familie väterlicherseits, die gottlosen Protestanten, aber nichts über die ihrer Mutter. Mein Gott, wir verschwinden alle so rasch, so mir nichts, dir nichts.
Sie erzählt mir, wie sie Dad unter einer Markise vor Wanamaker's in Philadelphia kennenlernte. Sie war damals fünfzehn, und es regnete. Sie hatte den Hut ihrer älteren Schwester Maggie stibitzt, um schicker und älter auszusehen. Der Regen ruinierte den Hut, und sie weinte. Dad bot

ihr seinen Schirm an.
Ich kann mir Dad nicht mit einem Schirm vorstellen, schon gar nicht mit achtzehn, aber so ändern sich die Zeiten. Während der meisten Zeit seines Lebens setzte Dad bei Regen nicht einmal einen Hut auf; behauptete, Regen bekäme seinen Haaren gut, sie würden lockiger davon. Das änderte sich, sobald er eine Glatze bekam.
Damals hatte Mom ihren Nervenzusammenbruch gerade ein Jahr hinter sich und arbeitete in einer Süßwarenfabrik. Nach Moms Darstellung wußte sie von Anfang an, daß Dad der Richtige für sie war. Ich wünschte, ich hätte mich mit Dad darüber unterhalten, von ihm gehört, was er noch davon weiß.
Mutter war eine Zeitlang mit einem anderen Burschen gegangen, „einem sehr netten jüdischen jungen Mann aus einer sehr wohlhabenden Familie“, um Mutters Formulierung zu benutzen. Ich habe mein Leben lang oft genug von Sidney Parker gehört. „Er hatte keinen jüdischen Namen, aber er war Jude.“ Wahrscheinlich hat jede Frau in ihrer Vergangenheit irgendeinen Mann, den sie immer wieder anbringt als denjenigen, den sie eigentlich hätte heiraten können, sollen, wollen. Vielleicht tun Männer das auch, und es ist mir nur noch nicht aufgefallen.
Mom stellt den Fernseher an. Sie hat ein ziemlich konstantes Abendprogramm aus bestimmten Sendungen. Heute wird auch ein Baseballspiel mit den Los Angeles Dodgers übertragen, aber Mom hat nichts für Baseball übrig. Wir schließen einen Kompromiß. Ich sehe mir den zweiten Durchgang an und so viel vom dritten, bis zwei Spieler von den Dodgers im „Out“ sind, und später noch den siebten und achten Durchgang. Zu diesem Zeitpunkt sind die Dodgers mit acht zu drei im Rückstand, woraus ich schließe, daß sie verloren haben. Johnny Carson hat Vorrang.
Zwischen dem dritten und siebten Durchgang sehen wir eine Folge aus der Serie mit dem Titel *All in the Family*. Mom behauptet hartnäckig, der Star der Serie sähe aus wie ich. Er heißt Archie Bunker und ist ein kleinkarierter, dickschädeliger Spießer mit all den rassistischen und kulturellen Vorurteilen der kleinen Leute. Ich glaube, daß er im Grund sympathisch wirken soll.
Es ist ein bißchen, als erblickte man sich selber unversehens in einem dreiteiligen Spiegel im Kaufhaus Sears. Man entdeckt Dinge an sich, vor denen man gewöhnlich die Augen verschließt; einen Stiernacken, den tatsächlichen Umfang des eigenen Schmerbauchs, eine miserable Hal-

tung; aber ich kann mich einfach nicht so sehen.
Sicher, wir haben beide blaue Augen, gut, aber die hatte Adolf Hitler auch. Wir sind beide mit Stupsnasen gesegnet, aber was ist mit Bob Hope? Und dann hat Bunker weiße Haare und ich nicht. Vielleicht wären sie weiß, wenn sie nicht ausgefallen wären; wer weiß? Das schlimmste ist, er sieht so dämlich aus. Diese engstehenden Schweinsäuglein! Aber womöglich würde ich auch dämlich aussehen, wenn mein Haaransatz nicht zurückgetreten wäre, was den Eindruck erweckt, als hätte ich eine hohe Stirn. Ich hoffe, daß mir mein Wesen nicht ebenso verborgen ist wie meine Figur.
„Da, siehst du, sieht er nicht genau aus wie du, Jacky? Stimmt's nicht? Sogar das Profil; siehst du es auch? Wenn du bloß keinen Bart hättest."
Ich nehme mir eisern vor, nie und nimmer meinen Bart abzunehmen. Ich fange auch spontan eine Abmagerungskur an. Sie hält drei Tage vor. Ich esse gern; ich sehe nicht in Spiegel. Zum Kuckuck, zweiundfünfzig *ist* eben zweiundfünfzig; ich muß schließlich nach irgend etwas aussehen; ich kann nicht immer ein kleiner Junge bleiben.
Es ist verblüffend, wieviel sie in diese Klamaukfilme hineinstopfen. Elf Minuten jeder halbstündigen Folge gehen für Werbung und Sendepausen drauf. Also muß sich alles innerhalb von neunzehn Minuten abspielen.
Kein Wunder, daß alle Leute so verzagt sind und unter dem Gefühl leiden, daß es im Leben keinen Sinn, nichts Bleibendes gibt. Wenn man lang genug fernsieht, bekommt man ein verzerrtes Weltbild. Ein normaler Lebensrhythmus kommt einem langsam, langweilig vor.
Nach Johnny Carson bringe ich Mutter ins Bett, nebst Valium und einem Glas Wasser auf dem Nachttisch. Ich will nichts mehr von Drogensucht hören. Wenn sie nicht schlafen kann, soll sie sie nehmen. Es ist ihr Leben. Ich lerne, aber nur langsam.

Jetzt kann *ich* nicht einschlafen. Ich ertappe mich dabei, wie ich unverwandt diese „Malen-nach-Zahlen-Bilder" anstarre, die Dad von der Mutter Gottes und dem Herzen Jesu gemalt hat. Aus irgendeinem Grund sind sie vertauscht. Gewöhnlich hingen sie so, daß man das Herz Jesu zur Linken sah.
Ich kann nicht behaupten, je bewußt wahrgenommen zu haben, wie diese Bilder hingen, aber im Laufe von neun Jahren katholischer Privatschulerziehung muß es sich irgendwie eingeprägt haben.

Ich denke nicht genug nach, die Gedanken tauchen aus dem Nichts auf. Aber vielleicht ist Denken nichts anderes. Und da kommt mir gerade noch ein Gedanke. In meinem gegenwärtigen Alter würde ich Jesus, selbst in seiner spätesten Phase, mit dreiunddreißig, als rotznäsigen Jüngling ansehen, als einen spät pubertierenden Scharlatan. Ich liege im Halbdunkeln und denke, Johnny, mein lieber Mann, du wirst wirklich alt.

Als ich ein Junge war, schien der Bart Jesus älter zu machen, als gehöre er zu einer anderen Spezies Mensch, ernsthafter, eine Großvater- oder Vaterfigur.

Heute tragen die Jungen Bärte. Einen Bart zu haben ist wie das Tragen von Turnschuhen oder Sweatshirts eine billige Masche, jugendlich zu wirken.

Ich betrachte Maria. Sie kann kaum älter als sechzehn oder siebzehn gewesen sein, als sie Jesus bekam. Nehmen wir mal an, der Erzengel Gabriel kam tatsächlich auf die Erde und sagte ihr, daß Gott der Vater sei und daß auch das Baby Gott sei, und sagte ihr auch gleich noch, wie sie das Kind nennen solle; würde sie das sieben oder acht Monate danach noch immer glauben können?

Und was muß Joseph, wenn er tatsächlich nichts mit ihr zu tun gehabt haben sollte, gedacht haben?

Und was ist aus Joseph geworden? Von Jesus' zwölftem Lebensjahr an hört man nichts mehr von ihm. Selbst wenn er nicht Jesus' Vater war, könnte immerhin erwähnt werden, daß er starb oder sich aus dem Staub machte oder von einem wildgewordenen Esel über den Haufen gerannt wurde; irgend etwas.

Und was für ein schäbiges Datum sie sich für den Geburtstag des heiligen Joseph ausgedacht haben, zwei Tage nach dem großen Saint Patrick's Fest. Eigentlich wissen sie überhaupt nicht, wann die beiden geboren wurden, sie hätten jeden beliebigen Tag aussuchen können. Joseph darf lediglich die Esel und Kühe hüten, während Jesus geboren wird; später noch ein bißchen Tischlerunterricht geben.

Und dann die Hochzeit von Kana. Maria ist ganze sechsundvierzig oder siebenundvierzig; schönes Alter für eine Frau, voll erblüht und noch keine echten Altersanzeichen. Und Maria drängt Jesus in seine Laufbahn, bevor er soweit ist; möchte ihren Freunden beweisen, was für ein Prachtkerl ihr Sohn ist. Ich frage mich, ob er vorher zu Hause ein paar Taschenspielertricks ausprobiert hat.

Oder vielleicht war Maria es auch leid, einen dreißig Jahre alten Tagedieb von einem Sohn zu Hause herumhocken zu haben.
Ich betrachte die beiden Bilder und sinniere. Ich habe viel übrig für Phantasie, aber das hier war ja angeblich Wirklichkeit. All diese mystischen Vorstellungen durchdringen die Psyche und verändern einen Menschen. Ich wüßte gern, wieviel davon noch in mir steckt; sicherlich noch eine ganze Menge. Ich liege da draußen im Bett und gebe mich meinen frevlerischen Gedanken hin und frage mich, was hinter alledem steckt.

Am nächsten Morgen ruft Ethridge an. Mutter nimmt den Anruf entgegen; sie preßt den Hörer an die Brust und macht übertriebene flüsternde Mundbewegungen. „Er will *dich* sprechen, Jacky." Ich gehe an den Apparat im Wohnzimmer. Sie kann an ihrer Strippe bleiben und mithören.
Ethridge meldet sich in kühlem, beherrschtem Ton. Dieser Anruf muß ziemlich weit obenan auf seiner Liste stehen; es ist erst Viertel nach neun.
Er läßt sich über Grundsätzliches an Dads Zustand aus und ergeht sich im üblichen Medizinerjargon. Ich höre zu. Schließlich kommt er zur Hauptsache.
„Ich habe angeordnet, daß Ihr Vater heute entlassen wird, Mr. Tremont. Sie können ihn nach zwölf abholen."
Ich bin wie vor den Kopf gestoßen. Ich kann es nicht fassen.
„Wollen Sie damit sagen, daß er wieder zu sich gekommen ist?"
„Nun, eigentlich nicht, aber er ist in einer sehr stabilen Verfassung."
„Wie können Sie ihn dann entlassen? In seinem Zustand kann er außerhalb eines Krankenhauses nicht überleben."
„Nun, Mr. Tremont, der Zustand Ihres Vaters ist vom ärztlichen Standpunkt aus stabil; wir können nicht viel für ihn tun. Er ist im Grund ein Pflegefall."
„Was hat das zu bedeuten? Was heißt hier Pflegefall?"
„Mr. Tremont, wir können Klinikbetten einfach nicht mit Patienten belegen, denen durch ärztliche Betreuung nicht geholfen werden kann."
Ich habe noch immer Mühe zu begreifen.
„Aber Dr. Ethridge, wir haben es ja versucht, ihn zu Hause zu pflegen. Ich habe mit ihm in seinem Bett geschlafen, ihn gefüttert und gebadet, meine ganze Zeit mit ihm verbracht und konnte ihn dennoch nicht am

Leben erhalten. Er *braucht* Krankenhauspflege."
Es tritt ein kurzes Schweigen ein. Ethridge sammelt seine begrenzte Geduld.
„Mr. Tremont, Ihr Vater gehört vermutlich in ein Pflegeheim. Ich werde ihn noch einen Tag länger hierbehalten, damit Sie Zeit haben, einen Platz für ihn zu finden. Die Sozialfürsorger hier an der Klinik sind bestimmt in der Lage, Ihnen dabei behilflich zu sein."
Er legt auf.
Ich sitze da und weiß nicht, was ich machen soll. Ich höre Mutter durch den Flur näherschlurfen. Sie ist völlig aufgebracht; schüttelt die Faust.
„Ich wußte es ja immer, daß dieser Ethridge ein Strolch ist! Daddy hing bloß an ihm, weil er auch aus Wisconsin kommt. Ich weiß, daß er bei dieser Gallenoperation einen Fehler gemacht hat."
Ich geleite sie zu einem Stuhl.
„Immer mit der Ruhe, Mom. Wenn du noch einen Herzinfarkt kriegst, ist damit niemand geholfen."
„Wer hat über zwanzig Jahre lang bezahlt, nur damit die ihr großes Krankenhaus bauen konnten? Wir zahlen und zahlen, und jetzt, wenn wir sie brauchen, werfen sie uns raus. Eine Bande Juden und Nigger, nichts weiter."
Sie weint.
„Jacky, ich will nicht, daß Daddy in ein Altersheim kommt. Stell dir das doch mal vor. Die ganzen Jahre haben wir gearbeitet und gespart und euch Kinder versorgt, und jetzt soll er so enden."
„Es ist ein Pflegeheim wie das weiter unten an der Straße in eurer Nachbarschaft, Mutter, kein Altersheim."
„Erzähl mir nichts. Es ist nur ein hochgestochener Name für ein und dieselbe Sache. Dad und ich haben immer zu diesen armen Geschöpfen da drüben reingeguckt und Mitleid mit ihnen gehabt. Wir waren so froh, ein eigenes Haus zu haben, und jetzt passiert es ihm selber."
Sie weint. Ich warte ab. Ich möchte Joan anrufen, aber zuerst muß ich die Dinge hier in den Griff bekommen. Haben wir überhaupt eine Wahl? Ich weiß nicht, wie ich die Klinik dazu zwingen könnte, Dad dazubehalten. Ich weiß, daß ich ihn unter keinen Umständen hier versorgen kann, vor allem dann nicht, wenn Mutter da ist. Er muß in ein Heim, anders geht es nicht. Endlich gelingt es mir, Mom zu beruhigen; ich rufe Joan an.
Ich schildere ihr die Lage und beschreibe ihr, wie aufgebracht Mom ist.

Joan bittet mich, Mom an den Apparat zu holen. Ich lehne mich zurück. Ich sehe sie etwa fünf Minuten lang nicken und Ja sagen, Beschwerden vorbringen und klein beigeben, und dann gibt Mutter mir den Hörer wieder.
„Ich glaube, daß Mom begriffen hat, Jack. Es ist in erster Linie ein psychisches Problem. Dahinter steckt die uralte Furcht vor dem Armenhaus. Sie wird schon wieder werden. Fahr du ins Perpetual Hospital und sprich mit den Sozialfürsorgern."
Genauso wird es gemacht. Ich mache Frühstück für Mom und mich. Sie schwankt noch immer zwischen Einverständnis und Widerstand. Billy kommt aus seinem Gartenzimmer, und ich erzähle ihm, was los ist. Er ist wild entschlossen, die Klinik niederzubrennen. Er bringt Mom erneut auf die Palme. Hinter ihrem Rücken gestikuliere ich verzweifelt, daß er sich abregen soll. Guter Gott, es ist auch so schon schwer genug.

Nachdem ich dreimal mit der Kirche ums Dorf gescheucht worden bin, entdecke ich die Sozialberatungsstelle im Klinik-Souterrain. Die Frau, zu der ich geschickt worden bin, ist eine nette Person; sie kann zuhören. Sie telefoniert, prüft Unterlagen, läßt sich Dads Krankengeschichte kommen. Sie überstürzt und erzwingt nichts. Sie erläutert mir, was es mit den von der Perpetual-Versicherung geführten Pflegeheimen für Mitglieder auf sich hat. Sie nennt mir Namen von anderen Einrichtungen, die von Perpetual anerkannt werden.
Ich bin entsetzt über die Preise. Mom wäre in kürzester Frist blank. Ich frage, ob Dad die Voraussetzungen für eines von der Perpetual-Gruppe geführten Heime erfüllt. Die Kosten dafür werden von der Versicherung übernommen. Ich komme mir vor wie einer, der vor Gericht singt, bloß um billig davonzukommen.
Sie lächelt, spricht mit einem leicht schottisch oder ähnlich gefärbten Tonfall, ist etwa so alt wie ich, vielleicht jünger; angegraute schwarze Haare, hellblaue Augen.
„Ja, also, Mr. Tremont, wenn er ärztliche und nicht nur rein pflegerische Betreuung braucht, könnte er die Voraussetzungen erfüllen." Sie liest Dads Krankengeschichte sorgfältig durch, blickt auf und lächelt. „Hier steht, daß Ihr Vater einen Dauerkatheter hat; das fällt eindeutig unter ärztliche Betreuung. Wenn er mit diesem Katheter entlassen wird, dürften Sie keine Schwierigkeiten haben."
Sie freut sich für mich, für Dad. Mir dreht sich der Magen um. Bin ich

bereit, ihm für runde dreißig Dollar pro Tag einen Katheter zuzumuten? Steht es mir zu, das zu entscheiden?
Ich bedanke mich bei ihr und sage, daß ich gleich wieder zurück sein werde. Ich stehle mich die Treppe hinauf und lungere in der Urologie herum, bis ich Sam in einer freien Minute erwische. Er erinnert sich sofort an mich.
„Das mit Ihrem Vater tut mir wirklich leid, Mr. Tremont. Ich habe noch nie erlebt, daß es mit jemand so schnell bergabging."
Ich erkundige mich nach dem Dauerkatheter. Er sagt, Santana hätte angeordnet, daß er heute nachmittag entfernt werden solle. Ich frage ihn, ob der Katheter auch liegenbleiben kann. Er sieht mich an. Ich erkläre ihm die Situation. Er schüttelt den Kopf.
„Da müssen Sie Dr. Santana fragen. Er wird gleich kommen. Sprechen Sie mit ihm."
Als Santana kommt, gehe ich auf ihn zu. Er macht zwei Schritte rückwärts.
„Dr. Santana, könnten Sie den Dauerkatheter bei meinem Vater noch etwa eine Woche liegenlassen?"
Er sieht mich an; wünscht mich zum Teufel.
„Vom ärztlichen Standpunkt aus wäre das ganz vernünftig, Mr. Tremont. Haben Sie einen bestimmten Grund?"
„Das Pflegeheim, in dem ich ihn gern unterbringen würde, würde das vorziehen."
Ich belasse es dabei, in der Hoffnung, daß er nicht bis ins einzelne auf dem laufenden ist über diese Dinge. Er sieht mich wieder an. Er hat Papiere in der Hand, in denen er immer wieder blättert.
„Gut, Mr. Tremont, wir werden ihn liegenlassen."
Er geht. Ich laufe zu Sam und fange an zu erklären. Er lehnt am Anmeldetisch der Urologie und hebt abwehrend die Hand.
„Ich hab schon gehört. Ist gut. Er soll morgen entlassen werden, nicht wahr?"
„Genau. Vielen Dank, Sam; vielen Dank für alles."
Wir schütteln einander die Hände, und ich mache mich wieder auf den Weg nach unten. Ich berichte der Beraterin, die Mrs. Trumbull heißt, daß der Katheter liegenbleibt. Sie geht ihre Kartei durch.
„In Cottage Villa könnte ein Platz frei sein. Ich werde gleich mal anrufen."
Am Telefon schildert sie Dads Situation. Sie blickt zu mir auf und

lächelt, als sie den Hörer auflegt.
„Im Moment ist kein Platz frei, aber es soll bald einer frei werden. Sie möchten bitte zu einem Gespräch vorbeikommen."
Sie zieht eine Karteikarte mit einer Adresse heraus und unterschreibt sie. Cottage Villa liegt knapp einen Kilometer weit entfernt oben auf einer Anhöhe, wo sich der San-Diego- und der Santa-Monica-Freeway kreuzen. Dort fahre ich hin.

Von außen macht das Heim einen phantastischen Eindruck. Es ist nach vorn U-förmig angelegt und umschließt einen großflächigen Rasen voll blühender Blumen. Bunte Sonnenschirme sind darüber verteilt und kleine picknickartige Tische. Es könnte ein preiswerterer Golfclub in Palm Springs sein.
Von den Bögen des U führen zwei lange Korridore nach hinten. Der Rollstuhl in sämtlichen Variationen ist das Leitmotiv; rostfreier Stahl und trostlose Mienen, blasse, faltige Haut, weiße Haare, alle in Bademäntel gekleidet. Ich frage mich zur Anmeldung durch.
Die Dame dort erklärt mir, daß Pflegeheime zu siebzig Prozent von Frauen belegt seien; Männer würden jünger sterben. Ich hätte es glücklich getroffen, weil einer der Männer innerhalb der nächsten achtundvierzig Stunden sterben werde; Dad könne seinen Platz einnehmen.
Sie fragt, ob ich das Zimmer sehen möchte, aber mir ist nicht danach zumute. Sie zeigt mir ein anderes, das genauso eingerichtet ist. Es sieht aus wie ein kleines Motelzimmer mit Gitterbetten. Es hat eine Tür zum Flur und ein Fenster zum Parkplatz. Ein Mann sitzt selbstversunken in einem Rollstuhl am Fenster.
Sie sagt, sie wolle die Klinik anrufen und Bescheid sagen, sobald sie meinen Vater herüberbringen können; die Klinik werde für den Krankenwagen sorgen. Ich berichte ihr von dem Dauerkatheter und frage, ob man ihn sobald wie möglich entfernen könne, ohne daß Dad die Kostendeckung durch Perpetual verlorengehe.
„Machen Sie sich da keine Sorgen, wenn er erst einmal hier ist, haben wir freie Hand. Die Ärzte sind sehr verständnisvoll."
So etwas hatte ich im stillen gehofft.
Mein Gott, was für eine Erleichterung, wieder hinauszukommen. Ich blicke in die Sonne, dann über die Grünfläche auf eine beinahe unbewegte Szene auf der Terrasse. Ich fühle mich leichtfüßig, sorglos, tatkräftig. Ich werfe mich beschwerdefrei in den Wagen, trete aufs Gas und

fahre rasant aus dem Parkplatz, etwas, das niemand da drin jemals wieder tun wird.

Zu Hause kommt Mutter mir über den Flur entgegengeschlurft. Bevor ich den Mund aufmachen kann, hebt sie schon an. Sie kann sich nicht mit dem Gedanken abfinden, daß Dad in ein Heim soll. Ob wir nicht lieber eine ausgebildete Schwester anstellen sollten, die Dad hier zu Hause pflegen könnte? Wir würden das hintere Schlafzimmer für sie herrichten, so daß sie sogar hier wohnen könnte.

Daran hatte ich noch gar nicht gedacht. Eben meinte ich noch, alles geregelt zu haben, jetzt kommt sie damit. Ich setze mich, um Luft zu holen, höre ihr zu, nicke, versuche, die Dinge in die Reihe zu bekommen.

Ich nehme den Telefonhörer auf und rufe Joan an. Das ist die beste Art, Mom von dem Heim zu erzählen, ohne unterbrochen zu werden. Ein Telefon hat etwas Magisches. Die meisten Leute unterbrechen einen, wenn man mit ihnen redet oder jemand anders im selben Raum etwas erzählt, würden aber nicht wagen, einen zu stören, wenn man mit jemand anders telefoniert. Ich berichte Joan vom Stand der Dinge, auch von dem Dauerkatheter. Joan ist mit allem einverstanden.

„Denk dran, Jack. Das ist nicht der Weisheit letzter Schluß. Wenn es uns nicht paßt, können wir ihn immer wieder da rausholen."

Ich erwähne den neuen Gedanken mit der Pflegerin. Joan sagt, sie wolle mit Mutter sprechen. Ich reiche Mutter den Hörer, gehe nach hinten ins Schlafzimmer, strecke mich lang auf dem Bett aus und höre von dort aus mit.

Joan schafft es wieder. Sie hat sich schon einen Gesichtspunkt zurechtgelegt.

„Sieh mal, Mutter. Es ist auch nicht anders, als wenn er im Krankenhaus läge, bloß, daß es näher ist. Er wird ärztliche Betreuung haben, etwas, das wir ihm nicht bieten können. Es liegt günstig für Besuche. Während er dort ist, können wir uns ja nach einer Pflegerin umsehen, die bei euch wohnt. Wir können nicht von heute auf morgen jemand finden, das wird seine Zeit dauern. Wir werden den katholischen Wohlfahrtsverband einschalten."

Ich lege auf und versuche, mich auszuruhen. Ich war den ganzen Tag lang angespannt, und mein Blutdruck ist auf Hochtouren. Eine von Mutters Valiumkapseln und ein Glas sind neben dem Bett. Ich stürze das

Zeug hinunter, strecke mich aus und warte ab.
Es ist erstaunlich, wie rasch es wirkt. Vielleicht bilde ich mir alles auch nur ein, aber ich habe das Gefühl, mich zu lösen. Die Sorgen, die an den Rändern meines Unterbewußtseins entlangkrochen, ziehen sich zurück und klingen ab. Ich will gar nicht schlafen, nur in diesem friedvollen Zustand ohne alle Hektik verharren.
Mom kommt zu mir nach hinten, nachdem sie aufgehängt hat. Während der paar Schritte über den Flur scheint sie ihre Meinung geändert zu haben. Sie fängt damit an, daß niemand sich um alte Menschen kümmert.
„Selbst wenn man Geld hat, wollen sie einen irgendwohin zu irgendwelchen Fremden abschieben. Das war früher nicht so. O nein! Meine Schwestern und ich haben *meine* Mutter sieben Jahre lang gepflegt, als sie halb gelähmt war. Und dann, nach ihrem Tod, haben wir uns in die Fürsorge für Pop geteilt.
Und man kann natürlich nicht mit einem Besuch oder einem Anruf von seinen Enkeln rechnen, nicht mal, wenn man zwei Herzinfarkte hinter sich hat und der Ehemann im Krankenhaus im Sterben liegt; es ist ihnen piepegal. Kein Mensch interessiert sich für einen, wenn man alt ist."
Sie weint nicht, betet nur diese Anklagepunkte herunter, als wiederholte sie eine Art Litanei. Ich mag nicht mit ihr streiten.
Ich schwebe noch immer auf der Valiumwolke. Ich höre Mom zu, aber sie belemmert mich überhaupt nicht. Ich genieße es beinahe. Ich fühle mich wie ein Meister-Guru, bereit, der Welt meinen Rat zu erteilen.
Am nächsten Tag macht Joan sich auf die Suche nach einer Pflegerin. Mutter ist bereit, achtzehn Dollar pro Tag zu bieten, zusätzlich zu Unterkunft und Verpflegung. Aber zu diesem Preis wird sie nie jemand mit einer guten Ausbildung bekommen.
Und Mutter hat so viele Vorbehalte. Die Person muß katholisch sein, darf weder trinken noch rauchen; selbstverständlich darf es weder eine Schwarze noch eine Mexikanerin, noch eine Kubanerin sein. Mutter hat es besonders mit den Kubanern. Eigentlich darf es überhaupt niemand mit irgendeiner Art von fremdländischem Akzent sein. Und auch niemand zu Junges oder zu Altes. Wir suchen nach einem häßlichen weiblichen Wesen über vierzig, unter fünfzig, das die Heiligsprechung anstrebt. Ich bin froh, daß das in Joans Aufgabenbereich fällt.
Ich werde so viel Zeit wie möglich in dem Heim verbringen. Ich möchte mich selbst von der Pflege überzeugen, die Dad zuteil wird. Ich kenne

die üblichen Horrorgeschichten von Mißhandlungen, übermäßiger Sedierung und Vernachlässigung. Ich hoffe, daß er nur ein oder zwei Wochen dortbleiben muß, bis Joan jemand gefunden hat.

Am nächsten Tag kommt ein Anruf aus dem Perpetual Hospital; Dad wird nach Cottage Villa verlegt. Er wird mit dem Krankenwagen der Klinik noch vor Mittag dort eintreffen. Ich sage Mutter Bescheid, bereite ihr Frühstück zu und fahre hinüber.

Er kommt auf einer Krankenliege an. Der Katheter liegt nach wie vor. Ich gehe neben der Liege her, während sie ihn in sein Zimmer rollen. Er ist verschreckt, wirft den Kopf hin und her, blickt um sich, ohne etwas wahrzunehmen. Er erkennt mich nicht und reagiert nicht.

Das Pflegepersonal beginnt die Mittagsmahlzeit auszuteilen. Auf Dads Krankenblatt steht, daß er gefüttert werden muß. Eine bildhübsche, blaßbraune Frau mit einem braunen und einem fast grünen Auge macht sich an diese Aufgabe. Wir kurbeln das Bett hoch; Dad trägt einen Sicherheitsgurt um Taille und Handgelenke. Sie öffnet die Essensbehälter und spricht unterdessen die ganze Zeit in sanftem Tonfall mit ihm. Sie hat dem Krankenblatt seinen Namen entnommen, spricht ihn aber „Mr. Truman" aus. Ich sage ihr, wie man ihn ausspricht. Sie fragt nach seinem Vornamen, und während sie mit dem Füttern anfängt, redet sie ihn mit „Jack" an, um seine Aufmerksamkeit auf sich zu lenken. Dads Augen sind an die ihren geheftet, aber er öffnet und schließt den Mund, jedesmal wenn sie seine Lippen mit dem Löffel berührt, und er schluckt.

„So ist es recht, Jacky, das ist lieb; jetzt noch ein paar Karotten."

Sie hat eine wohlklingende Stimme und eine bildschöne Figur. Ich frage mich, warum sie eine Arbeit wie diese übernommen hat, wie ihr zumute ist unter all diesen alten Menschen. Ich hoffe, daß sie Mitleid für diese Leute hier aufbringen kann, daß sie ihr so viel Mühe wert sind.

Ich stehe auf der anderen Seite, sehe ihr zu und versuche, ihr ein paar Tricks abzugucken. Sie lächelt mich an, während sie löffelt, und wir unterhalten uns.

Sie schiebt Dad einen Löffel voll Pudding in den Mund. „Sie brauchen nicht hier rumsitzen, wenn Sie nicht wollen; ich komme prima mit Ihrem Vater aus; er macht mir gar keine Mühe."

„Ist es Ihnen recht, wenn ich zusehe?."

Sie sieht mich mit einem raschen Lächeln an. „Ich habe nichts dagegen, wenn Sie zusehen wollen. Es macht mir nichts aus."

Ich spreche mit Dad, während sie ihn füttert. Er beachtet mich nicht. Seine Augen hängen an dem Mädchen, und er macht bereitwillig mit. Er öffnet den Mund schon wieder für die nächste Fuhre, sobald er heruntergeschluckt hat, noch bevor sie seine Lippen mit dem Löffel berührt. Ich betrachte sie. Ihre Arme sind voll, aber nicht mollig oder dick; der weiße Kittel ist gestärkt und liegt eng an ihrem Körper an. Es ist ein leichtes Material, so daß ich einen deutlichen Unterschied feststellen kann zwischen dem Aufschlag am Ende des Ärmel und an den Stellen, wo der Stoff unmittelbar ihre Haut berührt.

Als sie fertig ist, frage ich sie, ob ich Dad auf die Terrasse hinausschaffen kann.

„Das wäre bestimmt schön für ihn."

Wir nehmen ihm die Gurte ab, mummeln ihn fest in seinen Bademantel ein und betten ihn nebst seiner Urinflasche um in einen Rollstuhl. Unter dem Sitz befindet sich eine Halterung für die Flasche. Er sieht besser aus im Sitzen. Jede Stimulierung ist besser für ihn, als angsterfüllt im Bett zu liegen.

Ich schiebe ihn durch die Flure. Er hat sich angewöhnt, die Unterlippe hängen zu lassen; das paßt gar nicht zu ihm. Eines von Dads typischen Merkmalen war Zeit seines Lebens ein straffer Zug um Lippen und Kiefer. Jetzt, wo sein Unterkiefer erschlafft und die Lippe schmollend vorgeschoben ist, wo sein Kopf vornüberfällt und die Augen unter den Augenbrauen hervorglupschen, sieht er aus wie Charles Laughton, als er den Captain Bligh in der *Meuterei auf der Bounty* spielte. Er ist nicht wiederzuerkennen.

Draußen suche ich einen freien Tisch mit Sonnenschirm für ihn und bringe Dad im Schatten unter. Ich setze mich neben ihm in die Sonne. Ich spreche darüber, wie angenehm es ist, wie gut die Sonne tut. Ich rede über die Blumen, erwähne einige mit Namen. Wir sitzen fast eine Stunde so da. Ich bin nahe daran, schlappzumachen, die bleierne Stille der Umgebung in mich hineinsickern zu lassen.

Dann fängt er an zu reden. Zunächst spricht er mümmelnd mit sich selber. Seine Stimme ist so leise, so eingerostet, daß ich nichts mitbekomme. Ich beuge mich von hinten dicht zu ihm, um ihn nicht abzulenken. Seine Augen und sein Kopf sind in Bewegung, verfolgen etwas. Er sieht irgend etwas, drüben, jenseits der Wiese, hinter dem Ausgang, in Richtung der Brückenauffahrt zur Fernstraße. Ich beuge mich noch näher.

„Weißt du, Ed; wir müssen bald ran und die Gurken abernten."
Er dreht sich nach mir um, sieht durch mich durch, wartet auf Bestätigung. Ich nicke. Ich möchte, daß es weitergeht.
„Da hast du recht, Jack; wir müssen wirklich ran."
„Die Konservenfabrik zahlt fünfundsiebzig Cent pro Faß; jetzt ist die richtige Zeit zum Verkaufen."
„Stimmt genau, Jack; meinst du, daß wir sie bis morgen reinkriegen können?"
Er sieht mich ernst an. Er hat mehr von dem näselnden Wisconsin-Tonfall in der Stimme als sonst.
„Vergiß nicht, Ed, morgen müssen wir Dad ausmisten helfen. Denk dran."
„Ach ja, stimmt, Jack. Das hatte ich ganz vergessen."
„Aber wir können ja gleich danach anfangen und dann den Rest nach dem Melken abernten. Wir können uns das Pferdegespann ausborgen und sie Samstag reinschaffen."
„Gute Idee, Jack. So machen wir es."
Er sitzt vornübergebeugt da, schüttelt den Kopf, lächelt. Ich warte, aber das war alles. Was ich auch sage, nichts bringt ihn wieder in Gang. Als es kühl wird, rolle ich Dad ins Haus und richte sein Bett. Die Schwester hilft mir. Wir machen uns jeder auf einer Seite des Bettes zu schaffen und straffen und befestigen die Gurte. Sie sagt mir, daß sie Alicia heißt.
Ich erzähle ihr, daß ich genauso wie Dad heiße, daß ich in Paris lebe, daß ich Künstler bin, daß ich hergekommen bin, weil Mom schwerkrank ist. Mir ist bewußt, daß es nicht glaubhaft klingt, nicht einmal mehr für mich.
„Wie gefällt Ihnen die Arbeit hier?"
Sie macht eine Grimasse, zuckt mit den Schultern, seufzt.
„Es ist so deprimierend. Ich arbeite seit fünf Jahren in solchen Einrichtungen. Man zieht immer den kürzeren; vom Alter wird niemand gesünder."
Sie geht ans Fußende des Bettes. „Aber wenn man allein ist und eine kleine Tochter hat, muß man eben arbeiten, und so einfach sind Jobs nicht zu finden. Hier kann ich meine Zeit meistens selber einteilen. So schlecht ist es gar nicht."
Sie sieht auf ihre Uhr; sagt, daß sie gleich frei hat. Die andere Schwester wird Dad heute abend füttern. Ich frage sie, ob ich sie irgendwohin mitnehmen kann. Sie wirft mir einen raschen Blick zu.

„Vielen Dank, das ist sehr nett, aber Missus Kessler, die das Heim hier leitet, geht an die Decke, wenn ich mit Ihnen losziehe."
Sie kichert, blickt zu Boden, schüttelt den Kopf. Ich glaube, sie hat mich falsch verstanden.
„Ich wollte bloß kurz nach Hause fahren, um nach meiner Mutter zu sehen, und dann wieder herkommen und beim Füttern helfen. Ich dachte, ich könnte Sie vielleicht irgendwo absetzen."
Sie sieht mich an, hält den Kopf schief.
„Mensch, sind Sie nett zu Ihren Eltern. Kaum einer kommt die Leute hier besuchen. Ich kenne einige, die seit Jahren keinen Besuch hatten, nicht mal einen Brief gekriegt haben."
Sie wendet sich ab, hält kurz inne an der Tür.
„Selbst wenn Sie schwarz wären, würde Missus Kessler Krach schlagen."

Zu Hause ist alles in Ordnung. Billy hat sich in Dads Schaukelstuhl gelümmelt, und sie sehen sich irgendeine Show an. Ich sage ihm, daß ich wieder zurückkommen werde, sobald ich Dad gefüttert habe, und daß er dann den Rest des Abends etwas unternehmen kann. Mutter betont, sie sei in bester Verfassung und brauche keine Babysitter, die den ganzen Tag auf sie aufpassen.
Ich helfe Billy, hinten in seinem Zimmer aufzuräumen. Billy weiß nicht, ob er es noch lange aushält. Mutter macht ihm unentwegt die Hölle heiß wegen seiner Haare, weil er barfuß läuft, weil er sich die Zehennägel nicht schneidet, wegen seiner Pickel, seiner Körpergerüche, seiner Furzerei.
Er sagt, ein Studienfreund aus Santa Cruz käme bald zu Besuch, ob es in Ordnung sei, wenn sie zu zweit das Gartenzimmer bewohnten. Ich sage, daß ich es mit Mom besprechen werde. Mir schwant, daß es schwierig werden wird. Höchstwahrscheinlich ist sein Freund auch barfuß und bärtig und spielt den lieben langen Tag dieselben zwanzig Lieder auf der Gitarre. Ich werde ihm auch schlecht vorschreiben können, wie er sich Mom gegenüber verhalten soll. Die Dinge entgleiten mir, und ich bin allmählich ziemlich abgekämpft.

Am dritten Tag helfe ich wieder, Dad seine Mittagsmahlzeit zu füttern. Ich finde ihn verkrampft und angespannt vor. Seine Lippen beben, er schnattert besinnungslos, und seine Augenlider zucken. Ich kann ihn

nicht zum Essen bewegen. Es ist schon schwierig, seinen Mund aufzubekommen; aber dann, wenn uns das gelingt, beißt er heftig auf den Löffel. Es ist so wie damals, als er das Elavil bekam.
Ich frage Alicia, ob er seine Blutdrucktabletten bekommen hat oder ob er vielleicht Valium braucht; oder sonst irgend etwas, um diese Übererregung zu dämpfen. Sie holt seine Krankenblätter, kommt zurück und zeigt sie mir. Es steht nichts von einer medikamentösen Therapie darin. Vom Perpetual Hospital wurde nichts mitgeschickt über seinen Behandlungsverlauf oder die verordneten Medikamente!
Ich gehe hinaus und bitte die Heimleiterin, die Klinik anzurufen. Ich renne zum Wagen, dort ist das Valium, das ich soeben für Mom besorgt habe; meine Blutdruckmanschette habe ich auch dabei, die schnappe ich mir ebenfalls. Als ich zurückkomme, versucht Dad praktisch abzuheben. Er zerrt an den Gurten, weil er unbedingt aufstehen will, und wird immer wieder zurückgerissen. Er knirscht mit den Zähnen und stöhnt. Ich wickele ihm mühsam die Manschette um den Arm und blase sie auf. Er hat zweihundertvierzig zu hundertzwanzig. Alicia holt die Krankenschwester.
Die Schwester zieht die eigene Blutdruckmanschette hervor und ermittelt denselben Wert. Ich möchte, daß sie ihm etwas Valium gibt, ein Sedativum, irgend etwas. Er könnte einen Schlaganfall bekommen. Aber sie traut sich nicht, ohne einen Arzt. Sie will warten, bis der Bericht vom Perpetual Hospital da ist. Ich stürze hinaus ans Bürotelefon und schlage mich zu Ethridge durch. Das Warnsystem muß ausgefallen sein, denn ich komme rasch durch. Ich berichte ihm, was vorgefallen ist.
„Das ist zu dumm, Mr. Tremont. Wir werden uns sofort darum kümmern. Der Krankenbericht wird dem Heim zugestellt."
Der Schlawiner ist noch immer äußerst arrogant – immer diese Bauerntölpel, die den Führungspersönlichkeiten mit den großen Menschheitsaufgaben in die Quere kommen.
„Das geht zu weit, Dr. Ethridge! Mein Vater wird nirgends fachgerecht behandelt. Was ist eigentlich los; hoffen Sie alle, daß er stirbt, damit Sie die Verantwortung los sind?"
„Kommen Sie, Mr. Tremont; wir wollen doch nicht hysterisch werden."
„Gottverdammich, ich bin nicht hysterisch; ich versuche bloß, meinen Vater am Leben zu erhalten, und ich bekomme dabei praktisch keine Unterstützung, weder von Ihnen noch vom Krankenhauspersonal."

Das wirkt. Er platzt innerlich. Mit eisiger Stimme fängt er an, sich selbst als einen Mediziner darzustellen, der dem Eid des Hippokrates verpflichtet ist. Minutenlang tönt er selbstgerecht vor sich hin. Ich unterbreche ihn.

„Dr. Ethridge, können Sie mal kurz die Luft anhalten, um meinem Vater etwas zu verschreiben? Unter Umständen stirbt er, während Sie mir erzählen, wie großartig Sie sind."

Schweigen. Ich erwarte fast, daß er den Hörer hinknallt.

„Ich teile Ihnen hiermit offiziell mit, Mr. Tremont, daß ich die Behandlung Ihres Vaters abgebe. Ich entbinde mich selbst von der Verantwortung für seinen Fall. Ich werde dafür sorgen, daß ihm ein anderer Arzt zugewiesen wird."

Ich brülle in den Apparat, bevor er auflegen kann.

„Sie sind bereits aus der Verantwortung entbunden, Dr. Ethridge. Und sparen Sie sich die Mühe, einen anderen Arzt zu suchen, ich werde selbst einen finden! Ich rate Ihnen hiermit *offiziell*, schleunigst nachzusehen, ob die Beiträge für Ihre Ärzte-Haftpflichtversicherung bezahlt sind, denn die werden Sie brauchen! Die Weitergabe des Krankenberichts lag unmittelbar in Ihrer Verantwortung, und Sie sind eindeutig im Unrecht!"

Ich hänge auf. Mrs. Kessler starrt mich mit verkniffenem Mund an. Sie will keinen Ärger. Sie will ihre guten Beziehungen zu Perpetual aufrechterhalten. Das alles drücken ihre Augen, ihre Lippen aus.

Ich sage mir „Was hast du da bloß gemacht, alter Esel? Großer Gott! Was soll das nützen?"

Ich gehe in Dads Zimmer, sage Alicia, daß sie wegsehen soll, und stecke Dad zehn Milligramm Valium in den Mund. Er kaut die Kapsel zuerst, aber dann schluckt er.

Ich setze mich hin, nehme seine Hände und warte. Langsam flaut die Erregung ab. Ich lasse die Blutdruckmanschette an seinem Arm und messe etwa alle fünf Minuten. Der Druck sinkt langsam auf hundertachtzig zu hundert. Dad döst ein, und ich nehme die Manschette ab.

Ich stinke nach nervösem Schweiß. Es widerstrebt mir, jetzt zu gehen, aber ich habe Dringendes zu erledigen. Ich muß einen neuen Arzt im Perpetual Hospital suchen oder notfalls sogar eine neue Klinik ausfindig machen.

Ich fahre nach Hause zu Mutter. Tom, Billys Freund ist angekommen;

der günstigste Zeitpunkt. Er entspricht in allem meinen Vorstellungen, nur daß er Jude und ein stiller Mensch ist. Er hat sogar noch mehr Pickel als Billy und will Psychologe werden.
Mutter fällt von einem Entsetzen ins andere. Sie führt keine Jugendherberge, und so weiter und so fort. Anscheinend ließ Tom als erstes bei seiner Ankunft den Rucksack an der Tür auf den Boden fallen, während er und Billy einander umarmten.
Ob ich Billy für schwul halte? Man wisse ja nie bei diesen Hippies. Die haben doch alles auf den Kopf gestellt. Ich höre kaum hin.
Eins nach dem anderen. Ich bringe Billy und Tom nach hinten. Ich stelle anheim, daß sie es wahrscheinlich gemütlicher haben, wenn sie auf dem Grundstück in Topanga zelten. Billy hat Hemmungen, mich mit Mom allein zu lassen. Ich beruhige ihn, daß es schon gehen wird. Vielleicht kann er hin und wieder herunterkommen und mich einen Nachmittag oder einen Abend lang ablösen. Ich biete ihm an, mein Motorrad zu nehmen, wenn er will.
Tom hat ein Zelt und Schlafsäcke hinten in seinem Wagen. Ich wollte, ich könnte mit ihnen fahren.
Ich gehe ins Schlafzimmer zum Telefonieren. Ich rufe ein paar befreundete Ärzte an. Einer ist Dekan der medizinischen Fakultät an der George Washington University. Ich gebe ihm einen kurzen Überblick über die Ereignisse und frage ihn, ob er mir hier im Perpetual Hospital irgend jemand empfehlen kann. Er kennt niemand. Aber er kennt eine Ärztin im Wadsworth General Hospital und schlägt mir vor, sie anzurufen. Sie heißt Dr. Smith und ist Internistin und Urologin. Er sagt, ich könne mich auf ihn berufen.
Ich rufe noch einen befreundeten Chirurgen in Cincinnati an. Max hört sich die ganze Geschichte an. Er gibt mir eine detaillierte Beschreibung dessen, was auf neurologischem Gebiet unternommen werden sollte. Er bietet an, herüberzufliegen, falls die Dinge sich zuspitzen.
Ich rufe Dr. Smith im Wadsworth Hospital an. Ich nenne ihr den Namen meines Freundes bei der GWU und erläutere ihr, worum es geht. Sie ist sehr verständnisvoll und sagt, sie will sich nach jemand umhören, der sich auf diesem Gebiet gut auskennt, und mich innerhalb der nächsten halben Stunde zurückrufen.
Nach fünfzehn Minuten, in denen ich versuchen mußte, mir Mutter vom Leibe zu halten, klingelt das Telefon. Mom nimmt auf, bevor ich an den Apparat komme.

„Es ist eine *Frau*, für dich Jacky."
Es ist Dr. Smith. Sie hat einen guten Arzt namens Dr. Adam Chad im Perpetual Hospital ausfindig gemacht. Er sei jung, werde aber allerseits wärmstens empfohlen. Ich bedanke mich und verspreche, Jens bei der GWU ihre Grüße auszurichten. Ich hänge auf, atme tief durch und rufe Perpetual an. Ich frage nach Dr. Chad. Seine Sekretärin sagt, er werde mich zurückrufen. Ich gehe hinaus und teile Mutter mit, daß ich Ethridge den Laufpaß gegeben habe.
„Aber, Jacky, Daddy wird wahnsinnig. Du weißt doch, wie sehr er an Dr. Ethridge hing. Er ist immerhin beinahe fünfzehn Jahre lang Daddys Arzt gewesen."
Mom ist unberechenbar. Ich beschreibe ihr, was in dem Pflegeheim vorgefallen ist. Ich sage ihr, daß Dad nach meiner Überzeugung nicht die Behandlung bekommen hat, die er braucht. Ich gestehe ihr, daß ich soeben per Ferngespräch zwei befreundete Ärzte um Rat gefragt habe und nun den Namen eines guten Arztes im Perpetual Hospital weiß. Mutter wünscht zu wissen, was Dr. Ethridge getan und gesagt hat. Ich berichte ihr, daß ich ihn beschuldigt habe, Dad einfach sterben zu lassen und sich nicht wirklich um ihn zu bemühen. Das paßt in ihr Vorurteilsschema. Sie ist auf meiner Seite. Das Telefon klingelt.
Es ist Dr. Chad. Ich erkläre ihm, wer ich bin und daß mein Vater Patient in einem Perpetual-Pflegeheim ist. Ich erwähne, daß Dr. Smith ihn so nachdrücklich empfohlen hat. Ich frage ihn, ob er bereit wäre, Dad in seinen Patientenkreis aufzunehmen.
Er fragt nach dem derzeit behandelnden Arzt. Ich berichte ihm, daß Dr. Santana Dad kürzlich operiert hat, daß aber Dr. Ethridge bisher sein ärztlicher Betreuer gewesen sei. Ich sage ihm, ich hätte bereits mit Dr. Ethridge gesprochen und er sei mit dem Wechsel einverstanden.
Chad will sich nicht festlegen, verspricht aber, sich den Krankenbericht meines Vaters anzusehen und mit Dr. Ethridge Rücksprache zu halten. Mir soll es recht sein; Ethridge wird ihm was vorjammern, aber er wird froh sein, den Fall vom Hals zu haben.

Ich setze mich im mittleren Schlafzimmer an die Schreibmaschine. Zu Hause schreibe ich gewöhnlich auf einer elektrischen Maschine, und ich brauche eine Weile, mich wieder daran zu gewöhnen, auf die Tasten dieser alten hochformatigen Underwood einzuhauen. Am besten kann ich denken, wenn ich mit einem Besen zugange bin, kann ich mit der

Hand denken, das nächstbeste ist ein Pinsel, und gleich danach kommt eine Schreibmaschine.

Ich versuche, alles zusammenzutragen, alles, was sich im Zusammenhang mit Dad ereignet hat, alles, was mir aufgefallen ist. Dann tippe ich das Ganze noch einmal ab, um einen Zusammenhang hineinzubekommen. Es werden zehn Seiten daraus, einzeilig geschrieben. Es hilft, alles einmal loszuwerden und schwarz auf weiß vor sich zu sehen.

Ich rufe einen Freund aus den Studentenzeiten an der UCLA an. Heute hat er eine eigene Anwaltspraxis in Santa Monica. Ich verabrede mich mit ihm.

Mir fällt ein, ich könnte Joan anrufen, aber ich verwerfe den Gedanken wieder. Ich bin augenblicklich nicht für einen ruhigen Rat, für besonnenes Vorgehen zu haben.

Anderntags gehe ich zu meiner Verabredung mit Scotty, der früher einmal mit mir zusammen Kunst studierte. Er ist fülliger, grauer geworden; er sieht alt aus. Ich stelle mir vor, daß ich für ihn auch alt aussehe – Archie Bunker ohne Haare. Die Zeit ist eine Metze. Mutter sagt immer: „Das Alter ist nichts für Memmen." Die mittleren Jahre auch nicht, kein Lebensalter.

Scotty überfliegt meinen Schrieb. Er stellt ein paar Fragen, macht sich Notizen. Als er fertig ist, luchst er mit zusammengekniffenen Augen zu mir hoch und knallt die Papiere auf den Schreibtisch.

„Das sieht mir nach einem Schadensersatzprozeß aus, Jack; aber ich bin kein Fachmann. Die Perpetual-Versicherung ist eine Rieseninstitution und hat abgebrühte Anwälte. Außerdem haben sie die Unterlagen in der Hand; die Ärzte lügen wie gedruckt, um sich zu schützen. Das hier ist eine interne Sache, keiner von denen wird gegen den anderen aussagen."

Ich habe das Gefühl, daß er mich abwimmeln will, aber er fährt fort.

„Trotzdem sieht es so aus, als hätten sie ihre schwachen Stellen."

Er sieht mich mit dem kühlen, blicklosen Ausdruck, dem rasiermesserscharfen Lächeln eines Juristen an; mein Gott, man muß sich das mal vorstellen! Sogar einen ehemaligen Kunststudenten kriegen sie soweit.

„Paß auf, Jack, zwei der gewieftesten Fachleute auf diesem Gebiet praktizieren gleich am Stadtrand von Santa Monica. Beide sind Mediziner und Juristen; ein Ehepaar mit einer Gemeinschaftspraxis. Sie verlieren nie einen Fall. Wenn sie sich deiner Sache annehmen, wirst du gewinnen."

Das hört sich schon besser an; ich bin in Kampfstimmung.

„Wie komme ich an die Leute ran?"
Scotty ruft an und vereinbart sofort einen Termin für mich. Ich bedanke mich bei ihm. Er will kein Geld annehmen.
„Spar es für Knight & Knight, Jack; du wirst es brauchen."

Die Kanzlei von Knight & Knight liegt in einem dunkelbraunen Glas-Bürobau am Wilshire Boulevard und besteht aus einer Flucht von Räumen. Ich werde an einer Phalanx von Sekretärinnen vorbeigeleitet, über knöcheltiefe Teppiche, vorbei an massiven Mahagoniwänden, an denen kostbare, dekorative Gemälde hängen.
Die beiden, die in ihrem wohlabgeschirmten Büro hinter wuchtigen Tischen mit lederbezogenen Schreibplatten posieren, wirken wie ein Reklameposter für Segelbekleidung.
Wir schütteln einander die Hände, und ich reiche ihnen mein Resümee. Sie sitzt, und er steht und liest über ihre Schulter mit. Sie gehören zur Crème de la Crème von Kalifornien. Eine grauenhafte Vorstellung, sie als Gegner zu haben. Sie wirken tödlich, glatt und unverwundbar.
Sie hat als erste zu Ende gelesen und sieht mich durch ihre Bräune, ihre seegegerbten Augen an.
„Was wollen Sie genaugenommen, Mr. Tremont?"
Die Frage klingt selten dämlich. Aber dann wird mir bewußt, daß das eigentlich *die* Frage ist und daß ich sie nicht durchdacht habe; ich war zu zornig, um nachzudenken. Ich antworte schleppend.
„Naja, als erstes möchte ich, daß mein Vater in einem Krankenhaus untergebracht wird, wo ihm die Behandlung zuteil wird, die er braucht."
Sie sieht mich unverwandt an, mit dem Gleichmut eines Jägers. Dann wechseln sie einen flüchtigen Blick miteinander. Jetzt spricht er.
„Da steckt Stoff für einen Prozeß drin, aber es wäre ein langwieriger und mühsamer Prozeß. Wir haben bisher achtmal gegen Perpetual prozessiert und jedesmal gewonnen; in den ersten drei Fällen vor Gericht, die letzten fünf Fälle endeten mit Vergleichen. Das hier würde vermutlich in einem außergerichtlichen Vergleich geregelt. In erster Linie aufgrund unserer Erfolgsquote."
Seine Frau blickt auf. Sie verständigen sich mit einem dünnen Lächeln, Bridgepartner, die alle Trümpfe in der Hand haben. Sie übernimmt wieder die Gesprächsführung. Es ist wie bei einer Vorstellung mit Gedankenlese-Tricks, bei denen man durch das Zucken eines Fingers

oder einer Augenwimper seine Sozialversicherungsnummer verrät oder wieviel Kleingeld man in der linken Hosentasche hat.

„Wir können Ihnen versichern, daß wir eine gute medizinische Versorgung für Ihren Vater durchsetzen werden; Sie werden jedwede erforderliche Therapie beanspruchen und erlangen können. Ist es das, was Sie wollen?"

Ich schreibe kurzentschlossen im Geiste eine Vergleichssumme von einer halben Million ab; sie könnte meine Mutter, mich und unsere Nachkommen auf Generationen hinaus verderben. Ich könnte gar nicht damit leben; Perpetual ist im Unrecht, aber so sehr auch wieder nicht. Ich höre mich laut sagen: „Das ist alles, was ich möchte."

Sie faßt nach einer kleinen, von der Füllfederleiste verborgenen Stelle. Mit ihrer sonnengebräunten, stark geäderten, leicht lebergefleckten Hand zieht sie eine Karte hervor; diese Hand schmückt ein silbergefaßter Smaragd, der einer Paulette Goddard würdig wäre. Sie unterschreibt. Er nimmt ihr den Federhalter aus der Hand, eine Geste, der ein Hauch von Intimität anhaftet. Er unterschreibt ebenfalls. Sie reicht mir die Karte herüber.

„Damit gehen Sie zu Dr. Benson, dem Verwaltungschef von Perpetual. Sagen Sie ihm, Sie hätten uns wegen eines möglichen Schadensersatzprozesses eingeschaltet; zeigen Sie ihm den Bericht, den Sie verfaßt haben, genau so, wie er ist. Sagen Sie ihm, wir hätten ihn gelesen. Und dann halten Sie schriftlich sämtliche diagnostischen und therapeutischen Schritte fest, die Sie für Ihren Vater wünschen, und schicken Sie das per Einschreiben zu Händen des behandelnden Arztes an das Krankenhaus."

Während dieser Ansprache ist ihr Gatte geräuschlos um den Schreibtisch herumgeschlendert und hat sich neben mich gestellt; ich muß mich beherrschen, um nicht dauernd verstohlen zu ihm hinzuschielen; ich weiß, daß er keine Luger mit Schalldämpfer ziehen und mit gekreuzten Armen in die Ellenbogenbeuge legen wird, aber ich muß daran denken. Dabei ist er lediglich erpicht darauf, in seinem Maserati eine Spritztour zu einem kleinen Schlagabtausch zu unternehmen; nicht vor Gericht, sondern auf dem Tennisplatz. Er deutet eine zackige, steife kleine Verbeugung an.

„Wir sind der Überzeugung, daß Sie außer dieser Karte nichts brauchen werden, Mr. Tremont."

Ich nehme die Karte entgegen. Sie erhebt sich. Das war's; ich bin entlassen.

„Vielen Dank für Ihren Zeitaufwand und Ihre Mühe. Was schulde ich Ihnen für die Beratung?"
Sie zieht sich eine handgestrickte irische Jacke über die Schultern.
„Die Sekretärin wird Ihnen die Rechnung schicken. Teilen Sie uns bitte mit, ob Sie die Angelegenheit noch weiterverfolgen wollen. Und lassen Sie bitte von der Sekretärin gleich hinter der Tür zwei Fotokopien dieser Erklärung für unsere Akten machen. Auf Wiedersehen, Mr. Tremont. Ich glaube nicht, daß Sie uns noch brauchen."
Sie geleiten mich zur Tür und lächeln im Vorbeigehen: mit leeren Händen, keine Segel, keine Tennisrackets, keine Golfschläger, keine Luger.
Die Sekretärin macht die Fotokopien und eröffnet mir, daß ich die Rechnung gegen Ende des Monats bekommen werde. Später stellt sich heraus, daß sie sich auf hundert Dollar beläuft für diese kleine Karte, hundert gutangelegte Dollar für ein Pik As, das ich mir in den Ärmel stecken kann, eine Karte, mit der ich Ethridge Feuer unter dem Hintern machen kann.

Ich fahre nach Hause und versuche Mutter über alles aufzuklären. Nun fürchtet sie, daß Perpetual ihre Mitgliedschaft kündigen könnte.
„Weißt du, Jacky, sie sind nicht verpflichtet, uns drinzubehalten. Die Gewerkschaft zahlt den Großteil der Beiträge, wir bezahlen nur dreiundzwanzig Dollar pro Monat."
Ich versuche, sie davon zu überzeugen, daß sie sie nicht rausschmeißen können, nur weil wir auf einer angemessenen Versorgung für Dad bestehen. Und eigentlich spielt es gar keine Rolle. Durch Medicare sind sowieso die meisten Kosten gedeckt. Ich höre ihr zu, wie sie vom Leder zieht. Immer wenn ich meine, daß sie aufgehört hat, fängt sie wieder von vorn an.
Noch ein typisches Merkmal der Armen-Mentalität: da wird wie wild gegen Windmühlenflügel gekämpft und gedroht, aber wenn es darum geht, irgendeiner „Herren"-Figur die Stirn zu bieten, bricht der kleine Mann meistens vollkommen zusammen. Das Leben hat ihnen so übel mitgespielt, daß sie beim ersten Anzeichen einer bevorstehenden Auseinandersetzung zutiefst verängstigt reagieren. Die Angst, das bißchen Sicherheit, das sie sich ergattert haben, wieder zu verlieren, lähmt sie vollkommen.

Ich gehe Dad füttern. Ich warte noch ab mit meiner Karte. Lieber Ethridge noch ein bißchen schmoren lassen, erstmal konzentriere ich mich auf Dad.
Ich werde ihn malen. Auf diese Weise kann ich etwas Konkretes tun, während ich bei ihm sitze. Ich werde ihn draußen auf der Terrasse malen. Ich wüßte nicht, was Mrs. Kessler oder sonstwer dagegen einwenden könnte. Außerdem kann ich Alicia beweisen, daß ich tatsächlich ein Maler bin, aus Paris, Frankreich.
Alicia ist bereits mit Füttern beschäftigt, als ich ankomme. Der Behandlungsplan und die Medikamente sind eingetroffen.
„Mann, Sie haben vielleicht einen Wirbel gemacht! Großer Gott, Missus Kessler war völlig aus dem Häuschen. Hören Sie mal, Jack, Ihr Daddy ist so ein netter Mann; Sie dürfen ihm nicht einfach alles verderben."
Ich übernehme das Füttern. Sie muß noch andere Patienten versorgen, und inzwischen weiß sie, daß ich es kann. Dad ist in viel besserer Verfassung. Seine Aufmerksamkeit ist noch immer unstet, aber er versucht nicht mehr auszurücken. Er beobachtet mich, oder zumindest meine Hände, aus den Augenwinkeln, während ich Essen auf den Löffel schiebe und ihm diesen schräg in den Mund stecke. Ich mache es so, wie Alicia es macht, so, wie man es mit Säuglingen macht, und füttere ihm alles durcheinander: einen Löffel voll Erbsen, dann ein bißchen Schokoladenpudding, dann Fleisch; zwischendurch einen Schluck Milch. Ständige Abwechslung scheint besser zu funktionieren als eines nach dem anderen. In weniger als einer Stunde hat er beinahe alles intus. Ich habe die Manschette bei mir und messe seinen Blutdruck: hundertneunzig zu hundert, noch immer hoch, aber schon besser.
Als ich fertig bin, ziehe ich ihm einen leichten Pullover unter dem Bademantel über und hebe ihn auf den Rollstuhl. Ich binde ihn mit dem Bademantelgürtel fest und rolle ihn hinaus. Ich habe meine Malkiste neben dem Hauptausgang zur Terrasse stehengelassen. Ich baue meine Malutensilien auf und behalte Dad im Auge. Ich werde ihn im Halbprofil malen, nur den Kopf.
Ich beginne zu zeichnen und stelle dabei fest, wie sehr er sich verändert hat. Es ist, als sei eine ganze Schicht Zivilisation, eine Schicht Über-Ich von seinem Gesicht gewischt worden, so wie ein Schauspieler sich die Schminke mit Fettcreme abwischt. Es ist sein Gesicht, aber viel jünger, viel weniger gebraucht, nicht von ihm bewohnt. Dieses Gesicht ist nicht mein Vater. Ich möchte die Wahrheit malen, das, was ich zu sehen

meine, das, was ich empfinde.
Ich gehe gerade ans Grundieren, als Dad anfängt zu nuscheln und dann zu reden. Ich rücke näher, um ihn besser zu verstehen. Er wendet sich mir zu und spricht klar und deutlich.
„Ed, was sollen wir deiner Meinung nach machen?"
Ich bin wieder Ed.
„Ich weiß nicht, was meinst denn du, Jack?"
„Herrje, es geht mir so gegen den Strich, daß wir unsere alte Farm aufgeben sollen; ich hab noch nie im Leben was anderes gesehen. Ich will nicht in Manata wohnen und in eine Stadtschule gehen. Ich weiß, daß mir das gar nicht gefallen wird."
Ich warte ab.
„Ja, Jack, stimmt genau."
Ich sehe mich um, ob uns irgend jemand hören kann. Es ist niemand in der Nähe, und niemand sieht zu uns herüber.
„Wie kommt das bloß, Ed? Dad schuftet doch immer so. Er ist schon vor Tagesanbruch auf den Feldern und arbeitet bis in die Dunkelheit; auch im Winter arbeitet er pausenlos. Kein Mensch kann behaupten, daß Dad faul ist, kein Mensch."
„Stimmt genau, Jack."
Dad linst zu mir herüber, in mich hinein, als versuchte er, durch einen Nebel von Zeit und Erinnerung hindurchzusehen.
„Was hat er bloß verkehrt gemacht, Ed? Wieso muß er alles an Onkel Bill verkaufen? Ich kapier das nie."
Jetzt geht es um etwas, worüber ich ein bißchen Bescheid weiß. Ich weiß, daß mein Großvater seine Farm verkaufte und in Manata ein kleines Geschäft aufzog, aber mir hatte man immer gesagt, er hätte es bloß gemacht, damit die Mädchen auf die High School gehen konnten. Ich hatte keine Ahnung davon gehabt, daß er an seinen Bruder verkaufen mußte. Ich versuche mitzugehen; ich nicke mit ihm. Das letzte, was er sagt, kann ich kaum noch verstehen, es ist wie ein Sender, der langsam aus einem Frequenzbereich schwindet.
„Ich werde es nie kapieren, Ed. Dad ist ein guter Farmer; der will doch nie im Leben einen Laden führen; er wird nie ein guter Kaufmann in einer Stadt werden!"
Es ist zu Ende. Dad sitzt da und starrt in den Schoß, auf die nach oben gekehrten Handflächen. Ich warte noch ein Weilchen, dann male ich weiter. Dad wirkt, als sei er am Rand der Tränen, aber er weint nicht.

Ich arbeite weiter. Ich beende die Untermalung und fange mit dem dicken Farbauftrag an. Ich möchte das Bild auf einen Sitz heruntermalen, wenn möglich.
Ich bin halbwegs fertig mit dem Impasto und arbeite Lichttupfer aus dem Halbschatten heraus, als Alicia kommt. Sie ist in Zivil, hat Feierabend. Sie bleibt stehen und sieht mir über die Schulter.
„Da haben Sie ihn aber gut getroffen, Mr. Tremont; also, Sie sind ja wirklich ein Künstler; ich hab noch nie einen *richtigen* Künstler gekannt."
Ich halte inne, lehne mich zurück und blicke auf. Die Sonne steht schon tief hinter ihr. Durch das Synthetikkleid, das sie anhat, sehe ich zwischen ihren Beinen Licht durchscheinen. Sie trägt keinen Schlüpfer. Sie erhascht meinen Blick und kreuzt die Beine im Stehen.
„Wollen Sie mich malen?" Sie lacht und hält eine Hand hinter ihren Kopf. „Ich würde doch ein tolles Modell abgeben. So was kriegen Sie nicht alle Tage zu sehen, Mädchen mit meiner Hautfarbe und einem grünen Auge, was meinen Sie?"
Sie sieht hinreißend aus in dieser Sonnenuntergangsbeleuchtung.
„Ich würde Sie schrecklich gern malen, Alicia, aber was würde Mrs. Kessler dazu sagen?"
Ich trage noch eine Spur helle Farbe auf Dads angeleuchteten Nasenflügel auf.
„Nicht hier; nein, nein, nicht hier! Die gute alte Missus Kessler würde die Krämpfe kriegen, meinen Sie nicht auch? Doch, bestimmt! Sie müßten schon zu mir kommen. Meine kleine Jessica wäre sicher ganz weg, wenn ein richtiger Künstler ihre Mutter malen würde."
Sie lacht wieder und kreuzt die Beine andersherum.
Ich trage noch etwas gebrannte Sienaerde auf den Hintergrund über Dads Kopf auf. Ich bin zu aufgewühlt, um ernstlich zu malen. Ich sehe Dad an. Er hat keine Ahnung, was vor sich geht; ich weiß es selbst nicht. Sie muß mich für einen ausgewachsenen Hornochsen halten.
„Also dann, lassen Sie Ihren Daddy aber nicht zu lange da draußen. Es wird langsam kühl."
Ich lächle in den Sonnenuntergang zu ihr hinauf.
„Ich bringe ihn gleich rein, Alicia. Ich wünsche Ihnen einen schönen Abend, und dann bis morgen."
Sie sieht in mich hinein, hypnotisiert mich mit dem grünen Auge.
„Ja, genau."

Sie blickt zurück über die Schulter, schon unterwegs. Sie lacht. „Bis dann."

Ich sehe ihr nach, wie sie sich entfernt; selbst in flachen Schuhen hat sie hübsche Bewegungen, lange sichere Schritte. Ich sehe ihr nach, bis sie auf den Parkplatz abbiegt.

Eine halbe Stunde später habe ich das Bild fertig. Es hat etwas so Trauriges, Verlorenes, daß ich es kaum noch ansehen kann. Ich kann es Mom auf keinen Fall zeigen. Dennoch ist es ein gutes Bild. Zu gut.

In der folgenden Woche gehe ich Dad zweimal am Tag füttern. Mit Mutter ist es einigermaßen erträglich, aber Joan treibt der Versuch, eine Pflegerin zu finden, mit der Mutter einverstanden ist, beinahe zum Wahnsinn. Die Sache beginnt hoffnungslos auszusehen, nachdem sie mit zwölf Kandidatinnen gesprochen und Mutter über alle den Stab gebrochen hat.

Mutter übernimmt täglich ein bißchen mehr, und ich versuche die meiste Zeit, sie zu dämpfen. Eines Tages komme ich nach Hause und erwische sie im Garten hinter dem Haus beim Jäten. Sie rechtfertigt sich mit dem Argument, sie könne nicht mit ansehen, wie das Unkraut Daddys Blumen überwuchert. Außerdem würde sie es im Sitzen machen und nur die leichten Unkräuter ausreißen. Was soll man da machen? Von da an jäte ich zwischen den Fütterungen.

Ich weiß nicht, ob es daran liegt, daß Mrs. Kessler den kleinen Flirt zwischen Alicia und mir mitbekommen hat, oder ob es zum tournusmäßigen Schichtwechsel gehört, jedenfalls wird Alicia plötzlich für den Abenddienst eingeteilt. Wahrscheinlich ist es besser so. Ihre Lebhaftigkeit und ihr Frohsinn gehen mir unter die Haut. Einmal erzählte sie mir, daß auch sie, genau wie die kleine Jessica, nur von ihrer Mutter, ohne einen Vater, großgezogen wurde. Frauen, die nie von Männern unterdrückt wurden, haben für mich etwas Aufreizendes.

Ich frage mich manchmal, wie weit ich mich in Martys Gefühle gegenüber Männern hineingedrängt habe. Ich habe mich lausig angestrengt, nicht zu viele Wellen zu machen, aber man weiß ja nie.

Am Samstag abend gegen acht fahre ich zu einer Essensverabredung mit Sandy und Pat Mock, uralten Freunden. Billy bleibt den Abend über bei Mom. Ich beschließe, auf dem Weg kurz bei Dad vorbeizugehen und nach ihm zu sehen, zumindest meine ich, daß ich deshalb anhalte. Ich habe ihm seine Sechs-Uhr-Mahlzeit bereits gefüttert.

Als ich Dads Zimmer betrete, merke ich gleich, daß eine schlimme

Wendung eingetreten ist. Dad wirkt wie tot, abgesehen davon, daß er mit einem lauten, tiefen, röchelnden Schnarchlaut atmet. Ich habe nur wenige Male Todesröcheln gehört, und das ist über dreißig Jahre her, aber es ist ein Geräusch, das man nie vergißt. Er ist blaß, grünlichweiß, auf seinem Gesicht steht Schweiß. Ich renne schnell hinaus, und Alicia kommt lächelnd aus dem anderen Flur auf mich zu.

„Alicia, können Sie mal nach meinem Vater sehen? Es muß etwas Schlimmes passiert sein!"

Ich renne weiter zum Empfang und suche Mrs. Kessler, aber sie ist nicht da. Die Krankenschwester gibt im anderen Gebäudeteil Medikamente aus. Ich suche sie im Laufschritt.

„Kommen Sie bitte mit mir, Schwester; kann sein, daß mein Vater im Sterben liegt!"

Sie ist dick und mindestens sechzig Jahre alt. Sie watschelt hinter mir her durch den Flur.

Als wir bei Dad ankommen, massiert Alicia gerade seine Handgelenke. Die Schwester fühlt seinen Puls an der einen Hand und ich an der anderen; er geht schwach und flatternd. Sie legt ihre Blutdruckmanschette an, pumpt und beobachtet das Manometer. Der Zeiger geht nicht über fünfzig hinaus. Sie blickt auf.

„Alicia, rufen Sie die Klinik an. Bestellen Sie rasch einen Krankenwagen."

Sie wendet sich an mich.

„Können Sie Mund-zu-Mund-Beatmung machen?"

Ich nicke. Ich muß an meine Versuche denken, Dad Wiederbelebung beizubringen, an seine zimperliche Reaktion, als ich meinen Mund auf seinen legen wollte. Ich verstehe nicht, warum sie hier, in einem Pflegeheim, kein Beatmungsgerät haben.

„Hat er ein Gebiß oder Brücken?"

Ich schüttele den Kopf. Ich bin bereits einem Kollaps nahe.

Jetzt können wir überhaupt keinen Puls mehr fühlen. Höchste Zeit für Wiederbelebung. Sie zieht ihn an den Beinen zum Fußende herunter, damit ich an ihn herankomme. Ich kippe seinen Kopf nach hinten und fange mit der Mund-zu-Mund-Beatmung an. Gleichzeitig mache ich Herzmassage. Ich halte Dads Nase zu und blase kräftig, zwei Atemstöße alle elf Sekunden. Dann unterbreche ich und massiere. Ich drücke rund sechzig Mal pro Minute auf sein Brustbein. Dann nehme ich die Beatmung wieder auf.

Alicia kommt herein und sagt, der Krankenwagen sei unterwegs. Die Schwester weist sie an, Dads Beine zu rubbeln. Sie sind bereits blau gefleckt aufgrund der mangelnden Durchblutung.
Ich muß an das Autopsie-Gemälde von Rembrandt in Amsterdam denken, oder war es im Vatikan? Ich strenge mich krampfhaft an, nicht an das zu denken, was ich tue. Alicia stellt sich neben mich und hilft mir bei der Herzmassage. Ich konzentriere mich auf die Beatmung. Die Schwester mißt ununterbrochen Dads Blutdruck und hebt immer wieder seine Augenlider an, um nach den Pupillen zu sehen. Sie sagt, wir seien schon bei achtzig zu fünfzig angelangt; er scheint eine bessere Farbe zu bekommen.
Ich frage mich allmählich, wie lange ich das noch aushalten kann. Ich habe Anzug und Krawatte an. Mein Hemd ist durchgeschwitzt. Mir wird schwindelig von der Hyperventilation. Ich versuche, an etwas anderes zu denken als daran, wann der vermaledeite Krankenwagen endlich kommt.
Alicia schiebt ihre Hände unter die meinen auf Dads Brustbein und übernimmt die Massage. Auf diese Weise kann ich mich ganz auf die Mund-zu-Mund-Beatmung konzentrieren.
Dads Lippen sind schleimverschmiert. Die Schwester verkündet, daß der Druck auf sechzig angestiegen ist. Ich blicke zu ihr hinüber; sie sieht selber aus, als stünde sie kurz vor dem Herzstillstand, aber wir erhalten ihn am Leben.
Derweil trocknet die Feuchtigkeit um Dads Mund herum wieder an; seine Lippen trocknen, und die meinen auch. Zwischen den Beatmungsstößen hole ich für mich selber mehrmals tief Luft und versuche, Spucke im Mund zu sammeln. Ich bin durchgeschwitzt bis zu den Socken; vor meinen Augen flimmern schwarze Punkte, als säßen Staubfussel auf der Hornhaut. Wir arbeiten in stiller Verzweiflung, aber niemand kommt. Die beiden Frauen stellen die samstagabendliche Notbesatzung dar, und die übrigen Patienten sind ohne Betreuung.
Wir sind seit über zwanzig Minuten am Werk, als wir die Sirene des Krankenwagens hören. Er fährt am Hintereingang vor. Alicia geht hinaus, und ein Sanitäter kommt mit ihr zusammen durch den Flur herbeigerannt. Die Schwester schickt ihn zurück, einen Respirator zu holen. Über unsere Anstrengungen ist es dunkel geworden, und in dem Zimmer brennt kein Licht. Es herrscht noch keine vollkommene Dunkelheit, eher ein bläuliches Zwielicht.

Der Sanitäter rennt hinaus, und sie kommen zu zweit mit dem Beatmungsgerät. Sie heben Dads Kopf an und legen die Sauerstoffmaske über sein Gesicht. Sie stellen die Sauerstoffzufuhr an, und Dad atmet weiter. Sie rollen eine schwarze Lederliege herein, und wir heben Dad darauf, während ich mit der Herzmassage fortfahre.
Einer der Sanitäter stellt sich neben mich und löst mich ab. Ich helfe, die Liege durch den Flur und in den Krankenwagen zu schieben. Ich gehe zurück in Dads Zimmer, um mein Jackett zu holen, das ich dort auf den Boden fallen ließ.
Ich triefe von Schweiß. Die Schwester ist verschwunden, nur Alicia ist noch da. Sie reicht mir die Jacke. Dann sinkt sie mir in die Arme. Sie hebt den Kopf, und wir küssen uns, tief, ein mundhungriger, zungenlüsterner, aktiver Kuß. Meine Lippen sind taub und trocken; ich spüre nichts.
„Ich hoffe, daß mich mal eines Tages jemand so liebt, wie Sie Ihren Daddy lieben."
Ich hänge mir die Jacke um die Schultern. Sie drückt mir kalten Schweiß an die Haut.
„Dad ist ein unwahrscheinlich netter Mann, Alicia, es ist kein Kunststück, ihn zu lieben. Mit Ihnen wäre es bestimmt genauso."
„Sie müssen kommen und mir von ihm erzählen, ja, Jack? Kommen Sie mich mal besuchen, hm?"
Ich nicke. Ich weiß, daß ich es nicht tun werde. Ich bin mit meinen Gedanken woanders, teilweise in dem Krankenwagen, teilweise in Paris.
Ich wende mich ab und renne den Flur hinunter. Ich springe in den Krankenwagen, und es geht los. Das Warnlicht rotiert, und das Jaul-Jaul der Sirene ertönt. Ich übernehme wieder die Herzmassage, während der Pfleger das Beatmungsgerät einstellt und eine Infusion bereitet aus etwas, das wie simples Kochsalz aussieht. Als der Schlauch angeklebt ist und die Infusion läuft, löst er mich wieder ab. Auf seiner Stirn bricht Schweiß aus. Der Fahrer winkt mir, mich nach vorn zu ihm zu setzen, und ich klettere auf den Beifahrersitz.
„Wie komme ich bloß von hier zur Perpetual-Klinik, verdammt und zugenäht? Ich habe keine Ahnung, wo ich bin."
Ich sehe hinaus und stelle fest, daß wir nicht auf dem Freeway sind! Wir fahren über den Washington Boulevard, zu weit südlich. Ich dirigiere ihn um. Er erzählt mir, daß dies kein Perpetual-Krankenwagen sei; sie hätten einen Notruf bekommen. Ich bin zu besorgt, zu müde, zu sehr

außer mir, um Stellung zu nehmen. Ich blicke unablässig auf die Uhr, während wir überall bei Rot durchfahren; wir kommen gut voran, aber wir wären längst da, wenn wir über den Freeway gefahren wären.
Wir werden bereits erwartet. Dad wird in Begleitung von einem Arzt und zwei Schwestern in eine der Kabinen der Notfallstation geschoben; sie ziehen rundherum die Vorhänge zu. Ich werde gebeten, in den Warteraum zu gehen. Die Profis haben alles in die Hand genommen; ich bin bereit, ich lehne mich nicht auf. Ich fühle mich völlig ausgebrannt. Die ganze Zeit über frage ich mich, ob Dad jemals wieder zu Bewußtsein kommen wird. Ich bin überzeugt, daß er nach einem derartigen Schock nicht mehr lange leben kann. Ich weiß nicht, wie stark die Hirnschädigung ist; ich weiß nicht, wie lange er schon mit einem diastolischen Blutdruck von weniger als fünfzig allein in diesem Bett gelegen hat, bevor ich ihn fand.
Nach einer halben Stunde kommt der Arzt wieder heraus. Er winkt mich in einen kleinen Raum. Ich denke, er wird mir da drin mitteilen, daß Dad gestorben ist. Ich bin innerlich soweit. Man kommt manchmal an einen Punkt, an dem man bereit ist aufzugeben.
„Wie geht es ihm, Doktor?"
Die klassische Frage. Eine idiotische Frage.
„Also, Mr. Tremont, er ist noch am Leben, aber das war knapp. Würden Sie mir bitte genau schildern, was passiert ist?"
Ich erzähle ihm die Einzelheiten, aber ich weiß ja gar nicht genau, was passiert ist. Der Arzt ist noch jung, vermutlich macht er sein Praktikum; er macht sich von allem, was ich sage, Notizen. Er hat Dads Krankenblätter bei sich. Ich kann mir vorstellen, daß Samstagabend-Notfalldienst nicht gerade der Traumjob für einen Arzt ist.
Während ich die Ereignisse noch einmal nachvollziehe, spüre ich den Zorn wieder in mir aufsteigen. Ich fange an, herumzuwettern, daß mein Vater außerhalb einer Klinik nicht überleben kann, und berichte ihm, daß ich das Dr. Ethridge auch schon gesagt habe, aber umsonst. Ich mache ein Drama, weil der Krankenwagenchauffeur sich verfahren hat. Der Arzt schreibt und schreibt, dann blickt er zu mir auf.
„Sie dürfen sich nicht so aufregen, Mr. Tremont, Sie sind überreizt."
Ich muß mich anstrengen, nicht schlappzumachen; ich bin mit meiner Kraft am Ende. Da fallen mir die Mocks wieder ein. Ich blicke auf die Uhr; ich habe bereits über eine Stunde Verspätung. Ich frage den Arzt nach einem Telefon; im Wartezimmer ist eine Zelle.

Ich rufe Pat und Sandy an und berichte ihnen, was vorgefallen ist. Sie sind sehr mitfühlend, und ich brauche Mitgefühl. Langsam wird mir bewußt, worum es geht. Ich war so mit Kämpfen beschäftigt, daß ich gar nicht zur Besinnung kam.

Ich rufe Joan an. Ich bringe es ihr so schonend wie möglich bei. Am anderen Ende der Leitung entsteht eine lange Pause. Als sie zu sprechen beginnt, weint sie.

„Mario und ich kommen in die Klinik; bleib bitte da. Ruf Mutter erstmal noch nicht an."

Ich hänge auf, aber ich möchte die Telefonzelle gar nicht wieder verlassen. So eine Zelle ist im Moment so etwa alles an Raum, den ich verkraften kann.

Schließlich gehe ich hinaus und setze mich ins Wartezimmer. Ich weiß nicht, worauf ich warte, abgesehen von Joan. Vor ihrer Ankunft kommt der junge Arzt noch einmal heraus. Er wirkt müde, aber nicht mehr so finster. Ich könnte schwören, daß ihm ein Halbtagesbart gewachsen ist, während ich telefonierte. Ich möchte um keinen Preis Arzt sein. Er setzt sich nicht, deshalb stehe ich auf.

„Also, Mr. Tremont, im Augenblick ist er außer Gefahr. Wir müssen noch weitere Untersuchungen machen, um genau herauszubekommen, was er hat. Der Harnstoffwert ist wieder erhöht, und er hat zuviel Flüssigkeit verloren; mehr kann ich Ihnen im Moment noch nicht sagen. Ich werde ihn auf die Intensivstation legen. Sie können eigentlich nach Hause fahren; es gibt nichts mehr zu tun für Sie."

Er mustert mich prüfend. Ich muß ein Bild des Jammers abgeben; das drückt sein Blick zumindest aus.

„Sie sind doch mit dem Krankenwagen mitgekommen? Möchten Sie, daß wir Ihnen ein Taxi bestellen?"

Ich schüttele den Kopf.

„Ich habe meine Schwester angerufen, sie müßte jeden Augenblick hier eintreffen. Sie wird sich um mich kümmern."

Er sieht mich noch ein paar Sekunden lang zweifelnd an.

„Na gut, ruhen Sie sich ein bißchen aus hier, und rufen Sie eine Schwester, wenn Ihnen nicht gut ist. Machen Sie sich keine Sorgen um Ihren Vater. Er ist jetzt wohlauf. Dr. Chad wird Sie morgen früh anrufen."

Er wendet sich ab. Jetzt habe ich zum ersten Mal die Gewißheit, daß Chad sich des Falles angenommen hat.

Nach einer Viertelstunde sind Joan und Mario da. Sie setzt sich neben

mich. Ihre Augen sind rot und verweint. Mario demonstriert männliche Gleichmut, aber er atmet flach und hat eine bläuliche Gesichtsfarbe unter mehrere Stunden alten Bartstoppeln.
Ich gehe noch einmal alles durch. Joan möchte Dad sehen. Ich weiß warum; sie fürchtet, er könnte sterben, ohne daß sie ihn ein letztes Mal gesehen hat. Erstaunlich, wie der lebende Verstand mit den Toten umgeht. Joan bekniet die Schwester, die schließlich den Arzt holt. Er ruft die Intensivstation an und erläutert die Situation.
„Die beiden unmittelbaren Verwandten können einige Minuten hinaufgehen, aber er ist nicht bei Bewußtsein und wird gar nicht mitbekommen, daß Sie da sind."
Guter Gott, denke ich, du hast ja keine Ahnung, wie die Dinge stehen; selbst wenn er bei Bewußtsein *wäre*, würde er unsere Anwesenheit nicht mitbekommen.
Wir gehen hinauf. Aus irgendeinem Grund erklingt keine Konservenmusik. Vielleicht gönnen sie den Apparaten an den Wochenenden eine Pause. Vielleicht lassen sie die Musik nur während der Besuchszeiten laufen. Sonst ist alles beim alten, kleine Räume, um eine riesige Überwachungszentrale herum angeordnet.
Dieser Geruch, die gedämpften Geräusche, die Meßgeräte. Sie haben die Vorhänge an Dads Bett zugezogen, und wir können ihn in der Dunkelheit gerade noch erkennen. Er macht tatsächlich einen friedvollen Eindruck; er sieht beinahe tot aus, aber er atmet regelmäßig. Die Tropfinfusion läuft, der Katheter ist gelegt, die Sauerstoffschläuche sind in die Nasenlöcher eingeführt. Er sieht aus wie einer der Männer in einer Weltraumkapsel in dem Film 2001. Er sieht nicht aus, als sei er noch von dieser Welt. Er ist so abgemagert, daß seine Wangen eingefallen sind. Er ist wie eine Mumie, gelblich, einbalsamiert.
Joan geht hinüber und küßt ihn auf die Stirn, fährt ihm mit der Hand über den Kopf. Als ich ihn küsse und streichle, fühlt er sich trocken an, seidenglatt, beinahe pergamenten, wie mit Grafitstaub bepudert. Joan steht weinend neben mir, dann dreht sie sich herum und kommt in meine Arme. Ich drücke sie an mich, und sie schluchzt tief. Ihr Schluchzen steckt mich an, ich kann mich nicht mehr beherrschen. Ich blicke über ihren Kopf und weine. Die Schwester kommt herein. Sie scheucht uns hinaus, und umringt von schwarzen Gesichtern in weißen Kitteln, gehen wir langsam an all den Neonröhren und Flaschen vorbei. Joan hält noch immer meine Hand fest umklammert.

Als wir in der Eingangshalle ankommen, sagt sie, sie möchte auf die Toilette gehen. Anstatt wartend herumzustehen, gehe ich in die Herren-Toilette. Mein Spiegelbild sieht wie ausgeschnitten aus, als sei mein Kopf von einem kleinen Zwischenraum umgeben wie eine schlampige Fotomontage. Ich starre mich an und lasse warmes Wasser über meine Hände laufen. Ich bin noch immer schweißgebadet.

Mario fährt uns nach Hause. Inzwischen haben wir unsere Fassung einigermaßen wiedergefunden. Joan sagt, daß sie es Mutter sagen will. Ich wünsche die ganze Zeit, ich wäre noch bei Dad, obwohl ich weiß, daß ich nichts tun kann.

Zu Hause stehle ich mich nach hinten in Moms Zimmer, stibitze eines ihrer 10-Milligramm-Valium, gehe ins Badezimmer und schlucke es hinunter. Ich bin nur noch ein Nervenbündel. Ich hoffe, daß es Joan einigermaßen geht.

Ich entblättere mich und lasse die Wanne vollaufen, so heiß wie möglich, bis ich beinahe schwimme. Mir graut davor, hinauszugehen und Mom im Wohnzimmer gegenüberzutreten. Ich bin noch nicht soweit.

Aber als ich schließlich aus der Wanne steige, hat das Valium angeschlagen, das heiße Wasser auch, ein Sedierungsschock hat sich eingestellt. Ich bin ganz ruhig, als ich zu den anderen ins Wohnzimmer gehe. Mario sitzt im Schaukelstuhl, die Hände über dem Bauch gefaltet, unbeteiligt, ein Außenstehender. Joan beißt sich auf die Lippen, um nicht zu weinen. Mom weint. Ich sage Joan und Mario, sie sollten besser nach Hause fahren; ich könne sie jetzt ablösen. Joan ist nur zu bereit zu gehen. Sie wird während der ganzen Fahrt auf dem San-Diego- und dem Ventura-Freeway weinen. Ich bin froh, daß Mario bei ihr ist.

Ob man es glaubt oder nicht, Mom ist überzeugt, daß Dad sterben muß, weil wir Ethridge den Laufpaß gegeben haben. Ich wüßte gern, ob sie das auch schon Joan gegenüber vorgebracht oder für mich aufgespart hat. Die Versuchung ist groß, ins Gartenzimmer hinauszugehen, die Tür zuzuschließen und einfach abzuschalten.

Stattdessen gehe ich noch einmal alles mit ihr durch. Ich erkläre ihr, was sie alles unterlassen haben, die Tatsache, daß es Ethridge war, der darauf bestand, Dad aus der Klinik zu entlassen. Ich rede gegen eine Wand. Sie hat jemand, dem sie die Schuld in die Schuhe schieben kann, und ich bin ein naheliegendes Opfer; sie wird nicht von mir ablassen.

Ich erzähle ihr von den neurologischen Untersuchungen, die nach Meinung meines Freundes Max in Cincinnati notwendig gewesen wären und unterlassen wurden. Ich versuche, sie von Max' Qualifikation als Chef-Neurologe an einer Universitätsklinik zu überzeugen, aber der ist auch bloß einer von meinen Hippie-Quacksalbern. Es ist nichts zu machen. Mir bleibt nichts anderes übrig, als zuzusehen, wie sie weint und um sich schlägt.

Dann fällt mir etwas ein. Als ich ein kleiner Junge war, starb meine Tante Helen an einer Bauchfellentzündung nach einer Blinddarmoperation. Meine Mutter war diejenige gewesen, die – ungeachtet der Einwände von Tante Helens Mann, Charley, und den Einwänden ihres Vaters, meines Großvaters – darauf bestanden hatte, daß Helen sich operieren lassen sollte. Auf der Beerdigung fiel mein Großvater über Mom her.

„Du bist schuld, Bess. Wenn du ihr nicht diese verfluchte Operation aufgeschwatzt hättest, wäre sie noch am Leben."

Das löste Mutters zweiten Nervenzusammenbruch aus.

Ich sehe Mutter an und sage ruhig:

„Du bist schuld, Bess; wenn du Helen nicht diese verfluchte Operation aufgeschwatzt hättest, wäre sie noch am Leben!"

Ich stehe langsam auf, verlasse das Haus und gehe in den Garten. Mir ist bewußt, daß ich ein Ekel bin, mich wie ein Schmierenkomödiant aufführe, aber es tut so gut. Ich mache halbwegs kehrt, um mich zu entschuldigen, tue es dann aber doch nicht; ich gehe weiter bis zum Gartenzimmer und schließe mich ein.

Ich strecke mich auf diesem Riesenpfühl von einem Bett aus und versinke im Geruch von Billys ungewaschenen Füßen. Wie um alles in der Welt hat er den Geruch seiner Füße in das Kissen unter meinem Kopf gebracht? Vielleicht schläft er mit dem Kopf am Fußende und mit den Füßen auf dem Kopfkissen. Vielleicht versucht er auf diese Weise, sein Hirn besser zu durchbluten. Vielleicht muß mein Vater nicht sterben.

Was auch geschehen mag, sie werden bei Dad jede, aber auch jede der neurologischen Untersuchungen vornehmen, die versäumt worden sind. Er wird alles an diagnostischer und therapeutischer Betreuung bekommen, was er braucht. Ich schlafe endlich ein. Mein letzter Gedanke, während der Schlaf mich übermannt, hat mit Mom zu tun.

Ich stelle fest, daß es mir nicht das Herz brechen würde, wenn ich sie am nächsten Morgen tot auf dem Wohnzimmerfußboden vorfände. Es ist ein erbärmlicher Gedanke, aber so ist es.

13

Kaum haben wir Kansas hinter uns, als zweierlei geschieht. Erstens kommen wir in eine liebliche hügelige Gegend, keine hohen Berge, nicht einmal so bergig wie der Morvan, aber die Landschaft ist endlich wieder mehr als ein einziges kariertes Riesentischtuch. Zweitens wird es üppig grün und feucht. Als wir zum Tanken anhalten und ich aussteige, schlägt mir eine so dicke, heiße und schwere Luft entgegen, daß ich kaum atmen kann. Ich verziehe mich sofort wieder in die köstliche konservierte Kühle. Die Gegend draußen nimmt sich prächtig aus durch eine kühle Luftschicht und getönte Scheiben. Jetzt erweist sich dieser Luxusdampfer als sinnvoll.

Wir fahren weiter durch Missouri in Richtung St. Louis. Ich sitze am Steuer. Dad zieht einen Notizblock hervor und fängt an zu kritzeln. Vermutlich überschlägt er, was wir bisher für Benzin, Motels und Essen ausgegeben haben. Mann, der wird sein blaues Wunder erleben; es wäre billiger gewesen, erster Klasse mit dem Flugzeug zu fliegen.

Wir sind rund fünfzig Kilometer gefahren, als Dad sich räuspert.

„Hör dir das mal an, Bill: Was hältst du davon. Es nennt sich ‚Ein göttlicher Jux':

Adam lebte ganz allein im ollen Paradies,
wo er bloß futterte, schlief und sich's gut sein ließ.
Eines Tages pflückte er Blumen vor Langeweile,
als Gott herabstieg und ihn beten lehrte in Eile.

Adam ahnt' nicht, daß Gott die Sünde erfinden wollte,
und wußte nicht, wie er anfangen sollte.
‚Bete aus ganzem Herzen!' sagte Gott, ‚und vertrau,
bete um Geld, oder Macht, oder 'ne Frau.'

‚Was ist denn das?' Adam kratzt' sich den Nischel,
‚Ne neue Frucht oder was Weiches zum Kuscheln?'
‚Stimmt genau', sagte Gott und grinste und lachte,
denn jetzt wußte er, wie er Adam zum Sünder machte.

Am nächsten Tag erwacht' Adam mit 'nem Schnitt in der Haut
und 'ner schnuckligen Kreatur, die sagt, sie wär seine Braut.
Sie hieß Eva und hatte ein Loch und zwei Nuckel mit Rand
und raubte dem Adam im Nu den Verstand.

Adam nahm eine Hacke und baut' einen Zaun
und machte sich daran, Erdäpfel und Getreide anzubaun.
Eva zog den Kain groß, und Kain erschlug Abel,
und der liebe Gott lacht' sich 'nen Ast über die Fabel."

Wir fangen beide an zu lachen. Er ist stolz auf diesen abartigen Song; er überarbeitet ihn nochmal, verbessert, feilt; schmunzelt in sich hinein. Vielleicht war diese ganze Bescherung mit Grandma und Granddad einfach zuviel für ihn. Womöglich muß ich ihn als Nervenbündel bei Mom abliefern.

Wir kommen an großen Reklameplakaten vorbei, auf denen Höhlen angepriesen werden. Die eine nennt sich Meramec, die andere Onondaga. Dad will sich eine davon ansehen, er weiß nur noch nicht, welche. Obwohl es ein Umweg von gut siebzig Kilometern ist, biegen wir ab. Anscheinend fuhren meine Eltern vor fünfzehn Jahren einmal quer durch die Staaten und besichtigten eine Höhle. In all diesen Jahren wurde er den Gedanken nicht los, daß ich damals noch zu jung war, um etwas davon zu haben, und er ist überzeugt, daß es mir jetzt gefallen wird. Wenn er sich mit solchen Gedanken trägt, ist er nicht mehr davon abzubringen; es geht nur noch um die Frage, welche von beiden Höhlen. Eine Neuauflage der Geschichte mit Bryce und Zion. Irgendwie kommt er zu dem Entschluß, daß es die Onondaga-Höhle gewesen sein muß. Ich bin sicher, daß sie sich als die verkehrte herausstellen wird. Aber es spielt keine Rolle. Wir kommen nicht um eine Höhle herum. Wir fahren über Berg und Tal ins Grüne; er franzt uns anhand der Karten. Wir fahren über enge Straßen und erreichen dann eine Anlage, die wie ein Nationalpark aufgemacht ist.

Behauene und mit Zement aufeinandergeschichtete Steinquader, darauf grobgeschnitzte, an Ketten aufgehängte Schilder. Auf den Schildern eingebrannte Buchstaben wie Brandmale. Alles sehr urig. Auf sämtlichen Schildern weisen Pfeile in Richtung Onondaga-Höhle.

Aber bei näherem Hinsehen ist es alles andere als ein Naturschutzpark. Ein Stück freie Marktwirtschaft. Irgendwer hat diese Höhlen gekauft und zu einer Touristenattraktion gemacht. Sie spekulieren darauf, daß die Leute einen absoluten Koller kriegen, wenn sie mit nichts als Stukkey's Erdnußkrokant quer durch die Staaten fahren und dann bereit sind, sich wahllos alles anzusehen.

Der gigantische Parkplatz ist zu drei Vierteln voll und wimmelt von amerikanischen Durchschnittsbürgern in Dacronfarben, karierten Shorts und Turnschuhen Marke „Keds".

Wir haben kaum angehalten und den Motor abgestellt, als bereits ein alter Knabe in einer Art Eisverkäuferkluft vor uns steht und uns fünfzig Cents fürs Parken abknöpft. Im Handumdrehen hat er einen Aufkleber mit einer indianischen Pfeilspitze drauf hervorgezogen und aufs Rückfenster gepappt. Ich wetze nach hinten, um ihn wieder abzukratzen, aber durch die Hitze ist er wie vulkanisiert. Dieser Mafiahengst in Philadelphia wird wissen wollen, was eine Pfeilspitze namens Onondaga auf seinem Wagen zu suchen hat; wie soll er das seinen Unterweltkumpanen erklären? Er wird sie wahrscheinlich mit einem Abziehbild von gekreuzten amerikanischen Flaggen überkleben.

Diese Höhle ist aus zweierlei Gründen publikumswirksam. Zum einen sollen Jesse James und seine Bande angeblich irgendwo in der Höhle Gold versteckt haben. Das dürfte mindestens ein Plus von tausend Besuchern pro Jahr ausmachen. Zum anderen soll Mark Twain sie als Vorbild genommen haben für die Höhle, in der Tom Sawyer und Becky sich verirren.

Es ist nicht zu glauben, drei Dollar, um ein Loch in der Erde zu betreten! Aber Dad ist ein sturer Hund, also blättert er das Geld hin.

Ein einsachtzig großer Pfadfinder treibt uns in die Höhle und verzapft Weisheiten, beispielsweise über den Unterschied zwischen Stalaktiten und Stalagmiten. Nicht zu fassen! Ein Stalagmit wächst der Decke entgegen wie die Zacken des M, und ein Stalaktit hängt an der Decke wie ein T; soviel zur Geologie.

Zuerst kommt der Unterschlupf der James-Brüder. Ein geradezu preisverdächtiger Touristenkitsch. Selbst Disneyland ist besser als das hier. Gigantische „Gold Nuggets" ragen handlich aus dem Boden heraus. In einem anderen Höhlenabschnit gibt es fluoreszierende, von UV-Strahlern angeleuchteten Fels, vermutlich haben sie das Gestein aus ganz Amerika zusammengetragen.

Aber die Höhle an sich ist mordsmäßig eindrucksvoll. Ich begreife, was Dad daran so begeistert. Wir sind zig Meter unter der Erdoberfläche. Es gibt Höhlenabschnitte, die geräumiger sind als ein Flügel des Versailler Schlosses. Überall tropft es auf die Ablagerungen von Kalkspat, die in einer unglaublichen Vielfalt von sanften Farben schimmern. Und es ist kühl. Allein die Abkühlung ist sechs Dollar wert. Es herrscht eine konstante Temperatur von vierzehn Grad, winters wie sommers; ich spüre, wie die Kälte in mich eindringt. Ich möchte mich bis auf die Knochen abkühlen, damit ich durchhalte, bis wir wieder im Auto sind. Aber alles ist so aufgemotzt. Jeder sehenswerte Fels ist farbig angestrahlt, so daß man nicht unterscheiden kann, welche Farbe er von Natur hat. Dann haben sie jeder geologischen Formation irgendeinen Namen gegeben. Die eine nennt sich Das Goldene Horn. Dabei handelt es sich um einen in goldenes Licht getauchten Stalagmiten, der den Eindruck erzeugen soll, als ragte ein gewaltiges goldenes Horn aus dem Boden. Die Leute schieben im Dunkeln daran vorbei und halten sich an Seilen fest. Ehrfürchtiges Schweigen liegt über der Menge, als bewegten wir uns durch Notre Dame.

Eine andere Felsgruppe trägt den Namen Orgel der Riesen. Einige Stalagmiten und Stalaktiten sind ineinandergewachsen, so daß sie wie gewaltige Orgelpfeifen aussehen. Ständig wechselnde farbige Lichter flimmern über das Gebilde. Es erinnert an altmodisches Varieté oder billige Licht-Spektakel. Apropos, das gäbe einen tollen Rahmen für ein Rock-Konzert ab; Underground-Rock könnte man es nennen.

Wir landen in einem imposanten natürlichen Amphitheater, größer als das größte Kino, mit Holzbänken rundherum. Unser Führer begleitet uns hinein, und wir bleiben sitzen, bis fast alle Plätze besetzt sind. Dann werden alle Lichter ausgeschaltet.

Aus mindestens zehn Lautsprechern ertönt eine Stimme in der Dunkelheit; wir sind eingehüllt von dieser Stimme. Sie erzählt von der Ur-Nacht und von der Finsternis, die in diesen Höhlen Tausende von Jahrhunderten lang geherrscht hat. Orgelmusik setzt ein, und buntes Licht breitet sich langsam auf einer wunderschönen Kulisse aus Rundbögen, ausgewaschenen Höhlen, Stalagmiten und Stalaktiten aus. Na, das ist wenigstens die Originalszenerie, wie sie schon immer war; ich kann mich gemütlich zurechtsetzen.

Aber dann kommt der Hammer. Ein Projektor hinter uns wirft die amerikanische Flagge auf die Stalaktiten. Sie rütteln am Projektor, damit es aussieht, als wehte die Flagge im Luftzug. Schlimmer noch, die dicke Kate Smith, ein alter Schwarm von Grandma, läßt ihre Stimme erschal-

len mit „God Bless America"!
Ich stehe auf, weil ich gehen will. Alle anderen erheben sich mit mir. Sie meinen, es sei die Nationalhymne. Sie stehen aufrecht da und starren unverwandt auf diese monströse flatternde Fahne. Ich gehe durch die Bankreihe, den Gang hinauf und hinaus.
Es ist eine Qual, wieder in die feuchte Hitze hinauszugehen, aber immer noch besser, als da drinzubleiben. Ich bin zwar Amerikaner, aber das hat mit solchem kommerzialisiertem Mumpitz nichts zu tun.

Dad kommt mit den anderen heraus. Wir sprechen nicht, während wir uns die zweihundert Meter durch den Luftmatsch zum Auto schleppen. Er läßt den Motor an, und die Klimaanlage bläst segensreiche kalte Luft in die Gegend. Es wird schon wieder erträglich, als wir an der Steinpyramide mit der aufgemalten Pfeilspitze vorbeirollen. Dad dreht sich zu mir.
„Tja, Bill, ich denke, wir sind beide reif für Paris."
Wir müssen beide lachen. Wir lassen noch einmal alles Revue passieren und müssen für mindestens sechs Dollar lachen.
Wir lachen noch immer, als wir es plötzlich zweimal husten hören; der Superschlitten macht schlapp. Wir schaffen es kaum noch bis an den Straßenrand. Der Tankanzeiger steht beinahe auf Null. Wir hatten in der Nähe der Höhlen tanken wollen, haben es aber in dem fluchtartigen Aufbruch vergessen.
Trotzdem kann ich nicht glauben, daß es tatsächlich am Benzin liegt. Der Zeiger steigt deutlich, sobald wir die Zündung anstellen; das müßte eigentlich etwas zu bedeuten haben. Aber Dad ist überzeugt, daß es nur am Benzin liegt. Wir stellen die gigantische Motorhaube hoch und haben vier gewaltige Stromberg-Vergaser vor uns, so große habe ich noch nie im Leben gesehen. Wenn man aufs Gaspedal tritt, ist es, als spüle man ein Klo mit Benzin.
Dad gräbt den Benzinkanister aus dem Kofferraum und will unbedingt zurückgehen. Er ist so überzeugt davon, daß das Benzin alle ist, daß er nicht einmal nachsehen will. Ich denke, wir scheuen uns beide davor, an dem Monstrum herumzufummeln.
Es müssen drei oder vier Kilometer bis zu den Höhlen sein, aber er sagt, er will per Anhalter fahren. Der Verkehr ist einigermaßen lebhaft, und mit dem Benzinkanister in der Hand dürfte er keine Schwierigkeiten haben. Ich biete an, Benzin holen zu gehen, aber er bleibt dabei, daß er

die Bewegung braucht. Er geht hinüber auf die andere Seite und stapft los. Er wird schweißgebadet sein, bis er wieder zurück ist.
Aus reiner Neugierde fange ich an, mit den Vergasern herumzuspielen. Man kann nicht viel ausrichten an so einer Anlage, wenn man außer einer Zange und einem Schraubenzieher kein Werkzeug hat. Immerhin kann ich nachsehen, ob überhaupt Benzin in die Vergaser kommt. Es könnte auch etwas an der Benzinpumpe sein.
Ich ziehe die Benzinleitungen ab und lasse den Motor an. Irgendwoher kommt Benzin; diese Leitungen, aus denen stoßweise Kraftstoff gepumpt wird, sehen aus wie aufgeschnittene Arterien. Ich drehe mich nach Dad um, aber er ist verschwunden. Er muß sofort mitgenommen worden sein.
Ich getraue mich nicht, an den Vergaserdüsen herumzuhantieren und montiere alles wieder zusammen.
Dann, als ich den Motor wieder anlasse, geht er los wie eine Rakete; wahrscheinlich hatte sich nur durch die Hitze eine Blase gebildet. Ich überlege, ob ich hinter Dad herbrausen soll, aber ich fürchte, daß wir einander verpassen würden. Für den Rückweg wird er an der Tankstelle leicht eine Mitfahrgelegenheit bekommen, in der Beziehung sind Amerikaner fabelhaft.
Ich sehe eine Chance, meine Bräune aufzufrischen und strecke mich auf der Grasböschung aus.
Ich muß eingenickt sein; plötzlich ist Dad wieder da. Er hat einen gefüllten Kanister dabei und wirkt taufrisch. Er sagt, er sei praktisch vom Fleck weg bis zu den Höhlen mitgenommen worden, und von der Tankstelle hätte ihn eine Dame gleich wieder mit hergebracht. Er schüttet Benzin in den Tank. Er ist so zufrieden mit sich, daß ich es nicht übers Herz bringe, ihm zu sagen, daß der Wagen bereits wieder läuft.
An der Tankstelle hat er gleich noch zwei Sonnenbrillen gekauft. Bisher mußten wir jeden Morgen immer direkt der Morgensonne entgegenfahren, und unsere Augen sind beinahe ausgebrannt. Wir haben beide hellblaue Augen und vertragen kein grelles Sonnenlicht. Aber die Dinger, die er mitgebracht hat, sind der letzte Heuler.
Natürlich springt der Motor sofort an. Wir grinsen beide wie die Honigkuchenpferde. Diese Sonnenbrillen haben Spiegelgläser und sind so gebogen, daß sie sich um das Gesicht legen. Mit unseren Bärten und den Sonnenbrillen im Gesicht sehen wir wie überdimensionale Insekten aus *The Lost World* aus, oder wie Gangster oder drogensüchtige Hippies.

Aber sie halten die Sonne ab, sie halten praktisch sogar die Luft ab; genau das richtige zum Motorradfahren. Er muß ein Vermögen dafür ausgegeben haben. So ist er eben, erst verkneift er sich alles, und dann, urplötzlich, mimt er den großkotzigen Verschwender.

Während des übrigen Tages schlagen wir uns quer durch Missouri durch. Am Spätnachmittag erreichen wir St. Louis. Wir bringen es fertig, uns in einem Gewirr von Über- und Unterführungen und Ausfahrten zu verfransen.

Wir gurken unentwegt im Kreis herum, ohne irgendwohin zu kommen, wie auf einer Achterbahn. Über dem Ganzen türmt sich das verbotenste Machwerk, das ich je gesehen habe. Eine Art stählerner Regenbogen. Er schwingt sich zig Meter weit in die Luft, führt aber nirgendwo hin. Es hat den Anschein, als hätten die Bewohner von St. Louis beschlossen, sich ein George-Washington-Denkmal nach ihrer Fasson zu errichten, und hätten irgendwann nicht mehr weiter gewußt; oder diese Mißgeburt schmolz in der Hitze, verbog sich, und die Spitze blieb im Boden stecken. Die Disney-Mentalität hat das amerikanische Denken total verseucht. Nachdem wir mindestens sechsmal durch die Berg-und-Tal-Bahn gegondelt sind, geben wir auf. Im Schatten des allesüberragenden stählernen Regenbogens rollen wir von unserer Achterbahn hinunter und in eines der trostlosesten schwarzen Ghettos hinein, die ich je gesehen habe. Nichts als mit Brettern zugenagelte Backsteinhäuser, rissige Straßen und Tausende von Menschen, die an den Straßenecken herumlungern. Und dann dieses monströse Ding, das alles überragt und Millionen von Dollar gekostet hat, während die Menschen im Dreck dahinvegetieren.

Wir halten an einer Tankstelle an und fragen, wie wir wieder auf die Fernstraße nach Osten kommen. Nachdem wir uns eine halbe Stunde lang durch St. Louis durchgefitzt haben, landen wir wieder auf der freien Strecke. Amerika besteht aus Menschenklumpen, die durch gigantische, schnurgerade Highways miteinander verbunden sind. Der Rest des Landes ist praktisch menschenleer.

Wir fangen an, uns nach einem Motel umzusehen, als wir von der Landesgrenze von Missouri, die mitten durch St. Louis führt, achtzig Kilometer weit nach Illinois hineingefahren sind. Wir versuchen es an die zwanzigmal. Aber alle sind besetzt. Wir fahren noch fünfzig Kilometer weiter, biegen bei jedem kleinen Kaff vom Highway ab, klappern

auf der Suche nach erleuchteten Motelschildern in unserem Bat-Mobil die winzigen Sträßchen ab.
Schließlich halten wir an einem Picknickplatz am Straßenrand zum Zelten. Ich habe Toms Zelt dabei und eine Decke. Es ist so heiß, daß wir die Decke nicht brauchen werden. Die Luft ist zum Schneiden.
Ich hatte schon gehofft, wir würden die Schwüle in Missouri hinter uns lassen. Aber sie begleitet uns bis an den Atlantik. Ich weiß nicht, wie die Leute das aushalten. Klar weiß ich es. Sie hüpfen aus vollklimatisierten Häusern in vollklimatisierte Autos, fahren in vollklimatisierte Kinos, Einkaufszentren, Restaurants. Sie bewegen sich zwischen ihren Klimaanlagen wie Wesen, die auf dem Mond oder einem unwirtlichen Planeten in einem menschenfeindlichen Klima leben. Es ist fast schon soweit.
Es wird dunkel, als wir das Zelt auspacken. Es ist verwurstelt, der Dreck von Topanga Canyon noch hineingewickelt, unser eigener Grund und Boden hier in Illinois. Ein paar vertrackte Knoten sind zu entwirren. Ich habe beim Abbauen einfach alles herausgezerrt und zusammengerollt. Dad sagt kein Wort, kämpft nur im Dunkeln mit den Knoten.
Wir sind noch keine fünf Minuten da, als die Mücken zuschlagen. Sie müssen aus dem Gras kommen. Zuerst sind es nur ein paar, im Verein mit einigen Glühwürmchen, aber dann fallen ganze Schwärme über uns her.
Ich wickle mich in die Decke, um sie abzuhalten. Dad schlägt ab und zu nach ihnen, pult aber unbeirrt an den Knoten.
Es ist ein einfaches Zweimannzelt mit Boden. Wir werden es eng haben, aber immer noch besser, als im Auto zu schlafen oder die Nacht durchzufahren.
Endlich, nachdem das Moskitonetz zugezogen ist, wühlen wir uns ins Zelt. Wir erschlagen rund zwanzig von den Biestern, die wir mit uns eingeschlossen haben. Draußen höre ich Tausende, die versuchen, sich zu uns durchzubeißen. Ich bin glitschig von dem Blut der Mücken, die ich zerquetscht habe. *Meinem* Blut.
Wir strecken uns nebeneinander aus. Mir war gar nicht bewußt gewesen, was für ein stämmiger breitschultriger alter Bär Dad ist. Ich habe schon mit anderen Burschen in so kleinen Zelten geschlafen, und wir hatten immer reichlich Platz. Ich spähe hinüber, ob er noch Spielraum hat, aber auch er liegt eng an seine Seite gedrängt. Und jetzt hören wir auf einmal die Laster. Ich bin sicher, daß sie schon die ganze Zeit vorbeigefahren sind, aber es ist uns nicht aufgefallen. Etwa alle zwei

Minuten kommt einer; Pausen zwischendurch gibt es praktisch nicht. Kaum entfernt sich der eine dröhnend nach Osten, hören wir schon den nächsten von Westen heranbrummen. Unser Pech, daß wir uns an einer leichten Steigung befinden. Alle ostwärts fahrenden Laster schalten herunter, um den Berg zu schaffen, während die westwärts rollenden mit Zwischengas hinaufschalten.
Eine Stunde lang liegen wir beide so da, ohne daß einer von uns ein Wort verliert, in der Hoffnung, daß der Zeltnachbar schläft, wohl wissend, daß dem nicht so ist.
Dann kommt Wind auf. Er bläht sich rasch zu einem zünftigen Midwest-Unwetter auf. Wir haben nicht gerade eine Meisterleistung vollbracht, als wir das Zelt aufstellten. Dank all der Knoten, der Dunkelheit und der Mücken sackt es nun in allen Richtungen durch, am schlimmsten am First, wie ein durchgerittener Gaul.
Rums! Krach! Blitz! Groll! Rumpel! Krach! Blitz! Blitz und Donner kommen beinahe gleichzeitig. Es hört und hört nicht auf. Jetzt stören uns wenigstens die Laster nicht mehr. Und der Regen erst! Und der Wind! Das Zelt sackt immer tiefer auf uns herunter. Überall, wo wir mit dem Zelt in Berührung kommen, sickert der Regen durch. Was machen Mücken in einem Gewitterregen? Ertrinken? Schwimmen? Sich einbuddeln? Jedenfalls können sie nicht mehr fliegen.
Wir rutschen immer weiter aufeinander zu. Dann rollen wir uns beide auf die Seite und kuscheln uns, so weit wie möglich von den Zeltwänden weg, in Löffelstellung aneinander. Dad langt über meine Schulter.
„Da, nimm das Bill. Sonst schlafen wir nie ein."
In einem aufleuchtenden Blitz erkenne ich eine rote Pille, Seconal. Wo zum Kuckuck hat *mein* Vater bloß so ein Ding her? Und wieso schleppt er es in seiner Hemdtasche mit sich herum?
Ich habe Mühe, Pillen zu schlucken, selbst mit Wasser. Ich würge sie mit etwas Apfelsaft aus der Flasche am Kopfende des Zeltes hinunter. Dad verputzt die seine wie ein alter Pillenfreak.
Sieh mal an, Dad und Schlaftabletten; wer hätte das gedacht.

14

Ich bin früh auf den Beinen. Als ich im Krankenhaus anrufe, erfahre ich, daß Dads Zustand kritisch, aber unverändert ist.
Ich nehme mir die Notizen von dem Gespräch mit Max vor und setze mich wieder an die Schreibmaschine. Ich beantrage in aller Form sämtliche neurologischen Untersuchungen, die seiner Meinung nach notwendig gewesen wären. Unter anderem eine Lumbalpunktion zur Untersuchung der Rückenmarkflüssigkeit, eine Schichtaufnahme oder Computertomografie des Gehirns, ein EEG – Elektroenzephalogramm –, bestimmte Blutuntersuchungen und psychiatrische Beratung. Ich tippe den Brief sauber ab und schicke ihn per Einschreiben an Dr. Chad ins Perpetual Hospital. Das Original klemme ich, zusammen mit meiner Aktennotiz über Dads Fall und der von Knight & Knight unterschriebenen Visitenkarte in einen Hefter.
Auf der Post fotokopiere ich das alles als Belegmaterial für mich. Danach fahre ich wieder nach Hause und schreibe einen zusammenfassenden Bericht über die gestrigen Vorkommnisse im Pflegeheim. Mutter ist neugierig und will wissen, was ich treibe. Ich wimmele sie ab, so gut es geht; ich bin am Rande meiner Kräfte.
Ich fahre in die Klinik und gehe kurz in der Intensivstation vorbei, um nach Dad zu sehen. Er ist noch immer verkabelt, verpflastert und bewußtlos. Mein Gott, wie jammervoll er aussieht! Das gibt mir die Kraft, das Ganze durchzustehen.
Ich frage die Schwester an der Anmeldung nach den Verwaltungsbüros. Sie liegen im obersten Stockwerk; ich fahre mit dem Aufzug hinauf. Ich suche das Geschäftszimmer des Verwaltungsdirektors und sage seiner Sekretärin, daß ich gern mit Dr. Benson sprechen würde. Sie sieht mich mit einem Blick an, als hätte ich verlangt, mit dem lieben Gott zu sprechen.
„Dr. Benson ist sehr beschäftigt, mein Herr. Dr. Benson bereitet sich auf eine Tagung in Boston vor. Wer sind Sie, und was wünschen Sie?"
Ich lasse es auf einen Versuch ankommen und gebe ihr kurz einen Überblick über die Situation. Sie hört ihn sich mit ihrem aufgeklebten Lächeln an, unterbricht mich jedenfalls nicht.

Sie sieht mich als das, was ich bin, einen Spinner. Es ist zwecklos. Ich ziehe die Karte von Knight & Knight aus meinem Hefter.
„Geben Sie das bitte Herrn Dr. Benson. Richten Sie ihm aus, meine Anwälte hätten mir empfohlen, ihm diese Karte zu geben, bevor weitere Schritte unternommen werden. Ich bin unten in der Intensivstation bei meinem Vater; Dr. Tremont ist mein Name."
Ich bleibe nicht, bis sie die Karte gelesen hat; entweder es klappt, oder es klappt nicht. Ich gehe hinaus. Dieser Gebäudeteil riecht nicht nach Krankenhaus. Er hat den üblichen Bürogeruch nach Schreibmaschinenfarbbändern, Radiergummis, verbrauchtem Parfum, Wäschestärke und das elektronische Aroma von Computern. Ich nehme den Aufzug hinunter zu Dad, in die niederen Regionen.
Ich setze mich zu ihm in sein Zimmer. Ich sehe nach, ob Infusion, Katheter, Monitoren, Sauerstoffgerät funktionieren. Ich ziehe sein Bettzeug gerade; lauter belanglose Verrichtungen, ich pussele bloß herum, versuche, mich zusammenzureißen. Einige Schwestern blicken zu mir herüber, aber ich bin so in meine Trauer und meinen Zorn vertieft, daß sie sich wieder abwenden. Es würde mich nicht wundern, wenn ein Hauspolizist auftauchte. Sollte wirklich einer aufkreuzen, würde er schon eine Maschinenpistole brauchen, um mich hinauszubefördern. Ich sehe Dad prüfend an; er scheint meilenweit weg zu sein, in einer anderen Welt.

Das Wasser ist heiß. Ich schütte etwas davon in die Waschschüssel und tauche den Rasierpinsel ein, um ihn weich zu machen. Ich schlage Schaum und beginne mich einzuseifen. Ich verpasse mir einen dicken Seifenbart, klappe das Rasiermesser auf und ziehe es ein paar Mal über den Streichriemen, der neben dem Spiegel hängt. Dieser Spiegel hat einen kuriosen Längssprung in der Mitte, so daß ich in einer bestimmten Stellung aussehe, als hätte ich eine dicke Nase mit drei Löchern. Ich habe Bess schon so oft versprochen, einen neuen zu kaufen, aber ich vergesse es immer wieder. Ich schabe drauflos und wische den Seifensud und die abrasierten Stoppeln mit dem Finger weg.

Nach zehn Minuten kommt ein massiger, salopper Mensch auf die Station zugeschlendert. Ich sehe, wie er am Schwesterntrakt stehenbleibt. Selbst wenn ich nicht die unterwürfige Panik in den Gesichtern der Schwestern sähe, würde ich auf Anhieb erkennen, daß er ein hohes

Tier ist. Die Befehlsgewalt steht ihm ins Gesicht geschrieben, drückt sich in seinem Gebaren aus.
Die Schwestern deuten herüber, und er steuert auf uns zu. Als er den Raum betritt, knipst er das Deckenlicht an. Ich gehe an ihm vorbei und schalte es wieder ab.
„Ich glaube, für das, was wir zu besprechen haben, ist es so hell genug, Dr. Benson. Mein Vater befindet sich in einer sehr empfindlichen Verfassung, und das Licht könnte ihn belästigen."
Zwei Pluspunkte für mich; die Grenzen sind gesteckt. Er hält inne, gibt ein wohlwollendes Großvaterlächeln von sich und zieht den zweiten Stuhl des Raumes zu sich heran. Ich habe mir den Sessel genommen; er muß mit dem Stuhl ohne Armlehne vorliebnehmen. Er dreht den Stuhl um und setzt sich rittlings darauf, der Ritter, der, hoch zu Roß, mit dem einfachen Volke spricht. Es ist ein Stahlrohrgestell mit schwarzem Sitz und schwarzer gepolsteter Rückenlehne. Er hilft ihm, nicht aus seiner Marlboro-Chefchirurgenrolle zu fallen.
„Meine Sekretärin sagt, Sie wollten mich sprechen, Mr. Tremont."
So läuft der Hase also. Meinetwegen.
„Richtig, Mr. Benson."
Keine Schärfe, ich will ihm die Sache in aller Ruhe präsentieren. Er möchte, daß ich fortfahre, ich warte.
Ich wünsche, es wäre alles weniger wichtig, so daß ich unsere kleine Posse genießen könnte. Manchmal reitet mich der Teufel. Meistens versuche ich krampfhaft, mich nicht auf unsinnige Konkurrenzkämpfe einzulassen; sie haben nicht mit meinem Ideal von einem lebenswerten Leben zu tun. Aber wenn ich einmal damit angefangen habe, macht es mir Spaß. Er wartet, solange er kann.
„Nun, Dr. Tremont, ich bin ein vielbeschäftigter Mann; mein Terminkalender ist voll, und ich werde in drei Stunden nach Boston fliegen. Was wollen Sie, genaugesagt, von mir?"
Ich nehme meinen Klemmhefter in die Hand und ziehe die Erklärung heraus, die ich den beiden Knights vorgelegt habe; ich füge den Schrieb über die gestrigen Vorkommnisse dazu. Ich reiche ihm beides, knipse die kleine Lampe neben dem Bett an und drehe das Licht von Dad weg.
„Am besten lesen Sie zuerst mal das da, Dr. Benson."
Er nimmt mir die Papiere ab und blättert sie durch wie ein Kartenspiel; inzwischen sind dreizehn Seiten daraus geworden, einzeilig beschrieben.

„Alles, was recht ist, Dr. Tremont, ich habe nicht genug Zeit, das ganz durchzulesen. Könnten Sie mir nicht ein Resümee davon geben?"
„Nein, ich glaube nicht, Dr. Benson; das ist bereits die bündigste Darstellung der Situation, die ich abgeben kann. Ich bin überzeugt, daß es für Sie von Vorteil wäre, das jetzt zu lesen."
Er seufzt auf, zieht seine Brille aus der Jackentasche. Dabei verschiebt sich die Karte von Knight & Knight, wird ein Stückchen abgehoben. Er stopft sie rasch wieder hinein, während er vorsichtig seine Brille hervorangelt. Diese rasche Geste bestätigt Knight & Knight. Er rückt die Brille zurecht und neigt den Kopf rückwärts, um durch seine Bifokalgläser zu lesen. Er würde die Papiere offenkundig gern näher zu sich heranholen, aber er ist gehandicapt, weil er unbedingt rittlings auf dem Stuhl sitzend lesen will.
„Dr. Benson, ich habe diese Erklärung dem Anwaltsbüro Knight & Knight vorgelegt; die Anwälte haben mir geraten, sie Ihnen zur Kenntnis zu bringen."
Er schießt mir über den Rand seiner Brille einen doppelten tödlichen Blick zu. Mit diesem Blick und dem ergrauenden Wirbel auf der Stirn sieht er aus wie ein wildgewordener Will Rogers.
Ich habe keine Lust, herumzustehen, solange er liest, deshalb gehe ich zu Dad und betuttele ihn noch ein bißchen. Ich fühle seine Stirn, kühl; zähle seinen Puls, unregelmäßig, rasend; und stopfe das Laken fest. Ich starre auf die Monitoren, tue, als notierte ich etwas in meinen Hefter, und lehne mich dann in den Türrahmen und sehe den Schwestern zu. Sie sind alle in einem nahezu katatonischen Zustand. Dr. Benson höchstpersönlich auf ihrem Stockwerk bei einem Patienten, zusammen mit einem augenrollenden bärtigen Mann.
Ich warte, bis ich sicher sein kann, daß er annähernd fertiggelesen hat, dann fummele ich wieder ein bißchen an Dad herum. Seine Atemzüge sind tief, sein Mund steht offen. Ich höre, wie Benson die Papiere zusammenlegt. Er räuspert sich. Ich setze mich wieder auf meinen Stuhl. Er reicht mir die Erklärung herüber, und ich klemme sie in den Hefter. Den Brief mit meinem Forderungskatalog stecke ich obendrauf.
Ich warte. Er zieht jetzt die Visitenkarte aus seiner Jackentasche.
„Gehe ich richtig in der Annahme, daß Sie beabsichtigen, einen Prozeß gegen die Klinik anzustrengen, Dr. Tremont?"
Ich warte noch, blicke ihn etwa fünf Sekunden lang an, durch ihn hindurch.

„Es wäre mir lieber, wenn ich das nicht müßte, Dr. Benson."
„Mir scheint, Dr. Tremont, daß all Ihre Beschwerdepunkte, obwohl sie ernster Natur sind, für einen Schadensersatzprozeß nicht ausreichen würden."
„Knight & Knight sind da anderer Ansicht, Dr. Benson."
Er ist ganz schön geladen. Ich wäre liebend gern dabei, wenn er über Santana und Ethrige herfällt. Er hat den Blick wieder auf die Visitenkarte geheftet. Ich weiß, daß er gegen den Drang ankämpft, den Hauspolizisten zu rufen und mich hinauswerfen zu lassen.
„Was wollen Sie eigentlich, genaugenommen, Dr. Tremont?"
Knight & Knight haben mich gut präpariert, Gott segne ihre kriecherischen Herzen.
„Dr. Benson, das hier ist die Kopie eines eingeschriebenen Briefes, den ich heute früh an Dr. Chad geschickt habe. Darin sind einige meiner Forderungen angeführt."
Ich reiche ihm den Brief. Er steckt unverschlossen in einem Umschlag. Er liest den Brief aufmerksam durch; dann blickt er zu mir auf.
„Sind Sie Neurologe, Dr. Tremont? Das sind reichlich detaillierte Forderungen."
„Nein, Dr. Benson."
Er starrt mich wieder an; soll er ruhig ein Weilchen schmoren; er ist kurz vorm Explodieren, aber er wahrt seine administrative Fasson. Dieser Bursche verdient sein Geld für Perpetual.
„Es spricht nichts dagegen, diese Untersuchungen anzuordnen, sofern sie nicht bereits durchgeführt wurden. Die meisten davon sind einigermaßen überflüssig in diesem Fall, aber ich kann die Maßnahmen durchaus gutheißen."
Er blickt zu Dad hinüber.
„Aber der Zustand Ihres Vaters ist ziemlich kritisch, und einige der Untersuchungen sind strapaziös."
„Dr. Benson, selbstverständlich möchte ich nicht, daß die Untersuchungen gemacht werden, bevor mein Vater ihnen gewachsen ist. Ich vermute, daß Dr. Chad über das notwendige klinische Urteilsvermögen verfügt, so etwas zu entscheiden. Ich habe ihn aufgrund der Empfehlung befreundeter Mediziner aus dieser Gegend ausgesucht, die nicht bei Perpetual angestellt sind."
„Dr. Tremont, ich versichere Ihnen, daß Dr. Chad, ebensogut wie *jeder* andere Arzt hier im Perpetual Hospital, über die notwendige Qualifika-

tion verfügt, derlei Entscheidungen zu treffen."
Es fehlt nur, daß er aufstünde und salutierte. Vor Gott, Perpetual und der American Medical Association.
„Da bin ich anderer Meinung, Dr. Benson, aber das steht hier nicht zur Debatte. Die Frage ist, ob ich einen Schadensersatzprozeß gegen die Versicherungsgesellschaft, gegen Dr. Ethridge und Dr. Santana führe oder nicht. Meine Anwälte erwarten meine Entscheidung."
Ich lehne mich zurück. In meiner Lendengegend hat sich Schweiß gebildet; das stelle ich verwundert fest, als die Lehne dagegendrückt. Jetzt ist er am Zug. Er geht zur Tür, und eine der Schwestern kommt herbeigewieselt.
„Würden Sie mir bitte die Krankengeschichte von Mr. Tremont holen, Schwester?"
Sie überschlägt sich fast und saust los.
Benson kommt wieder herein, dreht den Stuhl um, setzt sich und schlägt die Beine übereinander. Die Cowboynummer ist zu Ende.
Die Schwester kommt herein. Sie reicht Benson die Krankengeschichte. Er schlägt die Mappe auf seinem Schoß auf und fängt vorn an. Entweder kann er diagonal lesen, oder er simuliert nur. Vielleicht denkt er an etwas ganz anderes. Es ist mir vollkommen egal. Ich hoffe, daß er die Gallenblasenoperation nicht überspringt. Ich warte. Er schließt die Mappe und blickt zu mir auf.
„Tja, Dr. Tremont, Ihr Vater ist ein sehr kranker Mann. Ich weiß nicht, ob Dr. Ethridge nicht doch richtig liegt mit seiner Diagnose der spontanen Vergreisung. Oder es könnten auch Schlaganfälle im Spiel sein. Was wollen Sie konkret von der Klinik?"
In bin gewappnet. In der vergangenen Nacht habe ich zwei Stunden wachgelegen und diese Frage in meinem Hirn gewälzt.
„Ad eins, Dr. Benson, möchte ich derjenige sein, der entscheidet, wann mein Vater entlassungsfähig ist."
Ich lasse das nachwirken. Er nickt leicht mit dem Kopf.
„Dann möchte ich die Erlaubnis, ihn zu jeder Tages- oder Nachtzeit zu besuchen."
Ich mache eine Pause, aber er reagiert nicht. Ich fahre fort.
„Ich wünsche, daß mein Vater hier auf der Intensivstation bleibt, bis mit absoluter Sicherheit feststeht, daß es nicht mehr notwendig ist."
Diesen Punkt quittiert er mit einem Seitenblick zu mir, aber ich lasse mich nicht aufhalten.

„Ich verlange sämtliche diagnostischen beziehungsweise therapeutischen Maßnahmen, die ich oder ein konsiliarisch hinzugezogener Arzt für notwendig erachten."
Das schmerzt ebenfalls, aber er neigt den Kopf kaum merklich. Er ahnt noch nicht, was jetzt kommt.
„Dr. Benson, ich habe das Vertrauen in Ihr Pflegepersonal verloren. Sie haben ja von dem entwürdigenden Vorfall gelesen, bei dem mein Vater hier in dieser Klinik so lange angeschnallt auf einem Stuhl saß, bis seine Handgelenke wundgescheuert, seine Hände geschwollen und der Katheter herausgerissen waren. Ich wünsche nicht, daß etwas Derartiges je wieder vorkommt. Wenn ich es für notwendig halte, möchte ich die Erlaubnis haben, im Zimmer meines Vaters zu schlafen und ihn zu pflegen oder dafür Sorge zu tragen, daß er die richtige Pflege erhält."
„Also, wissen Sie, Dr. Tremont, wir haben schließlich unsere Hausordnung. Sie könnten beispielsweise unmöglich hier auf der Intensivstation übernachten."
„Lassen Sie mich zu Ende kommen, Dr. Benson. Hier auf der Intensivstation mache ich mir keine Sorgen, sie ist personell ausreichend besetzt, aber auf den normalen Stationen ist die kostensparende Einrichtung einer zentralen Pflegeeinheit für eine große Anzahl von Patienten ungenügend."
Benson erhebt sich. Er steckt die Hände in die Hosentaschen, geht in die Knie und wippt auf den Zehen. Er vollführt *seine* Verabschiedungszeremonie. Ich bleibe sitzen und schlage die Beine übereinander. Ich beuge mich vor.
„Und wenn ich zu der Ansicht komme, daß mein Vater nach Hause entlassen werden kann, wünsche ich, daß mir sämtliche Hilfseinrichtungen, die ich für notwendig erachte, zur Verfügung gestellt werden, einschließlich pflegerischer Hilfe."
Er schüttelt ostentativ den Kopf und setzt ein altväterliches „So-etwas-Albernes"-Lächeln auf. Vielleicht ist er *doch* Will Rogers.
„Ich bin mir nicht sicher, ob sich das alles machen läßt. Es läuft unseren hausinternen Vorschriften völlig zuwider, besonders Ihr Wunsch, bei dem Patienten hier im Haus zu bleiben."
„Dr. Benson, ich werde bis zur Mittagszeit hier bei meinem Vater sein; sollten Sie nach entsprechender Rücksprache und reiflicher Überlegung zu dem Entschluß kommen, daß Sie meine Forderungen, wie beschrieben, erfüllen können, würden Sie sie dann bitte tippen lassen und mit

Ihrer Unterschrift versehen mir zuschicken?"
Ich unterbreche mich kurz.
„Andernfalls haben sie ja die Karte von Knight & Knight; Sie können dann selbst mit ihnen in Verbindung treten, oder die beiden werden sich an Ihre Anwälte wenden."
Ich stehe auf und vollführe *meine* Verabschiedungszeremonie, eine angedeutete Peter-Lorre-Verbeugung aus der Taille. Noch ein bißchen starrer Blickkontakt. Er könnte mich noch immer in die Knie zwingen und mir Hausverbot erteilen, aber ich sehe schon, daß er das nicht tun wird. Er kann es sich nicht leisten. Er geht an mir vorbei, zur Tür hinaus, verläßt den Ring.
Eine Stunde danach kommt eine Schwester mit der unterschriebenen Zustimmung zu sämtlichen Forderungen herein.

In der darauffolgenden Woche verbringe ich einen Großteil meiner Zeit bei Dad; an den meisten Tagen kommt Billy und leistet Mutter so lange Gesellschaft.
Dad bleibt im Koma. Ich sehe Dr. Chad jeden Morgen; er ist liebenswürdig und teilnahmsvoll. Es fällt kein Wort über die Konfrontation mit Benson. Chad macht eine Lumbalpunktion; es sind einige rote Blutkörperchen in der Rückenmarkflüssigkeit, aber nichts deutet auf einen ernsthaften Schlaganfall hin. Er läßt ein EEG machen, aber es ist nicht sehr aussagekräftig, solange Dad nicht bei Bewußtsein ist. All das hätte vor langer Zeit gemacht werden müssen. Die Schichtaufnahme weist keinerlei Anzeichen für eine Tumorbildung auf. Aber er bleibt weiterhin bewußtlos. Der Harnstoffwert bleibt erhöht. Die Pupillen sind erweitert, der Puls geht unregelmäßig. Es sieht so aus, als würde Dads Verlegung aus der Intensivstation nichts im Wege stehen.
Am Donnerstag nachmittag setzt sich Dr. Chad in Dads Raum auf den Stuhl neben mich. Er hat Dads Krankengeschichte dabei und geht die Untersuchungsbefunde durch. Er sieht mich an.
„Mr. Tremont, ich glaube, daß Ihr Vater stirbt. Ich bin mir noch immer nicht ganz im klaren darüber, was passiert ist. Es sind die verschiedensten Hypothesen denkbar, aber auf jeden Fall scheint sein Zustand irreversibel zu sein. Wenn Sie dazu noch einen Kollegen konsultieren möchten, dann tun sie es bitte."
Ich sehe ihn an. Es ist schwer, sich abzufinden. Ich blicke zu Dad hinüber. Wenn sie all die Apparate abnähmen – Infusion, Sauerstoff,

Monitoren, Katheter, die ganze Technik –, würde er binnen weniger Stunden sterben. Ich kann nichts sagen.

„Mr. Tremont, Sie sollten daran denken, Vorkehrungen für den Tod Ihres Vaters zu treffen. Mir ist bekannt, daß Ihre Mutter schwer krank ist, und vielleicht sollten Sie versuchen, Sie langsam darauf vorzubereiten. Ich glaube kaum, daß er noch viel mehr als ein paar Tage zu leben hat."

Ich gehe hinunter in die Eingangshalle und rufe Joan an. Ich gebe wieder, was der Arzt gesagt hat. Sie ist betroffen, aber nicht überrascht; das beschreibt auch meine Gefühle am besten. Joan schlägt vor, daß wir uns bei Mom treffen.

Ich fahre nach Hause. Billy ist hinten und bastelt am Motorrad herum. Er hat einen Sturz gebaut, als er über die Brandschutzschneisen im Wald fuhr, und er versucht jetzt, die Gabel zu begradigen und den Benzintank auszubeulen. Der vordere Scheinwerfer und die Blinker sind ebenfalls kaputt. Mutter sieht fern. Ich setze mich neben sie. Wenn die Sendung zu Ende sein sollte, bevor Joan eintrifft, werde ich es ihr selber beibringen. Schon wieder ein Krankenhausfilm. Mir kommt es allmählich so vor, als sei alle Welt in weiße, blaue oder grüne Kittel gekleidet. Der Film endet mit dem Bild einer schreienden Frau. Seltsames Vergnügen. Ich gehe zum Fernsehapparat und stelle ihn ab. Mutter ist noch im Morgenmantel, weil sie zuvor ihren Mittagsschlaf gemacht hat. Sie hat die Haare auf Lockenwickler gedreht und ihr Gesicht eingecremt. Sie ist eine glühende Anhängerin der Lebensmaxime „Man darf sich nie gehenlassen".

„Mom, ich habe gerade mit Dr. Chad gesprochen."

Sie kommt gleich zum Kern der Sache.

„Was hat er gesagt, Jacky? Muß Dad sterben?"

Ich vermute, daß ihre Gedanken noch teilweise von dem Fernsehschinken gefangen sind; wir inszenieren lediglich die nächste Episode. Aber wozu beklage ich mich? Es macht alles nur leichter für mich. Ich schlüpfe in die Rolle des netten, liebevollen, teilnehmenden Sohnes.

„Dr. Chad meint, daß Dad nicht mehr lange leben wird. Er möchte, daß wir die notwendigen Vorkehrungen treffen."

Das ist der angemessene Ton für das Genre. Ich fühle mich unbeteiligt, trivial. Dann hält Mutter eine Faust vor den Mund und fängt an zu weinen, richtig zu weinen. Das Melodram ist zu Ende.

Sie wirft mir die Arme um den Hals. Mom ist eine so winzige Person, das vergesse ich immer wieder, abgesehen von Augenblicken wie diesem. Ein Mann mit ihrer Körpergröße wäre gebrandmarkt, schrecklich benachteiligt. Ich frage mich, ob ich, wenn ich einsfünfzig wäre, mit dem Leben zurechtkäme.

Ich halte sie in den Armen, bis wir Joans Campingbus in die Auffahrt rollen hören. Joan klettert vom Fahrersitz herunter und kommt herein. Mutter und Joan fallen einander um den Hals. Ich bin innerlich leer, nackt, kalt. Ich stelle überrascht fest, daß ich geweint habe. Ich bin derjenige, bei dem es noch nicht geklingelt hat. Ich war so mit Organisieren, Diskutieren und Kämpfen beschäftigt, daß ich es gar nicht an mich herangelassen habe. Mein Vater liegt im Sterben.

Es fällt uns allen schwer, davon zu sprechen. Aber wir müssen etwas unternehmen. Abgesehen von einer Sterbeversicherung haben meine Eltern keinerlei Vorkehrungen getroffen. Wie die meisten Menschen wollten sie nicht darüber nachdenken. Mutter sagt, sie und Daddy seien sich darüber einig gewesen, daß sie die schlichteste Bestattungsform wünschten, aber nebeneinander in demselben Grab beerdigt werden wollten. Das ist alles. Wir einigen uns auf den Holy-Cross-Friedhof, der etwa drei Kilometer vom Haus meiner Eltern entfernt liegt; kein offener Sarg, keinerlei Aufwand. Mutter möchte, daß jeder Cent, der über das Minimum hinausgeht, für Meßkarten, für vorausbezahlte Messen ausgegeben wird, die von Priestern an verschiedenen Orten für seine unsterbliche Seele gelesen werden.

Ich bin wild entschlossen, mich gegen das Einbalsamieren zu wehren. Mir scheint, daß ich in diesen schweren Zeiten etwas brauche, das ich bekämpfen kann, das mich vom Nachdenken abhält.

Als ich fünfzehn war, starb mein Großvater Tremont. Ich galt in der Familie als derjenige, der gut in der Schule war, und ich hatte auch überall herumposaunt, daß ich später einmal Arzt werden wollte. Mein Großvater sollte in seinem Schlafzimmer für die Aufbahrung einbalsamiert werden. Die Downeys, Freunde der Familie, die gleich um die Ecke ein Bestattungsunternehmen betrieben, wollten es machen. Ich war dazu auserkoren, beim Einbalsamieren zu helfen.

Nachdem ich mit angesehen hatte, wie sie das dicke, schwarze Blut abpumpten, die Innereien herausschnitten, Watte in Wangen und Augenhöhlen stopften, war meine Medizinerlaufbahn beendet. Außerdem schwor ich mir, daß das niemals einem Menschen, den ich liebte, angetan werden würde.

Jetzt wird dieser Entschluß zum ersten Mal auf die Probe gestellt. Siebenunddreißig Jahre lang hatte ich Glück und war nicht gezwungen, derlei Entscheidungen zu treffen, aber nun ist es soweit.

Am nächsten Tag fahren Joan und ich zu Bates, McKinley & Bates, einem Bestattungsinstitut am Culver Boulevard. Ein trauriges Vorhaben für einen sonnigen kalifornischen Tag, aber es tut gut, überhaupt irgendetwas mit Joan gemeinsam zu unternehmen.

Das Bestattungsinstitut hat eine Betonfassade mit beigefarbenem Putz und Rauchglasfenstern, die man von außen nicht einsehen kann. Ich bleibe kurz an der Parkuhr stehen, um einen Vierteldollar hineinzuschieben. Als ich mich umdrehe, sehe ich Joan mit abschätzendem Blick vor dem Bau stehen.

„Was meinst du, Jack, ob sie befürchten, die Leichen könnten ihnen entwischen?"

Es sieht *tatsächlich* wie ein getarnter Nazi-Bunker aus.

Sie öffnet ihre Tasche und fuhrwerkt darin herum.

„Ach verflixt, ich habe vergessen, meine silberbeschlagene Zweiundzwanziger mit dem Perlmuttgriff einzustecken."

Das versetzt mich in die richtige Stimmung.

Auch die Türen sind aus dunklem Glas, Schwingtüren mit Metallbeschlägen. Die Inneneneinrichtung ist praktisch farblos; verschiedene Schattierungen von Schwarz, schlichtem Grau und Weißtönen. Alle Angestellten sind dazu passend gekleidet. Es muß makaber sein, Tag für Tag in so einer Firma zu arbeiten, trauernde Menschen abzufertigen; der Tod auf der gestrichelten Linie. Ich würde am liebsten kehrtmachen und wieder hinausmarschieren in den sauberen Dreck und Gestank und die Grelligkeit des Culver Boulevards.

Am Empfangstisch sitzt eine Dame. Sie trägt eine weiße Nelke im Aufschlag eines grauen Kostüms. Ihr Haar hat einen gemäßigten Grauton, aber sie wirkt jung, nicht über fünfunddreißig. Joan führt das Wort. Ich passe nicht gut genug auf. Die Dame lächelt und bittet uns zu warten. Ich beuge mich zu Joan.

„Ich glaube, sie färbt sich die Haare."

Ich ernte ein Lächeln und einen warnenden Finger.

Wir werden in einen kleinen Raum mit einem nicht einsehbaren getönten Fenster zur Straße geleitet. Verdutzt sehe ich draußen ein beigefarbenes Automobil mit einem Stich ins Rötliche vorbeischweben.

Womöglich ist etwas an dem Glas, das Bewegungen verlangsamt.
Wie still es hier drinnen ist. Ein junger Mann mit ungefärbtem, streng nach hinten gestrählten Haar sitzt an einem Schreibtisch. Er hat auffallend weiße, körperlos wirkende Hände, die gefaltet vor ihm auf der Tischplatte liegen. Er bringt das traurigste Lächeln zuwege, das ich je gesehen habe. Es ist das Lächeln eines sommersprossigen Mannes, der soeben erfahren hat, daß die Sonne ausgebrannt ist.
Wir nehmen Platz. Ich bin jetzt richtig eingestimmt. Ich bin sogar angemessen gekleidet, schwarzer Anzug mit grauer Krawatte. Mutter und Joan haben meine Garderobe zusammengestellt. In dem Anzug hätte ursprünglich Joans Schwiegervater begraben werden sollen. Er starb an einem Emphysem und verbrachte seine letzten keuchenden Monate mit der Planung seiner Beerdigung. Diesen Anzug hatte er für die Aufbahrung entworfen. Er ist schwarz mit einem winzigen, seidig schimmernden, beinahe unsichtbaren Muster und mit schwarzer Seide abgepaspelt. Er hat schmale Revers, schräge Ziertaschen und drei Knöpfe an Stellen, an denen man sie nicht vermuten würde. Mr. Lazio, Joans Schwiegervater und Marios Vater, war Italiener, genauergesagt Sizilianer, und liebte das Extravagante. Überdies war er nur einsfünfundsechzig groß. Ich trage die Hosen modisch hüfttief, der einzige Halt ein Paar alte, auf maximale Länge gestellte Hosenträger von Dad. Die Manschetten gucken etwa fünf Zentimeter heraus, und ich darf nicht tief atmen.
Der Grund, weshalb Mr. Lazio nicht in diesem Anzug im Grab liegt, ist der, daß er in der letzten Woche vor seinem Tod sein Konzept änderte. Er wollte jetzt einen grauen Anzug zu einem grauen Sarg mit schwarzem Kissen, um sein graues Haar besser zur Geltung zu bringen. Also ließen sie ihm einen neuen Anzug nach dem Schnittmuster des ersten schneidern. Carmen, Joans Schwiegermutter, schenkte das gute Stück daraufhin meinem Vater, der auch einsfünfundsechzig groß ist, aber Dad mochte ihn nie tragen. Er sagte immer, er hätte Angst, jemand würde ihn darin über den Haufen schießen. Daher bin ich der erste, der ihn trägt; vermutlich auch der letzte. Ich werde eine ziemlich traurige Figur abgeben als gebeugter, humpelnder Sargträger.
Wir lassen den Mann wissen, daß wir die billigste Bestattungsform wünschen. Wir versuchen, es so darzustellen, als sprächen wir aus tiefer religiöser Überzeugung, aber ich merke, daß er uns als Geizkrägen einstuft. Er zieht einen kleinen Block von der Schreibtischecke zu sich

heran und fängt an, die Zahlen aufzuschreiben. Er stellt Fragen, wir antworten. „Begräbnis ja, Einäscherung nein." „Aber Einäscherung ist so viel preiswerter." „Das macht nichts." Wir werden alles für ein Stückchen Erde verjubeln. „Nein, die Parzelle haben wir noch nicht; wir werden sie kaufen, sobald wir hier fertig sind." ... Nein, der Leichnam ist noch nicht tot, aber auf dem besten Wege; wir werden liefern, seien Sie unbesorgt.

Es gibt einige Komplikationen, weil die beiden in demselben Grab übereinander bestattet werden sollen. Das macht nach kalifornischem Gesetz den Bau einer Betongruft erforderlich. Also gut, dann eine Doppelgruft, das ist auf lange Sicht billiger und angemessen.

Dann nennt er den Preis für die Einbalsamierung: nicht viel, etwa fünfundsiebzig Dollar. Bisher hat zumeist Joan das Gespräch geführt, sehr kultiviert, sehr geschickt darin, die Dinge in ruhigem Fahrwasser zu halten. Jetzt fahre ich dazwischen.

„Nein, bitte, wir wollen nicht, daß er einbalsamiert wird."

Eine kleine Trübung zieht über die faltenfreien, ruhigen, teilnahmslosen Gesichtszüge.

„Es ist aber üblich einzubalsamieren, mein Herr."

„Wir beabsichtigen nicht, den Leichnam aufzubahren, daher entfällt auch der Anlaß zur Einbalsamierung."

„Aber, Mr. Tremont, es ist Landesgesetz in Kalifornien; die Verblichenen müssen vor der Bestattung einbalsamiert werden."

„Wie steht es mit denen, die Sie einäschern?"

„Auch die werden einbalsamiert. Es ist gesetzlich vorgeschrieben."

Er lächelt. Ich fürchte, er hat uns drangekriegt. Ich habe nicht die Absicht, wegen eines nicht einbalsamierten Leichnams einzusitzen. Aber dann schaltet Joan sich noch einmal ein.

„Ich habe eine Freundin, die orthodoxe Jüdin ist; ihr wurde genehmigt, ihre Mutter ohne Einbalsamierung zu bestatten, weil es ihre Religion verlangt. Ist das richtig?"

Er faltet die Hände, wobei er die Finger verkehrt herum verschränkt.

„Ja; dafür gibt es eine Sonderregelung; eine Frage der Religionsfreiheit."

„Nun, wir wünschen eine jüdische Bestattung."

Sie wendet sich zu mir.

„Nicht wahr, John?"

Ich nicke. Ich sehe uns schon in dem Tempel in unserem Stadtteil herumwetzen und überall Kreuze aufstellen, um Mutter hinters Licht zu führen. *Oy veh!* Aber um die Einbalsamierung sind wir zunächst einmal herumgekommen. Jetzt sind die Särge dran. Er führt uns durch einen Korridor. Unterwegs spähe ich durch mehrere Türen. Über jeder Tür hängen kleine metallene Namensschilder. An zwei kann ich mich noch erinnern: Der Raum des Ewigen Friedens und Der Raum der Ewigen Wahrheit. In dem Raum am Ende des Flurs sind Wand-zu-Wand-Särge, drei übereinander, an Haken aufgehängt und leicht nach vorn geneigt, damit man hineinsehen kann. Sie sehen aus wie gigantische Schmuckschatullen. Die meisten sind mit gesteppter Seide in Pastelltönen von Weiß über Rosa bis zum allgegenwärtigen Grau ausgeschlagen. Die Außenflächen einiger Särge wirken gepanzert wie Brink's Geldtransporter.

Unser Mann ergeht sich in Beschreibungen jedes einzelnen Sargtyps, seiner Vor- und Nachteile, nennt Preise. Er ist nicht zu bremsen, dies ist für ihn der Moment, seine Standardsprüche vom Stapel zu lassen. Er hat Anweisungen, uns den kompletten Service angedeihen zu lassen, auch wenn wir Geizhälse sind.

Wir gehen neben ihm her, hören ihm zu, warten ab, bis er fertig ist. Er tut sein Bestes, uns weiszumachen, daß wir Dad nicht wirklich lieben, wenn wir uns nicht dazu entschließen, einen schaumstoffgefütterten Sarg zu erwerben, in dem Dad es bequem hat, einen mit einer wurmabweisenden Außenhülle aus Duralumin oder rostfreiem Stahl. Joan sieht mich an. Ich weiß nicht, was für einen Kommentar sie von mir erwartet.

„Haben Sie auch so etwas wie einen schlichten Tannensarg?"

Er blickt auf seine hochglanzpolierten Schuhe, dann wieder auf uns.

„Nein, der preiswerteste Sarg, den wir führen, ist dieses Modell hier. Es *ist* Tannenholz, aber mit metallgrauem Anstrich. Der Preis beläuft sich nur auf einhundertzweiundzwanzig Dollar."

„Ginge es auch, daß ich *selbst* einen Sarg baue? Mein Vater war Tischler und hat alles notwendige Werkzeug. Ich könnte bestimmt in knapp zwei Tagen einen Sarg anfertigen, der ihm zusagen würde."

Er hebt dezent eine Hand, um einen Hustenanfall, eventuell ein Grinsen oder womöglich sogar ein Schmunzeln zu unterdrücken.

„Ich fürchte nein, mein Herr. *Wir* sind für die Bestattung verantwortlich, für die Überführung, die Feierlichkeiten und die Beisetzung; wir würden den Ruf unseres Instituts aufs Spiel setzen. So etwas könnten wir nicht dulden."

Ich weiß, daß ich mich dickköpfig benehme, albern; vielleicht will

ich Rache nehmen am Tod. Joan zieht mich am Arm und geht auf die Tür zu. Sie flüstert.
„Jetzt reicht es, Jack, du hast deinen Spaß gehabt. Du weißt doch, wie Dad ist. Er würde nichts haben wollen, was aus dem Rahmen fällt. Das wird keine Hippie-Beerdigung werden."
Sie macht kehrt und geht wieder auf den Mann zu.
„Wir nehmen diesen hier."
Sie deutet auf den Sarg mit der metallgrauen Bemalung.
„Wäre es möglich, ihn unbemalt zu bekommen?"
Er lächelt und verneigt sich leicht. Joan kann beinahe alles erreichen, was sie will. Sie ist eine so unwahrscheinlich gutaussehende Frau. Als ihr Bruder vergißt man das leicht.
„Es tut mir *schrecklich* leid, meine Dame, ich glaube nicht, daß wir unbemalte Modelle am Lager haben, und wenn keine Einbalsamierung gewünscht wird – ähem –, dann können wir nicht allzu lange warten."
Er ist *doch* ein Aas, aber das bringt Joan nicht aus der Fassung; sie lächelt und nickt.
„Also gut, wir werden den hier nehmen, so wie er ist, mit Bemalung und allem."
Sie greift nach meinem Arm, und wir gehen noch einmal hinter ihm her ins Büro. Während wir durch den schmalen Korridor laufen, bleibe ich ein wenig zurück und sehe mir einen dieser Räume näher an. Auf einem kleinen Podest steht ein Sarg, der von blumengefüllten Vasen umgeben ist. Indirektes Licht und kleine Punktstrahler beleuchten den Sarg, der offensteht. Darin schläft eine alte Dame in orchideefarbenem Kleid. Es riecht nach einer Mischung aus Bienenwachs und Bodenpolitur. Ich flüchte und hole die anderen ein.
Wir nehmen Platz. Er schlägt seinen Notizblock auf und trägt den Preis des Sarges ein.
„Und wo soll der Trauergottesdienst abgehalten werden? Wir haben wunderschöne Räumlichkeiten für private Gottesdienste hier in unserer hauseigenen Kapelle."
Ich bin völlig verstört. Die kleine lächelnde Lady hat mich aus dem Konzept gebracht; aber Joan ist ganz bei der Sache.
„Der Trauergottesdienst wird in der St. Augustine's Kirche stattfinden und die Beerdigung auf dem Holy-Cross-Friedhof."
Er sieht sie an. Komische jüdische Beerdigung. Ich fürchte schon, daß er wieder vom Einbalsamieren anfängt. Aber er hat aufgegeben; wir könn-

ten ihn bitten, eine Fünf-Mann-Band anzuheuern, und er würde mitspielen. Es ist dann noch die Rede vom Leichenwagen, der Anzahl von Limousinen für die Trauergäste und einer Polizeieskorte. Ich sträube mich nicht mehr. Es wird eine Beerdigung wie alle anderen werden, und Joan hat recht, so würde Dad es gern haben wollen.
Die Gesamtrechnung beläuft sich auf etwas über tausend Dollar. Das ist die Obergrenze, die wir uns steckten, als wir mit Mutter sprachen. Wir blättern eine Anzahlung von zweihundert Dollar hin und versichern, daß wir ihn benachrichtigen werden, sobald Dad stirbt. Er möchte auch, daß wir ihm so rasch wie möglich die genaue Lage der Grabstelle auf dem Holy-Cross-Friedhof mitteilen.

Wir gehen hinaus und kehren durch den grellen Sonnenschein zum Auto zurück. Die Parkuhr ist beinahe abgelaufen. Wir steigen ein, und ich stiere auf die Parkuhr, ohne mich zu rühren.
„Was in aller Welt machst du da, Jack? Worauf warten wir noch?“
„Ich parke noch für mein restliches Geld. Tausend Dollar auszugeben, einfach so – zack – in ein Loch in der Erde zu werfen, das erschüttert mich schon. Weißt du, Joan, was ich nicht verstehen kann? Wieso ich nicht weinen muß. Ich bin innerlich am Zerfließen, aber es kann nirgendwohin, irgendwie kann ich anscheinend nicht weinen.“
Joan dreht sich herum und sieht mich an, mit einem Glitzern in den Augen.
„Willst du wirklich weinen? Ich kann dich zum Weinen bringen.“
Sie faltet die Hände in ihrem Schoß, räuspert sich und fängt an zu singen:

Wo ist meine Mutti, wo kann sie bloß sein?
Ich bin so einsam, und Vati ist ganz allein.
Wenn Sie irgendwo meine Mutter sehn,
Sagen Sie ihr, sie soll bitte wieder nach Hause gehn.

Sie ist kaum bei der zweiten Zeile angekommen, als ich zu schluchzen anfange, sanft, rückhaltlos. Ich weine und spüre dieselbe Angst und Scham wie früher. Ich starre durch meine Tränen auf Joan. Sie hört auf zu singen. Ich fange mich wieder ein bißchen.
„Hat Mom sich wirklich vor uns versteckt, als wir klein waren? Manchmal denke ich, daß ich es mir bloß eingebildet habe; es ist kaum zu glauben.“

„Tja, sie hat sich tatsächlich versteckt. Sie hat es mir sogar als Erziehungsmethode für meine Kinder empfohlen. Sie hat sich immer hinter die Hecke verzogen, und manchmal ging sie auch zu Mrs. Reynolds Kaffee trinken.

„Sie hat sich darüber amüsiert, daß sie bei dir alles erreichen konnte, was sie wollte, wenn sie damit drohte, das Lied zu singen. Du warst wirklich ein Einfaltspinsel, wenn ich es recht bedenke."

„Ja, aber warum hat es dir keinen Schreck eingejagt?"

„Es *gibt* ein Lied, das mich auch zu Tränen rührt, weißt du. Ich habe es mir Mutter gegenüber nie anmerken lassen, und wehe, wenn du petzt. Ich hoffe nur, daß ich es jetzt singen kann, ohne zu heulen.

Ich weiß nicht, warum ich dich so liebe;
Ich weiß nicht warum.
Ich weiß nicht, warum du mich so aufwühlst;
Ich weiß nicht warum.
Du wolltest mit mir nie eine Romanze;
Du nimmst mich nur in die Arme, wenn ich mit dir tanze . . .

Ich stimme mit ein, und wir singen zusammen weiter. Mitten auf dem Culver Boulevard, in der strahlenden kalifornischen Sonne, heulen wir uns eins, bis mein Vierteldollar aufgebraucht ist.

Ich fahre aus der Parklücke, und wir steuern Richtung Jefferson Boulevard. Dieser Stadtteil ist ein einziger Friedhof. Drei Friedhöfe auf rund sieben Quadratkilometern; ein protestantischer, ein jüdischer und ein katholischer. Ich weiß nicht, was man macht, wenn man Atheist oder Moslem ist. Ob es noch immer schwarze Friedhöfe in Amerika gibt? Es gab welche, als ich ein kleiner Junge war. Wir nannten sie farbige Friedhöfe.

Der katholische Friedhof, zu dem wir fahren, ist über einem ehemaligen Reitstall angelegt. Er hat ein Tor wie Thomas Jeffersons Landsitz in Mount Vernon. Das Hauptverwaltungsgebäude sieht aus wie eine Filmkulisse, eine Mischung aus einem Howard-Johnson's-Restaurant und einer bayrischen Kapelle. Die Kalifornier verfallen auf die absurdesten architektonischen Stilgemische. Mit der Ausnahme der spanischen Adobe-Architektur gibt es keinen unverfälschten Stil. Ihnen graut vor nichts.

Das Interieur ist eher praktisch. Von der Wand blickt Papst Paul VI. unverwandt auf uns hernieder. Ich frage mich, ob sie unsere Tauf- und Firmungsurkunden verlangen werden. Wie sollen sie sonst wissen, ob Dad wirklich katholisch ist?

Wir werden in eines von zahllosen aneinandergereihten Kabäuschen gebeten. Eine Frau mit einem Stoß Prospektmappen unter dem Arm kommt herein. Wir erklären ihr unser Anliegen. Wieder steuern wir die billige Lösung an, aber das stört sie nicht. Sie legt die beiden ledergebundenen Mappen beiseite und schlägt die mit dem Pappeinband auf.

Dieser Friedhof ist wie ein Golfplatz angelegt. Es gibt keine Grabsteine, nur flache, in den Boden eingelassene Platten. Sie zeigt uns einige Parzellen, die noch zu haben sind. Es ist, als verhandelte man mit einem Immobilienmakler und suchte sich ein Grundstück in einer Wohnsiedlung aus. In gewisser Weise ist es auch dasselbe, nur daß die Grundstücke winzig, die Behausungen unterirdisch und die Nachbarn sehr still sind. Der Friedhof ist in Abschnitte mit verschiedenen Namen aufgeteilt. Ein Teil heißt Unbefleckte Empfängnis, ein anderer Abendmahl, wieder ein anderer Auferstehung oder Kreuzigung und so weiter. Joan meldet sich zu Wort.

„Wir hätten gern eine Parzelle mit einer Aussicht auf Palms."

Die Dame schluckt das mühelos. Ein Grabplatz mit Aussicht? Das muß schon öfter verlangt worden sein, denn sie hat ihre Geographie im Griff. Sie blättert in den Prospekten und deutet auf mehrere, noch nicht durchgekreuzte Parzellen.

„Das hier ist die Auferstehungs-Sektion. Palms liegt in dieser Richtung." Sie deutet auf ihre Karte. „Sie könnten sich hier mal umsehen." Sie beschreibt mit dem Bleistift einen Kreis, ohne die Karte zu berühren. „Ich denke, Sie werden hier etwas nach Ihrem Geschmack finden. Das Terrain liegt auf einer kleinen Anhöhe und hat eine hervorragende Entwässerung. Hier, in der Mitte, sind einige Parzellen, die sich in Ihrer Preislage bewegen, da sie relativ schwer zugänglich sind."

Sie deutet auf einen wellenförmigen Kreis mit einem Punkt in der Mitte. „Das hier ist ein Baum. Die vier Gräber in seiner unmittelbaren Umgebung sind etwas kostspieliger."

Sie sieht in einer Tabelle nach.

„Unter dem Baum ist noch eines übrig, das sechshundertfünfzig kostet anstatt fünfhundertfünfzig; es ist nämlich leichter zu finden durch den Baum."

Wir notieren die Nummern und gehen Parzellen besichtigen. Über das ganze Friedhofsareal schlängeln sich Straßen, und sie hat uns zur Orientierung eine kleine Karte mitgegeben. Es erinnert mich an Fahrten in den Spielzeugautos der Freizeitparks. Überall weisen weiße pfeilförmige Schilder zu den verschiedenen Sektionen, und wir finden spielend zur Auferstehungs-Sektion. Ich parke, wir steigen aus und suchen am Straßenrand nach den Wegweisern zu den einzelnen Planquadraten. Wir gehen suchend über die Gräber.
Als Kinder war es für uns immer ein absolutes Tabu gewesen, auf dem Friedhof auf die Gräber zu treten, aber hier wird man mehr oder weniger dazu ermuntert. Die Gräber liegen nämlich sehr dicht nebeneinander, und ohne Grabsteine kann man kaum unterscheiden, ob man über ein Grab geht oder nicht.
Wir finden die Parzellen, die sie uns angegeben hat, auch die unter dem Baum. Es ist ein junger Jakarandabaum, und das gibt den Ausschlag. Dad hat die Jakarandabäume in Kalifornien immer geliebt. Wir werden die hundert Dollar Aufschlag einfach drauflegen und Mutter nichts davon sagen. Wir setzen uns unter den Baum und halten Ausschau, ob wir etwas entdecken können, das wie Moms und Dads Haus aussieht.
„Wir hätten uns ein Picknick mitbringen sollen, Joan. Ob die einen wohl hier zelten lassen würden? Immerhin ist es unser Grundstück. Wie sollten sie es uns verwehren?"
„Jack, erwähn so was ja nicht vor einer der Gören; du weißt, die bringen das glatt fertig."
Dann fangen wir wieder an zu weinen.

Als wir uns einigermaßen gefangen haben, fahren wir zurück zur Friedhofsverwaltung. Unsere Dame empfängt uns und führt uns wieder in unser Kabäuschen. Dabei muß ich daran denken, wie Vron und ich bei Central Chevrolet in Los Angeles unser erstes neues Auto kauften. Wir unterschrieben die Verträge in genau solchen Kabinen. Es fehlt nur noch, daß wir jetzt auch etwas in Zahlung gäben.
Ich teile der Dame mit, daß wir das Grab unter dem Baum nehmen. Sie ist so begeistert, daß man meinen könnte, sie sei diejenige, die dort begraben werden soll. Wir erklären ihr, daß die Parzelle für zwei gedacht ist. Sie fragt, ob wir eine Grabplatte wünschen. Wir lassen uns dazu hinreißen, eine für fünfundsiebzig Dollar zu kaufen. Wir geben Moms und Dads Namen an. Wir werden zuerst Dads Namen und dann

sein Geburts- und Todesjahr eingravieren lassen. Es hat etwas so Endgültiges, ein Todesjahr schriftlich festzuhalten, obwohl erst April ist. Von Mom geben wir das Geburtsdatum an.
Die Dame fragt, ob wir wünschen, daß eine Blumenvase auf dem Grab angebracht wird. Das macht nochmal zwanzig Dollar. Es ist ein Metallbehälter für Blumen, der in den Boden eingelassen wird. Ich möchte unbedingt einen haben; Joan hält mich für verrückt, aber sie macht mit. Alles in allem lassen wir auf dem Friedhof noch einmal an die siebenhundertfünfzig Dollar. Es sieht so aus, als würden die Kosten für das Begräbnis auf rund zweitausend kommen. Schon deshalb lohnt es sich, am Leben zu bleiben.
Draußen im Wagen möchte Joan wissen, warum ich die Blumenvase gekauft habe.
„Mensch, Jack, wir könnten doch einfach eine kleine Gartenschaufel mitbringen und Blumen in die Erde einpflanzen, wenn du unbedingt willst. Mom wird sowieso nie da raufgehen und das Grab besuchen; sie ist nie zum Grab ihrer Mutter oder ihres Vaters oder einer ihrer Schwestern gegangen. Sie hat Angst vor Friedhöfen."
„Schon, aber, wer weiß, vielleicht will ich eines Tages mit dem Golfschläger ein bißchen einlochen üben da oben."

Wir fahren nach Hause zurück und berichten Mutter, was wir alles unternommen haben. Sie will es gar nicht so genau wissen.
„Wenn er tot ist, ist er tot, basta. Das einzig Vernünftige ist, Meßkarten zu kaufen und für ihn zu beten."
Ich glaube nicht, daß sie schon richtig begriffen hat. Sie weiß, daß er sterben wird, aber nicht, daß er tot sein wird. Das erstere ist ein Vorgang, das letztere ein Seinszustand. Das ist ein großer Unterschied, der mir selber erst langsam aufgeht. Dad wird nicht mehr *sein.* Wir haben die letzten Worte miteinander gewechselt. Ich habe ihn zum letzten Mal im Garten umherwandern oder in seiner Werkstatt Sachen ausbessern gesehen. Er wird keine einzige Blume mehr anpflanzen, nie wieder lachen. Es wird ihn nicht mehr geben.
Billy ist die ganze Zeit dabei. Glücklicherweise hält er vor Mutter den Mund, aber als wir wieder hinten sind, sagt er mir die Meinung. Ich sitze auf dem Schaukelstuhl, und er läßt sich aufs Bett plumpsen.
„Menschenskind, Dad, das ist ja barbarisch. Wieso mieten wir nicht einfach ein Ruderboot am Santa Monica Pier und kippen ihn ins Wasser?

Wozu diesen ganzen Begräbnisrummel?“
„Es gibt Landesgesetze, Bill. Es hat schon einige Mühe gekostet, ums Einbalsamieren herumzukommen.“
Wir haben Mutter noch nichts davon gesagt. Wir haben ihr gesagt, daß die Leiche nicht aufgebahrt werden wird, sahen aber keinen Grund, ihr auch den Rest zu erzählen.
„Heißt das, daß ihr die Einbalsamiererei abgewimmelt habt?“
„Genau. Joan hat irgendeine obskure jüdische Glaubensregel angebracht, und jetzt kriegt er ein jüdisches einbalsamierungsfreies Begräbnis.“
Billy steht auf und fängt an, auf- und abzuwandern.
„Das ist ja Spitze, echt Spitze! Es ist fast wie eine richtige Beerdigung. Weißt du noch, wie wir damals, als Madame Mathilde starb, lauter Eis um sie herum auf ihr Bett gepackt haben, bis Monsieur Didier den Sarg fertig hatte? Dann haben wir sie in die Kiste gelegt und sie den Berg rauf zur Kirche geschafft und dann auf den Kirchhof. Die Totengräber waren Monsieur Perrichot, Monsieur Boule, der Bürgermeister und Maurice. Es war noch eine Schaufel übrig, und ich habe ihnen geholfen. Wir hatten das Grab in einer Viertelstunde zugeschüttet und festgestampft. So stelle ich mir die Beerdigung vor.“
„Du hast vollkommen recht, Bill, aber deine Großmutter sähe das nicht als ein richtiges Begräbnis an. Sie nimmt die ganze Sache großartig, und das müssen wir honorieren.“
„Dad, ich hab nicht einen einzigen Anzug, schon gar keinen schwarzen. Was sagst du dazu?“
„Sieh mal in Granddads Kleiderschrank nach, Bill; vielleicht paßt dir einer von seinen. Ich werde auch einen von seinen anziehen.“
„Heißt das, daß du in den Sachen von deinem toten Vater zur Beerdigung gehen willst?„
Er setzt sich hin. Ich bin zu müde, um ihm die Sache mit Mr. Lazio zu erklären.
„Ich glaube nicht, daß ich das fertigbringe. Das ist zu makaber. Wenn er nicht mein eigener Großvater wäre, könnte ich es vielleicht; aber das bringe ich nicht über mich.“
Sein ganzer Körper schüttelt sich, und er schließt die Augen. Manchmal vergesse ich, wie jung er ist. Ein junger Mann wie er wirkt so erwachsen, daß man das leicht vergißt.
„Dann geh eben zur Heilsarmee, Bill; die werden etwas in der Richtung

haben, das dir paßt. Hier sind fünfzehn Dollar. Sieh zu, daß du auch für einen Dollar oder so ein Paar Schuhe kriegst. Du kannst sie ja zur Beerdigung tragen und dann wegwerfen, wenn du willst. Deine Füße passen weder in Dads noch in meine Schuhe rein."
Billy sagt, er will erst einmal abwarten, bis Dad tot ist. Ich muß wieder daran denken, wie wir das Todesjahr für die Grabplatte angeben mußten. Ich bin gegen Aberglauben, aber wir haben alle etwas davon in uns; aus Büchern, Filmen, Fernsehsendungen, Kinderspielen. Ich bitte Bill, bei Mom zu bleiben. Ich möchte so viel wie möglich mit Dad zusammensein.

Die Schwestern sind wie ausgewechselt. Irgend jemand hat sie aufgeklärt, daß ich ein Querulant bin. Aber sie sind höflich. Ich komme mir vor wie ein Rechnungsprüfer, der gekommen ist, um die Bücher zu kontrollieren. Aber das ist mir gleich; ich nehme schließlich nicht an einem Beliebtheitswettbewerb bei Krankenschwestern teil.
Dads Zustand ist unverändert. Ich küsse ihn auf die Stirn und spreche ihn an, aber er verharrt in seinem Tiefschlaf. Ich frage mich, wie man Koma von Schlaf unterscheidet; vielleicht ist es nur eine Frage der Tiefe und der Länge.

Ich bin grade mit dem Abwasch fertig, als Lizbet in die Küche gestolpert kommt. Sie hat ihr Nachthemd an, und ihre Augen sind noch halb zu. Ich ziehe die Hosenträger über die Schultern und nehme sie auf den Arm. Sie kuschelt sich an mich, und ich trage sie zu dem Ahornschaukelstuhl, den Jean letzte Weihnachten für Bess gemacht hat. Er kann wirklich mit Harthölzern umgehen. Ich setze mich hinein und schaukle sacht in dem langsam heller werdenden Raum. Lizbet gräbt ihre Zehen zwischen meine Beine und schiebt die zwei Mittelfinger in den Mund. Bess hat immer Angst, daß sie nochmal schiefe Zähne kriegt, aber ich lasse sie lutschen, ein schönes Geräusch, wie ein Kälbchen, das an einer Zitze nuckelt. Ich atme den Geruch von Heu und Kind durch das rötliche Gold ihrer Haare.

Alle fünfzehn Minuten kommt eine Schwester hereingerannt. Sie lassen Dad wirklich eine fürstliche Behandlung angedeihen. Ich frage eine nach den Medikamenten, die er zur Zeit bekommt. Sie zeigt mir das Krankenblatt. Ich tue, als könnte ich mit den Schnörkeln, Strichen und Kürzeln

etwas anfangen; lächle und gebe es ihr zurück. Ich entdecke keine Narkotika, mehr wollte ich nicht wissen. Ich finde auch keinen Hinweis auf Hydrochlorothiazid oder Zarcxolyn, ein anderes Saluretikum, so daß ich annehme, daß sie zur Blutdrucksenkung die harntreibenden Medikamente abgesetzt haben. Wenn man im Koma ist, erreicht der Blutdruck vermutlich kaum kritische Werte.
Auf dem ganzen Stockwerk schlägt mir eine miserable Stimmung entgegen. Die Pflegerinnen, die Küchenhilfen und das gesamte technische Personal beschließen, was ich in diesem Moment noch nicht weiß, ausgerechnet an diesem Tag einen Streik. Die Krankenschwestern hier werden bald den ganzen Betrieb allein schmeißen müssen. Ich bilde mir ein, daß sie auf mich sauer sind, aber in Wirklichkeit sind sie sauer auf die Welt im allgemeinen, und ich bin nur ein Teil dieser Welt.

Dr. Chad sieht zweimal am Tag nach Dad, einmal vormittags um halb elf, und dann noch einmal gegen vier Uhr nachmittags. Jedesmal setzt er sich zu Dad ans Bett, zählt seinen Puls, horcht mit dem Stethoskop Herz und Lungen ab, mißt den Blutdruck und sieht nach der Katheterflasche. Jedesmal spricht er Dad zuerst leise, dann lauter an, nennt ihn bei seinem Namen.
„Mr. Tremont? Wie geht es Ihnen, Mr. Tremont?"
Er kneift Dad in die Schulter und versetzt ihm erst leichtere, dann stärkere Klapse ins Gesicht. Er bekommt nie eine Reaktion. Es ist, als wollte man einen Betrunkenen aufwecken.
Am Nachmittag des dritten Tages erfolgt eine leichte Reaktion auf seine Klapse; Dads Augenlider zucken leicht, er wendet den Kopf, hebt langsam den rechten Arm und nimmt dann wieder seine alte Stellung ein. Dr. Chad klapst ihn noch einmal, ruft ihn an, aber das war alles. Es erinnert mich stark an Jesus, der Lazarus von den Toten erweckt, besonders da Chad einen schwarzen Vollbart trägt.

Jeden Tag erklärt Chad mir die Lage und seine Maßnahmen. Er läßt täglich Blut, Urin, Sputum und Stuhl untersuchen. Er gewinnt allmählich den Eindruck, daß es sich in erster Linie um eine Stoffwechselstörung handelt. Er weiß weder, was sie verursacht hat, noch wie er Dads Lebensfunktionen wiederherstellen kann. Als ich ihn darauf anspreche, sagt er nach wie vor, daß er mir keinerlei Hoffnung machen könne; er tut, was in seinen Kräften steht, aber es scheint irreversibel zu sein.

Er ist bereit, mir alles, was er unternimmt, genauestens zu erklären, und er erweist sich als der geborene Lehrer. Ich habe den Eindruck, daß er sich über mein Interesse freut und wünscht, daß ich Bescheid weiß.
Die große Neuerung besteht darin, daß er die intravenöse Infusion von Dads Arm in die obere Hohlvene an seinem Hals verlegt hat. Er gibt Stickstoff in Form von Proteinhydrolysat und fügt pro Gramm Stickstoff 150 Kalorien hinzu. Chad erzählt mir das alles, als müßte ich wissen, wovon er spricht. Ich habe das Gefühl, daß er ernstlich etwas unternimmt, und was er sagt, leuchtet mir ein.
Nach mehrtägigem Herumexperimentieren legt er sich fest auf 165 Gramm wasserfreie Glukose plus 860 Milliliter 5prozentiger Glukose in 5prozentigem Fibrinhydrolysat. Zusätzlich gibt er 30 Milliäquivalente Kochsalz und 50 Milliäquivalente Kaliumchlorid plus 8 Milliäquivalente Magnesiumsulfat. Er sagt, er versuche, ein äußerst heikles Gleichgewicht herzustellen. Er erklärt mir alles im einzelnen, räumt aber ein, daß er völlig im dunkeln tappt.
Aber er versucht es, und ich gebe ihm zu verstehen, wie sehr ich das zu schätzen weiß. Ich wünsche nur, diese Art Fürsorge wäre Dad von Anfang an zuteil geworden. Die Schwestern müssen diese Mixturen für die Infusion durch Filtrierverfahren keimfrei machen, weil sie beim Erhitzen zerstört werden würden. Das bedeutet eine Menge zusätzlicher Arbeit, und sie sind nicht gerade begeistert.
Trotzdem harre ich da drin aus, bleibt Chad bei der Stange, gibt Dad, und das ist das Wichtigste, nicht auf.

15

Am Morgen sind wir völlig durchgeweicht. Das Zelt ist so eingesunken, daß es auf uns liegt. Wir schlüpfen darunter hervor wie Regenwürmer, die durchs Gras glitschen.
Über den blauen Himmel ziehen dicke Wolken, die Luft ist warm, aber Gras und Bäume triefen von Wasser; bei jeder Bewegung werden wir besprenkelt.
Dad reckt sich und fällt beinahe vornüber. Es ist schon nach halb zehn; diese kleinen roten Pillen haben uns ganz schön in Tran versetzt. Auf unserem Zelt liegen da, wo es am tiefsten durchhängt, große Wasserlachen. Wir ziehen die Heringe vorsichtig heraus, legen die Zeltstangen sachte um und versuchen dann, die größten Lachen herunterzuschütten, ohne die Decke noch nasser zu machen. Wir nehmen jeder einen Zipfel der Decke, wringen sie aus und breiten sie dann über das Wagendach. Der Wagen ist schon so heiß, daß die Decke dampft.
Am anderen Ende des Rastplatzes befindet sich ein Waschraum, der uns vorher nicht aufgefallen war. Den steuern wir an, waschen uns, schrubben uns die Zähne und bemühen uns, unsere verplierten Augen aufzukriegen. Wir schwanken noch immer ein bißchen. Unsere Kleider sind naß und zerknautscht, deshalb gehen wir zurück und ziehen saubere Sachen aus dem Koffer. Tante Joan hat alles kurz vor der Abfahrt für uns gewaschen, die Sachen sind frisch und riechen nach Kalifornien.
Als wir den Waschraum verlassen, ist das Zelt fast trocken, aber die Decke wird eine Weile brauchen. Wir packen das Zelt zusammen und verstauen es. Dad rollt jede Leine ordentlich zum Knäuel. Wir breiten die Decke im Kofferraum über dem Zelt aus.
Dad hängt unsere nassen Sachen auf Bügel aus seinem Koffer, und die befestigt er an kleinen Haken neben den Rückfenstern im Wageninneren. Wir sehen allmählich aus wie zwei ungepflegte Unterwäschevertreter auf Verkaufstournee.

Es ist bereits halb elf, als wir endlich losfahren. Dad setzt sich ans Lenkrad. Ich lasse das Dylan-Tonband laufen, stelle den Regler aber leise. Ich bin noch müde, deshalb kippe ich die Lehne nach hinten und

schließe die Augen. Es ist verblüffend, wieviel besser man mit geschlossenen Augen hört.
Wir passieren standhaft zwei Pizza Huts und halten in dem Teil von Vandalia, der schon zu Illinois gehört, zum Essen an. Es ist ein Schnellimbiß in einer Quonset-Wellblechbude. Wir essen Brathähnchen mit Klößen. Dazu gibt es Klümpchen, die aussehen wie in schwimmendem Fett gebackene Mottenkugeln.
Wir bekommen jeder ein halbes Hähnchen, und ich tausche einen Schenkel gegen Dads Brustfilet. Er verputzt alles an seinem Vogel, inklusive Herz, Leber, Lungen und Bürzel. Ich mag eigentlich nur das weiße Fleisch. Bei uns zu Hause ißt die ganze Meute außer Dad nur weißes Fleisch. Wir reißen uns alle um die kleinsten Fitzelchen, während er sich mit Schenkeln den Bauch vollschlägt.
Um drei sind wir fertig und machen uns Richtung Indianapolis auf den Weg. Ich möchte mir die Indy-500-Rennstrecke ansehen, aber Dad ist nicht scharf darauf, sich in den Stadtverkehr zu stürzen. Eigentlich wäre ich jetzt mit Fahren an der Reihe, aber er ist der Boss.
Wir haben die Landesgrenze von Indiana etwa fünfzehn Kilometer hinter uns, als wir einen Pulk Autos am Randstreifen stehen sehen. Leute springen aus Autos, einige rennen hin und her. Die meisten drängen sich auf dem grasbewachsenen Mittelstreifen zwischen der Ost- und der Westtrasse. Auf der Strecke nach Westen ist ein Unfall passiert. Ich bin so erschrocken, daß ich an den Rand fahre. Es ist der schlimmste Unfall, den ich je gesehen habe, und er ist eben erst passiert. Das Vorderrad eines umgekippten Wagens dreht sich noch. Es ist nur der eine Wagen, und der ist gegen einen Erdwall geprallt, wo der Highway durch eine kleine Anhöhe schneidet.
Eine ganze Familie ist über die Straße katapultiert worden. Der Vater liegt am weitesten vorn, am weitesten westwärts. Er ist etwa so alt wie Dad, stämmige Figur mit einem kleinen Schmerbauch wie Dad. Er muß gut vierzig Meter über den Asphalt geschleift worden sein, sein Körper ist halb weggescheuert. Er blutet nicht stark, aber man kann die Knochen an Schultern und Armen sehen. Sein Hemd ist zerrissen, und seine Hose hängt in Fetzen, der Bund ist bis aufs Gesäß heruntergezerrt; er ist barfuß und seine Zehen sind abgewetzt. Es sieht eher nach einem Motorradunfall als nach einem Autounfall aus. Zwei Männer knien neben ihm, aber er bewegt sich nicht mehr.
Eine Frau, etwa in seinem Alter, liegt an den Erdwall gelehnt. Eines

ihrer Beine zeigt in die verkehrte Richtung; sie liegt auf dem Rücken, und einer ihrer Arme ist halb abgerissen. Sie ist über und über blutverschmiert und blutet noch immer. Drei Leute versuchen, das Blut zu stillen. Nach ihrer gekrümmten Lage zu urteilen, muß ihr Rückgrat gebrochen sein.

Weiter hinten, mehr nach Osten, sind drei kleine Kinder und ein Hund. Der Hund ist halb aufgerichtet auf den Vorderbeinen und dreht sich wie wild im Kreis, wie der Hund, den wir angefahren haben, nur daß dieser weder bellt noch knurrt, sich nur um die eigene Achse dreht und jault.

Eines der Kinder ist ein spilleriger kleiner Junge, etwa in Jackys Alter. Seine Eingeweide ringeln sich auf der Straße, als seien sie im Stehen aus ihm herausgequollen. Sie sehen wie Plastik aus in der Sonne. Er hat Shorts und ein gestreiftes Hemd an und ist blutüberströmt. Er liegt ausgestreckt auf dem Rücken, so daß man die Bruchstellen der Rippen erkennt, wo sie eingedrückt wurden. Seine Augen stehen offen, und jemand deckt ihn gerade zu.

Es ist noch ein kleines Mädchen da, das nicht schwer verletzt wirkt. Es ist kein Blut zu sehen. Die Leute stehen um sie herum, aber sie bewegt sich nicht. Ich gehe näher und entdecke eine tiefe Einbuchtung an der Seite des Kopfes, direkt über dem rechten Auge.

Am weitesten nach Osten hin ist ein ganz kleiner Junge, der noch aufrecht steht. Er kann kaum vier Jahre alt sein. Seine Haut ist fast vollständig abgeschabt. Alles ist rot, roh und blutet. Er weint und schreit nach seiner Mutter. Leute knien um ihn herum und versuchen ihn festzuhalten und die Blutung an den schlimmsten Stellen zu lindern.

Ich wende mich ab und würge Hähnchen, Klöße und Mottenkugeln wieder hoch. Dad ist weiß und rennt herum, um sich zu erkundigen, ob schon jemand einen Krankenwagen gerufen hat. An den Spuren auf dem Boden erkenne ich, daß ich nicht der einzige bin, dem sein Frühstück wieder hochgekommen ist. Dad kommt zu mir zurück.

„Geht es einigermaßen, Billy?“

Ich nicke. Er ist ganz außer sich.

„Ich glaube kaum, daß schon irgend jemand einen Krankenwagen gerufen hat. Komm, wir fahren ein Stück weiter, bis wir ein Telefon finden. Der Kleine könnte überleben, wenn sie ihn schnell in eine Klinik schaffen.“

Ich sehe, wie Leute das Kind mit zu sich ins Auto nehmen, aber ich sage nichts. Ich möchte bloß weg. Sie werden auf jeden Fall einen Kranken-

wagen brauchen, auch wenn die Sanitäter nichts weiter machen können als endgültig festzustellen, daß alle diese Leute tot sind. Ich setze mich auf den Beifahrersitz und starre zum Fenster hinaus. Wie kann ein so beschissenes Unglück unter einem so schönen Himmel passieren?
Dad fährt wie ein Henker. Jetzt hat er eine Mission, er ist nicht zu halten. Er jagt die Kiste beinahe auf hundertvierzig. Nach etwa fünf Kilometern kommen ein paar Geschäfte. Dad bremst ab, daß der Wagen schleudert, springt heraus, rennt in einen Spirituosenladen. Ich warte im Auto. Nach drei Minuten ist er wieder da.
„Es hat schon jemand angerufen; sie sind unterwegs. Ich habe ihnen gesagt, daß fünf Menschen schwer, vermutlich tödlich verletzt sind."
Er steigt ins Auto. Er setzt sich hin, ohne den Wagen anzulassen. Ich sehe zu ihm hinüber. Er ist schneeweiß, und sein Atem geht flach. Er sieht grauenhaft aus, käsig, das Gesicht schweißnaß.
Wir hören eine Sirene heulen. Sie kommt von Osten her und braust mit dem *hiijjoouuuhhh*-Geräusch vorbei, das Sirenen machen, wenn man selber stillsteht. Eine Minute später kreischt noch eine an uns vorbei. Dad sieht ihnen nach, bis sie verschwunden sind. Er stellt den Motor an.
„Tja, Bill, ich glaube, daß es für uns nichts mehr zu tun gibt."
Er legt den ersten Gang ein und wartet, bis der Highway von einem Ende bis zum anderen frei ist, bevor er einbiegt. Jetzt fährt er ganze fünfzig in der Stunde; aber ich meckere nicht. Am liebsten würde ich den Rest der Strecke *zu Fuß gehen*.
Wir halten an der nächsten Tankstelle und füllen nach. Es ist eine kleine Imbißbude da, und wir gehen auf einen Kaffee hinein. Mein Magen ist mittlerweile so leer, daß die Rückwand schon an die Vorderwand schlackert. Ich kaufe ein Stück Heidelbeerkuchen. Langsam geht es mir ein bißchen besser, aber Dad ist noch immer weiß wie die Wand.
„Billy, kannst du eine Weile fahren?"
Ich nicke.
„Und mach's halblang bitte; ich bin ziemlich fertig."
Er nimmt ein Fläschchen mit Valium aus dem Handschuhfach und schluckt eines.
„Junge, Junge, Bill, ich fühle mein Herz pumpen wie eine hydraulische Presse."

Ich gehe nicht über achtzig, und mein alter Herr lehnt sich im Sitz zurück, so wie ich ihn eingestellt habe. Er sieht nicht auf die Straße, liegt nur da und blickt starr an die Innenverkleidung des Wagendaches. Zum ersten Mal kleben seine Augen nicht an der Straße. Es ist gespenstisch, als hätte er keinen Funken Energie mehr.

„Was glaubst du wohl, was passiert ist, Bill? Es war kein anderer Wagen in den Unfall verwickelt. Es ist mitten am Tag. Ich kann mir kaum vorstellen, daß der Mann eingeschlafen ist. Ich habe mir die Reifen angesehen; keiner war platt. Was zum Henker kann so schiefgegangen sein, daß dieser Bursche alles vernichtet hat, seine Frau, seine Kinder, sogar seinen Hund? Was kann er bloß falsch gemacht haben?"

Er seufzt tief, und ich sehe zu ihm hinüber. Er hat Tränen in den Augen. Er ist allen Ernstes kurz davor durchzudrehen, aber er ist noch nicht fertig.

„Vielleicht haben ihn seine Gören genervt, und er hat sich umgedreht, um dazwischenzufahren, und hat die Herrschaft über das Auto verloren. Guter Gott, ich hoffe es nicht. Wie grauenhaft, in der letzten Minute so etwas zu denken. Vielleicht hat die Lenkung plötzlich einen Knacks gekriegt, oder die Bremsen haben versagt. Es kann so vieles schiefgehen, und wenn du noch so vorsichtig bist.

Ich hoffe bloß, daß er sich nie mehr umdrehen konnte und das alles mit ansehen mußte, seine Frau wie eine Brezel in den Dreck gedrückt, sein Sohn mit herausgerissenen Eingeweiden, die Tochter wie mit der Axt erschlagen und sein Jüngster wie ein lebendes Stück Hamburger schreiend auf der Straße, und lauter Fremde rundherum. So was läßt einen hoffen, daß es kein Leben nach dem Tod gibt. Wie soll einer denn jemals wieder irgendeine Art von Leben führen, egal wo, und jemals wieder irgend etwas tun, wenn er damit leben müßte?"

O Gott, ich wünschte, er würde endlich den Mund halten. Ich werde den Heidelbeerkuchen und den Kaffee wieder auskotzen, wenn er weitermacht.

„Aber, verflucht nochmal, Bill, man kommt ums Autofahren einfach nicht herum. Das macht mir eine Heidenangst. Mir graut davor, in diese Blechkisten zu steigen, und ich bin jedesmal heilfroh, wenn ich lebendig wieder rauskomme. Ich weiß, daß ich mich beim Fahren zu sehr verkrampfe, aber ich sehe im Geist immer solche Sachen vor mir, bloß daß wir es sind. Wir, wie wir in aller Öffentlichkeit auf heißem oder nassem oder vereistem Asphalt krepieren, während Fremde unsere Überreste begrapschen."

Jemine, da denkt man, er ist so eine eiserne Natur, erledigt alles, zieht

alles durch, und dann klappt er plötzlich zusammen. Ich bin auf siebzig heruntergegangen! Ich beschleunige wieder auf neunzig. Er merkt es gar nicht; starrt bloß unentwegt an die Deckenverkleidung.
„Das ist eben Schicksal, Dad. Unfälle sind einfach Pech. Da kann man nicht viel machen. Es hat keinen Sinn, ständig Schiß zu haben; man kann sich vor lauter Schiß die ganze Lebensfreude versauen."
Er rührt sich nicht. Vielleicht hört er gar nicht hin. Es wird langsam dunkel, und ich stelle die Scheinwerfer an. Es ist noch nicht sehr spät, aber ein paar dicke schwarze Wolken haben sich zwischen uns und der Sonne aufgebläht. Ich hoffe, daß wir es noch bis hinter Indianapolis schaffen und dort ein Motel finden. Ich bin total erschossen. Wir haben letzte Nacht zwar geschlafen, aber es war kein richtiger Schlaf. Ich war bloß ohnmächtig; ein Teil von mir schlug sich mit dem Regen, dem Donner, den Blitzen und den Lastern herum.
Dann meldet er sich wieder.
„Ich habe früher auch so gedacht, Bill; das gehört zum Jungsein. Es ist auch eine Portion Unbekümmertheit dabei. Mit dem Alter werden die Leute schwerfälliger. Schlechte Erfahrungen, Unglück, Beinaheunfälle – solche Erlebnisse wie gerade eben – häufen sich im Hirn an, bleiben hängen. Die Menschen werden Jahr für Jahr kummerbeladener. Kontinuität, Überlebenswille spielen eine immer größere Rolle.
Außerdem verändert sich das Hirn selber mit der Zeit. Mit bestimmten geistigen und körperlichen Fähigkeiten geht es schon im Alter von siebzehn wieder bergab.
Ich habe an mir selbst beobachtet, Bill, wie meine Sicherheit, meine Entscheidungsfähigkeit nachließen. Wenn ich Auto fahre, bin ich in der Zwickmühle zwischen dem Unbekümmerten, dem Zwanzigjährigen, und dem Unzulänglichen, dem Fünfzig- oder Sechzigjährigen, der unter Umständen nicht mehr die Fähigkeit besitzt, mit einem Notfall fertig zu werden. Und ich muß zwangsläufig *meine* Grenzen auf andere wie dich, Bill, projizieren. Mir ist einfach ungemütlich, wenn du einen Fahrstil an den Tag legst, dem ich selbst nicht gewachsen wäre."

Es wird rasch dunkel, und dann fallen die ersten dicken Regentropfen. Die Straße ist hier, in der Umgebung von Indianapolis, mit überdimensionalen Lastzügen vollgestopft. Ich überhole fast alle fünfhundert Meter einen von der Sorte. Glücklicherweise ist Dad total absorbiert von Nachlassen und Verfall des menschlichen Körpers. Er würde die

Krämpfe kriegen, wenn er mich um diese dicken Brummer herumlotsen müßte.
Als ich den Scheibenwischer anstellen will, ertönt nur ein Summen. Ich sehe auf dem Armaturenbrett nach, ob ich mich im Schalter vertan habe. Ich knipse ihn ein paarmal an und aus.
Mann, das wird eine lustige Tour, bei der Dunkelheit, dem Regen, den Lastern und den Kassandrarufen neben mir. Dad beugt sich vor, ohne die Rücklehne hochzustellen, fummelt an dem Schalter herum; er ist zweifellos kaputt. Ich bin bloß froh, daß dieser Klapperkasten nicht mir gehört; ich müßte einen Full-time-Job haben, bloß um den zu unterhalten.
Jetzt schüttet es wie aus Kübeln; ich halte mich an das Rücklicht des vor mir fahrenden Lastwagens; es ist effektiv das einzige, was ich erkennen kann. Ich kann weder die weißen Striche *noch* den Straßenrand ausmachen. Ich habe nur die zwei roten Lichter, von den Wasserspritzern auf der Windschutzscheibe etwa hundertfach gebrochen; und ich habe Angst anzuhalten.
„Kannst du überhaupt was sehen, Bill? Ich sehe rein gar nichts. Vielleicht sollten wir besser an den Rand fahren!"
„Ich seh ganz gut, Dad; ich häng mich einfach an diesen Laster da. Solange ich die Rücklichter sehe, kann uns nichts passieren."
Er schweigt. Ich weiß, daß er nicht weiterfahren möchte, aber, was zum Henker, sollen wir sonst tun? Es gibt nicht einmal einen richtigen Randstreifen an dieser Straße, und auch das bißchen steht schon unter Wasser.
„Du, Dad, sieh du dich mal nach einer Ausfahrt um. Sobald du eine siehst, schreist du."
Er kurbelt das Fenster auf seiner Seite eine Handbreit herunter, um hinaussehen zu können. Der Regen kommt in Sturzbächen ins Wageninnere geklatscht. Er kann selbst bei offenem Fenster nichts sehen; und mit dem Trumm von Laster vor der Nase kriegen wir Straßenschilder erst mit, wenn wir schon beinahe daran vorbei sind.
Ich klebe knapp fünfzehn Meter hinter dem Laster; wenn ich weiter zurückfalle, verliere ich ihn aus den Augen. Ich werde sowieso naß, deshalb drehe ich mein Fenster auch herunter. Das Wasser strömt herein wie in ein untergehendes Schiff in einem Katastrophenfilm; in Sekundenschnelle bin ich klatschnaß. Ich stecke den Kopf hinaus, um zu sehen, ob es dadurch besser wird, aber der Regen peitscht mir in die Augen, und es ist noch schlimmer als mit der schlierigen Windschutzscheibe. Ich ziehe

den Kopf wieder ein und kurbele das Fenster hoch.
Schemenhaft sehe ich hinter uns blinkende Lichter näher kommen. Ich klammere mich ans Lenkrad und hoffe das Beste. Noch ein Laster, dem es nicht paßt, daß so ein dicker Lincoln dicht hinter seinem Kumpel auffährt. Er rauscht vorbei, und das bißchen Sicht, das ich hatte, ist auch noch flöten. Der Laster wirbelt schneller dreckiges Wasser und Schlamm auf, als sauberes Wasser von oben herunterkommt. Ich halte das Lenkrad fest, halte mein Tempo und warte, bis ich die Rücklichter wieder sehen kann. Der ganze Wagen macht einen spürbaren Ruck im Sog des Lasters. Ich fahre siebzig, und der muß an die neunzig machen. Eine halbe Minute absoluten Blindfahrens, die Windschutzscheibe schmutzbraun getönt, dann erkenne ich die Rücklichter wieder.
Aber langsam kriege ich den Bogen raus. Wenn mein Vordermann auf die Bremsen tritt, leuchten die Bremslichter auf, dann trete ich auf meine Bremse. Das Problem ist nur, daß ich von diesen zwei Lichtern langsam wie hypnotisiert bin. Sie schimmern auf der Straße und auf der Windschutzscheibe; kein Hypnotiseur könnte sich einen besseren Gag ausdenken.
In diesem Augenblick stößt Dad einen Schrei aus; eher ein Kläffen. Noch eineinhalb Kilometer bis zur nächsten Ausfahrt. Ich setze den Blinker und halte mich rechts. Ich bete zum Himmel, daß ich die Abzweigung nicht verpasse. Jetzt regnet es schübelweise. Das Dach von unserem Blechkasten dröhnt von dem Höllenlärm.
Dad sieht den Pfeil gerade noch rechtzeitig, und ich ziehe nach rechts. Hinter uns kommen keine Lichter, daher kann ich auf fünfundzwanzig heruntergehen. Am Rand der Ausfahrt sehe ich eine schwache Markierung; wir biegen ab und schleichen auf eine Ampel zu. Gegenüber ist ein Wegweiser. Ich blende auf und rolle näher, bis wir „BROWNVILLE FIVE MILES“ entziffern können. Ich reiße das Lenkrad scharf herum und fahre rechts ab.
Es ist eine schmale Straße mit ziemlich buckligem Profil, und der Mittelstrich ist fast unsichtbar. Ich fahre auf der Mitte; wenn uns jemand schnell entgegenkäme, ohne Scheinwerfer, sind wir geliefert.

Wir rollen in die Stadt und suchen durch verschwommene Scheiben nach einem Motelschild. Ich hoffe, daß die Marshals oder Sheriffs, oder was immer sie hier für Ordnungshüter haben, nicht unterwegs sind. Sie wären bestimmt nicht sehr angetan von diesem Lincoln, der ohne Schei-

benwischer, blind, die Mainstreet auf- und abkutschiert. Wir sind nahe daran aufzugeben, als wir ein Schild „HOTEL“ am anderen Ende der Stadt erspähen. Gott, ich hoffe, daß sie ein Zimmer freihaben; der Gedanke, die Nacht unter einer nassen Zweimanndecke zu verbringen, ist nicht gerade anheimelnd.
Es ist ein Backsteinbau mit Kolonialstilveranda. Rechts und links von der Tür hängen Kutscherlampen mit gelben Birnen. Dad springt hinaus und saust durch den Regen. Er kann gar nicht mehr nasser werden, als er schon ist, aber die Leute ziehen instinktiv das Genick ein im Regen. Selbst wenn sie nur noch ein Zimmer für fünfzig Dollar die Nacht haben, wird er es nehmen, das weiß ich. Nach etwa fünf Minuten ist er wieder da; er macht die Tür auf und lächelt herein.
„Ich hab ein tolles Zimmer für uns gefunden. Der Manager ist überzeugt, daß ich ein Bankräuber bin, der gerade ein Ding gedreht hat, und daß wir den Kofferraum voller Goldbarren haben, also tun wir ihm den Gefallen, spielen wir die Rolle; zieh wenigstens deine Schuhe an.“
Er ist wieder ganz aufgekratzt. Vielleicht ist er bloß froh, am Leben zu sein, ins Trockene zu kommen, ein warmes Bad vor sich zu haben. Ich gebe ihm die Schlüssel. Er schließt den Kofferraum auf und wuchtet seinen Koffer und meinen Seesack heraus. Er schleift unser Gepäck auf die Veranda, während ich den Wagen auf einen Abstellplatz hinter dem Haus bugsiere.
Ich gehe langsam durch den warmen Regen. Ich grinse, als wäre es die natürlichste Sache der Welt, nachts durch wolkenbruchartigen Regen zu latschen. Unmittelbar neben der Veranda stehen Hortensiensträucher, und ich beuge mich darüber und schnuppere an den Blüten, kein Duft. Dad wippt auf den Fußspitzen, daß es in seinen Schuhen quatscht. Aber er lacht.
„Also komm, Bill, du brauchst es nicht zu übertreiben. Ich bin sicher, dieser Angsthase hat bereits die Sheriffs der umliegenden Kreise alarmiert.“
Wir schassieren in den Empfangsraum und tröpfeln echtes Indiana- oder Ohioregenwasser auf kastanienbraune Teppiche. Wir tragen unser Gepäck selbst zum Zimmer hinauf. Es sieht schön aus, hat zwei gigantische Doppelbetten.
Wir duschen einer nach dem anderen und wringen unsere Klamotten aus. Ich habe kein einziges trockenes Stück mehr und borge mir von Dad Hemd und Hose. Ich borge mir sogar Jockey Shorts und Tennisschuhe

von ihm. Als wir hinuntergehen, sehen wir halbwegs menschlich aus; ich rudere in seinen Sachen, und meine Füße sind in seine Turnschuhe Größe vierzig eingezwängt, aber wir sind sauber.
Ob man es glaubt oder nicht, der Manager kommt auf uns zu und stellt uns nonchalant einen Gentleman mit weißem Cowboyhut vor. Er ist es tatsächlich, der Marshal der Ortschaft. Er muß mitten im Abendessen losgestürzt sein, um die Banditen zu entlarven. Er fragt uns in höflichem Konversationston über woher und wohin aus; und natürlich über den Wagen. Selbst wenn wir diesem Schlitten glattrasiert und im Smoking entstiegen wären, hätte der Manager seinen Freund, den Marshal gerufen. Dad sieht ihn scharf an und fragt, ob es einen Colonel-Sanders-Hähnchengrill in der Stadt gibt. Ein echter Geistesblitz. Der Marshal schüttelt den Kopf, er bedauert zutiefst. Aus reinem Übermut frage ich, ob es ein Taco Bell gibt, noch so eine Kette von Schnellgaststätten in Mafiahand. Er schüttelt den Kopf und lächelt wieder. Womöglich kapiert er langsam.
„Aber es gibt eine Pizza Hut, Leute; genau am anderen Ende der Stadt, Richtung Interstate 80."
Er nickt und lächelt. Er führt uns auf die Veranda und deutet in die einzige Richtung, in der die Pinte liegen kann; sonst ist es überall dunkel. Das zeigt, wie sehr es geschüttet haben muß, wenn wir auf der Herfahrt an einer Pizza Hut vorbeigefahren sind, ohne einzukehren.
Wir dienern und bedanken uns bei dem Marshal, während er den Hut in unsere Richtung lüftet; Spade Cooley, der den Hut vor seinem Gaul zieht.
Wir steigen in unseren Philadelphia Express und schippern blindlings Richtung Pizza Hut. Es ist wie Nachhausekommen. Wir bestellen uns jeder eine gewaltige Käsepizza und einen Krug Bier. Wir hauen rein wie die Scheunendrescher. Die Krüge sind aus Glas mit gebogenen Henkeln wie Riesenbecher, nur daß sie Tüllen haben. Wir trinken unser Bier direkt aus den Krügen, als wären es Bierseidel. Wir verputzen die Pizzas und jeder eine Portion italienischen Salat. Ich glaube nicht, daß ich jemals im Leben ein Essen mehr genossen habe.
Zwei niedliche Kellnerinnen lachen sich schief, als sie uns aus den Krügen trinken sehen. Wenn ich mit einem anderen Typ und nicht ausgerechnet mit meinem Vater da wäre, könnten wir sie sicher dazu überreden, mit uns ins Hotel zu kommen; damit dieser Manager wenigstens Grund zur Sorge hätte.

16

Am nächsten Tag bricht der Streik aus. Alle Schwestern und Ärzte sind rund um die Uhr in zwei Schichten im Einsatz. Alles ist auf Notbetrieb umgestellt. Die Klinik nimmt keine neuen Patienten an, und viele werden entlassen oder in andere Kliniken verlegt.

Die vollausgebildeten Schwestern müssen notgedrungen die ganzen pflegerischen und schmutzigen Arbeiten erledigen, die normalerweise vom Pflegepersonal gemacht werden. Ich biete an zu helfen, wo ich kann; es kommt nicht in Frage, daß sie Dad abschieben.

Ich befürchte, daß er in dem ganzen Wirbel vernachlässigt werden könnte, deshalb ziehe ich zu ihm und schlafe neben ihm. Über die Hälfte der Betten auf der Intensivstation stehen sowieso leer. Eine kleine rothaarige Schwester zeigt mir, worauf es bei Dad ankommt, und ich wechsle seine Bettwäsche, seine Pampers; übernehme praktisch alle pflegerischen Tätigkeiten. Abgesehen vom Auswechseln der Infusionsflaschen ist medizinisch gar nicht so viel zu tun. Chad hat erwirkt, daß ich dableiben kann; von daher habe ich keine Schwierigkeiten.

Als ich Mutter von dem Streik erzähle, will sie Dad in eine andere Klinik verlegen lassen. Joan und ich reden es ihr aus. Im Perpetual Hospital ist seine Krankengeschichte mittlerweile bekannt, und Dr. Chad scheint der Fall am Herzen zu liegen. Allein die Verlegung könnte sein Tod sein. Mutter ist zu Hause. Billy schläft im Gartenzimmer, um ab und zu nach ihr sehen zu können. Er verhält sich fabelhaft.

Es ist merkwürdig, in einer Klinik zu leben, wenn man nicht krank ist, besonders auf einer Intensivstation zu schlafen. Die meisten Patienten, die dabehalten wurden, sind in verzweifelter Verfassung, zu sehr weggetreten, um sich noch zu bewegen, so daß die Grenze zwischen Gesunden und Kranken noch krasser ist als gewöhnlich.

Nachdem ich mehrere Tage um sie herum gewesen bin und noch niemand den Kopf abgerissen habe, werden die Schwestern netter. Oftmals benutzen sie mich als Aushilfe, wenn es gilt, einen Patienten festzuhalten, um eine Infusion zu legen, oder um jemanden hochzuheben oder zu verlagern, während sie ein Bett machen. Ich helfe auch beim Füttern anderer Patienten.

Frühmorgens nach der fünften Nacht wache ich vom üblichen Klirren von Glas und Metall auf, dem beherrschenden Geräusch in einem Krankenhaus. Ein fahles, graues Licht dringt durchs Fenster, und ich lausche dem frühen Berufsverkehr. Es ist die Tageszeit, zu der ich meistens die trübsten Gedanken habe. Ich liege im Bett, halb in Gedanken versunken, halb in latenter Betriebsamkeit.
Ich blicke zu Dad hinüber. Seine Augen sind offen, und er sieht mich an! Ich meine, er sieht mich *direkt* an, nicht an mir vorbei oder durch mich hindurch oder um mich herum! Er sieht mir in die Augen!
Ich schlüpfe auf seiner Seite aus meinem Bett und nähere mich behutsam. Zuerst denke ich, daß er womöglich in der Nacht gestorben ist, aber seine Augen sind lebendig, folgen mir, sind auf mich konzentriert. Ich trete an die Kante seines Bettes. Sein Mund öffnet sich zweimal, trockene, blasse Lippen, papierzart. Aber er bekommt einen Laut heraus, in einer dünnen hohen Stimme, fast schon einer Fistelstimme.
„Wo bin ich, Johnny?"
Ich kann es nicht fassen! Er sieht mir noch immer in die Augen und wartet auf eine Antwort.
„Du bist im Krankenhaus, Dad. Du bist krank gewesen."
Er nickt bedächtig. Er blickt an sich hinunter und lächelt.
„Das hätte ich mir denken können, Johnny. Aber was machst du hier? Bist du auch krank?"
Gott, das hört sich so klar, so jugendlich an! Ich strecke die Hand aus und lege sie ihm auf den Kopf.
„Immer mit der Ruhe Dad; überanstrenge dich nicht. Du machst dich prima."
Er hebt einen Arm, den rechten, verfärbt von intravenösen Einstichen und Heftpflasterspuren. Er ist so dünn, daß die Muskeln aussehen wie Schnurstränge, die direkt unter der Haut über den Knochen liegen.
„Ich sehe ja nicht gerade berauschend aus, Johnny. Was ist eigentlich passiert? Ein Erdbeben oder ein Autounfall oder so was?"
Ich weiß nicht, was ich sagen soll, wie viele Erklärungen ich ihm zumuten soll. In diesem Augenblick kommt die Tagschwester herein. Es ist wieder die Rothaarige. Dad sieht sie an und lächelt. Sie steht da und starrt ihn verblüfft an, genauso erschüttert wie ich, erholt sich aber rasch wieder.
„Ja, guten Tag, Mr. Tremont, wie geht es Ihnen denn heute morgen?"
Dad sieht zu mir herüber.

„Ist sie nicht hübsch? Ich habe mir immer eine rothaarige Tochter gewünscht; linkshändig wie deine Mutter und rothaarig."
Jetzt starrt die Schwester mich fassungslos an. Ein drastischerer Umschwung vom Tod zum Leben ist kaum vorstellbar.
„Schwester, ich glaube, Sie sollten Dr. Chad ausrufen lassen."
Dad schließt die Augen. Ich fürchte, es könnte nur ein flüchtiger Moment der Klarheit vor einem grauenvollen, endgültigen Abstieg in den Tod gewesen sein, aber ich möchte ihn nicht stören. Ich ziehe meinen Stuhl dicht an sein Bett. Als Chad eintritt, sind wir beide noch in derselben Position. Dad hat offensichtlich nicht geschlafen, denn er schlägt die Augen auf, als der Arzt und die Schwester in den Raum geeilt kommen. Dad sieht Chad an und lächelt.
„Meine Güte, man könnte meinen, das wäre hier die Baseballmannschaft dieser bärtigen House-of-David-Sekte."
Chad sieht mich mit großen Augen an.
„Er ist so aufgewacht, Doktor. Was sagen Sie dazu?"
Chad mißt Dads Puls; er steckt ihm ein Thermometer in den Mund. Dad läßt ihn nicht aus den Augen; ein zittriges Lächeln zuckt ihm um Augen und Lippen. Chad mißt seinen Blutdruck und sieht mich an.
„Hundertzwanzig zu fünfundsiebzig."
Er sieht auf das Thermometer.
„Normal."
„Na, Mr. Tremont, wie fühlen Sie sich?"
„Ich weiß nicht. Wie soll ich mich denn fühlen? Eins kann ich Ihnen sagen, ich fühle mich ganz schön schlapp."
Chad beugt sich vor, sieht prüfend in Dads Augen, betastet seine Haut. Er guckt unter das Bett, nach der Urinflasche.
„Ja, also, Mr. Tremont; Sie sind krank gewesen, aber jetzt scheint es Ihnen gutzugehen. Können wir irgend etwas für Ihr Wohlbefinden tun?"
Dad blickt im Bett an sich hinunter.
„Also, könnten Sie vielleicht als erstes mal ein paar von den Schläuchen und Kabeln da abmontieren; und kann ich etwas zu essen haben? Ich habe Hunger."
Er streckt seine welken Arme empor.
„Es scheint mir, als hättet Ihr mich in dieser Klinik hungern lassen. Ich würde sagen, ich habe seit etwa einem Monat keine vernünftige Mahlzeit mehr bekommen."

Ich nehme seine Hand. Das ist etwas, das ich nie getan hätte, als es ihm noch gutging. Man nimmt sich Freiheiten heraus mit den Schwerkranken.
„Es war nicht nur das, Dad."
Er befreit seine Hand, verschränkt die Finger, besieht sie sich, dreht sie um.
„Sag mal, ich muß ja wirklich krank gewesen sein."
Dr. Chad steht auf und bewegt sich rückwärts zur Tür. Er bedeutet mir mit den Augen, ihm zu folgen. Die Schwester bringt Dads Bett in Ordnung; sie hat eine Schüssel mit Wasser dabei, um ihm Gesicht und Hände zu waschen. Chads Gesichtsausdruck ist ein Mittelding zwischen Bestürzung und freudiger Erregung.
„Bitten Sie mich nicht, Ihnen das zu erklären, Mr. Tremont. Ich habe so etwas noch nie erlebt. Mag sein, daß es von Anfang an eine Stoffwechselgeschichte war."
„Dr. Chad, es ist mehr als das. Er ist anders. Er ist so klar, so ruhig, irgendwie sogar noch jugendlicher, als er vor der Operation war. Kann das sein? Ist es von Dauer?"
Chad schüttelt den Kopf, und wir gehen zur Anmeldung hinüber. Er schreibt lange Zeit in Dads Krankenblatt. Endlich blickt er auf.
„Mr. Tremont. Ich weiß es wirklich nicht. Er kann jederzeit wieder in einen komatösen Zustand verfallen. Wir werden mit der Stoffwechseltherapie fortfahren und einen sorgfältigen Diätplan aufstellen. Ich möchte den Hohlvenentropf nicht zu früh absetzen. Wir werden ihn essen lassen, aber die Infusion beibehalten, solang er bei Verstand bleibt."

Sobald ich angezogen bin, fange ich damit an, ihm Suppe zu füttern. Er nimmt mir den Löffel aus der Hand und ißt selber. Er verfügt über die Koordination eines jungen Mannes; er ist geschwächt, aber er kann seine Bewegungen steuern. Er trinkt ein bißchen Orangensaft und hat noch immer Hunger. Er beschwert sich wieder über den Katheter und die Infusion. Ich erkläre ihm, was Dr. Chad gesagt hat. Er möchte wissen, was mit ihm passiert ist.
Das letzte, woran er sich erinnert, ist, daß er ins Krankenhaus mußte zur Operation. Er kann es nicht glauben, daß das sechs Wochen her sein soll. Er erinnert sich an Mutters Herzinfarkte und möchte wissen, wie es ihr geht. Ich berichte ihm, daß sie wohlauf ist. Ich erzähle ihm von dem

Streik und wie es dazu kam, daß ich hier in dem Raum neben ihm schlafe.
Er hört sich alles kopfnickend an. Er erkundigt sich, wann Mutter und Joan ihn besuchen kommen können; wann er wieder nach Hause kann. Ich sage ihm, daß sie so bald wie möglich kommen werden, daß er aber in der Klinik bleiben sollte, bis er wirklich wieder auf Deck ist.
Die Schwester machen sich pausenlos um ihn zu schaffen. Sie sind beinahe ebenso froh wie Dad und ich. Eine niedliche japanische Schwester nimmt seine Hand, und er legt die andere Hand obendrauf.
„Ach, Sie sehen ja so gut aus, Mr. Tremont."
Sie hat Tränen in den Augenwinkeln. Dad blickt zu mir auf.
„Vielleicht bleibe ich tatsächlich noch ein Weilchen in dieser Klinik, Johnny; es ist gar nicht so schlecht hier."
Um neun rufe ich Joan an. Ich versuche, sie auf die Ereignisse vorzubereiten, und sage, sie soll sofort kommen. Binnen einer Stunde ist sie da. Sie hält Dad umklammert und schluchzt. Er wirft um sie herum einen fragenden Blick auf mich. Er begreift nicht ganz, warum sie weint.
Es ist dasselbe, als wir Mom herbringen; sie weint so sehr, daß wir sie auf schnellstem Wege wieder nach Hause bringen. Joan bleibt in dieser Nacht bei ihr.

Drei Tage später nimmt Chad die Infusion ab. Fünf Tage später verschwindet der Katheter. Dad hat einen Widerwillen gegen die Bettpfanne und die Urinflasche, also trage ich ihn zur Toilette und wieder zurück. Auf der Toilette gibt es ein kleines Geländer; er klammert sich daran und besteht darauf, daß ich hinausgehe, während er „sein Geschäft macht". Wir haben angefangen, ihm leichte, feste Nahrung zu geben, unterstützt von einer medikamentösen Therapie, die Chad zusammengestellt hat. Chad überwacht den Blutdruck, aber er bleibt stabil. Er sagt, er möchte nicht mit Blutdruckmedikamenten anfangen, solange es nicht absolut notwendig ist. Er sagt, er würde ihn bis auf hundertsechzig oder hundertsiebzig zu hundert ansteigen lassen; er möchte, daß die Hirndurchblutung gewährleistet ist. Er setzt auch seine Therapie zur Regulierung von Dads Grundumsatz fort. Chad räumt ein, daß er noch immer auf Verdacht herumprobiert, auf Mutmaßungen angewiesen ist; er weiß keine echte Erklärung für das, was geschehen ist, beziehungsweise für das, was geschieht. Der Streik dauert an, und ich bleibe in der Klinik.

Dad nimmt ein bißchen zu, wiegt aber trotzdem noch nicht einmal hundert Pfund. Es war schon schlimm genug, als er regungslos im Bett lag. Jetzt, wo er so lebhaft ist, gleicht er einem lebenden Skelett, es ist geradezu erschreckend. Aber seine Gesichtsfarbe bessert sich, und er hat unentwegt Hunger.

Etwa am zehnten Tag, da schnuppert er, als das Essen hereingebracht wird, wie ein Hund, der etwas wittert.
„Du, Johnny, ich kann das Essen riechen. Ich habe seit über zwanzig Jahren nichts mehr riechen können."
Ich nehme der Schwester sein Tablett ab und stelle es vor ihn. Er neigt den Kopf tief und beriecht jede Schüssel.
„Ich kann sogar den Spinat riechen; es riecht ein bißchen ähnlich wie der Atlantik. Ich hatte ganz vergessen, wie gut die Sachen alle riechen."
Er fängt mit dem Kalbskotelett an, kaut gründlich und lang, bevor er hinunterschluckt. Wie Lebensmittelwerbung im Fernsehen.
„Es ist genauso wie damals, als ich zu rauchen aufhörte; Essen riecht so gut, so würzig. Die Sachen riechen alle so verschieden."
Am darauffolgenden Tag fragt er nach Dr. Ethridge. Ich erzähle ihm, daß ich den Arzt gewechselt habe, weil ich das Vertrauen in Ethridge verloren hatte. Er sieht mich an.
„Heißt das, du hast ihn entlassen?"
„Das nicht, Dad. Ich habe ihn nur deiner Behandlung enthoben. Er arbeitet nach wie vor für Perpetual."
„Aber er ist fünfzehn Jahre lang mein Arzt gewesen, Johnny. Er stammt ebenfalls aus Wisconsin, weißt du."
„Weiß ich, Dad, aber ich bin zu der Überzeugung gekommen, daß er dir nicht die ärztliche Fürsorge gegeben hat, die du brauchtest. Ich glaube allen Ernstes, daß du heute tot wärst, wenn wir nicht einen anderen Arzt genommen hätten. Dr. Chad scheint herausgefunden zu haben, was dir fehlt; immerhin lebst du."
Er hört auf zu essen. Er sieht mir in die Augen, lächelt, schüttelt den Kopf und fängt wieder an zu essen.
„Du bist ein richtiger Boss, Johnny. Ich weiß nicht so recht, ob es mir paßt, einen Boss zum Sohn zu haben."
„Na, damit mußt du dich abfinden, Dad. Du warst zu sehr weggetreten, um dich mit mir anzulegen, also habe ich für dich entschieden. Du kannst jederzeit wieder zu Ethridge gehen, wenn du willst."

Er hält mit einer Gabel voll Spinat vor dem Mund inne.
„Nein, nein. Ich glaube dir ja. Ich war schon immer der Meinung, daß er mit der Gallenblasenoperation einen Fehler gemacht hat. Sie hätten meine Gallenblase nicht rauszunehmen brauchen."
Ich bin froh, daß Dad sich das eingestehen kann. Er fängt an, sein Kalbskotelett zu zerschneiden. Es ist eine wahre Freude, zu sehen, wie ihm seine Handwerkerhände wieder gehorchen.
„Es ist bloß der Gedanke, einen Arzt zu ‚*entlassen*'; ich könnte mich nie zu so etwas durchringen."
„Vergiß nicht, Dad, sie sind dazu da, etwas für dich zu tun; du bezahlst sie dafür, genauso, wie du jemanden dafür bezahlen würdest, daß er dein Auto repariert."
Er wedelt mit dem Messer in meine Richtung, schüttelt es.
„O nein, das tue ich nicht; Douglas und die Gewerkschaft bezahlen."
„Natürlich bezahlst du, Dad. Das Geld, das sie Perpetual überweisen, kommt doch irgendwoher. Es ist ein Teil des Geldes, das du für Douglas verdient hast, Geld, an das sie durch dich, durch deine Arbeit gekommen sind. Das ist keine Barmherzigkeit, du hast jeden Dime davon verdient. Sie haben im Lauf der Jahre ein Vermögen durch deine Arbeit gescheffelt, das darfst du nicht vergessen."
„Okay, Johnny, okay. Wir feuern Ethridge und übernehmen vielleicht die ganze Klinik. Mir soll's recht sein."
Ich genieße es, ihn essen zu sehen. Nach dem ewigen Füttern – der Mühe, seinen Mund aufzukriegen, den Löffel wieder herauszuzerren, den Sabber aufzufangen – ist es wie ein Wunder, zuzusehen, wie er sich Essen in den Mund schiebt.
Ich habe Dad außerdem schon immer gern kauen gesehen. Wenn er kaut, treten bei jedem Biß über seinen Kiefergelenken stramme Muskeln hervor, wie ich es noch bei niemand sonst gesehen habe. Sie wölben sich unter seiner dünnen Haut zu einem harten, runden, nußförmigen Knubbel. Dasselbe passiert, wenn er sich anstrengt, um eine Schraube oder eine Mutter festzuziehen oder zu lösen. Ich kann mich noch erinnern, daß ich als kleiner Junge immer versuchte, so einen Kaumuskel zu entwickeln; er wollte aber nie kommen. Es ist wie mit seinem Zimmermannsmuskel.
„Dad, laß mal sehen, ob du noch immer deinen alten Zimmermannsmuskel hast."
Er legte die Gabel nieder und sieht seinen verwelkten, faltigen rechten

Arm an. Er ist übersät von Leberflecken, und die Haut ist ein Mitteldding zwischen dem, was eine Schlange abstreift, und altem Pergament. Sogar die Haare sind größtenteils abgeschabt. Aber als er sein Handgelenk beugt, ist er noch immer da. Ein Höcker, etwa von der Größe einer Murmel, erhebt sich mitten auf seinem Unterarm. Er drückt mit dem Zeigefinger der linken Hand dagegen.
„Weich wie ein Klumpen Schweineschmalz. Mit so einem Zimmermannsknubbel würde ich heutzutage nie mehr eine Stellung bekommen."
Er wirft mir einen Seitenblick zu und lächelt.
„Aber weißt du was, Johnny? Ich brauche keine Stellung. Ich bin pensioniert. Ich habe ein eigenes Haus, ich habe Geld auf der Bank, eine Rente und Sozialversicherung. Ich brauche nie mehr zu arbeiten. Donnerlittchen!"
Er nimmt seinen Löffel wieder auf und fängt an, die Schüsseln bis in die letzten Winkel auszukratzen. Mir scheint, er könnte noch eine komplette Mahlzeit verdrücken.

Bevor er heiratete, arbeitete Dad als Bauschreiner in Philadelphia. Er und seine Brüder waren bei ihrem Vater angestellt, der eine Holzbaufirma führte. Manchmal bekamen sie einen großen Auftrag und stellten Hilfskräfte ein. Dad erzählte mir, sein Dad hätte nie nach Gesellenbriefen oder Empfehlungen gefragt. Er sah nur nach, ob die Burschen, die sich bewarben, einen Zimmermannsmuskel hatten oder nicht. Wenn einer da war, berührte er ihn so, wie Dad es gerade eben getan hat, und wenn er hart war, bekam der Mann den Job.
Mein Großvater lehnte es ab, feste Gehälter zu zahlen. Alle, die bei ihm arbeiteten, waren freie Unternehmer. Er vergab eine Arbeit wie das Decken eines Daches und bot dafür einen bestimmten Preis, wenn die Arbeit innerhalb einer bestimmten Zeit zufriedenstellend ausgeführt wurde. Dad sagte, wenn man sich einen abbrach und gut war, konnte man eine Menge verdienen, wenn man für ihn arbeitete, aber wenn man bei der Arbeit faulenzte, stand man am Ende arm da.
Auf diese Art bekam Granddad die besten Zimmerleute von ganz Philadelphia und war bekannt dafür, daß er Aufträge rasch und gut erledigte.
Das Problem bestand darin, daß er mit dem „gehaltlosen" System sein Unternehmen nicht erweitern konnte, so daß es meistens bei Gelegenheitsarbeiten blieb. Und dann, als sein Geschäft endlich zu florieren

begann und er auf gut Glück sechs Häuser baute, brach die Wirtschaftskrise aus. Er verlor alles, arbeitete zehn Jahre an der Abzahlung seiner Schulden und starb im Jahr darauf.

Bei mir hat sich nie ein Zimmermannsmuskel gebildet. Ich habe drei Häuser umgebaut, insgesamt sechs Schlafzimmer und zwei Badezimmer angebaut und eine Doppelgarage errichtet, aber dieser Muskel wollte einfach nicht kommen. Als ich Dad bei seinem Hausbau half, sprach ich ihn einmal darauf an. Er war damals etwa in meinem jetzigen Alter; ich war vielleicht fünfundzwanzig, hatte gerade mein Magisterexamen hinter mir.

„Dazu mußt du jahrelang arbeiten, Johnny; acht Stunden pro Tag nichts als Hämmern. Laß mal gut sein; du hast deine Zimmermannsknubbel im Kopf."

Am selben Tag deckten wir miteinander sein Dach. Dad zeigte mir, wie man die Schindeln einpaßt und annagelt, immer von unten nach oben. Er fing auf der rechten Hälfte an und ich auf der linken. Nach etwa einer Stunde sehe ich hinüber, und er hat viermal soviel geschafft wie ich. Ich halte inne und versuche dahinterzukommen, was *er* tut, das ich nicht tue.

Er hat den Mund voll Dachdeckernägel und schiebt sie, mit der Spitze voran, zwischen den Lippen zurecht, wie er sie gerade braucht. Er paßt die Schindel mit der rechten Hand ein, ohne den Hammer aus der Hand zu legen, greift mit der Linken an den Mund, zieht den Nagel hervor, setzt ihn an und schlägt zweimal drauf, einmal, um ihn hineinzutreiben, das zweite Mal, fester, um ihn ganz einzuschlagen. Und schon schiebt er den nächsten Nagel zwischen den Lippen hervor, ohne Unterbrechung, rückt weiter und greift sich die nächste Schindel. Das geht etwa so: Pause – päng-PÄNG – Pause – päng-PÄNG. Bei mir hört es sich so an: lange Pause – Nagel aus der Dose nehmen, Schindel einpassen, Nagel ansetzen – und dann päng-päng-päng-PÄNG-PÄNG; und dann dasselbe wieder von vorn.

Ich sehe ihm bei ein paar Arbeitsgängen zu, dann stecke ich mir den Mund voll Nägel. Ich mogle, indem ich gleich drei zwischen den Lippen zurechtrücke. Ich füge die Schindel mit meiner Hammerhand ein und versuche dann, mit ihm Takt zu halten: päng-PÄNG – Schindel annageln – päng-PÄNG – Schindel annageln – päng-PÄNG. Ich konzentriere mich ganz darauf, fest genug auf den Nagel zu hauen und gleichzeitig einen Nagel mit der Zunge zwischen den Lippen vorzuschieben. Die

Nägel haben einen ätzenden Zinkblechgeschmack. Schindel annageln – päng–PÄNG – Schindel annageln – päng-PÄNG – JAUULLLLL! Ich habe mir mit voller Wucht auf den Daumen gehauen! Ich richte mich auf und stürze beinahe von der Dachschräge ab. Dad guckt zu mir herüber. Ich habe die Nägel bei meinem Schrei ausgespuckt. Vron und Mom kommen von drinnen, wo sie Wände angestrichen haben, nach draußen gerannt. Ich kraxele mit Mühe und Not die Leiter hinunter und halte den Daumen unter kaltes Wasser, aber der Nagel ist zerschmettert und schon auf dem besten Wege, sich abzulösen. Ich habe noch heute eine Wölbung im linken Daumennagel. Ich habe es nie zu einem Zimmermannsknubbel gebracht, aber mit einem einzigen mörderischen Schlag zu einem Daumenknubbel: ein siebenundzwanzig Jahre altes Andenken daran, daß ich als Zimmermann immer ein blutiger Laie bleiben werde.

Dad wird von Tag zu Tag kräftiger. Er ist der Liebling der Schwestern. Der Streik geht zu Ende, das Personal ist wieder im Einsatz, und ich schlafe wieder bei Mutter. Billy, der schon langsam einen Gefängniskoller bekam, zieht wieder in seine Zwölf-Hektar-Wildnis.
Aber fast jeden zweiten Tag kommt er herunter und besucht Dad im Krankenhaus. Dad ist auf eine normale Station verlegt worden und kann mit einer neuen Schwesternbelegschaft schäkern. Sie haben ihm ein Laufgestell gegeben, und er steht jeden Tag ein Weilchen auf. Er erzählt Billy, er hätte das Laufgestell, um Überfälle der Schwestern abzuwehren. Billy bleibt stundenlang bei Dad und sagt zu mir, er könne es kaum fassen, daß das derselbe Mann sein soll wie vorher, sein *Großvater*. Billy hat meinen Vater noch nie so erlebt; selbst ich kann mich kaum so an ihn erinnern.
Eines Tages sitze ich bei Dad und reiße Witzchen mit ihm, als er unvermittelt sagt:
„Du, Johnny, vielleicht muß ich doch nicht in die Hölle."
Ich weiß nicht, wovon er redet. Womöglich hakt wieder etwas aus bei ihm.
„Was soll's, Dad, wenn du nicht gehst, gehe ich auch nicht."
„Nein, John, weißt du noch, daß ich immer Angst hatte, ich müßte in die Hölle, weil ich einfach nicht so was wie Liebe für Nigger empfinden konnte? Wir haben uns mal drüber unterhalten an dem Tag, bevor ich so ins Schleudern kam. Weißt du noch?"

„Stimmt, jetzt erinnere ich mich, Dad.“
Ach herrje, jetzt geht *das* wieder los.
„Naja, John, ich habe ein paarmal Besuch gekriegt von einem der nettesten weiblichen Wesen auf der Welt, und sie ist so gut wie schwarz, so ein weibliches Mittelbraun, jedenfalls hundert Prozent Nigger.“
„Du mußt zugeben, Dad, daß manche von den Schwestern hier unheimlich nett zu dir gewesen sind, egal was für eine Hautfarbe sie haben.“
„Nein, nein, sie ist keine Schwester, Johnny. Naja, eigentlich ist sie schon so was Ähnliches. Manchmal kommt sie im Kittel, aber sie arbeitet nicht hier.“
Der Groschen fällt noch immer nicht bei mir. Ich bin der Meinung, er redet wirres Zeug.
„Sie sagt, sie wäre mit dir befreundet, John; sie hat ein grünes Auge. Man sollte es nicht für möglich halten, daß ein Mensch mit einem so komisch gefärbten Auge so hübsch sein kann.“
Ich fühle die Röte in mir aufsteigen, aber Dad merkt nichts.
„Sie hat mir erzählt, sie hätte mal als Pflegerin in einer Klinik gearbeitet, in der ich lag, an die ich mich aber nicht einmal mehr erinnern kann. Sie hat mir die Usambaraveilchen da drüben mitgebracht; hat sie aus Ablegern gezogen. Sie hat allein siebzehn verschiedene Sorten Usambaraveilchen. Ich hatte selber nur acht.
Du kümmerst dich doch drum, daß meine Pflanzen gewässert werden und das alles, Johnny?“
Ich nicke.
„Ich habe gegossen, Dad, und mit dem Jäten bin ich auch einigermaßen nachgekommen. Alicia ist wirklich ein prachtvoller Mensch; einen Abend hat sie geholfen, dein Leben zu retten.“
„Das hat sie mir alles erzählt, John. Ich konnte es kaum glauben. Sie hält große Stücke auf dich, sie sagt, du wärst besser als ein Arzt gewesen. Weißt du, es ist alles in allem schon komisch, so was zu sagen, aber das Mädchen erinnert mich mehr als alle anderen Personen, die ich je kennengelernt habe, an meine eigene Mutter, deine Großmutter, Mary Duheme. Und deshalb komme ich nicht in die Hölle, John, ich kann diese Frau genauso liebhaben wie meine eigene Mutter, Nigger hin oder her.“
Er lächelt mich an, und ich erwidere sein Lächeln. Ich würde ihn gern fragen, wann sie wiederkommt, aber ich lasse es. Bevor ich weggehe, bitte ich ihn, sie von mir zu grüßen, wenn sie ihn wieder mal besucht.

Dad sagt den Schwestern, er wolle nicht mehr rasiert werden. Die Schwestern besprechen sich mit dem Arzt, und Chad spricht mich darauf an. Ich rede mit Dad.

„Wir haben das doch alles schon mal durchgekaut, Dad. Du weißt doch, was Mutter von Bärten hält. Jetzt hat sie schon einen bärtigen Sohn und drei bärtige Enkelsöhne; meinst du nicht auch, daß ein bärtiger Ehemann zuviel des Guten wäre?"

„Laß mal, laß mich mit ihr reden, John. Schließlich wäre ich um ein Haar gestorben; ich habe auch ein paar Rechte. Ich bin ein alter Mann; alte Männer sollten Bärte tragen dürfen, wenn sie wollen. Außerdem habe ich eine sehr empfindliche Gesichtshaut. Da mir auf dem Kopf keine Haare mehr wachsen, kann ich sie wenigstens am Kinn wachsen lassen."

Er ist nicht zu bremsen. Ich sage Chad, daß er ihn gewähren lassen soll. Er lächelt aus seinem Gestrüpp hervor. Für ihn ist das eine der lustigsten Begebenheiten im ganzen Haus. Er sagt den Schwestern Bescheid, und sie machen keine Schwierigkeiten. Es ist sowieso keine reine Freude, einen alten Mann mit starkem Bartwuchs und schlaffen Halsfalten zu rasieren. Ich fahre nach Hause, um Mutter schonend darauf vorzubereiten.

„Ich schwöre dir, Jacky, er ist komplett verrückt geworden; er ist nicht mehr der alte. Er hält sich für so eine Art Don Juan. Ich glaube, er wird langsam, aber sicher senil; er kommt in die zweite Kindheit. Wart's ab, bis ich ihn wieder hierhabe, dann werden wir schon sehen; ich lasse mich von keinem Bärtigen küssen, das kann ich dir flüstern!"

Ich versuche, sie zu beruhigen. Ich rufe Joan an; sie ist überzeugt, daß ich Dad dazu beschwatzt habe. Sie will in die Klinik fahren und die Sache mit ihm besprechen und dann zu Mutter herüberkommen.

Mutter zetert noch immer, als Joan vorfährt. Joan kommt lachend zur Tür herein. Sie geht auf Mutter zu und küßt und umarmt sie. Bevor Mutter zu Wort kommt, sprudelt Joan los.

„Mutter, du wirst dich einfach damit abfinden müssen, eine Zeitlang mit dem Nikolaus zu leben. Er hat diesen Fimmel, sich einen Bart wachsen zu lassen, und er ist so aufgeregt darüber wie ein kleines Kind."

Joan wirft ihre Tasche auf die Couch und läßt sich danebenfallen. Sie lacht noch immer in sich hinein.

„Ich hatte genausowenig Chancen bei ihm wie bei Jeff und Ted. Er ist überzeugt, daß er dir gefallen wird, Mutter."

„Glaubst du, daß er den Verstand verloren hat, Joan? Sag mir, ist er verrückt?“
Joan breitet die Arme auf der Oberkante der Couch aus, streckt die Beine in die Gegend, streift die Schuhe ab. Sie sieht mich an.
„Er ist nicht verrückter als der hier, oder Billy, oder Jeff, oder Teddy; er zieht nur so eine ‚Männlichkeits‘-Masche vor uns ab.“
Ich stehe auf, gehe hinein und hole eine Flasche von dem Muskateller. Ich schenke für jeden ein Glas voll und reiche ihn herum.
Mutter geht die Komik langsam auf.
„Mein Gott, Joan. Wie soll ich das je den Nachbarn erklären. Sie werden alle glauben, ich hätte einen Hippie zum Liebhaber.“
Joan nimmt einen Schluck von dem kalten Wein.
„Vielleicht hast du das auch; er ist so anders jetzt. Er ist wie ein Siebzehnjähriger, womit ich nicht sagen will, daß er senil geworden ist; sein Geist ist ganz jung. Er macht Witze und lächelt alles und jeden in der Klinik an.“
Sie nimmt noch einen Schluck, sieht mich an.
„Weißt du, so hat er etwas, das ihn beschäftigt. Er war schon immer in tiefster Seele ein Farmer, jetzt kann er einen Garten anlegen – auf seinem Gesicht.“
Mutter lacht, verschüttet beinahe ihren Wein.
„Du bist auch verrückt, Joan; das ist dieses verfluchte Tremontsche Blut.“
Mir ist klar, daß Mutter nur deshalb lachen kann, weil sie überzeugt ist, daß sie Dad den Bart wieder ausreden kann.
Ich bringe sie zum Mittagsschlaf in ihr Zimmer. Joan und ich setzen uns auf die Terrasse nach draußen. Es ist ein schöner sonniger Tag, nicht zu heiß, aber die Sonne scheint kräftig, und es weht ein lauer Wind. Wir haben praktisch keinen Smog. Es ist die Art Wetter, die L. A. eigentlich immer haben sollte. Ich habe die zwei Redwood-Liegen hinausgerollt. Joan streckt sich auf der einen aus, und ich lege mich auf die andere.
„Sag mal, Jack, was sagt der Arzt eigentlich? Was geht vor sich? Es ist, als wäre Dad in eine Art Zeitmaschine eingestiegen; ich habe das Gefühl, älter zu sein als *er*.“
Sie hat den Handrücken abschirmend über die Augen gelegt. Sie nimmt die Hand wieder herunter und beugt sich vor.
„Ich glaube, er setzt diesen Bart in der Phantasie mit Gesundwerden gleich. Ich bin sicher, daß er sich ausmalt, aus der ganzen Sache als ein

neuer Mensch hervorzugehen."
„Das könnte eine große Rolle spielen. Dieser Anflug von Farbe, als der Bart zu wachsen begann, hat ihn vielleicht an sein wahres Leben erinnert, das da irgendwo eingesperrt war."
In diesem Augenblick fällt es mir siedendheiß ein.
„Ach du Heiliger, Joan! Was sollen wir mit den Daten auf dem Grabstein machen?"
Sie richtet sich auf.
„Ach du liebe Güte! Das habe ich ganz vergessen. Wir müssen anrufen und sie bitten, die letzte Zahl wegzulassen."
„Meinst du die letzte Sieben oder beide Siebener?"
„Jack, bei der Entwicklung sollten wir uns das mit der Neunzehn vielleicht auch nochmal überlegen!"

Als ich schließlich zu der Überzeugung komme, daß Dad entlassen werden kann, wiegt er hundertzehn Pfund, und sein Bart ist schön voll; dichtes, dunkles, graumeliertes Braun.
Chad ist mit allen meinen Bitten einverstanden, einschließlich einer Deluxe-Luftmatratze, die die Heilung von Dads Druckgeschwüren beschleunigen soll, einem Rollstuhl, einem dieser Laufgestelle und einem Spazierstock. Wir bekommen auch eine chemische Spezialtoilette und eine Sauerstoffflasche samt Nasenschlauch. Ich denke, daß Mutter den Sauerstoff beim Mittagsschlaf gebrauchen kann, selbst wenn Dad ihn nicht benötigt. Perpetual trägt die gesamten Kosten für das alles, und eine Schwester wird einmal täglich nach Dad sehen. Ich kann Dr. Coe dazu bewegen, eine Verordnung zu unterschreiben, daß die Schwester sich auch um Mom kümmern kann.
Ich muß zugeben, daß ich ganz schön auf den Putz haue, aber es ist eine kleine Rache.
Ich fühle mich versucht, Ethridge mit der senilen Leiche auf die Bude zu rücken, bin mir aber nicht so sicher, ob es Dad guttäte. Ethridge würde es sowieso nicht kümmern; Hauptsache, seine Aktien steigen und sein Golf läßt nicht zu rapide nach.
Dad kommt wieder nach Hause, und Joan hilft uns, alles für ihn herzurichten. Noch nie war ein Mensch so froh, wieder zu Hause zu sein; er freut sich einfach über alles. Er sitzt auf seinem Schaukelstuhl, ein Bein angezogen, und äußert sich so erfreut über die Usambaraveilchen, die im Blumenkasten am Fenster blühen. Ich habe seine neuen aus dem

Krankenhaus dazugestellt. Alicia hat ihm fünf verschiedene Arten geschenkt. Ich hoffe inständig, daß Mutter sich nicht nach ihnen erkundigt, bin aber bereit zu schwindeln.
Er möchte sich seinen Garten und das Gewächshaus ansehen. Billy und ich haben das Gewächshaus versorgt und auch den Rasen gemäht und gepflegt. Es kommt nicht an seinen Standard heran, das wissen wir, aber es ist auch nicht zum Dschungel verkommen.
Mom beobachtet Dad, als hielte sich ein Fremder im Haus auf. Er kann bereits mit Spazierstock gehen, wenn jemand seinen anderen Arm nimmt, und wir geleiten ihn hinaus auf die Terrasse und helfen ihm auf einen Stuhl. Auch heute ist gutes Wetter, nur ein bißchen wärmer, und eine Spur Smog liegt in der Luft. Trotzdem ist es mit all dem üppigen Grün und dem frisch gesprengten Rasen schön da draußen.
Dad blickt staunend nach oben.
„Junge, man vergißt leicht, wie herrlich der Himmel hier ist. Es ist so lange her, seit ich das letzte Mal draußen war und blauen Himmel gesehen habe. Ich muß allerdings sagen, daß ich Wolken vermisse hier in Kalifornien. In Philadelphia und Wisconsin hatten wir so schöne Wolken."
Mutter liegt auf dem Redwood-Liegestuhl. Ich weiß, daß sie innerlich kocht. Der Bart, die viele Aufmerksamkeit, die Dad bekommt, sein vieles Gerede. Das ist eine Menge an Veränderungen, zu viel.
„Vergiß nicht, Jack, daß diese Wolken immer voller Regen waren. Weißt du nicht mehr, daß es in Philadelphia manchmal zwei Wochen lang am Stück geregnet hat, sogar im Sommer? Vergiß den Regen nicht."
„Stimmt, Bess, aber Regen ist gut für alles, was wächst."
Dad nennt Mutter seit seiner Heilung „Bess". Mir ist nicht klar, ob er es absichtlich oder unwillkürlich tut, oder ob er vergessen hat, daß sie Bette genannt werden möchte. Seit über dreißig Jahren, seit sie nach Kalifornien gezogen sind, ist sie Bette gewesen, und jetzt kommt er wieder mit Bess. Mutters Name ist eigentlich Elizabeth, aber kein Mensch hat sie je so genannt. Mutter hat sich noch nicht zu der „Bess"-Geschichte geäußert, aber ich weiß, daß es sie fuchst.
„Jack, ich weiß noch, wie wir einmal deinen vierzehntägigen Urlaub in Wildwood verbracht haben, und da hat es die ganze Zeit geregnet. Wir waren zwei Wochen lang mit zwei kleinen Kindern in einem Zweibettzimmer eingesperrt. Das werde ich nie vergessen."
Dad staunt noch immer den Himmel an, seine Augen sind weit aufgeris-

sen; sie sind blau wie der Himmel, nur noch klarer. Ein Lächeln breitet sich auf seinem Gesicht aus.

„Na, du mit deinen Gummiohren!“

Er sagt es und sieht sich dann in der Runde um. Mutter sieht Joan an, dann mich; in ihren Augen liegt nackte Angst. Ich stehe auf, gehe zu Joan hinüber und ziehe sie am Ohr.

„Na, du mit deinen Gummiohren!“

Joan weicht rasch aus und lacht dann. Sie beugt sich zu Dad hinüber und zieht ihn am Ohr.

„Na, du mit deinen Gummiohren.“

Sie beugt sich noch näher zu ihm und küßt ihn auf die Wange.

„Dad, ich hatte das schon ganz vergessen; war das damals, als es so lang geregnet hat? An die Zeit in Wildwood kann ich mich noch am besten erinnern.“

Mutter läßt ein unnachahmliches höhnisches Schnauben vernehmen.

„Ihr spinnt ja alle. Ihr mit euren ‚Gummiohren‘.“

Dann lacht sie.

„Wenn irgend jemand euch drei sehen würde, wie ihr euch gegenseitig die Ohren langzieht, würden sie überzeugt sein, daß ihr spinnt. Und dabei stammt das alles aus diesen Heftchen, wißt ihr. Er hat euch beiden immer mit verschiedenen verrückten Stimmen Comics vorgelesen, sogar noch als Jacky schon selber lesen konnte. Popeye hat Sweetpea ein einziges Mal am Ohr gezogen und das dabei gesagt; dann habt ihr *alle* damit angefangen. Ich konnte mich nirgends in Ruhe hinsetzen, ohne daß einer von euch angeschlichen kam und mich am Ohr zog.“

Sie muß jetzt so sehr lachen, daß sie die Hand auf die Brust legt.

„Ein wahres Wunder, daß ich nicht schon viel früher einen Herzinfarkt bekam oder vollkommen übergeschnappt bin vom Zusammenleben mit so einem Haufen Kindsköpfen.“

Nach einer weiteren Woche kann Dad sich bereits allein mit einem Stock fortbewegen. Er wird langsam übermütig, nimmt den Stock, um die Wachstumsfortschritte seiner Pflanzen zu begutachten, ohne sich zu bücken. Er lächelt unentwegt und singt oder summt vor sich hin. Er lungert in der Küche herum und treibt Mutter zum Wahnsinn. Und er stellt Fragen wie ein Kind. Ich stecke in der Zwickmühle. Dad will nicht, daß Mutter Küchenarbeit macht, und sie will nicht, daß ich koche. Ich verspreche Dad, zuzusehen, daß sie sich nicht übernimmt.

Dad bewacht Mutter wie ein Schießhund; er läßt sie kaum allein aufs Klo gehen.
Was noch dazu kommt: er, der sein Leben lang so zurückhaltend war mit Beweisen körperlicher Zärtlichkeit, ist ständig hinter Mutter her und streichelt ihren Nacken oder ihren Rücken oder beugt sich über sie, um ihr ein Küßchen zu geben.
Mom weiß nicht, wie sie reagieren soll. Ein paarmal, als er unerwartet von seinem Stuhl aufsteht, um ihr einen seiner Küsse zu verpassen, wirft sie mir ihren „Dieser-Einfaltspinsel"-Blick zu; ein bißchen Angst liegt auch darin.

Eines Tages fragt Dad mich, ob ich mit ihm zum Trödelladen der Heilsarmee fahren kann, nur wir zwei. Er zeigt mir seine Brieftasche; es stecken drei Zwanzigdollarscheine und ein Zehner darin. Ich kann mich nicht erinnern, daß Dad jemals in seinem Leben mehr als fünf Dollar bei sich hatte.
Mutter ist kribbelig vor Neugierde, weil sie nicht weiß, was wir vorhaben. Dad sagt, es sei ein Geheimnis und wir würden es ihr sagen, sobald wir zurückkämen. Ich schlage ihr vor, sich hinzulegen, solange wir weg sind. Sie hat sich die ganze Zeit darüber beschwert, keine Minute für sich zu haben, da Dad andauernd hinter ihr her ist. Während Dad das Ausgehmodell seiner beiden Schirmmützen und einen Pullover holen geht, flüstere ich ihr deshalb zu:
„Sieh mal, Mom, jetzt hast du endlich ein bißchen Zeit für dich. Ruh dich aus und genieße es."
„Wie soll ich mich ausruhen, wenn er sich so aufführt, Jacky? Wo geht ihr hin, was macht er jetzt?"
„Ich weiß es nicht, Mom, und er will es auch nicht sagen. Mach dir keine Sorgen, es ist schon in Ordnung; ich bin die ganze Zeit bei ihm. Wir werden noch vor fünf zurücksein; mach es dir schön gemütlich."
Wir fahren zur Heilsarmee in die Eleventh Street in Santa Monica. Wir gehen hinein, und Dad fängt an herumzuschnüffeln wie ein Hühnerhund. Es ist wie in den alten Zeiten, als er und ich im Sperrmüll herumwühlten nach irgend etwas, das wir an Land ziehen und wieder herrichten konnten. Dad ist überzeugt, und war es schon immer, daß die Leute absolut brauchbare Sachen wegwerfen, nur weil sie ihrer überdrüssig sind oder weil irgendeine Kleinigkeit daran kaputt ist, die er reparieren kann.

Wir verbringen eine halbe Stunde im Billigladen. Dort haben sie einen Ramsch, der so hinüber ist, daß selbst die Heilsarmee nicht einmal mehr versucht, ihn wieder herzurichten. Dad fischt ein paar alte Adidas-Turnschuhe für sich heraus. Sie haben keine Schnürsenkel mehr, und aus dem linken Schuh lugt sein großer Zeh heraus, aber sie haben seine Größe, und er ersteht sie für fünfundzwanzig Cent. Sie sind hellblau mit drei dunkelblauen Rennstreifen, und Dad ist stolz wie ein König. Diese Schuhe hätten mir eine Warnung sein sollen.
Im Hauptgeschäft locke ich ihn mit List und Tücke an einer enormen goldbraunen Couch vorbei. Sie kostet fünfundsiebzig Dollar. Mein lieber Schwan, wenn wir mit so einem Apparat auf dem Wagendach zu Hause ankommen, können wir Mutter am nächsten Tag begraben.
Nachdem ich ihn von der Couch weggezerrt habe, schnüffelt er eine Weile in Frauenhandtaschen und dann bei den Blusen herum. Dann blickt er nach oben und entdeckt den Bestand an Heilsarmeepelzen. Sie sehen aus, als hätte irgendein hinterwäldlerischer Jäger eine Privatsammlung mit seiner Jagdbeute vom Vorjahr angelegt. Dad steuert mit leuchtenden Augen geradewegs darauf zu.
„Deine Mutter hat immer für Pelze geschwärmt, Johnny."
Während der folgenden zehn Minuten nimmt er Pelzmäntel von Bügeln, hält sie hoch, dreht sie hin und her. Zwei probiert er selber an, streicht über das Fell, sieht in den Spiegel. Gottseidank findet keiner sein Gefallen.
Ich manövriere ihn zu den Pullovern hinüber. Ein Pullover dürfte nicht allzuviel kosten, und Mutter kann ihn verstecken oder weiterverschenken. Kein Mensch kann für Mutter etwas zum Anziehen kaufen. Sie tauscht sogar von den Sachen, die sie sich selber kauft, die Hälfte wieder um.
Ich sage Dad, daß ich mich nach einer Hose umsehen will, und mache mich auf zu den Hosenständern. Ich suche nach irgend etwas Brauchbarem Größe 33–30 oder 34–30 für maximal eineinhalb Dollar. Wenn man nicht viel Wert darauf legt, mit der Mode zu gehen, kann man phantastische Käufe machen. Dad kommt hinter mir her. Er zieht ein Paar violette Samthosen hervor und hält sie sich an. Sie sind Größe 38–34.
„Ist die zu groß, John?"
Ich versuche, ein ernstes Gesicht zu machen; ich will hier nicht in Mutters Rolle verfallen.
„Hm, kann sein. Was für eine Größe trägst du denn, Dad?"

Er blickt auf seine Taille hinunter. Er hat so stark abgenommen, daß seine Hosen unter dem Gürtel gerafft sind und die Hosenbeine ihm schlaff um die Beine hängen. Er hat schon wieder fünfzehn Pfund zugenommen, wiegt aber trotzdem nicht einmal hundertzwanzig Pfund. Er öffnet den Gürtel und biegt den Bund nach außen. Ich sehe an der Taillennaht nach; es ist Größe 32–29.
„Aber jetzt hast du eher Taillenweite achtundzwanzig-neunundzwanzig, Dad. Das Problem ist, daß keiner weiß, was du in drei Monaten wiegen wirst; so wie du reinhaust, könntest du bald ein zweiter Tony Galento werden."
Dad zieht den Gürtel zu, stopft sich das Hemd in die Hose und lächelt.
„Erinnerst du dich noch an den Kampf, John?"
„Klar, erinnere ich mich. Ich weiß sogar noch, wo wir waren, als wir die Übertragung im Radio gehört haben. So weit war ich vorher noch nie von zu Hause weggewesen. Wir waren nördlich von New York bei Ira Taylor und seiner Frau Kay."
„Stimmt, Johnny; das hatte ich fast schon vergessen. Menschenskind, das war eine schöne Reise. Ich weiß noch, daß ich dir versprochen hatte, du würdest ein Gebirge zu sehen kriegen. Jedesmal, wenn wir über irgendeine Anhöhe fuhren, hast du gefragt, ob es das wäre. Damals hatten wir den Ford Baujahr '29."
Dad zieht ein Paar rot, blau und violett gestreifte Picasso-Hosen hervor. Sie sind Größe 28–29 und kosten nur einen Dollar. Er hält sie sich an. Mein Gott, mit dem Bart sieht er aus wie Cézanne in seinen letzten Lebensjahren. Es fehlt bloß noch die Feldstaffelei auf dem Rücken.
„Sie sieht prima aus, Dad, aber glaubst du, daß sie dir nächste Woche noch paßt?"
„Das ist mir egal; wenn sie nicht mehr paßt, verschenke ich sie. Ich glaube, ich würde mich in so einer Hose wohlfühlen. Ich käme mir wie was Besonderes vor, wie jemand, den die Leute nicht übersehen. All die Reichen, die ich im Fernsehen gesehen habe, ziehen sich so verrückt an. Sie brauchen niemand als sich selber zu gefallen, und sie pfeifen darauf, was die Leute von ihnen halten; sie sind schon reich. Und ich brauche auch von niemand irgend etwas. Ich werde sie kaufen. Es kommt mir vor, als würde ich beim Monopoly die Baltic Street kaufen; es ist violett und billig und ich kann praktisch nicht verlieren dabei."
„Gut, Dad; ich finde, sie sehen prima aus. Was, meinst du, wird Mutter dazu sagen?"

„Na, sie wird lachen und mich für verrückt erklären, aber sie wird lachen. Wir haben in den letzten zehn Jahren nicht genug zu lachen gehabt bei uns zu Hause."

Im Lauf der nächsten Stunden kauft Dad ein absolut exotisches Sammelsurium von Hemden und Hosen zusammen. Ich lasse mich mitreißen und assistiere ihm bei der Farbzusammenstellung. Er lacht, und es macht ihm einen Mordsspaß, Phantasiekostüme zusammenzustellen; nichts ist ihm ausgefallen genug.

Entgegen meinem Rat kauft er für zwei Dollar ein Hemd aus Changeantseide. Ich weiß, daß es unmöglich ist, so ein Hemd sauberzukriegen ohne den Glanzeffekt zu zerstören. Dad sagt, er würde es einfach wegwerfen, wenn es schmutzig sei. Es fasziniert ihn, wie sich der Stoff anfühlt und wie er die Farbe je nach den Lichtverhältnissen ändert.

Alles in allem geben wir weniger als zwanzig Dollar aus. Ich kann mich nicht erinnern, jemals so viel Spaß beim Einkaufen gehabt zu haben. Ich kaufe mir selber sogar auch zwei ziemlich verbotene Ensembles. Ich darf gar nicht daran denken, wie Mutter reagieren wird, wenn wir mit diesen Klamotten aufkreuzen.

Auf dem Nachhauseweg besprechen wir, wer welche Kluft zuerst tragen wird. Dad entscheidet sich für eine goldgelbe Skihose zu dem Changeanthemd. Der Seidenstoff hat einen goldenen Grundfaden, in den ein leuchtendes Blau eingewirkt ist. Wir kaufen noch Schnürsenkel für die Adidas-Schuhe.

Als wir zu Hause ankommen, erwartet uns Joan. Ich weiß nicht, ob Mutter sie in einem Anfall von Panik gerufen hat oder ob sie einfach auf einen Sprung vorbeigekommen ist. Wir schmuggeln unsere Kleidertüten durch die Nebentür in das hintere Schlafzimmer. Ich gehe ins Wohnzimmer und kündige Joan und Mutter an, daß wir ihnen eine Modeschau vorführen wollen. Mutter ist völlig groggy und weiß gar nicht mehr, wie sie reagieren soll.

Unser Auftritt beginnt; ich gehe als erster hinein in meinem fast pistazieneiscremegrünen Hemd, Jack-Nicklaus-Golfhosen und grünweißen Stan-Smith-Tennisschuhen. Joan pfeift auf zwei Fingern, eine Kunst, die sie bereits beherrschte, als sie noch nicht einmal fünf Jahre alt war, und um die ich sie immer beneidet habe.

Dad tritt nach mir auf, ohne Stock. Er schreitet gemächlich, vorsichtig in die Mitte des Wohnzimmers und dreht sich mit schlaff wedelnden

Armen um die eigene Achse. Joan und Mutter schütteln sich vor Lachen. Ich stolziere und tanze um Dad herum. Joan stimmt lauthals „A Pretty Girl Is Like a Melody“ an, und Mutter fällt ein. Sie klatschen im Takt mit. Allgemeines Gekicher bricht aus, und Dad verschwindet wieder im Schlafzimmer. Ich verbeuge mich.
„Bleiben Sie auf Ihren Sitzen, meine Damen. Die Vorstellung hat erst begonnen. Das war noch gar nichts.“
Ich verziehe mich in den Flur, bevor sie etwas sagen können.
Dad lacht und schmunzelt. Seine Hände zittern, daher helfe ich ihm mit den Knöpfen. Diesmal zieht er die Picasso-Hose und ein dunkelblaues, fast marineblaues, weitgeschnittenes Hemd mit Dreiviertelärmeln an. Ihm fehlte nur noch eine Baskenmütze, um als Maler in Montmartre aufzutreten. Er betrachtet sich im Spiegel und verdreht den Kopf nach allen Seiten.
„Damit gehe ich als pensionierter Künstler.“
Er nimmt die Haarbürste von der Spiegelkommode und bürstet sich einen Spitzbart zurecht, zwirbelt die Enden seines Schnurrbartes nach oben. Er hat mehr von einem Künstler an sich, als ich je haben werde. Ich ziehe ein Paar gestreifte, gürtellose italienische Hosen an und dazu ein braunes langärmeliges Hemd mit je drei Knöpfen an den Manschetten. Es hat auf der Brusttasche sogar ein Löwenmonogramm. Ich sehe etwa so aus wie der Prinz, dessen Prinzessin sich betrunken hat und mit dem Butler auf und davon ist. Dad bestaunt mich.
„Junge, Junge, wenn das nicht der letzte Schrei ist.“
Er pfeift durch die Zähne, noch eine Kunst, die ich nie gemeistert habe.
„Johnny, so solltest du dich immer anziehen. Die siehst aus wie ein Mann, der nicht einen einzigen Tag in seinem Leben gearbeitet hat.“
Noch ein letzter Blick in den Spiegel. Ein umwerfendes Duo. Ich gehe hinaus und strecke den Kopf durch den Türrahmen.
„Meine Damen, als nächstes führen wir Ihnen vor, was in Paris vor fünfzehn Jahren Mode war. Wie sich die Zeiten ändern.“
Ich trete hervor, und Dad folgt mir; Mutter prustet los: „Neinonein! Joan! Neinonein! Diese beiden Kindsköpfe. O Gottogott!“
Sie schwankt zwischen Weinen und Lachen. Diesmal stehe ich in der Mitte, die Hände über den Kopf erhoben, und Dad stolziert um mich herum und hebt und senkt seine dünnen Arme, so daß die Ärmel ihm jedesmal über die Ellenbogen rutschen. Joan fängt an zu klatschen, und Mutter klatscht mit. Sie schmettern wieder „A Pretty Girl“, während wir

in Richtung Schlafzimmer abziehen.
Ich habe keine Kostüme mehr, aber Dad hat noch zwei. Ich passe weder in seine Hemden noch in seine Hosen. Ich helfe ihm beim Aus- und Anziehen. Diesmal nimmt er ausgestellte, gestreifte Drillichhosen in eher dezenten Beige- und Brauntönen; dazu trägt er ein Matrosenhemd mit braunweißen Querstreifen und kleinem weißem Kragen. Er sieht schlank und rank aus wie ein schwuler alter Schiffsstewart. Ich schlüpfe rasch in Mr. Lazios schwarzen Traueranzug mit weißem Hemd und Krawatte. Mit bierernster Miene trete ich ins Wohnzimmer; Joan und Mutter brüllen. Ich warte, bis sie aufhören zu lachen. Während ich warte, verneige ich mich feierlich und beehre sie beide abwechselnd mit einem listigen Lächeln. Dad drängelt hinter mir.
„Was ist los, John? Was geht da vor?"
Mit einer Hand bedeute ich Dad, zurückzubleiben, und trete vor.
„Meine Damen und Herren, wir präsentieren Ihnen jetzt den Star des Abends, den einstigen Schwerkranken und Beinahe-Verblichenen, soeben von einer erfolgreichen Karibik-Tournee zurückgekehrt, Traummann Jack."
Ich strecke den Arm nach ihm aus, und Dad kommt an mir vorbeigeschlurft und lächelt wie ein Honigkuchenpferd, ohne Hand vor dem Mund. Diesmal kreischt Mutter vor Lachen. Sie ist völlig aus dem Häuschen.
„Verbiete es ihnen, Joan. Ich sterbe vor Lachen. Sie wollen mich umbringen! Verbiete es ihnen; ich mache mir noch in die Hosen."
Joan schaukelt lachend vorwärts und rückwärts auf dem Sofa.
„Ich hab noch nie gehört, daß jemand vor Lachen gestorben ist, Mutter, aber wär das nicht ein schöner Tod?"
Dad geht zu ihnen, beugt sich zu Mom hinunter und gibt ihr einen Kuß. Ihre Backen sind naß von Weinen und Lachen.
„Ist alles in Ordnung, Bess? Wir machen bloß ein bißchen Spaß."
„Ihr spinnt ja! Wo habt ihr denn um Himmels willen diese Sachen her? Die müssen ja ein Vermögen gekostet haben, Jacky. Und welcher einigermaßen vernünftige Mensch dreht überhaupt zwei bärtigen alten Knackern so was an?"
Sie lehnt sich, noch immer lachend, zurück und sieht uns wieder an.
„Bei der Aufmachung und den Bärten müßten die Leute eigentlich die Flucht ergreifen vor euch! Irgend jemand wird euch zwei garantiert noch hinter Schloß und Riegel bringen."

Dann fängt sie wieder an zu lachen. Dad richtet sich auf und legt eine Hand auf seine Brust.
„Das hier ziehe ich an, wenn ich am Strand von Venice Radfahren oder Rollschuhfahren gehe."
Während er das sagt, verkneift er sich ein Lächeln; dabei scheint er in sich hineinzuhorchen, wie ihm die Idee selber gefällt. Mutter wendet sich an Joan.
„Ich halte das gar nicht für ausgeschlossen; bei keinem von beiden. So wie er sich aufführt, seit er aus dem Krankenhaus entlassen wurde, ist ihm alles zuzutrauen."
Dad besteht darauf, sich allein umzuziehen für einen letzten Auftritt. Ich soll mich zu den Zuschauern gesellen. Ich weiß selber nicht mehr genau, was er noch in petto hat. Wir haben uns so viele verrückte Kombinationen angesehen, daß ich den Überblick verloren habe. Nach etwa fünf Minuten streckt er den Kopf hinter dem Türrahmen hervor.
„Das hier ist mein Baseball-Zuschauerdreß. Ich werde ihn meistens bloß zu Hause anziehen, wenn ich mir Dodger- oder Angel-Spiele ansehe, aber ich werde tatsächlich auch zu ein paar Spielen gehen, allerdings nicht in meinem Kostüm."
Er kommt hervor, und aus irgendeinem Grund – vielleicht weil er allein auftritt und sich offensichtlich selber köstlich amüsiert – werden wir so von Gelächter geschüttelt, daß wir alle nach Luft schnappen. Ich liege auf dem Boden und kugele mich japsend mit angezogenen Knien auf dem Rücken hin und her. Joan liegt auf die Couch hingegossen, und Mutter schaukelt unkontrolliert auf ihrem Stuhl hin und her. Manchmal beugt sie sich mit dem Kopf so weit vor, daß er beinahe ihre Knie berührt.
Er hat ein Paar weiße Flanellhosen mit blaßblauem Nadelstreifenmuster an. Das Hemd ist kurzärmelig und genau umgekehrt gemustert, blaugrundig mit weißen Nadelstreifen. Dazu trägt er die Flugzeugträgerkappe, die ich ihm zum Geburtstag geschenkt habe, den Schirm kess nach links gedreht. Er sieht aus wie ein sechzigjähriger Dennis the Menace. Der Witz ist, daß er nicht wie dreiundsiebzig aussieht. Irgendwie strahlen seine Figur und seine Bewegungen trotz der Krankheit, der Jahre und der schüchternen Unbeholfenheit jungenhaften Charme aus.
Mutter bekommt als erste wieder Luft.
„Mein Gott, Jack. Neben dir würde sich Lawrence Welk wie ein Greis ausnehmen."

Dad lächelt und versucht ein paar Steptanzschritte, stolpert und fängt sich wieder.
Er läßt sich nicht davon abbringen, das Kostüm für den Rest des Tages anzubehalten. Um sechs kommt ein Spiel mit den Dodgers, und er wünscht sich eine Dose Bier und Brezeln dazu. Er bereitet uns darauf vor, daß er unter Umständen in lautes Gejohle ausbrechen könnte und daß wir nicht erschrecken sollen.
Joan ruft zu Hause an, und Mario verspricht, die Kinder zu McDonald's auszuführen. Sie bereitet rasch Würstchen und Kartoffelsalat. Wir sehen uns mit großem Vergnügen das Spiel an. Dad stellt den Ton leise und imitiert einen Radioreporter von früher, der ein Baseballspiel kommentiert und in allen Einzelheiten schildert – die Handbewegung zum Kollophoniumbeutel, das Warten auf das Zeichen des Fängers, alle möglichen Dinge, die gar nicht wirklich passieren. Joan und ich lachen, bis es wehtut, aber Mom schweigt. Er macht ihr Angst. Dieser Mann ist zu lang weggewesen und zu plötzlich zurückgekommen. Ich hoffe inständig, daß alles gutgeht.

17

Wir sind auf dem Pennsylvania Turnpike, als wir das Geräusch zum ersten Mal hören. Ich denke, daß ein Zahnrad angeknackst ist oder Getriebeöl fehlt. Dad will unbedingt, daß ich die Automatik abstelle und in den zweiten und dann in den ersten Gang herunterschalte. Das Geräusch ist in allen Gängen gleich. Er meint, daß es das Kardangelenk sei. Woher, zum Kuckuck, will er das wissen? Als Automechaniker gäbe er einen genialen Maler ab. Aber was könnte es sonst sein?
„Bill, bleib im zweiten, und dann hoppeln wir so bis zur nächsten Werkstatt."
Die folgenden zwanzig Kilometer fahre ich konstant dreißig. Das Knirschen wird immer lauter, so daß es sich anhört, als säßen wir in einer Betonmischmaschine. Dad ist nervös wie eine Katzenmutter und horcht unentwegt, macht das Seitenfenster auf, steckt den Kopf hinaus. Er legt sein Ohr an den Getriebetunnel. Er klettert sogar nach hinten, zerrt den Sitz hoch und schiebt den Kopf da hinein.
Ich kriege langsam den Eindruck, daß wir besser einen Abschleppwagen rufen sollten. Schließlich müßte dieser Scarlietti, dem wir den Wagen bringen, für die Kosten aufkommen.
Wir holpern in eine Werkstatt und veranstalten einen Radau, der alles andere übertönt. Es ist immer ein Genuß mit anzusehen, wie so eine Rakete ihren Geist aufgibt, und dieser Kasten hört sich an, als röchelte er sein Leben aus. Dad geht einen Mechaniker holen. Ich getraue mich nicht, den Motor abzustellen, und lasse ihn im Leerlauf weiternudeln, um das Getöse etwas einzudämmen. Dad kommt mit einem Mann zurück. Sie winken mir, den Wagen auf die Hebebühne zu fahren. Als ich den ersten Gang einlege und lostuckere, hört es sich an, als sei das Bodenblech auf dem besten Wege abzufallen. Womöglich müssen wir anrufen und Mr. Scarlietti sagen, daß er dem Klapperkasten das letzte Geleit geben kann. Aber wenn wir das tun, werden sie höchstwahrscheinlich jemand herschicken, der *uns* das letzte Geleit gibt. Ich steige aus, und der Mechaniker drückt auf den Knopf für die hydraulische Hebevorrichtung. Aufwärts geht die Reise, ein Elefant in einem Aufzug. Der Mechaniker schüttelt den Kopf.

„Klingt, als ob das Kardangelenk im Arsch wär, und zwar total. Drükken Sie mal schön den Daumen, daß das *alles* ist."
Als der Wagen aufgebockt ist, stoppt er die Hebebühne und besieht ihn sich von unten. Er geht darunter hin und her und stößt mit der Hand an mehrere Stellen, schüttelt den Kopf und brabbelt vor sich hin. Ich bin auf das Schlimmste gefaßt. Selbst wenn es nichts Wesentliches ist, kann uns dieser Heini arm machen. Er sieht uns in so einem Dampfer ankommen und ist überzeugt, daß wir reisende Millionäre sind.
Er holt einen Schraubenschlüssel. Ärzte und Automechaniker geben sich gern geheimnisvoll. Er lockert vier Muttern und fängt an, sich mit dem Vorderende der Antriebswelle abzumühen. Er wuchtet sie hervor und senkt ein Ende auf den Boden; wischt mit der Hand durch die Mulde des Differentials und zeigt sie uns. Seine Hand ist mit kleinen silbernen Metallspänen bedeckt. Er schüttelt den Kopf, sagt aber noch immer nichts. Dann zieht er den Rest der Welle heraus, trägt sie zu einer Werkbank und schlägt das Kardangelenk herunter. Es hat Dellen und silberglänzende Abriebstellen und ist überhaupt ziemlich zerfressen. Er reibt es mit einem ölverschmierten Lappen ab, der aus seiner Gesäßtasche heraushängt.
„Na, da haben wir es ja. Mit dem Ding kommen Sie nicht mehr weit."
Wir sehen beide gebannt zu. Es ist eine erstaunliche, klobige Metallskulptur; sieht aus wie eine überdimensionale Silvesterbleifigur.
Nach längerem Palaver veranschlagt er den Preis auf hundertfünfzig Dollar. Er muß das Gelenk in New Stanton besorgen. New Stanton ist der Name dieser Ausfahrt an der Schnellstraße, aber die Ortschaft New Stanton ist etwa fünfzehn Kilometer entfernt. Wir haben keine Wahl.

Wir gehen in das Hotel neben der Werkstatt und verbringen eine halbe Stunde mit dem Versuch, den Wagenbesitzer zu erreichen, bekommen aber keine Verbindung. Wir müssen dem Mechaniker sofort Bescheid sagen, damit er den Teil noch an diesem Abend besorgen kann. Dad geht hinüber und bittet ihn anzufangen, das Risiko müssen wir eingehen.
Das Motel hier ist wieder ein Kolonialstilbau, wieder mal Backstein mit weißen Holzsäulen; ein Restaurant gehört dazu. Der Mechaniker sagt, daß wir den Wagen unter keinen Umständen vor morgen vormittag bekommen können.
„Ich sehe mir mal die Preise an, Bill. Ich vermute, daß wir eine teure

Nacht vor uns haben. Paß du auf, wie sie das Ding auseinandernehmen, damit wir nächstes Mal ein bißchen billiger wegkommen."

Ich kehre in die Werkstatt zurück und hocke mich auf eine leere Öltonne. Zwei Mechaniker, etwa in meinem Alter, lösen die restlichen Schrauben und reinigen und ölen das Lager von Gabel und Gelenk.

Dad kommt wieder. Er hat ein Zimmer für uns reserviert, fünfundzwanzig Dollar. Wir hocken in der Werkstatt und sehen zu, und ehe ich mich's versehe, fängt er an.

Zuerst bemerkt er nur, wie froh er ist, kein Autoklempner zu sein. Das klingt zwar unverfänglich, aber mein Mißtrauen ist geweckt. Er steht an eine Wand gelehnt, und ich sitze noch auf der Öltonne. Die jungen Burschen werkeln vor unserer Nase herum. Es ist eine elende Schweinigelei. Öl und Dreckkrümel tropfen ihnen vom Wagenboden in die Augen.

„Aber wenigstens macht man dabei etwas Wichtiges und bekommt es gut bezahlt, Dad."

Ich stelle mich bloß stur, ich könnte nie Automechaniker sein. Ich würde mich zu ungeschickt anstellen. Man braucht nur mal einem guten Mechaniker bei der Arbeit zuzusehen, dann weiß man Bescheid.

„Jede Wette, daß keiner dieser Burschen mehr als sieben Dollar die Stunde kriegt. Wenn du vierzig Stunden die Woche arbeitest, fünfzig Wochen im Jahr, kommen dabei weniger als fünfzehntausend im Jahr raus, abzüglich Steuer und Sozialversicherung würdest du nicht mehr als zwölf auf die Hand kriegen. Damit kannst du heutzutage in Amerika keine Familie ernähren, Bill, und es besteht kaum Aussicht, mehr zu verdienen, wenn man nicht selber eine Werkstatt aufmacht; und dann muß man schon Geschäftsmann sein. Und du mußt immer im Dreck arbeiten, der Art Dreck, den man nie mehr aus den Hautfalten und unter den Nägeln rauskriegt; er setzt sich im Nagelbett fest. Und du hast ewig zerschundene Finger und Hände; und, eins kann ich dir sagen, abends bist du hundemüde. Mein Vater kam abends immer total verdreckt und erschlagen nach Hause, als er bei General Electric arbeitete."

Jetzt kommt es. Was habe ich gesagt oder getan, um das heraufzubeschwören? Vielleicht gar nichts. Vielleicht hat er innerlich die ganze Zeit nur auf eine Gelegenheit gewartet.

„Bill, was hast du eigentlich in Frankreich dies Jahr vor?"

Es ist soweit. Meinetwegen.
„Naja, Dad, ich will in die Hütte runter, sie fertig ausbauen und dann ein bißchen schreiben."
„Wovon willst du leben? Hast du Ersparnisse?"
Ich erwähne die hundertfünfzig.
„Das ist doch gar nichts, Bill; von hundertfünfzig Dollar kannst du keine zwei Wochen leben."
Also erzähle ich ihm, daß Debbie vielleicht auch kommt.
Er schweigt eine ganze Weile. Wir konzentrieren uns darauf, diesen armen Schweinen dabei zuzusehen, wie sie das Mistzeug entfernen, das vom Kardangelenk heruntergefressen wurde. Er macht einen ziemlich unglücklichen Eindruck und scheint nicht zu wissen, wie er es angehen soll.
„Lieber Gott, Bill, mit hundertfünfzig Dollar kommt ihr erst recht nicht weit, wenn ihr zu *zweit* seid."
„Debbies Dad steuert was bei. Es paßt ihm nicht, daß sie ihr Studium abgebrochen hat, aber er gibt ihr so viel Geld, daß sie nicht verhungert."
Dad schweigt wieder. Ich hoffe, daß er fertig ist. Wenn ich keine Hilfe bekomme, werde ich bestimmt nicht darum betteln. Wir sehen noch eine Weile zu, aber dann legt er wieder los. Er ist voll Bedauern, aber resolut, als operiere er einen Dorn unter einem Fingernagel heraus.
„Tja, Bill, du bist jetzt neunzehn, ein Erwachsener; du mußt dir was einfallen lassen, um zu Geld zu kommen, solang du da drüben bist. Ich weiß nicht, was ich dir vorschlagen soll. Es ist schwierig, in Frankreich ohne Genehmigung Arbeit zu kriegen. Mir ist eigentlich schleierhaft, wie du es anstellen willst."
„Also, der Typ in Huez, der immer Leute zur Rübenernte braucht, hat gesagt, er würde mich nehmen. Ich kann in zwei Monaten viertausend Francs verdienen. Zusammen mit Debs Geld hätten wir genug zum Leben."
Ich sollte es dabei belassen.
„Aber ich könnte natürlich das Geld, das du geschickt hast, als ich in Santa Cruz war, gut gebrauchen. Verdammich, ich werde schließlich an mir arbeiten; Schreiben ist ein angesehener Beruf."
Er blickt auf und sieht mir voll in die Augen.
„Bill, es ist wahrscheinlich nicht gut, in der sicheren Gewißheit zu leben, daß irgendwoher Geld kommt. Wir haben Freunde, die ihr Leben lang vom Geld ihrer Eltern gelebt haben. Es hat sie kaputtgemacht. Bei

ihnen verbindet sich kindliche Abhängigkeit mit arrogantem Nichtskönnertum. Sie stehen nie mit beiden Beinen in der Wirklichkeit."
Das reicht fürs erste. Ich habe es nicht nötig, mich beleidigen zu lassen.

Es ist kurz vor sechs, als die Werkstatt schließt. Wir essen zu horrenden Preisen und begeben uns dann hinauf in unser Zimmer. Hier läuft nichts außer dem rauschenden Verkehr auf dem Turnpike draußen. Wir sehen uns einen Fernsehfilm an, irgend etwas nach dem Motto *Es ist Dienstag, wir müssen in Amsterdam sein* oder so ähnlich. Es geht um Reisen in Europa. Dad und ich müssen lachen. Das haben wir auch nötig nach all dem tierischen Ernst.
Es ist nach elf, als der Film zu Ende ist und wir in die Falle sinken. Ich bin total fertig von dem ganzen Theater. Die Lichter sind ausgeknipst, und seine Stimme kommt aus dem Nichts.
„Hör mal, Bill. Ich hoffe, daß du das mit der Geldgeschichte nicht krummnimmst."
Er schweigt einen Moment. Ich sage nichts. Soll er denken, daß ich schlafe. Ich habe keine Lust darüber zu reden.
„Ich mache mir Sorgen, Bill, daß du den Weg des geringsten Widerstandes gehen könntest. Man wird heute so unter Druck gesetzt, unentwegt soll man ‚locker sein', ‚cool bleiben', ‚gut draufsein'. Ich habe keine Lust mit anzusehen, wie du ein moderner Taugenichts wirst. Für mich sind das die wahren Feinde. Ich kann es aufnehmen mit Kommunisten – russischen, chinesischen oder kubanischen –, mit Nazis, Calvinisten, Baptisten, Katholiken oder dem Ku-Klux-Klan, jeglicher Sorte fanatischer Heilsverkünder, aber der echte Feind, die wirkliche Gefahr, das sind für mich die müßiggängerischen privilegierten Taugenichtse, die jahrhundertelang das Räderwerk der Kreativität und des Erfindergeistes beherrscht und verstopft haben."
Ich frage mich, ob er erwartet, daß ich dazu etwas sage. Nein, ich halte besser den Mund.
„Ich habe einen Vorschlag, Bill. Die Mühle braucht ein neues Dach. Wenn ihr zwei, du und Debby, die alten Schieferplatten abnehmt, morsche Dachlatten und Sparren ausbessert und dann die Platten wendet und wieder frisch deckt, dann gebe ich euch fünfhundert Dollar und das Material. Wenn ihr beide tüchtig zupackt, dürfte das nicht allzu lange dauern, und die Art Arbeit bietet ganz gute Abwechslung vom Schreiben. Die Selbsterforschung kann ermüdender sein, als du denkst; dage-

gen kann dir das Herumkraxeln auf einem Dach wie ein Kinderspiel vorkommen. Auf die Art würdest du durch den Winter kommen und hättest schon mal ein paar Sachen, die du an die Verleger schicken könntest."

Das ist es also, was er ausgebrütet hat. Er weiß, daß ich nicht schwindelfrei bin. Höchstwahrscheinlich falle ich durch das vergammelte schräge Dach und breche mir den Hals. Ich halte den Mund, aber er ist noch *immer* nicht fertig.

„Und noch was, Bill. Ich wäre dir dankbar, wenn du nicht gerade jedem da unten auf die Nase bindest, daß du mit Debby zusammenlebst; du mußt die Leute nicht unbedingt vor den Kopf stoßen, okay?"

Natürlich sage ich okay. Damit er weiß, daß ich nicht geschlafen habe. Ich denke schon, ich hätte es endlich hinter mir, aber in dem Moment macht er noch einen Anlauf.

„Bill?"

Ich antworte nicht.

„Bill, die Geschichte mit meinen Eltern war ein harter Brocken. Ich merke erst jetzt, daß ich während der letzten drei oder vier Monate in einer Art Schockzustand gelebt haben muß."

Ich warte ab.

„Es ist eine Quälerei und gehört zu den Dingen, die ich nicht gut kann. Wenn ich zu kritisch gewesen bin, mußt du es dir nicht allzusehr zu Herzen nehmen."

Ich warte und hoffe, daß er fertig ist.

„Ich habe ein entsetzlich schlechtes Gewissen, daß ich Mom und Dad alleingelassen habe. Aber es war nicht mehr zu rechtfertigen, deine Mutter und Jacky so lange alleinzulassen. Für sie ist es auch eine schwere Zeit gewesen. Ich mußte abfahren."

Mist, ich weiß nicht, was ich dazu sagen soll. Ich stelle mich schlafend. Ich liege still da und höre ihn in der Dunkelheit daliegen. Er schläft nicht; das merke ich an seinem Atem. Ich liege regungslos da und lausche. Ich denke darüber nach, was es bedeutet, am Leben zu sein.

18

Am nächsten Tag kommt Dad ganz groß heraus mit seinen verschiedenen Kostümen. Er sieht sich die Dinah-Shore-Show in seinem Steptanzanzug an. Den Fahrrad-Rollschuhdreß trägt er zum Werkeln im Gewächshaus. Nach jedem Kostümwechsel hängt er die Sachen wieder in seinen Kleiderschrank. Er hält sich oft im Schlafzimmer auf, und ich bin sicher, daß er dann immer seine Garderobe inspiziert ...

Zwei Tage danach möchte er, daß wir alle noch einmal zur Heilsarmee mitkommen.

Er hat sich auf seinen Karteikarten Notizen gemacht. Kurz bevor wir abfahren wollen, zeigt er sie mir, während Mutter noch im Badezimmer ist.

Jede Karte hat eine andere Überschrift in Druckbuchstaben, mit Punkten auf den großen „I". Es sind seine neuen Kostümideen. Unter anderem ein „Beichtgewand"; oder ein „Ausgehensemble für die Tee-Einladung bei der Queen"; dann ein „Jogginganzug". Es ist auch eines dabei mit der Bezeichnung „Singen und Herumblödeln". Darunter hat er jeweils notiert, wie die Kostüme aussehen sollen. Das „Beichtgewand" besteht aus schwarzem Hemd, schwarzer Hose und Pelerine. „A la Dracula" heißt es in einer Anmerkung. Schwer zu sagen, wie ernst er es meint.

„Dad, ich würde diese Karten lieber nicht Mom zeigen."

„Ja, klar, John. Aber weißt du, Bess hat früher genausoviel Sinn für Spaß gehabt wie alle anderen. In letzter Zeit ist es viel zu ernst zugegangen bei uns. Unser Problem ist, daß wir uns immer bloß als Rentner sehen. Das Leben ist langweilig geworden, und wir haben es nicht einmal gemerkt."

Er sieht mich an, und in seinen Augen irrlichtert es; er starrt mich prüfend an, einen Anflug von Ernst über seinem neuen Dauerlächeln.

„Ich glaube, da hast du recht, Dad. Aber denk dran, daß es Mutter nicht gutgeht. Sie hat ein paar schlimme Herzinfarkte hinter sich, und wir müssen halblang mit ihr machen."

Er nickt und blickt zu Boden.

„Da hast du recht, John. Wir werden halblang machen."

Er unterbricht sich; Mutter kommt durch den Flur auf uns zu.
„Aber, das eine kann ich dir sagen, irgend etwas werden wir machen."
Er stemmt sich an seinem Spazierstock hoch, und wir gehen zum Wagen. Er steht bereits warmgelaufen in der Auffahrt. Dad hilft Mutter auf den Rücksitz. Er kann ihr kaum wirklich helfen, er hält sich selbst nur mit Mühe und Not aufrecht; aber er legt seine Hand unter ihren Arm und hilft ihr, die Füße auf dem Boden zurechtzustellen. Das reizt Mutter; für sie ist es das Schlimmste, sich wie ein Invalide vorzukommen. Ich halte mich heraus und rutsche auf den Fahrersitz. Dad steigt vorn neben mir ein.
„Ich hoffe, es macht dir nichts aus, Bess, aber ich möchte gern hier vorn sitzen und ausprobieren, ob ich mich wieder mit dem Autofahren anfreunden kann. Wenn ich wieder auf den Beinen bin, würde ich gern die Fahrprüfung machen. Es wäre schon schön, wenn ich fahren könnte; dann könnte ich mal kegeln gehen oder so."
Er zieht seine Karten hervor.
„Verflixt, das habe ich doch tatsächlich vergessen. Ich möchte noch Kegelsachen, irgendwas schwarz-weiß Gestreiftes obenrum, dazu schwarze Hosen wie ein Schiedsrichter beim Basketball."
Er schreibt etwas in seine Karten. Während ich rückwärts hinausrolle, spähe ich verstohlen in den Rückspiegel nach Moms Gesicht. Sie simuliert nicht; niemand sieht sie, dennoch ist ihr Gesicht verkniffen. Sie ist besorgt, verängstigt, mißmutig. Sie weiß nicht, was sie sagen oder tun soll.
Dad dreht sich nach ihr um und zieht dabei ein Knie auf den Sitz. Manche seiner Bewegungen sind kaum mit seinem Alter, seiner körperlichen Verfassung zu vereinbaren.
„Weißt du, Bess, du solltest dir auch ein paar Sachen kaufen. Ich meine nicht die üblichen Kleider, sondern richtige Kostüme. Vielleicht eine Perücke; sie haben ein paar prima Perücken da bei der guten alten Heilsarmee. Vielleicht probiere ich auch mal ein paar auf. Das letztemal habe ich mich zu sehr geniert, aber zu zweit könnten wir uns einen Jux draus machen."
Ich sehe nicht nach hinten. Ein langes Schweigen. Ich muß unbedingt mit Dr. Coe sprechen, oder zumindest eine lange Unterredung mit Mutter führen. Sie ist überwältigt. Selbst wenn sie vollkommen gesund wäre, könnte sie das vermutlich nicht verkraften.
„Na gut, Jack; ich sehe mir die Sachen mit dir an; aber denk dran, wir

sind schließlich in den Siebzigern."
Jetzt richtet Dad sich schwungvoll auf beiden Knien auf und beugt sich über die Rücklehne. Er scheint völlig vergessen zu haben, was man als Erwachsener alles nicht mehr tut. Vielleicht rührt es teilweise daher, daß er jetzt so leicht und schlank ist; er könnte sich körperlich etwa wie ein Dreizehn- oder Vierzehnjähriger fühlen.
„Ehrlich, Bess, du siehst für mich noch immer wie ein Mädchen aus. Man würde dir nicht mal *vierzig* Jahre geben. Du kannst tragen, was du willst, und siehst phantastisch darin aus. Wir müssen uns von der Vorstellung freimachen, daß wir alte Tattergreise sind und aufhören, uns zu sorgen, was die Leute denken. *Himmel, Arsch und Zwirn,* Bess, von den jungen Leuten fragt *uns* bestimmt keiner, was er anziehen soll."
Wir sind beide schockiert. Weniger über das, was er gesagt hat, nicht einmal über die Verve und Jugendlichkeit seiner Stimme, sondern über die Tatsache, daß er „Himmel, Arsch und Zwirn" gesagt hat! Ich werfe einen flüchtigen Blick in den Spiegel. Mom scheint es besser zu nehmen als beim letztenmal, als ich nach hinten sah. Das Kompliment eines Mannes, der nie Komplimente macht, hat sie aus der Fassung gebracht. Sie hat Tränen in den Augen. Mir ist plötzlich zumute, als wäre ich besser nicht da. Dad hat das Wort „Arsch", soviel ich weiß, während der vergangenen vierzig Jahre nie in den Mund genommen. Aber er scheint gar nicht zu bemerken, daß er irgend etwas Ungewöhnliches gesagt hat. Just in diesem Moment beschließt Mutter, die Sache mit „Bess" aufzugreifen. Vielleicht denkt sie, daß er sich mit seiner Sprache blamiert hat und daß das der richtige Zeitpunkt ist, um zuzuschlagen.
„Jack, könntest du mich nicht wieder Bette nennen? Du weißt, wie sehr mir Bess verhaßt ist. Ich weiß nicht, wie es kommt, du hast mich immer Bette genannt, seit wir nach Kalifornien gezogen sind, und jetzt plötzlich nennst du mich Bess."
Es entsteht ein längeres Schweigen. Dad kniet noch immer auf dem Sitz; ich fahre über den Sepulveda Boulevard Richtung Olympic.
„Naja, Bette. Ich habe dich als Bess geheiratet, und der Name hat mir schon immer gefallen. Es ist ein Name, den man nicht sehr oft hört; es ist ein starker Name, der paßt zu dir. Immer, wenn ich dich Bette nenne, fürchte ich, daß jemand anders antworten könnte."
Ich blicke verstohlen in den Spiegel. Mom hat die Augen auch darauf gerichtet und begegnet meinem Blick. Meine Mutter kann in einem Rückspiegel, in dem ich nur ihre Augen sehe, eine ganze Skala von

Gefühlen mitteilen. Sie läßt mich wissen, daß sie besorgt und verwirrt ist, und fragt mich, was sie tun soll. Das nenne ich Ausdruckskraft! Dad fährt fort.

„Aber klar, Bess, wenn du lieber Bette sein willst, meinetwegen. Ich werde mich anstrengen. Ich nenne dich Bette, und du nennst mich Jake. Du, das gefällt mir! Das klingt, als ob wir Alkoholschieber oder Rauschgiftschmuggler wären. Das wird ein Jux! Wir sind Bette und Jake. Ich kann mich genauso gut Jake nennen wie jeder andere. Vielleicht fange ich wieder an zu rauchen und besorge mir ein paar von diesen kleinen Zigarren, die Edward G. Robinson immer geraucht hat."

Er wendet sich zu mir.

„Glaubst du, daß sie von den altmodischen Melonen noch welche bei der Heilsarmee haben, Johnny?"

Ich sehe nach, ob er den Advocatus diaboli spielt. Aber nein, er amüsiert sich nur. Er ist ganz beglückt über die Vorstellung, daß sie Bette und Jake sind, zwielichtige Figuren. Ihm ist überhaupt nicht bewußt, daß er Mutters Fassade mit einem einzigen Streich ins Wanken gebracht hat. Vermutlich ahnt er nicht einmal, wie wirkungsvoll seine Drohung mit dem Rauchen ist. Er spielt. Er hat die ganze Ichbezogenheit, die Zielstrebigkeit eines Zwanzigjährigen.

Während der restlichen Fahrt zur Heilsarmee geht er seine Notizen noch einmal durch und versucht, Mutters Interesse für seine Kostümpläne zu wecken. Er nennt sie immer Bette, und wenn sie ihn Jack nennt, verbessert er sie jedesmal und sagt in leisem, mahnendem Tonfall „Jake". Ich bin hin- und hergerissen zwischen Mitleid für Mom und dem Drang loszuplatzen. Ich verstehe allmählich, warum Mutter ihr Leben der Aufgabe gewidmet hat, ihn zu beherrschen. Wahrscheinlich war er als junger Mann überhaupt nicht zu bändigen. Kein Wunder, daß seine Schwestern sie vor ihm warnten. Er ist noch schlimmer als Onkel Orin und Onkel Pete zusammen. Dies ist ein starkes koboldhaftes, barockes Es, das dreißig oder vierzig Jahre lang eingesperrt war. Was mag es bloß gewesen sein, das den Geist aus der Flasche ließ?

Bei der Heilsarmee angekommen, schneide ich Dad den Weg zum Trödelladen ab. Ich weiß, daß wir nur begrenzt Zeit haben, bis Mutter schlappmacht; sie hat schon genug eingesteckt. Dad gestikuliert hinter Mutters Rücken, daß ich sie zu dem goldbezogenen Kanapee schleusen soll. Er hat es nicht vergessen. Es ist so untypisch für ihn, überhaupt zu

bemerken, was für Möbel in einem Haus stehen, geschweige denn, sich dafür zu begeistern.
Wir manövrieren Mutter langsam in Richtung Couch. Aber sie ist noch immer zu verstört, um viel wahrzunehmen. Wir sind beinahe daran vorbei, als Dad unvermittelt stehenbleibt.
„Johnny, wir muten Mutter bestimmt zuviel zu mit dem ganzen Hin und Her. Kommt, wir setzen uns ein Weilchen auf diese einladende Couch hier und ruhen uns ein bißchen aus."
Mit diesen Worten läßt er sich am fernen Ende des Sofas nieder. Ich helfe Mutter beim Hinsitzen und rutsche neben sie. Dad streicht liebevoll, besitzergreifend über den Flor des Bezugsstoffes. Mutter versucht, sich zusammenzureißen, sie ist gereizt.
„Wir sind eine halbe Stunde lang im Auto gesessen; ich bin nicht müde."
Dad gibt ihr ein verstohlenes Küßchen auf die Seite des Halses; Mutter fährt herum, um sich zu vergewissern, ob es irgend jemand gesehen hat.
„Sieh dir doch mal diese Couch an, Bette. Weißt du, das ist genau die Art Couch, die ich mir immer für unser Wohnzimmer gewünscht habe."
Mutter blickt hinunter auf die Couch. Sie tut es nur, um ihn zum Schweigen zu bringen, sieht dann aber genauer hin, mit Kennermiene. Sie rappelt sich hoch und stellt sich aufrecht hin. Ich bleibe sitzen. Dad sieht zu. Es ist, als sähen wir einem sehr seltenen Vogel zu, der eine Falle umschwirrt. Sie geht zur Rückseite und zupft an einem Zipfel des Bezugsstoffes. Sie entdeckt das Preisschild und liest, was darauf steht.
„Das muß ein Irrtum sein, Jacky. Da steht fünfundsiebzig Dollar."
Wir stehen beide auf und sehen uns das Preisschild an. Dad linst danach, blickt zu mir und lächelt.
„Vielleicht soll es siebenhundertfünfzig heißen. Für mich sieht es aus wie eine Siebenhundertfünfzigdollar-Couch. Sie könnten aus Versehen eine Null weggelassen haben."
Mutter geht darum herum, hebt ein Sitzpolster nach dem anderen von der Couch und dreht sie alle um. Dasselbe tut sie mit den Rückenpolstern. Auf so eine Idee wären Dad und ich nie gekommen. In jedem dieser Kissen könnte ein Loch sein, und wir hätten die Couch samt Löchern und allem gekauft. Mutter beugt sich zu mir und weist mich in ihrem verschwörerischen Flüsterton an:
„Jacky, geh mal unauffällig zu der Niggerfrau da drüben und frag, ob der Preis hier stimmt. Sag ihr ja nicht, daß du dich wirklich dafür interessierst."

Sie bückt sich tief und fängt an, an der Couch zu schnuppern. Mir ist schleierhaft, wonach sie fahndet. Ich frage die Frau am Tresen; sie kommt zu uns herüber und wirft einen Blick auf das Preisschild.
„Stimmt, gnädige Frau, fünfundsiebzig Dollar. Wirklich ein hübsches Stück, nicht?"
Jetzt beginnt Mutter, ihre tiefsinnigen Überlegungen anzustellen. Jeder Aspekt des Wohnzimmers wird in Betracht gezogen. Ja, sie paßt gut zum Teppich, ja, zu den Vorhängen auch, ja, zu dem dunklen Holz der Chippendale-Eßzimmergarnitur. Sie ist bei den Lampen angekommen, als Dad sich verdrückt. Er ist überzeugt, daß sie sie jetzt kaufen wird; der Teil seiner Mission ist erfüllt. Ich bleibe bei Mom. Ich werde ihm bei der Auswahl der Hemden helfen, wenn er die Hosen ausgesucht hat.
Jetzt überlegt Mutter, was sie mit den Sitzelementen anfangen soll, die sie schon haben.
„Vielleicht würden sie Jeff und seiner Frau gefallen, Mom; sie richten sich gerade ein und haben nicht viel Geld."
Sie macht hmmm, lächelt und nickt. Das wär das. Weiter im Text.
„Wie sollen wir sie jemals nach Hause kriegen, Jacky? Liefern die ins Haus?"
„Mach dir deswegen keine Sorgen, das kann ich selber erledigen."
„Du wirst das Wagendach zerschrammen, und du weißt ja, wie Daddy sich mit dem Wagen anstellt."
Ich sage ihr, daß ich sie umgekehrt aufs Wagendach heben werde; wir werden auf Schleichwegen nach Hause fahren; sie werden mir Stricke zum Festzurren geben; jemand wird mir helfen, sie aufs Dach zu hieven; nein, das Dach wird nicht einbrechen, wir werden die Polster ins Auto legen, es sieht nicht so aus, als ob es regnen würde, wir werden alle noch genug Platz haben; bestimmt kann der Nachbar oder Billy mir helfen, sie wieder vom Dach herunterzuheben; keine Bange, ich habe mein Scheckheft dabei. Soweit meine Antworten.
Dann breitet sich ein Lächeln auf ihrem Gesicht aus; es ist so eine Freude, sie lächeln zu sehen. Jetzt kommt es heraus. Schon seit zehn Jahren hätte sie für ihr Leben gern die klobigen alten Ungetüme ausgewechselt, hatte aber nie etwas gefunden, das ihr wirklich gefiel. Daddy wollte nie Geld für Möbel ausgeben. Sie setzt sich wieder hin, breitet ihre Hände nach beiden Seiten aus, fährt über den Bezugsstoff.
„Ist sie nicht bildschön, Jacky?"
Ich stimme ihr zu. Sie ist wirklich schön, eine schöne Couch und ein

schönes Erlebnis, sie lächeln zu sehen. Ich setze mich neben sie. Sie beugt sich spontan herüber und küßt mich auf die Backe.
„Du bist so ein lieber Sohn, Jacky. Ich weiß nicht, was wir ohne dich anfangen würden."
So ist Mom nun mal. All die Angst, die Unzufriedenheit, die Sorgen sind vergessen. Mir scheint sogar, daß sie beinahe ihr Herz in der Freude über den Erwerb dieses neuen Gegenstandes vergessen hat. Ich bin froh, daß es geklappt hat. Ich fürchte schon, daß ich beim Aufladen irgendeinen ernsten Haken entdecke, etwa gebrochene Sprungfedern, einen Riß im Rahmen oder fehlende Beine. Ich sehe klammheimlich nach, aber es scheint nichts defekt zu sein. Ich gehe zur Kasse und schreibe den Scheck aus. Ich frage, ob ich mit dem Wagen dicht heranfahren kann. Ich sage Mutter, daß sie bei Dad bleiben soll, während ich das erledige. Wir schieben die Couch aufs Wagendach und binden sie fest. Es ist ein ziemlicher Koloß. Ich packe fünf Sitzkissen in den Kofferraum und stapele drei auf den Rücksitz. Es ist ein Mordsmöbel; es hängt hinten und vorne einige Handbreit über. Ich werde auf jeden Fall nur Nebenstraßen nehmen. Wenn uns die Polizei anhält, werde ich sagen, daß Mutter Herzpatientin ist und daß wir die Couch dabeihaben für den Fall, daß sie sich hinlegen muß.
Eine halbe Stunde ist vergangen, als ich in die Kleiderabteilung zurückkomme. Ich höre schon von der Tür aus Gelächter. Mutter läßt ungeniert eine Lache erschallen, die ich immer ihre vulgäre Lache genannt habe. Sie ist guttural, herzhaft, saftig und hört sich an wie eine Lache, die man aus dem Fenster eines Freudenhauses in New Orleans erwarten würde. Es ist das Gelächter, das man hören möchte, wenn man einen dreckigen Witz erzählt.
Ich gehe hinein. Sie haben ein Sammelsurium ausgefallener Klamotten über sämtliche Verkaufstische ausgebreitet. Sie stellen *Partnerlook*-Kostüme zusammen. Mutter dämpft Dads eher groteske Einfälle, aber nicht sehr. Sie haben sich allen Ernstes Beichtkleider ausgesucht. Wenn sie sie jemals tragen sollten, werden sie aussehen, als gingen sie zu einer öffentlichen Hinrichtung. Dad hat einen Hang zum Makabren, zu einer Phantastik nach der Art von Hawthorne oder Poe. Sie haben sich auch ein paar leichte, östliche, pastellfarbene Kombinationen ausgewählt. Mutter hat sich anstecken lassen und führt Regie bei der Auswahl der Kegelbekleidung für „Sie und Ihn". Sie richtet einen ihrer weithin hörbaren geflüsterten Kommentare an mich.

„Schließlich geben wir alles in allem nicht mehr als fünfundzwanzig Dollar aus, Jacky. Allein der Stoff ist das schon wert, und er hat so viel Spaß, den möchte ich ihm nicht verderben."
Aber ihr macht es auch Spaß. Zu dritt stellen wir unsere Ausgehsachen für die Tee-Einladung bei der Queen zusammen. Wir werden Joan einladen und tun, als sei sie die Queen. Wir probieren immer neue Accessoires dazu an, manchmal auch Hüte und Schuhe. Wir lachen uns schief bei der Vorstellung, wie Joan darauf reagieren wird.
Langsam festigt sich in mir das Gefühl, daß alles gut werden wird; daß Mom lernen wird, an ihrem neuen „verrückten" Ehemann Freude zu haben.

Am nächsten Tag ruft Joan an und sagt, sie käme am Nachmittag. Wir decken den Eßzimmertisch mit einem weißen Tischtuch, dazu das gute Geschirr und das Silber – mit allen Schikanen. Ich bastele eine Krone aus Goldpapier, das ich in der Schachtel mit dem Christbaumschmuck finde. Die neue Couch ist da und macht sich sehr schön. Ich habe sogar die alten Polsterelemente nach hinten ins Gartenzimmer verfrachtet.
Die neue Couch verleiht dem Wohnzimmer Glanz, einen goldenen Schimmer. Wir freuen uns alle wie die Schneekönige darüber. Dad und ich bringen Mutter davon ab, ihre kleinen gehäkelten Sofadeckchen auf Arm- und Rückenlehnen festzustecken.
„Hol's der Geier, Bette, wenn sie schmutzig wird, dann kaufen wir eben eine neue."
Dad probiert seine neuerlangte Freizügigkeit, sein erweitertes Vokabular aus.
Wir verkleiden uns und lachen und albern herum. Wenn es immer so sein könnte, würde ich wieder nach Amerika ziehen. Dad trägt eine taillierte hellblaue Samtweste mit Silberknöpfen, dazu graue Flanellhosen. Das Hemd ist blaßblau mit eingewirkten Silberfäden. Er hat einen tiefblauen Seidenschal unter den Kragen geschlungen, den Mom zu einem luftigen, weichen Knoten bindet. Mit seinem dunklen Bart sieht er aus wie einer der drei Musketiere.
Mom hat einen zartgelben, seidenen Hosenanzug an. Dazu trägt sie eine goldene Halskette mit Anhänger. Auf dem Kopf hat sie eine kastanienbraune Perücke mit Ringellöckchen. Sie sitzt wie angegossen. Wir schieben alle ihre Haare darunter und kämmen die Perücke aus. Dad hilft beim Auskämmen; er erinnert sich daran, wie er uns früher, als wir

Kinder waren, immer im Keller die Haare schnitt. Er scharwenzelt vor Mom herum.
„Also nein, Bette, bist du schön!"
Mutter sitzt vor der Spiegelkommode, lächelt sich selber an und dirigiert das Frisieren. Das Problem ist, daß ihre Augenbrauen schwarz, eigentlich graugestreift sind. Mom löst es, indem sie Makeup hineinreibt und sie damit braun färbt.
Ich trage einen knallroten Blazer, den ich für drei Dollar erworben habe, zu rotweiß gestreiften Hosen. Wir geben ein tolles Trio ab. Ich fahre zum Lucky Market Eis kaufen. Mutter ist entsetzt, weil ich mein Kostüm für die Tee-Einladung bei der Queen zum Supermarkt anziehen will.
„Sie werden dich bestimmt festnehmen, Jacky!"
Niemand nimmt Notiz von mir. Schließlich sind wir in Kalifornien, dem Land der komischen Vögel. Ich besorge Eiscreme, ein paar Laugenbrezeln und Eiswaffeltüten. Ich halte Ausschau nach einer Haselmaus und einem verrückten Hutmacher, um sie zu uns einzuladen.
Endlich, nach einer ungeduldigen Warterei, während der wir uns nach jedem Auto in Hörweite die Hälse ausgereckt haben, trifft Joan ein. Wir empfangen sie an der Haustür mit Verbeugungen und Kratzfüßen. Wir umringen sie knicksend. Joan lacht hysterisch und benimmt sich höchst unköniglich, schlüpft aber schließlich in ihre Rolle und gibt sich rechtschaffen hochmütig, als wir sie zu ihrem Thron am Kopfende des Tisches geleiten und sie krönen. Dann entdeckt sie das neue Sofa und zeigt gebührende Begeisterung, setzt sich darauf und breitet die Hände darauf aus, während wir sie erwartungsvoll umstehen. Sie bewundert huldvoll unsere Kostüme, unterdrückt aufkommendes Gelächter und verbeugt sich oder lächelt liebenswürdig, wenn wir sie mit „Hoheit" anreden. Es ist, als hätten wir mit Sandförmchen Kuchen gebacken und unsere Eltern eingeladen.

Mir scheint, es geht alles so gut, daß ich Dad und Mom eine Weile allein lassen kann. Ich möchte ein bißchen mit Marty zusammensein.
Marty lebt in der Nähe des Los Angeles County Museum, das wir miteinander besuchen. Es ist herrlich, wieder einmal Gemälde anzusehen; man vergißt so leicht das Schöne im Leben, wenn man sich vom Außenleben überschwemmen läßt. Ich bin wie benommen von den Eindrücken im Saal mit den Impressionisten.
Als Gary nach Hause kommt, gehen wir zusammen in ein koreanisches

Restaurant und unterhalten uns über Namen für das Baby. Zur Zeit sind Will als Jungenname und Nicole als Mädchenname die Spitzenreiter. Ich gebe ihnen einen raschen Abriß dessen, was sich alles mit Dad und Mom ereignet hat. Sie hätten zu gern eine neue Wohnung. In ihrem Apartment sind Kinder und Haustiere unerwünscht. Es ist eine sehr ruhige Gegend für alte Leute.
Ich erzähle ihnen von Venice; wie schön es für ein Baby so nah am Strand wäre. Sie lassen sich mitreißen. Sie haben den schweren Smog ihres Stadtteils satt, und in Strandnähe gibt es praktisch keinen Smog. Wir verabreden, daß Marty und ich uns am kommenden Nachmittag da unten umsehen wollen. Ich rufe zu Hause an, alles ist in Ordnung. Ich sage ihnen, daß ich bei Marty und Gary schlafen werde. Ich schlafe auf einer Couch im Wohnzimmer und hoffe, daß alles gutgeht.

Am Morgen mache ich rasch eine Stippvisite bei Mom und Dad. Es ist fast, als beträte ich ein anderes Haus. Dad kommt heraus, umarmt mich matt und stupst mit seinem Bart an den meinen. Mom macht eine Kußschnute. Sie wirkt noch immer verängstigt, aber aus ihren Augen spricht Erregung; sie flüstert mir zu, daß sie mich sprechen möchte. Dad geht hinaus, er will im Gewächshaus gießen und werkeln. Mom und ich gehen ins hintere Schlafzimmer: zur Zeit ihr Schlafzimmer, solange Dad noch die Druckgeschwüre hat. Sie setzt sich aufs Bett.
„Jacky, du mußt irgend etwas unternehmen. Irgendein vernünftiger Mensch wie Dr. Ethridge muß mit ihm reden. Er ist übergeschnappt. Ich sag dir, er ist übergeschnappt. Er ist schlimmer als du. Weißt du, was er heute morgen gemacht hat, als ich aufgewacht bin?"
Sie wartet, als wollte sie mich raten lassen.
„Weißt du, er steht jetzt jeden Morgen um sieben auf und summt und trällert seine komischen Lieder. Früher war das die schönste Tageszeit, aber jetzt bleibe ich lieber im Bett.
Er holt sich klammheimlich seine Sachen aus dem Schrank und den Schubladen und geht dann ins Badezimmer und duscht sich. Stell dir mal vor, ein dreiundsiebzig Jahre alter Mann, der jeden Morgen um sieben duscht! Er wird noch ausrutschen und sich den Hals brechen."
Ihr Mienenspiel ist unglaublich beweglich, es wechselt von Klage über Neugierde und Flehen zu einem entschlüpften Lächeln. Ich beobachte und warte ab.
„Na, und heute morgen, Jacky, wie ich nach seiner Duscherei eine Weile

nichts gehört habe, gucke ich raus, um nachzusehen, was er treibt; man weiß ja nie, ehrlich. Kein Mensch hat sich je so schnell so sehr verändert. Ich sehe zuerst im ganzen Haus nach und gucke dann zum Fenster raus, ob er im Gewächshaus ist. Er ist auf der Terrasse und schlurft immer im Kreis herum, ganz außen auf der Backsteineinfassung. Er hat den verrückten Trainingsanzug und die blauen Turnschuhe mit den Streifen an. Ich denke schon, daß sein indianisches Blut jetzt endgültig mit ihm durchgeht und daß er gleich einen Kriegstanz machen und die Hand über den Mund legen und ‚Uhuuu waahhh wahaaa' brüllen wird!"

Sie muß sichtlich lächeln, unterdrückt es aber die ganze Zeit. Sie legt ihre Hand auf dem Bett auf meine Hand.

„Ehrlich, Jacky; ich fürchte mich zu Tode. Womöglich skalpiert er mich demnächst.

Ich habe nicht gewußt, ob ich dich anrufen sollte oder nicht. Stattdessen habe ich die Tür aufgemacht und ganz lieb gefragt: ‚Was machst du denn da draußen, Jack?' Er lächelt schweißüberströmt und schnauft wie eine Lokomotive. ‚Jake, weißt du nicht mehr, Bette? Jake.' Er schwingt die Arme über den Kopf. ‚Ich jogge bloß ein bißchen, muß was für die Kondition tun; ich dachte, ich mache es lieber hier drin, damit ich die Nachbarn nicht störe. Morgen mache ich es draußen auf dem Gras; der harte Betonboden tut den Knien nicht gut.'

Jacky, du mußt doch zugeben, daß das lächerlich ist; und er hat nicht eine Sekunde lang aufgehört während dem Reden, hat immer weitergestrampelt, noch eine Runde und noch eine. Er kann kaum die Füße heben, aber er ist überzeugt, daß er joggt. Und das macht er *nach* dem Duschen. Also, weißt du, Jacky; kein Mensch, der einigermaßen bei Trost ist, joggt *nach* dem Duschen."

Ich bemühe mich, nicht zu lächeln. Ich verspreche ihr, mit Dr. Chad zu sprechen.

„Und, Jacky."

Mutter sieht sich mißtrauisch um, ob wir auch nicht vom CIA oder vom KGB beschattet werden.

„Er will nachts andauernd zu mir ins Bett. Er läßt mich einfach nicht in Ruhe! Er plagt mich die ganze Nacht. Dein Vater war schon immer ein sehr triebstarker Mann, aber das ist Wahnsinn! Er möchte die ganze Zeit mit mir schlafen. Sogar gestern nachmittag, mitten auf der Terrasse da draußen – und das mit mir, nach meinen zwei Herzinfarkten!"

Bei diesen Worten bricht sie in Kichern aus.

„Keiner würde glauben, daß er ein dreiundsiebzigjähriger Mann ist, der noch vor ein paar Wochen im Sterben lag. Vielleicht ist er mit seinen Hormonen ganz durcheinandergekommen, Jacky. Du mußt mal mit irgend jemand sprechen. Das bringt mich noch um!"
Wir hören Dad singen, als er über die Terrasse auf das Haus zukommt.

„O weh, es wird nie wieder regnen, nie wieder,
Es wird nie wieder regnen!
Verflixt nochmal, wie soll ich mir denn den Hals waschen,
Wenn es nie wieder regnet?"

Das ist eines seiner Lieblingslieder. Ein anderes, bei dem Mom glatt die Wände hochgehen könnte, lautet:

Mach die Türen zu, sie kommen durch
Die Fenster.
Mach die Fenster zu, sie kommen durch
Die Türen.

Das wird unentwegt wiederholt in verschiedenen Stimmlagen, verschiedenen Tonarten, mit unterschiedlichem Ausdruck; gedankenloses Trällern, manchmal anschwellend, manchmal nur das pfeifende Geräusch von angesaugter Luft. Dad kommt durch die Seitentür in den Flur. Er geht ins Badezimmer und duscht noch einmal.
Mutter und ich warten im Wohnzimmer auf ihn, ohne viel zu sagen. Er kommt recht vergnügt in seiner Aufmachung als „pensionierter Maler" heraus.
„Hör mal, John, könntest du nicht Fahrschule mit mir machen, wenn du schon da bist? Ich bin sicher, daß ich den Bogen schnell wieder raushabe."
Mutter blickt zu mir herüber.
„Tu's bloß nicht, Jacky! Ich werde nie mit ihm mitfahren. Er ist schon zu schnell gefahren, *bevor* er seinen Führerschein abgegeben hat, und ich kann mir lebhaft vorstellen, wie er jetzt fahren wird."
Dad geht zu Mutter hinüber.
„Zerbrich dir nicht dein Köpfchen, Bette; wenn der alte Jack Tremont sich hinter das Lenkrad setzt, bist du sicher wie in Abrahams Schoß. Wir werden bloß gemütlich spazierenfahren und uns die Gegend angucken.

Unser John hat mir einen Weg zum Strand runter gezeigt, wo wir auf der ganzen Strecke nicht eine Ampel haben. Es ist wie auf dem Land, und man kommt direkt unten am Strand raus, wo es jede Menge Parkplätze gibt."

Er gibt ihr einen Kuß auf den Hals, dann noch einen auf den Mund.

Ich bin bloß froh, daß er das Motorrad nicht erwähnt hat.

„Also, Mom, Dad hat recht. Ihr solltet viel öfter an den Strand gehen. Wenn es dir und Dad besser geht und ich nicht mehr da bin, könnt ihr euch ein Taxi bestellen und an den Strand fahren."

Dad läßt sich auf dem Fußboden vor dem Fernseher nieder. Er legt sich auf den Bauch.

„Jack, was suchst du denn da?"

„Jake, Bette. Ich wollte bloß mal sehen, ob ich noch Liegestütze zuwege bringe."

Er versucht, sich auf seinen spindeldürren Armen hochzustemmen, aber er kommt nicht vom Fleck. Dann biegt er den Rumpf in der Taille hoch, um Schultern und Kopf so weit vom Boden zu heben, daß die Arme gestreckt sind. Er legt sich wieder hin.

„So was muß ich wohl Greisen-Liegestütze nennen."

Er müht sich ein paarmal auf und ab. Mutter geht ins Badezimmer.

„Johnny", grunzt er zwischen den Liegestützen.

„Ich möchte nicht mit einem Taxi fahren; da landen wir bloß in Santa Monica. Diese Stadt ist das reinste Freiluftaltersheim. Alle bewegen sich wie die Schnecken, halten Maulaffen feil oder warten auf die nächste Mahlzeit. An jeder Ecke ist dort eine Bank oder eine Arztpraxis.

Ich möchte nach Venice fahren, wo wir zwei miteinander waren, oder den Washington Pier runtergehen. Ehrlich gesagt würde ich am liebsten mit deinem Motorrad da runterfahren, aber dazu bin ich zu alt, ich hätte Angst. Ich würde auch gern vom Anlegesteg aus ein bißchen angeln. Ich habe schon immer gern geangelt. Ich kann mich gar nicht entsinnen, wann ich aufgehört habe, Dinge zu tun, die mir Spaß machen."

Er rappelt sich vom Boden hoch und läßt sich in den Schaukelstuhl fallen; er zieht ein Bein an.

„Mutter und ich sollten es uns noch schön machen, solange wir können. Wenn es uns wieder gut genug geht, sollten wir mal wieder nach Philadelphia fahren; überall hingehen, wo wir früher waren, Verwandte und Freunde besuchen. Wir hatten es gar nicht schlecht, damals in Philly."

Mutter hat sich inzwischen im Badezimmer feingemacht, aber sie sieht verweint aus. Sie weint nicht, aber ihre Tränensäcke wirken leicht feucht. Ich überrede beide zu einer kleinen Spazierfahrt.

Wir gondeln gemächlich durch Cheviot Hills, wo die vielen schönen großen Villen mit den herrlichen Gärten sind. Mom schwärmt für so etwas. Diese Häuser verkörpern ihre Vorstellung vom wahren Leben, und sie ist froh, in solcher Nachbarschaft zu wohnen. Sie mokiert sich auch gern über jedes kleinste architektonische Merkmal. Sie betet immer wieder herunter, wie froh sie ist, bloß ein kleines Haus in einer ruhigen Nachbarschaft zu haben, etwas, das sie selbst versorgen kann. Es ist mitleiderregend mit anzuhören, wie sie zwischen Selbstgerechtigkeit und Neid hin- und herpendelt. Aber ich weiß, daß es ihr Spaß macht.
Dad sitzt wieder vorn und ahmt meine Fuß- und Handbewegungen nach. Er tritt auf seine Bremse und hält ein imaginäres Lenkrad. Mom kichert, schnaubt verächtlich und befiehlt ihm, damit aufzuhören. Aber jetzt hat er Geschmack daran gefunden, ihr etwas vorzukaspern. Bei einem automatischen Getriebe gehört praktisch nichts dazu, so einen Wagen zu fahren. Er könnte es vermutlich schaffen. Und wieso, in Dreiteufelsnamen, sollte er sich eigentlich mit einer Fahrprüfung abplagen? Was wollen sie denn mit ihm machen, wenn sie ihn schnappen, ihn ins Gefängnis stecken?
Ich fahre die beiden nach Hause und empfehle ihnen, einen Mittagsschlaf zu halten. Mutter ist gereizt. Sie flüstert mir ins Ohr.
„Sag ihm, er soll in seinem Zimmer bleiben, Jacky. Sag ihm, daß ich mich ausruhen muß."
Wie soll ich das Dad beibringen? Ich deute ihm vorsichtig an, daß Mutter müde ist und ihren Schlaf braucht.
„Ich mache kein Nickerchen, Johnny. Ich werde hinten im Garten ein Loch graben, eine alte Konservendose reinstecken und ein bißchen putten üben. Weißt du, John, ich habe schon immer Golf spielen wollen. Ich habe noch einen alten Putter in der Garage und auch ein paar Bälle. Ich mache mir ein Loch und stecke eine Flagge rein; dann kann ich den Leuten sagen, daß ich in meinem Garten pütschere."
Ich muß an sein Grab denken.
Er wiehert vergnügt, während er die Stufen zur Terrasse hinunter und durchs Gartentor hinaus in den Garten schlurft. Ich springe in den Wagen und fahre zurück zu Marty. Es ist Samstag, sie hat frei, und wir können auf Wohnungssuche gehen.

Martys Schwangerschaft wird allmählich sichtbar. Sie sucht noch immer nach einem Arzt, der sie nach der Leboyer-Methode entbindet; das ist der Franzose mit der *Sanften Geburt.* Wie würde die Welt wohl aussehen, wenn alle Menschen mit einem Minimum an Geburtstraumata geboren würden; sich, wenn sie auf die Welt kommen, willkommen fühlten und sich in der Erinnerung noch ein Stückchen von der Welt vor der Geburt bewahren könnten? Vielleicht hätten die Menschen nicht solche Angst vor dem Sterben, wenn sie sich noch daran erinnern könnten, wie es war, nicht geboren zu sein. Ich bin überzeugt, daß die meisten Probleme der Welt sich um Todesängste drehen.

Wir nehmen den Wagen meiner Eltern; er ist bequemer als Martys alter Toyota. Wir rollen über den Wilshire Boulevard nach Santa Monica hinunter, dann südwärts Richtung Venice. Wir klappern die Gegend ab nach Schildern, auf denen „ZU VERMIETEN" steht. Wenn irgend möglich, würden wir uns gern den Makler sparen. Marty bezahlt zweihundert in ihrer alten Wohnung, und sie würden für etwas Geeignetes fünfzig oder hundert drauflegen.

Nachdem wir uns ein paar Häuser angesehen haben, in denen die bisherigen Mieter noch wohnen, und dann ein paar Telefonnummern durchprobiert haben, die sich als Maklerbüros entpuppen, sinkt unser Mut. Alles ist entweder zu klein, oder hat keinen Garten, oder ist kinderfeindlich.

Gegen drei Uhr schlage ich vor, daß wir uns in Suzannes Restaurant an der Uferpromenade ein Glas Wein und ein bißchen Käse genehmigen; Marty ist noch nie dort gewesen. Suzanne kommt an unseren Tisch. Sie erinnert sich noch von der Malerei her an mich und setzt sich zu uns. Sie trinkt keinen Wein, nur eine Tasse Kräutertee. Ich erzähle ihr von unseren Schwierigkeiten. Sie ist ganz begeistert von Martys Schwangerschaft.

Suzanne fragt Pap, den Transvestiten, der das Geschirr spült, ob Gerry Lynn ihre Wohnung schon weitervermietet hat. Pap weiß es nicht, aber er hat ihre Telefonnummer. Suzanne bietet an, dort anzurufen.

Marty dreht sich zu mir.

„Sie ist so nett, Dad. Wieso ist sie so nett, wenn sie uns überhaupt nicht kennt?"

Dabei fällt mir wieder ein, was Dad seinerzeit gesagt hat; fast dieselben Worte.

Ich bin noch immer leicht benommen. Ich kann den ängstlichen, schüchternen Mann, der auf dem Motorrad mit mir hier unten war, das dahinvegetierende, lebensunwillige Wesen im Krankenhaus und jetzt den Jake, der sich da draußen selber einen Einmann-, Einloch-Golfplatz en miniature einrichtet, nicht zusammenbringen.

Suzanne kommt wieder. Sie hat schöne, braune anmutige Arme und Beine, trägt nur eine leichte, dünne Baumwollbluse, keinen BH, einen Wickelrock und Sandalen. Sie hat schmale Füße und lange Zehen. Manche dieser Naturkinder veranschaulichen, wie Menschen eigentlich sein könnten.

„Gerry sagt, daß sie die Wohnung noch niemand versprochen hat, und sie weiß, daß der Besitzer sie bald wieder vermieten will. Sie kostet zweihundertdreißig. Das Problem ist, daß sie erst in einem Monat auszieht. Sie ist gerade da, falls Sie gleich rübergehen wollen. Hier ist die Adresse."

Sie reicht Marty ein kleines Kärtchen.

Das Haus liegt fünf Häuserblocks strandeinwärts. Wir können es kaum glauben. Es ist ein altmodisches, einstöckiges Holzhaus mit Giebeln und überhängendem Walmdach. Die meisten Häuser in der Gegend hier sind verputzt.

Noch beeindruckender ist der Mammutbaum im Vorgarten. Er verniedlicht alles andere in seiner Umgebung, so daß das Haus aussieht wie aus einem Märchenbuch.

Wir versuchen gerade, hinter den Verschlußmechanismus der Gartentür zu kommen, als eine Frau in der Tür erscheint. Sie hat ein Baby auf der Hüfte sitzen, und an ihren Jeansbeinen hängt ein dreijähriges Kind.

„Momentchen; ich mach das gleich."

Sie hüpft die zwei Stufen von der Veranda herunter und entwirrt Haken und Kette.

„Sie müssen die Leute sein, wegen denen Suzanne angerufen hat."

Martha staunt das Haus an.

„Ich finde Ihr Haus wunderschön, es ist ja wie ein Haus in Deutschland, gar nicht kalifornisch."

„Na, kommen Sie erst mal rein, und sehen Sie sich um."

Sie macht kehrt und geht wieder die Stufen hoch; hübscher, fester Hintern unter straffsitzenden Jeans. Daß Frauen angefangen haben, Jeans zu tragen, dürfte eine der wesentlichsten Errungenschaften des zwanzigsten Jahrhunderts sein.

Die Tür führt direkt in ein Wohnzimmer mit zwei riesigen Fenstern. Ein weitgespannter Rundbogen trennt Wohn- und Eßzimmer. Weiter hinten liegt eine große Küche, die auf eine Hinterveranda und einen kleinen Hof hinausführt. Die rechte Seite besteht aus zwei hintereinanderliegenden Schlafräumen, mit einem dazwischenliegenden Badezimmer. Der Hinterhof ist klein und von Sträuchern und einer Mauer umrahmt. Marty ist hingerissen.
„Sie haben ja ein traumhaftes Haus, Gerry."
„Wenn es Ihnen gefällt, können Sie es haben. Ich ziehe nächsten Monat aus. Die Miete ist bis dahin bezahlt."
Sie zeigt uns alles, was außenherum dazugehört. Ich sehe mich ein bißchen nach Anzeichen für ernste Mängel um – nach Termiten, Setzrissen oder undichten Stellen im Dach. Gerry bietet uns Apfelsaft und Honigkuchen an. Marty ruft Gary an seinem Arbeitsplatz an; er will sofort kommen.

Als Gary eintrifft, sehen er und Marty sich noch einmal alles an. Es macht Spaß, ihnen zuzusehen. Sie wirken so kindlich im Vergleich zu Gerry. Gerry und ich sitzen im Wohnzimmer; sie fragt mich, ob ich noch verheiratet bin. Ich erzähle ihr von Vron, Billy, Jacky und unserem Leben in Paris. Während wir uns unterhalten, legt sie das Baby an die Brust.
Ich bin hin- und hergerissen zwischen dem Wunsch, dem Baby beim Trinken zuzusehen, und dem Wunsch, Gerry nicht in Verlegenheit zu bringen. Ich sehe zu gern ein rosiges Babygesicht, das an einer warmen, prallen Brust saugt.
„Ist schon gut. Sie können ruhig zugucken. Es macht mir nichts aus."
Marty und Gary kommen wieder herein. Sie haben beschlossen, das Haus zu mieten. Gary ruft den Besitzer an und vereinbart einen Termin. Gerry nimmt das Baby von der Brust. Eine fast transparente Milchperle bildet sich oben an der Brustwarze, bevor sie das T-Shirt darüberfallen läßt.
„Sie können Ihre Sachen in der Garage unterbringen, wann immer Sie wollen. Sagen Sie mir Bescheid, wenn ich Ihnen irgendwie behilflich sein kann."
Wir verabschieden uns und gehen zu unseren Autos. Gary steigt in seines und fährt zur Arbeit zurück.
Marty und ich fahren zum Haus meiner Eltern.

Sie liegen auf der Terrasse und sonnen sich. Marty hat Dad seit seiner Wiederauferstehung nicht mehr gesehen, und ich habe versucht, sie vorzubereiten. Das mit dem Bart will ihr am wenigsten in den Kopf, aber ich sage ihr immer wieder, daß das noch das Wenigste sei. Marty küßt Mom und geht auf Dad zu. Er macht eine Schnute und küßt sie auf den Mund.

„Meine Güte, Martha, du bist ja eine bildschöne Frau geworden, eine blonde Ausgabe deiner Mutter."

Marty lehnt sich zurück, erfreut und verwirrt, solche Worte aus dem Munde eines normalerweise stillen, scheuen Mannes zu hören.

„Danke, Grandpa. So möchte ich auch gern sein, wie Mom."

Mutter stützt sich auf einen Ellenbogen und wendet ihr Gesicht von der Sonne ab.

„Das ist aber ein hübsches Kleid, was du da anhast, Martha, die Farben stehen dir fabelhaft."

Dad linst nach ihr und lächelt sein Spitzbubenlächeln.

„Aber was hast du denn da unter dem Kleid versteckt, Martha? Einen Fußball?"

Mom kichert nervös.

„Hör nicht auf ihn, Martha. Er ist neuerdings schrecklich."

Dad stemmt sich hoch, geht hinüber und küßt Marty noch einmal. Er legt ihr die Hand auf den Bauch.

„Stell dir doch bloß mal vor, was da drin ist, Bette, noch ein Mitglied unserer Familie, jemand, den wir noch nicht mal kennen, eine Mischung aus dir und mir, Gary und seinen Eltern, Johnny und Vron, Vrons Eltern. Wir alle sind mit drin, ein neuer Ableger ist da im Entstehen." Er küßt Marty noch einmal. „Schönen Dank, Enkeltöchterchen, das ist das schönste Geschenk der Welt."

Marty bricht in Tränen aus. Sie ist eine sanfte, gefühlvolle Person und nicht an solche Offenheit, an derart unverblümte Gefühle gewöhnt; das ist keiner von uns. Mom hat Tränen in den Augen.

„Du brauchst keine Angst zu haben, Martha; es ist das Großartigste, was eine Frau erleben kann, und ich weiß, daß du eine gute Mutter sein wirst."

Marty beugt sich über Mom, und sie küssen und umarmen einander innig.

„Also, ihr Lieben, höchste Zeit, die Sektpfropfen knallen zu lassen. Ist Bier im Kühlschrank?"

Wir versuchen alle, die Unterhaltung auf eine weniger gefühlsgeladene Ebene zu lenken. Sie erzählen von dem neuen Haus in Venice. Marty spricht davon, daß sie das Baby durch eine natürliche Geburt auf die Welt bringen möchte, erwähnt die *Sanfte Geburt.* Mutter ist überzeugt, daß das alles Humbug und gefährlich ist.

„Du wirst schon sehen, Martha, wenn du erst mal richtige Wehen hast, wirst du eine Spritze wollen. Das *garantiere* ich dir."

Martha hört es sich gelassen an. Sie ahnt gar nicht, daß sie Mom in eines ihrer liebsten Märtyrergefilde hineinpfuscht. Niemand, aber auch wirklich niemand darf ein Baby ohne Furcht, Schmerzen und Gewalt auf die Welt bringen. Nur darin findet eine Frau Erfüllung.

Ich bringe Marty nach Hause und esse mit ihnen zu Abend. Sie sind ganz aufgeregt wegen der neuen Wohnung. Ich übernachte bei ihnen, und wir kommen erst nach Mitternacht ins Bett. Es ist eine spannende Zeit für sie, neues Haus, neues Kind; ich sonne mich genüßlich in ihrer Freude.

Am nächsten Tag trödeln wir nach dem Frühstück herum, während ich tue, als sei ich in den Gottesdienst gegangen. Ich bin gerade soweit, meine Eltern anzurufen und mich zu erkundigen, wie es ihnen geht, als das Telefon klingelt. Mom ist dran.

„Jacky, du mußt unbedingt kommen! Er ist endgültig übergeschnappt. Komm sofort. Ich ängstige mich zu Tode! Ich muß aufhängen, beeil dich!"

Sie hängt auf.

Verflucht! Hört das denn nie auf! Mutter riecht, daß ich bald nach Paris zurückfahren werde, und sie heckt irgend etwas aus, um mich dazubehalten. Ich weiß, daß das nicht stimmt, daß ich mich nur selbst rechtfertigen will, aber es geht mir durch den Sinn.

Kaum bin ich da, fängt Mutter an, wie wild herumzugestikulieren. Diesmal versucht sie *ernstlich*, meine Aufmerksamkeit zu gewinnen, ohne daß Dad es mitbekommt. Es muß schlimm sein.

Dad ist gedankenverloren, bedrückt; ich wüßte gern, was passiert ist. Mom führt mich in ihr Schlafzimmer und schließt die Tür. Dad wandert ziellos, rastlos im Garten umher.

„Jacky, er ist verrückt!"

Sie fängt an zu weinen. Ich nehme sie in die Arme.

„Was ist denn passiert, Mom?"

Sie kann minutenlang nicht sprechen, klammert sich nur fest an mich.

Dann läßt sie los und setzt sich aufs Bett. Ihre Beine sind so kurz, daß sie nicht bis auf den Boden reichen. Sie hat noch Nachthemd, Bademantel und Hausschuhe an. Ihr Haar ist auf Wickler gedreht und ihr Gesicht dick eingecremt. Es muß Mutter sehr ernst sein, wenn sie sich in dem Zustand jemand zeigt.

„Jacky, er redet von Leuten, die ich nicht kenne, oder von Leuten, von denen ich mit Sicherheit weiß, daß sie tot sind. Er will partout, daß wir nach Cape May in New Jersey fahren und dort mal wieder reinschauen. Kannst du dir das vorstellen?"

Sie weint wieder.

„Und er hat wieder angefangen, mich Bess zu nennen!"

Sie wirft einen Blick zum Fenster hinaus. Dad jätet entlang der Terrassenmauer.

„Jacky, er wandert im Haus umher und macht Türen auf und zu, sieht in Kleider- und Geschirrschränke und schüttelt die ganze Zeit den Kopf. Es ist, als würde er etwas suchen, das er verloren hat."

Sie preßt den Handrücken vor den Mund.

„Ich glaube, er hat nicht mehr alle Tassen im Schrank, Jacky. Manchmal starrt er mich an, als wüßte er nicht so recht, wer ich bin. Er macht mir solche Angst. Manchmal ist er ganz lieb und nett; und dann sieht er mich wieder mit diesem irren Blick an, daß ich immer meine, jetzt fragt er mich gleich, ‚Wer sind *Sie* eigentlich?'"

Ich beobachte Dad durch das Fenster. Er bewegt sich durch den Garten wie ein Tiger oder ein Löwe in einem Käfig, den er nur allzugut kennt und in dem er dennoch, wie ein eingesperrtes Tier, nach irgendeiner kleinen Ritze, irgendeiner Öffnung oder Kuhle sucht, die ihm bisher entgangen ist.

„Er hat Kraft, Jacky. Ich kenne ihn. Ich habe Angst, wenn er nachts in mein Zimmer kommt. Er kommt so leise, klammheimlich, als ob wir nicht verheiratet wären, als ob er ein schlechtes Gewissen hätte, wenn er reinkommt. Dann redet er mit mir, während wir miteinander schlafen, und nennt mich immer Bess. Er redet sogar über das, was er macht. Er ist noch *nie* so gewesen, Jacky; er hat nie über solche Sachen geredet. Ich fürchte mich vor ihm, das kann ich dir sagen!"

Es wird langsam ernst. Ich muß mit Dad reden. Es kann ganz harmlos sein, bloß Mutters Hang zum Dramatisieren, es kann aber auch sein, daß irgend etwas nicht stimmt. Womöglich klinkt er wieder aus, und dies sind die ersten Anzeichen.

Dad ist im Gewächshaus. Er nimmt sich wieder seiner Stecklinge und seiner Pflanzen an. Mag sein, daß es zwecklos ist, mit Pflanzen zu sprechen, aber ich bin sicher, daß sie es spüren, wenn jemand sich ihnen zuwendet. Daß so etwas wie ein telepathischer Austausch stattfindet. Nur daß sie nicht sprechen können, bedeutet noch nicht, daß es keine Kommunikation gibt.
Im Gewächshaus dreht Dad sich sofort nach mir um. Er schaut mir in die Augen. Mutter hat recht; es ist, als wäre er ein anderer, als versuchte er, dahinterzukommen, ob er mich kennt, mir vertrauen kann.
„Was hat sie gesagt, John?"
Ich tue, als mustere ich eine Pflanze mit dicken Kaktusblättern und einer kleinen gelben Blüte oben auf dem Blattrand.
„Sie sagt, daß sie Angst hat, Dad. Sie meint, daß du womöglich verrückt bist."
Er blickt auf seine Füße hinunter, hebt dann eine leere Tüte für eine seiner Pflanzen auf.
„Fahr mit mir spazieren, John, ich muß unter vier Augen mit dir sprechen, und ich möchte ungestört sein."
Ich gehe hinter ihm her aus dem Gewächshaus. Als ich draußen bin, langt er mit der Hand zurück und stellt die Zeitschaltuhr für seine automatische Sprühanlage ein; mit einem zischenden Laut wird feiner Wassernebel versprüht. Ich frage mich, ob er dieses Bewässerungssystem selbst erfunden hat oder ob es zur üblichen Gewächshauseinrichtung gehört. Bei Dad muß man auf alles gefaßt sein; er bastelt dauernd an irgendeiner technischen Spielerei herum, um sich die Arbeit bequemer zu machen, und verliert unter Umständen nie ein Wort darüber. Bis vor wenigen Wochen war mir nie wirklich bewußt, was für ein extrem zurückhaltender Mann er immer gewesen ist.
Ich lasse den Wagen warmlaufen. Dad holt sich einen Pullover und seine Kappe. Ich weiß nicht, was er Mutter erzählt. Ich habe wieder das Gefühl, als entglitten uns die Dinge. Dad steigt ein.
„Könnten wir nach Venice fahren, John? Es ist schön sonnig heute, ich würde gern das Meer sehen."

Ich bin gerade in die Beethoven Street eingebogen, als er die Bombe platzen läßt. Er sieht mich nicht an, er blickt starr durch die Windschutzscheibe.
„Johnny, wie groß ist die Wahrscheinlichkeit, daß ich eine Frau und vier

Kinder in Cape May, in New Jersey, habe?"
Meine erste Reaktion läuft darauf hinaus, daß er *doch* verrückt ist, daß Mutter die ganze Zeit recht hatte. Die zweite ist Angst, dicht gefolgt von Verwirrung. Ich konzentriere mich aufs Fahren. Ich möchte parken, bevor wir uns darauf einlassen.
„Ich schätze sie nicht sehr groß ein, Dad."
Ich versuche, einen neutralen, verständnisvollen Ton anzuschlagen; ich kämpfe gegen aufkommende Panik an.
„Soviel ich weiß, lebst du seit über dreißig Jahren hier in Kalifornien, und vorher hast du etwa fünfundzwanzig Jahre lang in Philadelphia gewohnt. Du hast zwanzig Jahre lang eine feste Anstellung bei Douglas gehabt, und abgesehen von den Zeiten, in denen du im Krankenhaus warst, hast du jede Nacht in Moms Bett geschlafen."
Ich versuche krampfhaft, sachlich zu bleiben; den Psychologen zu spielen; den Überblick nicht zu verlieren.
„Allerdings war ich selber in den letzten Jahren die meiste Zeit weg, so daß ich nicht der richtige Adressat für deine Frage bin; Joan oder Mom schon eher."
Ich möchte mich so verhalten, als sei es eine plausible Frage. Ich habe *keine* Ahnung, worum es geht. Ich habe die schlechte Angewohnheit, schnoddrig zu werden, wenn ich Angst habe. Aber mein Inneres gerät in Aufruhr. Ein untrügliches Zeichen dafür, daß ich erschüttert bin, auch wenn mein Kopf noch gar nichts davon merkt. Zur Zeit besteht das Schlimmste am Älterwerden für mich darin, daß ich die Nerven verliere, die Fähigkeit weiterzudenken, auf Lösungen zu sinnen, irgend etwas zu planen, wenn ich aufgeregt, müde oder in Sorge bin.
Dad weint. Zuerst kommen nur Tränen, tiefe Seufzer; kein Schluchzen. Ich weiß nicht, was ich tun soll. Ich steuere einen Parkplatz an, wo wir uns einigermaßen in Ruhe unterhalten können. Ich parke so, daß wir über einen Strand auf die Brandung sehen. Gut fünfzig Meter zur Rechten streifen ein paar Surfer Tauchanzüge über und laden Surfbretter ab, aber sie sind die einzigen Lebewesen weit und breit. Dad dreht sich zu mir.
„Du hältst es also für unwahrscheinlich, daß ich in Cape May ein Haus habe in der Nachbarschaft von Bill Sullivan und Ira Taylor, gegenüber von meinem Bruder Ed und Gene Michaels; daß ich dort eine Gemüsegärtnerei habe und vier Kinder, dich, Joan, Hank und die kleine Lizbeth?"

Sein Gesicht drückt so viel Kummer aus, so viel Hoffnung, daß ich einen Fehler gemacht haben muß.
„Hör mal, Dad. Ich weiß das nicht genau. Ich weiß, daß ich hier bin und daß ich zweiundfünfzig Jahre alt bin. Joan ist neunundvierzig. Ich weiß nichts von Hank oder Lizbeth. Aber, wenn du willst, können wir das nächstbeste Flugzeug nehmen und nach Cape May fliegen. Wir können uns dort mal umsehen."
Ich bin mir nicht sicher, ob ich grausam bin oder nicht. Er denkt darüber nach, schüttelt den Kopf; er starrt mir in die Augen.
„Aber, Johnny, das ist der beste Teil meines Lebens; wie sollte es ihn in Wirklichkeit nicht geben?"
Er forscht noch ein Weilchen in meinen Augen und senkt dann den Blick.
„Ich weiß, du hast recht. Wie solltet ihr, du und Joan, gleichzeitig an zwei Orten sein? Im Augenblick kann ich nicht einmal mich *selber* davon überzeugen."
Wir sitzen schweigend nebeneinander.
„Aber ich muß es dir einfach einmal sagen. Mein Leben dort ist für mich so wirklich wie wir zwei hier in diesem Auto, wie wir hier sitzen und auf das Meer da unten gucken."
Er blickt starr durch die Windschutzscheibe.
„All diese Jahre, und ich habe es nie zusammenbringen können. Ich glaube, daß ich mindestens die Hälfte der vergangenen dreißig Jahre oder so dort verbracht habe. Aber es war immer eine Welt für sich. Ich *weiß*, daß ich die ganze Zeit über hier gewesen bin. Ich *weiß*, daß du recht hast, aber manchmal, oftmals, war meine Seele nicht hier, und zwar nicht nur, während ich geschlafen habe. Ich bin viel fortgewesen."
Der Psychologe in meiner Brust ist fasziniert. Der erschrockene Sohn wird ein bißchen verdrängt.
„Vielleicht hast du das alles erfunden, während du krank warst, Dad; du warst lange Zeit nicht bei Sinnen. Vielleicht hast du dir das damals ausgedacht, und jetzt fällt es dir wieder ein."
Ich warte. Dad blickt noch immer unverwandt aufs Meer. Es bleibt mir nichts anderes übrig, als zu warten, ihn die Dinge in die Reihe bringen zu lassen. Wir sitzen fast fünf Minuten schweigend da. Meine Gedanken rasen in fliegender Eile von Mutters „Wahnsinns"-Theorie bis zu der Überlegung, ob diese Realität hier nur Traum und das, wovon Dad spricht, die wirkliche Realität sein könnte. Womöglich ist er gerade

dabei aufzuwachen, und wir werden uns alle in Nichts auflösen, der Himmel, das Meer, das Auto, Dad, ich; alles.

„John, irgendwie ist es wie das Meer da draußen. Die Oberfläche, die Wellen, die Brandung, die Gischt, das sind wir, hier und jetzt. Wir nennen es wirklich, weil wir es sehen können. Aber mein Leben in Cape May ist das Wasser, es ist unter der Oberfläche und trägt alles. Ich habe das Gefühl, wenn ich das loslasse, bricht alles andere zusammen."

Er schweigt wieder.

„Wahrscheinlich hat Mutter recht, Johnny; ich bin verrückt. Vielleicht liegt es sogar in der Familie, wie sie immer sagt. Dad hatte so seine Vorstellungen vom Leben, die entschieden seltsam waren. Welcher Mensch würde drei Reihenhäuser mitten in Süd-Philadelphia zusammenlegen, bloß um eine echte, altmodische Bauernküche zu haben? Du mußt zugeben, das ist nicht normal. Ich glaube kaum, daß Dad geistig je über Wisconsin rausgekommen ist. Erinnerst du dich noch an die Jagdhundbilder an den Wänden und an den riesigen Bärenkopf neben den Köpfen von Elchen und Hirschen, die in dem Raum hingen, in dem wir immer aßen? Und dann dieses Trumm von Tisch, den er entworfen hat, damit wir alle gleichzeitig daran sitzen konnten, mit den vierundzwanzig eingebauten Schubladen für Geschirr, Salz, Pfeffer und Besteck? Kein Mensch macht so was, wenn er nicht ein bißchen spinnt."

Ich nicke. Ich mag es nicht, wenn er Granddad schlechtmacht. Er tut es nicht absichtlich; er sucht nur nach Antworten. Mein Großvater war so ein Lichtblick für mich, der fleischgewordene Beweis, daß doch noch ein paar wenige Menschen wirklich lebendig sind.

„Und dann Onkel Orin und Onkel Pete; die haben sich nie dem Leben in der Stadt angepaßt, sind ihr Leben lang Bauernburschen geblieben. Keiner von ihnen hat jemals eine ordentliche, bezahlte Arbeit gehabt. Und sieh dir die Frauen an, die sie geheiratet haben, dicke, fette Frauen, die nicht haushalten konnten; es stank so bei ihnen, daß ihr Kinder nicht mal zu Besuch hingehen wolltet."

Er sagt das unumwunden, er spielt keine der Rollen, die er für sich selber entworfen hat, weder den verschlossenen, schüchternen, unterdrückten Mann noch Jake, den Unternehmungslustigen, Freigebigen. Es ist fast, als hörte ich mich selber oder einen meiner wenigen engen Freunde, bei dem verzweifelten Versuch, die Mauern der Einsamkeit einzureißen, nach einem bißchen Kontakt zu suchen.

„Johnny, ich glaube nicht, daß ich jemals wirklich von der Ostküste weggezogen bin. Ein Teil von mir ist dortgeblieben und ein anderer, kleiner Teil, ist nicht mal über Wisconsin rausgekommen. Ich habe diese Jobs bei General Electric in Philadelphia und bei Douglas, hier in Kalifornien, gehaßt, deshalb habe ich mich Schritt für Schritt nach Cape May versetzt und mit der Landwirtschaft angefangen, so wie wir es früher in Wisconsin gemacht haben. Also, das hört sich ja alles wahnwitzig an, nichtwahr, aber so könnte es meiner Meinung nach gewesen sein."

Ich sehe Dad an. Er ist wirklich ein anderer Mensch. Wieso habe ich so lange gebraucht, bis ich erkannte, daß mein Vater ein Mensch ist wie ich selber, mir mehr gleicht als irgendein Mensch, dem ich je begegnet bin? Genetisch logisch, da ich keine Brüder habe. Daß er mir die Rolle seines Bruders Ed zuwies, leuchtet mir jetzt ein. Wir haben zuinnerst, hinter der Fassade aus Zeit und Erfahrung, eine gemeinsame Identität.

Was ist es, das Väter und Söhne so weit voneinander entfernt?

„Du bist nicht verrückt, Dad. Was du gemacht hast, machen wir alle. Wir träumen Tagträume, und wer weiß, was im Tiefschlaf passiert? Nicht einmal die besten Psychiater wissen es wirklich. Du bist nicht verrückt, du hast nur getan, was wir alle tun, bloß besser."

Ich möchte abwarten, wie er es nimmt; wieviel er über seine Phantasiewelt sagen kann. Ich denke, es könnte helfen.

„Sag mal, Dad. Was treibst du eigentlich in dieser Traumwelt in Cape May? Wie verdienst du deinen Lebensunterhalt?"

Bei dem Wort „Traumwelt" blinzelt er. Er sieht mich noch immer an, aber er klappt heftig mit den Augenlidern. Er fragt sich, ob er mir besser nicht mehr sagen sollte. Ich höre beinahe die Waagschalen in seinem Hirn auf- und abpendeln.

„Ich bin noch nicht sicher, John, ob es ein ‚Traum' ist. Ich weiß bloß, daß es nicht hier in dieser Welt ist. Hältst du es für möglich, daß ich die Hälfte der Zeit schon im Himmel zubringe, noch bevor ich auf der Erde sterbe? Hast du jemals so etwas gehört?"

Er schaut mich voller Ernst an. Ich schüttele den Kopf. Ich möchte, daß er weiterspricht. Ich möchte keine plumpen Fehler mehr machen. Er hält inne und blickt auf seine Hände. Er dreht an seinem Ring, dem JHT-Ring an seinem Finger.

„Stell dir vor, John, ich trage sogar diesen Ring hier an dem anderen Ort."

Er spricht zum ersten Mal von „dem anderen Ort".
„Ich habe dort genauso ein Haus gebaut wie das, das wir hier haben, John; bloß habe ich das Haus dort zuerst gebaut. Ich habe die Pläne für unser Haus hier aus dem Gedächtnis nach dem Haus dort gezeichnet. Aber aus irgendeinem Grund habe ich dieses hier genau umgekehrt herum gebaut. Das L liegt andersherum, alle Zimmer befinden sich auf der anderen Seite, zeigen in die entgegengesetzte Richtung, wie von einem Linkshänder und einem Rechtshänder entworfen. Hier ist alles genau andersherum. Das Haus dort liegt auf einer kleinen Anhöhe, und wir haben auch im Dachstock noch Schlafzimmer.
Wir haben dort drei Hektar Land. Ich baue Gemüse an für den Markt in Philadelphia. Ich schaffe es in einem alten 29er Ford, den ich zu einem Pritschenwagen umgebaut habe, zum Markt. Ich fahre immer dienstags und freitags. Mensch, Johnny, es kommt mir seltsam vor, dir das alles zu erzählen, weil du auch dort bist, bloß bist du viel jünger; du kannst kaum über fünfzehn sein."
Er unterbricht sich und schüttelt den Kopf.
Es hört sich großartig an. Ich hätte nichts dagegen, mich zurückzuversetzen und nochmal fünfzehn zu sein, auf einer kleinen Gemüsefarm in Cape May, nahe am Meer zu leben. Ich wüßte gern, ob es Hühner gibt dort – ein paar schöne schwarz-weiß gemusterte, braune Eier legende Plymouth-Hühner oder Rhodeländer.
„Gibt es dort auch Hühner, Dad?" Jetzt spiele ich den Lennie in *Von Mäusen und Menschen.*
„Natürlich gibt es Hühner; interessant, daß du das fragst, weil sie zu deinen Aufgaben gehören. Bill Sullivan hat uns gezeigt, wie man ein Gehege anlegt, und wir haben mittlerweile hundert Legehennen. Ich nehme jedesmal, wenn ich nach Philly fahre, zwanzig oder dreißig Dutzend Eier mit. Kay, Ira Taylors Frau, hat Joan und Mutter beigebracht, Topflappen zu nähen, und die verkaufe ich auch. Wir kommen ganz gut zurecht."
Es ist so verrückt, aber ich spüre in mir den Wunsch, in seiner Welt zu sein. Zwei Stunden lang sitzen wir so da, und Dad erzählt mir davon, während die See sich um sich selber wälzt. Er möchte gern reden. Er hat das alles all diese Jahre für sich behalten, und jetzt möchte er es mit jemand teilen. Als er merkt, daß ich ihn nicht auslache, daß ich sogar Vergnügen daran habe, kann er mir alles erzählen.
Er hat die unglaublichste, ausgeklügeltste, vollständigste Traumwelt

zusammenphantasiert, die man sich ausmalen kann. Er kann die Namen von Straßen, von den Nachbarn rechts und links, die Straße hinauf und hinunter, hersagen. Er hat seine Welt mit seinen besten Freunden bevölkert, den Menschen, die er geliebt hat. Das Leben spielt sich irgendwo zwischen den schönsten Seiten des Landlebens und einer Stadtrandidylle ab. Es besitzt auch Merkmale eines vierzehntägigen Sommerurlaubs an der Küste. Alles Gute, die besten Seiten seines Lebens sind darin enthalten, aber keine von den schlechten. Seine Beschreibung hört sich an wie von Laura Ingalls Wilder, von Lewis Carroll nacherzählt und von Wald Disney produziert.

Die Sonne geht unter, und mir wird bewußt, daß es spät ist. Ich möchte ihn nicht unterbrechen, aber Mom ist bestimmt schon in Sorge.

„Hör mal, Dad. Wie wollen wir das jetzt machen? Mom kann es nicht verkraften; es nimmt sie furchtbar mit. Was hast du ihr eigentlich genau gesagt?"

„Ich bin durcheinandergeraten, John. Und das ist mir früher nie passiert; ich hatte alles fein säuberlich getrennt. Aber, weißt du, seit ich aus dem Krankenhaus entlassen wurde, hab ich so viel Freude erlebt; es fällt mir schwer, die beiden Leben auseinanderzuhalten. Ich glaube, ich habe Mutter irgendwas davon erzählt, wie der Mais sich macht, und dann habe ich gemerkt, daß sie nicht wußte, wovon ich sprach, und habe schnell das Thema gewechselt. Und dann, irgendwann danach, habe ich mal nicht aufgepaßt und gesagt, daß ich auf einen Sprung nach Cape May gehen wollte. Ich meinte nur einen kleinen Bummel am Abend. Als ich merkte, was ich sagte, machte ich daraus Umzugspläne von hier nach Cape May, und das hat ihr so zugesetzt. Mir fiel nichts Besseres ein, das sich nicht vollkommen irrsinnig angehört hätte."

Junge, Junge, ich kann mir vorstellen, wie Mutter darauf reagiert hat. Kein Wunder, daß sie mich angerufen hat. Zuerst redet er von Maispflanzen, der Bauernbursche bricht durch; dann will er wieder nach Osten umziehen. Ein Teil von Mutters Selbstwertgefühl wurzelt in der Geschichte von ihrem „Ausbruch" aus diesem Leben im Osten. Jede Form von Rückkehr dahin wäre das Eingeständnis einer Niederlage.

„Du mußt aufpassen, Dad. Am besten denkst du noch ein bißchen über das alles nach."

„Stimmt, John. Ich muß gründlich nachdenken. Ich vermute, daß du recht hast und daß all das Leben dort nicht wirklich ist, aber ich kann es auch nicht sein lassen. Ich weiß nicht mal, ob ich es sein lassen könnte,

wenn ich wollte. Ich muß mir einfach überlegen, ob ich es irgendwie unter einen Hut oder wieder ganz auseinanderkriegen kann.
Nach Cape May umzuziehen wäre sowieso kein schlechter Gedanke, John. Wir könnten nahe am Strand wohnen, genau wie hier. Die beiden Brüder von Bess, George und Will, wohnen ganz in der Nähe in Wildwood, und unsere Gertrude lebt auch in New Jersey, in Haddonfield; wir wären in der Nähe unserer Verwandten und Freunde. Ich würde keinen Mais oder sonstwas anbauen, dazu bin ich zu alt, aber ich hätte das Gefühl, wieder eins mit mir selbst zu werden."

Ich manövriere den Wagen aus der Parklücke und fahre die Rose Avenue entlang. Ich fürchte, daß Mom bereits die Polizei gerufen hat. Sie traut mir nicht mehr als Dad, und uns beiden zusammen traut sie erst recht nicht über den Weg.
„Hör mal, Dad, hättest du gern Hilfe, um mit alledem klarzukommen? Ich kann mich mal umhorchen und jemand ausfindig machen, der sich auf so was spezialisiert hat."
Ich kann Dad nichts vormachen. Er schließt die Augen, faltet die Hände und sitzt schweigend da. Ich biege auf den Palms Boulevard.
„Du hast recht, John. Ich brauche vermutlich einen Psychiater oder so was Ähnliches. Auf jeden Fall kann er mir sagen, ob ich spinne. Ich glaube kaum, daß ich das alles allein ausklamüsern kann; du kannst dir gar nicht vorstellen, wie viel es ist. Es ist eine ganze Welt, es ist, als müßte ich sterben oder gegen meinen Willen einen Teil von mir abtöten. Ja, gut, John, such mir jemanden; es ist mir egal, was es kostet."
„Es wird nicht viel kosten, Dad. Für so was kommt Medicare auf. Ich glaube kaum, daß ein Arzt Hilfe verweigern darf. Im Perpetual Hospital gibt es auch Psychiater. Ich könnte mit einem von ihnen einen Termin für dich vereinbaren, wenn du willst. Dann kostet es gar nichts."
„Nein. Verschaff mir einen guten Psychiater, Johnny. Such mir jemand, der sich mit alten Menschen und den Träumen von alten Menschen auskennt. Vieles davon hat mit dem Altwerden zu tun, das spüre ich."
Wir fahren in die Colby Lane, und ich parke in der Auffahrt.
„Dad, ich werde Mutter einfach erzählen, daß du einen Traum hattest und daß er so lebhaft war, daß du alles durcheinandergebracht hast. Es ist keine glatte Lüge, und es ist etwas, das ich ihr erzählen kann."
Er dreht sich zu mir und lächelt. Gott, was für ein nettes Lächeln er hat; es geht mir durch und durch.

„Okay, John. Du bist der Boss. Und ich werde versuchen, in Zukunft besser aufzupassen."
Wie befürchtet, ist Mutter in heller Aufregung. Sie hat Joan angerufen. Aber sie ist so froh, uns zu sehen, daß sie die Traumstory ohne viel Federlesens schluckt. Sie ist sogar voller Mitgefühl mit Dad und drückt ihn an sich. Ich nehme an, daß sie sich mit Alpträumen auskennt. Man hat nicht zwei Nervenzusammenbrüche ohne irgendeine Form von nächtlicher Traumatisierung.

An diesem Abend rufe ich mehrere Freunde an. Die Marshalls geben mir den Namen eines jungen Gerontologen in Santa Monica. Sie hatten Schwierigkeiten mit Joes Vater, bevor er starb, und sie empfehlen mir den Mann wärmstens. Ich versuche, ihn zu erreichen, aber der Auftragsdienst meldet sich. Ich hinterlasse die Nachricht, daß ich am nächsten Morgen noch einmal anrufen werde. Ich mache diese Anrufe von einer Telefonzelle um die Ecke, während Mom und Dad fernsehen. Dad ist nicht kostümiert und wirkt abwesend. Er ist zutiefst beunruhigt.
Als ich im Bett liege, höre ich voller Überraschung, wie die Tür aufgeht und Mom hereinkommt. Ich sehe auf die Uhr, es ist ein Uhr morgens. Sie hat eine kleine Taschenlampe dabei, aber ich stelle die Nachttischlampe an. Ich setze mich auf.
„Jacky, ich muß mit dir reden; ich glaube, ich werde noch verrückt."
Sie setzt sich auf die Bettkante und fängt an zu weinen. Ich strecke die Hand aus und nehme ihre Hand in die meine. Sie hat unglaublich kleine Hände, wie Joan. Es ist erstaunlich, wieviel die beiden mit so winzigen Händen schaffen können.
„Du mußt etwas unternehmen, Jacky. Er kam in mein Bett gekrochen und hat wieder davon angefangen, daß er nach Cape May ziehen will. Das ist doch blanker Unsinn. Er lebt in der Vergangenheit, Jacky. Er redet von seinem Bruder Ed und von Ira Taylor und Gene Michaels und Ken Barlittle. Keiner von denen will uns dort haben, Jacky. Wir sind viel zu alt. Es ist zu spät, dorthin zurückzuziehen, besonders mit meiner Herzgeschichte. Ich kann nicht weg vom Perpetual und Dr. Coe; er ist der einzige, der mich am Leben erhält. Das weißt du auch."
So ein Mist! Ich vermute, daß er es nicht für sich behalten konnte. Er ist so erfüllt von seiner „Welt", daß er das alles mit jemand teilen muß. Aus Liebe, aber es tut weh. Ich weiß nicht, was ich sagen soll.
„Jacky, du mußt ihm einen Psychiater besorgen. Im Perpetual Hospital

gibt es einen. Vielleicht kann so ein Spezialist mit ihm reden. Ich glaube, daß er vollständig übergeschnappt ist; ehrlich, das glaube ich, Jacky. Er ist so sonderbar."

„Ich habe schon einen Spezialisten angerufen, Mutter. Ich habe morgen früh einen Termin mit ihm. Dad hat mich darum gebeten. Er sagte, er will keinen von den Psychiatern im Perpetual Hospital, deshalb schicke ich ihn in die Sprechstunde zu einem Arzt, der sich auf die psychischen Probleme älterer Menschen spezialisiert hat."

Es ist schwierig, die Listenreiche zu überlisten, aber diesmal habe ich sie drangekriegt. Sie hört auf zu weinen und starrt mich ungläubig an mit ihrem „Es-geschehen-Zeichen-und-Wunder"-Ausdruck. Das ist eine der selteneren „Nummern" aus ihrem Repertoire.

„*Das* habt ihr also während der Mary-Tyler-Moore-Show ausgeheckt."

Ich nicke.

„Aber es wird ein Vermögen kosten, Jacky. Was habt ihr eigentlich gegen die Perpetual-Ärzte?"

„Dad möchte es gern so, Mom. Medicare übernimmt einen Großteil der Kosten, ihr braucht nur zwanzig Prozent zu bezahlen. Wer hätte die beste Fürsorge mehr verdient als Dad?"

Darauf erfolgt keine Antwort. Ich habe ihr den Wind aus den Segeln genommen, das beschreibt die Situation am besten; sie sitzt mit schlaffen Segeln da.

„Jetzt geh mal schön wieder ins Bett, Mom; es wird schon alles gut werden. Wir müssen nur Geduld haben; es wird schon werden."

Sie geht wortlos. Ich liege im Dunkeln und kann nicht einschlafen.

19

Um halb zehn gehen wir hinunter und bezahlen die Reparaturrechnung. Wir bekommen eine Quittung für den Knilch in Philadelphia. Der Wagen ist fertig; die armen Kerle waren schon an der Arbeit, bevor wir überhaupt aus dem Bett gekommen sind.

Dad ist besser aufgelegt; all das Gequassel im Dunkeln muß ihn erleichtert haben.

Wir schwingen und gleiten durch pennsylvanische Bilderbuchlandschaft. Dad erzählt mir, daß er als Pennäler immer davon träumte, einmal in Penn State zu studieren, einer Universität, die fast an unserer Strecke liegt.

Wir haben vor, das letzte Stück bis nach Philadelphia auf einen Rutsch durchzufahren. Wir werden bei Freunden meiner Eltern übernachten. Sie heißen Hill. Ihr Haus liegt in einem Vorort namens Bala Cynwyd.

Wir kommen am Spätnachmittag an, das heißt in Philadelphia; aber es wird sieben Uhr, bis wir uns endlich zu den Hills durchgeschlagen haben. Und dann ist niemand zu Hause. Es wird langsam dunkel, und wir wissen nicht, wo wir hingehen sollen. Die Leute müssen uns erwartet haben; wir haben maximal einen Tag Verspätung, und morgen müssen wir diesen Dampfer bei den Mafiastrolchen abliefern.

Dad sucht noch einmal den Brief von den Hills heraus. Er enthält Anweisungen für den Fall, daß sie nicht zu Hause sein sollten. Sie schreiben, ein Schlüssel läge auf einer Latte, links von der inneren Fliegengittertür an der Rückseite des Hauses.

Wir gehen um das Haus herum und sehen nach. Es ist eine Fliegengittertür da, aber sie ist von innen mit einem dieser altmodischen Haken verriegelt. Wir linsen hinein, können aber nicht weit genug um die Ecke gucken, um zu sehen, ob ein Schlüssel da ist.

Es ist ein piekfeiner Schuppen in einem piekfeinen Stadtteil. Die Häuser hier gehören alle in die Hundertfünfzigtausenddollar-Kategorie, Minimum. Jede Minute kann ein Streifenwagen vorbeikommen; ein Trupp schnauzbärtiger Revolverhelden wird uns mit Pistolen und Tränengas auf die Pelle rücken.

Glühwürmchen schwirren herum; weder in L. A. noch in Paris gibt es welche. Jedesmal wenn einer dieser Käfer in meinem Augenwinkel aufleuchtet, meine ich, es ist ein Suchscheinwerfer, und denke, jetzt sind wir dran. Dad sieht mich an.

„Billy, wir müssen einfach einbrechen. Sie erwarten uns; sie haben es bloß vergessen und die Tür abgeschlossen."

Bei Dad weiß man nie; jetzt brockt er uns womöglich ein paar Jährchen Knast ein wegen Einbruch. Er macht ein Kellerfenster mit einer zerbrochenen Scheibe ausfindig. Wir ruckeln daran herum, bis der Kitt herausfällt. Wir nehmen die zwei Scherben heraus, langen hinein, öffnen das Fenster und rutschen in den Keller. Wir gehen hinauf zur Hintertür. Der Schlüssel liegt tatsächlich da. Dann geht Dad noch einmal in den Keller hinunter und setzt die Glasstücke wieder ein. Man sollte es nicht für möglich halten. Die Hills sollen nicht merken, daß sie unsere Ankunft verschusselt und uns ausgesperrt haben. Ich werde diese Generation nie verstehen.

Auf dem Eßzimmertisch liegt ein Zettel. Darauf steht, daß im Kühlschrank Bier und Hoagies sind. Die Hills wissen, daß Dad ganz verrückt ist nach diesen italienischen Sandwiches, die mit Käse, scharf gewürztem Fleisch, Tomaten, Salatblättern und Gott weiß was gefüllt sind. Immerhin sind sie eine Klasse besser als Pizza. Auf dem Zettel steht, daß sie Freunde besuchen und bald zurücksein werden.

Wir verputzen die Sandwiches. Vermutlich die hiesige Ausgabe unserer kalifornischen Tacos. Wir schlürfen das Bier. Dann machen wir es uns im Wohnzimmer gemütlich. Mann, ist das ein schönes Haus. Drei Bilder von Dad hängen an den Wänden. Wir sitzen auf niederen Sofas in einem Raum, der ganz mit rubinrotem flauschigem Teppich ausgelegt ist. Es ist, als säße man in einem Herzen. Dad fängt an, mir von den Hills zu erzählen.

Pat ist Physiker, und Rita, seine Frau, ist Mathematikerin. Sie haben vier Kinder, zwei etwa in meinem Alter. Eine Tochter studiert in Harvard, die andere am Massachussetts Institute of Technology. Die Jüngeren sind auch halbe Genies.

Dabei fällt mir ein, daß Dad praktisch *keine* Künstlerfreunde hat. Alle seine Kumpels sind Wissenschaftler; Biochemiker, Physiker, Astronomen; oder sie sind Mathematiker, Ärzte, Dentisten. Vielleicht ist er in der falschen Branche gelandet. Jedenfalls hat er einen Hang zur Naturwissenschaft. Er steckt voller halbwissenschaftlicher Ideen und Fragen. Er liest unentwegt komische Bücher über schwarze Löcher oder Gen-

steuerung. Oder er versucht, das Prinzip der Schwerkraft zu erklären, oder er bastelt an hirnrissigen Feldtheorien für das Universum.
Andererseits könnte er nie Naturwissenschaftler sein. Er würde sich nie mit den vielen Fakten und der Büffelei abrackern. Dafür hat er nicht genug Scheuklappen; er sieht immer zu viele Seiten, meistens mehr Seiten, als es gibt.
Die Hills haben jede Menge Tiere im Haus. Als erstes kam uns eine Hündin namens Natascha entgegengetrabt, als wir aus dem Keller hochstiegen. Sie bellt nicht und kommt auf Dad zu, als er sie mit ihrem Namen anredet, und beschnuppert ihn. Eine Art grauer Riesenpudel. Zwei oder drei Katzen schlüpfen durchs Gebälk. Sie streichen um uns, schnurren und gehen wieder ihrer Wege. Im Obergeschoß finden wir eine mittelgroße Boa Constrictor, ein paar Wüstenrennmäuse, ein Meerschweinchen, zwei Papageien, drei Aquarien mit Fischen, sechs oder sieben Eidechsen, etwas, das aussieht wie ein junges Eichhörnchen, und einen Wurf Hamster. Der reinste Privatzoo.
Im Wohnzimmer steht ein Flügel, in einer Ecke lehnt ein Cello, ein Waldhorn liegt neben dem Kamin, und auf dem Flügel stapeln sich Noten. Die ideale Fernsehkulisse für „Das ist Ihr Leben, Albert Einstein".
Es ist bullig heiß. Die Feuchtigkeit hat uns auf der ganzen Reise verfolgt. Wir lassen uns in einer Eßnische, die an die Küche angebaut ist, häuslich nieder. Dort steht ein Ventilator, den wir einschalten, damit er die Luft ein bißchen umwälzt. Es steht auch ein kleiner Fernseher da. Wir schalten ihn ein und sehen uns eines der Regionalprogramme an; es ist verblüffend, wie stark der Dialekt von Philadelphia selbst im Fernsehen durchkommt.

Gegen neun fährt ein Wagen in der Auffahrt vor. Die Leute passen zum Haus. Pat ist groß, dünn und glatzköpfig. Man muß ihn sich etwa wie Oppenheimer mit Midwest-Einschlag vorstellen: ein ruhiger, nachdenklicher Mann mit einer tiefen Stimme. Dad hat mir irgendwann einmal von Pats merkwürdiger Kindheit erzählt, aber damals habe ich es nicht geglaubt. Pat kam als Kind taubstummer Eltern auf einer abgelegenen Farm in Süd-Dakota auf die Welt. Er hat bis zu seinem fünften Lebensjahr nie jemand sprechen gehört. Seine Muttersprache ist die Zeichensprache, man hört es seinem Englisch an. Wenn er spricht, klingt es wie eine Simultanübersetzung bei den Vereinten Nationen.

Später spreche ich ihn darauf an. Man weiß nie, wieviel Ausschmückung bei Dad dabei ist, aber es stimmt alles.
Pat findet, daß er gegenüber anderen einen gewaltigen Vorteil hat, weil die gesprochene Sprache für ihn etwas ist, das er, je nach Bedarf, ein- und ausschalten kann.
Rita ist klein, biegsam, temperamentvoll und attraktiv. Es ist das erste Mal, daß ich auf eine Freundin meiner Eltern abfahre. Ich weiß nicht, was es ist; ihre Bewegungen, ihre Stimme, ihre Vitalität; und sie kommt mir nicht alt vor. Überall auf den Backen und um die Augen hat sie Lachfältchen. Wenn man einmal solche Falten auf dem Gesicht einer Frau gesehen hat, wirken die Gesichter junger Mädchen dagegen wie leere Landkarten, unerschlossenes Land, das der Dinge harrt. Ich verbringe einen großen Teil des Abends damit, nach Rita zu schielen.
Die zwei Töchter sind nicht da. Sie haben beide Ferienjobs, um die enormen Studiengebühren mitzufinanzieren. Die eine arbeitet auf einer Pferdefarm; sie will Tierärztin werden. Die andere kellnert an der Küste in Atlantic City. Hier sagt man Küste statt Strand. Die jüngeren, Sandy und Kim, sind still, aufgeweckt, verfolgen genau, was vor sich geht. Wir unterhalten uns prächtig.
Rita entfacht intellektuelle Feuer, und Pat bläst sachte, um sie in Gang zu halten. Wir reden über Gott und die Welt. Irgendwann mittendrin fängt Dad an, von Kalifornien zu erzählen. Zum ersten Mal bekomme ich die ungekürzte Fassung zu hören. Wenn es stimmt, was er sagt, dann ist mir schleierhaft, wie er es so lange aushalten konnte. Ich hoffe, daß er nicht von mir erwartet, daß ich für ihn einmal etwas Derartiges auf mich nehme.
An diesem Abend fange ich an, die Sache mit der Universität noch einmal zu überdenken. Was haben Physik oder Mathematik damit zu tun, ob eine Unterhaltung interessant ist oder nicht? Ich wüßte nicht was. Aber diese Leute sind interessant, egal, worüber sie reden. Sie haben so eine Art an sich, jedes Thema voll Neugierde, origineller Einfälle, mit einem sehr persönlichen Standpunkt anzugehen. Sie haben denken gelernt. Sie lesen viel, sie verstehen etwas von Musik und Malerei; aber das ist es auch nicht.
Es ist schwierig, den Finger darauf zu legen; sie sind ausgeglichen, haben feine Antennen. Sie sind ebenso gute Redner wie Zuhörer. Es ist drei Uhr morgens, als wir auseinandergehen.
Rita zeigt uns die Schlafzimmer im oberen Stockwerk, die Zimmer der

beiden älteren Mädchen. Alles, was an den Wänden hängt, ist interessant. Man lernt unentwegt, man braucht nur die Augen schweifen zu lassen. An der Decke über jedem Bett klebt das periodische System der Elemente. An den Wänden hängen Sternkarten und Abstammungstafeln von Tieren, Insekten, Pflanzen und so weiter, alles in Farbe, sagenhaft. Auf den Fensterbänken liegen Gesteins- und Muschelsammlungen. Auf jedem Schreibtisch steht ein profihaftes Mikroskop. Man braucht bloß in einem dieser Betten zu liegen und die Augen über diese Wände wandern zu lassen, um ein ziemlich gebildetes Haus zu werden. Diese Leute fahren wirklich total auf Wissen ab. Ich glaube kaum, daß ich hier mithalten könnte.

Ich liege unter dem periodischen System. Vielleicht habe ich einen Fehler gemacht. Vielleicht bin ich bloß ausgestiegen, weil ich das Gefühl hatte, wie ein unmündiges Kind behandelt zu werden. Vielleicht hätte ich es gepackt, wenn ich an eine große Universität wie die UCLA oder nach Berkeley gegangen wäre.

Dad ist schon aus den Federn und nach unten gegangen, als ich aufwache. Es gießt in Strömen. Immerhin macht der Regen die Feuchtigkeit erträglich. Die ganze Ostküste ist ein einziges, gigantisches Treibhaus. Dad und Rita sind in der Küche, trinken Kaffee und essen Doughnuts. Sie sind in ein sehr ernstes, vertrauliches Gespräch vertieft und registrieren kaum, daß ich in die Küche komme. Vermutlich lädt Dad wieder Seelenmüll aus Kalifornien bei ihr ab.

Ich setze mich dazu und haue rein. Ich habe noch nie solche Doughnuts gesehen. Sie sind mit Puderzucker oder Zuckerguß überzogen, manche haben in der Mitte ein Loch. Die Kompakten sind mit Marmelade gefüllt, massenhaft Marmelade, oder haben raffinierte Füllungen wie Ahornsirup.

Rita fragt mich, wie ich meine Eier haben möchte, und schenkt mir Orangensaft ein. Es ist unsere beste Mahlzeit seit Wochen. Dad ist still. Ich habe das unangenehme Gefühl, etwas unterbrochen zu haben. Aber ich denke nicht daran, diese Doughnuts sausenzulassen, egal wie sehr er diese feste, glatte Schulter braucht.

Ich habe mir gerade den vierten Nachschlag genommen, als Pat herunterkommt. Er ist für die Universität gekleidet. Ich kann ihn mir gut an einem Katheder vorstellen, der vollkommene Universitätsdozent: mit kahlem Schädel, der im Licht glänzt; um Sanftmut und Klarheit bemüht

und dennoch ein Schreckgespenst für seine Studenten wegen dieser Aura von geballtem Wissen, das er hinter diesen Augen, unter dieser Glatze gespeichert hat.
Pat nimmt ein Glas Orangensaft und Kaffee. Er greift nach einer der einfachen Doughnuts mit Zuckerguß und Loch. Rita serviert mir zwei Spiegeleier mit einem seltsam schmeckenden, krümeligen Zeug darauf, das sie Scrapple nennen.
Dad kramt unsere Autopapiere mit der Lieferanschrift hervor, und Rita breitet einen Stadtplan von Philadelphia aus. Weder Pat noch Rita wollen es glauben, daß der Wagen an diese Adresse ausgeliefert werden soll. Wir müssen ihn in einen menschenwimmelnden, brodelnden schwarzen Slum bringen, einen der übelsten Stadtteile von ganz Philly. Sie sagen, sie würden nicht mal mit einem Panzer in die Gegend fahren. Dad und ich sehen einander an; das ist etwas, womit wir nicht gerechnet haben.
Rita reicht mir einen Brief, den sie gestern vergessen hat. Er ist von Debbie; ich sause nach oben, um ihn in Ruhe zu lesen.
Sie will sich mit mir in Paris treffen, an der Spitze der Ile de la Cité, wie wir ausgemacht hatten. Sie wird am 10. Juli ankommen, um mit mir den Tag der Bastille zu feiern. Sie schreibt, daß sie „den Ausbruch aus dem eigenen Gefängnis mitfeiern“ will. Ich lese den Brief an die zehnmal. Ich werd verrückt, alle meine Träume werden wahr. Dabei fällt mir ein, daß Dad und ich den vierten Juli unterwegs total verschwitzt haben; der Feiertag könnte nachträglich den dicken Verkehr hinter St. Louis erklären.

Als wir den Wagen anlassen wollen, sieht es so aus, als würde nichts aus der Ablieferung. Wir versuchen es immer wieder, bis die Batterie leer ist. Pat hat ein Ladegerät, und wir schleppen die Batterie zur Schnellladung in die Garage.
Bestimmt ist nach all dem Regen und der vielen Feuchtigkeit der Wurm in der elektrischen Anlage. Aus irgendeinem Grund ist Dad überzeugt, daß es an den Vergasern liegt. Pat steht auf der Veranda und erteilt Ratschläge, was wir überprüfen sollen. Ich kann fast die Relais in seinem Hirn klicken hören. Es schüttet noch immer, und wir sind klatschnaß. Der Mist ist, daß die Fünfzigdollarkaution verfällt, wenn wir den Wagen nicht heute abliefern, trotz der zwei zusätzlichen Tage.
Ich nehme die Zündkerzen heraus und reinige sie. Dad hat sämtliche

Vergaserdüsen durchgepustet; er riecht wie ein Feuerschlucker. Dieser Wagen ist nicht nur gigantisch, die Motorteile liegen auch an den unmöglichsten Stellen. Mit Pats Hilfe finde ich die Unterbrecherkontakte und reinige auch die. Wir setzen die Batterie wieder ein und machen noch einen Versuch. Nichts. Wir lassen ihn immer wieder an, bis die Zündkerzen offenkundig wieder abgesoffen sind.

Dad versucht, Scarlietti zu erreichen, um ihm zu sagen, daß sein Wagen in Philadelphia ist, erreicht aber niemand. Wieder einmal eine total verfahrene Situation.

Rita kommt auf die Veranda heraus und spannt einen blau-weiß gestreiften Schirm auf. Sie guckt mit uns unter die Haube. Ich frage mich, ob es an der Zündzeitpunkteinstellung liegt. Aber wie sollte sich daran über Nacht etwas verstellen? Rita sagt, sie hätte irgendwo gelesen, man sollte bei großer Nässe, wenn ein Auto nicht anspringt, die Elektroteile herausnehmen und sie bei niedriger Stufe im Backofen trocknen.

Wir sehen sie an, als ob sie übergeschnappt wäre. Die Vorstellung, Autoteile in einen Backofen zu stecken, in dem man Kuchen bäckt oder Braten brutzelt, geht einem irgendwie gegen den Strich.

Aber irgendwie leuchtet es ein; außerdem fällt uns sonst nichts mehr ein. Wir schrauben sämtliche Zündkerzen wieder heraus, bauen die Zündspule, die Kabel von den Zündkerzen zum Verteiler, den Verteiler, den Kondensator und die Schleifkohlen aus der Lichtmaschine aus. Wir nehmen den Verteilerdeckel und den Verteilerfinger ab. Wir breiten alle Teile auf einem Stück Alufolie aus und stecken den ganzen Krempel in den Backofen.

Wir lassen alles eine Viertelstunde lange sachte backen; laut Rita etwa die Zeit, die man für eine Ladung Kekse braucht; dann nehmen wir alles wieder heraus. Die Teile sind nicht nur trocken, sie sind rotglühend. Wir trinken noch einen Kaffee, während sie abkühlen. Die Geschichte macht mir Spaß. Pat ist dageblieben. Er sagt, das hier sei spannender als alles, was sich in seinem Labor abspielt.

Dad ist so gut drauf, wie ich ihn seit Monaten nicht mehr erlebt habe. Dies ist seine Heimatstadt, und vermutlich wirken die Geographie, die Geologie und das alles auf den Körper, so daß man sich da am wohlsten fühlt, wo man aufgewachsen ist. Vielleicht hat Grandpas Coriolis-Effekt auch etwas damit zu tun; eigentlich ist der Körper genaugenommen eine Art hydraulisches System. Wir sollten Pat mal fragen.

Pat erläutert gerade, wovon sie sich bei der Auswahl des Textes leiten

lassen, der in Goldlettern auf dem nächsten Satelliten als Botschaft an außerterrestrische Wesen eingraviert werden soll. Es ist kompliziert, erinnert mich aber an die vielen Male, in denen ich seit der Kindheit Flaschenpost in irgendein Meer geworfen habe.
Als die Teile abgekühlt sind, bauen wir sie wieder ein, montieren das Ladegerät von der Batterie ab und lassen die Karre an. Sie erwacht beim ersten Versuch laut röhrend zum Leben – als wäre nie etwas gewesen. Wir tanzen alle der Reihe nach mit Rita und beglückwünschen sie. Mir ist jeder Vorwand recht. Sie muß sich umziehen, weil wir auf dem Rücken ihres Kleides Ölpfoten hinterlassen haben. Es hat aufgehört zu regnen, die Sonne kommt hervor, und es ist wieder heiß und feucht.
Dad und ich waschen uns, ziehen frische Hemden an und fahren los. Rita sagt, sie will unsere übrigen Sachen in die Waschmaschine stecken, damit sie sauber sind, wenn wir wiederkommen.

Wir fahren nordwärts durch Fairmount Park. Je weiter wir nach Norden kommen, desto ungemütlicher wird es. Sobald wir die Broad Street überquert haben und an der Temple University vorbei sind, wird die Gegend total schwarz. Überall stehen Leute herum, die sprachlos auf dieses Ungetüm von einem Automobil stieren. Ich weiß, daß sie uns auf die Pelle rücken werden, sobald wir vom Gas heruntergehen. Dad und ich drücken die Türverriegelung fast gleichzeitig. Dad lächelt; ich wüßte gern, ob er genausoviel Schiß hat wie ich. Eins weiß ich bestimmt, wenn ich einer von diesen Leuten wäre und da leben müßte und so ein Wagen käme durch meine Straße gegondelt, ich würde garantiert etwas nach ihm schmeißen.
Über der Straße verläuft eine Hochbahn, genau wie die Pariser Métro draußen bei Bir-Hakeim und durch Passy. Bloß, daß das hier etwas ganz anderes ist, das schiere Elend! Es sieht aus, als hätte gerade ein Krieg stattgefunden. Es ist schlimmer als Verwahrlosung und Dreck. In den Straßen stehen ausgebrannte Autos herum. Die Gehwege sind voll von Unrat, alten Möbeln, Kühlschränken und kaputten, verrosteten Waschmaschinen. Alles versinkt im Müll. In den Rinnsteinen liegen die Abfälle so dicht, daß die Gehsteigkanten abgerundet sind.
Je weiter wir fahren, desto weniger Frauen sehen wir, desto tückischer wirken die Männer. Schon kommen ein paar von den Gehwegen herunter auf uns zu, und zweimal bücken sich Burschen nach irgendwelchem Schrott, um ihn nach uns zu schmeißen. Ich wünschte, wir sähen nicht

so verteufelt wie Captain Haddock und eine bärtige Ausgabe von Tin Tin aus.
Es gibt hier nur Reihenhäuser. Die Fensterscheiben sind alle herausgebrochen, und die Geländer an den Veranden sind geborsten und baumeln in die Gegend. Die winzigen Rasenstücke vor den Häusern bestehen lediglich aus festgebackener, stellenweise zerwühlter Erde, auch hier ist alles mit Abfällen übersät.
Aus einigen Fenstern, meist mit kaputten Scheiben, hängen Kinder und Frauen, aber trotzdem sehen die Häuser total unbewohnt aus. Nirgends Gardinen oder Vorhänge. Ausgeschlachtete Autowracks liegen in den Vorgärten und auf den Wegen zwischen den Häusern. Mann, ich hatte ja keine Ahnung, wie es in einem echten schwarzen Slum zugeht. Weder in Kalifornien noch in Paris gibt es etwas Vergleichbares.
Ich war schon einmal in Watts, aber immerhin haben sie dort Einzelhäuser, nicht diese endlosen Häuserfronten mit den zerbrochenen Fensterscheiben. Dort wirkt es wie ein Übergangsstadium; hier sieht es aus, als sei es schon immer so gewesen und würde auch ewig so bleiben.
Auf den Straßen und den Gehwegen liegen Leute herum wie Clochards in Paris – aber es sind junge Leute, einige von ihnen in Jeans und T-Shirts; niemand nimmt Notiz von ihnen.
Wir fangen an, bei Rot über die Kreuzungen zu fahren, weil der Wagen, sobald wir vom Gas gehen oder anhalten, sofort von Leuten umlagert ist. Sie springen auf die Motorhaube, klopfen an die Fensterscheiben, donnern mit Fäusten oder Handflächen an die Wagenseiten. Wenn wir bloß zwei Minuten lang anhalten würden, könnten wir den Wagen abschreiben; Radkappen, Antennen, alles, was abreißbar ist. Also wischen wir vorsichtig bei Rot durch und rücken so weit wie möglich von den Wagentüren ab. Ich vertiefe mich in den Stadtplan und versuche, unsere Adresse einzukreisen. Dad sitzt wie immer über das Lenkrad gebeugt.
Das Irre ist, daß fast alle Leute lachen. Sie halten es für den größten Witz aller Zeiten, daß diese zwei weißen Heinis in ihren feinen blauen Klamotten so einen protzigen Schlitten direkt vor ihrer Nase mitten durch ihr Territorium fahren. Die trauen bestimmt ihren Augen nicht. Vielleicht ist es auch nur ihre Art, freundlich zu sein, und sie wollen uns gar nicht bedrohen, aber es *wirkt* bedrohlich, und der Arsch geht uns beiden mit Grundeis. Es stinkt förmlich vor Angst im Auto, trotz der Klimaanlage.

Noch etwas anderes ist gespenstisch. Da draußen haben alle bloß Unterhemden oder gar keine Hemden an, und die Sonne ist sengend nach dem Regen. Die Gehwege und Straßen dampfen, aus den Gullideckeln steigt Dampf; es ist alles verdreckt und chaotisch, aber hier im Wagen sitzen wir auf glatten Lederpolstern. Wir sind umgeben von sauberer, konservierter Luft; aus dem Radio erklingt im Stereosound sanfte klassische Hintergrundmusik. Es ist schwer zu vereinbaren. Wir sind wie Astronauten, die durch eine feindliche Umgebung brausen und nur dank ihrer Hilfsapparaturen existieren können. Wenn irgend etwas schiefgeht, wenn wir irgendeinen Fehler machen, sind wir geliefert.
Den Königen von Frankreich muß es ähnlich zumute gewesen sein. Der arme alte Heinrich IV., zu dem auf der Place des Vosges irgend so ein Knallkopf in die Kutsche sprang und ihn abmurkste. Kein Wunder, daß Ludwig XIV. das Schloß draußen in Versailles baute; wahrscheinlich war er einer von den ersten, die vor dem Großstadtwahnwitz aufs Land flüchteten.
Schließlich finden wir zu der Anschrift, die in unseren Papieren steht. Wir haben die richtige Straße, die richtige Hausnummer, alles stimmt, aber dies hier *kann* nicht das richtige Haus sein. Es ist zwar die Nr. 2007 in der Montgomery Street, aber die Bruchbude ist schlimmer als alle anderen. Diese Gegend ist unvorstellbar. Es gibt praktisch keine Häuser, an denen nicht sämtliche Fenster vernagelt sind. Die Leute auf der Straße haben fast nichts an. Auf der gegenüberliegenden Straßenseite ist ein Hydrant defekt, und Straßengören hopsen splitternackt durchs Wasser. Es ist der reinste Dschungel, mitten in Philadelphia.
Wir kurven dreimal um den Block und wissen nicht, was wir machen sollen. Bei der zweiten Runde erwarten sie uns schon. Kinder kommen auf uns zugerannt, die Münder voll mit Wasser, spucken auf die Scheiben und lachen. Das Haus mit der richtigen Nummer sieht aus, als stünde es seit langem leer.
Nach dem dritten Mal sind wir drauf und dran, uns fluchtartig zu verdrücken. Wir halten an, um noch einmal genau nachzusehen, ob die geringste Chance besteht, daß irgend jemand in diesem Haus wohnt. Zwei Kinder kommen über die Motorhaube hochgeklettert, setzen sich auf das Wagendach und lassen die nackten Beine vor der Windschutzscheibe herunterbaumeln.
Erstaunlicherweise geht in dem Haus eine Tür auf, und eine weiße Frau kommt auf uns zugelaufen. Sie trägt ein ärmelloses gelbes Kleid; sie hat

dunkles, beinahe blauschwarzes Haar. Sie kommt an die Wagenseite gerannt und drückt Papiere an das Fenster. Es ist eine Kopie der Überführungspapiere, auf deren Vorderseite ein Foto von Dad geheftet ist. Ich entriegle die Tür, sie zieht sie auf und rutscht neben mich auf den Sitz. Sie riecht nach Whiskey und Parfum. Wenn man die Tür aufmacht, ist es, als öffnete man eine Backofentür. Seit Bala Cynwyd haben wir weder Fenster noch Türen aufgehabt.

„Sind Sie Mr. Tremont?"

Dad langt herüber und nimmt seine Papiere aus dem Handschuhfach. „Hier steht, daß ich den Wagen einem Mr. Scarlietti überbringen soll." Er zeigt ihr die Papiere mit diesem Namen.

„Ich nehme das Auto für ihn entgegen; Mr. Scarlietti ist zur Zeit unterwegs. Ich werde unterschreiben und Ihnen die fünfzig Dollar geben. In Ordnung?"

Dad sieht mich an, und ich zucke mit den Schultern. Was sollen wir sonst machen, in Dreiteufelsnamen, etwa ewig in diesem Wagen hokkenbleiben? Wenigstens sind die Kinder jetzt alle herunterklabastert und sitzen oder stehen aufgereiht an der Gehwegkante auf der anderen Straßenseite. Dad sucht die Reparaturrechnungen heraus; sie belaufen sich insgesamt auf über dreihundert Dollar. Sie sieht erst die Rechnungen und dann uns mißtrauisch an. Dad sagt ihr, daß er aus Los Angeles angerufen hat und daß wir Mr. Scarliettis Einwilligung hatten, den Spannungsregler ersetzen zu lassen; daß das Kardangelenk hier in Pennsylvania im Turnpike repariert worden ist, aber daß wir Mr. Scarlietti nicht erreicht haben und seine Zustimmung nicht abwarten konnten.

„Wenn Sie mir nicht glauben, können Sie die Werkstatt anrufen. Die Telefonnummer steht da auf der Rechnung; es war in New Stanton."

Er deutet auf die Nummer, und sie sieht sich die Rechnungen noch ein Weilchen prüfend an und lächelt dann.

„Das scheint ja ein doller Wagen zu sein. So viel Geld habe ich nicht bei mir; einer von Ihnen muß mit mir reinkommen und es holen. Vierhundert dürften reichen, oder nicht?"

Dad nickt. Ich habe Mühe, das Geld, diesen Wagen mit der Nachbarschaft unter einen Hut zu bringen, sofern man überhaupt von Nachbarschaft sprechen kann. Dad sagt, er will im Wagen bleiben, während ich hineingehe.

Ich bin mehr als ein bißchen nervös. Diese Frau sieht gut aus, zu gut, an die fünfunddreißig, blitzende Augen, glatte Arme, gute Beine über

hochhackigen Plateauschuhen.
Sie läuft über den aufgerissenen Weg zwischen den niedergetrampelten Vorgärten und über ein paar eingekrachte Stufen zu einer ungestrichenen Veranda hinauf. Draußen, vor dem Wagen, kriege ich nicht nur eine volle Ladung Hitze ab, sondern auch eine Wolke von Gestank. Ein Mittelding zwischen einer schwebenden Müllhalde und fauligen Orangen.
Als ich hinter ihr her durch die Tür gehe, traue ich weder meinen Augen noch meinen Sinnen, noch sonst etwas. Zum einen ist der Laden klimatisiert, aber das ist noch das wenigste. Ich habe einen *gigantischen* Raum betreten. Sie haben die Trennmauern zwischen etwa zehn dieser Häuser eingerissen und alles zusammengelegt. Die Wände sind mit rotem Brokat verkleidet, und überall sind Spiegel mit schummrigen rötlich-orangefarbenen Lichtern. Die Teppiche sind bordeauxrot. Es ist wie auf den letzten neununddreißig Seiten in *Steppenwolf!* Dagegen würde sich Caesar's Palace in Las Vegas wie ein popliger Savon-Drugstore ausnehmen. Ich stehe mit offenem Mund da, und die Dame ist entschwebt.
Ich bin darauf gefaßt, mit einer samtbezogenen Keule eins übergezogen zu kriegen. Entweder ist das ein feudales Spiellokal oder ein Puff, oder womöglich beides.
Ich denke, ich sollte besser auf dem Absatz kehrtmachen und Dad empfehlen, loszufahren wie von Furien gepeitscht. Wir können diesen Karren in irgendeinem weißen Stadtteil abstellen, wo die Bordsteinkanten noch eckig sind. Von da aus können wir anrufen und ihnen sagen, wo der Wagen steht, und ins nächste Flugzeug steigen. Wir hocken ganz schön in der Tinte. Ich fange an, regelrecht zu frieren unter meiner Jeansjacke. Vielleicht bin ich einem Kollaps nahe; mein Kreislauf pumpt das Blut nicht rasch genug.
Ich sehe mich um. Die Treppen der einzelnen Häuser, die sie zusammengelegt haben, stehen noch, so daß ich sie alle hintereinander aufgereiht sehen kann. Bei all den Spiegeln und der schummrigen Beleuchtung ist es sowieso schwer, genau zu unterscheiden, was man sieht. Unter jeder Treppe ist eine kleine Holzbar eingebaut, und rundherum an den Wänden stehen leder- oder plüschbezogene Kanapees. Das ist garantiert ein Puff. Ich bin noch nie in einem gewesen, aber so habe ich ihn mir etwa ausgemalt.
Endlich, als ich gerade loswetzen will, kommt die Dame wieder. Sie hat es jetzt gar nicht mehr so eilig, und in dem gedämpften rosigen Licht ist

das gelbe Kleid orange geworden. Sie schenkt mir ein holdes Lächeln und zählt vier Hundertdollarscheine ab, die sie sich durch die Finger schnippen läßt, bevor sie sie mir reicht, so wie sie es in den Banken machen. Höchstwahrscheinlich sind sie gefälscht, sie sehen nagelneu aus, aber wie stark ist bei Hundertdollarscheinen die Abnutzung überhaupt?
Ich sage nichts; ich möchte bloß schleunigst wieder raus hier. Ich bin so verdattert, daß ich ihr nach europäischer Manier die Hand hinstrecke. Sie greift zu und erwidert meinen Händedruck herzhaft. Mir scheint, daß diese Dame durch nichts zu erschüttern ist. Sie geht zur Tür, und bevor sie sie öffnen kann, komme ich wieder ein bißchen zu mir.
„Wollen Sie, daß wir Ihnen die Schlüssel herbringen oder im Auto steckenlassen?"
Sie lächelt.
„Schließen Sie ihn lieber ab und bringen Sie die Schlüssel her; wir müssen noch die Überführungspapiere unterschreiben."
Ich möchte, daß Dad diesen Laden sieht. Er würde mir sonst nie glauben, und ich könnte es ihm nicht verdenken. Ich stecke den Kopf zur Tür hinaus und brülle nach ihm. Er kann mich im Wagen nicht hören. Deshalb gestikuliere ich, daß er hereinkommen soll. Er macht die Tür auf und reckt den Kopf über das Wagendach.
„Schließ ab und bring die Schlüssel rein, Dad. Bring auch die Papiere mit."
Sämtliche Kinder und alle Leute aus der Nachbarschaft sind auf der anderen Straßenseite aufgereiht. Keiner rührt sich. Dad schließt die Wagentür ab und spurtet dann herüber und die Stufen herauf. Ich trete zur Seite, um ihn vorbeizulassen.
Er bleibt stehen wie vom Donner gerührt. Er sieht zuerst mich an und dann die Dame. Er dreht langsam den Kopf, um alles auf sich wirken zu lassen. Er blickt zur Tür zurück. Die Dame streckt die Hand nach dem Schlüssel aus. Sie amüsiert sich fast ebensosehr wie ich.
„Würden Sie mir bitte den Schlüssel geben? Ich habe ihm das Geld ausgehändigt."
Sie deutet auf mich, und ich nicke. Dad läßt den Schlüssel in ihre Hand fallen. Sie steckt ihn in Hüfthöhe in eine kleine Tasche in ihrem Kleid. Sie greift nach den Papieren.
„Was müssen wir unterschreiben?"
Dad gibt ihr die Papiere. Seine Hände zittern. Die Dame geleitet uns zur

nächsten Bar, wo das Licht besser ist. Dad geht vor mir her, sie führt uns an. Ich lasse zwei Fürze in Moll; ich muß immer furzen, wenn ich nervös bin.
Die beiden erledigen die Unterschreiberei. Sie behält ihre Kopie, und Dad steckt seine ein. Dad will ihr das Wechselgeld herausgeben, rund fünfzig Dollar, aber sie winkt ab.
„Was sind Sie beide eigentlich? Brüder oder Vater und Sohn, oder was? Ich habe das Gefühl, doppelt zu sehen."
Sie hätte kaum etwas sagen können, was Dad glücklicher gemacht hätte; aber ich für mein Teil habe langsam die Nase voll davon, als eine Art Kopie angesehen zu werden, die eine biologische Zeitmaschine ausgespuckt hat.
„Tja, das ist mein Sohn Bill. – Aber Donnerwetter nochmal, Sie haben ja wirklich ein feines Lokal; das ist das Letzte, was man hier erwarten würde."
„Es gefällt Ihnen wohl, was?"
Sie lächelt wieder dasselbe Lächeln, mehr in den Augen als um den Mund.
„Es ist unglaublich."
„Und es macht Sie neugierig, ja?"
Sie ist nicht bösartig, sie frotzelt ihn nur.
„Ja, um ganz ehrlich zu sein, ich bin neugierig. Wie wollen Sie zum Beispiel einen Wagen wie den durch so eine Gegend fahren? Was treibt man in einem derart schicken Lokal in so einer Umgebung?"
„Dies schicke Lokal ist genau das, Mr. Tremont, wofür Sie es halten." Sie lächelt wieder.
Das war unmißverständlich. Sie bietet uns beiden einen Drink an, und als wir zustimmend nicken, nimmt sie Eis aus einem Eisbereiter, läßt es in Schnapsgläser fallen und gießt Ballantine Scotch darüber. Die ganze Angelegenheit erinnert mich so an James Bond, daß ich mich gar nicht beruhigen kann. Ich bin noch immer auf einen dumpfen Schlag über den Kopf gefaßt, entweder hier oder wenn wir wieder hinausgehen. Ich koste, ob der Drink nach Knockouttropfen schmeckt.
„Falls Sie beide noch ein bißchen bleiben und sich amüsieren wollen – es ist nicht allzuviel los im Augenblick; es würde Sie bloß einen von den Scheinchen kosten, die Sie in Ihrer Tasche da haben."
Himmel, Arsch und Zwirn, der Alte nimmt das, als wäre er Zeit seines Lebens am hellichten Nachmittag von schönen Nutten angemacht

worden. Er lächelt und sagt, wir hätten Freunde in Philadelphia, die auf uns warten; er fragt, ob es einen Bus oder eine Straßenbahn zurück nach Bala Cynwyd gibt."

„O je, da kenne ich mich gar nicht aus. Ich gehe hier nie raus. Ich lebe nicht mal in Philadelphia; ich wohne in Newark. Tut mir leid, daß ich Ihnen da nicht helfen kann, aber ich glaube, gleich links um die Ecke ist eine Bar. Vielleicht kann man Ihnen dort weiterhelfen."

Da mit uns weiter nichts läuft, schlüpft sie lächelnd und verbindlich weiterparlierend an uns vorbei und führt uns zur Tür, durch die wir hereingekommen sind. Sämtliche übrigen Türen sind zugemauert und mit Spiegeln oder Brokat verkleidet. Vor dieser Tür hängen schwere Portieren, so daß man sie kaum bemerkt.

Plötzlich sind wir also wieder draußen in diesem blendenden Sonnenlicht. Wieder die Hitze, die Feuchtigkeit, der Gestank und all die Schwarzen, die auf der anderen Straßenseite herumstehen und uns anstieren. Der Hydrant spuckt noch immer Wasser. Es ist tausendmal schlimmer, als am frühen Nachmittag aus dem Kino zu kommen; meine Augen brennen, als hätte ich eben innerhalb von drei Minuten einen halben Liter Eiscreme gegessen. Und es herrscht eine so schwere, schwüle, haßerfüllte Atmosphäre, daß es mir eiskalt den Rücken hinunterlaufen würde, wenn noch eine Spur Kälte in mir wäre. Jetzt triefe ich unter meiner Jeansjacke von Schweiß.

Wir rennen nicht, wir schlendern die Straße entlang und um die Ecke. Dort finden wir etwas, das man als Bar bezeichnen könnte. Das Wort „BAR" steht auf den Überresten eines zerbrochenen Schaufensters, und junge Schwarze mit lauerndem Blick lungern davor herum. In der Gosse liegt ein Bursche, der aus Nase und Mund blutet. Davon nimmt kaum jemand Notiz. Ein anderer geschniegelter, dünner Typ, dessen T-Shirt vorn blutverkleckert ist, lehnt im Eingang der sogenannten Bar.

Niemand kreischt auf oder macht auch nur ein entsetztes Gesicht. Mein verrückter Alter geht an dem Typ in der Tür vorbei und auf einen feisten Burschen hinter der Bar zu. Überall liegen Glasscherben herum. Ich bleibe draußen. Alle Augen folgen Dad, als wäre er Kleopatra, die am Nilufer ihrem Schiff entsteigt. Es würde mich nicht wundern, wenn sie die Schultern kreisen ließen und sich frontal vor uns aufbauten. Andere coole Typen tauchen auf der Bildfläche auf. Ich hätte nie gedacht, daß ich zu der Sorte Armleuchter gehöre, die sich in Nord-Philadelphia meuchlings umlegen läßt.

Ein Koloß von einem Kerl macht sich an mich heran. Er trägt einen schwarzen Lederhut mit breiter Krempe und ein dünnes, gelbseidenes, enganliegendes Hemd. Dad ist noch immer drin und verhandelt mit dem fetten Barmann.

„Hey, Mann, was hast du hier zu suchen?"

„Wir haben gerade einen Wagen aus Kalifornien in einem Haus gleich um die Ecke abgeliefert, und jetzt versuchen wir, einen Bus nach außerhalb zu finden. Das da drin ist mein Vater."

„Scheiße, Mann, da *seid* ihr aber in die falsche Gegend geraten. Ihr habt vielleicht noch *fünf* Minuten zu leben, wenn ihr länger hier rumhängt. Kommt mal lieber mit mir mit, und zwar bißchen dalli. Hol deinen Alten da raus und beweg deine Kackstelzen *schön* dicht hinter mir her."

Dieser Bursche muß an die zwei Meter groß sein und hat knapp einen Meter Schulterbreite. Er wirkt wie ein muskulöser abgehalfterter Basketballer oder ein Linebacker von den Pittsburgh Steeles. Er spricht in einer quäkenden, hohen, ruhigen Stimme.

Dad kommt heraus, und ich sage ihm, daß dieser Mann uns zeigen will, wo wir einen Bus kriegen. Ich sehe es Dad an der Nasenspitze an, daß es in der Bar keine reine Freude war. Ich vermute, daß sich in dieser Bar nie was gut anläßt. Er kommt hinter mir her, und wir heften uns diesem Riesenknilch mit dem schwarzen Lederhut und dem gelben Hemd an die Fersen. Er könnte uns in irgendeine Nebenstraße lotsen, wo sie uns tatsächlich zu Mus schlagen könnten, ohne daß wir die geringste Chance hätten, obwohl wir zu zweit sind, das heißt, vorausgesetzt er wäre allein, was aber bestimmt nicht der Fall wäre. Aber wir haben nicht viele Alternativen. Der Riese sieht sich immer wieder um, ob wir auch nicht zu weit hinter ihm herhinken. Bei jedem Schritt, den er geht, müssen wir zwei tun, er galoppiert mit ausholenden Bewegungen dahin wie ein Kodiakbär. Wir haben eine Meute im Schlepp, die uns verfolgt wie ein Pulk Haie.

Etwa drei Häuserblocks weiter bringt er uns in ein Haus, über dessen Eingang die Worte „SETON HALL" gekrakelt sind. Wieder so ein Haus, das von außen ramponiert, total heruntergekommen wirkt, sich aber im Inneren als Miniaturausgabe des Heilsarmeeladens entpuppt; über Tische sind Bettlaken gebreitet, und Kleider, gebrauchte Klamotten hängen auf Ständern. Der große Bursche geht auf jemand zu, der vorn neben der Tür hinter einem Tisch sitzt. Überall im Raum schwirren Fliegen herum.

„Hör mal, Able, sieh zu, daß die beiden hier mit dem Bus mitkommen. Laß sie nicht auf die Straße raus."
Er lächelt und geht dann zur Tür hinaus, ohne sich noch einmal umzudrehen. Es arbeiten nur Schwarze in dem Laden. Der Mann am Schreibtisch sieht uns an.
„Bleiben Sie schön hier drin. Ich sage Ihnen Bescheid, wenn Sie aufstehen müssen. Es gibt einen städtischen Bus, der hier langkommt."
Wir sitzen da und warten. In dieser Hitze müssen die Leute hier Flecken entfernen und Kleider ausbessern und bügeln. Mir ist unklar, wie sie das aushalten. Es ist irgendeine katholische Wohlfahrtseinrichtung. An der Wand hängt eines von den Jesusbildern, von denen ein dornengespicktes, bluttriefendes Herz absteht.

Endlich sagt der Bursche, daß es soweit ist. Er geht hinaus an den Straßenrand und hält den Bus an. Meine Fresse, ich hätte ihn nicht einmal als Bus erkannt; vor sämtlichen Fenstern hängen Drahtgitter. Er sieht aus wie ein Geldtransporter, nur länger. Der Mann schiebt uns hastig hinaus, und wir springen auf. Der Fahrer ist in einen Käfig eingesperrt. Wir schieben jeder ein Fünfzigcentstück durch eine kleine Öffnung im Draht in einen rotierenden Münzzähler aus Metall. Er drückt auf einen Knopf, und wir gehen durch ein Drehkreuz in den Bus. Wir sind die einzigen Bleichgesichter; obwohl wir frisch aus Kalifornien kommen, sehen wir wirklich blaß aus. Vielleicht sollten wir nach hinten gehen, aber die einzigen freien Sitzplätze sind gleich hinter dem Drehkreuz.
Wir haben keine Ahnung, wohin dieser Bus fährt. Dad sagt, wir sollten am besten drinbleiben, solange er in südlicher Richtung fährt, und aussteigen, sobald wir die ersten Gesichter sehen, die nicht violettbraun, bläulichbraun oder braunschwarz sind. Der Bus führt durchs Stadtzentrum von Philadelphia, und wir steigen am Rathaus aus. Dad sagt, es gäbe einen Zug, der von hier nach Bala Cynwyd fährt. Er schlägt vor, daß wir erst mal essen gehen und feiern.
Es geht auf drei Uhr. Wir haben über vier Stunden gebraucht, um diesen Wagen abzuliefern. Es kommt mir vor wie drei Jahre auf den Teufelsinseln. Ich fühle mich wirklich wie ein ausgebrochener Sträfling. Aus alter Gewohnheit steuern wir das nächstbeste Pizzalokal an. Es erweist sich aber als ein echt italienisches Restaurant, wo es Originalpizzas gibt, nicht diese amerikanischen Teigböden mit Ketchup und fadem amerikanischem Schmelzkäse darauf: es schmeckt nach Europa. Wenn ich die

Augen schließe, ist mir, als schmeckte ich Frankreich.
Dieser Tag hat entschieden das Faß zum Überlaufen gebracht. Ich bin reif für zu Hause. Ich bin reif für ein bißchen Kultur der Alten Welt; Amerika und seinem großen demokratischen Experiment bin ich nicht gewachsen.

Ein Vorortzug bringt uns fast bis zu den Hills. Wie anders es ist, sich auf diesen Straßen zu bewegen. Mächtige Bäume mit ausladenden Kronen spenden Schatten, berühren einander über den Straßen wie Schirme. Die Wurzeln sind so gewaltig, daß sie das Pflaster der Trottoirs zu kleinen Hügeln aufwerfen. Aber diese Trottoirs sind nicht aufgerissen; das Pflaster schmiegt sich in sanften Wellen über diese Hügel. Die Häuser sind aus naturbelassenem oder bearbeitetem Stein, dreistöckig, auf jeder Etage anmutige Balkone. Man hört das Schnurren elektrischer Rasenmäher, die die Grundstücke in Ordnung halten, und das Schlagen von Fliegengittertüren. Damen kutschieren mutterseelenallein mit dreißig Sachen in der Stunde zum Einkaufen durch die Gegend.
Es fällt schwer sich vorzustellen, daß wir nur rund zehn Kilometer weit vom tiefsten Dschungel entfernt sind. Was wird, wenn die Leute von da drüben über diese Häuser hier herfallen? Ich darf gar nicht daran denken. Ich habe absolut keinen Bock dabeizusein.

20

Am nächsten Vormittag rufe ich den Psychiater an; sein Name ist Delibro. Ich versuche, ihm, so gut es geht, übers Telefon einen Eindruck von der Situation zu vermitteln. Er fragt, ob ich zu einem Gespräch zu ihm kommen kann.

Wir verabreden für Dad einen Termin um zwei Uhr, aber ich soll sofort zu ihm kommen. Ich weiß nicht, ob er meiner Stimme die Dringlichkeit des Falles entnommen hat oder ob er einfach nicht so viel zu tun hat, aber ich bin froh, daß ich sofort drankomme. Er bittet mich, Perpetual anzurufen und ihm Dads Befunde zu besorgen. In der Klinik heißt es, ich könnte sie gegen Mittag abholen.

Ich erzähle Dad unter vier Augen, daß ich einen Termin habe und daß ich vorher hinfahren werde, um alles zu klären.

Ich bin vor zehn in Delibros Praxis am Santa Monica Boulevard. Die Praxisräume sind gemütlich, im lässigen kalifornischen Stil eingerichtet. Die Wände haben eine Verkleidung, die aussieht wie Versandkistenbretter, darauf steht in fetten schwarzen Lettern die Aufschrift „VORSICHT ZERBRECHLICH ▲ OBEN"; etwas bizarr für das Wartezimmer eines Psychiaters.

Delibro selber ist jung, um die fünfunddreißig, klein, hat buschige Koteletten und einen dichten Schnauzbart. Er sieht wie ein französischer Flic aus. Er hat ein nettes Lächeln und einen völlig neutralen Händedruck.

In seinem Sprechzimmer steht keine Couch. Es könnte ebensogut das Büro eines Versicherungsmaklers sein. Er sitzt nicht hinter einem Schreibtisch, sondern in einem bequemen schwarzen Ledersessel, in einem 45-Grad-Winkel zu meinem Sessel. Wir sitzen einander zur Hälfte gegenüber, so daß ich ihn über die linke Schulter ansehe, und er mich über seine rechte beäugt. Es ist recht angenehm. Ich habe den deutlichen Eindruck, daß nichts hier dem Zufall überlassen wurde.

Er ermuntert mich, und ich gehe noch einmal alles durch, so gut ich kann. Er stellt vorsichtige Fragen, aber offenkundig interessiert ihn meine Besorgtheit ebensosehr wie Dad selber. Dann beschäftigt ihn die Frage, was ich ihm eigentlich damit erzählen will.

Er fragt, warum ich so außerordentlich engagiert bin. Eine Frage, die ich mir selber auch schon gestellt habe. Ich erkläre ihm, daß es sich zwar um eine gewöhnliche Alterserscheinung handeln könne, für die seine Zeit zu schade sei; daß ich aber gern den Rat eines Fachmannes hätte. Ich sage ihm auch, daß Dad mich gebeten hat, für Hilfe zu sorgen.
Die restliche Stunde verläuft sehr positiv. Er hört offenkundig zu und tut nicht nur so. Er stellt kompetente Fragen. Ich hoffe, daß Dad sich nicht abschrecken läßt durch den Hauch von „Hippie"-Atmosphäre. Ich hatte schon Sorge, Delibro könnte einer von den gescheiterten Priester- oder Rabbi-Typen sein, so einer mit glänzend goldgerahmter Brille und Dauerlächeln. Delibro scheint ein Mensch zu sein, mit dem Dad etwas anfangen kann. Er strahlt kein „Boss"-Fluidum aus, gibt *keinerlei* bedrohlichen Signale von sich. Dad wird sich eher so vorkommen, als unterhielte er sich mit einem seiner Neffen oder Enkel.

Ich fahre nach Hause. Ich sage Mom, daß Dad und ich am Nachmittag nach Santa Monica zu einem Gerontologen in die Sprechstunde fahren werden. Sie meint, ich hätte Gynäkologe gesagt, und ist aufgebracht. Ich erkläre ihr, daß ein Gerontologe ein Arzt ist, der sich auf die Probleme des Alters spezialisiert. Ich bezeichne ihn nicht als Psychiater, es besteht kein Anlaß, ihr Zündstoff zu liefern für ihre „Irren"-Theorie.
Ich gebe Dad meinen Eindruck von Delibro wieder. Er hört mir zu und nickt.
„Johnny, ich habe viel darüber nachgedacht. So wie ich es sehe, ist mein größtes Problem, die Dinge auseinanderzuhalten. Manchmal muß ich mich richtig dazu zwingen, mir klarzumachen, wo ich eigentlich bin. Ich arbeite draußen im Gewächshaus, aber in Gedanken bin ich drüben in Cape May. Tagsüber mache ich mich meistens während der Arbeit im Gewächshaus auf die Reise. Es ist eine völlig andere Welt, ganz für sich, und wenn ich da draußen mit meinen Pflanzen allein bin, geht meine Seele auf Wanderschaft. Aber, keine Bange, John, ich arbeite daran. Ich werde schon noch fertig mit der Geschichte."
Kurz vor zwei kommen wir in Santa Monica an. Die Praxis ist gut erreichbar mit Dad, weil eine Tiefgarage im Haus ist und ein Aufzug von der Garage nach oben führt. In der Praxis gebe ich der Sekretärin Dads Befunde, die ich bei Perpetual abgeholt habe. Dad läßt alles auf sich wirken.
„Jemine, der Bursche muß schrecklich arm sein für einen Psychiater; er

hat seine Wände mit kaputten Obstkisten verkleidet. Vielleicht benutzt er eine Orangenkiste als Schreibtisch."

In diesem Augenblick kommt Delibro heraus. Er trägt ein beruhigendes Lächeln zur Schau und konzentriert sich auf Dad. Dad erwidert seinen Blick, und ich hoffe, daß es sich gut anläßt. Dad versucht, sich ein Bild zu machen, ob dieser Mann ein Boss ist oder nicht. Er hat eine Praxis, und er ist unzweifelhaft Arzt, aber er hat einen weichen, dunkelblauen Rollkragenpulli an.

Wir gehen miteinander in sein Sprechzimmer. Delibro hat mir bei unserem Gespräch gesagt, daß ich mit hereinkommen kann und daß er mir einen Wink geben wird, sobald ich mich verziehen soll. Er hat das Mobiliar so arrangiert, daß ein Stuhl relativ nah an der Tür steht; ich vermute, daß der für mich gedacht ist und nehme darauf Platz. Dad setzt sich auf den Sessel, in dem ich zuvor saß.

Delibro spricht mit großer Sanftmut mit Dad, während er die Krankenhausbefunde durchgeht.

Er fragt Dad nach Mutter, ihren Herzinfarkten; nach Dads Operation. Er ist voller Anteilnahme und bringt diese glaubhaft zum Ausdruck. Er geht behutsam an die Situation heran, stellt eine Beziehung her, aber auf eine Art und Weise, die nicht aufdringlich wirkt. Dad nickt, lächelt, hört zu. Es ist nicht sein „Ja, Boss"-Nicken. Es ist etwas ganz anderes; er genießt es, Mittelpunkt zu sein.

Eine reichlich lässige Unterhaltung für hundert Dollar die Stunde, könnte man meinen, aber er darf nicht mit Brachialgewalt an die Sache herangehen; das würde Dad nur abschrecken. Dann kommt Delibro endlich zur Sache.

„Mr. Tremont, Ihr Sohn hat mir erzählt, daß Sie glauben, ein zweites Leben zu führen. Könnten Sie mir ein bißchen davon erzählen?"

Er lächelt und wartet. Dad sieht mich an.

„Ja, sicher, Dad, erzähl es Dr. Delibro. Erzähl ihm von Cape May; erzähl ihm, was du mir erzählt hast."

Er fängt langsam an, aber als er das starke, bejahende Interesse des Arztes spürt, wird er langsam warm. Er streut in seinen Bericht Bemerkungen ein wie „Ich weiß wohl, daß sich das verrückt anhört, aber . . ." oder „Das ist vielleicht schwer zu glauben, aber . . .", doch er bringt es heraus.

Ich hoffe, daß Delibro mich nicht hinausscheucht. Dad erzählt Dinge, die er noch nie zuvor erwähnt hat. Noch stärker als in dem Gespräch mit

mir kommt Dads Überzeugung zum Ausdruck, daß er seit Jahren gleichzeitig an zwei Orten lebt. Das bringt sein Rechtmäßigkeitsempfinden durcheinander. Es läuft seinem Perfektionismus, seinem Sinn für Logik, für praktisch konstruktives Denken zuwider.
Zu Anfang gebraucht Delibro die üblichen ermunternden Floskeln: „Jaaa" ... „Stimmt" ... „Fahren Sie fort" ... „Hmmm" und so weiter; aber nach fünf Minuten kommt es ohne Nachhilfe. Da ist eine komplette Welt, die nur darauf wartet, geboren zu werden; keine Indikation für eine Zangengeburt. Ich bin hin- und hergerissen zwischen dem Wunsch, Dad zu beobachten und zuzuhören; Delibro zuzusehen; und meinen eigenen Gedanken freien Lauf zu lassen. Delibro ist so gebannt, daß sein Mund leicht offensteht.
Diese Fülle von Details, die er lückenlos beschreibt: seine Schuhmacherei, das Podest, das er für den Leisten gebaut hat, das Nähen des Leders; das Kartoffellegen, das Warten auf Blütezeit und Ernte; das Bündeln der Zwiebeltriebe, damit die Knollen schön gedeihen. Es strömt nur so aus ihm heraus. Dad möchte das alles ganz offenkundig mitteilen. Das Nebeneinander der Freude an alledem und der Schuldgefühle wegen alledem haben ihn die ganze Zeit innerlich zerrissen.
Es ist, als hätte ein Maler dreißig Jahre lang an einem meisterhaften Fresko in einem leeren Raum gemalt, ohne es jemals jemand zeigen zu können, weil er es mit gestohlenen Farben in gestundeter Zeit, in einem fremden Haus ohne Einwilligung der Besitzer gemalt hat.
Und Dad kann es Delibro sogar noch unumwundener erzählen als mir. Ausgerechnet jetzt merke ich, wie Delibro mir zuzwinkert. Zeit für mich, hinauszugehen. Ich versuche, leise hinauszuschlüpfen, aber Dad bekommt es mit.
„Wo willst du hin, Johnny? Ist es Zeit zu gehen?"
„Ich möchte nur einen Schluck Wasser trinken, Dad; ich warte draußen im Wartezimmer. Bleib du ruhig da und rede noch ein bißchen mit dem Doktor."
Er nimmt das ohne weiteres hin, und ich gehe hinaus. Ich warte und warte. Ich lese sämtliche Zeitschriften durch; sie sind fast zwei Stunden da drin. Ein Glück, daß bei diesem Burschen so wenig Betrieb ist. Ich unterhalte mich mit der Sekretärin; sie ist eine junge Japanerin, die an der Universität von Los Angeles Psychologie studiert. Sie hat noch einige der Dozenten, bei denen ich schon vor zwanzig Jahren arbeitete. Die Universität scheint ein Ort zu sein, an dem die Zeit stillsteht.

Die Versuchung ist gewaltig, aufzustehen und auf- und abzutigern wie ein werdender Vater. Der Patientenmangel beschäftigt mich noch immer. Vielleicht geht das Geschäft mit den „Spinnern“ schlecht um diese Tageszeit.
Allein die Praxis in so einem Gebäude muß ein Vermögen kosten; dazu eine Sekretärin; etliches an fixen Kosten. Ich wäre schon nach einer Woche reif für die Klapsmühle vor Sorgen.
Endlich kommen sie heraus. Sie plaudern und lachen.
„Also, ich muß schon sagen, Mr. Tremont, die Geschichte Ihres Vaters gehört zum Interessantesten, was ich je gehört habe. Ehrlich gesagt, glaube ich nicht, daß viele Leute in ihrem Alltag so viel Realität haben wie er in seiner Cape-May-Existenz.“
Ich bin schockiert. Die Sekretärin hört alles mit. Ich bin immer von der Vorstellung ausgegangen, daß Psychiater geheimnisumwobene Superwesen sind, die im stillen Kämmerlein in die inneren Mechanismen des Unterbewußtseins eintauchen. Delibro redet über Dads Wahn, als kämen die beiden gerade aus einem guten Film. Ich muß dreimal um die Ecke denken, bevor mir bewußt wird, daß er bei Dad keinen besseren Therapieansatz wählen könnte. Die Hauptsache ist, alles ans Tageslicht zu holen, um es entschärfen zu können. Seine Art, Dad als einen allenfalls interessanten und originellen Fall, aber dennoch einen Fall unter vielen zu behandeln, nichts, weswegen man sich graue Haare wachsen lassen sollte, ist vermutlich richtig.
Delibro legt seine Hand auf Dads Schulter. Er tut es auf eine nette Art, keine Spur herablassend. Er ist genauso groß wie Dad.
„Wir haben über die Sache gesprochen, und Ihr Vater sieht ein, daß das alles ein Traum ist; in der Beziehung ist er ganz klar. Es ist ein fortdauernder, langer Traum, den er sich ausgedacht hat.“
Er nimmt seine Hand von Dads Schulter und sieht mich aufmerksam an.
„Ich möchte Ihren Vater gern wiedersehen, so bald wie möglich. Wir sollten auseinanderklamüsern, was Wirklichkeit und was Traum ist, was möglich ist und was nicht. Es kommt jetzt vor allem darauf an, Möglichkeiten zu finden, wie er die besten Teile seines Traumes in seinen Alltag einbeziehen kann.“
Dad neigt sich zu mir; er beobachtet genau, wie ich es aufnehme. Er ist stolz auf sich; das zeigt sich in seiner Haltung, seinem Lächeln; das verkannte Genie. Delibro grinst uns beide an.
„Es gibt keinen Grund, weshalb Mr. Tremont das nicht alles in den Griff

bekommen sollte. Er hat die ganzen Jahre nicht genügend Befriedigung aus seinem Alltag bezogen und hat seine größten Freuden in einem Traum abgesondert. Seit seiner Genesung hat sich das alles geändert. In den letzten Wochen ist er ein glücklicher Mensch gewesen; die Wände sind eingestürzt, und er bringt die Lebensfreude, die er so lang abgespalten hat, in seinen Alltag ein."

Delibro bittet Dad, ein paar Minuten im Wartezimmer Platz zu nehmen, weil er mit mir sprechen möchte. Dad lächelt und bewegt sich im Rückwärtsgang auf einen Stuhl zu. Die Sekretärin lächelt, und ich weiß, daß er mit ihr eine Unterhaltung anfangen wird, sobald wir weg sind. Ich frage Dad, ob alles in Ordnung ist.

„Alles in Ordnung. Vielleicht kann der Doktor dir das besser erklären als mir. Es ist alles so kompliziert, daß ich noch immer nicht so recht kapiere, worum es geht. Paß schön auf, was er dir erzählt, und dann erzählst du es mir weiter."

Wir setzen uns, und Delibro verschränkt die Finger über der Brust. Er fragt, ob ich mich mit der analytischen Methode ein bißchen auskenne, ob ich jemals bei einem Psychiater gewesen bin oder darüber schon etwas gelesen habe. Mir scheint, daß ich jetzt nicht mehr kneifen kann. Er wirkt so vernünftig auf mich, daß ich sicher bin, es kann nichts schaden.

„Ich bin eine Art abtrünniger Psychologe, Doktor. Ich war über zwanzig Jahre lang nicht mehr tätig auf dem Gebiet, aber ich habe in Erziehungspsychologie promoviert. Ich habe einiges über Analyse gelesen, selbst aber nie eine Analyse mitgemacht."

„Dann kann ich ja relativ offen sprechen. Ich halte Ihren Vater für einen ‚erfolgreichen' Schizophrenen. Kennen Sie die Arbeiten von R. D. Laing?"

Ich nicke. Ich habe etwas von ihm gelesen, auf jeden Fall seine *Phänomenologie der Erfahrung.*

„Nun, ich halte viel von seiner Auffassung von der Schizophrenie als einem doppelt angelegten, in sich austauschbaren System der Lebensbewältigung. Man begegnet selten einem so unverhohlenen Fall wie dem Ihres Vaters. Entweder können die Leute ihre zwei Leben nicht zusammenhalten und werden dadurch funktionsunfähig, oder sie behalten ihren Wahn bis zu ihrem Tode unangetastet und von der Umwelt unbemerkt für sich. Das Trauma des Krankenhauserlebnisses hat offensichtlich das ganze Schema Ihres Vaters an den Tag gebracht.

Ihr Vater gehört zu dem Kreis von Personen, die gut damit umgehen können. Es gibt einige Beispiele in der Literatur, in denen das zu einer mitgeteilten Erfahrung umgesetzt wurde; bei Jonathan Swift oder William Faulkner oder, in jüngerer Zeit, bei Tolkien. Dazu bedarf es einer außerordentlich intelligenten, willensstarken und phantasievollen Persönlichkeit.
Ihr Vater hat, vollkommen unabhängig von seinem täglichen Leben, all seine enormen Fähigkeiten in seinen Traum gesteckt. Offenkundig hat er in seinem Alltag keine Verwendung dafür gefunden. Er hat sich ein Dasein entworfen, geschaffen, das seinem Geschmack mehr entspricht. Er verfügt über eine komplette und offensichtlich zufriedenstellende Welt ganz für sich."
Er lehnt sich in seinem Sessel zurück und streicht mit den Fingern über die Arme. Ein Lächeln stiehlt sich über sein Gesicht.
„Ein paarmal fiel es mir schwer, Distanz zu wahren, als ich Ihrem Vater zuhörte. Seine eingebildete Welt ist so solide, so reich strukturiert und gleichzeitig unglaublich idyllisch. Er ist wie ein mittelalterlicher Prediger, der das Wesen des Paradieses erklärt. Er hat diese Phantasiewelt wie einen Roman angelegt; einen, der seine tiefsten Sehnsüchte erfüllt. Die meisten Menschen partizipieren über Filme, Bücher, Fernsehen an den Phantasien anderer. Aber er hat seine eigenen, und sie sind total auf ihn zugeschnitten; obendrein sind sie in sein Leben eingebaut. Ich bin mir nicht sicher, ob er jemals vollkommen davon ablassen wird oder ob er es überhaupt sollte."
Ich weiß nicht, ob ich fragen soll oder nicht. Aber dieser Mann ist Psychiater, er wird dafür bezahlt.
„Dr. Delibro, ich weiß, daß sich das hirnrissig anhört, aber wäre es nicht möglich, daß Dad sich in einem anderen Zeitkontinuum befindet oder irgendwie ausgerastet ist und das alles tatsächlich erlebt?"
Delibro mustert mich aufmerksam. Ich bereue schon, daß ich nicht den Mund gehalten habe. Mit einem einzigen Satz habe ich das bißchen Glaubwürdigkeit, das ich vielleicht besaß, verspielt.
„Ich weiß; es ist kaum zu glauben, daß er alles erfunden haben soll. Ich hatte das gespenstische Gefühl, daß er nur einen Vorhang beiseite zog und mir etwas zeigte, das für ihn sichtbar ist, etwas Reales."
Er unterbricht sich und starrt auf seine Fingerspitzen.
„Aber mit dieser Hypothese können wir nicht arbeiten, Mr. Tremont. Wir müssen innerhalb des Bereiches arbeiten, den wir kennen, wenn wir

helfen wollen. Es spielt in bezug auf sein unmittelbares Problem keine große Rolle, ob dies ein Traumgebilde oder ein Zeitkrümmungsphänomen ist. Wir wollen lieber keinen zweiten Bridey Murphy aus Ihrem Vater machen, einverstanden?"

Er blickt zu mir auf und lächelt. Er hat recht.

„So wie ich die Dinge sehe, müssen wir als erstes versuchen dahinterzukommen, was in seinem Alltag so unerträglich für ihn ist, daß er das Bedürfnis hat, diese andere Welt zu konstruieren."

Er kommt rasch auf den springenden Punkt. Ich versuche mich möglichst unbefangen zu geben.

„Zunächst war ich mir nicht ganz sicher, ob es vielleicht nur eine vorübergehende Wahnvorstellung sein könnte, ausgelöst durch sein traumatisches Krankenhauserlebnis, sein Koma und seine Krebsangst. Hat er Ihnen jemals von seiner abnormen Krebsangst erzählt? Er hat tatsächlich Phantasien von dieser Krankheit, Gefühle, die ans Psychotische grenzen. Ich stamme aus einer katholischen Familie und erkenne einige seiner Projektionen als das Böse, den Teufel. Er personifiziert den Krebs als einen Feind, der es darauf abgesehen hat, ihn zu beseitigen, alles zu verschlingen, was er liebt."

Donnerwetter, Dad hat nicht hinter dem Berg gehalten. Dieser Delibro ist gut, wenn er ihn dazu gebracht hat, von Krebs zu sprechen.

„Aber ich bin inzwischen überzeugt, daß sein ‚Traum' schon seit langem existiert, vielleicht dreißig Jahre oder mehr. Er ist zur Triebfeder seines Innenlebens geworden. Und sein Innenleben war die ganze Zeit vollkommen abgespalten von seinem äußeren Leben. Das ist eine gefährliche Sache, Mr. Tremont; es ist erstaunlich, daß er überhaupt funktioniert hat. Es ist nicht verwunderlich, daß die Krankheit seiner Frau, der Operationsschock, das Herausgerissenwerden aus einer stabilen Umwelt, die Mitteilung von dem Krebs ihn veranlaßt haben, sich in die ‚andere' Welt zurückzuziehen, die ihm zur Verfügung stand."

Ich fange an, mich um Dad zu sorgen, so allein da draußen.

„Ihr Vater ist ein reizender Mensch. Man findet selten jemand über siebzig, der soviel Jungenhaftes an sich hat und den Dingen so aufgeschlossen und voller Neugierde begegnet. Ich habe viel mit alten Menschen zu tun, und erfahrungsgemäß gehören zu den wesentlichen Bestandteilen des Alters vermehrte Rigidität, Vitalitätsverlust und ein allgemeines Nachlassen von Neugierde und Humor. Aber das trifft bei Ihrem Vater nicht zu. Was mich am meisten bewegt, ist die Frage, was ihn dazu getrieben haben mag, seine Phantasie zu entwickeln? Was könnte sein Leben so unerträglich machen?"

„Doktor, ich wünschte, Sie würden mit meiner Mutter sprechen. Ich denke, das wird Ihnen helfen, Dad besser zu verstehen."

„Ich wollte schon fragen, ob das möglich ist. Aus der Erzählung Ihres Vaters habe ich herausgehört, daß die beiden in einer sehr engen Verbindung leben und daß Ihre Mutter mir einige aufschlußreiche Erkenntnisse verschaffen könnte."

Soll ich es ihm sagen? Oder ob er es lieber selber herausfinden will? Ich sollte ihn wenigstens warnen.

„Dr. Delibro, meine Mutter ist eine sehr schwierige Frau. Ich bin mir nicht sicher, ob ich sie dazu bewegen kann, mit herzukommen."

Er beugt sich vor auf seinem Sessel. Sherlock Holmes, der einen Hund hört, welcher gar nicht gebellt hat.

„Erzählen Sie mir bitte alles über sie, das ich Ihrer Meinung nach wissen sollte."

Eine geniale Formulierung. Sie muß direktenwegs aus dem Lehrbuch stammen. Sie ist so ermutigend und dennoch so vieldeutig. Na meinetwegen, Hauptsache es hilft.

„Dr. Delibro, Mom hat bereits zwei schwere Nervenzusammenbrüche hinter sich. Wenn sie sich bedroht fühlt, schlägt sie um sich, und sie fühlt sich leicht bedroht.

Sie ist überzeugt, daß es der größte Fehler ihres Lebens war, meinen Vater zu heiraten; und trotzdem ist sie emotional absolut abhängig von ihm.

Ich weiß, daß sich das anhören muß wie die stereotype Klage mittelalterlicher Männer über ihre Mütter, aber so empfinde ich es eben. Um es ohne Umschweife zu sagen, Mutter ist eine Person, mit der man schlecht auskommt: intelligent, empfindsam, anspruchsvoll, unersättlich und rücksichtslos."

Jetzt ist es also heraus. Er hebt seine Daumen an den Mund und steckt die Daumennägel zwischen seine Vorderzähne. Vielleicht fühlt er sich ausgeschlossen, weil er keine Zahnlücke hat. Ich warte. Es ist so still, daß ich die Uhr ticken höre. Großer Gott, unsere Sitzung dauert schon über drei Stunden; wir werden das Haus verkaufen müssen, bloß um die Rechnungen des Psychiaters zu bezahlen.

„Noch etwas, Dr. Delibro. Meine Eltern sind nicht reich, und ich bin es auch nicht. Ich weiß nicht, wieviel Psychotherapie sich die beiden

leisten können. Es widerstrebt mir, hier knauserig zu sein, aber wieviel Zeit und Geld veranschlagen Sie, um etwas ausrichten zu können? Wenn wir Mom noch einbeziehen, dann haben Sie eine Aufgabe fürs Leben."
Er kippt seine Stuhllehne zurück und reibt sich die Handballen mit nach außen leicht aufwärtsgebogenen Fingerspitzen über die Oberarme. Er betrachtet die Finger der einen Hand, dann die der anderen; er erinnert mich an einen Pianisten, kurz bevor er in die Tasten haut.
„Medicare wird für Ihre beiden Eltern aufkommen, davon bin ich überzeugt. Vielleicht können wir den Rest als Zuschuß von Perpetual oder Medical bekommen. Machen Sie sich da keine Sorgen. Wenn Ihre Eltern die zwanzig Prozent nicht aufbringen können, werden wir es schon irgendwie schaffen. Ich halte nicht viel von dem Freudschen Gedanken, daß Psychotherapie teuer sein muß, um gewürdigt zu werden. Das ist nur so ein sadomasochistischer Wiener Unfug. Machen Sie sich keine Sorgen wegen des Geldes; ich werde bestimmt nicht die Lebensersparnisse der beiden aufbrauchen. Ehrlich gesagt ist das einer der Gründe, weshalb ich mich auf Gerontologie spezialisiert habe. Mit Hilfe von Medicare kann ich mir die Patienten aufgrund ihrer Behandlungsbedürftigkeit aussuchen und nicht bloß aufgrund ihrer Zahlungsfähigkeit. Von achtzig Prozent meiner Gebühren kann ich prima leben."
Wir lächeln beide. Er könnte nicht freimütiger sein. Dad und Mom werden therapeutisch in den ungeschmälerten Genuß des gehobenen Mittelklassestandards kommen. Der Termin bei Delibro wird auf Jahre hinaus der allwöchentliche Höhepunkt sein; er wird den Fernsehschnulzen die Schau stehlen. Langsam sieht es so aus, als könnte ich tatsächlich bald wieder nach Hause fahren.
Er blickt auf die Uhr und steht auf. Vielleicht gibt es *doch* noch andere Patienten. Ich erhebe mich ebenfalls, und wir gehen miteinander hinaus ins Wartezimmer. Dad ist nicht da! Ich spüre Panik in mir aufsteigen; dann sehe ich ihn in der kleinen Nische bei der Sekretärin. Er sitzt an der Schreibmaschine. Sie beugt sich über ihn. Er hat die Hände auf den Tasten. Als wir hinübergehen, blickt er auf und lächelt verlegen.
„Weiß du, Johnny, ich habe schon immer tippen lernen wollen. Die junge Dame hier vergeudet ihre Zeit als Sekretärin; sie sollte Lehrerin sein. Sieh mal, ich kann schon ‚er ist es' tippen, ohne hinzusehen."
Zum Beweis blickt er starr an die Decke und schlägt schwerfällig die Tasten. Er hält die Finger linkisch über den Ausgangstasten in der Schwebe. Er blickt hinunter.

„Sieh dir das an, ich habe es wieder geschafft!"
Wir beugen uns beide vor und sehen nach. Über eine Seite voller F, D, G, J, K und L sind drei Exemplare seines magischen Satzes verteilt. Dad erhebt sich und behält die Hände über den Tasten, bis er steht. Das Mädchen hilft ihm und reicht ihm seinen Hut. Sie schütteln einander die Hände; Dad legt seine Hand auf ihre Hand.
„Herzlichen Dank, Junko; eines Tages tippe ich ein ganzes Buch, und da kommen Sie dann drin vor."
Er kommt um die Anmeldung herum. Delibro und ich vereinbaren zwei Termine für die nächste Woche: den einen für Mittwoch, den anderen für Freitag. Wenn ich Mom unter irgendeinem Vorwand dazu bewegen kann herzukommen, werde ich es tun; wenn nicht, wird Dad beide Termine wahrnehmen.

Wir fahren also wieder nach Hause. Ich parke und gehe hinein. Dad begibt sich nach hinten in sein Gewächshaus; ich nehme an, er weicht Mom aus. Er möchte über das, was geschieht, nicht sprechen. Vielleicht geht er nach da hinten und macht einen Ausflug nach Cape May.
Ich versuche, Mom wiederzugeben, was der Arzt gesagt hat. Ich spreche über die Träume von Cape May, daß Dad sie dort noch immer Bess nennt und daß er sich aus diesem Grund jetzt manchmal verspricht. Ich versuche, ihr annähernd ein Bild zu verschaffen von alledem, davon, daß sie beide dort jünger sind und noch zwei weitere Kinder haben; daß Dad Tomaten und Mais anbaut, die er in Philadelphia verkauft. Beim Erzählen spüre ich eindeutig, daß es nicht ankommt.
Mom hält wieder beide Hände vor den Mund. Sie schüttelt den Kopf, langsam, ungläubig. Die unteren Lidränder füllen sich mit Tränen. Vielleicht ist es zuviel, aber ich weiß mir keinen anderen Rat. Ich hätte Delibro fragen sollen.
„Ich habe die ganze Zeit gewußt, daß er spinnt, Jacky. Ich hab's dir ja gesagt. Du kannst mir nicht erzählen, daß jemand, der in Cape May zu wohnen glaubt, obwohl er noch nicht mal zu Besuch dort gewesen ist, nicht spinnt! Wie soll ich ganz alleine mit jemand zusammenleben, der sich solches Zeug einbildet?"
Dann, nach dem ersten Schock, scheint sie sich zu beruhigen. Daß ein Profi sich des Falles annimmt, paßt in ihr Konzept; sie fühlt sich nicht mehr ganz so ausgeliefert. Die Film- und Fernsehstars haben alle Psychiater; jetzt ist sie auch ein Teil der großen, weiten Welt; ihr Mann geht

zu einem Psychiater. Ich rekapituliere noch einmal alles und betone, daß es nur ein Traum ist und vorübergehen wird. Ich fühle mich wieder wohler. Ich bin froh, daß ich es ihr gesagt habe.

Billy kommt von einem Besuch bei einigen seiner Freunde in Santa Cruz, weiter oben an der Küste, zurück. Er ist die ganze Strecke mit meinem Motorrad gefahren.
Ich bitte Billy, ein bißchen dazubleiben, damit ich zum Malen ab und zu nach Venice fahren kann. Ich verspüre das Bedürfnis, meinem eigenen *Es* ein bißchen Entfaltung zu gönnen, um meinem erschlaffenden *Ich* Auftrieb zu geben.
Während ich da unten male, kommt Gerry, das Mädchen aus Martys künftigem Haus, mehrere Male vorbei. Sie hat ihre Kleinen dabei.
Wir setzen uns an den Strand, und ich spiele mit ihren Gören. Ich spiele Bär mit ihnen, und wir kugeln uns im Sand. Etwas in mir ist noch nicht bereit, sich von der Vaterrolle abzunabeln. Vielleicht sehne ich mich bloß danach, Großvater zu werden. Ich bin gefangen, gestrandet zwischen zwei Gezeitenströmen, meinem alten Dasein als Vater und Ehemann und dem neuen als alternder und sterbender Mensch.
Mein ganzes Lebensgefühl wird beflügelt durch diese Kinder, die sich lachend mit mir herumwälzen und auf mir herumturnen. Es könnte auch der Kontrast zum Trübsinn, zu dem Sackgassengefühl bei meinen Eltern sein. Es könnte an Gerry liegen.
Sie hat eine unwahrscheinlich ansprechende Art, mit mir zu flirten, irgendwo zwischen einem erwachsenen Mädchen, das seinen Vater frotzelt, und einer Frau, die mich als verfügbaren männlichen Kandidaten betrachtet. Ich genieße es, darauf einzugehen. Mein Leben verlief bisher so, daß mir eine derart zwanglose, fast erwartungsfreie Beziehung zu einer Frau unglaublich verlockend erscheint. Ich weiß, ich bin nicht verpflichtet, ihr eine Orchidee mitzubringen, sie auf einen Abschlußball auszuführen; ich bin nicht verpflichtet, ihr einen Verlobungsring zu kaufen, eine Zedernholztruhe für die Mitgift zu beschaffen, Wohnzimmermöbel auszusuchen, zu demonstrieren, daß ich einen Job, ein Auto, Geld auf der Bank habe; ich bin nicht darauf angewiesen, daß eine Handvoll professioneller Hampelmänner von Staat und Kirche sich um uns schart und unsere Glaubwürdigkeit bezeugt. Es gibt nichts außer uns zweien an einem Strand, die sich ungeniert aneinander erfreuen. So etwas steigt einem älteren Mann zu Kopf.

Aber ich bin psychisch nicht bereit. Ich bin hingerissen, aber ich habe Angst. Außerdem ist in meinem Leben kein Platz. Trotzdem unterhalten wir uns gut miteinander. Wir kommen auf das Vaterthema zu sprechen. Vielleicht taucht es in allen ihren Gesprächen mit Männern auf, aber wahrscheinlich liegt es an meinem Alter.
Gerry hat einen Erfolgstyp zum Vater; sehr autoritär in ihren Augen. Sie hat das Gefühl, als seien alle ihre Beziehungen mit Männern von ihm überschattet gewesen, ein Schlag gegen ihn oder eine Suche nach ihm. Sie war in verschiedenen Therapiegruppen und kennt den einschlägigen Jargon. Ich höre zu, spiele mit ihren Kindern und bemitleide ihren Vater. Es blieb ihm gar nichts anderes übrig, als zu glauben, er hätte das Richtige getan. Er hat versucht, ihr die Illusion zu geben, daß er effektiv war, spielend mit dem Leben fertig wurde; daß er keine Angst hat, nicht Tag für Tag von Sorgen und Zweifeln geplagt wird wie wir anderen.
Man verfällt leicht in den Fehler, solche Unverletzbarkeit vorzutäuschen. Manche Leute dringen nie hinter diese Fassade vor; sehen ihre Eltern nie als gewöhnliche Sterbliche; alle anderen menschlichen Wesen, einschließlich ihrer selbst, erscheinen ihnen zweitklassig. Ich höre ihr zu und stelle staunend fest, wie gut Vron und ich diesen Teil unseres Lebens bewältigt haben.

Ich male zwei Bilder von Suzannes Restaurant. Das eine ist ein Blick von außen durch das Restaurant in die Küche. Bei dem anderen sitze ich in der Küche und habe im Vordergrund Herd und Töpfe, in der mittleren Ebene Tische und im Hintergrund den Ozean, durchs Vorderfenster gesehen.
Bei Suzanne gibt es nur Frühstück und Abendessen, daher ergibt sich über Mittag eine vier- bis fünfstündige Pause, in der ich arbeiten kann. Sie wohnt über dem Restaurant und lädt mich mehrmals dazu ein, mit hinaufzukommen. Meistens sind sechs oder sieben Leute da, die Pot rauchen.
Ich nehme nur einmal, nachmittags, nach dem Malen, ein paar Züge. Ich weiß nicht, woran es liegt, aber Marihuana hebt meine Stimmung nicht; es macht alles nur sehr klar und entrückt. Es ist keine unangenehme Empfindung, aber es beeinträchtigt das, was auch immer es sein mag, was mich immer wieder zum Malen treibt.

Am Mittwoch bringe ich Dad wieder zum Psychiater. Zu Hause braut sich ein Unwetter zusammen. Zum Teil hängt es mit Moms Verhalten zusammen, aber sie beschwert sich auch ständig. Sie beschwert sich über Billy, über Dad; und ich bin sicher, daß sie sich bei ihnen über mich beschwert.

Ihrer Ansicht nach habe ich keine Ahnung, wie Dad wirklich ist; er ist gemeingefährlich und hat zweimal in den letzten Tagen versucht, sie zu verletzen. Sie behauptet, einmal hätte er mit dem Spazierstock nach ihr geschlagen, und ein anderes Mal hätte er sie angerempelt und beinahe umgeworfen.

Dads Körperbeherrschung ist noch nicht vollständig wiederhergestellt. Manche Bewegungen haben etwas Spastisches. Ich höre ihr zu und versuche, sie zu beschwichtigen. sie muß sich irren. Er würde ihr nie absichtlich wehtun.

Er ist wieder zwei Stunden bei Delibro.

Auf dem Nachhauseweg im Auto unterhalten wir uns. Ich frage Dad, ob er wieder geträumt habe, und er bejaht es; nachts geht er noch immer dorthin, und es ist überhaupt nicht wie ein Traum.

„John, ich kann mich hinterher an alles erinnern, besser als ich mich an gestern erinnern kann. Und es kommt auch nicht nur in der Nacht vor. Ich sitze im Schaukelstuhl, denke an gar nichts, döse nur so vor mich hin, und dann bin ich weg. Irgendein wichtiger Teil von mir geht weg und befindet sich in Cape May. Ich weiß nicht einmal, wie lange ich immer weg bin. Es passiert andauernd, immer wenn ich mich entspanne, besonders draußen im Gewächshaus."

Er verschiebt den Spazierstock zwischen seinen Beinen. Er blickt hinunter und dann zu mir herüber. Ich werfe ihm im Fahren einen raschen Blick zu. Ich fädele mich gerade am Lincoln Boulevard in die Auffahrt zum Freeway ein.

„Da ist noch was, das ich auch dem Doktor erzählt habe, John. Es ist komisch, aber diese Welt hier ist in die andere Welt dort reingekommen.

Ich habe Bess dort in meiner Welt von uns hier erzählt, und jetzt weiß sie Bescheid über alles. Sie hat mir geglaubt. Dr. Delibro sagt, das läge daran, daß ich gern möchte, daß sie mir glaubt, aber ich bin nicht so sicher. Bess will alles über unser Leben hier wissen. Sie fragt sich bloß, wo Hank und Lizbeth geblieben sind; sie ist überzeugt, daß ich irgendwie in die Zukunft sehen kann. Ich muß ihr beschreiben, wie sie als

alte Dame aussieht, und sie kann es nicht fassen, daß du eine Glatze und einen Bart hast. Ich habe ihr nicht gesagt, daß ich auch einen Bart trage."
O je, ich kriege wieder das Gefühl, durchsichtig zu sein! Neuerdings sagen die Physiker, daß sich die subatomare Struktur sämtlicher Gegenstände – von diesem Wagen, den ich fahre, von jedwedem Ding – nicht in einem Rahmen aus Raum und Zeit einordnen läßt. Begriffe wie „Substanz" oder „Materie" sind bedeutungslos geworden. Der Autositz unter mir kommt aus dem Nichts, bewegt sich in einem multidimensionalen Nicht-Raum, durch ein Nicht-Medium. Was wir bisher Realität genannt haben, ist völlig in Frage gestellt; die Zeit ist eine Projektion des Verstandes.
Es ist sogar möglich, daß die Zukunft ebenso viele Auswirkungen hat auf das, was wir Ereignis oder Gegenwart nennen, wie die Vergangenheit. Das Kausalitätsprinzip hat ausgedient. Mir schwirrt mein vermodernder, glatzenbedeckter Verstand. Vielleicht rufe ich eines Tages, ohne es zu merken, ein paar neue Sonnensysteme ins Leben.
„Was hat der Doktor dazu gesagt, Dad?"
„Er hat mich das Ganze etwa dreimal erzählen lassen und einen ganzen Schock Fragen gestellt. Er hat angefangen, diese Sachen aufzuschreiben; mir scheint, er glaubt mir, John."
Er schweigt einen Moment.
„Aber langsam kommt es mir so vor, als hätte er den Verdacht, ich könnte verrückt sein. Da hat er womöglich recht. Deine Mutter würde sich sicher freuen; sie sagt es schon seit Jahren; sie ist besser als jeder Psychiater; und billiger ist sie auch."
Bei diesen Worten beugt er sich zurück und lacht auf eine Art, die alles andere als verrückt ist. Ich lache mit. Ich bin froh, daß auf diesem Abschnitt des Santa Monica Highway keine Polizeistreife unterwegs ist. Wenn die zwei bärtige alte Knaben durch die Gegend fahren sähen, die sich vor Lachen biegen, würden sie uns garantiert anhalten.
„Ich habe der gesamten Familie dort von dir, von Mutter und von Joan erzählt; von meiner Operation und daß ich zum Psychiater gehe. Sie haben alle gelacht, und Hank wollte wissen, was ein Psychiater ist. Ehrlich gesagt, John, sie machen mir ganz schön die Hölle heiß. Was, um Himmels willen, soll ich denn dem kleinen Hank und Lizbeth sagen? Ich kann ihnen doch nicht sagen, daß ihr Daddy sie einfach erfunden hat. Es ist furchtbar. Was meinst du, was ich machen soll?"
Großer Gott, was für eine Frage! Wenn ich auch noch anfange, ihm

Ratschläge zu erteilen, was er in jener Welt tun soll, wird sie *noch* realer und macht diese hier weniger wahr. Ich möchte nach Hause zu *meiner* Familie, zu Vron und Jacky. Mir wird bewußt, daß in meiner eigenen Phantasie Paris und Frankreich allmählich schon weniger glaubhaft sind, weniger real als Dads verrückte Traumwelt. Es scheint alles so weit weg zu sein, so weit zurückzuliegen. Ich kann es nicht fassen, daß ich tatsächlich am Rand von Paris auf der Seine in einem Hausboot lebe; daß ich eine alte Wassermühle in Zentralfrankreich habe; daß ich Künstler bin. Es kommt mir vor wie eines der tollsten Hirngespinste, die je einem menschlichen Geist entsprangen.

„Frag lieber den Doktor, Dad. Ich weiß nicht, was ich dir sagen soll. Hast du ihnen gesagt, daß sie alle ein Traum sind und daß du hier ein reales Leben hast? Hast du ihnen das gesagt?"

„Ach, nein, Johnny, das würde ich nicht fertigbringen. Ich bin mir ja selber gar nicht so sicher. Ich habe ihnen bloß gesagt, daß dieser Teil hier wie ein Traum ist. Das war nicht gelogen. Es stimmt ja. Wenn ich hier bin, wie jetzt, ist der andere Teil ein Traum, aber wenn ich dort bin, wird das hier zum Traum, und ich weiß überhaupt nicht mehr, was ich glauben soll.

Ich will ganz ehrlich sein mit dir, John, dort ist es schöner. Wenn ich die Wahl hätte, würde ich den anderen Teil zu unserer Wirklichkeit machen."

Zu Hause sitzen wir miteinander im Wohnzimmer. Mehrere Male bin ich sicher, daß Dad uns verlassen hat. Es juckt mich, ihn zu fragen, aber ich habe Hemmungen. Es ist, als fragte man eine Frau, ob sie die Periode hat, weil sie sich anders verhält als sonst. Es gibt keine echte Rechtfertigung außer schlichter Neugierde, und es ist ein Einbruch in seine Intimsphäre.

Es ist schwer auszuhalten mit Mom. Glücklicherweise ist Billy wieder oben auf dem Grundstück. Mutter, die rastlos umherwandert, die Lady Macbeth der Colby Lane, nervt Billy zu Tode. Ich kann es ihm nicht verdenken. Mom ist unmöglich, wenn sie Angst hat; sie schlägt nach allen Seiten aus, um den Dingen Substanz zu verleihen. Niemand ist sicher vor ihr.

Wir sitzen friedlich im Wohnzimmer, und plötzlich legt sie los. Dad sitzt in seinem Schaukelstuhl, Mom auf einem der Eßzimmerstühle, der halb vom Tisch weggedreht ist, und ich sitze in einem Polstersessel

neben der Tür. Wir sind alle nur wenige Handbreit voneinander entfernt.
Sie fängt damit an, mir zu eröffnen, wie verrückt Dad ist. Sie betet uns ihre ewig gleiche Litanei über vier Generationen Tremontscher Abweichung von der Norm vor. Sie leiert sie herunter wie einen Rosenkranz, wie die fünf schmerzensreichen Geheimnisse; ich höre ihr zu und koche innerlich. Dad ist gespalten, einerseits versucht er, so zu tun, als sei nichts, andererseits hört er doch hin. Er ist wie eine sehr feine Dame, die durch die Umstände gezwungen ist, Gossenjargon mit anzuhören.
Es hört gar nicht wieder auf; sie kann nicht genug kriegen. Ich weiß, sie hätte gern, daß ich widerspreche, aber ich will nicht. Aber irgendwann kann ich nicht mehr an mich halten. Man macht sich nur etwas vor, wenn man denkt, man stünde darüber, man könne als Erwachsener auf seine Eltern logisch, vernünftig reagieren. Ich wende mich an Dad.
„Dad, wieso läßt du sie so reden? Wieso läßt du dir das bieten? Es tut keinem von euch beiden gut, wenn sie diesen Mist verzapft. *Sie* ist diejenige, die sich wie eine Verrückte aufführt."
Während meines ersten Satzes spricht Mutter weiter, aber dann hält sie den Mund. Wenn ich sie direkt angesprochen hätte, hätte sie weitergemacht, nur noch lauter. Indem ich Dad ansprach, habe ich sie, wie beim Karambolagebillard, indirekt drangekriegt.
„Wir wissen alle, daß sie es tut, weil sie Angst hat, aber damit, daß sie über alle Leute herzieht, ist niemand gedient. Du mußt ihr helfen, damit aufzuhören."
Ich wende mich an Mom.
„Und Mom, du solltest es wirklich besser wissen. Du glaubst diesen Unfug ja selber nicht; du sagst es nur, um dir selber wie ein Übermensch und eine Dreisternemärtyrerin vorzukommen. Dad tut, was er kann. Wir haben einen Fachmann, der mit ihm arbeitet. Der Arzt sagt, daß Dad nicht verrückt ist. Ganz im Gegenteil, er ist höchst beeindruckt, daß Dad die letzten dreißig Jahre oder mehr überlebt hat, *ohne* verrückt zu werden.
Wenn du so überzeugt davon bist, daß Dad spinnt, dann sag es mir unter vier Augen, und wir werden weitersehen. Wir können Dad oder dich in ein Heim stecken oder sonstwas. Aber gewöhn es dir um Gottes willen ab, in seiner Anwesenheit über ihn zu reden, als wäre er ein Hund, der nichts kapiert!"

Dad ist kreidebleich geworden. Er beugt sich vor und taumelt aus seinem Schaukelstuhl. Instinktiv stehe ich mit ihm auf. Ich habe keine Ahnung, was er vorhat. Vielleicht will er mir eine scheuern, oder auch Mom. Es ist alles drin.
Er läßt seinen Stock stehen und schlurft auf uns zu. Mutter ist ebenfalls aufgestanden. Sie sieht noch erschrockener aus, als ich mich fühle. Dad breitet seine dünnen Arme aus, und wir gehen auf ihn zu. Er zieht uns dicht an seine Brust und drückt uns an sich. Sein ganzer Körper zittert. Niemand sagt ein Wort. Wir sind wie halbwüchsige Footballspieler beim „Huddle", wenn sie die Köpfe zusammenstecken, um die nächsten Spielzüge miteinander auszukungeln, bloß daß wir uns nicht vornüberbeugen, sondern aufrecht die Gesichter auf verschiedenen Ebenen aneinandergepreßt haben.
Dad küßt uns beide mehrmals; es ist, soviel ich mich erinnern kann, das erste Mal, daß er mich geküßt hat, seit dem Tag, an dem ich als Erstkläßler in die Schule kam. Er fängt an zu reden; seine Stimme ist tief und rauh.
„Tu's nicht, Johnny. Bitte, sag nicht solche Sachen zu deiner Mutter; dazu bist du zu gescheit, du weißt zuviel. Wir gehören zusammen, darauf kommt es doch an. Wir wollen uns liebhaben und alles vergessen. Liebe bedeutet doch in erster Linie, die anderen das tun zu lassen, was sie tun müssen. Johnny, du lebst in Paris, weil es das ist, was du tun mußt. Mutter muß auch bestimmte Dinge tun, und ich auch. So ist es eben. Bitte, streite nicht. Es bringt mich um, dich so reden zu hören."
Dann fängt er heftig an zu weinen, und Mutter bricht in Schluchzen aus. Ich weine auch. Wir sind die Bürger von Calais, die im selbstgemachten Regen stehen. Vielleicht ist es an der Zeit, das Mannschaftspalaver abzubrechen, die Startsignale zu rufen und den Ball aufzunehmen. Solche blödsinnigen Gedanken spuken mir durchs Hirn. Ich kann schlecht mit echten Gefühlen umgehen, ich habe zig Abwehrtechniken, die mich davor bewahren, Gefühlen nachzugeben.
Irgendwann setzen wir uns wieder hin. Dad seufzt und fängt an zu reden. Ich kann mich gar nicht beruhigen; wer ist dieser Bursche, zum Kuckuck?
„Es gibt ein paar Dinge, die du vielleicht nicht weißt, Johnny. Als ich Bess kennenlernte, war sie erst fünfzehn. Sie hatte gerade einen schlimmen Nervenzusammenbruch hinter sich. Sie konnte danach nicht mal mehr in die Schule gehen. Ich war achtzehn und arbeitete damals in Hog

Island als Zimmermann. Ich war nicht sehr glücklich; ehrlich gesagt, ging es mir sogar miserabel. Ich lebte nicht gern in der Stadt, und die Farm fehlte mir schrecklich. Mir kam es vor, als merkten alle, daß ich bloß ein Bauernbursche war, und als lachten sie mich aus.

Es war eine Riesenumstellung, John. Weißt du, draußen auf der Farm trugen wir Jungen weder sommers noch winters regelmäßig Schuhe. Wenn wir in die Schule gingen, hängten wir uns die Schuhe um den Hals und zogen sie an, wenn wir hineingingen. Ich besaß nie ein eigenes Paar Schuhe, bevor wir nach Philadelphia zogen. Ich bekam immer Orins Schuhe. Diese Dinger gingen nie kaputt. Wir zogen sie nur zur Schule und in die Kirche an.

Du kannst dir nicht vorstellen, was für eine Umstellung es war, aus Wisconsin zu kommen, wo ich vielleicht insgesamt zwanzig Leute kannte, und von denen waren die Hälfte meine Brüder und Schwestern. Jetzt hockte ich da in Philadelphia und sprach so einen komischen hinterwäldlerischen Dialekt; ich hatte Angst, den Mund aufzumachen. Ich war in der Straßenbahn eingepfercht zwischen Leuten, die nicht das geringste über mich wußten und sich auch nicht für mich interessierten. Alle schienen zu wissen, was sie tun mußten und wo sie hinwollten. Die Leute stießen mit mir zusammen, weil ich nicht einmal rechtzeitig aus dem Weg gehen konnte. Ich wußte nicht, wie man eine Toilette spült, konnte weder telefonieren noch tanzen.

Ich habe Mutter an einem verregneten Tag in einem Hauseingang in der Nähe von John Wanamaker's kennengelernt. Sie trat in den Hauseingang und weinte sich die Augen aus. Sie weinte, weil sie sich, ohne zu fragen, den Ausgehhut ihrer Schwester Maggy geborgt hatte und weil der Regen ihn jetzt ruinierte.

Ich hatte einen großen altmodischen Schirm dabei, den meine Mutter mir immer mitgab, und den hielt ich über sie. Jemine, ich vermute, wenn Mom mich nicht genötigt hätte, immer diesen Schirm mitzunehmen, hätte ich dich nie kennengelernt, Bess, stell dir das mal vor.

Naja, Bess war hübsch, und sie hatte Angst. Sie war das ängstlichste Wesen, das ich je kennengelernt hatte. Es war nicht bloß der Hut; sie hatte auch Angst vor Blitz und Donner, sie hatte Angst, daß die Straßenbahn nicht kommen würde; sie hatte Angst vor der Uhrzeit, und sie hatte Angst vor mir. Irgendwas in mir wollte ihr helfen, nicht mehr so viel Angst zu haben.

Und, Johnny, so ist Mutter immer gewesen. Manchmal tut sie so stark

und spielt die Herrschsüchtige, aber im Innersten hat sie Angst. Das ist etwas, das du nicht vergessen darfst.
An dem Tag damals erlaubte sie mir schließlich, sie mit der Straßenbahn zu begleiten, und als sie ausstieg, bin ich ihr hinterhergegangen und habe meinen Schirm über ihren Hut gehalten. Sie hat mich zu einem großen Steinhaus geführt und gesagt, daß sie da zu Hause sei, und sich verabschiedet. Ich stand auf der anderen Straßenseite und wollte warten, bis sie sicher drin war, aber zwei Riesenköter kamen bellend an die Tür. Sie lief weg und rannte in dem Regen die Straße entlang; sie wohnte gar nicht da.
So was macht sie eben, Johnny, weil sie solche Angst hat. Ich bin hinter ihr hergerannt und habe gelacht, aber sie war böse, und ich dachte, daß sie womöglich verrückt sei, aber ich habe sie damals schon geliebt."
Ich sehe Mom an. Ihre Augen sind ausdruckslos, ihr Gesicht eine Maske; sie ist sprachlos.
„Und du bist gar nicht so anders, Johnny. Du warst das spiddeligste Baby, das ich je im Leben gesehen habe. In den ersten drei Monaten hast du ununterbrochen geschrien. Ein wahres Wunder, daß du deine arme Mutter nicht völlig zum Wahnsinn getrieben hast. Und dann wurde aus dir der bangbüxigste Bengel der ganzen Nachbarschaft. Manchmal dachte ich, du hättest es von deiner Mutter abgekriegt.
Du hattest Angst vor der Dunkelheit. Du hattest Angst vor lauten Geräuschen; du hast dir bei Baseballspielen immer Finger in die Ohren gesteckt, und am vierten Juli hast du Wattepfropfen reingetan. Du hattest Angst vor dem Radfahren, vor dem Rollschuhlaufen, sogar vor dem Schwimmen. Ich glaube, du hast erst mit über dreizehn Schwimmen gelernt.
Du hattest Angst vor allen anderen Kindern in unserem Häuserblock. Du kamst manchmal nach Hause gerannt, bloß weil irgendein Dreikäsehoch, halb so groß wie du, hinter dir her war. So hast du rennen gelernt, weil du vor allen anderen weggerannt bist.
Ich war überzeugt, daß du nie lernen würdest, selber auf dich aufzupassen; daß du dein Leben lang bei uns leben würdest. Ich weiß noch, wie schrecklich peinlich es mir war, daß du einer der miserabelsten Baseballspieler der Welt warst.
Und du bist schon früh unwahrscheinlich schnell gewachsen. Eine Zeitlang, als du etwa zehn oder zwölf warst, hast du alle anderen in deiner Klasse um einen Kopf überragt. Das machte es nur noch schlim-

mer. Die kleinen Burschen haben dich reihenweise verdroschen, damit sie sagen konnten, sie hätten den großen Angsthasen da unten an der Straße fertiggemacht. Den ganzen Sommer über hast du dich im Keller vergraben, oder du hast auf der Veranda gehockt und gelesen oder später die Zeit mit deinen Vögeln vertrödelt. Heute muß ich dich manchmal ansehen und kann es nicht glauben, daß ihr ein und dieselbe Person seid. Ich will damit sagen, daß du deiner Mutter sehr ähnlich bist, John. Du kämpfst pausenlos, aber auf deine Art. Vielleicht ist das der Grund, weshalb du in Frankreich lebst und nicht in Amerika. Du willst dich nicht in Konkurrenzkämpfe mit anderen einlassen, du willst dich raushalten.

Aber auf eine Art bist du anders als Bess. Den Teil hast du von mir. Ich habe etwas Wildes in mir, etwas Ungebärdiges wie ein wildes Tier. Es hat schon in meinem Vater gesteckt, es steckt in meinen Brüdern und in vielen von meinen Schwestern; wir sind keine richtigen Menschen, wir sind nicht völlig zivilisiert. Da ist irgend etwas Animalisches in uns, und das kann jederzeit durchbrechen. Es überrascht mich, daß wir es so weit gebracht haben, ohne daß einer in unserer Familie zum Mörder wurde. Ich habe keine Ahnung, woran es liegt; womöglich an den vielen Jahren, die wir in der Wildnis verbracht haben, oder es könnte auch das indianische Blut in uns sein.

Du weißt ja, Johnny, daß dein Urgroßvater Fallensteller war. Von seinem dreizehnten Lebensjahr an hat er nie mehr in einem festen Haus gelebt; er heiratete eine reinrassige Oneida-Indianerin. Deine Urgroßmutter, die Mutter meines Vaters, war über einsachtzig. Sie war stärker als jeder Mann und sprach nur indianisch und französisch.

Ich habe sie nie ein Wort sprechen gehört. Diese Großeltern von mir lebten praktisch wie Urzeitmenschen. Sie hatten keinen festen Wohnsitz, bis mein Vater sieben Jahre alt war. Sie lebten bei den Indianern und hatten keine richtige Religion; und sie haben, soviel ich weiß, nie geheiratet – jedenfalls nicht in einer Kirche.

Dad hat uns immer erzählt, wie sie herumvagabundierten, ihre Fallen versorgten, Felle kauften, geheime Vorratslager anlegten und dann alles in Kanus verstauten. Sie waren wie Tiere, Johnny, und etwas davon ist noch immer da. Es steckt in mir, und es steckt auch in dir, und wir müssen andauernd dagegen ankämpfen.“

Mutter nickt jetzt; damit kann sie etwas anfangen. Jack the Ripper, die nordamerikanische Ausgabe von Tarzan dem Affenmenschen.

„Einer der Gründe, weshalb ich Bess geheiratet habe, war, daß sie schöne Dinge mochte; sie hatte immer in Städten gelebt, und alle ihre Familienangehörigen waren seit Menschengedenken Städter gewesen. Sie hat Sinn für gute Möbel, hat ihren Haushalt in Schuß, und wir leben wie anständige Menschen.

Du siehst ja, daß ich anders bin als meine Brüder und auch als mein Vater; ich bin zivilisiert. Ich trinke nicht viel und treibe mich nicht herum. Mit Ausnahme von Ed sind meine Brüder alle gefährliche Burschen. Ed hatte Glück wie ich und hat eine gute Frau geheiratet. Tante Mary hat aus ihm einen richtigen Menschen gemacht. Mein Vater und meine Brüder waren unberechenbar; man wußte nie, was sie dachten oder was sie im Schilde führten. Keiner von ihnen hat jemals in seinem Leben eine feste Anstellung gehabt. Pete und Orin und Kaleb haben andauernd gesoffen oder haben sich zum Jagen in die Wälder verzogen. Im Winter haben sie sich eingeigelt und Winterschlaf gehalten wie die Bären.

In gewisser Hinsicht hatte Mom einen guten Einfluß auf Dad. Immerhin hat sie ihn in die Kirche gekriegt, und er hat sich um uns Kinder gekümmert. Aber er hat sich nicht wie ein normaler Mensch gekleidet oder gelebt wie die anderen. Wußtest du, Johnny, daß er nie einen Dime für Sozialversicherung oder jemals in seinem Leben Einkommenssteuer bezahlt hat? Er war ein totaler Außenseiter. Er lebte da unten in Südwest-Philadelphia, als lebte er auf einer Farm oder im Wald. All die Häuser, die Autos und das alles bedeuteten ihm überhaupt nichts.

So wollte ich nicht leben. Sieh mich an, ich bin ein zivilisierter Mann; sieh dir diese Hände an, sie sind sauber. Ich habe noch alle meine Finger. Sieh dir das Haus an, in dem wir hier leben, mit diesen schönen Möbeln, den Teppichen und alledem. Wir leben wie richtige Städter, und das ist alles das Werk deiner Mutter, das darfst du nicht vergessen."

Was soll ich dazu sagen? Ich weiß, daß er es ernst meint; er möchte, daß ich ihn verstehe. Ich wünschte, Delibro könnte das hören. Mutter sitzt noch immer weinend da. Sie schnieft und wirft mir verstohlene Blicke zu, Augensprache, „Siehst du jetzt, was ich meine, Jacky, siehst du es jetzt?" Dabei hat Dad so recht. Ich fühle mich schrecklich, wie ein Kind. Er hat die ganzen Jahre alles durchschaut und nichts gesagt, die Dinge geschehen lassen, weil er uns respektiert hat.

„John, ich weiß, daß du dich manchmal wegen Billy und dem kleinen Jacky sorgst.

Den meisten Vätern fällt es schwer abzuwarten, aber Jungen muß man einfach Zeit lassen. Sie brauchen lang. Söhne sind das, was einem Mann Sorgen bereitet, weil die meisten Männer Angst haben, und deshalb ängstigen sie sich auch für ihre Söhne.
Johnny, ich mache mir keine Sorgen mehr um dich, und ich möchte nicht, daß du dich wegen mir oder Mutter sorgst. Wir wollen jeder sein eigenes Leben genießen. Es geht uns allen gut.
Ich werde so lange zu diesem Seelendoktor gehen, bis ich mich wieder gefangen habe. Johnny, fahr du wieder nach Hause zu Veronica und Jacky. Mutter und ich werden schon zurechtkommen; wir müssen einfach aufhören, uns soviel den Kopf zu zerbrechen."

Nach dieser langen Rede lehnt er sich zurück, schaukelt und lächelt uns einen nach dem anderen an, lächelt, als seien nicht soeben sämtliche Familienregeln in tausend Stücke zerschlagen worden. Seltsamerweise benimmt Dad sich überhaupt nicht, als fiele diese Art zu reden im geringsten aus dem Rahmen. Er hat innerhalb der letzten fünfzehn Minuten mehr gesagt als in den vergangenen fünfzehn Jahren; und dann schaukelt er bloß und lächelt vor sich hin.
Ich fange an, Mutter besser zu verstehen. Sie fürchtet sich weniger vor körperlicher als vor psychischer Gewalt. Er ist imstande und spricht einfach alles aus, tummelt sich in den heiligen Hallen des Denkens und Fühlens, die in über fünfzehnjähriger gegenseitiger Heuchelei errichtet wurden. Er hat alle Regeln ihrer Beziehung über den Haufen geworfen.
Dad stemmt sich noch einmal aus seinem Sessel, und diesmal nimmt er seinen Stock. Er geht durch den Flur nach hinten und lächelt über die Schulter zu uns zurück. Er wirft einen raschen Blick auf die Uhr über dem Fernseher.
„Na, ich gehe jetzt mal meine Baseballzuschauerkluft anziehen. Es ist bald Zeit für das Dodger-Spiel."
Er schlurft zum hinteren Schlafzimmer. Mom sieht mich an.
„Jack, das ist doch nicht normal, wie er daherredet. Er hat noch nie in seinem Leben so geredet. Irgend etwas ist passiert; er ist ein anderer Mensch."
Sie hat aufgehört zu weinen. Die Person, die ich da vor mir habe, ist tatsächlich meine Mutter. Sie ist so verunsichert, daß sie kein Theater spielt oder versucht, jemand etwas vorzumachen. Zum ersten Mal habe ich das Gefühl, daß wir wirklich miteinander reden können.

„Mom, ich glaube, das ist der echte John Tremont. Er hat sich über fünfzig Jahre lang versteckt. Ich glaube, so ist er wirklich im Innersten. Er hat was auf dem Kasten und hat das bisher selber nicht mal gewußt. Wie sollte er auch je dahinterkommen, daß er was kann? Alle haben davon profitiert, ihm weiszumachen, daß er nichts kann. Ich wette, daß Douglas und General Electric an die zehn Millionen an seinen Ideen verdient haben. Sie *mußten* ihn kurzhalten, das Maximum aus ihm herausholen für ein Butterbrot und ein Ei. Alle haben ihn sein Leben lang untergebuttert. Auch wir.
Der Psychiater sagt, daß Dad einer der intelligentesten, phantasiebegabtesten Menschen ist, die er je als Patient gehabt hat. Er möchte mit Dad ein paar Intelligenztests machen, bei denen nicht das Bildungsniveau das Kriterium ist. Dad ist wahrscheinlich so eine Art Genie."
Mutter lehnt sich in ihrer „Mach-keine-Witze"-Haltung zurück und verdreht die Augen.
„Ach, komm. Er ist vielleicht ganz pfiffig, aber er ist kein Genie. Ich habe mein Leben lang mit ihm zusammengelebt. Er ist ein Perfektionist, aber er war noch nie in der Lage, sich etwas auszudenken, allenfalls Spielsachen für euch Kinder oder so verrückten technischen Schnickschnack. Er ist der geborene ‚Hans-Dampf-in-allen-Gassen', und er hat Zeit seines Lebens nie mehr als sechstausend Dollar im Jahr verdient. Wenn dieser Psychiater ihn für ein Genie hält, dann muß er selber halbwegs verrückt sein."
„Mom, du solltest Dr. Delibro unbedingt kennenlernen. Vielleicht kannst du ihm neue Gesichtspunkte liefern. Wie du ja selber sagst, kennst du Dad besser als sonst jemand. Dr. Delibro versucht, Dad dabei zu helfen, die Dinge wieder in die Reihe zu kriegen, und du könntest ihm besser helfen als sonstwer."
Ich *spüre* förmlich, wie ihre Paranoia sich in ihr regt. Mutter weigert sich *prinzipiell,* irgendeinen Spezialisten an sich heranzulassen. Während des Krieges lehnte sie einen Job in der Rüstungsindustrie ab, weil sie befürchtete, sie würden ihren Thorax röntgen und Tuberkulose bei ihr diagnostizieren. Mom litt über fünfunddreißig Jahre lang an eingebildeter Schwindsucht. Als Perpetual im Rahmen der Durchuntersuchung eine Thoraxaufnahme von ihr machte, war sie erschüttert über die Feststellung, daß sie tatsächlich Lungen hatte. Ich warte ab, wie es weitergeht.
„Er wird wahrscheinlich behaupten, daß *ich* verrückt bin, Jacky. Wenn

er deinen Vater für ein Genie hält, könnte er mich leicht für geisteskrank halten. Wenn er das mit meinen zwei Nervenzusammenbrüchen erfährt, dann sperrt er mich womöglich hinter Schloß und Riegel."
„Du bist nicht verrückt, Mom, aber es könnte ihm bestimmt helfen, Dad zu verstehen, wenn du mit ihm sprechen würdest. Er braucht sämtliche Informationen, deren er habhaft werden kann."
Langsam keimt Hoffnung in mir auf. Ich muß aufpassen, daß ich keinen falschen Zug mache. Just in diesem Augenblick kommt Dad durch den Flur anmarschiert. Er hat seine Kappe und sein gestreiftes Hemd angezogen und hält eine Spieltabelle in der Hand. Er hat angefangen, den Verlauf der Spiele, die er sich ansieht, zu notieren. Unterwegs verschwindet er im Badezimmer. Mutter beugt sich zu mir und flüstert mit Stentorsimme.
„Na schön, ich werde hingehen; Hauptsache, es hilft ihm, wieder zu Vernunft zu kommen."
Als das Spiel in Fluß gekommen ist, verziehe ich mich leise ins Hinterzimmer und rufe Delibro an. Ich erzähle ihm, daß Mutter den Freitagtermin annimmt. Junge, Junge, wir haben es wirklich mit der Psychiatrie zur Zeit. Ich versuche dauernd, mir auszumalen, was bei alledem wohl herauskommt. Ich gehe ins Wohnzimmer und sage Mutter, daß ich fest zugesagt habe. Es hat keinen Sinn, Dad das zu verheimlichen, also sage ich ihm, daß Mutter in die Sprechstunde zu seinem Psychiater gehen wird. Er wendet sich vom Fernseher ab und wirft mir einen raschen Blick zu. Aber das Spiel ist im Gang, und wir versammeln uns vor dem Fernseher und sehen zu, wie die Dodgers die Phillies mit knappem Vorsprung schlagen.
Später, draußen im Gewächshaus, rede ich Dad seine Befürchtung aus, der Psychiater könnte Mutter irgend etwas von dem sagen, worüber sie unter vier Augen gesprochen haben; ich sage ihm, daß ein Psychiater so etwas ist wie ein Priester bei der Beichte. Dad sprüht flüssiges Düngemittel auf einige Pflanzen. Er blickt auf und lächelt.
„Ach, darüber mach ich mir keine Sorgen, John, aber ich bin mir nicht so sicher, ob es so eine glückliche Idee ist, sie zu einem Psychiater in die Sprechstunde gehen zu lassen."
Mir bleibt keine Zeit mehr für die Antwort, weil Billy gerade eintrifft. Er ist beinahe so verdreckt wie bei seiner ersten Ankunft. Er war unten in Ensenada und hat am Strand gezeltet.
Nachdem wir ihn zum Duschen überredet haben, frage ich ihn, ob er am

nächsten Tag ein bißchen dableiben kann, weil ich Marty gern besuchen würde. Ich komme zu selten dazu, mit ihr zusammenzusein. Billy kann das schlecht ablehnen, und ich glaube, daß Mom froh ist, ihn dazuhaben; solche Angst hat sie vor Dad.

Ich rufe Marty an, und wir vereinbaren, uns am nächsten Tag in dem französischen Straßencafé unten am Strand zu treffen und miteinander zu frühstücken.

Billy wird draußen im Gartenzimmer schlafen. Ich hause im mittleren Zimmer, und Mom und Dad schlafen in ihrem Zimmer ganz hinten. Als sie an diesem Abend im Nachthemd vorbeigeht, wirft Mutter Blicke um sich wie eine vestalische Jungfrau, die dem Minotaurus geopfert werden soll. Ich schließe die Tür meines kleinen Refugiums und tue, als merke ich nichts.

21

Dad ist bereits aufgestanden und zu Marty rübergefahren, bevor ich wach bin. In diesem Bett da hinten schläft es sich wie in einer Wanne voll Haferflockenbrei.

Ich liege wach im Bett und merke, daß ich dringend mal muß. Ich stehle mich splitternackt hinaus, hinters Haus und pinkle an die Wand. Dabei fällt mir auf, daß der Wagen schon weg ist.

Ich habe noch keine Lust, ins Haus zu gehen, also flitze ich zurück, springe nochmals ins Bett und lasse mich genüßlich in die Federn sinken.

Ich bin noch nicht wieder richtig eingeschlafen, als Grandma angetanzt kommt. Ich stelle mich schlafend. Ich möchte abwarten, was sie diesmal in petto hat.

Eins muß man ihr lassen, sie ist wenigstens keine Leisetreterin. Sie kommt geradewegs ans Bett gestampft und rüttelt mich an der Schulter. Ich mache langsam die Augen auf. Sie ist weiß wie die Wand und zittert. Ich schiebe mich hoch und lehne mich ans Kopfkissen.

„Was ist los, Grandma? Setz dich hin; du siehst ja grauenhaft aus!"

Sie läßt sich neben mir aufs Bett fallen und fängt an zu heulen. Sie packt meine Hand. Das wäre wieder mal typisch, kaum ist Dad einen Tag nicht da, schon stirbt einer. Mist! Ich habe Schiß und bin noch immer splitternackt.

„Billy, du mußt mir helfen! Ich weiß nicht, was ich machen soll! Was soll ich bloß machen? Er benimmt sich wie ein Verrückter, und ich habe Angst, ihn überhaupt anzusprechen!"

„Was macht er denn, Grandma, sag schon, was ist passiert? Was ist los?"

„Er ist wahnsinnig, Billy. Dieser Psychiater sollte ihn jetzt mal sehen; dann wüßte er Bescheid. O Gott, ich wünschte, dein Vater wäre da. Ich bin sicher, daß wir ihn diesmal einsperren lassen müssen; mein Herz macht das nicht mehr mit!"

Verflixt, wenn sie bloß zur Sache käme oder wenigstens rausginge, damit ich mich anziehen und nachsehen kann, was los ist.

„Jetzt sag schon, Grandma, was ist los? Was macht Grandpa denn? Sag es mir!"

„Du würdest es nicht glauben. Er ist da hinten im Badezimmer; er ist schon den ganzen Vormittag da drin. Ich habe mir langsam Sorgen gemacht und bin reingegangen; du errätst es nicht, was er dort macht."
Sie holt Luft und läßt mir etwa zwei Sekunden Zeit. Wenn sie mir noch zwei Sekunden gegeben hätte, hätte ich gesagt, daß er vermutlich auf dem Klo sitzt und versucht, in Ruhe einen Morgenschiß abzusetzen. Was sonst?
„Billy, er läßt im Waschbecken winzige Schiffchen schwimmen, die er aus Streichhölzern und Papierstückchen gemacht hat. Mich hat fast der Schlag getroffen! Er hat mich anscheinend nicht bemerkt, deshalb konnte ich ihn eine Weile beobachten.
Er läßt das Waschbecken vollaufen, setzt seine Schiffchen rein, zieht den Stöpsel raus und läßt das Wasser ab. Er macht sogar mit der Hand Wellen, damit die Schiffe im Kreis rumfahren, wie ein kleines Kind. Keiner kann mir weismachen, daß das nicht verrückt ist, Billy. Er ist total übergeschnappt."
„Ja, und was war dann, Grandma? Hast du ihn gefragt, was er da macht? Vielleicht will er bloß das Waschbecken reparieren."
Sie sieht mich an, als wäre auch ich nicht ganz dicht. Ich versuche, Zeit zu schinden; was kann das bloß wieder sein, zum Kuckuck?
„Stell dir bloß vor! Ich habe mich schließlich aufgerafft und bin reingegangen ins Badezimmer, damit er mich bemerkt. Da dreht er sich um und lächelt, als wär rein *gar* nichts. Ich versuche, so normal wie möglich zu sprechen; ich will ihn nicht aufregen. ‚Was machst du da, Jack?' frage ich. Ich bin zu Tode erschrocken. Man weiß ja nie, was er als nächstes vorhat.
Er erzählt irgendwas von einer Frau namens Carol Alice, dann rührt er mit den Fingern in der Luft herum und murmelt etwas von wegen Erddrehung; und dann sieht er mir in die Augen und sagt schlankweg. ‚Vielleicht brauchst du dich jetzt nicht mehr wegen Erdbeben zu sorgen, Bess'."
Großer Gott, wenn auch nur die Hälfte davon stimmt, hat Grandpa echt nicht mehr alle Tassen im Schrank! Er war schon ein bißchen eigentümlich in der letzten Zeit, aber das hier ist gespenstisch!
„Und das ist alles?"
„Also, Billy, ich hatte solche Angst, daß ich rückwärts aus dem Badezimmer ging und hergekommen bin, um dich zu wecken. Vielleicht sollten wir Martha anrufen und deinem Vater Bescheid sagen. Ich weiß

nicht, wer diese Carol Alice ist, aber es hört sich nach Nigger an; wahrscheinlich eine von den Schwestern, mit denen er im Krankenhaus geflirtet hat. Die schlimmsten Esel sind die alten Esel, das habe ich schon immer gesagt."

„Paß mal auf, Grandma. Wir können Dad nicht so schnell erreichen. Er ist mit Marty unten am Strand, und ich weiß nicht, was sie danach vorhaben. Geh mal einen Moment nach draußen, damit ich mich anziehen kann. Dann sehe ich nach, was mit Grandpa los ist. Du kannst solange hier reingehen und es dir gemütlich machen, du legst dich einfach aufs Bett und hältst dich da raus."

Ich scheuche sie in den Garten, ziehe mich an und verfrachte sie dann auf das Bett.

Ich gehe ins Haus und bin auf das Schlimmste gefaßt. Ich habe keinerlei Erfahrung mit Irren, bloß einmal habe ich miterlebt, wie es bei zwei Mädchen in UCK SUCK, die auf dem Trip waren, die Sicherung rausgehauen hat. Aber das war nur eine vorübergehende Sache, und es waren jede Menge andere Leute dabei.

Ich schleiche mich durch die Nebentür hinein. Die Badezimmertür steht noch offen, und es ist genau, wie sie gesagt hat: Er beugt sich übers Waschbecken, und im Wasser schwimmen winzige Streichholzschiffchen. Er steht an den Wäschepuff gelehnt und hat den Spazierstock neben sich stehen. Er bemerkt mich sofort, als ich reinkomme. Ich denke, ich gehe am besten drauf ein, bis ich dahintergekommen bin, was da läuft.

„Spielst du Schiffchen, Grandpa?"

Er sieht mich lächelnd an. Ich kenne kaum einen Menschen, der so ein nettes Lächeln hat wie er. Vielleicht gehört es zum Plemplemsein dazu, daß man ein nettes Lächeln an sich hat.

„Billy, verstehst du was vom Coriolis-Effekt?"

Mir bleibt die Spucke weg. Ich erinnere mich nur noch vage an sowas aus dem Meereskundeunterricht. Aber, Gott im Himmel, was für eine Frage so früh am Morgen, auf nüchternen Magen.

„Nicht viel, Grandpa. Hat das nicht was damit zu tun, daß auf der nördlichen Halbkugel das Wasser im Waschbecken rechtsrum abfließt und im Süden andersrum?"

„Genau, Billy. Aber die meisten Fachleute behaupten, die Coriolis-Kraft wäre nicht stark genug, um das Wasser in einem kleinen Becken wie diesem hier überhaupt in eine bestimmte Richtung zu bewegen."

Er zieht den Stöpsel heraus, und ich sehe mit ihm zusammen zu. Tatsächlich, das Wasser dreht sich im Uhrzeigersinn, wie erwartet. Seine kleinen Schiffchen wirbeln herum, geraten in den Strudel, und er angelt sie heraus, bevor sie im Abfluß verschwinden.
„Und jetzt mußt du nochmal zusehen, Billy."
Er füllt das Waschbecken bis an den Rand und setzt die Schiffe wieder hinein. Diesmal rührt er das Wasser mit der Hand andersherum, entgegen dem Uhrzeigersinn, bevor er den Stöpsel herauszieht. Als er ihn dann herauszieht, bewegen sich die Schiffchen linksherum, aber langsam ändert das Wasser seine Richtung, und sie wirbeln alle rechtsherum zum Abfluß.
„Hast du das gesehen, Billy? Ich habe es jetzt schon zum sechsundzwanzigsten Mal gemacht, und es war jedesmal so."
„Aber, Grandpa, darum geht es doch gerade, oder nicht? Das soll der Coriolis-Effekt doch angeblich bewirken."

Er setzt sich auf den Wäschepuff und nimmt den Stock in die Hand. Ich kann nicht behaupten, daß er besonders verrückt wirkt. Wo hat er das mit dem Coriolis-Effekt überhaupt her?
„Billy, es geht um Folgendes. Die Coriolis-Beschleunigung beträgt nur nullkommanullnullfünf, das heißt fünf Tausendstel Zentimeter pro Sekundenquadrat, während die normale Schwerkraft bei etwa neunhundertfünfundachtzig Zentimetern pro Sekundenquadrat liegt. Mit anderen Worten, die Schwerkraft ist fast zweihunderttausendmal stärker als die Coriolis-Kraft. Deshalb sind die Wissenschaftler so überzeugt, daß der Coriolis-Effekt in einem Waschbecken nicht funktionieren kann; die Schwerkraft müßte der Coriolis-Kraft eigentlich so überlegen sein, daß sie nicht zum Tragen kommen kann. Aller Wahrscheinlichkeit nach dürfte sich der Effekt in so einem kleinen Wasserbecken gar nicht einstellen. Aber, du siehst ja, mit meinen sechsundzwanzig Versuchen hier wird meine Fehlerquote allmählich ganz schön klein. Irgendwas stimmt da nicht."
Er beugt sich vor und fängt wieder an, das Becken vollaufen zu lassen. Ich trete näher heran; es ist beinahe, als wäre ich wieder im Physiklabor in der Schule.
„Sieh mal, Billy, die Tatsache, daß Wasser in einer spiralförmigen Bewegung herumwirbelt, wenn es aus einem Becken abgelassen wird und durch den Ausguß fließt, ist darauf zurückzuführen, daß von den

Waschbeckenwänden schwerkraftbedingte Reibung auf das Wasser ausgeübt wird. Das Wasser, das den Seitenwänden am nächsten ist, wird der größten Reibung ausgesetzt; das Wasser in der Mitte, das von den Wänden weiter weg ist, rotiert leichter in der Richtung, die es jeweils gerade hat, so daß sich das Wasser mit verschiedenen Geschwindigkeiten bewegt, schnell in der Mitte und langsam an den Rändern. Wenn das Wasser abfließt, wird das ganze umso stärker beschleunigt, je kleiner die Oberfläche wird. Deshalb ist der Strudel oder Wasserzyklon am Ende im Abfluß eigentlich logisch. Aber, was mich fasziniert, ist die Richtung, in der es abfließt, immer im Uhrzeigersinn. Ich habe mich schon gefragt, ob unser Waschbecken hier vielleicht eine bestimmte Krümmung hat, so daß das Wasser schneller runterwirbelt und abfließt. Vielleicht ist das der Grund.
Billy, würde es dir was ausmachen, Standard Plumbing, oben am Sepulveda Boulevard, mal anzurufen und zu fragen, ob ihre Waschbecken und Badewannen eine bestimmte Krümmung haben? Ich würde es ja selber machen, aber mir ist das Telefonieren einfach zuwider."

Ich verspreche es ihm, ich bin zu allem bereit, was ihn von dieser verrückten Geschichte ablenkt. Verflixt, woher hat er bloß seine Weisheit über Beschleunigung, Schwerkraft, Fehlerquoten? Ich dachte, er hätte bloß acht Jahre Grundschule.

Ich suche im Telefonbuch nach Standard und bekomme nach drei Anläufen jemand in der Herstellungsabteilung an den Apparat, der mir versichert, daß alle ihre Becken, sowohl die aus rostfreiem Stahl als auch die aus Prozellan, symmetrisch seien. Bestimmt denkt er, daß ich an einer Beschwerde über irgendein schiefes Waschbecken herumbastele.

Ich erzähle Granddad, was er mir gesagt hat. Er schüttelt den Kopf.

„Also, Billy, damit können wir ein Argument fallenlassen. Vielleicht sollten wir mal andere Waschbecken ausprobieren. Wo können wir hier in der Gegend eine Menge Waschbecken finden?"

Andauernd stellen mir Leute Fragen, die sie selber beantworten, bevor ich etwas sagen kann.

„Ich weiß schon, Billy, die Kegelbahn gleich hinter dem Berg. Ich war mal dort, als ich mit meiner Wäsche im Waschsalon gewesen bin. Da sind mindestens zehn Waschbecken nebeneinander."

Du kriegst die Motten, er stemmt sich tatsächlich vom Wäschepuff ab und will sofort los.

„Aber, Granddad, Dad hat den Wagen. Wir haben keine Möglichkeit,

da hinzukommen; zum Laufen ist es zu weit."
„Das Motorrad steht noch draußen in der Auffahrt, Billy. Das können wir nehmen. Ich bin schon bei deinem Vater hinten auf dem Sozius mitgefahren, und außerdem haben wir so keine Parkprobleme."
Er meint es ernst! Aber wenn Grandma dahinterkommt, daß ich Granddad auf dem Motorrad zur Kegelbahn mitnehme, um Spielzeugschiffchen schwimmen zu lassen, holt sie bestimmt die Polizei. Granddad schleppt die vergammelten Helme herbei, die noch von früher hier herumliegen; er ist startbereit. Was soll's, wenn er unbedingt will; außerdem werde ich langsam neugierig.
Ich schiebe das Motorrad bis ans Ende der Straße, bevor ich es anlasse. Granddad geht neben mir her; immerhin hat er den Spazierstock nicht mitgenommen. Ich hoffe, daß Grandma uns nicht hört. Er kraxelt auf den Rücksitz, klappt die Fußstützen herunter und hält sich fest. Was hat *meinem* Alten bloß den Floh ins Ohr gesetzt, mit *seinem* Alten hintendrauf auf diesem zweirädrigen Schrotthaufen durch die Gegend zu kurven? Bei Dad weiß man wirklich nie; in mancher Hinsicht ist er echt meschugge.
Wir gondeln zu dem Kegelzentrum und gehen an den Bahnen vorbei nach hinten zum Waschraum. Wir geben bestimmt ein ziemlich verschrobenes, perverses Paar ab. Gott sei Dank ist es früh und praktisch noch niemand da; wir haben den Waschraum für uns. Zuerst machen wir uns Stöpsel aus Papierhandtüchern, und dann lassen wir sämtliche Becken vollaufen. Das dauert fast zehn Minuten. Ich habe keine blasse Ahnung, was wir sagen sollen, wenn der Geschäftsführer kommt. Ich beschließe im stillen, Granddad das Erklären zu überlassen, falls tatsächlich jemand kommt.
Na, als wir dann das Wasser aus diesen Becken ablassen, fließt es in allen zehn im Uhrzeigersinn ab. Wir füllen sie noch einmal, rühren das Wasser am Anfang in der anderen Richtung um, bevor wir die Stöpsel herausziehen; wieder dasselbe, es ändert die Richtung und fließt rechtsherum ab. Granddad muß mit seiner Mathematik und Physik auf dem falschen Dampfer sein. Ich wüßte sowieso gern, woher er das Ganze hat.

Wir kutschieren zurück zum Haus. Ich setze ihn an der Ecke ab und schiebe Dads Motorrad in die Auffahrt. Granddad geht zur Haustür hinein, und ich gehe außen herum, um nachzusehen, ob Grandma

vielleicht tot auf diesem Lotterlager liegt. Sie ist nicht da.
Ich gehe ins Haus und finde Granddad im Wohnzimmer. Er erzählt ihr gerade eine Story von einem kleinen Spaziergang um den Block. Ein Glück, daß die Helme draußen am Motorrad hängen. Grandma sieht mich fragend an; sie hat noch immer Angst. Aber ich werde nichts sagen, solange Granddad es nicht ausdrücklich will.
Wir sitzen alle untätig herum, jeder für sich, jeder wartet darauf, daß einer von den anderen etwas unternimmt oder sagt. Ich wünschte, Dad käme nach Hause, es wird langsam ungemütlich. Dann steht Granddad auf.
„Komm mit raus in die Werkstatt, Billy; ich möchte dir gern was zeigen."
Grandma paßt das gar nicht, aber sie stellt sich auch nicht quer. Beim Hinausgehen drehe ich mich um und zucke mit den Schultern, bloß um ihr zu zeigen, daß ich irgendwie auf ihrer Seite bin; aber ich bin es gar nicht.
In der Werkstatt nimmt Dad eine der trickreichen Erfindungen in die Hand, die er sich immer für uns ausdachte, als wir klein waren. Es ist ein Stock mit lauter Kerben auf der einen Seite und einem kleinen Propeller an der Spitze. Wir nannten sie immer „Kreiselstöcke", und dieser hier ist eine Neuanfertigung mit einem handgeschnitzten Propeller, der mit einer Stecknadel befestigt ist.
„Weißt du noch, wie das funktioniert, Billy?"
Er reicht ihn mir nebst einem kurzen, glatten Stöckchen. Ich fahre mit dem glatten Stock schnell über die Kerben auf und ab, bis der Propeller anfängt, sich zu drehen. Es hat uns als Kinder immer verblüfft, und ich weiß bis heute nicht, was den Propeller in Drehung versetzt.
„Fällt dir irgend etwas auf an der Art, wie sich der Propeller dreht?"
Er beugt sich vor, auf seinen Spazierstock gestützt, und hält den Propeller mit dem Finger an. Ich rubbele den Stock wieder auf und ab. Er läßt ihn ordentlich in Fahrt kommen, dann greift er danach und hält ihn an.
„Jetzt paß mal gut auf. Du wirst sehen, daß er sich immer entgegen dem Uhrzeigersinn dreht."
Diesmal stößt er den Propeller mit dem Finger kräftig im Uhrzeigersinn an. Aber sobald ich zu rubbeln anfange, stockt der Propeller und fängt an, sich in die andere Richtung zu drehen.
„Ich habe diese ‚Kreiselstöcke' vierzig Jahre lang gemacht, und es ist mir nie gelungen, einen herzustellen, der sich andersherum dreht. Ich habe

versucht, die Kerben in den verschiedensten Winkeln und Abständen zu schnitzen; ich habe welche mit linkshändigem und mit rechtshändigem Antrieb gemacht; ich habe versucht, Propeller mit allen möglichen Anstellwinkeln zu entwerfen, aber sie drehen sich immer in dieselbe Richtung."

Er hält inne, sieht mich an und lächelt wieder. Er dreht den Propeller mit dem Finger rückwärtsherum, und wir sehen zu, wie er die Richtung ändert, während ich den Stock betätige.

„Was steckt eigentlich dahinter, Grandpa? Was meinst du, weshalb er das macht?"

„Ich weiß es auch nicht, Billy; vielleicht könnte das irgendein Wissenschaftler erklären; ich kann es nicht. Mich interessiert daran, daß es das Gegenteil vom Coriolos-Effekt in unserem Waschbecken ist. Komm mal mit, ich zeige dir noch was."

Er führt mich in sein Gewächshaus. Dort hat er einen kleinen Schlauch von seinem Bewässerungssystem zu einem Trichter gelegt, und der Trichter ist in einen alten Eimer eingebaut. Unten in dem Trichter hat er einen kleinen Stöpsel mit einer Schnur daran. Zuerst stellt er das Wasser an, bis der Trichter voll ist. Dann hält er die Spitze des gekerbten Stocks an den Rand seines Trichters und beginnt, darauf entlangzufahren, bis das Wasser im Trichter an der Oberfläche zu vibrieren anfängt.

„Jetzt, Billy, zieh den Stöpsel raus und paß auf, was passiert."

Ich ziehe ihn raus und sehe zu, wie das Wasser durch den Trichter in den Eimer fließt, während er weiterreibt. Das Wasser fließt entgegen dem Uhrzeigersinn, entgegen dem Coriolis-Effekt ab!

„Was sagst du dazu, Billy?"

„Wieso ist es andersrum abgeflossen, Grandpa? Wegen der Vibrationen?"

„Das ist ebenfalls eine Frage für die Wissenschaftler, Bill. Aber wenn sie nicht mal glauben, daß Wasser im Waschbecken im Uhrzeigersinn abfließt, wie sollen sie dann etwas von ‚Kreiselstöcken' verstehen?"

Er wirft den Kopf nach hinten und lacht. Ist das das Lachen eines Irren? Wir wiederholen das Spielchen fünf- oder zehnmal, und jedesmal passiert dasselbe. Dann setzt Granddad sich in einen alten Korbstuhl, den er da draußen mitten in seinem Gewächshaus stehen hat. Er ist von der Mitte her mindestens auf sechserlei Arten geflickt. Dad hat mir einmal erzählt, daß Granddad diesen Sessel vor rund zwanzig Jahren selber

gemacht hat, aus Weidenruten, die er von Bäumen im Topanga-Flußbett abgeschnitten hat. Ich hocke mich auf eine Bank, auf die er normalerweise seine leeren Blumentöpfe stellt.
„Paß auf Billy, noch eins, und das ist weiter hergeholt als das mit dem Waschbecken und dem Stock. Aber hör gut zu."
Er sieht mich an, als befürchte er, daß ich ihm nicht glauben könnte. Er schlägt die Beine übereinander. Sie sind so dünn, daß sie wie Stöcke herunterhängen, man merkt kaum, daß sie übereinandergeschlagen sind. Ich bin bereit, alles zu glauben, was er mir erzählt; ich denke langsam, daß ich ein seltenes, verkanntes Genie zum Großvater habe und nie die leiseste Ahnung davon hatte.
„Billy, ich habe vor dreißig Jahren angefangen, mich für die Coriolis-Beschleunigung zu interessieren, als ich bei Douglas arbeitete. Wir haben damals an einer Methode herumgetüftelt, in das Navigationssystem von Bombern eine automatische Coriolis-Gegensteuerung einzubauen. Es war alles streng geheim, und ich habe über ein Jahr daran gearbeitet. Wir mußten schließlich aufgeben. Die Ursache des Coriolis-Effekts ist die Erdumdrehung, aber die Erde dreht sich, je nachdem, wie weit du vom Äquator entfernt bist, mit unterschiedlichen Geschwindigkeiten. Hier bei uns in Los Angeles drehen wir uns mit etwas über tausend Kilometern pro Stunde; aber in Boston dreht man sich nur mit etwa neunhundert Kilometern in der Stunde; dort muß man täglich nicht so eine weite Strecke zurücklegen. Die ganze Angelegenheit wurde so kompliziert, daß ich nicht mehr weiter wußte und an eine andere Aufgabe gesetzt wurde. Die Piloten mußten eben weiterhin die Abweichung selber ausgleichen. Dir ist ja bekannt, daß du, wenn du von Seattle nach New York City fliegst, in Brasilien landest, wenn du die Coriolis-Kraft nicht ausgleichst."
Er sieht mich noch immer aus zusammengezogenen Augen an, als hätte er Angst, daß ich ihm nicht glauben könnte.
„Aber, Billy, diese Coriolis-Geschichte ist mir nicht mehr aus dem Sinn gegangen; ich bin ein regelrechter Waschbeckenabfluß-Beobachter geworden. Ich habe das Wasser nie abfließen lassen, ohne zuzusehen, bis es ganz weg war, und es ist immer im Uhrzeigersinn abgeflossen.
„Aber dann, 1953, kurz bevor deine Schwester Martha auf die Welt kam, fing es an, andersherum abzufließen. Drei Tage lang floß es verkehrtherum ab, unmittelbar bevor wir oben in Bakersfield das schlimme Erdbeben hatten. Noch sechs Tage nach dem Erdbeben ist es

verkehrtherum abgeflossen. Ich habe keinem Menschen ein Wort davon gesagt. Was konnten diese beiden Dinge miteinander zu tun haben? Es war paradox, zumal das eine Phänomen eigentlich gar nicht vorkommen durfte.

1971 hatten wir dann das schwere Erdbeben in Newhall, rund zwanzig Meilen von hier. Davor ist mir nichts aufgefallen; ich hatte auch nicht besonders achtgegeben; aber danach floß das Wasser fünf Tage lang wieder verkehrtherum ab. Diesmal habe ich es Joan erzählt, weil ihr Haus sogar noch weiter Richtung Newhall liegt. Sie hat es ausprobiert und gesagt, daß das Wasser dort auch verkehrtherum abfloß.

Seitdem haben Joan und ich beide immer ein Auge darauf gehabt. Vor zwei Jahren, etwa um diese Zeit, fing bei ihr das Wasser wieder an, sich rückwärtszudrehen, und sie hat mir Bescheid gesagt. Wir haben es in dem Waschbecken hier ausprobiert, und tatsächlich: es floß verkehrtherum. Zwei Tage danach gab es ein Erdbeben in der Wüste, eines, von dem wir hier nichts gespürt haben, aber es hatte Stärke fünfkommadrei auf der Richter-Skala."

Er erzählt mir das alles in vollkommen ruhigem, sachlichem Tonfall. Da hat er vermutlich eine wichtige Entdeckung gemacht und treibt nur geistige Spielchen damit.

„Mensch, das ist ja toll, Granddad! Das müßten unbedingt irgendwelche Wissenschaftler erfahren, vielleicht kommen die dahinter."

„Ich habe eine bessere Idee, Billy. Ich weiß, wie wir der Sache selber nachgehen und auch noch Spaß dabei haben können.

Du weißt ja, daß deine Großmutter an Kalifornien hängt, aber daß sie seit eh und je schreckliche Angst vor Erdbeben hat. Bei dem einen in Newhall sind wir im Schlafzimmer auf unserem Bett hin- und hergerutscht, und ich dachte schon, sie würde sterben. Schon ein Überschallknall versetzt sie in Panik. Und jetzt, wo sie diesen Herzanfall gehabt hat, wäre es sicher hilfreich, wenn wir eine Art Erdbebenwarnanlage bauen könnten. Was hältst du davon?"

„Klar, das wäre toll, aber wie?"

„Ich glaube, ich weiß wie, Billy, aber ich brauche dazu deine Hilfe."

Er streckt seine Hand vor sich aus.

„Diese Hände sind nicht mehr so ruhig, wie sie früher mal waren, und entschieden nicht mehr so kräftig. Komm, wir zwei bauen uns zusammen ein Erdbebenwarnsystem. Wir halten es geheim, bis wir fertig sind. Es soll eine Überraschung für deine Großmutter werden."

„Was sollen wir Grandma und Dad sagen? Sie werden wissen wollen, was wir treiben."
„Wir sagen ihnen, daß es ein Geheimnis ist. Wir haben das gute Recht, ein paar kleine Geheimnisse zu haben. Wenn es fertig ist und funktioniert, werden wir sie damit überraschen."
„Ja, gut, aber Granddad, Grandma kriegt schon die Krämpfe, weil du Spielzeugschiffchen im Waschbecken schwimmen läßt, was soll ich ihr denn sagen? Was wird sie denken?"
„Es wird schon schiefgehen, Billy; ich werde ihr erzählen, daß wir an einem wissenschaftlichen Projekt arbeiten. Ich werde mit ihr reden, aber wir können da eigentlich nicht viel machen. Weißt du, Grandma ist sowieso schon seit langem davon überzeugt, daß ich verrückt bin."
Er lächelt und schüttelt den Kopf, als sei das die witzigste Sache der Welt.
„Da, Billy, nimm diesen Bleistift und ein Stück Papier; schreib mal eine Einkaufsliste. Als erstes mußt du einen großen, durchsichtigen Plastiktrichter kaufen, den größten, den du auftreiben kannst, mindestens zweimal so groß wie der hier. Dann ein Goldfischglas mit etwa fünfundzwanzig Zentimetern Durchmesser an der Öffnung; wir brauchen auch ein Stück Plastikschlauch mit einer lichten Weite von fünf Millimetern; eine Taschenlampenbatterie, eine Birne, eine Türklingel und noch ein bißchen von diesem Kunstharzkleber. Wir werden auch eine kleine Elektropumpe brauchen, die Sorte, die man zum Auspumpen von Goldfischaquarien gebraucht; keine Luftpumpe, eine Wasserpumpe. Du kannst die Pumpe, das Glas und den Schlauch in einer Zoohandlung kaufen. Und dann bring noch ein bißchen grüne Ostereierfarbe mit. Ich habe noch einen alten Reifenschlauch in der Werkstatt, und ich glaube, das ist alles, was wir brauchen werden."
Er greift in seine Gesäßtasche und zieht ein Portemonnaie heraus. Er reicht mir einen Zehndollarschein und einen Fünfer.
„Falls das nicht reichen sollte, Billy, mußt du dich bei mir melden."
Ich gehe noch einmal alles mit ihm durch, was ich aufgeschrieben habe. Es ist so ein ulkiges Sammelsurium, daß ich echt nicht scharf drauf wäre, Grandma oder auch Dad zu erklären, was ich da einkaufen gehe.

Drinnen im Haus kommt Grandma aus dem hinteren Schlafzimmer herbeigeschlurft. Grandpa drückt sie herzhaft an sich und gibt ihr einen Kuß. Sie muß eine Mordsangst haben. Sie gibt mir verstohlen einen

Wink, daß ich noch einmal mit ihr ins Schlafzimmer kommen soll. Ich zwinkere Granddad zu und gehe mit ihr nach hinten.
„Was ist los, Billy? Warum benimmt er sich so verrückt? Hast du gesehen, wie er mir draußen, vor deinen Augen einen Kuß gegeben hat? So etwas hat er früher nie gemacht."
„Keine Bange, Grandma; ihm geht's bestens. Er hatte seine Gründe für die Geschichte mit dem Waschbecken und den Schiffchen. Er bastelt an einer Überraschung für dich, und ich helfe ihm dabei. Mach dir mal keine Sorgen, er ist nicht verrückt."
„Jesus, Maria und Josef! Du bist genauso ein Kindskopf wie dein Vater und dieser Psychiater. Was hat er vor? Will er mir ein Spielzeugschiff bauen? Das würde mich nicht wundern; mich wundert gar nichts bei ihm. Wenn er nicht verrückt ist, dann muß ich verrückt sein; und falls ich es noch nicht bin, werde ich es bald sein. Ich halte das nicht aus!"
Selbst wenn ich ihr alles erzählte, würde es nichts helfen. Ich schwinge mich aufs Motorrad und rolle zum Culver Center. Ich parke hinter einer Zoohandlung, und innerhalb von einer Viertelstunde habe ich alles beieinander, bis auf die Wasserpumpe. Niemand hat eine Ahnung, wo ich eine herkriegen kann.
Als ich nach Hause komme, ist Granddad in der Werkstatt. Er hat etwas auf seiner Werkbank auseinandergenommen. Es ist ein alter Elektrorasierer. Ich zeige ihm den Krempel, den ich gekauft habe, und sage ihm wegen der Pumpe Bescheid.
„Macht nichts, Billy, so was habe ich schon befürchtet. Wir können uns aus diesem alten Motor hier selber eine kleine Pumpe bauen."
Er deutet auf den Motor auf der Werkbank. Wie zum Teufel will er aus einem Rasierapparatmotor eine Pumpe bauen?
„Du wirst den Löwenanteil der Arbeit machen müssen, Billy, aber du wirst schon sehen, wir haben in Nullkommanichts eine schicke kleine Pumpe."
Wir arbeiten den ganzen Nachmittag lang. Er läßt mich aus dem Reifenschlauch winzige Gummistücke ausschneiden; die kleben wir mit Kunstharzkleber zu einem Blasebalg zusammen und pappen das Ganze an ein Stück Plastikschlauch. Er zeigt mir, wie man den Blasebalg an den Motor montiert und, tatsächlich, nachdem wir ihn an einen wasserführenden Schlauch angeschlossen haben, fängt er an, wie verrückt zu pumpen.
Als nächstes bohren wir etwa auf halber Höhe ein kleines Loch in

unseren Trichter. Davor kleben wir an die Innenseite ein Stück Reifenschlauch als Rückschlagventil. Solange das Wasser in eine bestimmte Richtung fließt, öffnet sich das Ventil nicht, aber sobald es die Richtung ändert, hebt sich das Ventil, und Wasser tritt aus.
Dann basteln wir aus Schlauchresten ein kleines T-Stück, durch das das Wasser abfließen kann. Sobald Wasser in das T kommt, wird durch Drähte, die an Batterien angeschlossen sind, der Stromkreis geschlossen. Das setzt eine Klingel und eine Glühbirne in Gang.
Wir bauen eine kleine Kiste für die Pumpe, die er schwarz anmalt. Dann setzen wir den Trichter in die Öffnung des Goldfischglases. Ein Ende des Plastikschlauches hängt an einem Drahthaken, den wir aus einem Kleiderbügel herausmontiert haben, über dem Trichter; das andere führt durch die Pumpe und dann ins Glas. Wir füllen unser Goldfischglas mit ostergrünem Wasser. Das Wasser wird hochgepumpt und strömt in den Trichter, so daß der Trichter ständig mit der Coriolis-Strudelwirkung entleert wird. Granddad installiert ein wasserdichtes Licht im Fischglas, damit es die ganze Zeit erleuchtet ist.
Es funktioniert mustergültig. Oben plätschert beständig Wasser hinein, das herumwirbelt, sich ins Glas entleert und dann wieder hochgepumpt wird. Ich bin wie hypnotisiert, es ist, als beobachtete man eine Waschmaschine oder so eine ölgefüllte Lampe, in der Blasen blubbern. Das Spektakel ist so schön, daß es keine Rolle spielt, ob das Ding Erdbeben ankündigt oder nicht. Wir werden wahrscheinlich sowieso nie erfahren, ob es das tut.
Inzwischen ist Dad wieder nach Hause gekommen, und Grandma hat sich auf ihn gestürzt. Dad spricht mit mir, und ich erzähle ihm, daß wir an einer Erfindung herumwerkeln. Ich erzähle ihm, daß es eine Überraschung für Grandma sein soll. Dad sorgt sich am meisten darüber, wie sie es aufnehmen könnte. Ich sage ihm, daß wir vor dem Schlafengehen fertig sein werden und daß alles in Butter ist. Er sagt, Marty sähe allmählich wirklich schwanger aus und ich sollte mal rüberfahren und sie besuchen. Es ist ulkig, sich Marty schwanger vorzustellen, ich komme mir alt vor, und sie ist plötzlich mehr als eine Schwester.
Das Abendessen ist eine Tortur, weil Grandma völlig daneben ist. Dad schweigt, oder er versucht, das Gespräch in Gang zu halten. Granddad und mir juckt es in den Fingern, draußen weiterzumachen.
Es ist etwa acht Uhr, als wir fertig werden. Die Farbe auf den Kisten ist noch ein bißchen klebrig. Ich packe die ganze Maschine in einen Papp-

karton und schleppe sie ins Wohnzimmer. Granddad kommt hinter mir her und grinst übers ganze Gesicht. War das dufte, dieses Gewerkel den ganzen Tag mit ihm.
Dad und Grandma sehen sich *Little House on the Prairie* im Fernsehen an; vermutlich sieht nur Grandma zu, und Dad leistet ihr Gesellschaft. Ich stelle unseren Karton neben dem Sofatisch auf den Fußboden und fahnde nach einer Steckdose. Wir bauen alles auf, und ich klatsche in die Hände.
„Ihr Lieben, wir werden jetzt eine der größten Erfindungen des Jahrhunderts vorgeführt bekommen, die erste und einzige Erdbebenwarnanlage der Welt. Wir schätzen uns glücklich, heute abend den Erfinder, Herrn Dr. John Tremont, höchstpersönlich bei uns zu haben."
Granddad sitzt lächelnd auf der Couch. Ich spüre deutlich, daß Grandma pikiert ist über diesen dreckigen Pappkarton mitten auf dem Wohnzimmerteppich.
„Jacky, das sage ich dir, die beiden da sind fast genau solche Kindsköpfe wie du. Was habt ihr eigentlich in der Kiste da, Billy? Ich dulde keine Haustiere in meiner Wohnung; sie machen bloß Schweinerei, und ich bin immer diejenige, die alles aufwischen muß."
„Keine Bange, Mom. Sie haben gesagt, es wäre eine Erfindung; es ist kein Haustier. Sag mal, Tom Swift, wie groß ist die Wahrscheinlichkeit, daß uns das Ding da um die Ohren fliegt?"
„Es ist ungefährlich, Johnny. Bess, ich meine Bette, weißt du noch? Du hattest doch immer solche Angst vor Erdbeben. Tja, wir haben das Problem gelöst. Diese Erfindung hier zeigt an, wenn ein Erdbeben im Verzug ist; es ist eine Erdbebenwarnanlage. Solange sie läuft, ohne Warnsignale abzugeben, kannst du völlig unbesorgt sein. Wenn ein Erdbeben kommt, löst sie eine Klingel aus, und ein Licht leuchtet auf. Dann bleiben dir immer noch ein paar Tage, um dich unter ein Bett oder sonstwohin zu verkriechen, wo du meinst, daß es am sichersten ist."
Granddad steht vorsichtig auf, geht zu ihr und gibt ihr noch einen Kuß. Sie sieht, während er sie küßt und ich die Anlage aufbaue, an ihm vorbei zu mir herüber. Ich stelle die Pumpe unter die Couch, damit sie außer Sehweite ist. Den Rest der Anlage haben wir so hergerichtet, daß sie richtig profihaft aussieht. Ich bin bereit, den Stecker einzustecken.
Granddad wirft die Arme in die Luft wie ein Orchesterdirigent.
„Halten Sie Ihre Hüte fest, meine Damen und Herren, es geht los!"
Er deutet auf mich, und ich schiebe den Stecker in die Dose. Das Licht

geht an, der Motor fängt an zu laufen, und die Anlage pumpt und plätschert und strudelt, daß es eine wahre Freude ist. Grandma und Dad sehen ungläubig zu. Granddad gibt Erläuterungen.
„Seht ihr, so läuft es bei Normalbetrieb. Wenn ein Erdbeben bevorsteht, dreht sich das Wasser in die andere Richtung und löst unser Warnsystem aus. Na, was haltet ihr davon?"
Ich kann den Mund nicht halten.
„Es ist eine absolut unerhörte Erfindung und ein einsames Kunstwerk. Das ist meine Meinung. Es ist das Werk eines Genies!"
Grandma drückt sich einen Finger in die Backe; sie kichert, macht aber ein besorgtes Gesicht.
„Ihr zwei seid ja übergeschnappt; das liegt in der Familie. Kein vernünftiger Mensch würde sich jemals solche Fisimatenten ausdenken."
Dad will wissen, wie es funktioniert. Er beugt sich darüber, und Granddad erklärt die ganze Geschichte mit Coriolis und Kreiselstöcken. Ich stelle den Fernseher ab. Die Warnanlage läuft und läuft; es ist, als hätte man einen winzigen Springbrunnen oder Wasserfall auf dem Wohnzimmertisch. Es würde sich lohnen, in jedem Haus so ein Ding zu haben, mit oder ohne Erdbeben. Ich könnte es mit Kußhand an Drogenfreaks verkaufen. Grandma fallen noch immer beinahe die Augen aus dem Kopf.
„Billy, ich verstehe nichts von Erdbeben, aber das eine sage ich dir; du kannst diesen Apparat nicht auf dem Sofatisch hier im Wohnzimmer stehenlassen. Allein das Geblubber würde mich wahnsinnig machen; es ist wie in einer Buck-Rogers-Show. Jack, vielleicht kannst du es draußen im Gewächshaus aufbauen, und dann sagst du mir eben Bescheid, wenn es zu klingeln anfängt."
Damit hat sich die Sache. Granddad sieht mich lächelnd an. Sicherlich hat keiner von uns ernstlich erwartet, daß sie es anders aufnehmen würde. Um ehrlich zu sein, ich bin sogar froh. Ich schaffe die Anlage zu mir ins Gartenzimmer und baue sie auf der Kommode neben meinem Bett auf. Ich beobachte sie, bis ich einschlafe. Ich schließe langsam die Augen und stelle mir vor, ich hörte einen Wasserfall. Ich würde ganz schön erschrecken, wenn das verdammte Ding mitten in der Nacht zu klingeln anfinge.

22

Ich bin froh, als der Freitag kommt, und ich Mom in die Sprechstunde zu Delibro bringen kann. Seit der Vorführung des Erdbebenwarngeräts ist Mom überzeugt, daß Dad ein gefährlicher Irrer ist.

Sie macht sich fein, und abgesehen von den Pausen, die sie einlegen muß, um wieder zu Atem zu kommen, würde man ihr Alter nie erraten oder ahnen, daß sie schwer krank ist.

Delibro hat mir gesagt, daß er lediglich ihre Beziehung zu Dad erkunden möchte; vermutlich schwant ihm etwas.

Im Wartezimmer ist Mom aufmerksam wie ein Luchs. Ihre Augen durchforsten alles; ein besonderes Naserümpfen gilt der japanischen Sekretärin.

Delibro kommt aus dem Sprechzimmer und kehrt wieder den liebevollen Sohn heraus. Mom ist geschmeichelt. Es war mir zuvor nicht aufgefallen, aber für einen kleinen Mann ist er ein gutaussehender Bursche. Oder vielleicht ist er es in Wirklichkeit gar nicht und hat nur irgendeinen Hypnosetrick mit uns vollführt.

Mom steuert gleich auf des Pudels Kern los.

„Haben Sie meinen Mann wirklich ein Genie genannt, oder hat Jacky das bloß erfunden? Man weiß ja nie."

Wenn das kein Frontalangriff war! Sie schießt aus allen Rohren. Ich werfe mich dazwischen.

„Mutter ist besorgt, weil Dad gestern eine Erfindung gemacht hat, die er Erdbebenwarngerät nennt. Er wird Ihnen vielleicht davon erzählen, wenn er in die Sprechstunde kommt."

Wir können uns nicht einmal mit Zeichensprache verständigen. Mutter hat sich so aufgebaut, daß sie uns beide voll in ihrem Schußfeld hat. Ich hoffe, daß ich ihren ersten Schlag abgefangen habe, aber leicht ist es nicht.

„Können Sie sich so was vorstellen, er läßt grünes Wasser durch einen Trichter in ein Goldfischglas laufen, und er behauptet steif und fest, daß das Ding Erdbeben ankündigt. Die Wissenschaftler auf der ganzen Welt haben das mit Millionen von Dollar nicht geschafft, aber er glaubt, er bringt es fertig mit Kaufhauskrempel im Wert von zehn Dollar. Von mir

aus können Sie das genial nennen, aber ich nenne es schlicht verrückt."
Naja, jetzt ist es wenigstens heraus. Mal sehen, wie Delibro sich sein Geld verdient.

„Das ist sehr interessant, Mrs. Tremont. Wollen Sie nicht reinkommen und mir genau erzählen, wie das vor sich ging? Ich bin sicher, daß es Sie nervlich sehr mitgenommen hat, besonders jetzt, wo Sie so auf Ihr Herz achten müssen."

Er lächelt wie ein Apartmenthaus-Concierge in der Fifth Avenue. Er legt andeutungsweise, ohne sie zu berühren, den Arm um sie und führt sie in sein Sprechzimmer.

Er ist wirklich gut; woher hat er das mit Moms Nerven, zum Kuckuck? Ich habe es ihm nicht gesagt, und Mom hat, seit ich denken kann, über ihre Nerven geklagt.

Ich war bereits zwölf, als mir aufging, daß Nerven nicht Glieder waren wie Finger, etwas Unabhängiges, womit man wackeln konnte. Bis dahin war ich überzeugt gewesen, daß Mom ein überzähliges Paar davon besaß, das irgendwo versteckt baumelte.

Delibro mogelt mir ein rasches Augenzwinkern zu, mit dem er mir bedeutet, daß ich im Wartezimmer bleiben soll. Ich richte mich häuslich ein mit einem mitgebrachten Buch; einem dieser Nero-Wolfe-Krimis von Rex Stout.

Nach einer Stunde kommen sie wieder heraus. Mom quasselt noch immer drauflos, als ob sie nie aufgehört hätte. Vermutlich hat sie das auch nicht. Delibro sieht nicht mehr ganz so gutgelaunt aus; ein bißchen ramponiert, oder vielleicht hat die Hypnotiseurtrance nachgelassen. Er schießt mir bedeutungsvolle Blicke zu. Er möchte, daß ich dableibe, aber ich sehe keine Möglichkeit, von ihr loszukommen, ohne alles zu verderben. Er versucht, seinen Zeichensprachedialog unter Moms wachsamem Auge fortzusetzen, aber es ist aussichtslos.

Ich lotse Mutter hinaus. Im Aufzug sieht sie sich erst einmal um und vergewissert sich, daß keine Abhöranlage da ist, dann lehnt sie sich an mich und kichert.

„Weißt du, Jacky" – kicher, kicher – „ich glaube, daß der auch spinnt. Er hat so intimes Zeug gefragt; Sachen, die mich noch kein Mensch gefragt hat, sogar nach unseren Sexgewohnheiten. Was hat denn das um Himmels willen mit Daddys Geisteskrankheit zu tun? Das kann ich dir sagen, wenn er über Dad und Sex reden will, dann kann er sich auf was gefaßt machen! Als ich Fanny Hogan zum ersten Mal erzählt habe, was

wir alles machen, hat sie gesagt, ich sollte die Polizei einschalten und ihn verlassen, und daß er pervers wäre, und daß es alles von dem indianischen Blut kommt, das er angeblich in den Adern hat. Ich habe es dem Priester bei der Beichte erzählt, und er hat gesagt, er würde für mich beten. Das hat herzlich wenig genützt; wenn dein Vater in Wallung gerät, hält ihn keine Polizei, kein Priester, kein Gebet oder sonst was auf."
Ich halte den Mund. Ich möchte abwarten, bis ich Delibro sprechen kann. Ich lächle, nicke und tue, als spräche sie von der Farbe ihrer neuen Schuhe.
„Das ist auch bloß so ein Hippie, Jacky. Hast du den Schnauzbart gesehen? Keine vernünftige Frau würde sich je mit einem Mann mit so einem Schnauzbart einlassen; er sieht aus wie ein Walroß. Ich wette, er ist nicht mal verheiratet."
Ihre Walroßvorstellung oder vielleicht irgendein Gedankensprung im Zusammenhang mit seinem Junggesellendasein oder vielleicht auch nur Nervosität verleitet sie wieder zum Kichern. Ich kann mich nicht erinnern, daß Mom früher viel gekichert hätte; es ist das ordinärste, anzüglichste Kichern, das ich je gehört habe. Aber ich tue ungerührt, verfrachte sie schleunigst ins Auto und chauffiere sie nach Hause.
Nachdem ich sie wohlbehalten abgeliefert habe, wetze ich um die Ecke zu einer Telefonzelle und rufe Delibro an. Ich komme gleich durch, und er fragt, ob ich in seine Praxis kommen kann. Ich sage ihm, daß das im Moment schwer zu bewerkstelligen sei, daß ich aber später kommen könne. Wir verabreden uns auf fünf Uhr. Ich werde ihr einfach sagen, daß ich zum Malen fahre; das hat Mutter abgehakt als eine meiner Spinnereien. Aber Delibro kann es nicht erwarten, er muß es loswerden.
„Mr. Tremont, war Ihre Mutter schon immer so? War sie immer so voller Abwehr?"
„Seit ich sie kenne, ist sie so gewesen, Doktor."
Es folgt ein Schweigen. Ich spüre, daß es ihm unangenehm ist, das am Telefon zu besprechen; er hätte gern mein Gesicht vor sich.
„Sie ist wirklich eine mißtrauische Frau; sie mißtraut mir, sie mißtraut Ihrem Vater, Ihnen, Ihrer Schwester. Es scheint niemand zu geben, dem sie vertraut; sie ist vollständig einsam. Eine zutiefst furchtsame Frau."
Ich brauche nichts zu sagen, es kommt von ganz allein.
„Wußten Sie, daß sie davon überzeugt ist, daß Ihr Vater versucht, sie zu verletzen oder womöglich zu töten, Mr. Tremont?"
„Ja, das weiß ich. Es ist neuerdings eines ihrer Lieblingsthemen. Das

macht es so schwer für meinen Vater. Sie sagt ihm auch ins Gesicht, daß er verrückt sei, und sie hat nicht das geringste Verständnis für seine Traumphantasien."

Ich würde gern mehr sagen, aber ich weiß selber nicht so recht, was vor sich geht. Dad verändert sich so rasch, offenbart neue Seiten; von einer Minute auf die andere weiß ich nicht, wer, was oder wo er ist. Wir vereinbaren, daß ich nach dem letzten Patienten in seine Praxis komme, damit wir nicht unter Zeitdruck sind. Womöglich müssen wir uns auf eine Nachtsitzung einrichten.

Ich kaufe mir in der Spirituosenhandlung neben der Telefonzelle ein Bier. Ich lehne mich an die Zelle und trinke es langsam aus.

In der Zwischenzeit hat Mom sich gesorgt, wo ich die ganze Zeit gesteckt habe. Ich sage ihr, ich sei ausgewesen und hätte in einer Bar ein Bierchen getrunken. Ich weiß, daß es sie aus dem Häuschen bringen wird, und ich weiß eigentlich nicht, warum ich so etwas mache. Sie kommt näher und riecht an meinem Atem.

„Du stinkst *tatsächlich* nach Bier! Bist du wirklich in einer Bar gewesen? Was soll denn Veronika denken? Wir haben Bier hier im Kühlschrank; das ist rausgeschmissenes Geld. Du brauchst nicht heimlich zu trinken."

„Mom, ich bin ein erwachsener Mann. Wenn mir danach zumute ist, auf ein Bierchen in eine Bar zu gehen und mich ein paar Minuten zu entspannen, dann ist das meine Sache. Es gibt da eine ganz nette, gemütliche Bar gleich bei euch um die Ecke, ihr solltet sie auch mal ausprobieren."

Sie ist mir auf den Leim gegangen. Ich habe sie mit der Bar und dem Bier geködert, so daß sie meinen Alleingang vergißt. Praktischerweise taucht Dad just in diesem Moment in seinem Jogginganzug auf der Bildfläche auf.

„Na, ihr Lieben! Es ist so ein schöner Tag heute; kommt, wir fahren alle runter ans Meer."

Er dreht ein paar kleine Runden zwischen uns im Wohnzimmer. Er lockert die Schultern wie ein Boxer, der den Ring besteigt.

„Vielleicht kann ich auf dem Fahrradweg am Strand ein bißchen joggen. Wir sollten die Gelegenheit nutzen, solange Johnny noch da ist, Bette."

Er versucht ein paarmal, die Knie anzuziehen, was bei ihm so aussieht, daß er die Füße gerade so hoch vom Boden hebt, wie die meisten Leute es beim Gehen tun. Er trägt seine hellblauen Adidas-Schuhe mit dem

Loch am großen Zeh. Er *muß* wissen, daß er Mom fuchtig macht, aber womöglich amüsiert er sich so gut, daß es ihm gar nicht auffällt. Ich blicke zu Mutter hinüber.
„Ohne mich! Ich möchte mich nicht mit euch zweien in der Öffentlichkeit sehen lassen, mit euren dusseligen Bärten, und ihm in diesem verrückten Aufzug. Wieso bringst du ihn nicht mal in dieser Aufmachung zu seinem Psychiater, Jacky; dann wüßte der Bescheid."
Ich erwidere nichts; ich lerne, aber nur langsam. Dad tut auch, als hätte er nichts gemerkt; er zieht noch immer seine abgezirkelten, kleinen Runden, in tiefer Konzentration, die Arme an den Körper angewinkelt.
„Das hört sich gut an, Dad. Es ist ein schöner Tag, es wäre eine Schande, ihn im Haus zu verplempern; ja, wir fahren nach Venice runter. Mom, bist du sicher, daß du nicht mitwillst?"
Sie verdreht die Augen, rümpft die Nase.
„Ihr beiden würdet jeden ins Irrenhaus bringen. Wieso nimmst du ihn nicht mit nach Paris? Da könntet ihr beide mit den ganzen anderen Rumtreibern und Hippies unter so einer Brücke leben. Geht ihr nur, ich habe euren Anblick satt."

Ich rolle rückwärts hinaus und fahre gemächlich Richtung Venice. Es ist einer dieser klaren kalifornischen Schönwettertage. Vom höchsten Punkt in Palms können wir die Berge von Topanga Canyon sehen. Ich versuche, unsere fünfzehn Hektar anhand der Muster der Brandschutzschneisen auszumachen. Ich sehe auf die Uhr, es ist erst kurz nach zwei.
„Dad, hättest du Lust, nach Topanga raufzufahren und das Grundstück mal wieder anzusehen? Billy hat ab und zu mit einem Freund da oben gezeltet, aber ich selber bin noch gar nicht wieder dagewesen."
„Gute Idee, Johnny. Dann kann ich auf den Schneisen im Wald joggen. Himmel, ich bin über zehn Jahre lang nicht mehr in Topanga gewesen. Ich hatte immer eine kleine Hütte bauen wollen da oben, so eine Art Einsiedlerklause."
Ich biege ab, reihe mich in den Santa Monica Freeway ein und fahre dann gemächlich den Pacific Coast Highway entlang. Der Strand ist gerammelt voll von Leuten, wir haben nicht einmal Küstennebel oder einen Dunstschleier. Am Sunset Boulevard läßt der Betrieb nach; und als wir an der Abzweigung nach Topanga ankommen, herrscht praktisch kein Verkehr mehr.
Sobald wir ein Stück weit in die Schlucht hineingefahren sind, wird alles

ganz anders. Wie in einem fremden Land. Es ist trockener, die Luft ist leichter, es ist wärmer, man ist umgeben von neuen Düften – Beifuß, immergrüner Chaparral, nackte Erde und sonnenglühender Fels.
Die Straße ist steil und kurvenreich, überhängende Felsblöcke auf der einen Seite, tiefe Abstürze auf der anderen. Ich nehme die Kurven langsam, um Dad nicht zu erschrecken, aber er hängt den Kopf wie ein kleines Kind auf seiner Seite zum Fenster hinaus. Er streckt eine Hand in den Wind, läßt sie auf dem Windstrom auf- und abgleiten, kippt sie wie einen Flügel. Er hält die Augen fest geschlossen.
Wir fahren durch die Ortschaft Topanga und biegen bergauf zur Topanga School ab. Unser Grundstück liegt an einer Kammstraße, die hinter der Schule aus dem Ort hinausführt.
Es liegt etwa zwei Kilometer außerhalb. Als wir uns dem Kamm nähern, taucht auf der einen Seite das Meer auf und auf der anderen Seite ein Panorama des San Fernando Valley. Dazwischen, und überall um uns herum, Ausblicke in verschiedene kleine Canyons, die in den Hauptcanyon münden. Es ist unglaublich klar; selbst das Valley ist nicht allzu verhangen.
„Mann, John, ich hatte ganz vergessen, wie schön es auf diesem Berg ist. Du solltest dir hier oben ein Haus bauen und Avocados und Orangen ziehen."
Er beugt sich jetzt so weit zum Fenster hinaus, daß ich Angst bekomme, er könnte hinausfallen. Er kniet auf seinem Sitz. Ich überprüfe die Verriegelung.
Oben auf der Höhe haben wir eine Dreihundertsechzig-Grad-Aussicht. Ich stelle den Wagen ab. Wir klettern langsam zur Kuppe unseres Hügels hinauf, wo wir Billys Zelt vorfinden. Ich greife hinein und ziehe ein paar Decken heraus.
Wir machen es uns darauf gemütlich und lassen die Augen schweifen. Zarter Dunst hängt im Grund unseres Canyons, und in der Ferne glitzert die Sonne hart und grell auf dem Ozean. Wir können den ganzen Küstenstrich bis hinunter nach Redondo Beach überblicken.
Ich frage mich selbst, warum ich nicht hier oben lebe. Ich habe noch nie ein schöneres Fleckchen Erde gesehen. Wir könnten Martys Kind heranwachsen sehen. Ich könnte Obstbäume anpflanzen und vermutlich einigermaßen davon leben. Jacky würde gleich unten am Berg in die Schule gehen, eine richtige altmodische Schule, zu der man noch zu Fuß gehen kann, und wir wissen, daß es eine gute Schule ist.

Ich habe schon gemerkt, daß es hier Motive zum Malen gibt. Ich habe lange genug im Ausland gelebt, um allmählich ein Auge dafür zu bekommen. Ich könnte hier höchstwahrscheinlich jahrelang glücklich vor mich hinmalen: die Canyons, die Strände, vielleicht sogar diese Innenansichten von Garagen. Wenn ich erst einmal anfange, etwas zu malen, weitet es sich immer mehr aus.

Dad könnte recht haben. Vielleicht verstecke ich mich in Paris, um mich vor Konkurrenzkämpfen zu drücken.

Das erscheint so logisch, hier oben auf dem Berg, inmitten der Natur, aber etwas schrumpft in mir, wenn ich erwäge, es auch tatsächlich zu tun, wirklich hierher zurückzukehren.

Zum Teil liegt es daran, ich bin mir darüber im klaren, daß mir hier zu viele Leute über die Schulter gucken würden. Es ist schwer, an mein eigenes Innenleben zu glauben, wenn ich gezwungen bin, mich als x-beliebiges Subjekt-Objekt zu erleben, ständig vergleichend und verglichen werdend, in dem allgemeinen Wahn da draußen, wo Realität nicht viel mehr ist als ein verworrenes Sammelsurium von genormten Vorstellungen.

Langsam dämmert mir, daß ich im stillen ein Gespräch mit Dad führe. Ohne Worte versuche ich, ihm zu erklären, warum ich im Ausland lebe, warum ich nicht zurückkommen und hier leben kann. Fast eine Viertelstunde lang sitzen wir schon schweigend nebeneinander. Ich bin im Geist umhergeschweift, aber irgendwie ist er bei mir gewesen, in mir drin.

Dad starrt in die Ferne, in eine Art Meditation versunken, und nickt hin und wieder leicht mit dem Kopf.

„Genau. Du könntest gleich da drüben einen Brunnen graben, und jede Wette, daß du in hundertfünfzig Metern auf Wasser stoßen würdest. Bei der Sonne könntest du alles anpflanzen hier oben, wenn du Wasser hast."

Er sieht mich lächelnd an.

„Aber ich nehme an, daß ihr beide, du und Vron, euch im Pariser Trubel wohler fühlt."

Ich gebe ihm spontan einen ordentlichen Knuff auf den Arm, daß er beinahe umkippt. Er weicht aus und lacht und kichert und fängt sich mit der Hand ab. Ich habe meinen Vater noch *nie* so berührt, ihn noch nie so geknufft, wie man einen Menschen knufft, wenn man sich ihm nahe fühlt. Und er lacht unverhohlen, ohne Hand vor dem Mund; er wiehert

lauthals wie ein Pferd.
Wir hocken eine halbe Stunde da oben. Dann joggt Dad los, um die Bergkuppe herum, und läßt die Arme dabei wie Windmühlenflügel kreisen. Er hebt die Füße bereits so hoch, daß es eher einem Dauerlauf ähnelt als einem Schlurfen.
Um vier fahren wir wieder hinunter. Wir haben auf der ganzen Strecke das Meer vor uns und die Sonne auf unserer Rechten. Ich fühle mich wie ein Habicht, der sich nach einem Flug in die Wolken langsam zur Erde niederschwingt.

Vor der Haustür trenne ich mich von Dad und überlasse es ihm, mit dem Ansturm von Fragen und Erklärungen fertig zu werden. Er sagt, er wird Mutter erzählen, ich führe zu Marty rüber. Er entwickelt sich zu einem fabelhaften Schwindler. Vielleicht ist es das, was Psychotherapie leisten kann: daß sie uns die Freiheit gibt, unbeschwert zu schwindeln; wie sollen wir uns sonst durchmogeln? Ich komme kurz vor fünf bei Delibro an.
Er möchte wissen, was ich für Mom empfinde. Ich versuche, es ihm zu schildern. Ich sage, es sei schwer zu unterscheiden zwischen dem, was man wirklich empfindet, und den Gefühlen, die man sich als Selbstschutz eingeredet hat. Irgendwie komme ich auf Joan zu sprechen.
„Meine Schwester und ich stehen uns sehr nah, Doktor. Seit ich denken kann, ist es so gewesen, eine große Innigkeit. Ich bin überzeugt, daß ich in Frauen immer meine Schwester gesehen habe und auf sie erstens einmal eine Art Beschützergefühl übertragen habe, das ich eigentlich bis heute für Joan empfinde, und dann eine immense Bewunderung.
Ich glaube, daß wir Mom in gewisser Weise aus unserem Leben ausgesperrt haben. Wahrscheinlich haben wir es nicht wirklich getan, konnten es gar nicht, aber so wirkte es."
Ich schweige.
„Bitte, fahren Sie fort. Das ist genau, was ich wissen muß. Ihre Mutter ist eine sensible, intelligente Frau. Sie muß das gespürt und übelgenommen haben; das könnte weitgehend erklären, warum sie so voller Abwehr ist, sich so gegen Liebe sträubt."
„Jetzt, wo sie krank ist, fühle ich mich schuldig. Ich kann sie nicht so lieben, wie sie gern geliebt werden möchte. Ich bin zutiefst überzeugt, daß sie Dad aus Eigennutz zerstört hat. Wahrscheinlich hält mich meine Angst von ihr fern.

Dad ist in ihrer grellen Ausstrahlung zu einem so kläglichen Schatten seiner selbst geworden, daß auch ich schon jegliches Gefühl für ihn verloren hatte. Es ist, als wäre er über dreißig Jahre lang tot gewesen. In mancher Hinsicht war er regelrecht unsichtbar geworden.
Erst durch unser Zusammenleben, während Mom im Krankenhaus war, haben wir einander als Erwachsene kennengelernt. Noch etwas, das ich ihr übelnehme: Mir ist, als hätte Mom uns aus egoistischen Gründen voneinander ferngehalten."
„Mr. Tremont, Sie müssen allen Ernstes darüber klarwerden, daß sie das nicht allein bewerkstelligt hat. Etwas in Ihrem Vater und Ihnen selber hat das zugelassen. Schließlich ist Ihre Mutter auch nur ein Mensch, vielleicht bloß noch ängstlicher und herrschsüchtiger als die meisten; wahrscheinlich hat sie ein sehr schwaches Ego; aber das, was mit Ihrem Vater geschehen ist, betrachte ich als außergewöhnlich."
„Mag sein, aber Dad hat sich in seine Traumwelt zurückgezogen, ich habe mich nach Paris zurückgezogen, und Joan hat einen Mann geheiratet, dem Mom nie beikommen konnte, eine menschliche Barriere. Aber vielleicht rationalisiere ich auch nur."
Es folgt ein langes Schweigen. Ich habe den unverzeihlichen Fehler begangen, das Analysieren zu übernehmen. Bestimmt hält er mich für den Prototyp des unausgegorenen Erziehungspsychologen, der zu viele Romane und psychologische Selbsthilfebücher gelesen hat. Er mag recht haben, aber ich versuche *ernstlich,* ihm mitzuteilen, wie ich die Dinge sehe. Er überrumpelt mich mit seiner nächsten Frage völlig.
„Hat Ihre Mutter jemals gedroht oder versucht, sich umzubringen?"
Es fällt mir schwer, darauf zu antworten.
„Entsprechende Drohungen und Andeutungen hat sie ihr Leben lang gemacht, Doktor. Ihre Lieblingsfloskel lautet: ‚Kein Mensch schert sich darum, ob ich lebe oder sterbe'; trotzdem würde ich sie generell nicht als selbstmordgefährdet bezeichnen. Es paßt nicht in ihr Selbstbild."
Er sieht mich an. Es ist kein starrer Blick, eher ein interessierter, abwartender Blick. Es kann verdammt ungemütlich sein, jemandem gegenüberzusitzen, der einen mit weitgeöffneten, aufmerksamen Augen mustert. Endlich blickt er auf die Papiere auf seinem Schreibtisch.
„Ich will ganz offen sein, Mr. Tremont. Ihr Vater ist funktionsfähig. Er ist durcheinander, was seine Traumphantasie betrifft, aber er meistert es. Ich mache mir mehr Sorgen um Ihre Mutter. Sie ist eine so tief unglückli-

che Person. Als Psychiater, von Berufs wegen fühle ich mich stark verpflichtet, ihr zu helfen."
Ich sitze da, beobachte ihn und frage mich, wie er das, was ich jetzt sagen will, wohl aufnehmen wird.
„Dr. Delibro, es mag grausam klingen, aber ich glaube nicht, daß es sich lohnt. Ich glaube kaum, daß Sie Mutter in diesem Leben noch helfen können, selbst wenn Sie Ihre gesamte Zeit darauf verwenden würden. Mom sagt viel, wenn der Tag lang ist. Ich bin sicher, daß sie niemals Selbstmord begehen wird; die Bahnen, in denen sie sich bewegt, sind zu tief eingefahren, zu sehr ein Teil von ihr.
Ich wünschte wirklich, Sie würden sich darauf konzentrieren, Dad zu helfen, mit sich ins reine zu kommen. Ich möchte nicht, daß er seine Phantasie verwirft, aber helfen Sie ihm doch wenigstens, ohne seine schrecklichen Schuldgefühle zu leben."
„Aber, Mr. Tremont, wollen wir den Dingen doch einmal ins Auge sehen; ich kann Ihrem Vater nicht helfen, solange die Grundsituation bestehen bleibt. Ich glaube nicht, daß er dem unablässigen Druck Ihrer Mutter standhalten kann."
Das ist ja die Crux; vielleicht ist es sogar eine dreifache Crux. Das ist es, worum ich mich die ganze Zeit gedrückt habe, was ich nicht wahrhaben wollte, weil ich ahnte, was für gewaltige emotionale Kräfte im Spiel sind.
„Besteht irgendeine Möglichkeit, daß Ihre Eltern eine Zeitlang getrennt leben könnten? Wenn Ihr Vater ein bißchen Zeit hätte, sein Ego in einer geschützten Umgebung zu stärken, könnte das hilfreich sein."
Da haben wir es, im Klartext. Ich sage ihm, wie ich es sehe, zähle die unüberwindlichen Schwierigkeiten auf. Ich erkläre ihm, daß ich nicht herziehen und hier leben will, daß ich weder Dad noch Mom mit zu mir nehmen kann, daß sie von der ärztlichen Versorgung durch Perpetual abhängig sind.
„Wir können Mom nicht alleinlassen, und bei Joan macht sie immer Stunk. Wir haben uns schon nach einer Pflegehilfe umgesehen, aber kein Mensch kann es Mutter recht machen. Es ist wie die alte Denksportaufgabe mit dem Huhn, dem Fuchs und dem Weizenkorn; es ist kein Platz da für *Dad*."
Wir überlegen noch eine Weile hin und her, ohne zu einem Ergebnis zu kommen. Ich erzähle ihm von Moms Überzeugung, daß er gar kein richtiger Arzt und wahrscheinlich bloß ein Hippie sei. Er nimmt es mit

Humor. Die Versuchung ist groß, ihn zu fragen, ob er verheiratet ist, aber ich widerstehe ihr.

Als ich nach Hause komme, herrscht dort eine höchst ungemütliche Stimmung. Die Spannung wächst eindeutig. Die Vorstellung, daß Dad und ich nach Topanga gefahren und oben auf dem Berg gesessen sind, macht die Sache nicht besser; sie bestätigt nur unseren Hippie-Status. Ich weiß nicht, woher Mutter immer ihre Ideen hat, aber die neueste ist wirklich der Gipfel. Sie ist inzwischen überzeugt davon, daß der Psychiater Dad in eine Anstalt einweisen will. Natürlich verkündet sie das in Dads Anwesenheit. Es *muß* Absicht sein; sie ist zu intelligent, um so etwas aus Versehen zu sagen. Ich versuche, es mit einem Lachen abzutun, aber sie bohrt und bohrt immer weiter. Jetzt tut sie, als sei das die beste Lösung. Sie harkt darauf herum, daß sie ihn nicht selber versorgen kann, mit ihrem Herzen, und daß sich sonst keiner einen feuchten Kehricht darum schert.

Dann kommt sie mit ihrer alten Leier, was für ein wunderbarer Vater Dad für uns alle gewesen sei und daß wir uns nicht um ihn kümmern wollen, wenn er uns braucht.

Ich sitze da und höre ihr zu und lächle Dad an, sooft sich die Gelegenheit dazu bietet. Als sie halbwegs fertig ist, findet Dad einen Vorwand und geht hinaus ins Gewächshaus. Ich weiß, daß er eine Stippvisite in Cape May macht, und ich begreife, daß es die ganze Zeit etwa wie bei einem Alkoholiker gewesen sein muß, der klammheimlich an den Schrank geht, in dem er eine Flasche versteckt hat.

Ich höre ihr weiter zu. Aber während ich zuhöre, wird mir plötzlich bewußt, daß sich hier die Chance bietet, die beiden eine Zeitlang voneinander zu trennen. Ich überlege und warte ab. Alles muß sorgfältig koordiniert werden. Es hat keinen Sinn, sie zu unterbrechen. Ich weiß, daß die Arie irgendwann zu Ende sein wird. Sie ist fast wie ein Schauspieler, der mitten in einem Stück innehält, wenn auf seine stärksten Auftritte keine Reaktion erfolgt, und über das Rampenlicht hinausspäht, ob auch wirklich Publikum da ist.

Das Geheimnis besteht darin, eisern zu schweigen, keinerlei Regung zu zeigen, ihr nicht einmal in die Augen zu sehen. Ich konzentriere mich auf den kleinen Leberfleck an der linken Seite ihres Kinns. Es wachsen Haare darauf, die sie zupft. Sie verrenkt den Kopf immer wieder, um meinen Blick zu erhaschen, und ich spüre, daß ich sie drangekriegt habe;

früher oder später wird sie aufhören. Und so ist es auch.
„Mutter, du hast recht!"
Wie ist das als Eröffnungszug?
„Du kannst das hier mit Dad nicht mehr länger mitmachen. Es hat keinen Sinn, eine Scheidung anzustreben; ihr seid schon zu lange verheiratet, es wäre ziemlich zwecklos und außerdem nicht im Sinne der Kirche."
Ich lasse sie ein Weilchen daran kauen. Es ist beinahe so teuflisch wie die Lektion über die Hoffnungslosigkeit, damals in der Klinik.
„Mom, wieso machst du nicht mal ein bißchen Urlaub? Du brauchst dir ja nichts allzu Anstrengendes vorzunehmen und dich nicht zu weit von der Klinik zu entfernen, aber gönn dir doch mal ein bißchen Erholung. Du könntest nach Gilman's Hot Springs fahren oder dir unten im Miramar in Santa Monica ein Zimmer mit einer schönen Aussicht aufs Meer nehmen. Du könntest in Santa Monica über die Mall flanieren und richtig Ferien machen, Ferien von der Ehe."
Das letztere werfe ich ein, weil es in ihr Fernsehschnulzen-Weltbild paßt. Ich warte ihre Reaktion ab.
„Du mußt übergeschnappt sein, Jacky; ich kann so etwas doch nicht machen. Er würde mich umbringen!"
„Ach, komm, Mom. Dad würde hier bei mir bleiben. Ich weiß, daß er sich deinetwegen sorgt. Es wäre das einzig Richtige. Es würde ihm auch ein bißchen Zeit geben, wieder zu sich zu kommen. Wenn du wieder zurückkommst, wird er ein neuer Mensch sein."
Das hätte ich nicht sagen sollen. Sie will ja ihren *alten* Mann wieder haben; aber ich lasse es im Raum stehen. Ich weiß, daß sie sowieso nirgendwo hingehen wird.
„Jacky, versuchst du etwa, unsere Ehe auseinanderzubringen, die Ehe deiner eigenen Eltern? Du hast entschieden zu lange in Paris gelebt. Ich werde deinen Vater um keinen Preis verlassen!"
„Na gut, Mom; dann gönn dir wenigstens ein bißchen Erholung bei Joan. Die ganze Zeit hast du gesagt, daß du vor Dad Angst hast, daß er dich umbringen will oder so was, also, dann gehst du eben zu Joan, und ich bleibe hier bei ihm."
Ich habe sie in die Falle gelockt. Sie weiß, wenn sie nicht geht, werde ich es ihr jedesmal, wenn sie mit Dads Geisteskrankheit anfängt, unter die Nase reiben. Und das *werde* ich auch. Sie sitzt schweigend da; ihre Gedanken überstürzen sich so, daß ihre Augen sich fast im Kreis drehen. Sie wechselt unentwegt die Stellung ihrer übereinandergeschla-

genen Beine, erst in die eine, dann in die andere Richtung. Ich erinnere sie daran, daß sie sie überhaupt nicht übereinanderschlagen soll. Sie preßt einen Finger neben dem Mund in die Backe; Grübchenbohren nannte ich das früher immer.

„Ich könnte nie mit diesem Itaker zusammen unter einem Dach leben. Er würde mich sowieso nicht dahaben wollen. Ich habe ihn letztesmal beobachtet, als ich versuchte, eine Weile dort zu bleiben; der behandelt Joan regelrecht wie ein Dienstmädchen!"

Jetzt ist es an der Zeit, ihr mein Märchen aufzutischen. Ich weiß, daß ich es vertreten kann, also kann man es kaum Lüge nennen, höchstens die Vorwegnahme eines künftigen Ereignisses.

„Ich habe schon mit Joan gesprochen, Mom. Mario arbeitet jeden Tag bis sechs auf dem Spielplatz. Du hättest das Jungenzimmer ganz für dich, hättest dein eigenes Badezimmer, einen eigenen Eingang; es wäre, als ob du dort eine eigene Wohnung hättest. Du mußt nicht mal mit ihnen essen, wenn du nicht willst. Im Umkreis von einem Häuserblock gibt es allein drei Restaurants und ein McDonald's. Joan könnte dich hinfahren, wo immer du willst. Du könntest auch so viel allein sein, wie du willst. Es steht sogar ein Fernseher da hinten; du bräuchtest keine Baseballspiele mehr ansehen oder sonstwas, wozu du keine Lust hast. Es wären richtige Ferien."

Ich lehne mich zurück und beobachte, wie sie sich windet.

„Ich könnte die Hitze und den Smog im Valley nie vertragen. Da draußen könntet ihr mich innerhalb von einer Woche begraben. Es wird langsam Sommer, Jacky, vergiß das nicht."

„Du kannst auch drinbleiben, wenn es heiß ist, das Haus ist vollklimatisiert. Auch das Auto ist klimatisiert. Und denk dran, wie schön es abends ist."

„Mir würde mein eigener Garten fehlen. Du weißt ja, wie der feine Herr dort ist; niemand darf die Finger an *seinen* Garten legen."

„Aber Mom, denk doch mal, du kannst einen Garten genießen und brauchst weder zu jäten noch zu gießen, kannst dich wie eine Königin dem Luxus eines eigenen Gärtners hingeben, eines netten italienischen Gärtners obendrein."

Das war ein listiger Schachzug; die Vorstellung von Mario als ihrem italienischen Gärtner gefällt ihr. Sie stottert herum und sucht nach einer Ausflucht. Aber schließlich gibt sie nach. Ich sage, daß ich sie am nächsten Tag hinüberbringen werde.

Ich rufe Joan an, um alles mit ihr zu besprechen. Sie ist auch der Meinung, daß es einige Mühe kosten wird, ist aber begeistert von der Idee. Ich lege auf, als Dad zurückkommt – von seinen Pflanzen im Gewächshaus oder aus Cape May, wer weiß.
Mutter hat ehrlich Angst vor Dads Reaktion. Ich sage ihm, daß Mom vollständige Ruhe braucht und ein Weilchen bei Joan zu Besuch wohnen wird. Er nickt und hört nachdenklich zu. Sein Bart sieht aus, als hätte er ihn schon Zeit seines Lebens. Es ist verblüffend, wie lebhaft der Bart seine Augen betont. Mir war früher nie aufgefallen, wie blau, himmelblau, sie sind. Ich wüßte gern, ob *ich* sehr anders wäre, wenn er diesen Bart sein Leben lang gehabt hätte; solche Kleinigkeiten spielen eine Rolle. Ich sage Dad, daß ich bei ihm bleiben und kochen und mich um alles kümmern werde. Er nickt, sieht erst mich, dann Mutter an. Sie sitzt angespannt auf ihrem Stuhl, wie auf dem Sprung.
„Das ist ganz in Ordnung. Mach dir um uns keine Sorgen, Bette; wir werden das schon schaukeln. Johnny ist ein guter Koch und Hausmann; ich werde ihm helfen und ihn ein bißchen rumkommandieren. Ich werde von Tag zu Tag kräftiger; womöglich werde ich selber auf meine alten Tage noch ein Boss. Erhol du dich schön, bring dein Herz wieder in Ordnung und versuche, dich nicht um alles zu sorgen. Es wird schon gut werden."
Er lächelt und nickt. Mom fängt an, den Braten zu riechen, steckt aber schon zu weit in der Sache drin. Vielleicht hatte sie erwartet, daß Dad einen Tobsuchtsanfall kriegen und an die Decke gehen würde.
Wir sitzen miteinander vor dem Fernseher und sehen uns wieder einmal Lawrence Welk an. Mitten in der Sendung steht Dad auf, zieht Mutter von ihrem Stuhl hoch und will unbedingt mit ihr nach der Musik Walzer tanzen. Sie wirft mir über seine Schultern Entsetzensblicke zu. Ich lehne mich zurück und lächle. Er torkelt ein bißchen bei den langen Schritten, bleibt aber schön im Takt. Mom erhebt sich auf die Zehenspitzen, und ich frage mich wieder mal, wozu das ganze Geschiebe und Geschlurfe gut sein soll. Auf jeden Fall konnte Dad sich nichts Geeigneteres einfallen lassen, um Mutter zum Packen zu bewegen.

Am Montag vormittag bringe ich Mom weg. Billy ist bei Dad. Joan hat das hintere Schlafzimmer so hergerichtet, daß es wie ein privates Motelzimmer ist. Sie hat die Tür zum übrigen Haus hin verbarrikadiert, der Schlüssel steckt von innen. Sie zwinkert mir zu, während sie Mutter demonstriert, daß keine Menschenseele hereinkommen und sie stören kann. Mom hat direkten Zugang zum Garten, wo ein bequemer Sessel und ein Rotholztisch stehen. Sie kann jederzeit, wenn sie will, ins Wohnzimmer, wo der Farbfernseher steht. Es könnte gar nicht besser sein.

Joan gibt mir ein verstohlenes Zeichen, und ich verdrücke mich leise. Ich fahre über Topanga zurück. Es ist ein Umweg, aber ich möchte noch einmal diese Gerüche und diesen klaren Himmel erleben. Ich fahre am Meer entlang nach Venice, und dann den Palms Boulevard hinauf zu Dad.

Er ist guter Dinge. Er guckt hinter mich, als wollte er sich vergewissern, daß Mom wirklich nicht da ist. Er und Billy haben draußen neben dem Vogelplanschbecken im Garten eine einfache Sonnenuhr konstruiert. Mit einem alten Brennapparat haben sie einen Sinnspruch in ein Stück Treibholz gebrannt. Er lautet:

MACH ES WIE DIE SONNENUHR
ZÄHL DIE HEITREN STUNDEN NUR

Billy führt mir begeistert vor, wie sie funktioniert. Er ist mehr denn je davon überzeugt, daß Dad ein Genie ist. Ich hätte nie gedacht, daß man mit so simplen Mitteln eine Sonnenuhr bauen kann. Sie besteht nur aus einer Holzplanke, die in einem bestimmten Winkel in den Boden gesteckt ist und aus der in einem anderen Winkel ein Holzstab ragt. Die Stunden sind in römischen Ziffern ins Holz gebrannt.

Wir machen uns überbackene Käse-Sandwiches und trinken jeder zwei Bier. Eine ganze Sechserpackung muß dran glauben, während wir da draußen auf der Terrasse liegen und zusehen, wie die Sonne sich über diese Sonnenuhr bewegt. Ich beschreibe ihnen, wie schön Joan alles vorbereitet hat, wie bequem alles für Mutter eingerichtet ist und daß sie sich bestimmt gut erholen wird. Dad fragt, ob wir wissen, was ein Gnomon ist. Wir sehen ihn beide verständnislos an. Er steht auf, geht hinüber, deutet auf den Stab an der Sonnenuhr und lächelt über die Schulter zu uns herüber.

Vier Uhr. Dad hat den nächsten Termin bei Delibro. Billy möchte wieder oben auf dem Berg kampieren und borgt sich mein Motorrad. Sobald Dad bei Delibro fertig ist, wollen wir nach Venice hinunterfah-

ren, und ich werde ein bißchen malen.
Während er beim Arzt ist, fahre ich zu Aaron Brothers und kaufe drei neue Leinwände, ein paar Farben und zwei Marderhaarpinsel. Dad sitzt im Wartezimmer, als ich zurückkomme. Er sagt, es sei alles gutgegangen. Es wird schon fast zur Routinesache; das kommt mir nicht gerade ungelegen.
Als wir Delibros Praxis verlassen, nimmt Dad einen Zettel aus seiner Brieftasche. Er sieht erst den Zettel an, dann mich.
„John, diese nette Niggerfrau mit dem einen grünen Auge, die mich im Krankenhaus besucht hat, die, die mir die Usambaraveilchen geschenkt hat, hat mir hier ihre Telefonnummer aufgeschrieben und gesagt, wenn ich vorher anrufen würde, könntest du mich vielleicht zu ihr rausfahren, damit ich mir mal ihr Gewächshaus ansehen kann."
Er späht mir ins Gesicht, in einer Mischung aus Unschuld und Schüchternheit. Himmel, er schüttelt doch immer wieder irgendeine neue Überraschung aus dem Ärmel.
„Okay, Dad, ich kann sie von der Telefonzelle da drüben anrufen, oder wir rufen sie an, wenn wir nach dem Malen wieder zu Hause sind."
„Ruf sie jetzt an, Johnny, bevor ich es wieder vergesse. Ich denke so oft dran, und dann ist es wieder weg. Ich habe es ihr versprochen."
Ich gehe zu einem Telefon in der Tiefgarage, wähle die Nummer, die er mir gegeben hat. Ich bin ziemlich sicher, daß sie Dienst haben oder nicht zu Hause sein wird. Vielleicht hoffe ich es auch nur. Jemand nimmt ab.
„Hallo, ist da Alicia?"
„Ja, ich bin's. Sind Sie es, Jack? Wie geht es Ihrem Daddy?"
Guter Gott, sie hat meine Stimme erkannt.
„Es geht ihm gut, Alicia. Er hat mich gebeten, Sie anzurufen. Er hat sich sagenhaft gemacht; Sie würden nicht glauben, wie kräftig und munter er ist."
„Ich würde ihn ja mächtig gern sehen und ihm meine Pflanzen zeigen. Ich würde Sie auch gern wiedersehen, Jack."
Eine vollkommen natürliche Feststellung, aber sie hängt in der Luft, betäubt mich zwei Herzschläge lang.
„Wann wäre es Ihnen recht, Alicia? Und wo wohnen Sie?"
„Ich habe Spätschicht zur Zeit. Sie können jederzeit irgendwann nach zehn am Vormittag kommen; wie wär's mit morgen?"
Dad beugt sich dicht zu mir und versucht mitzuhören. Ich gebe ihm den Hörer, damit ich einen Schreiber aus der Tasche angeln kann, und auch

um mich wieder ein bißchen zu fangen. Ihre Stimme zu hören, die Kraft und das Timbre, hat mich aus der Fassung gebracht.
Dad hört ihr zu, nickt, lächelt, sichtlich erfreut, mit ihr zu reden, aber ohne viel zu sagen. Er sieht meinen Stift und den Zettel und reicht mir den Hörer zurück. Alicia nennt mir eine Adresse in der Nähe der Clover Field Street in Santa Monica. Wir vereinbaren, um zehn bei ihr zu sein. Ich hänge auf, und wir gehen weiter zum Wagen, als würden wir beide täglich irgendwelche Rendezvous verabreden.
Ich habe Malhosen und Farben im Kofferraum verstaut und zieht mich auf dem Parkplatz um. Wir schließen den Wagen ab und gehen auf der Uferpromenade entlang. Ich habe mit Tony und Shelly verabredet, ihren Laden zu malen. Ich möchte meinen Standort so wählen, daß ich über die Tische, auf denen Obst und Gemüse ausgebreitet sind, zum Fenster hinaus auf den in Sonnenuntergangsfarben getauchten Strand sehe.
Ich baue die Staffelei auf und mache mich sofort ans Skizzieren. Tony holt einen Stuhl für Dad herbei. Dad sieht zu, genießt die Menschen, meine Malerei, das Obst, den Sonnenuntergang. Ich beachte ihn kaum.

Nach einem Weilchen blicke ich auf, und Dad ist verschwunden! Ich stehe auf und sehe mich suchend im Laden um. Tony ist drüben bei den Kräutern.
„Haben Sie Dad gesehen, Tony?"
„Ja, er ist mit Suzanne rübergegangen. Machen Sie sich keine Sorgen. Ihrem Dad geht's gut."
Ich stehe da mit dem Pinsel in der Hand. Am liebsten würde ich hinter ihm herrennen. Ich beschließe, zuerst die Untermalung fertigzumachen. Suzanne wird sich schon um ihn kümmern. Eine halbe Stunde später ist er noch immer nicht zurück. Ich reinige die Pinsel in Terpentin.
Ich mache mich auf den Weg zu Suzanne; es ist nach sechs. Venice ist schön, aber es hat auch seine Schattenseiten; es gibt genügend Schlägertypen, Betrunkene und Drogensüchtige, so daß da unten niemand je ganz sicher ist, besonders kein alter Mann wie Dad.
Aus einem der Fenster von Suzannes Restaurant hängt Pap heraus. Er trägt seine Lieblings-Transvestitenklamotten, ein purpurrotes, flitterübersätes Kleid, und eine zottelige Federboa, die er sich um den Hals drapiert hat. Die Sachen sehen irre aus zu seinem sandweißen Ho-Chi-

Minh-Bart. Er nickt und winkt mir hinaufzukommen.
Ich gehe um das Haus herum und über die Feuerleiter nach oben; es ist der einzige Zugang, wenn man nicht durchs Restaurant gehen will. Der Raum ist von Cannabisgeruch geschwängert, und da liegt Dad, alle viere von sich gestreckt, auf drei Seidenkissen.
Suzanne kauert sich gerade auf das Kissen neben ihm und reibt ihr Gesicht an seinem Bart.
„Machen Sie sich keine Sorgen um Ihren Dad, Johnny. Ihm geht's prima. Er scheint einer der nettesten Männer der Welt zu sein."
Was soll ich bloß machen? Zum Kuckuck, ich habe selber zwiespältige Gefühle gegenüber Marihuana, und da liegt mein Vater, der Ex-Hippiehasser, total bekifft und grient mich an. Ich gehe hinein in den Raum und sinke im Lotussitz auf den Boden; hin und wieder erweist sich all das Yoga als ganz nützlich.
„Wie geht's dir, Dad?"
„Prima, Johnny. Glaubst du, daß ich von den paar kleinen Joints wieder mit der Raucherei anfange? Weißt du, jahrelang war ich ein einziger qualmender Fabrikschlot; ich möchte lieber nicht wieder damit anfangen."
„Ich glaube kaum. Das hier ist was anderes als das Zigarettenrauchen; wie fühlst du dich?"
„Das sollten sie allen alten Leuten geben, Johnny, es ist ein Jammer, das Zeug auf die Jungen zu verschwenden. Ich habe den Leutchen hier gesagt, daß sie ihr Leben wegschmeißen, wenn sie bloß in der Bude hocken und Marihuana rauchen und nichts machen und sich vor der Welt da draußen abkapseln. Aber für so einen alten Knacker wie mich ist es wirklich was Feines."
Er angelt sich die Kippe von Pap, nimmt einen Zug und bläst den Rauch langsam aus.
„Tja, Johnny, dieses Marihuana nimmt einem die Ängstlichkeit. Ich bemerke auch Sachen, die ich früher nie wahrgenommen habe. Wußtest du, daß zwischen sonnigen und schattigen Stellen eine blau schimmernde Linie ist?"
Ich sehe Suzanne an. Sie übernimmt den Joint von Dad und reicht ihn Pap. Sie gibt Dad einen Kuß auf die Backe, kommt zu mir und hockt sich, die nackten Füße platt auf dem Boden, in ihrem weichfließenden, fast durchsichtigen Rock neben mich.
„Keine Bange, Johnny, ihm geht's gut. Machen Sie sich ruhig wieder an

Ihre Malerei und lassen Sie die Sorgen; er genießt das."
Meinetwegen. Es hat keinen Sinn, eine Szene zu machen. Es kann ihm nicht schaden. Ich gehe wieder zu meinen Obst- und Nüsseleutchen.
Gegen sieben kommt Dad sichtlich angeheitert zurück. Er winkt mir von der Tür her zu, kommt herüber, setzt sich auf seinen Stuhl und sieht wie gebannt der sinkenden Sonne zu – mein Vater, die menschliche Sonnenuhr. Gegen halb acht bin ich beinahe fertig mit dem Impasto und packe mein Malgerät zusammen. Wir machen uns auf den Nachhauseweg.

Unterwegs beschließen wir, uns ein Baseballspiel anzusehen. In Chavez Ravine spielen die Dodgers gegen die Phillies. Wir können es gerade noch schaffen, wenn wir ohne Umwege hinfahren; ich biege bei der erstbesten Gelegenheit zum Santa Monica Freeway ab. Als Abendessen werden wir uns im Stadion zwei Hot Dogs kaufen.
Ich setze Dad vor der Kasse ab und suche einen Parkplatz. Als ich zurückkomme, hat er bereits Eintrittskarten gekauft, gute Plätze an der Linie vom dritten Mal zur Homeplate. Ich kann mich noch immer nicht an Dad gewöhnen; er hätte früher nie auf eigene Faust Tickets gekauft, jedenfalls nicht in den letzten dreißig Jahren.
Zwischen dem zweiten und dritten Durchgang hole ich für jeden von uns zwei Hot Dogs und ein paar Dosen Bier. Dad feuert beide Mannschaften gleichermaßen an. Das heißt, er ist jeweils für die Mannschaft, die gerade Schlägerpartei ist. Bei jedem Hit springt er auf, johlt und schüttelt die Faust. Er genießt es, brüllen zu können, ohne daß es ihm jemand verbietet; er hat mit Sicherheit noch viel Gebrüll nachzuholen.
Die Dodgers gewinnen mit einem Homerun von Steve Garvey, und Dad beschließt, doch lieber Dodger-Fan zu sein.
Ich schlage ihm vor, auch mal mit Mario zusammen zum Baseball zu gehen; es macht mehr Spaß mit jemand, der sich gut auskennt, und Mario ist Ex-Baseballer.
„Genau, Johnny. Weißt du, ich habe Mario nie so gut kennengelernt, wie ich gern gewollt hätte. Er kommt immer mit Joan und sitzt da oder schläft oder geht ins Hinterzimmer. Es muß schwer sein für ihn, sich von Mutter nicht auf die Palme treiben zu lassen."
Wir machen uns gerade fürs Bett zurecht, als das Telefon klingelt. Mein erster Gedanke ist, daß es Joan sein wird; Mom hat einen Herzinfarkt und ist gestorben, während wir uns amüsiert haben. Aber Mutter ist am

Apparat. Sie will wissen, wo wir gewesen sind. Ich erzähle ihr, daß wir beim Baseball waren.
„Also, seit ein Uhr versuche ich unentwegt, euch zu erreichen. Ihr könnt unmöglich den ganzen Tag lang im Baseballstadion gewesen sein. Gib mir mal deinen Vater."
Ich will ihr gerade sagen, daß er schon schläft, aber dann fällt mir ein, daß sie vermutlich alle dreißig Minuten angerufen hat und daß er zwischendrin gar nicht genug Zeit zum Einschlafen gehabt hätte.
Dad kommt und stellt sich neben mich. Ich lege die Hand über die Sprechmuschel und sage ihm, daß Mom am Apparat ist. Er nimmt mir den Hörer mit einem Lächeln ab wie ein versierter Manager, der von seiner Sekretärin den Hörer entgegennimmt. Ich denke, jetzt ist es soweit, die Scheidungsgründe werden fundiert, oder müßte es heißen fundamentiert. Das ist die Feuerprobe; wird er unter Druck wieder klein beigeben?
Dad lehnt sich im Schaukelstuhl zurück und hält den Hörer in seiner üblichen unbequemen Art nicht ans Ohr, sondern weit weg wie eine Schlange. Er ist doch noch nicht ganz der weltgewandte Manager, keine Sorge. Ich sitze auf dem anderen Sessel.
„Jawoll, wir waren beim Baseball, Bette. Die Dodgers haben im neunten Durchgang mit einem Homerun gewonnen. Außerdem haben wir Hot Dogs gegessen und Bier getrunken."
Pause. Es fehlt nicht viel, und Dad würde ins Telefon hineingucken.
„Nein. Wir haben in einem Pizzalokal gleich bei uns um die Ecke gegessen. Da sollten wir beide auch mal hingehen. Es ist bloß ein Katzensprung."
Pause.
„Wir haben eine große Portion Salat zu der Pizza gegessen, du kannst ganz beruhigt sein."
Er zwinkert mir zu. Die Gefahr scheint gebannt. Ich gehe ins hintere Schlafzimmer und ziehe mich aus. Ich bin völlig erschossen. Es war ein langer Tag. Dann höre ich, daß Dad mich ruft.
„Mutter möchte mit dir reden, John."
Er hält das Telefon auf Armeslänge von sich.
„Ja, Mutter?"
„Jacky?"
Sie schlägt ihren theatralischen Flüsterton an.
„Du mußt mich hier rausholen. Mario treibt mich zum Wahnsinn!"

„Was soll das heißen, Mom? Hat er heute nicht geschiedsrichtert?"
„Schon, aber er ist zum Abendessen nach Hause gekommen."
„Aber, Mom, du brauchst doch nicht mit ihm gemeinsam zu essen. Weißt du nicht mehr, das haben wir doch besprochen? Du regst dich nur unnötig auf."
„Wenn dieser Itaker glaubt, daß er mich davon abhalten kann, mit meiner eigenen Tochter und mit meinen Enkelkindern zu essen, dann werde ich ihm was husten. Das kann ich dir sagen!"
Verdammt, jetzt geht das wieder los! Ich höre zu, während sie sich darin ergeht, jede erdenkliche Brüskierung aufzuzählen, unter anderem die, daß Mario die Frechheit besaß, nach dem Abendessen vor ihr aufs Klo zu gehen. Vermutlich erwartet sie von ihm, daß er den Füllungsgrad ihrer Blase ahnt. Dabei hätte sie sogar ein *eigenes* Bad! Ich höre zu. Ich versuche, nicht wirklich hinzuhören, bloß abzuwarten, bis sie fertig ist. Dad zieht sich im Schlafzimmer um. Er kommt heraus und geht ins Badezimmer. Ich höre, wie er sich die Zähne putzt. Endlich tritt eine Pause ein.
„Was willst du eigentlich, Mom? Mit Mario kannst du es nicht aushalten, mit Dad kannst du es nicht aushalten. Bei wem kannst du es eigentlich aushalten? Sage es mir, und wir werden versuchen, es entsprechend einzurichten."
Das war nicht sehr nett; ich weiß. Aber es ist spät, ich bin müde, und es ist alles so unsinnig. Es entsteht eine lange Schweigepause, und dann hängt sie auf. Ich bin nicht wirklich gekränkt, eher erleichtert. Ich gehe nach hinten und sehe nach Dad. Er liegt im Bett. Er sieht mich ohne seine Brille in der Dunkelheit an.
„Mach dir nichts draus, John; das wird sich schon wieder legen. Sie ist immer so, wenn sie sich aufregt."
„Gute Nacht, Dad, schlaf gut."
Ich will gerade ins Bett gehen, als das Telefon noch einmal klingelt. Ich habe keine Lust dranzugehen, tue es aber doch. Es ist Joan.
„He, du elender, lausiger, bärtiger Hippiestrolch. Wie geht's?"
„Ich vermute, das ist ein originalgetreues Zitat."
„Na, es ist eine mehr oder weniger gereinigte Fassung. Meine jungfräulichen Ohren und mein zartfühlendes Wesen verbieten mir eine wortwörtliche Wiederholung. Was in Gottes Namen hast du zu ihr gesagt? Sie tobt im Hinterzimmer herum und hat die Tür abgeschlossen."
„Nichts weiter, Joan. Alles, was ich getan habe, war, sie zu fragen, wo

sie eigentlich leben will. Das war, nachdem sie Mario als das schwarze Loch des Universums traktiert hatte."

„Jack, ich bin mit meinem Latein am Ende. Es ist, als wollte sie erreichen, daß nichts mehr läuft, daß alle unglücklich sind, bloß weil sie es auch ist. Ich weiß nicht, was wir tun können, und ich habe keine Ahnung, wie lange ich das noch aushalte."

„Vielleicht tröstet es dich ein bißchen, Joan, wenn ich dir sage, daß Dad den Tag heute in vollen Zügen genossen hat. Du würdest nicht glauben, was wir alles gemacht haben. Bei mir festigt sich der Gedanke, daß wir ihn irgendwie von Mom entfernen müssen."

„Ja, aber wie? Kannst du mir das vielleicht verraten? Sollen wir sie umbringen? Was können wir tun, um es ihr recht zu machen? Ich mache keine Witze; ich bin am Ende. Du hättest das heute miterleben sollen. Wenn du glaubst, daß sie über Mario hergezogen ist, dann hättest du mal hören sollen, was sie über dich und Dad gesagt hat. Sie stellt euch beide als Black Bart, den Piraten, und seinen ersten Steuermann hin. Manchmal hätte ich fast gelacht, wenn mir nicht eher danach zumute gewesen wäre, ihr einen ordentlichen Tritt in den Hintern zu geben. Und wenn sie wenigstens nur einmal damit käme, aber es geht in einer Tour, als würde sie für ein Theaterstück proben und wollte ihren Text auswendig lernen."

„Dafür habe ich Dad heute nachmittag unten in Venice inmitten einer Schar liebreizender Mädchen auf ein paar Kissen hingelümmelt und Marihuana rauchend vorgefunden. Außerdem habe ich für morgen vormittag ein Rendezvous mit einer schönen jungen Schwarzen für ihn vereinbart."

„Hör bloß auf, Johnny! Hör auf mit dem Blödsinn. Das sind genau die Dinge, die sie auf hundert bringen."

Sie kichert. Sollte ich es dabei bewenden lassen? Ich habe es ihr *gesagt*. Ich kann mich immer darauf berufen, daß ich es ihr gesagt habe. Aber ich kann es nicht lassen.

„Kein Quatsch, Joan. Er ist losgezogen, während ich unten am Strand gemalt habe, und dann habe ich ihn da gefunden. Er sagt, alle alten Menschen sollten Gras rauchen, für die Jugendlichen sei es zu schade. Die junge Schwarze ist die Krankenschwester, die ihn in der Klinik besucht und ihm die Usambaraveilchen mitgebracht hat; wir wollen uns ihr Gewächshaus ansehen."

„Du schwindelst, Jack. Nein, tust du *nicht;* nicht mal ein Spinner wie du könnte so was erfinden. Mutter hat recht; euch zwei kann man nicht über den Weg trauen."

Dann bricht sie in Gelächter aus, und das Gelächter hört sich am Telefon so an, als könnte es in Weinen umkippen. Ich hatte vorher nicht bemerkt, daß sie am Rand der Hysterie ist.

„Laß mal, Joan. Er wird nichts davon erzählen. Er hat sie heute abend am Telefon großartig angeschwindelt. Er hat ihr erzählt, wir hätten Pizza und einen Salat gegessen, obwohl wir uns bloß Hot Dogs und Bier im Baseballstadion gekauft haben. Er kriegt den Bogen langsam raus; bald ist er soweit, sich mit uns zusammen der Peter-Pan-Bande anzuschließen; er kann Tinker Bell spielen."

Wir vereinbaren schließlich, daß Mutter so lange wie irgend möglich bei Joan bleibt. Joan sagt, sie wird Mario ins Kino abschieben und zusehen, daß er Mutter nicht über den Weg läuft. Hauptsache, wir können noch ein bißchen Zeit herausschinden für Dad.

„Aber das eine sage ich dir, Jack, wenn sie nicht aufhört, hinter mir herzurennen und alles nochmal zu machen, was ich gemacht habe, und unentwegt was vonwegen Dreck und Schande zu brabbeln, dann bringe ich sie noch eigenhändig um."

„Okay, Joan, tu das. Ich verspreche dir, daß ich die Kaution stellen, dir den besten Anwalt besorgen und sämtliche Alibis stützen werde."

Wir blödeln noch ein Weilchen, ganz unter uns, über diesen Gedanken, dann hängt sie auf.

Am nächsten Morgen nach dem Frühstück fahren wir zu Alicia. Wir versuchen beide, so zu tun, als sei es die selbstverständlichste Sache der Welt; schließlich statten wir beide lediglich einer Dame einen Besuch ab, um uns ein paar Pflanzen anzusehen.

Das Haus liegt hinter einem Doppelhaus; wir gehen durch ein Tor und über einen schmalen Weg, der zu einem gepflegten Garten und einem kleinen, niedrigen weißen Holzhaus führt. Überall platzt und blättert die Farbe ab, so daß beinahe ebensoviel rohes Holz wie Farbe zu sehen ist. Wir gehen zwei Stufen hinauf zu einer morschen Veranda und klopfen an die Tür. Wir sehen einander noch immer nicht an. Wir sind wie fünfzehnjährige Bengel, die ein paar Mädchen zu einer Kinoverabredung abholen, aber es ist nur *ein* Mädchen, und sie hat ein grünes Auge und goldbraune Haut und ist längst über fünfzehn.

An den Fenstern hängen weiße, geraffte Vorhänge, und davor stehen

Kästen voller Blumen. Ich sehe mich um, entdecke jedoch kein Gewächshaus. Aber es ist ein wassergefülltes Vogelplanschbecken da mit einem Futterhäuschen daneben. Hänflinge, Amseln, weiße und mehrfarbige Tauben, Stare und Spatzen scharen sich darum und picken darin oder auf dem Boden darunter Futterkörner auf.
Die Tür geht auf, und sie steht vor uns. Sie trägt einen blauen Baumwoll-BH und Levi's.
„Ich hatte schon Angst, Sie würden nicht kommen. Hereinspaziert."
Sie blickt an mir vorbei auf Dad. Der Raum ist klein, aber schön; lichtdurchflutet, luftig und gemütlich. Irgendwie hat sie die Kluft zwischen urigem Hippie-Stil und modernem Wohndesign überbrückt – das Zimmer hat eine hinreißend persönliche Note.
„Ach Gottchen, Mr. Tremont! Was sehen meine entzündeten Augen?"
Mit diesen Worten geht sie auf Dad zu und greift mit ihren kräftigen schlanken Händen nach seinen Armen. Er lächelt ihr in die Augen. Dann nimmt sie impulsiv seine bärtigen Wangen in die Hände und gibt ihm einen herzhaften Kuß auf den Mund. Dad bleibt nicht mal Zeit, eine Schnute zu machen. Es ist ein richtiger Kuß, nicht ganz so wie der Kuß, den wir uns an jenem Abend gaben, aber verdammt nah dran. Dad steht da wie betäubt und lächelt noch immer. Er schüttelt den Kopf und stützt beide Hände auf seinen Spazierstock.
„Ein Glück, daß ich den Stock dabeihabe, sonst würde ich glatt umfallen, Alicia; Sie können einem alten Mann wirklich den Atem verschlagen."
„Kommen Sie, Mr. Tremont, so alt sind Sie doch gar nicht; Sie haben genau das richtige Alter, Sie sind ein Mann, dem eine Frau wenigstens vertrauen kann. Stimmt's, Jack?"
Ich nicke; Dad sieht erst mich und dann wieder Alicia an.
„Dann könnten Sie vielleicht anfangen, mich Jack zu nennen, Alicia. Nennen Sie ihn Johnny; so nenne ich ihn auch. Seine Mutter nennt ihn Jacky, aber ich glaube, das mag er gar nicht. Dabei fällt mir ein, daß er es wahrscheinlich auch nicht mag, wenn ich ihn Johnny nenne; versuchen Sie es mal mit John."
Alicia stemmt die Hände in die Hüften und mustert uns beide prüfend und mit geschürzten Lippen.
„Also gut, dann sind Sie Jack."
Sie deutet auf Dad.
„Und Sie sind Jack junior. Ist Ihnen das recht?"

„Klar, mir soll es recht sein."
Sie hängt sich bei uns beiden ein und zieht uns an sich. Ihr BH beutelt ein bißchen, und bei dieser Bewegung sind ihre festen, mittelgroßen Brüste wunderschön zu sehen.
„Kommen Sie mal alle beide mit. Jetzt zeige ich Ihnen meine Pflanzen."
Sie zieht uns durchs Haus, durch die Küche und durch die Hintertür nach draußen; die Tür führt direkt in eine Art Privatdschungel. Er ist beinahe gleich groß wie Dads, aber üppiger, tropischer; er enthält mehr blühende Pflanzen und intensive, überwältigende Düfte.
Dad und ich stehen staunend, hingerissen da. Alicia läßt unsere Arme los, macht zwei Schritte vorwärts und dreht sich mit den Händen in den Hüften nach uns um. Die Sonne rieselt durch Farne und Blätter und übersprüht sie mit Licht- und Schattenmustern. Ich muß an Gauguin denken, an ein paar Renoirs, an die phantastischen Gartengemälde von Monet und weiß plötzlich, was sie einfangen wollten.
„Das habe ich alles selbst eingerichtet. Es war früher bloß eine kaputte Veranda, und ich habe alles ausgebaut. Die Fenster da habe ich aus einem Abbruchhaus auf der Twenty-third Street. Ich hab fünfunddreißig Fenster für zwanzig Dollar gekriegt, mußte sie aber alle selber herschleppen. In solchen Momenten wünscht man sich manchmal als Frau, man hätte einen Mann im Haus."
Wir sind noch immer sprachlos. Auf den Fußboden hat sie Quarzkies gestreut. Die Bretter für die Blumen sind stufenförmig übereinander angebracht. Dagegen wirkt Dads Gewächshaus beinahe schlampig. Überall hängen in Holzschalen Orchideen und Cymbidien. Exotische Pflanzen leuchten in sämtlichen Farbschattierungen von beinahe Schwarz über Feuerrot und leuchtendes Gelb bis zu strahlenden Blautönen. Diese Farben sind gefleckt und gestreift, die Blütenblätter lang, glatt oder kraus und gezwirbelt wie topologische Träume.
„Na, wie gefällt es Ihnen?"
Sie steht noch immer da wie vorher. Dad macht langsam ein paar Schritte vorwärts, beinahe taumelnd. Sie streckt die Arme aus und fängt ihn auf; Dad legt die Arme um sie. Keiner von beiden sagt ein Wort. Ich bin verlegen; vielleicht sollte ich besser gehen. Dad spitzt die Lippen und gibt Alicia einen Kuß auf die Lippen.
„Alicia, das ist das Schönste, was ich je gesehen habe. Es ist sogar noch schöner als Hawaii. Jetzt weiß ich, warum Sie das eine grüne Auge haben."

„Und Sie, Jack junior, Sie Pariser Künstler; was halten Sie davon?"
„Es ist fast so schön wie Sie, Alicia, der ideale Lebensrahmen für Sie. Es muß Ihnen schwerfallen, jeden Tag von hier wegzugehen."
„Ich nenne es mein Paradies. Egal, wie schlimm es da draußen zugeht, ich weiß, daß ich mich immer hierher zurückziehen und mich wohlfühlen kann."
„Wissen Sie, Alicia, bei mir in Cape May habe ich mir auch mit alten Fenstern ein Gewächshaus gebaut, aber ich ziehe dort nur Frühtomaten, die im Frühjahr gesetzt werden."
„Ich wußte gar nicht, daß Sie in Cape May leben, Jack."
O Mann, da haben wir den Salat. Die Katze ist aus dem Sack. Die Gewächshausgeschichte muß ihn durcheinandergebracht haben. Ich bin bereit, ihm aus der Klemme zu helfen, aber Dad schüttelt den Kopf und schmunzelt.
„Habe ich wahrscheinlich auch nie, Alicia; aber manchmal träume ich einfach gern und erfinde alle möglichen Geschichten; so ein Gewächshaus wie das hier eignet sich phantastisch dafür. Kann gut sein, daß ich ein bißchen spinne, wissen Sie."
„Dann spinne ich auch. Wenn ich hier draußen bin, bin ich manchmal eine afrikanische Königin und rede mit meinen Pflanzen; oder ich stelle mir vor, ich wäre selbst eine Pflanze. Ich nehme die Sonne mit allen Poren auf, sauge mich voll Feuchtigkeit und fühle, wie ich in die Erde wachse, wie ich erblühe."
Guter Gott, das sind zwei vom gleichen Schlag. Alicia sieht Dad tief in die Augen, und sie entschweben beide in eine andere Welt.
„Würden Sie mir alles zeigen, Alicia? Sie haben hier Pflanzen, die ich noch nirgends gesehen habe. Und ich wäre Ihnen sehr dankbar, wenn ich ein paar Ableger haben könnte. Ich bin noch nie einem Menschen begegnet, der so eine glückliche Hand mit Pflanzen hat wie Sie."
Sie sind beide ganz entrückt. Jack junior ist wieder mal Luft. Ich gehe hinter ihnen her, während sie sich übers Pfropfen, über Lauberde und Wurzelstöcke unterhalten. Ich interessiere mich nicht genug dafür, deshalb gehe ich wieder hinein und setze mich ins Wohnzimmer. Sie werden mich nicht vermissen. Sie sind miteinander allein. Ich entdecke einen Stapel *Scientific Americans* und habe mich durch drei Ausgaben durchgearbeitet, als sie aus dem Gewächshaus zurückkommen. Dad hat einen wassertriefenden Leinensack dabei, der vollgepackt ist mit eingewickelten Wurzeln, Trieben, Blättern und, wie ich vermute, Samen, Knollen

und Sporen. Sie sind noch immer glucksend und lachend ins Gespräch vertieft.
„Jack junior, tut uns leid, daß es so lange ging, aber wir haben erst angefangen. Er ist der erste Mann, mit dem ich richtig reden kann. Kein Mensch scheint sich sonst wirklich etwas daraus zu machen."
Dad steht mit seinem tropfenden Rupfensack da, sieht mich verschämt an, vor Begeisterung glühend, aber befangen.
„Diese Alicia versteht schrecklich viel von Pflanzen, John. Sie kann sie so wirklich und lebendig machen, wenn sie von ihnen redet, daß ich förmlich sehe, wie sie sich bewegen, und höre, wie sie uns lauschen."
„Jack junior, sind Sie eigentlich sicher, daß Jack bloß ein gewöhnlicher Vollblutweißer ist? Sehen Sie sich mal diese Haut an: Und diese Lippen."
Dad kichert jetzt und nimmt seinen Pflanzensack in die andere Hand.
„Ich sage es Ihnen ja, Alicia, meine Frau ist seit über fünfzig Jahren davon überzeugt, daß ich zum Teil Niggerblut in den Adern habe; sie ist außerdem davon überzeugt, daß ich verrückt bin, also könnten Sie durchaus ‚den richtigen Riecher' haben."
Den richtigen Riecher? Lieber Gott, ich glaube, ich muß ihn hier rausschaffen, bevor er anfängt, Bongo zu spielen.
An der Haustür bekommt jeder von uns einen dicken Kuß. Alicia flüstert mir ins Ohr.
„Da hatten Sie aber recht neulich abends, als Sie sagten, es wär kein Kunststück, Ihren Daddy liebzuhaben. An den Rest kann ich mich auch noch erinnern. Wollen Sie mich nicht mal besuchen; vielleicht können Sie mich da draußen in meinem Paradies malen? Ich würde ein gutes Modell abgeben für Sie."
Wir verabschieden uns. Ich wanke mit weichen Knien zum Auto und fahre ein bißchen kopflos nach Hause; aber nicht über die Stadtautobahn. Dad ist ganz weg von seinen Ablegern, Samen und Sporen.

Am Nachmittag darauf räumen Dad und ich miteinander seine Werkstatt auf. Dabei bietet Dad an, mir sein Werkzeug zu vererben, wenn er einmal stirbt.
„Aber freu dich nicht zu früh, Johnny. Ich beabsichtige, in den nächsten paar Jahren wesentlich mehr mit diesen Werkzeugen zu arbeiten; nichts Großartiges, bloß ein paar Reparaturen und Spielsachen für mein neues Enkelchen."

Das Telefon klingelt; ich höre es nur schwach hier draußen. Ich weiß also nicht, wie lange es schon klingelt, daher flitze ich über den Rasen und die Terrasse durch die Nebentür ins Schlafzimmer.
Ich nehme den Hörer ab, setze mich auf die Bettkante und ringe nach Luft.
Ich warte ab, in der Annahme, daß es Mutter ist, aber niemand spricht, ich höre nur jemand schniefen und atmen. Es dürfte kaum ein unanständiger Anruf sein, deshalb bin ich sicher, daß Mom am Apparat ist. Ich lege mich auf den Rücken und warte. Die Stimme, die dann ertönt, ist matt und von Schluchzern erstickt.
„Ich halte es nicht mehr aus, Johnny. Ich gebe auf; ich habe die Nase voll."
Es ist Joan! Ich fahre hoch. Sie schluchzt krampfartig.
„Was ist denn los, Joan? Was ist passiert?"
Für ein Weilchen ist nichts zu hören als stilles Schluchzen und tiefes Atmen, als versuche sie, Luft zu holen.
„Komm schon, Joan. Erzähl, was passiert ist. So schlimm kann es doch nicht sein."
„Ich überlasse sie dir, Johnny, und das ist *kein* Witz. Ich habe ihr gesagt, daß ich nie mehr mit ihr reden will, und das ist auch mein Ernst. Kein Mensch kann sie auch nur leiden, geschweige denn lieben. Das habe ich ihr auch gesagt."
„Wenn du willst, komme ich sofort rüber und hole sie ab. Ich kann in einer halben Stunde da sein."
„Nein, sie kann bleiben. Ich werde für sie kochen und hinter ihr herputzen, ich werde alles tun, um Dad eine Chance zu geben. Ich werde meinen Teil beitragen, Jack, aber ich werde mir Pfropfen in die Ohren stecken. Ich lehne es ab, mir den ganzen Tag lang anzuhören, wie sie alles, was mir lieb ist, in den Dreck zieht. Und ich werde *nie* mehr mit ihr reden, solange ich lebe. Ich mein's wirklich ernst!"
An dieses zweite „ich mein's wirklich ernst" muß ich mich halten. Seit unserer Kindheit sagt Joan immer „ich mein's wirklich ernst", kurz bevor sie bereit ist nachzugeben. Selbst ihre eigenen Kinder wissen das inzwischen.
„Sieh mal, Joan, du hast die Rollen vertauscht. Du sprichst ja so wie ich. *Du* bist doch die Ruhige, Vernünftige. Du mußt dich in der Seite vertan haben oder so was; du verpfuscht das ganze Stück. Wenn du nicht aufpaßt, nehmen sie uns aus der Hauptsendezeit raus."

Ich warte. Sie hat wieder angefangen zu weinen. Wenn sie spricht, klingt es ganz so, als sei eine Art Kieksen in die Schluchzer eingebaut.
„Jack, du wirst nicht für möglich halten, was sie gemacht hat. Ich kann es selber noch immer nicht fassen."
„Hör mal, Joan, spann mich nicht auf die Folter. Ich glaube dir alles, ich glaube dir, daß sie den Papst exkommuniziert, den Präsidenten erschossen, die Sonne abgestellt, sich die Zehen abgesäbelt hat, damit ihre Füße in kleinere Schuhe passen. Ich bin auf alles gefaßt. Komm schon, sag, was hat sie angestellt?"
„Ich kann es kaum aussprechen, Jack; es ist so traurig und macht mich so wütend. Ich war gerade draußen im Garten und habe Laub geharkt und die Rasenkanten geschnitten, weil Mom sich die ganze Zeit beschwert hat, daß es so ein Schweinestall wäre da draußen. Sie behauptet steif und fest, keiner von uns würde sich wirklich um das Haus kümmern! Also gebe ich zu, daß wir Schlamper sind, nur um ihr einen Gefallen zu tun – obwohl ich es mittlerweile besser wissen sollte –, und gehe raus und mache mich im Garten an die Arbeit.
Als ich wieder reinkomme, kann ich sie nirgends finden. Ich gucke in unser Schlafzimmer, und da hockt sie tatsächlich. Sie hat *unsere* Familienalben in der Mache. Der Fußboden ist übersät mit zerfetzten Fotos. Ich bücke mich, um sie aufzuheben; über dreißig Bilder hat sie zerrissen, und nicht nur einmal mittendurch, Jack, in tausend Fetzen!
Ehrlich, seither bin ich überzeugt, daß sie komplett wahnsinnig ist!
Und da sagt sie doch zu mir, sie würde diese alten Alben durchgehen und ein paar von den Bildern, die von ihr drin sind, zerreißen.
Sie sagt: ‚Dieser Mario bringt es doch immer fertig, mich in den albernsten Posen zu erwischen. Ich will, daß ihr euch an mich so erinnert, wie ich *wirklich* bin, nicht wie so ein Affe oder mit zugekniffenen Augen oder den Mund so weit aufgerissen, daß man meine Zunge sieht.'
Sie führt mir das alles mimisch vor, steckt sich Finger in den Mund, zieht sich die Ohren lang oder schielt, so wie sie es immer macht, wenn sie komisch aussehen will.
Jack, ich hätte sie auf der Stelle umbringen können! Ich hebe all die Schnipsel auf. Es sind nicht nur Bilder von ihr allein; es sind Bilder von ihr mit meinen Kindern, als sie noch Babies waren, oder Bilder, auf denen sie mit dir oder mit Dad oder mit mir drauf ist. Bloß weil sie nicht auf jedem wie Elizabeth Taylor aussieht, zerfetzt sie sie. Ich nehme ihr

das Fotoalbum weg; und dann hab ich ihr die Wahrheit gesagt, aber wie.
Wenn ich daran denke, was ich ihr alles an den Kopf geworfen habe! Ich werde nie wieder mit ihr reden können, selbst wenn ich wollte. Und du kannst mir glauben, ich will es nicht. Ich meine es ernst; ich will nie wieder was von ihr hören oder mit ihr reden. Wenn sie mir was zu sagen hat, kann sie mir das durch dich mitteilen lassen. Zur Zeit stecke ich mir, jedesmal, wenn sie in meine Nähe kommt, die Finger in die Ohren und gehe weg."

„Besten Dank, Schwesterherz. Das bedeutet, daß ich künftig doppelt soviel zu hören kriege. Wie wär's, wenn ich gleich jetzt rauskomme und sie abhole; das wird uns Telefonate ersparen und etliche von uns vor dem Armenhaus beziehungsweise vor der Klapsmühle bewahren."

Sie weint schon wieder.

„Ich komme mir so mies vor, Jack. Wie kann ein Mensch bloß mit einer siebzig Jahre alten Frau so reden, wie ich mit meiner eigenen Mutter geredet habe? Bestimmt werde ich langsam, aber sicher verrückt."

„Wir sind alle verrückt, mein Kind. Irgendwer hat uns das seit Jahren eingeredet. Und wenn du mich fragst, so dürfte es nicht schwer sein, gegenüber dieser speziellen siebzig Jahre alten Frau ausfallend zu werden; es ist vermutlich seit Jahren das einzig Vernünftige, was ihr passiert ist. Apropos, was treibt sie eigentlich grade, tüncht sie die Decke, oder reißt sie sich die Kleider vom Leib und sterilisiert sie im Backofen? Was ist ihre neueste Tour?"

„Sie hat sich in ihr Zimmer eingeschlossen, ins Jungenzimmer. Glaubst du, daß sie sich was antun könnte, Jack? Ich mache mir langsam Sorgen."

„‚Kein Mensch schert sich darum, ob ich lebe oder sterbe!' Stimmt's? Ich glaube, so standen die Aktien doch zuletzt; willst du jetzt einen Rückzieher machen? Ich glaube, ich kann damit leben."

„Also, ich nicht; ich werde jetzt nach hinten gehen, an die Tür klopfen und mich entschuldigen. So wichtig sind ein paar zerfetzte Fotos auch wieder nicht; sie braucht uns jetzt am nötigsten. Ich wünschte echt, ich könnte ein paar von den Dingen, die ich gesagt habe, wieder zurücknehmen; ich war schrecklich."

„Da geht das indianische Blut mit dir durch, Joan; im Herzen bist du doch schlicht eine Wilde. Aber, im Ernst, gib nicht nach. Ich bin ganz auf deiner Seite. Ich wünschte nur, ich hätte den Mumm, es ihr selber einmal zu geben. Wenn ich das fertigbrächte, könnte ich wahrscheinlich meinen Blutdruckapparat wegschmeißen, die Medikamente sein lassen, das Yoga an den Nagel hängen; vielleicht sogar aufhören, eine Brille zu tragen. Wer weiß? Ich will damit sagen, tu nichts, was du nicht wirklich tun willst."

„Nein, es geht schon wieder. Du brauchst nicht zu kommen. Ich werde mich schon wieder berappeln. Ich werde mit ihr reden, oder es wenigstens versuchen."

„Bist du sicher?"

„Ich bin mir nie ganz sicher, Johnny; höchstens daß ich manchmal wirklich ein Aas sein kann. Ich hoffe, daß ich das nie vergesse. Außerdem hoffe ich, daß ich tot und vermodert bin, bevor ich mal so ein Kotzbrocken werde."

Daß Joan so ohne weiteres „Aas" und „Kotzbrocken" über die Lippen bringt, sagt *mir* mehr als alles andere, wie schlimm es gewesen sein muß.

Joan kommt irgendwie über die Runden, und wir lassen Mutter noch drei Tage lang dort. Sie weigert sich, noch einmal zu dem „Hippie"-Psychiater zu gehen, und wenn er sie anruft, hängt sie auf.

Aber dann wird es unmöglich, sie noch länger dazubehalten. Sie ist inzwischen zu der Ansicht gekommen, daß es sie umbringt, irgendwo zu bleiben, wo sie nicht erwünscht ist und nicht geliebt wird; lieber will sie in ihrer eigenen Wohnung sterben. Außerdem ist sie auf die Idee gekommen, daß ihre Tränen aufgebraucht sind und ihre Augen langsam austrocknen. Joan bringt sie zu einem Augenarzt, weil Mom schwört, daß sie wegen Austrocknung der Augäpfel allmählich erblindet. Er gibt ihr Tropfen und sagt Joan, Mom hätte nichts, aber die Tropfen könnten ihr auch nicht schaden. Jetzt unterbricht Mom andauernd ihre Monologe, um sich Tränen in die Augen zu träufeln.

Am Tag drauf hole ich sie endgültig ab. Dads Druckgeschwüre sind einigermaßen verheilt, und er möchte nicht mehr in dem Krankenhausbett im Nebenzimmer schlafen; also schläft er wieder hinten bei Mom. Mom sagt, wenn er sie sowieso nicht in Ruhe läßt, können sie ebensogut miteinander schlafen. Ich denke, der arme Kerl hat ein bißchen Trost verdient.

Ich möchte den beiden so viel wie möglich das Gefühl geben, daß sie wieder auf sich gestellt sind. Ich schlafe draußen im Gartenzimmer. Ich muß mich irgendwie von alledem losreißen und nach Hause fahren.

Während der darauffolgenden Woche zeigt Mom sich von ihrer guten Seite, jedenfalls wenn ich in der Nähe bin. Dad macht es Spaß, sich körperlich in Form zu bringen. Er hat angefangen, vormittags mit Mom Gymnastik zu machen. Auch nach ihren Herzinfarkten hat Mom nicht mit ihren Rumpfbeugen, Drehsitzen und allen den anderen Turnübungen aufgehört, die sie während der vergangenen vierzig Jahre immer gemacht hat.

Es tötet ihr den letzten Nerv, daß Dad sich einfach in seinem Jogginganzug dazudrängelt und jede Bewegung nachäfft, die sie macht. Er schafft es mit knapper Not, sich zweimal aus dem Liegen aufzusetzen, und trainiert noch immer seine „Greisen-Liegestütze". Er hält es für den größten Witz aller Zeiten, daß er den Oberkörper nicht vom Boden hochstemmen kann.

In diesen Tagen mache ich während der Gymnastiksitzungen das Frühstück. Dad möchte, daß ich mitmache, aber ich fürchte, das wäre *zu* viel des Guten. Das Wohnzimmer sieht zwischen neun und neun Uhr dreißig aus wie eine Vic-Tanny-Gymnastikschule für geriatrische Pflegefälle. Mom sträubt sich gegen Dads beharrliche Aufforderung, mit hinauszukommen und mit ihm zusammen zu joggen. Jetzt läuft er nicht mehr nur auf der Terrasse, sondern rund um den Garten. Mom sagt, wenn er anfängt, draußen auf der Straße zu joggen, wird sie ihn verlassen.

Am siebten Tag nach ihrer Rückkehr zieht Mutter mich in das hintere Schlafzimmer. Sie fängt an zu weinen und sagt, daß sie so nicht mehr weitermachen könne.

„Ich habe mich so bemüht, Jacky. Ich möchte keinen Ärger machen, aber ich weiß, daß ich wieder einen Herzinfarkt kriege, wenn es so weitergeht."

Dad treibt sie zum Wahnsinn, und sie hat Angst, mit ihm allein zu sein. Er regt sie auf mit seinen albernen Liedern, den Blumen, der Turnerei, der Joggerei, der Kocherei, seinem Miniaturgolfplatz, der Sonnenuhr, selbst mit dem neuen Vogelfutterhäuschen.

„Und jetzt, du hast es ja selber gesehen, hat er angefangen, im Wohnzimmer nach der Radiomusik herumzutanzen. Er ist nicht mehr bei Trost, Jacky!"

Ich muß zugeben, daß er, wenn er in einem seiner irren Kostüme und mit diesem Bart umherhüpft, wie ein Rubensscher Satyr aussieht. Mom gerät jedesmal in Panik. Sie neigt sich nach hinten, legt die Hände über den Mund und äugt entsetzt darüber. Er meint, daß es ihr gefällt, daß sie ganz weg ist von seiner Tanzerei. Er erinnert mich an die Art, wie manche Leute tanzen, wenn sie betrunken sind, mit einer tolpatschigen Grazie, über die sie sonst nicht verfügen. Und Dad ist tatsächlich betrunken, trunken von Leben.

Mutter beharrt darauf, daß das ein Beweis sei, ein erneuter Beweis dafür, daß er wahnsinnig ist.

„Kein Mann in seinem Alter tanzt allein in der Gegend herum; das ist nicht normal."

Ich verkneife es mir, sie daran zu erinnern, daß sie den alten Lawrence Welk immer zu bewundern schien, wenn er genau dasselbe tat. Ich lasse sie ausreden. Ihre Nerven sind eindeutig angeknackst; ich weiß nicht, was ich sagen soll.

„Was sollen wir denn tun, Mom? Willst du, daß ihr getrennt lebt? Wir können wahrscheinlich das Haus hier vermieten und genug dafür bekommen, daß ihr euch jeder ein kleines Apartment leisten könntet. Ich weiß nicht, was ich dir sonst vorschlagen soll.

Dad geht es hervorragend; er genießt doch nur das Leben, und das bedeutet nicht, daß er verrückt ist. Er ist bei dem besten Fachmann weit und breit in Behandlung. Dad versucht lediglich, das Beste zu machen aus dem bißchen Zeit, das ihm noch bleibt."

Hier hätte ich abbrechen sollen.

„Ehrlich, Mom, manchmal glaube ich, daß du diejenige bist, die sich wie eine Verrückte aufführt, wenn du wegen nichts und wieder nichts so einen Wirbel veranstaltest."

Das bringt sie in Rage.

„*Ich* und *verrückt?* Du bist doch derjenige, der einen Bart trägt und in Europa lebt und meine Enkel von mir fernhält. Ich weiß, daß du deinen Vater lieber hast als mich, und ich kann es dir nicht verdenken; ich war nie zur Mutter geschaffen, ich habe immer alles falsch gemacht, wie sehr ich mich auch anstrenge."

Jetzt weint sie. Ich darf ihr nicht nahe kommen; sie schiebt mich immer wieder weg.

„Sogar die Enkel haben etwas gegen mich; sie rufen nie an oder kommen mich besuchen. Und ich weiß auch warum. Du und Joan, ihr macht mich beide hinter meinem Rücken schlecht bei ihnen. Ihr vergiftet sie!"

Sie merkt selber, daß sie zu weit gegangen ist. Ich warte ab, bis ich sicher bin, daß sie fertig ist.

„Mom, könntest du nicht hier bei mir bleiben, und wir lassen Dad ein Weilchen zu Joan ziehen? Auf die Art kann Joan ihn beobachten und besser beurteilen, ob wirklich irgend etwas nicht stimmt. Du könntest ja recht haben; die Psychiater wissen auch nicht alles, und du hast lange mit ihm zusammengelebt. Auf die Art könntest du dein Herz ein bißchen schonen und hättest keine Probleme mit Mario. Ich verspreche, dir aus dem Weg zu gehen. Ich werde mich lediglich als dein Chefkoch und Tellerwäscher betätigen."
Sie sieht mich mißtrauisch an, ob ich es auch ernst meine. Sie weint nicht mehr.
„Ich glaube, ich würde lieber in einem Hotel leben."
„Das wäre auch eine gute Idee, Mom. Geh du in ein Hotel, dann kann Dad hier bei mir bleiben."
Sie hatte erwartet, daß mich der Gedanke ärgern würde.
„Nein, Jacky, das würde ein Vermögen kosten. Die Art Hotel, die mir zusagen würde, kostet mindestens vierzig Dollar pro Tag."
„Aber Mom, für so etwas sollst du dein Geld ja ausgeben. Dazu ist es schließlich da, daß man Dinge damit tut, die man gern tun möchte. Du wirst nicht ewig leben, und du hast das Recht, dein Leben zu genießen. Such dir ein hübsches gemütliches Zimmer mit Blick aufs Meer. Du könntest dich bedienen lassen und dich wirklich erholen."
„O nein, ich werde das bißchen Geld, das wir haben, nicht auf die Art rauswerfen! Man weiß nie, wann man es einmal braucht, Jacky. Ich weiß nur zu gut, daß niemand je für mich sorgen wird. Niemand liebt mich, und niemand schert sich darum, ob ich lebe oder sterbe, deshalb muß ich zusehen, daß ich ein bißchen Geld habe, um selber für mich sorgen zu können."
Diese kleine Neuauflage ihres Lieblingsthemas tut ihr unendlich wohl; sie findet langsam wieder zu sich selber. Wir kabbeln uns noch ein Weilchen, und ich bemühe mich krampfhaft, nicht in die altbekannten Fallen zu treten.

Mom willigt schließlich ein, Dad zu Joan ziehen zu lassen und selber zu Hause zu bleiben. Wir werden uns einfach auf der Terrasse in die Sonne legen und so tun, als befänden wir uns auf Meereskreuzfahrt. Sie benimmt sich, als täte sie mir einen großen Gefallen; schöner Gefallen! Ich werde vermutlich schon nach einer Woche reif sein für eine Lobotomie und eine dreifach verstärkte Zwangsjacke. Ein oder zwei Wochen

mit Mom in dieser Verfassung könnten mir den Rest geben. Wir Künstlertypen sind sowieso ein labiles Volk.
Ich gehe um den Block zu einer Telefonzelle und rufe Joan an. Ich erzähle ihr, daß Mom einwilligt, Dad zu ihr ziehen zu lassen und selber bei mir zu bleiben.
„Bist du sicher?"
Ich gebe ihr in groben Zügen unser Gespräch wieder. Joan will wissen, was Dad davon hält. Mir wird bewußt, daß ich ihn nicht einmal gefragt habe. Ich weiß, daß er froh sein wird über die Gelegenheit, mit Joan, Maryellen und John zusammenzusein, mit Mario zu reden. Die anderen Kinder sind weg zum Studium oder verheiratet. Joan ist noch immer nicht überzeugt.
„Bist du ganz sicher?"
„Ich glaube schon, Joan. Ich kann nicht behaupten, daß sie restlos glücklich ist über den Gedanken, aber sie ist ja mit nichts wirklich zufrieden. Sie würde sich auch im Miramar Hotel nicht wohlfühlen, selbst wenn es umsonst wäre."
Es folgt ein langes Schweigen.
„Jack, du wirst schon nach drei, vier Tagen absolut wahnsinnig sein. Wenn ich rüberkomme, wirst du an einer Wäscheleine an dem Zitronenbaum hinter dem Haus baumeln. Vielleicht hat Mom recht, daß du spinnst."
„Hör mal, erzähl mir zur Abwechslung mal was anderes; hol mich von dieser Wäscheleine runter."
Joan senkt die Stimme.
„Jetzt hör mal gut zu. Du gehst in das Gartenzimmer, packst leise deine Sachen, kletterst über den Zaun und schnappst dir das nächstbeste Flugzeug nach Paris. Du schreibt nie wieder und läßt Vron ein Telegramm aufgeben, in dem steht, daß du bei einem Flugzeugunglück ums Leben gekommen bist.
Ich werde mir hier ein Postschließfach nehmen, und du kannst mir ab und zu unter falschem Namen schreiben. Ich verspreche, daß ich es keiner Menschenseele erzählen werde, nicht mal Mario. Auf Wiederhören!"
Mit diesen Worten legt sie auf. Ich wähle ihre Nummer.
„Hallo?"
„Hör mal, Joan."
„Wer ist da, bitte?"
„Ich bin's. Hör auf mit dem Quatsch, Joan. Ich bin es, dein großer

Bruder Jack, Johnny, Jacky, John Tremont."
„Tut mir leid, Sie haben sich verwählt; mein Bruder ist vor fünf Minuten bei einem Flugzeugabsturz gestorben."
Sie hängt wieder auf.
Ich habe keine Münzen mehr. Ich gehe in die Spirituosenhandlung, kaufe mir ein Bier, um mein „Bar"-Alibi zu untermauern, und rufe noch einmal mit einem Vierteldollar vom Wechselgeld an.
„Verdammich, Joan, häng nicht gleich wieder auf; ich schmeiße das Familienvermögen für Vierteldollars raus!"
„Gut, Johnny, aber dann sag nie, ich hätte dir nicht die Chance gegeben auszusteigen. Und daß du mir ja keinen bösen Blick anhängst oder sonstwas, wenn ich dich von dem Zitronenbaum abschneide."
„Na gut, du verrücktes Huhn, ich verspreche es."
„Dann wird Dad also zu mir ziehen, und du wirst – uuaaah – mit Mutter zusammenleben. O Mann!"
Es ist also beschlossene Sache.
Joan und Mario werden mit dem VW-Bus herüberkommen und ihn abholen. Ich bespreche alles mit Dad. Die Sache hört sich ganz brauchbar an.

Zu Hause gehe ich ins Gartenzimmer und strecke mich ein paar Minuten lang aus, denke noch einmal über alles nach, fahnde nach möglichen Haken. Dann gehe ich hinein und sage Mutter, ich würde Joan anrufen und alles mit ihr besprechen. Ihrer Antwort hätte ich entnehmen können, daß es gar nicht gutgehen konnte.
„Natürlich wird sie ja sagen; seit sie ein kleines Mädchen war, hat sie andauernd versucht, mir deinen Vater wegzunehmen."
Ich tue, als hätte sie es nicht gesagt; sie ist gereizt, erregt. Ich gehe ins Wohnzimmer und erkläre Dad, was wir vorhaben. Mom ist hinter mir hergekommen. Dad ist zu allem bereit.
Ich rufe Joan an und spiele noch einmal alles mit ihr durch. Wir entwikkeln uns zu einem gerissenen internationalen Agentenpärchen.
Im Schlafzimmer hole ich für Dad einen Koffer aus dem Wandschrank; Mutter ist wieder hinterhergekommen. Verflixt und zugenäht, jedesmal, wenn ich etwas einpacke, nimmt sie es wieder heraus. Irgendwann gebe ich auf. Das einzige, worauf es ankommt, ist Dad aus diesem Irrenhaus wegzuschaffen. Mom wirft Sachen in den Koffer und fischt sie wieder heraus, sie ergeht sich darin, daß es im Valley bei Tag wärmer ist

und nachts abkühlt. Dad braucht dünne Socken für den Tag und einen warmen Schlafanzug für die Nacht. Sie besteht darauf, daß er eine Heizdecke mitbekommt. Ich weiß, daß Joan Heizdecken hat. Ich sage ihr das, aber sie übergeht es geflissentlich. Sie holt ein paar Wolldecken aus der Zedernholztruhe und will auch die dazupacken. Als sie fertig ist, könnte man meinen, Dad wollte den Everest ohne Scherpas besteigen.
Im Wohnzimmer erkläre ich Dad noch einmal alles. Er nimmt es mit solcher Gelassenheit hin, daß ich nicht sicher bin, ob er es begriffen hat. Er will sich lediglich vergewissern, daß Mom mit allem einverstanden ist. Ich sage ihm, daß Mom gerade hinten ist und seine Sachen packt. Er lächelt und sagt, daß er sich schon darauf freut, mit John und Maryellen zu spielen.
Wir hocken uns wieder vor den Kasten und sehen uns irgendeine alberne Fernsehsendung an. Mom kommt nicht wieder aus dem Schlafzimmer heraus.

Wenn man einen Herzpatienten in seiner Nähe hat, lebt man in ständiger Sorge und tiefer Unruhe. Ich stehe unauffällig auf und gehe nach hinten.
Mutter kniet neben dem Bett. Der Koffer steht noch immer offen, halb gepackt, überquellend. Kleider und Decken liegen ausgebreitet auf dem Bett.
„Was ist los, Mom? Alles in Ordnung?“
Sie wirft mir einen Seitenblick zu, als sei ich ein Eindringling aus einer anderen Welt.
„Ich wende mich an den einzigen Freund, den ich noch habe, den einzigen, der sich etwas aus mir macht, an Gott.“
Ehrfürchtig beugt sie das Gesicht über die Kante ihres Bettes und murmelt ins Laken.
„Und jetzt verläßt mich sogar mein Mann nach über fünfzigjähriger Ehe.“
Ehrlich gesagt, die Versuchung, ihr kurz einen Tritt in ihren frommen, rückwärts gereckten Rumpf zu geben, ist beinahe überwältigend.
„Mom, du weißt, daß das nicht stimmt. Das Ganze war ja deine Idee. Du bist diejenige, die nicht mit Dad zusammenleben kann und Erholung braucht. Wir geben uns alle erdenkliche Mühe für dich, in der Hoffnung, es dir recht zu machen. Dad verläßt dich nicht; du schickst ihn eine Zeitlang weg, damit du deine Ruhe hast.“

Aber sie hört nicht hin. Mag sein, daß sie Botschaften unmittelbar von Gott erhält, aber mich hört sie nicht.
„Er liebt mich nicht, keiner von euch liebt mich. Er will mich bloß verlassen. Du hast es ja gesehen. Er hat die Gelegenheit beim Schopf ergriffen; alles, wonach er trachtet, ist von mir wegzukommen, egal wohin."
„Das ist doch Unsinn, Mom, und das weißt du ganz genau. Dad macht alles, was du sagst. Er will dich glücklich machen. Es wird für alle Beteiligten gut sein, wenn er ein bißchen zu Joan geht. Du und ich, wir können es uns hier gemütlich machen."
„Das sagst *du*. Es wird ihm guttun, aber mir wird es *nicht* guttun. Ich werde hier allein sein, und er wird sich da drüben mit Joans Familie amüsieren und sich einen flotten Lenz machen. Er wird mich nach einer Woche vergessen haben, du wirst schon sehen!"
„Komm, Mom; das ist ja lächerlich. Ich werde hier bei dir sein, und wir werden es schön haben."
Ich helfe ihr auf, und sie setzt sich auf den Bettrand. Ich versuche, einige der Dinge in den Koffer zu stopfen. Ich werde mindestens drei Koffer brauchen, um den ganzen Krempel unterzubringen.
„Laß das sein, Jacky. Du kannst seine Sachen später holen. Er wird nie wieder zurückkommen. Du kannst alles, was ihm gehört, später nachholen, ein anderes Mal."
Das ist meine Chance; ich klappe den Koffer zu, bevor sie es sich wieder anders überlegt. Ich trage ihn nach vorn und warte auf Joan. Jetzt will Mom nicht mehr aus dem Schlafzimmer kommen; sie ist sauer auf Dad. Dad kapiert rasch und geht nach hinten. Vom Wohnzimmer aus höre ich sie weinen und zetern. Nach ein paar Minuten kommt Dad und bleibt in der Türöffnung neben dem Fernseher stehen.
„Ich fahre nicht weg, Johnny. Du hast dich geirrt, Mutter will gar nicht, daß ich zu Joan gehe. Ich werde hierbleiben. Ruf du Joan an und sag ihr Bescheid."
Auch gut. Ich bin willens, die Sachen auszupacken und wieder in den Schrank zu räumen und Joan anzurufen. Dad läßt sich in seinem Schaukelstuhl nieder und guckt blicklos in den Fernseher. Ich glaube kaum, daß er viel sieht. Mag sein, daß er wieder in Cape May ist.
Ich trage den Koffer nach hinten ins Schlafzimmer zurück. Ich komme mir langsam vor wie der Trottel vom Dienst in einem Marx-Brothers-Film. Im Flur treffe ich auf Mom. Sie streckt mir einen Finger entgegen

und drängt mich zurück ins Wohnzimmer. Sie hat den Kopf in den Nacken gelegt, und ihre tränenumflorten Augen sprühen Feuer. Ich bleibe stehen und bewege mich rückwärts, während sie vorwärts geht.
„Wage nicht, diese Sachen in *mein* Schlafzimmer zu bringen; er bleibt nicht eine Minute länger als nötig in diesem Haus. Wenn er nicht mit mir leben will, dann braucht er das auch nicht. Und wenn er nicht mit mir verheiratet bleiben will, bloß weil ich krank bin und ein Herzleiden habe, dann soll mir das auch recht sein."
Ich rücke mit dem Koffer in der Hand vor ihr aus, bis ins Wohnzimmer hinein. Dads Gesicht ist weiß; es hat ihm die Sprache verschlagen. Er sitzt auf dem Schaukelstuhl und hat einen Fuß angezogen. Mom tobt weiter.
„Hör auf damit, Mom! Was redest du denn da? Was willst du uns um Gottes willen weismachen?"
Dann fängt sie an, heftig zu weinen; sie schlägt die Hände vors Gesicht, bleibt an den Türrahmen gelehnt in der Türöffnung stehen. Ich sehe sie fassungslos an und weiß nicht, was ich sagen soll. Dann dreht sie sich um und schassiert im Wechselschritt durch den Flur nach hinten ins Schlafzimmer und knallt die Tür zu. Ich stelle den Koffer ab und gehe zu Dad hinüber. Ich bin ganz durcheinander. Ein Teil, tief innen in mir, fängt an, die ganze Geschichte umwerfend komisch zu finden. Mag sein, daß es Hysterie ist, oder vielleicht bin ich tatsächlich ein kaltschnäuziger Hund.
„Na, Dad, es sieht ja so aus, als wollte sie dich doch bei Joan haben. Komm, nimm's dir nicht so zu Herzen, es wird sich alles irgendwie einrenken; du weißt ja, wie Mom ist."
Dad starrt vor sich hin. Hinter den Brillengläsern glänzen Tränen in seinen Augen. Er nimmt die Brille behutsam ab und wischt sich die Augen mit den Knöcheln, sagt aber nichts.
Um irgend etwas, egal was, zu tun, schalte ich an den Fernsehkanälen herum, bis ich einen Western mit John Wayne finde. Wenn uns irgend etwas besänftigen kann, dann müßte es John Wayne mit seiner maskulinen, einschmeichelnden Stimme schaffen.
Wir sitzen da und tun, als sähen wir fern; keiner von uns ist wirklich bei der Sache. Vielleicht ist das eine der großen Verlockungen des Fernsehens: man kann etwas mit anderen Menschen zusammen tun, wenn einem sonst nichts einfällt; ins Zusammensein geschubst wie karambolierte Billardkugeln.

Nach einer Viertelstunde fahren Joan und Mario mit dem Campingbus vor. Ich erzähle ihnen, was sich alles abgespielt hat, seit ich zuletzt mit ihr gesprochen habe. Joan zieht einen der Eßzimmerstühle zu sich heran und setzt sich dicht neben Dad.
„Was willst denn du, Dad? Womit können wir dir am meisten helfen?"
Er fängt an, den Kopf zu schütteln, und versucht, etwas zu sagen, bringt es aber nicht heraus. Dann läßt er den Kopf hängen und weint. Seine Hände liegen regungslos in seinem Schoß, und er weint. Joan blickt zu mir herüber, dann beugt sie sich dichter zu Dad und nimmt ihn in die Arme. Sie zieht ihn an sich, und der Schaukelstuhl kippt vornüber. Er drückt seine Stirn neben ihrem Hals an ihre Schulter.
So sitzen wir eine Weile zu dritt da. Mario steht mit verschränkten Armen vor der geschlossenen Tür. Nach einer längeren Zeit findet Dad die Sprache wieder. Er sagt, er will einzig und allein, daß Mom glücklich ist. Dafür will er alles tun. Es macht ihm schrecklich zu schaffen, daß sie nicht aus dem Schlafzimmer kommt, und jetzt getraut er sich nicht, nach hinten zu gehen. Er ist vollkommen gelähmt durch ihren Zorn. Seine Augen sind wie die einer Maus zwischen den Pfoten einer Katze und gehen hin und her zwischen Joan und mir, Mario, der Schlafzimmertür hinten im Flur. Ich weiß nicht, wie lange er solchen Druck aushalten kann. Er ist noch immer nicht übermäßig kräftig. Mir schwinden selber langsam die Kräfte.
Joan geht nach hinten, um mit Mom zu reden. Sie hat kaum die Tür geöffnet, als Mom wie eine Furie herausgestürzt kommt.
„Schafft ihn bloß weg hier. Ich will sein Gesicht nie mehr sehen. Er liebt mich nicht, er hat euch Kinder schon immer mehr geliebt als mich. Schafft ihn mir aus den Augen. Ich will ihn nie wieder sehen! Wir sind seit über fünfzig Jahren verheiratet, und jetzt, wo ich krank bin, will er mich verlassen."
Dad steht auf und stellt sich, noch immer leicht vornübergebeugt vor seinen Schaukelstuhl, die Waden an den Stuhl gelehnt, und breitet die Arme aus.
„Aber, Bess, ich meine Bette, das ist doch nicht wahr. Ich will nirgendwo hingehen. Ich bleibe da. Ich möchte bei dir bleiben."
„Verschwind bloß. Ich kann deinen Anblick nicht mehr ertragen. Du treibst mich zum Wahnsinn; zu was sollte ich oder irgendwer anders dich schon gebrauchen?"
Großer Gott, falls er geht, tut er das Falsche, und falls er bleibt, macht er

es ebenfalls falsch. Die klassische Falle. Darin ist Mom eine wahre Meisterin. Sie hält auch mich noch immer mit eisernen Griffen umklammert, die tief in meine Seele einschneiden, wie Drähte, die man zum Schutz um einen Baum gelegt hat, als er noch jung war. Sie haben mir einen unheilbaren Schuldkomplex zugefügt. Es ist schwer, sich für irgend etwas Reales verantwortlich zu fühlen, solange man voll tiefer, unzugänglicher Schuldgefühle wie diesen steckt.
Joan und ich sehen einander an. Wir sind wie erstarrt. Wieder die alte Erpressungsmasche. Mario macht zwei Schritte zur Raummitte hin. Er beugt sich über Dad.
„Komm, Dad; wir gehen zum Auto."
Er wendet sich zu mir.
„Jack, hol du den Koffer. Joan, versuch du, mit Mom zu reden."
Joan geht nach hinten.
„Jetzt beruhige dich mal, Mutter. Du machst einen Elefanten aus einer Mücke. Es war doch deine Idee, daß Dad zu uns zu Besuch kommen sollte, damit du ein bißchen Ruhe hast. Dad kommt ja wieder, sobald du dich besser fühlst und er ein bißchen zu sich gekommen ist."
Aber Mom hört nicht mehr. Ihre Mitteilungen sind nur noch eingleisig.
„Ihr beiden! Ich dachte, daß wenigstens meine Tochter mich liebt. Jetzt stiehlst du mir meinen Mann. Ich kenne dich; du wirst ihn zu dir nach Hause mitnehmen und ihn so lange beschwatzen, bis er nie mehr zurückkommen will."
In der Zwischenzeit hat Mario Dad aufgeholfen und ihn durch die Tür auf die Veranda geführt. Bei Moms letztem Ausbruch macht Dad Anstalten, ins Haus zurückzugehen. Mom stürzt an Joan vorbei und versperrt ihm den Zugang.
„Komm ja nie mehr hier rein, John Tremont! Als du den Fuß vor diese Tür gesetzt hast, bist du aus meinem Leben gegangen. Ich will dich nicht in diesem Haus!"
Mom streckt gebieterisch den Zeigefinger aus. Dad sieht sich hilfesuchend um, nach irgendeiner Weisung.
Dann blickt er Mutter in die Augen. Er scheint sie eine halbe Ewigkeit lang unverwandt anzustarren, aber es können kaum mehr als zehn Sekunden sein. Er schüttelt den Kopf, wendet sich ab und geht zur Tür hinaus. Mario hilft ihm über die schmale Veranda und die drei Stufen hinunter.
Sie gehen über den Rasen, als Mom zur Tür hinaus und die Stufen

hinunterstürmt, Joan immer hinter ihr her. Mom grapscht nach Dads Arm und fängt an zu zerren. Dad bietet keinerlei Widerstand. Mario hält Dad fest; stützt ihn eher. Dad bewegt sich effektiv wie ein lebender Leichnam; er hat jegliche Willenskraft verloren. Er scheint nicht mehr auf das zu achten, was um ihn herum vorgeht. Mom kreischt.
„Verlaß mich nicht, Jack! Jesus, Maria und Josef, helft mir; meine eigenen Kinder entführen meinen Mann! Jemand muß die Polizei holen! Mutter Gottes hilf mir! Sie nehmen mir meinen Mann weg!"
Herrgott nochmal! Ich fürchte, daß gleich ein paar Nachbarn herauskommen und sich in das Tohuwabohu einmischen oder mindestens die Polizei holen werden. Aber wir sind hier in Kalifornien; sie gucken wahrscheinlich alle durch ihre Jalousien und genießen unser kleines Drama; immer noch besser als Kanal 9.
„Erlaubt es ihnen nicht, ihn wegzuschleppen! Er ist mein Ehemann! Ich liebe ihn! Ich will ihn hier bei mir haben."
Sie ist im Gras auf die Knie gesunken. Dad sieht sie wortlos an.
Ich nehme seinen anderen Arm. „Komm, Dad, ist schon gut. Mom ist überdreht; du weißt ja, wie sie ist."
Mario und ich bugsieren Dad hinten in den Campingbus hinein. Sie haben schon die Liege für ihn hergerichtet. Ich gehe auf Mom zu und nehme ihren Arm, um ihr aufzuhelfen. Sie versetzt mir einen saftigen Ellenbogenstoß in den Magen. Ich weiche zurück. Sie ist wirklich eine kräftige Frau. In all den Jahren mit Liegestützen, Rumpfbeugen und Drehsitz hat sie eine ganz nette Stoßkraft im Ellenbogen entwickelt.
„Mensch, Mom. Du machst dich ja lächerlich. Was sollen die Nachbarn eigentlich denken?"
Das wirkt. Sie läßt sich aufhelfen und schüttelt dann meinen Arm ab. Mario fährt den Wagen rückwärts hinaus, wendet, und sie rollen die Straße hinunter. Joan blickt zurück und winkt.
„Sieh mal, Mom; laß Dad für heute mal da rüberfahren, wenigstens so lange, bis du dich wieder gefangen hast. Es ist alles nur zu deinem besten, du wirst schon sehen. Jetzt genieß mal eine ruhige Nacht ohne Dad, und wenn du ihn dann morgen wieder hierhaben willst, fahre ich rüber zu Joan und bringe ihn wieder her."
Mom macht sich von mir los und wieselt mit ihrem schnellen Schlurfschritt die Stufen hinauf und wieder ins Haus hinein. Wenn man in derartigen Momenten ihre Bewegungen sieht, würde man nie glauben, daß sie jemals einen Herzinfarkt hatte. Ich stehe auf dem Rasen und

werfe einen verstohlenen Blick in die Runde, um zu sehen, ob uns irgend jemand beobachtet hat; auch, um wieder Luft zu schöpfen. Ich sehe niemand. Als ich zur Tür hineingehe, sitzt Mom auf ihrem Stuhl.
„Bleib da stehen. Du kannst gleich mitverschwinden. Wenn du nicht in zehn Minuten gepackt hast und hier raus bist, rufe ich die Polizei. Das hier ist Privatbesitz, und ich will dich nicht hierhaben."
Die Versuchung ist enorm, sie beim Wort zu nehmen, aber stattdessen lasse ich mich in Dads Sessel fallen. Ich strecke Arme und Beine aus, um mir die Illusion von Entspannung zu geben. Ich versuche, mir darüber klarzuwerden, ob ich ein Sadist oder Masochist oder womöglich beides aufeinmal bin.
„Na gut, Mom, tu das, hol die Polizei. Ich würde wirklich gern erleben, was dabei herauskommt, wenn ich versuche, unseren Freunden und Helfern zu erklären, was hier vor sich geht. Vielleicht komme ich bei der Gelegenheit selber dahinter. Tu's nur, nimm eins der beiden Telefone, ruf die Polizei an, ruf die Feuerwehr, ruf einen Priester – was dir am liebsten ist –, und dann geht's rund. Vielleicht kann mir einer von denen erzählen, was in deinem Kopf vorgeht. Ich werde nicht schlau daraus, zum Kuckuck. Weißt du was, wir sollten morgen zu diesem Psychiater gehen. Du brauchst Hilfe!"
Es erfolgt eine fast einminütige Schweigepause. Ich sehe sie nicht an. Ich will nicht. Sie fängt an zu weinen.
„Jetzt erklärt ihr mich auch noch für verrückt. Erst stehlt ihr mir meinen Mann, und dann bin ich verrückt. Euch allen wäre am liebsten, wenn ich tot wäre. Wenn ich doch bloß gestorben wäre, als ich den ersten Infarkt hatte, dann wären wir alle glücklicher. Wenn mich nicht meine Religion daran hinderte, würde ich mich umbringen!"
Ich muß an Delibro und an seine Frage denken. Ich wüßte gern, wie oft sie derartige Drohungen ausgestoßen hat, wenn sie ihren Willen durchsetzen wollte. Mom steht auf und geht ins hintere Schlafzimmer. Ich bin zu abgekämpft, um ihr nachzulaufen. Ich überlege träge, ob sie sich wohl umbringen würde. Was hat sie da hinten, womit sie es tun könnte? Wer weiß? Sie könnte zwei Liter Blausäure, eine Kiste TNT und ein leichtes MG haben, bei ihrer Geheimniskrämerei und ihrem Hang, alles zu verstecken. Dann denke ich: „Ach, zum Henker. Sie hat recht; sie wäre besser dran, wenn sie tot wäre, wir wären alle besser dran, besonders Dad. Ich bleibe einfach hier hocken und versuche, nicht darüber nachzudenken."

Ich schalte das Baseballspiel ein und hole mir eine Flasche Bier. Ich wünschte, ich hätte Dads Baseball-Zuschaueranzug und seine Spieltabelle. Er wußte genau, was er tat; alles, bloß um die Spannungen abzublocken. Und, um ganz ehrlich zu sein, nach etwa einer Viertelstunde bin ich völlig gefangen von dem Spiel. Es ist ein gutes Spiel, eine Werferschlacht. Vermutlich sind die Nerven eines Menschen einfach nur begrenzt belastbar. Meine Gedanken drängen weg von Mom und ihren Problemen. Eineinhalb Stunden sind vergangen, als sie in der ersten Hälfte des elften Durchgangs, das Spiel ist noch immer unentschieden, aus ihrem Zimmer kommt. Sie geht zuerst ins Badezimmer, dann kommt sie zu mir.

„Das ist dir wohl alles egal, was?“

Ich blicke auf, nehme noch einen Schluck Bier, meine dritte Flasche.

„Keineswegs, Mom, aber reden scheint nicht viel zu nützen. Ich dachte, ein bißchen Ruhe und eine längere Denkpause würden dir mehr bringen als sonst etwas. Willst du dich nicht hinsetzen und das Spiel mit ansehen, vielleicht beruhigt es die Nerven.“

Sie bleibt stehen, blickt auf mich herunter. Ich erwarte fast, daß sie mit Zähnen und Klauen über mich herfällt, aber sie setzt sich langsam auf ihren Stuhl.

„Mom, wie wär's mit einem Glas Bier oder einem bißchen Wein?“

Mehrere Takte Pause.

„Du bist ja betrunken, das merke ich. Du bist genau wie die Brüder deines Vaters. Du bist schon auf dem besten Wege. Etwa in deinem Alter werden die Leute zu richtigen Alkoholikern. Ich habe dich beobachtet. An einem Tag habe ich mal mitgezählt, da hast du drei Flaschen Bier und zwei Gläser Wein getrunken. Und das war bloß die Menge, von der ich wußte, daß du sie im Haus getrunken hast; der Himmel weiß, wieviel du unterwegs in irgendwelchen Bars getrunken hast. Du bist schon so gut wie ein Alkoholiker.“

Ich lasse mich ein bißchen tiefer sacken und versuche, mich auf das Spiel zu konzentrieren. Das ist etwas Neues. Es ist das erste Mal, daß jemand mich einen Alkoholiker genannt hat; und es mußte natürlich ausgerechnet meine Mutter sein. Mit einer Mutter wie dieser kann man sich Feinde ersparen. Vielleicht wird das nicht das letzte Mal gewesen sein, aber es ist auf jeden Fall das erste; eine Art Meilenstein in meinem Leben.

„Ach, Mom, ich glaube kaum, daß ich Alkoholiker bin, aber das ist tatsächlich mein drittes Bier, wenn du gern Buch führen willst. Wenn du

nichts zu trinken möchtest, dann sag es klipp und klar, aber keine langen Arien bitte."
Wieder eine bedeutungsvolle, lange Pause. Während ich abgelenkt war, hat ein Spieler mit seinem Schlag einen Mitspieler heimgebracht, und ich habe es verpaßt; ich habe sogar die Wiederholung verpaßt.
„Also, wenn du schon bei mir ißt und mein Bier trinkst, sollte ich mir vielleicht ein bißchen Wein genehmigen, bevor du mir die Haare vom Kopf gefressen hast."
An dem Punkt sind wir also angekommen. Ich gehe in die Küche und schenke etwas von dem miesen, kalten, süßlichen Wein für sie ein. Ich inszeniere *All in the Family* in meinem Elternhaus. Jeden Tag werde ich Archie Bunker ein bißchen ähnlicher. Ehe ich mich's versehe, werde ich schwarze Menschen „Jigs" nennen.
Ich frage sie von der Küche aus, ob sie gern ein Käse-Sandwich möchte. Ich bekomme keine Antwort, also mache ich vorsichtshalber eines für mich und eines für sie. Wenn sie ihres nicht ißt, werde ich eben beide verspachteln. Ich gehe wieder ins Wohnzimmer und reiche ihr ein Sandwich. Es erfolgt kein Kommentar, aber sie beißt hinein und nimmt einen Schluck von dem Wein.
„Heute nacht werde ich ganz allein in meinem Bett schlafen. Ich bin eine verheiratete Frau, und was habe ich alles in meiner Ehe durchmachen müssen, und jetzt zwingt man mich auch noch, allein zu schlafen."
Was will sie eigentlich? Daß ich mit ihr *schlafe?* Ich besinne mich kurz, bevor ich antworte; ich versuche, mir zu vergegenwärtigen, daß sie lediglich außer sich ist vor Frustration und Angst.
„Aber, Mom, du hast doch gesagt, daß Dad dich im Bett dauernd belästigt, daß er dich aufweckt und daß du nicht zur Ruhe kommst. Jetzt hast du Gelegenheit, endlich mal ruhig durchzuschlafen."
Die einzige Antwort ist ein verächtliches Schnauben.
Den ganzen Abend geht es so weiter. Wir sehen ein bißchen fern, und sie sagt nichts, abgesehen von giftigen Bemerkungen über jede Sendung und jeden Mitwirkenden. Ich halte den Mund. Ich würde gern ins Schlafzimmer gehen und ein Buch lesen, aber das wäre die Krone der Beleidigung für sie, also versuche ich, mich auf die Fernsehsendungen zu konzentrieren.
Zur Schlafenszeit hat Mutter sich schon wieder etwas gefangen. Es ist nur gut, daß sie keine Pose konsequent durchhalten kann; sie muß sich unentwegt etwas Neues einfallen lassen.

Mir kommt es langsam so vor, als könnte alles wieder ins Lot kommen; sie hat ihren Auftritt gehabt, allen ihre Meinung gesagt, jetzt kann sie sich beruhigt auf ihren Lorbeeren ausruhen. Dennoch beschließe ich, im Haus zu schlafen, im Nebenzimmer, in dem Gitterbett mit aufblasbarer Matratze, Sauerstofftank und allem. Ich bin noch immer ein bißchen in Sorge um sie, sie kann sich selber so kreuzunglücklich machen.
Nach den Elfuhrnachrichten sage ich ihr, daß ich schlafen gehe; immer noch keine Antwort. Ich ziehe mich nach hinten ins Zimmer zurück, ziehe mich aus, steige ins Bett und ziehe die Seitengitter hoch. Ich hantiere mit dem Sauerstoffgerät herum, stecke mir die Schlauchenden in die Nase und stelle die Zufuhr an, um auszuprobieren, was man dabei empfindet. Ich gucke noch ein Weilchen auf Maria und Jesus. Ich atme durch die Nase, sauge mich voll Sauerstoff und lasse mir mein Mantra durch den Kopf gehen. Ich muß etwas für mein kaputtes Nervenkostüm tun. Anscheinend bin ich weggetreten, denn ich kann mich nicht daran erinnern, gehört zu haben, wie Mutter nach hinten in ihr Zimmer ging. Ich schlafe mit Schläuchen in der Nase auf einem Luftkissen wie Jules Verne auf dem Flug zum Mond.
Ich wache auf, sehe auf die Uhr, es ist zwei Uhr morgens. Ich bin von dem kurzen Bimmeln des Telefons aufgewacht, das neben mir erklingt, wenn Mom den Hörer im Wohnzimmer abnimmt und wählt.
Ich bin noch immer benommen; dieser Sauerstoff hat es wirklich in sich. Ich nehme die Schlauchenden heraus und stelle die Sauerstoffzufuhr ab. Wen ruft Mom zu dieser nachtschlafenden Zeit an, zum Kuckuck? Vielleicht telefoniert sie mit ihren Angehörigen im Osten, weil ihr eingefallen ist, sie könnte zu einem ihrer Brüder ziehen. Aber, Herrgott nochmal, an der Ostküste ist es erst fünf Uhr morgens. Ich nehme vorsichtig meinen Hörer ab.
Das Telefon klingelt mehr als zehnmal, dann kommt Joan an den Apparat. Bestimmt ist sie zu Tod erschrocken, so aus dem Tiefschlaf gerissen zu werden.
„Jack, bist du's? Ist alles in Ordnung?"
Mom schweigt eine Sekunde lang; darauf war sie wohl nicht gefaßt. Ich würde mich am liebsten einschalten, aber erst mal will ich mir anhören, was sie zu sagen hat.
„Nein, es ist *nur* deine Mutter. Ich möchte mit *meinem* Mann sprechen, und zwar gleich."
Wieder Schweigen.

„Aber, Mom, Momentchen mal, es ist zwei Uhr morgens; Dad schläft tief und fest. Ich kann ihn nicht aufwecken. Er hatte sowieso schreckliche Einschlafschwierigkeiten."

„Du hast gehört, was ich gesagt habe, ich möchte *meinen* Mann sprechen."

„Mom, bitte; kannst du nicht am Tag nochmal anrufen? So wichtig kann es doch nicht sein. Geht es dir gut? Wo ist Jack?"

Es erfolgt ein deutlich vernehmbares Schnauben.

„Willst du etwa meinen Mann davon abhalten, mit mir zu sprechen? Ich bin seine Frau, vergiß das *ja* nicht. Ich bin seit über fünfzig Jahren mit ihm verheiratet und möchte *jetzt* sofort mit ihm sprechen."

Schweigen. Ich überlege, ob ich unterbrechen soll. Es ist so aberwitzig. Dann ertönt Marios Stimme.

„Jetzt hör mal zu, Mom."

Mario hat Mutter schon „Mom" genannt, bevor er und Joan geheiratet haben.

„Laß uns mal vernünftig sein, ja? Dad schläft. Du weißt, wie schlecht er einschläft, wenn er sich aufregt; gönn dem armen Kerl ein bißchen Ruhe."

Jetzt legt sie los, ohne Rücksicht auf Verlust.

„Geh aus der Leitung, du dreckiger Itaker, und laß mich mit *meiner* Tochter sprechen!"

Ich würde gern Marios Gesicht sehen. Joan meldet sich wieder zu Wort.

„Also gut, Mom; Mario wird Dad wecken, ich hoffe bloß, du weißt, was du tust."

Es folgt eine lange Pause. Ich höre, daß Mom sich in einen Tränenausbruch hineinsteigert. Es ist erträglicher, das übers Telefon mit anzuhören, als den Kopf zur Tür hinauszustrecken und sie tatsächlich weinen zu hören; es ist eher wie fernsehen, nicht so ganz real. Dann hört man jemand mit dem Hörer herumhantieren. Ich sehe Dad beinahe vor mir, wie er im Schlafanzug dasteht, barfuß, ohne Brille, und in die Muschel guckt.

„Ja, Bess?"

Eine weitentfernte Stimme. Es hört sich an, als sei der Hörer einen halben Meter von seinem Mund weg. Mom schreit unter Tränen lauthals ins Telefon.

„Ich bin's, Bette, weißt du noch, deine *Frau*?"

Er braucht lang zu seiner Antwort, und sie müssen den Hörer in der

Zwischenzeit näher an seinen Mund gebracht haben.
„Ach, hallo, Bess, ich meine, Bette. Wie geht's dir? Wo bist du?"
„Ich bin nicht in Cape May! Ich bin hier, zu Hause, in unserer Wohnung, da bin ich. In unserem Haus, wo du hingehörst; da bin ich."
Wieder eine längere Pause. Dann erklingt seine Stimme so leise, daß ich sie kaum hören kann, und es liegt nicht daran, daß er den Hörer zu weit von sich weghält.
„Willst du, daß ich nach Hause komme, Bess? Dann ziehe ich mich an und komme gleich rüber, wenn du willst. Joan oder Mario bringen mich bestimmt zu dir. Ich bin gleich da."
Wenn Mom ihm sagte, er solle Harakiri begehen, dann würde er den Rest der Nacht damit zubringen, nach einem geeigneten Messer zu suchen.
Wieder würde ich mich am liebsten einschalten und Mom anpfeifen, daß sie sich aus der Leitung scheren soll. Ich würde Dad so gern irgendwie trösten.
Der gute alte „Jake" ist verschwunden; dies ist John, genannt Jack, alias Hansdampf in allen Gassen, der Mann, der über fünfzig Jahre lang für Gottes Lohn arbeitete, sich in allen Dingen fügte. Irgend etwas Furchtbares geschieht.
Ich bin den Tränen nahe, als ich Mom sagen höre, daß sie die einzige sei, die ihn jemals wirklich geliebt habe. Er beteuert immer wieder, daß er auf der Stelle kommen wolle, und keine Bange, er sei schon unterwegs; aber sie ist nicht zu bremsen. Und dann, nachdem sie ihn völlig zur Schnecke gemacht hat, sagt sie ihm, er solle wieder ins Bett gehen, er könne am Morgen kommen. Sie hängt unvermittelt auf.
Ich warte, bis sie an meinem Zimmer vorbei in ihr Schlafzimmer geschlurft ist. Dann rufe ich zurück. Joan ist am Apparat. Ich sage ihr, daß ich mitgehört habe. Sie ist in Tränen aufgelöst.
„Du hättest ihn sehen sollen, Jack. Er ist bei jedem Wort zusammengezuckt; er hat den Kopf eingezogen wie ein Hund, der zu oft Prügel bezogen hat. Mario ist gerade hinten und hilft ihm, wieder einzuschlafen. Er will andauernd aus dem Bett springen und seine Sachen packen."
Keiner von uns kann dem noch die geringste Komik abgewinnen. Joan sagt, sie wird Dads Sachen packen und ihn in der Frühe herüberbringen. Da sie befürchtet, daß ihr Mom gegenüber wieder der Kragen platzen könnte, will sie danach sofort wieder zurückfahren. Sie bittet mich, doch um Himmels willen zu versuchen, Mom zur Vernunft zu bringen

und herauszubekommen, was sie eigentlich will.
Ich hänge auf und steige wieder ins Gitterbett. Ich stecke mir die Schlauchenden wieder in die Nasenlöcher und stelle den Sauerstoff an. Hol's der Geier, womöglich werde ich noch sauerstoffsüchtig und fange an, mit Sauerstoffflaschen auf dem Rücken herumzurennen. Ich kann lange nicht einschlafen; ich höre Mom im Schlafzimmer umherschlurfen und vor sich hin murmeln.

An nächsten Morgen tue ich, als wüßte ich nichts von dem Anruf. Ich stehe erfrischt auf; vielleicht ist Schlafen mit Sauerstoffberieselung ein probates Mittel gegen das Altern, man braucht nur sein Hirn die Nacht über mit Sauerstoff zu sättigen.
Mom muß mindestens bis drei Uhr früh aufgewesen sein, daher wacht sie erst nach zehn auf. Ich bereite für jeden von uns ein herzhaftes Frühstück und serviere es draußen auf der Terrasse.
Ich habe Musik angestellt, der Tisch ist gedeckt, und die Sonne scheint. Ein schöner Tag. Mutter hat die Haare zur Feier der Wiedervereinigung hochgesteckt und trägt ihren feinen Morgenmantel; Circe, bereit, ihr Opfer zu bezirzen.
Sie ist unschlüssig, wie sie auf so viel Service reagieren soll. Noch immer ist ihr alter eiserner Wille wach, agiert sie ihre fixe Idee aus. Ich beachte das gar nicht; plaudere über die schönen Blumen, den herrlichen Tag; sitze da draußen auf dem Achterdeck und kredenze dem einen, einzigen Ersterklassepassagier Tee. Ich reagiere gar nicht, wenn sie etwas sagt, das mir nicht paßt.
Nach dem Frühstück legen wir uns auf die Gartenliegen, von Sonne umhüllt. Ich habe abgeräumt, Geschirr gespült und neue Schallplatten aufgelegt. Diesmal habe ich die Hawaii-Musik gewählt. Ich habe mein Hemd ausgezogen, strecke alle viere von mir und lasse mich berieseln. Ich fühle mich durch und durch vergiftet, bis ins Innerste verseucht.
„Das ist das wahre Leben, Jacky. Ich verstehe nicht, wieso du in einer düsteren, schmutzigen Stadt wie Paris lebst, unter all diesen Ausländern."
Ich schweige. Es ist ein abgedroschenes Thema; zumindest der zweite Teil.
„Du hast recht, Jacky. Was ich brauche, ist Zeit, mich gemütlich in die Sonne zu legen, meine Nerven zu schonen. Solange er in der Nähe ist, komme ich keine Minute zur Ruhe."

Ich warte ab, halte den Atem an. Was kommt jetzt?
„Ich habe gestern abend angerufen und Joan gebeten, deinen Vater heute nach Hause zu bringen, aber jetzt bin ich mir nicht mehr so sicher. Ich brauche Erholung, Jacky, keiner sollte mich zwingen, die Krankenschwester zu spielen für einen Mann, der so krank ist wie er. Wie soll ich so etwas denn schaffen nach zwei schweren Herzinfarkten?"
Gestern abend? Zwei Uhr morgens kann man kaum abends nennen. Ich schweige. Ich werde warten.
„Jacky, vielleicht solltest du Joan mal anrufen und ihr sagen, daß sie ihn noch nicht bringen soll. Sag ihr, daß sie damit noch ein paar Tage warten soll. Ich bin noch nicht soweit. Ich werde bloß mein Herz überanstrengen und mich umbringen, und was soll dann aus ihm werden? Er wird eben ein paar Tage lang mal ohne seine Gratis-Pflegerin auskommen müssen. Es kann Joan nicht schaden, sich um ihn zu kümmern, sie tut ja sonst nicht viel."
„Gut, Mom."
Ich stehe langsam auf, versuche, die Stimmung nicht zu zerstören und mich dennoch rasch zu bewegen, in der Hoffnung, daß ich Joan noch erwische, bevor sie sich mit Dad auf den Weg über den Berg macht. Ich gehe hinein und bekomme sie an den Apparat.
„Es ist alles abgeblasen, Joan. Bleib da. Wir liegen draußen in der Sonne auf der Terrasse, und jetzt will sie nicht mehr Krankenschwester spielen; also behalte Dad noch da."
Es vergeht fast eine halbe Minute, dann bricht Joan in Gelächter aus, fast schon ein Weinen, sie ist wieder am Rande der Hysterie.
„Also komm, Jack; willst du mich veräppeln? Wenn du das erfunden hast, bringe ich dich um."
„Ehrlich, Joan, das ist der Stand der Dinge. Sie ist die Königin von Saba, die sich ihre allmorgendliche Dosis des alten Sonnenkönigs Ra zu Gemüte führt. Ich weiß nicht, wie lange es dauern wird, aber wir sollten die Chance nutzen. Ich bin überzeugt, daß du es Dad klarmachen kannst. Sag ihm vielleicht, daß das heute nacht bloß ein Alptraum war. Wenn du willst, rede ich mit ihm."
„Nein, ist schon gut. Er ist so durcheinander, daß er gar nicht mitkriegt, was vor sich geht. Ich werde mich den ganzen Tag lang zu ihm setzen und mit ihm reden, ihn besänftigen. Er ist total daneben, wandert durchs Haus, guckt überall hinein, fragt mich andauernd, wann wir nach Hause fahren. Ich habe seine Sachen gepackt, aber er geht immer

wieder rein und fingert daran herum. Ich kann Dad versorgen, aber, würde es dir etwas ausmachen, Ihre Majestät zu bitten, uns nicht mehr um zwei Uhr morgens anzurufen? Meine Nerven sind total zerrüttet."
Ich lege auf und gehe hinaus, um Mutter zu berichten, daß alles geregelt ist. Sie nimmt die Mitteilung mit geschlossenen Augen entgegen; ich spiele ihr Spiel mit. Ich strecke mich aus und wünsche, ich könnte nach Venice hinunterfahren und noch ein bißchen malen. Ein Jammer, so gutes Licht nicht zu nutzen. Ich habe keine blasse Ahnung, wo Billy steckt, aber ich hoffe, daß er nicht ausgerechnet jetzt aufkreuzt; es würde die Dinge nicht vereinfachen.

Ein paar Tage lang geht es gut. Mom unternimmt nichts, um mit Dad Verbindung aufzunehmen, im Gegenteil, sie fragt nicht einmal nach ihm; aus irgendeinem Grund ist er kein Thema. Wir führen sogar hin und wieder halbwegs vernünftige Gespräche. Einen Abend nehme ich sie ins Oar House mit; keine sehr glückliche Idee. Am darauffolgenden Nachmittag führe ich sie ins Williamsburg Inn aus; fast eine Katastrophe. Am Vormittag des dritten Tages frühstücken wir in dem französischen Straßencafé am Strand in Venice. Sie redet sich ein, daß ein älterer Hippie-Typ mit ihr flirtet, und verlangt, daß ich ihn verscheuche.
Später, am Nachmittag, während sie im hinteren Schlafzimmer Mittagsruhe hält, rufe ich Delibro an. Er fragt, warum Dad nicht mehr gekommen sei. Ich schildere ihm die Situation. Ich versuche, ihm den Gang der Dinge, Moms irrationales Verhalten zu beschreiben; er hört wortlos zu.
„Das hört sich schlimm an, Mr. Tremont. Ich müßte Ihren Vater wirklich bald wiedersehen. Ein derartiges Trauma muß ein furchtbarer Rückschlag für ihn sein. Seine Genußfähigkeit und seine aktive Teilnahme an diesem Leben sind so stark mit der Anerkennung Ihrer Mutter verknüpft."
Er hält inne.
„Ehrlich gesagt, Mr. Tremont, weiß ich nicht, was wir tun sollen. Ich mache mir Sorgen um Ihre Mutter, und gleichzeitig ist sie eine eindeutige Gefahr für das seelische Gleichgewicht Ihres Vaters. Dennoch glaube ich nicht, daß wir sie in eine Klinik einweisen können. Sie ist so logisch in ihrer Irrationalität. Sie ist eine schwierige Frau, Mr. Tremont."
Hundert Dollar Honorar die Stunde, um *das* herauszubekommen! Erst im nachhinein geht mir auf, daß er, wenn er davon spricht, Mutter in

eine Klinik einzuweisen, so etwas wie eine Klapsmühle meint. Großer Gott, es kann doch nicht so ernst sein, oder doch? Aber immerhin kann Mom ihm nichts vormachen.
Delibro fragt, ob wir die gegenwärtige Situation noch eine Weile aufrechterhalten können, damit Dad in einer liebevollen Umgebung zur Ruhe kommt und Mom Gelegenheit bekommt, sich abzuregen. Er erkundigt sich, ob Joan Dad mindestens einmal wöchentlich zu ihm in die Sprechstunde bringen kann. Er bittet mich, alles zu unternehmen, was in meinen Kräften steht, um Mutter zu bewegen, noch einmal in seine Praxis zu kommen.
Wir belassen es also dabei. Ich schreibe nach Hause, wieder einmal einen vertröstenden Brief. Ich verspreche Vron – und was noch wichtiger ist, mir selber – hoch und heilig, daß ich mich binnen einer oder höchstens zwei Wochen von alledem losgeeist haben werde. Wie lange soll das hier denn, um Himmels willen, noch so weitergehen? Es ist so grundlegend hoffnungslos.

Zwei Tage danach kommt ein Anruf von Bud und Cam Wilkes, alten Freunden von uns. Sie fragen, ob ich auf einen Schwatz und ein kleines Barbecue-Essen zu ihnen kommen kann. Es reizt mich ungemein. Es reizt mich so sehr, daß ich in Moms Anwesenheit davon anfange. Zuerst schmollt sie, aber dann erklärt sie sich zögernd einverstanden, daß ich hingehe.
„Ich bin sowieso nur eine Bürde für alle; amüsiere dich lieber mit deinen Freunden, solange du kannst; du wirst noch früh genug alt und allein wie ich."
Ich verspreche, um elf wieder da zu sein und die letzten Sendungen mit ihr anzusehen. Ich schreibe ihr die Telefonnummer der Wilkes auf und lege sie neben das Telefon. Dann rufe ich Joan an und sage ihr Bescheid. Es ist beinahe wie Nachturlaub herausschinden beim Militär.
Die Wilkes haben ein hübsches Haus am Hang mit Blick über Los Angeles. Sie haben auch ein kleines beheiztes Schwimmbecken. Irgendwann bin ich schon einmal spätabends nackt und mutterseelenallein darin geschwommen, und der Vollmond spiegelte sich im Wasser; es war fast wie die abendlichen Bäder bei der Mühle.
Bud begrüßt mich mit einem Gin-and-Tonic, und wir fangen an zu erzählen. Sie haben schon früher einmal angerufen, daher wissen sie ein bißchen Bescheid über das, was sich bei uns abspielt, aber ich sage, daß

ich heute lieber nicht darüber sprechen möchte.
Wir sitzen auf der Terrasse mit Blick auf das Schwimmbecken; hinter mir wendet Bud kleine Hähnchen auf einem Grill; mir ist, als sei das das wahre kalifornische Leben, was auch immer das sein mag. Als das Telefon klingelt, spüre ich, wie sich mir die Nackenhaare sträuben; ich reagiere schon zwanghaft auf Telefone. Wir sind bei den Wilkes, es ist ihr Telefon, ein Anruf für sie; ich könnte in aller Gelassenheit darauf reagieren.
Cam sagt, es sei für mich. Aus ist's mit der Gelassenheit. Ich gehe ins Wohnzimmer und nehme Cam den Hörer ab. Joan ist dran. Ich bin aufs Schlimmste gefaßt, dabei weiß ich nicht einmal, was eigentlich das Schlimmste wäre.
„Jack, du mußt sofort kommen! Irgendwas ist mit Dad passiert! Wir brauchen dich!"
„Was ist los, Joan?"
„*Bitte,* beeil dich! Beeil dich! Ich kann nicht darüber sprechen."
Sie fängt an zu weinen. Sie hängt nicht auf, weint weiter ins Telefon.
„Gut, Joan; ich bin schon unterwegs; ich bin in einer halben Stunde da."
Sie ist noch immer in der Leitung und weint. Ich warte einen Augenblick, ob sie noch irgend etwas sagt, dann lege ich sachte auf. Mir wird selber ganz flau. Es muß ernst sein, wenn Joan so weint. Ich überlege, ob Mario wohl da ist. Ich frage mich, ob Dad womöglich tot ist, ob er sich selber umgebracht oder verletzt haben könnte. Ich würde gern zurückrufen und Joan alle diese Fragen stellen, aber es fällt mir schwer, mich überhaupt zu einer Bewegung aufzuraffen, und ich weiß, daß ich schnell hinfahren muß.
Cam kommt auf mich zu. Sie hat meinen Drink in der Hand und stellt ihn auf den Tisch neben mich.
„Was ist los, Jack? Du bist ja weiß wie die Wand. Was ist passiert, ist etwas mit deiner Mutter?"
„Nein, es geht um meinen Vater. Ich weiß nicht, was passiert ist, aber meine Schwester Joan braucht mich draußen im Valley. Tut mir schrecklich leid, Cam, aber ich kann nicht dableiben; ich muß sofort los."
Ich schleppe mich zur Tür. Cam gibt mir einen Kuß.
„Fahr vorsichtig, Jack; paß auf dich auf!"
Bud kommt mit hinaus an den Wagen und dringt auf dem ganzen Weg in mich, daß ich mich von ihm fahren lassen soll. Aber ich fahre selber

rückwärts aus der Auffahrt. Ich glaube nicht, daß ich ruppig bin, aber ich bin meilenweit weg in Gedanken. Mir schwirrt der Kopf bei dem Versuch, mir auszumalen, was alles passiert sein kann.
Es ist kaum Verkehr. Die Sonne hängt über den Bergen, und es herrscht eine eigentümliche Beleuchtung, ein Farbgemisch aus Blau und Rot. Ich muß meine ganze Konzentrationsfähigkeit aufbieten, um an den richtigen Stellen abzubiegen, mich in die richtigen Fahrspuren einzuordnen. Fünfundzwanzig Minuten nach meinem Abschied von den Wilkes fahre ich bei Joan vor. Maryellen erwartet mich auf der Veranda. Sie kommt weinend über den Rasen gerannt. Sie ist außer sich und schluchzt. Ich kann mich nicht erinnern, daß sie mich je berührt hat, seit sie zehn Jahre alt war, aber jetzt wirft sie sich mir auf dem Rasen unter den Birkenbäumen in die Arme.
„Ach, Onkel Jack, es ist schrecklich! Ich kann gar nicht hinsehen, es ist so schrecklich!"
Ich gehe einfach weiter und schleppe sie mit mir über den Rasen. Die Tür geht auf, und Joan tritt heraus.
„Gottlob, daß du da bist, Jack. Ich habe noch nie im Leben so inständig gebetet; ich war überzeugt, du würdest auf dem Freeway ums Leben kommen."
Maryellen macht Platz, und Joan umarmt mich. Sie zittert am ganzen Leib. Ihr Gesicht ist fleckig, rote Flecken auf weiß, und ihre Augen sind vom Weinen geschwollen, aber im Moment weint sie nicht.
„Was ist passiert, Joan? Was ist denn los?"
Ich gehe hinter ihr her durch die Tür ins Wohnzimmer. Maryellen kommt nach.
„Setz dich erst mal hin, Jack. Mario ist hinten bei ihm. Im Moment geht es einigermaßen. Setz dich erst mal."
Ich setze mich neben sie auf die Couch. Sie nimmt meine beiden Hände in die ihren. Sie weint noch eine Weile, dann fängt sie an.
„Ich will versuchen, von Anfang an zu erzählen.
Er war beim Abendessen schon so merkwürdig. Du weißt ja, wie er vorher schon mal war. Er schien immer wieder zu vergessen, wozu die Gegenstände da sind. Einmal versuchte er, seine Erbsen mit der Tasse zu löffeln und verschüttete seinen Kaffee über alles; dann nahm er die Gabel oder den Löffel in die Hand und stierte sie an oder drehte sie unentwegt in den Händen hin und her. Einmal ging er mit dem Gesicht ganz nah an seinen Teller und versuchte, das Fleisch zu fressen wie ein

Hund. Ich habe den Kindern gesagt, sie sollten mit ihren Tellern ins Wohnzimmer umziehen; die arme Maryellen war drauf und dran, in Ohnmacht zu fallen, und John konnte auch nicht mehr essen. Ich habe mich neben ihn gesetzt und versucht, ihm zu helfen und ihm eine Serviette um den Hals gebunden.

Jack, er hatte wieder *genau* denselben Blick in den Augen wie damals, so irr und leer. Ein Teil von ihm sieht mich an wie ein Fremder, ein Feind; es ist erschreckend. Gleichzeitig weiß ich, daß er gar nicht wirklich da ist, daß das nicht mehr Dad ist. Irgendein niederer Instinkt in ihm führt mit seinem Körper noch Verrichtungen aus.

Mario hat sich dann auf seine andere Seite gesetzt, und wir haben beide auf ihn eingeredet und versucht, ihn zu beruhigen und wieder zur Vernunft zu bringen. Aber er hat uns nur auf die Lippen geguckt und den Geräuschen gelauscht. Wenn ich ihm half, seine Tasse mit ein bißchen Kaffee darin an den Mund zu führen, ließ er mich machen, aber seine Augen starrten mich völlig ausdruckslos an.

Und ich mußte dauernd heulen, Jack. Ich konnte nicht anders. Es war so ein Jammer mit ansehen zu müssen, wie er wieder ausrastete, nachdem er sich so gut gemacht hatte.

Und dann kam er ab und zu wieder zu sich, war eine Minute oder ein paar Sekunden lang fast wieder er selber. Er merkte dann, daß er irgend etwas Kindisches machte, den Löffel in den Tisch drückte oder die Tischdecke zerknüllte, und dann hat er sein altes verschmitztes Grinsen aufgesetzt und damit aufgehört, hat die Tischdecke glattgestrichen und sich umgeguckt, ob wir etwas gemerkt hatten. Abgesehen von seinem Augenausdruck konnte man nie wirklich sicher sein, ob er nicht die ganze Geschichte aus lauter Schabernack inszenierte.

Mario und ich beschlossen, ihm ein bißchen Valium zu geben und ihn so früh wie möglich ins Bett zu bringen. Die Sache mit Mom hat ihn schrecklich mitgenommen. Wir dachten, daß er sich wieder berappeln würde, wenn man ihm ein bißchen Zeit ließe. Ich wollte dich nicht gleich anrufen, und ich wollte auf keinen Fall, daß Mom davon erfuhr."

Sie holt einen langen stolpernden Atemzug, und mir ist, als würde sie gleich wieder anfangen zu weinen Ich drücke ihr die Hände, und sie erwidert den Druck.

Joan horcht die ganze Zeit mit einem Ohr auf Mario, auf Dad. Wir horchen beide.

Nach dem Essen fing ich an abzuwaschen, und Mario setzte Dad in den

Sessel, den er so gern mag, von dem aus er alles mitbekommt und gleichzeitig fernsehen kann; es ist Marios Sessel. Mario geht in die Garage, um am Auto herumzubosseln. Wir versuchen, die ganze Angelegenheit zu verdrängen, wegzuwünschen. Nach etwa fünf Minuten gucke ich hin, und Dad ist weg. Ich denke, er wird aufs Klo gegangen sein und verkrümele mich leise in den Flur, um nachzusehen. Die Tür steht auf, ich gucke hinein, aber er ist nicht da. Ich gehe bis ans Ende des Flurs, ins Jungenzimmer. Maryellen und John sind da und sehen fern; dort ist er auch nicht. Auf dem Hinweg hatte ich rasch einen Blick in Maryellens Zimmer geworfen, aber nichts entdeckt.
Ich kriege es langsam mit der Angst zu tun, Jack. Auf dem Rückweg durch den Flur höre ich etwas in Maryellens Zimmer. Ich gehe langsam hinein, die Tür vom Einbauschrank steht ein Stückchen weit offen. Ich sehe nach, und da kauert Dad mit dem Rücken zu mir auf dem Schrankboden. Er reißt wie ein Berserker an Maryellens Sachen herum! Er steckt sich die Kleidersäume zwischen die Zähne und zerfetzt sie mit den Händen!
Ich schwör dir, Jack, ich bin beinah in Ohnmacht gefallen! Ich bin langsam reingegangen und habe mich neben ihn gehockt. Dad dreht den Kopf und sieht sich nach mir um wie ein kleines Kind, das sich in die Hosen gemacht, oder ein Hund, der gerade einen Hausschuh zerfetzt hat. Er hat ein Stück von Maryellens Ballkleid im Mund und Fetzen von dem Satinfutter und dem Tüll in den Händen. Ich merke, daß er nicht weiß, wer ich bin; es hat den Anschein, als wüßte er überhaupt nichts mehr."
Jetzt weint Joan heftig und legt ihren Kopf auf unsere Hände.
„Jack, ich habe versucht, mich ihm zu nähern, um ihm aufzuhelfen, und da hat er ausgeholt! Er hat mich mit der Faust geschlagen. Und er hat fest zugeschlagen. Ich bin nach rückwärts umgefallen und mit dem Kopf an Maryellens Bett geknallt!"

Mein Gott! Was soll ich bloß machen? Ich weiß, daß ich nach hinten gehen und Mario helfen sollte, aber ich fühle mich dem noch nicht gewachsen. Ich sitze da, während Joan auf unsere Hände weint und ihre warmen Tränen uns über die Finger rinnen.
Als erstes muß ich Delibro anrufen; wir brauchen Hilfe. Ich habe seine Privatadresse in meiner Brieftasche; er hat sie mir für den Notfall gegeben. Ich stehe auf und lasse Joan auf der Couch allein; an der

Küchenwand hängt ein Telefon.
Ich wähle, und es meldet sich ein Auftragsdienst. Ich sage, daß es sich um einen Notfall handelt, und werde sofort verbunden. Er ist auch irgendwo zum Essen eingeladen. Ich erkläre ihm die Situation, so gut ich kann. Er fragt, ob ich Dad ins Perpetual Hospital bringen kann; er will uns dort treffen. Ich hänge auf und gehe wieder zu Joan.
„Bitte, Jack, du mußt das mit Mario zusammen über die Bühne bringen. Er wird völlig rabiat, sobald er Maryellen oder mich sieht. Er macht mir angst."
Ich sorge dafür, daß Maryellen sich zu Joan setzt, und gehe nach hinten. Mario kniet auf dem Fußboden vor dem Wandschrank; er späht über die Schulter nach mir. Ich gucke an ihm vorbei. Dad hockt hinten im Schrank, das Gesicht in eine Ecke gepreßt.
Ich gehe neben Mario in die Knie.
„Mensch, Jack, der hat sich vielleicht verändert. Er ist total weggetreten. Ich kriege ihn nicht da raus. Er wehrt mich nicht so ab wie Joan, aber als ich versuchte, ihm das Valium in den Mund zu schieben, hätte er mich um ein Haar gebissen. Er ist ganz schön stark für so einen kleinen alten Burschen."
Mario muß an die hundertneunzig oder zweihundert auf die Waage bringen, das meiste davon sind Muskeln. Ich quetsche mich an ihm vorbei, und er steht auf. Ich blicke rückwärts zu Mario auf.
„Ich habe den Psychiater angerufen. Er will sich mit uns im Perpetual Hospital treffen; wir müssen ihn irgendwie dorthin schaffen."
„Das dürfte ein ziemliches Kunststück sein, Jack, das kann ich dir flüstern."
Ich wende mich wieder zu Dad.
„Du Dad, ich bin's, Johnny. Was machst du denn da drin? Ich bin es, Johnny."
Keine Antwort. Irgendwie hat er einen seiner Schuhe ausgezogen, und die Socke hängt halb von seinem Fuß herunter. Er hat in die Hosen gemacht; überall auf dem Schrankboden ist Urin, auch Maryellens Schuhe und die Kleider, die er von den Bügeln heruntergezerrt hat, sind davon durchnäßt.
„Komm schon Dad. Was machst du da? Suchst du irgendwas?"
Nichts.
„Mario, können wir ihn zu zweit da rausziehen? Mir fällt nichts Besseres ein. Irgendwie müssen wir ihn zu Perpetual schaffen."

„Okay, Jack, wir versuchen es. Nimm du ihn an der einen Seite und ich an der anderen. Paß auf, daß er dich nicht beißt, und er verteilt zünftige Schwinger. Joan hat einen blauen Fleck, so groß wie eine Melone."

Wir zwängen uns beidseits von Dad in den Schrank und schieben uns weiter vor, um eine bessere Hebelwirkung zu erzielen. Dad drückt sich tiefer in seine Ecke, aber wir kriegen ihn heraus. Er schlägt nicht um sich, aber er ist widerborstig wie ein Igel oder ein Mistkäfer. Wir schleppen ihn zusammengekrümmt, wie er ist, durch den Flur zum Jungenzimmer. Wir bitten Joan, hinauszugehen und setzen Dad in einen Sessel. Vielleicht ist setzen nicht das richtige Wort; wir packen ihn in den Sessel.

„Mario, kannst du bitte die Valium zerdrücken und in Wasser auflösen?"

Ich bleibe bei Dad. Er verharrt in seiner verbiesterten Abwehrhaltung. Er macht die Augen nicht auf und nimmt die Hände nicht vom Gesicht. Er steckt sich die Daumen in die Ohren, legt die Zeigefinger über die Augen und die Mittelfinger über die Nase, und mit Ringfingern und kleinen Fingern, die er verschränkt hat, verschließt er die Lippen. Er sieht wie eine dieser Bronzeplastiken mit den drei Affen aus, die die Leute sich so gern auf den Schreibtisch stellen: nichts sehen, nichts hören, nichts sagen; bloß daß er alle drei auf einmal verkörpert.

Ich höre Bess oben herumrumoren. Dem Knarren der Dielen kann ich entnehmen, daß sie das Bett macht. Ich kann ihm sogar entnehmen, daß sie nur die Bettdecken abgenommen, gelüftet und wieder übers Bett gebreitet hat. Ein Weilchen ist es still, während sie in ihre Kleider schlüpft. Sie kommt die Stufen so leise herunter, daß ich ihre Anwesenheit erst bemerke, als ich zufällig hingucke.

„Na, wer hat sich denn da bei seinem Daddy auf dem Schoß versteckt!"

Bess kommt näher, streichelt Lizbeth über den Kopf und zieht ihr sachte den Finger aus dem Mund. Lizbeth vergräbt ihr Gesicht an meiner Brust, und Bess beugt sich über mich und verpaßt mir einen liebevollen Kuß auf die Backe.

„Es geht doch nichts über einen frischrasierten Mann früh am Morgen."

„Bess, vielleicht könntest du der Kleinen mal die Haare waschen. Sie riechen, als hätte sie sich wieder auf dem Heuboden rumgetrieben."

Lizbeth fährt hoch. Der kleine Irrwisch hat gar nicht geschlafen, hat bloß so getan und sich noch eine Kuschelration geholt.

„Och, Daddy, ich hab erst gestern die Haare gewaschen gekriegt."

„Na gut, Kleines; ich hab dich bloß veräppelt. Ich wollte mal sehen, ob ich dich so wach kriege, daß ich hier loskomme und mich ans Melken machen kann."

Ich stehe behutsam auf, und sie rutscht zwischen meinen Beinen auf den Boden. Bess nimmt sie an der Hand.

„Komm schon, Lizbeth, ein bißchen Waschen wird dir nicht schaden, auch wenn wir deine Haare nicht machen. Auf geht's."

Bess schüttet heißes Wasser in die Schüssel. Ich nehme die Melkkannen neben der Tür und mache mich auf in den Stall. Es ist nicht kalt; milde, feuchte Frühlingsmorgenluft. Die Hühner gackern, weil sie rausgelassen werden wollen, deshalb gehe ich bei ihnen vorbei. Dann kann Johnny noch ein paar Runden schlafen vor der Schule.
Ich drehe den Holzriegel am Hühnerstall auf. Die Hühner starren mich an, gackern und picken. Ich gehe im Bogen hinter ihnen herum, um sie hinauszuscheuchen. Ich sehe nach und finde in fast allen Nestern Eier in den verschiedensten Beigetönen. Ich überlasse Johnny das Einsammeln, er ist so stolz auf seine tägliche Ausbeute. Einige Hennen brüten, die lasse ich in Ruhe. Ich gehe hinaus und drehe den Riegel wieder zu. Als ich den kleinen Drehverschluß schnitzte, kam er mir grob und rauh vor, aber jetzt, nach Tausenden von Umdrehungen ist er so glattgeschliffen, daß die Maserung langsam zum Vorschein kommt.

Johnny hat wirklich eine hübsche Hühnerschar. Er könnte einen besseren Eierertrag herausholen, wenn er sich ein paar weiße Leghorns zulegte, anstatt all der Plymouthhühner und Rhodeländer, aber er sagt, er mag die weißen Eier nicht, er sagt, sie sähen alle gleich aus.

Ich streue ein paar Handvoll Futter aus, nur um sie bei Laune zu halten, bis er herauskommt und sie füttert. Ich nehme die Melkkannen wieder auf und gehe weiter zum Stall.

Milly erwartet mich schon. Ich bin ein bißchen später dran als sonst, ich habe meinen faulen Tag. Ich angle mir den Melkschemel herunter und nehme den sauberen Lappen und reibe ihr Euter ab. Sie dreht sich nach mir um. Das ist ausnahmsweise mal eine Kuh, die sich gern melken läßt. Ich könnte sie wahrscheinlich über Nacht mit dem Kalb draußen auf die Weide lassen, aber man weiß ja nie mit streunenden Hunden. Außerdem ist es bequemer, sie morgens im Stand zu melken.

Ich beuge mich dicht zu ihr und stemme die Schulter gegen ihre Flanke. Die meisten bleiben lieber auf Abstand beim Melken, aber ich mag es, Milly so groß und warm an mir zu spüren und das Gerumpel in ihrem Bauch zu hören. Es kommt mir vor, als hörte ich, wie die Milch entsteht. Ich krieche in den Duft von Heu, Mist und Milch; so warm; so lebendig. Ich könnte fast einschlafen beim Melken.

Als ich sie fertig gemolken habe, schütte ich ein bißchen Milch ab für das Kälbchen Kitty. Ich gebe es ihr in der Box nebenan. Sie wird mal eine richtige Schönheit, halb Guernsey, halb Jersey. Der Guernsey Farre, zu dem ich Milly diesmal zum Decken brachte, war ein wahrer Koloß und kam gleich zur Sache. Ich mußte Milly zu Fuß an die dreißig Kilometer hin- und wieder zurückführen, größtenteils auf Straßen mit hartem Belag, aber das war es wert.

Ich miste die Boxen aus und spüle mit mehreren Eimern Salzwasser nach. Milly und Kitty lecken das Wasser auf; in New Jersey braucht man keine Salzlecksteine. Ich führe Milly hinaus auf die Weide, und Kitty zockelt hinterher. Kitty ist ein alberner Name für ein Kalb, aber Lizbeth war an der Reihe, und es mußte partout Kitty sein.

Als ich hinauskomme, macht Johnny gerade den Hühnerstall sauber und füttert die Hühner. Er hat seinen Futterbrei schon fertig vermischt und aufgekocht. Ich winke ihm im Vorbeigehen zu.

„Du, Dad, jetzt sind noch zwei Hennen mehr am Brüten, das macht alles

in allem schon acht; und siebenundfünfzig Eier heute morgen."

„Prima, Johnny. Eh wir's uns versehen, haben wir mehr Küken als Eier."

Ich ziehe Milly sachte eins mit dem Stock über, damit sie aufhört, an Bess' Rosenstöcken herumzuknabbern, da, wo sie über den Gartenzaun ragen. Jeden Morgen holt sie sich ein Maulvoll, und jeden Morgen ziehe ich ihr eins über.

Ich öffne das Gatter zur Weide und scheuche die beiden hinein. Man braucht kaum nachzuhelfen, sie sind schon ungeduldig und hungrig. Ich wünschte, die Weide gehörte mir. Sie kostet mich fünfundzwanzig Dollar pro Jahr, aber unter achthundert Dollar gibt Mrs. Praline sie nicht her. Es ist zwecklos, sich zu beklagen; so eine Geldsumme werde ich nie aufbringen, und ich brauche das Land; immerhin kann ich ein paar Kühe halten und ein Pferd zum Pflügen.

In diesem Moment höre ich Bess Johnny zum Frühstück hereinrufen, und ich weiß, daß sie mich auch gleich rufen wird.

„Ich komme schon, Bess; bin gleich da."

Ich betrachte das Haus, während ich in den Feldweg einbiege, der darauf zuführt. Es ist genau die Art von Haus, die ich mir mein Leben lang gewünscht habe, groß genug, aber nicht zu groß. Es ist anders als die meisten Häuser in der Gegend, da ich es L-förmig gebaut habe. Ed hat mich für verrückt erklärt; es ist überhaupt nicht wie ein Farmhaus. Ich habe mir Mehrarbeit und Mehrkosten aufgehalst, aber es ist herrlich, einen geschützten Hof zur Sonnenseite hin zu haben. Bess kann bei schönem Wetter da draußen sitzen und Bohnen putzen oder Kartoffeln schälen und Erbsen enthülsen, oder sich einfach ausruhen.

Alle sitzen schon bei Tisch, als ich hineinkomme. Johnny, Joan und Hank haben die Schulbücher neben sich auf dem Fußboden liegen. Der Schulweg ist eineinhalb Kilometer lang, und die Schule fängt um neun an, so daß sie sich beeilen müssen. Bess hat für die Kinder ein Schinkenomelett und Milch gemacht und für uns zwei dampfend heiße Becher Kaffee. Kaffee schmeckt aus dem Henkelbecher doppelt so gut wie aus der Tasse.

Die Kinder traben los, nachdem Joan Teller und Gläser in den Spülstein gestellt hat. Bess wäscht das Frühstücksgeschirr ab, und Joan oder Johnny waschen abends ab.
Jetzt kommt einer der schönsten Augenblicke des Tages. Bess und ich setzen uns zusammen und halten einen kleinen Schwatz, bevor wir uns an unser Tagewerk machen. Ich sage ihr, daß es vielleicht an der Zeit wäre, in die Beeren zu gehen, und sie hatte auch schon daran gedacht. Lizbeth ist hinter dem Haus und sucht nach dem kleinen Kätzchen, um ihm Milch zu geben. So vertrödeln wir rund zehn Minuten über unseren zwei Bechern Kaffee.

Sobald der Abwasch gemacht und die Küche aufgeräumt ist, krame ich die Beereneimer hervor. Bess und Lizbeth sind abfahrbereit. Auf unserem Land wachsen keine Beeren, aber auf den Marschen zwischen uns und dem Meer gibt es jede Menge. Wir brauchen keine zehn Minuten bis dorthin. Unterwegs werden wir bei Ira und bei den Michaels' anhalten und hupen, vielleicht wollen sie mitkommen.

Die Sonne brennt schon ganz nett, als ich auf der Ost-West-Straße entlangrolle. Ich gehe vom Gas und hupe vor Iras Haus. Ich brülle zu Kay hinauf, daß wir Beeren pflücken gehen, falls sie mitkommen wollten. Es dauert keine fünf Minuten, und sie sind unten. Kay hat die kleine Mary dabei. Ira ist am Meer und sammelt Tang zum Düngen. Kay und Mary kraxeln hinten auf die Ladefläche. Dasselbe wiederholt sich bei den Michaels', wo wir Gene und Peg abholen. Wir haben ein ganz nettes Sammeltrüppchen beieinander; es ist auf jeden Fall reichlich da für alle, nur ist die Pflückerei beschwerlich. Die Gegend ist morastig, wir müssen barfuß in die Beeren.

Ich fahre bis an die beste Stelle heran, und alle springen ab. Im Laufe der Jahre hat jeder sich sein Lieblingsplätzchen erkoren. Bess und Liz machen sich auf zu der spillerigen Schwarzerle, deren Umgebung sie immer abernten. Ich pflücke gern entlang der Straße, dort reifen die Beeren am schnellsten und haben den höchsten Zuckergehalt. Die ersten zehn esse ich immer selber, danach nur noch jede zwanzigste. Aus irgendeinem Grund zähle ich die Beeren beim Pflücken. Ab und zu findet irgendwer eine besonders gute Stelle, und dann gehen wir alle hin und beteiligen uns am Finderglück.

Wir pflücken immer, bis die Sonne den Zenit überschritten hat. Dieser Regen am Vorabend war goldrichtig, genug, um die Erde zu tränken, aber nicht genug, um das Wachstum zu verlangsamen. Wahrscheinlich hat er auch genügend frische kleine Wasserpfützen und Teiche angelegt, aus denen uns neue Mückenschwärme erwachsen werden. Ich muß die Fliegengitter ausbessern, bevor uns die eigentliche Mückensaison ereilt.

Als wir wieder zu Hause ankommen, sind Johnny, Joan und Hank schon da. Joan hat den Tisch gedeckt, und Johnny ist auf der Veranda hinter dem Haus und buttert. Hank ist oben und pusselt wahrscheinlich mit seinen Schmetterlingen herum.

Bess hat hinten auf dem Herd einen Schmorbraten mit Kohl, Zwiebeln und Karotten leise vor sich hinbrutzeln lassen, während wir Beeren ernten waren, so daß wir ihn bloß noch auf den Tisch zu stellen brauchen. Joan hat auf dem Heimweg beim Bäcker in der Stadt Brot geholt. Wir konzentrieren uns ganz aufs Essen, und innerhalb von fünfzehn Minuten haben wir den Laib Brot und den Braten verputzt. Der Bratensaft schmeckt köstlich, wenn man Brotstücke hineintunkt.

Zum Nachtisch holt Johnny von der Quelle einen Krug kühle, frische Sahne. Wir streuen unsere wilden Beeren hinein. Sie sind noch warm von der Sonne und gehen in der Sahne unter. Ich glaube, wir futtern bald ein Viertel der Beeren, die wir den ganzen Vormittag über gepflückt haben; aber dazu sind sie ja da.

Nachdem Johnny, Hank und Joan wieder zur Schule losgezogen sind, bringt Bess Lizbeth zum Mittagsschlaf ins Hinterzimmer, und wir beide gehen hinauf und legen uns selber ein Stündchen ins Bett. Es hört sich an, als wären wir die größten Faulpelze, einfach mitten am Tag miteinander ins Bett zu steigen, aber wir tun das schon seit Jahren, wenn es irgend möglich ist. Es ist die schönste Zeit dafür, man ist nicht zu müde, und außerdem lebt man nur einmal. Schließlich ist das einer der Gründe, weshalb die Leute heiraten.

Es geht auf drei Uhr zu, als ich zu den Tomaten hinauskomme. Der Regen hat einige regelrecht zu Boden geschmettert. Ich muß sagen, daß ich dies Jahr wirklich bildschöne Tomaten habe. Einige sind schon jetzt so groß wie Tennisbälle. Ich bin bestimmt einen guten Monat früher dran als alle anderen. Don Ambrogi vom Großmarkt sagt, wenn ich vor Mitte Juni sonnengereifte Tomaten liefere, wird er Spitzenpreise für mich aushandeln.

Ich habe diese Tomaten schon Anfang März im Gewächshaus vorgezogen. In dem Gewächshaus, das ich aus alten Fenstern, die ich beim Abbruch des ehemaligen Seaside Hotels in Cape May an Land zog, gebaut habe. Die ganze Veranda war zur Seeseite hin mit Riesenscheiben verglast, und es wurde restlos abgerissen. Mit Hilfe dieser Fenster brachte ich fünfundvierzig Quadratmeter unter Glas. Ich beheize meine Pflanzen in kalten Nächten oder an sonnenlosen Tagen mit einem kleinen Feuer in einer Hütte neben dem Gewächshaus. Gegen Ende April hatte ich zwanzig Zentimeter hohe Setzlinge zum Auspflanzen.

Ich setzte sie am ersten Mai ins Freiland und betete. Glücklicherweise kamen die Eisheiligen nicht mehr. Jetzt habe ich wunderschöne, kräftige Sträucher, brechend voll mit dieser neuen, fast kernlosen Fleischtomatensorte. Ich mache jede Wette, daß ich in diesem Jahr etliche Tonnen ernten und diese Arbeit gerade rechtzeitig hinter mir haben werde für meine Hauptarbeit, den Mais. Ich werde zwei lukrative Ernten nacheinander einbringen.

Ich nehme etwas Bast und zwei Bündel geradegeschnittene Stöcke mit hinaus. Noch ist kein großer Schaden entstanden, aber ich werde ihn haben, wenn ich sie jetzt nicht hochbinde. Das Gewicht der Früchte, zusammen mit dem Gewicht des Regenwassers ist zuviel. Erdbefleckte Tomaten taugen nur noch für die Konservenfabrik.

Der würzige Tomatendurft umgibt mich, während ich diese Teufelsdinger hochpfriemele. Man bricht leicht Zweige ab dabei, weil sie vor Feuchtigkeit steif sind und weil die Tomaten so schwer wiegen. Meine Hände verfärben sich grün von der Berührung mit Stengeln und Blättern. Ich wüßte gern, warum sie diese zarten, weißlichgrünen Härchen haben; vielleicht als Schutz gegen Insekten. Ich habe Tomaten seit eh und je sexy gefunden, schon als Kind, damals in Wisconsin. Tomaten sind fast zu schön für gewöhnliche Sterbliche, als kämen sie geradenwegs aus dem Garten Eden.

Ich drücke die Beine durch und bücke mich nur aus der Taille. Das hat Dad Ed und mir beigebracht, als wir unser Gurkenbeet abernteten. Wenn ihr weiter unten zu tun habt, müßt ihr in die Hocke gehen, aber richtig, mit den Fersen flach auf der Erde. Auf die Art kriegt ihr nie ein steifes Kreuz. Dad hat bis heute eine kerzengerade Haltung, und er geht auf die siebzig. Wenn er zimmert, bückt er sich oder geht in die Hocke wie damals bei der Feldarbeit in Wisconsin.

Die Sonne steht schon tief, als ich den letzten Strauch hochbinde. Ich bin regelrecht betrunken vom Duft der jungen Tomatenpflanzen. Als ich die Gartenscheren und die übriggebliebenen Stöcke wieder in den Schuppen räume, nehme ich ganz deutlich den Geruch von trockenem Holz und Sägespänen wahr. Der Duft der Tomaten hat entschieden etwas an sich, das den Sinn für andere Gerüche schärft. Ich weiß schon, daß ich auf dem Weg zum Haus die verschiedensten Dinge riechen werde, sogar die Erde des Trampelpfades und die Steine.

Ich gehe zum Wasserreservoir hinunter und schöpfe Wasser heraus, um mich zu waschen. Ich trinke das eiskalte Wasser direkt aus den Händen. Ich trockne sie in meinen Haaren. Die Haare sind schon wieder ziemlich lang; heute abend dürfte Haareschneiden dran sein; die ganze Familie hat es nötig. Es ist für niemand mehr ein Problem, seit ich uns einen Frisörstuhl gebaut habe aus einem alten Autositz und einem kaputten Drehstuhl, den ich auf der Müllhalde vor der Stadt aufgetrieben habe. Ich schneide allen die Haare, einschließlich Bess, und dann nimmt sie sich meinen Schopf vor, und ich gucke dabei in einen Spiegel und leite sie an.

Bei uns herrschen französische Eßsitten, genau wie früher bei meinen Eltern. Das bedeutet eine große Mahlzeit zum Mittag, dann nur noch Suppe und Brot am Abend. Bess kocht einige der besten Suppen der Welt, und sie schmecken immer wieder anders.

Ich sehe mich nach Hank um. Wahrscheinlich ist er wieder auf Schmetterlingsjagd. Er hat schon sämtliche Schubladen voll davon, und die Wände im Jungenzimmer sind mit aufgespießten Schmetterlingen tapeziert. Johnny sagt, es sähe unheimlich aus am Abend, besonders im Mondschein, aber er hat sich noch nicht offen beschwert. John hat eine nette Art, mit seinem Bruder umzugehen, und der ist wirklich ein Typ für sich. Er hat schon immer irgendwelche Dinge gesammelt, seit er laufen kann. Und diese Geschichte mit den Schmetterlingen geht schon ewig; schon seit über drei Jahren mittlerweile. Bess behauptet, er würde Schmetterlingspuppen in Kartons im Kleiderschrank züchten. Das einzige, was er sich in diesem Jahr zu Weihnachten gewünscht hat, waren noch mehr Bestimmungsbücher für Schmetterlinge und dazu noch mehr von den kleinen Nadeln, Werkzeugen, Chemikalien und Glasscheibchen, die er zum Präparieren braucht. Allein über Motten kann er einem stundenlange Vorträge halten, wenn man ihm auch nur die geringste Chance dazu gibt. Man erlebt ja immer seine blauen Wunder mit Kindern, aber mit sowas wie Hank hätte ich nie gerechnet.

Lizbeth erspäht mich und kommt auf mich zugesaust. Ich fange sie auf, als sie sich mir mit ausgebreiteten Armen entgegenwirft. Entweder werde ich langsam älter, oder sie wird größer, vermutlich beides, jedenfalls werde ich sie irgendwann mal nicht mehr erwischen. Ich hieve sie auf meine Schultern und gehe mit ihr das letzte Wegstück bis zur Veranda. Ich setze sie sacht auf den Verandastufen ab.

Bess ruft zum Abendessen. Hank kommt von oben herunter, und Johnny kommt ums Haus herumgelaufen. Es wird kaum gesprochen, alle haben Hunger. Ich warte, bis alle sitzen und Bess mit der dampfenden Schüssel vom Herd kommt. Ich neige den Kopf und sage das Tischgebet. Ich bin hier leicht protestantisch angehaucht. Ich sage nicht das übliche „Komm, Herr Jesus". An diesem Abend sage ich nur, „Lieber Gott, wir danken dir, daß du uns Tomaten gibst, Amen."

Mario kommt mit den zerdrückten Tabletten. Er hält Dads Kopf fest, und ich öffne Dads Mund mit einem Löffel gerade so weit, daß ich ihm den Brei durch die Lücke zwischen seinen Zähnen einflößen kann. Es ist, als fütterte man einen halbtoten jungen Vogel, dessen Kopf vornübergefallen ist, so daß die Nahrung nicht hinunterrutschen will. Ich halte Dad die Nase zu, damit er schlucken muß. Ich bin einigermaßen sicher, daß ich das meiste hineinkriege.

„Mario, ich werde hierbleiben; bereite du den Camper mit der Liege vor, darin schaffen wir ihn dann in die Klinik."

Mario zieht los, und ich setze mich neben Dad. Er entspannt sich zusehends. Seine verkrampften Glieder lösen sich, er nimmt die Hände von den Augen, erschlafft zu einer normalen sitzenden Stellung. Aber seine Augen sind leer, sein Gesicht ist eine ausdruckslose Maske. Er stiert ins Nichts. Seine Lippen bewegen sich hin und wieder, seine Finger zerren und zupfen an seinem Hosenladen herum.

Als Mario zurückkommt, bitte ich ihn, frische Wäsche und Hosen für Dad zu holen. Wir ziehen ihn um; es geht mühelos, er macht mit, sträubt sich nicht. Aber dann guckt Joan zur Tür herein. Als Dad sie erblickt, schlägt er wieder die Hände vors Gesicht und zieht die Knie an. Ich winke Joan weg. Ich streiche sacht über seinen kahlen Kopf, bis er ein Auge aufmacht, dann das andere, und langsam den Blick in die Richtung wendet, wo Joan stand. Er nimmt die Hände vorsichtig vom Gesicht und senkt die Knie.

Ich lasse Dad bei Mario und bitte Joan, John und Maryellen, in der Küche zu bleiben, während wir Dad in den Campingbus verfrachten. Dann gehe ich wieder nach hinten. Mit vereinten Kräften richten Mario und ich ihn auf, aber er hält sich nicht selber auf den Beinen. Als wir den Flur entlanggehen, schleifen seine Füße hinter ihm her, so daß wir ihn schleppen müssen wie einen Bleiklotz. Wir haben jeder einen seiner Arme über einer Schulter. Als wir glücklich beim Bus ankommen, heben wir ihn auf das Bett. Dads Augen sind starr an die Wagendecke gerichtet; ich decke ihn zu. John reicht mir eine Papiertüte mit Dads Schlafanzug. Mario steigt vorn ein, und wir fahren los. Ich habe Joan gebeten, in der Klinik anzurufen und Bescheid zu sagen, daß wir unterwegs sind. Ich bleibe auf der ganzen Paßstrecke neben Dad sitzen. Er muckst sich nicht. Er ist weggetreten, ist ganz und gar weg.

Kurz vor der Klinik läßt die Valiumwirkung nach. Zuerst beben seine Lippen, dann beginnt er, mit den Armen zu rudern und sich vom Bett hochzustrampeln.

Als wir uns in den San Diego Freeway einordnen, liege ich bäuchling über ihm, nehme ihn in die Arme, versuche, ihn niederzuhalten.

Mario blickt dauernd zu uns nach hinten, und sein Gesicht ist wieder bläulichweiß vor Entsetzen. Er hat einen starken Bartwuchs, er gehört zu den Mannsbildern, die ihre Fünfuhrschatten schon um halb zwei am Nachmittag bekommen. Im Augenblick sieht er aus wie ein gedungener Killer. Ich wäre nicht scharf darauf, einer Polizeistreife erklären zu müssen, was wir da machen.

Wir fahren an der Notfallstation vor. Als die Pfleger zu uns hereingukken und mich mit Dad ringen sehen, holen sie spornstreichs eine Liege

mit Gurten. Zu viert bugsieren wir Dad auf die Krankenliege und schnallen ihn an.
Delibro ist schon da und sieht uns fassungslos an. Er traut seinen Augen nicht. Chad ist auch da. Es ist inzwischen zehn Uhr vorbei, man muß ihm das hoch anrechnen. Vielleicht hatte er auch gerade Dienst. Vielleicht hat Joan ihn direkt angerufen; ich weiß, daß sie seine Nummer hat.
Sie rollen Dad in einen der Untersuchungsräume auf der Notfallstation; Chad leitet eine gründliche Durchuntersuchung ein, Blut, Urin, Sputum, alles. Sie legen einen Venentropf. Dad hat sich wieder ein bißchen beruhigt; wenigstens schlägt er nicht mehr um sich. Delibro winkt mich beiseite.
„Großer Gott! Was ist passiert? Es schien ihm so gut zu gehen, als ich ihn das letzte Mal sah. Was kann bloß passiert sein?"
Ich erzähle Delibro, so gut ich kann, von der vergangenen Woche, von Moms Aufenthalt bei Joan, von der „Entführung", dann von Dads Aufenthalt bei Joan, dem nächtlichen Telefonat und so weiter. Er hört wortlos zu. Manches davon weiß er schon, manches nicht. Es ist, als würde man jemand über den Inhalt einer Fernsehhorrorgeschichte ins Bild setzen; etwa so real kommt mir das Ganze im Augenblick vor.
Er mustert mich prüfend, ob ich auch die Wahrheit erzähle. Vielleicht bilde ich mir das auch nur ein. Ich fühle mich mindestens zehnfach schuldig. In erster Linie aber wegen des Schrittes, den ich zu tun gedenke. Meine Füße wollen weglaufen. Sie zerren an meinem Herzen, meinem Verstand; an meinem übrigen Körper. Ich will das alles nicht mehr weiter mitmachen.
„Der Druck, den Ihre Mutter auf ihn ausübt, hat offenkundig eine äußerst heftige Reaktion bei ihm ausgelöst. Er scheint sich zurückentwickelt zu haben, in seinen alten Zustand zurückverfallen zu sein. Vermutlich ist ein größerer Teil seines Kleinhirns inzwischen in seine Wahnvorstellungen einbezogen."
„Aber was kann getan werden, Doktor? Wie können wir das unterbinden?"
„Mit Hilfe einer nochmaligen Stoffwechseltherapie könnte er sich wieder erholen. Und dann braucht er Ruhe und Erholung. Aber in seinem Alter kann man schlecht Prognosen stellen. Er ist zu alt für eine Radikalkur. Ich kann keine der drastischeren chemotherapeutischen oder elektrotherapeutischen Behandlungsmethoden empfehlen. Mr. Tremont,

ich glaube, wir müssen abwarten und uns gedulden."
In diesem Augenblick kommt Chad heraus. Er sieht so niedergeschlagen aus, wie mir zumute ist.
„Er schläft jetzt. Der Harnstoffwert ist erhöht. Das Blutbild sieht auch nicht sehr gut aus. Aber es gibt keinerlei Anzeichen für Herzversagen oder Schlaganfall; es muß ein Zusammenwirken von psychischen Faktoren und einer Stoffwechselentgleisung sein; es läßt sich schwer feststellen, welches von beiden ursächlich für das andere ist."
Im Grund können sie sich nicht erklären, was ihm fehlt, und wissen nicht so recht, was sie tun sollen.
Sie wollen ihn stationär weiteruntersuchen und beobachten. Ich gehe leise in Dads Raum und küsse ihn auf die Stirn. Er schläft tief und schnarcht; eine feine Schweißschicht bedeckt Gesicht und Kopf.
Zuinnerst weiß ich, daß er uns verlassen hat. Wir hatten ihn ein Weilchen bei uns, aber es war ihm nicht gut genug. Er ist zurückgekehrt in sein besseres Leben, weit weg von all den fragwürdigen Versuchen, hier zu leben. Und ich weiß auch, daß er sterben wird, wenn er auf die gleiche Weise von uns geht wie beim letzten Mal.
Was wird dann aus seinem anderen Leben?
Ich fahre mit zu Mario zurück, um den Wagen zu holen. Es ist nach Mitternacht. Joan und Mario machen Kaffee, um mich für die Rückfahrt munter zu machen. Wir vereinbaren, daß ich Mutter nur erzählen werde, Dad sei es plötzlich wieder schlechter gegangen und er hätte zur Untersuchung in die Klinik gebracht werden müssen. Unter keinen Umständen werden wir ihr sagen, was geschehen ist; es wird auch so schön schlimm genug für sie sein.

Ich komme kurz nach ein Uhr zu Hause an. Sie döst noch auf ihrem Sessel vor dem Fernsehapparat; Farbspritzer vom Bildschirm spielen über ihr Gesicht wie Christbaumlichter. Ich schleiche mich hinein, stelle den Ton leise, ohne sie zu wecken. Gott, sie sieht so einsam aus, so verletzbar, gleicht so sehr einem teuren ungewünschten Weihnachtsgeschenk, über das man Freude heucheln muß. Ich setze mich in den anderen Sessel und versuche nachzudenken. Mein Verstand will nicht funktionieren, er will sich auflösen. Ich schlafe ein. Ich wache wieder auf, weil Mom mich schüttelt.
„Jacky! Wach auf! Jacky, bist du betrunken? Weißt du, wie spät es ist?"
Ich schlage die Augen auf und sehe sie an. Der Fernseher läuft noch

immer, tonlos. Ich spähe nach der Uhr, es ist drei Uhr morgens, die kritischste Stunde für menschliche Wesen. Ich ergreife Mutters Hände. „Setz dich, Mom, ich muß dir etwas sagen."
Sie weicht drei Schritte zurück und setzt sich in den Schaukelstuhl. In diesem Augenblick empfinde ich abgrundtiefe Trauer und unendlich viel Mitleid und Liebe für sie; für Dad, für uns alle, für alle Menschen, die den Kreislauf von Geborenwerden, Überleben, Sterbenmüssen durchmachen; diesen ganzen Kampf ums Dasein, diesen Wettlauf mit dem unvermeidlichen Untergang.
Auch Mom hat nichts weiter getan, als sich mit dem Leben, so wie sie es sieht, unter ihren Bedingungen auseinanderzusetzen. Ich muß einer der größten Hornochsen sein, das nicht gemerkt zu haben. Ich stehe auf und gehe auf sie zu; ich nehme sie in die Arme; sie schmiegt sich an mich. „Er ist tot. Er ist gestorben, stimmt's? *Da* bist du gewesen. Oh, Mutter Gottes, was soll ich bloß machen?"
„Nein, Mom, Dad ist nicht tot, aber er ist in der Klinik. Irgend etwas ist passiert, die Ärzte wissen selber noch nicht, was, und er ist wieder in derselben Verfassung wie vorher. Sie haben ihn zur Untersuchung und Beobachtung dabehalten."
Ich drücke sie an mich. Sie kriecht fast in mich hinein, ihr ganzer Körper windet sich vor Schluchzen. Es muß entsetzlich sein, tiefe Liebe zu empfinden und nicht zeigen zu können. Mom gleicht einem Dieselmotor, der in ein Kanu eingebaut ist.
Wir verharren in wortloser Umarmung. Es ist erstaunlich, wie weich ihr Körper ist, gemessen an ihrer Art, sich zu geben.
„Ich wußte ja, daß es so kommen würde! Kein Mensch kennt ihn so gut wie ich. Kein Mensch kann ihn versorgen wie ich."
Sie kann gar nicht anders denken. Guter Gott, was soll man denn tun, wenn man nicht dazu geschaffen ist, Ehefrau und Mutter zu sein, und auf Lebenszeit zu dem Geschäft verdammt ist? Was soll so ein Mensch tun? Sie verdient eine Menge Respekt dafür, daß sie bei der Stange geblieben ist; viele tun das nicht; sie steigen aus. Herrje, es ist nicht ihre Schuld; eine schlichte Fehlbesetzung.
Ich drücke sie an mich und lasse sie ihre ganze Suada loswerden. Zum ersten Mal im Leben kann ich zuhören, ohne abzublocken; ich kann zuhören wie jemand, der sie liebt, so wie Dad immer zuhörte. Ihr Szenario ist einleuchtend, wenn man sich in ihre Rolle hineinversetzt. Es spricht einiges dafür. In gewisser Weise ist Dad lebensuntüchtig; er ist

nicht imstande, mit dieser Welt fertig zu werden, mit den Menschen dieser Welt umzugehen; er *konnte* gar nicht ohne Mom auskommen. Joan und ich und all ihre Enkel bringen ihr *tatsächlich* nicht genug Achtung oder Liebe entgegen. Es ist eines von Mutters Problemen, daß sie es nicht versteht, die Liebe der Menschen zu gewinnen, ebensowenig wie sie die eigene Liebe ungehemmt zeigen kann. Sie hat effektiv nichts, wofür es sich zu leben lohnte; keinen Lebensinhalt; nur für Dad spielt es *ernstlich* eine Rolle, ob sie lebt oder stirbt.
Es ist furchtbar; man kann das alles überhaupt nicht leugnen. Ich höre zu, und sie redet. Wir rühren uns nicht, bis sie verstummt. Ich nehme den Fernsehbildschirm als eine Folge von Farbmustern und Bewegungen wahr, ohne zu sehen, was ich eigentlich sehen sollte, weil ich zu hören versuche, was ich schon längst hätte hören sollen.
Es ist nach vier Uhr, als ich Mom zu Bett bringe und sie mit ihrer Zehn-Milligramm-Dosis verarzte. Ich bleibe neben ihrem Bett sitzen und halte ihre Hand, bis sie eingeschlafen ist. Dann gehe ich ins mittlere Zimmer und steige in mein Gitterbett.

Die folgenden Wochen sind die Hölle. In der Klinik heißt es, Dad sei ein Pflegefall, kaum daß er vier Tage dort gewesen ist. Ich weiß, daß sie recht haben; ich sträube mich nicht mehr dagegen. Ich habe den Pfleger für ihn gespielt und kann es nicht noch einmal tun. Joan und ich vereinbaren, ihn in ein gutes Pflegeheim verlegen zu lassen. Keiner von uns will das, aber wir haben keine andere Wahl. Er kann nicht in der Klinik bleiben, und er kann nicht bei Mutter bleiben.
Mom verhält sich einigermaßen passiv. Sie macht noch ein bißchen Wirbel vonwegen „Armenhaus" und den eigenen Vater im Stich lassen – das alte Lied –, aber ich habe den Eindruck, daß sie es nicht mal selber glaubt.
Ich fühle mich zutiefst schuldig. Mir ist bewußt, daß ich ihn eigentlich im Stich lasse. Vielleicht könnte er mit Hilfe einer nochmaligen übermenschlichen Anstrengung wieder zu sich kommen. Aber mir ist unklar, was wir mit ihm machen würden, wenn er tatsächlich zu sich käme. Er ist für alle zuviel geworden. Es ist kein Platz mehr für ihn auf dieser Welt.
Wir versuchen es wieder mit Cottage Villa, aber sie können seine Ernährung nicht gewährleisten, und er landet nach fünf Tagen wieder in der Klinik. Auch Alicia kann nicht helfen.

Als er zum zweiten Mal entlassen wird, haben wir das Glück, einen Platz in dem Pflegeheim in unmittelbarer Nachbarschaft meines Elternhauses zu finden. Es ist ein kleines Heim mit nur dreißig Betten und mehr Pflegepersonal als in Cottage Villa. Mom ist es lieber, ihn in der Nähe zu haben. Sie kann ihn zu Fuß besuchen, wenn ihr danach zumute ist.

Dr. Chad erklärt sich bereit, einmal in der Woche nach Dad zu sehen und seinen Stoffwechsel einzustellen. Besser könnten wir es nicht treffen. Joan drängt mich abzureisen, mich abzusetzen, solange die Vorzeichen günstig sind; heimzureisen nach Paris, nach Hause zu Vron, zu Jacky. Ich sträube mich nicht mehr. Joan treibt auch eine Pflegerin auf, die zweimal in der Woche nach Mom schaut, und sie selber will Mom auch zweimal wöchentlich besuchen. Besser können wir es gar nicht einrichten.
Bei Dad gibt es keinerlei Anzeichen für eine Besserung. Es ist kein Funken Leben mehr in ihm, seit dem Trauma in Joans Haus erkennt er keinen von uns mehr. Er hat nur noch sporadisch Kontrolle über Blase und Darm; er muß gefüttert werden. Er hat denselben Tierblick wie zuvor. Er ist weit weg, wahrscheinlich für immer. Ich hoffe nur, daß er glücklich ist dort, in Cape May oder wo auch immer.
Billy ist eine enorme Hilfe während dieser Phase. Er verbringt viel Zeit mit Mom und versucht zu tun, was er kann; aber es geht über seine Kraft, Dad zu besuchen.
Er will endgültig mit mir nach Frankreich zurückfahren. Ich bin bereit, seine Rückreise zu bezahlen. Wir werden mit einem Wagen, den wir irgendwo abliefern müssen, quer durch die Staaten fahren und es in New York auf gut Glück mit freiwerdenden Plätzen in einer Chartermaschine oder mit einem Standby versuchen. Ich möchte von Joans Angebot, die Reisekosten zu übernehmen, keinen Gebrauch machen. Sie haben auch nicht mehr Geld als wir.
Ich rufe bei AAA CON an. Der Bursche am Telefon sagt, sie hätten vier Wagen, die am nächsten Tag rausgingen, unter denen könnten wir wählen. Ich habe früher schon einige Male Privatautos für sie zu den jeweiligen Besitzern chauffiert, daher führen sie mich bereits in ihrer Kartei.
Ich bringe Moms Wagen zu Marty und verabschiede mich. Ich bitte Marty, Mom ein- oder zweimal in der Woche anzurufen und Dad nicht zu besuchen. Es ist einfach bedrückend, und Marty ist so verletzbar.

In dieser Nacht schläft Billy im Gartenzimmer, und ich übernachte wieder im Gitterbett. Ich habe Mühe, Mom zur Ruhe zu bringen. Sie schnieft und schlurft rastlos durchs Haus.
Sie ist noch immer der Meinung, ich hätte nicht das Recht, sie zu verlassen, und sie fürchtet sich davor, allein zu sein. Andererseits muß sie in lichten Momenten zugeben, daß ich nicht bleiben kann. Ich weiß nicht, ob sie nach zwei Uhr noch immer herumwandert, weil ich einschlafe.

23

Als wir in den Weg zum Haus der Hills einbiegen, steht Rita schon in der Tür. Sie hält ein Telegramm in der Hand. Ich muß an Jacky denken, wie er in der Kälte des Morvan auf mich zugesaust kam. Ich bin noch genauso verletzbar wie damals. Am liebsten würde ich losrennen; zu Rita laufen und das Telegramm entgegennehmen oder kehrtmachen und weglaufen.
Ich bleibe stehen. Billy, der dicht hinter mir herkommt, stößt beinahe mit mir zusammen. Ich gehe langsam weiter.
„Das hier kam an, kurz nachdem ihr abgefahren seid; es ist aus Kalifornien."
Ich weiß nicht, warum ich es auf der Stelle öffne. Rita zieht sich ins Haus zurück; Billy steht neben mir. Es ist leicht leserlich: gelb, nicht blau; Druckschrift der American Telephone and Telegraph Company, keine Handschrift.

7. Juli
DAD HEUTE GESTORBEN STOP BEERDIGUNG FREITAG STOP TELEGRAFIERE ANKUNFT RÜCKFLUG STOP
ALLES LIEBE JOAN

Ich reiche Billy das Telegramm.
„Dein Großvater ist gestorben, Bill. Wir müssen zurück."
Das ist alles, was ich herausbringe.
Ich gehe an Rita vorbei durchs Haus der Hills, zur Hintertür hinaus in den Garten. Ich weine. Ich glaube kaum, daß ich jemals im Leben so heftig geweint habe. Männer können meistens nicht gut weinen, und ich kann es ebenso schlecht oder noch schlechter als die meisten. Jetzt weine ich unwillkürlich. Ich stehe hinten in ihrem Garten an die Mauer gelehnt und weine, bis ich mich übergeben muß.
Ich weine aus mehreren Gründen, in erster Linie verschiedenen Formen des Selbstmitleids. Ich weine, wie der Junge in der Hemingwayschen Erzählung „Bimini" weinte. Sein großer Fisch entkam ihm, nachdem er ihm schon so nah gewesen war. Mein Vater ist uns entkommen. Ich

besaß nicht den Mumm, die Zuversicht, die Ausdauer, die Größe, noch eine letztes Mal ordentlich zuzupacken und ihn heranzuholen.
Ich weine auch, weil er mir fehlen wird, weil ich nie wieder seine Stimme hören, seine unverwechselbaren Bewegungen sehen werde, ihn nie wieder riechen, berühren kann. Er ist fort.
Ich weine, weil ich Angst habe. Ich habe Angst vor dem Tod. Ich fürchte mich davor, allein zu sein; nach der Logik der Zeit und der Ereignisse werde ich als nächster sterben.
Das sind einige der Dinge, deretwegen ich weine; es gibt noch andere; sie sind nicht alle so eigennützig. Ich weine wegen Mom, Joan, wegen Jacky, der ihn nie mehr kennenlernen wird, sich seiner nur als eines Namens entsinnen wird, nicht als einer Person. Ich weine wegen Vron, die Dad so innig liebte. Aber vor allem anderen weine ich, weil ein großes Stück von mir, meiner Identität, ausgelöscht sein wird.
Ich höre ein Geräusch; Rita steht hinter mir. Ich drehe mich nach ihr um, und wir fallen einander in die Arme. Sie ist so zierlich, kleiner als Joan, kleiner als Mom, aber kräftig, so kräftig, daß sie mich fester umarmt als ich sie. Ich verfalle in eine Art Starre. Ich will nicht wieder weg aus diesem Hafen der Geborgenheit, will diese vage erotisierende Quelle der Kraft und des Trostes nicht wieder aufgeben. Es ist eine umgekehrte Vereinigung, da ihre Vitalität in mich strömt; ein sterbender Baum, der aus Misteln Nahrung bezieht.

Endlich habe ich mich ausgeweint. Rita bringt mich ins Haus, in die Küche. Wir sitzen beieinander, verlegen, erschöpft. Pat ist noch im Institut. Billy ist oben. Aber ich kann nicht mit Rita reden. Sobald ich es versuche, muß ich wieder weinen. Sie fragt, ob sie die Flüge nach Los Angeles buchen soll. Ich nicke. Es läßt unsere Autoreise so vergeblich erscheinen.
Die Maschine fliegt um sieben. Rita sagt, sie wird uns zum Flughafen fahren. Sie telegrafiert Joan unsere Flugnummer. Billy und ich packen; wir reden kaum. Er merkt, daß ich nicht dazu imstande bin, und er wirkt abwesend. Er ist jetzt mein nächster männlicher Verwandter, und ich kann ihn nicht erreichen.
Rita bringt uns eine halbe Stunde vor der Zeit zum TWA-Gebäude. Mit dem Parken ist es aussichtslos, deshalb setzt sie uns direkt vor dem Gebäude ab. Billy und ich laden in aller Eile unser Gepäck aus, winken und wenden uns dem Flughafen zu; ich fühle mich abgehoben, ausge-

klinkt, bewege mich mechanisch.
Erst als wir bereits in der Schlange vor dem Ticket-Schalter stehen, wird mir bewußt, daß Billy hinterherhängt, sich nur schleppend vorwärtsbewegt, aus irgendeinem Grund sehr verstört zu sein scheint. Ich reiße mich so weit zusammen, daß ich ihn fragen kann, was mit ihm los ist. Er schüttelt den Kopf, sagt, es sei nichts. Aber während die Schlange sich weiterschiebt, wird er immer unruhiger. Schließlich platzt er damit heraus.
„Was meinst du, Dad? Debby will sich in drei Tagen in Paris mit mir treffen. Soll ich abwarten, bis wir in Kalifornien sind und dann an den American Express telegrafieren, oder soll ich ihre Eltern von hier aus anrufen? Sie haben vielleicht eine Anschrift von ihr. Wir wollten uns an der Spitze der Ile de la Cité treffen, bei der Trauerweide. Es wäre ein schrecklicher Gedanke, daß sie dort auf mich wartet und ich nicht komme.“
Vor uns stehen noch drei Passagiere.
„Willst du wirklich mit zu dieser Beerdigung, Bill?“
Er sieht mir in die Augen, zum ersten Mal seit dem Eintreffen des Telegramms.
„Mensch, Dad! Er ist dein Vater; natürlich komme ich mit! Keiner würde es verstehen, wenn ich nicht zur Beerdigung meines eigenen Großvaters ginge.“
„Ich würde es schon verstehen, Bill; und deine Mutter bestimmt auch. Die Beerdigung meines Vaters ist nicht dein Problem. Ich kann in Kalifornien irgendeine Ausrede erzählen.“
Nur noch zwei Leute vor uns.
„Ich würde es mir nicht verzeihen, dich so im Stich zu lassen, Dad.“
„Darum geht es nicht. Ich an deiner Stelle würde nicht mitwollen; ich würde mich mit meinem Mädchen unter dem Baum treffen wollen. Wir sind als nächste dran; du mußt dich entscheiden.“
„Meinst du das im Ernst?“
Ich nicke. Er lächelt und streckt die Hand aus. Wir schütteln einander die Hände. Es ist das erste Mal im Leben, daß wir uns die Hand gegeben haben. Seine Hände sind meinen so unwahrscheinlich ähnlich, es ist, als schüttelte ich mir selber die Hand. Ich wende mich an die Frau hinter dem Tresen und kaufe ein Ticket. Bills Buchung läßt sich ohne weiteres annullieren. Der Flug wird in einer Viertelstunde aufgerufen werden; wir begeben uns zur Gepäckaufgabe.

„Hier, Bill, hier hast du vierhundert Mäuse. So viel würde der Hin- und Rückflug nach Kalifornien für dich kosten. Laß dich auf die Warteliste setzen und sieh zu, daß du irgendeinen billigen Flug erwischst. Jede Wette, daß du was für weniger als hundert Dollar ergatterst, wenn du die Augen aufmachst, besonders als Student; auf die Art behältst du noch Geld übrig."
Ich gebe ihm die vier Hundertdollarscheine, die wir von der Dame im Freudenhaus bekommen haben. Bill begleitet mich noch bis zum Ausgang, und wir geben uns noch einmal die Hand. Wir machen es beide kurz, versuchen auseinanderzukommen, bevor es zu schwer wird.

Ich gehe durch kilometerlange, mit roten Teppichen ausgelegte, schmale Korridore mit niederen Decken. Ich fühle mich besser. Endlich habe ich einmal rechtzeitig losgelassen.
Bills Kindheit ist zu Ende. Vielleicht kann ich mich als privilegierter Zuschauer in die Art von Leben hineinversetzen, das er künftig führen wird. Meine Zeit mit Dad ist um; unsere Beziehung ist abgeschlossen, verinnerlicht, ein für allemal erledigt.
Ich mache all die raumflugartigen, abgezirkelten Bewegungen des Flugzeugbesteigens mit: Handgepäck verstauen, auf einen Fensterplatz rutschen, anschnallen. Es werden Kopfhörer ausgeteilt, und ich passe sie mir an. Ich möchte die kommenden fünf oder sechs Stunden totschlagen, einfach geschehen lassen. Ich möchte zum Objekt werden, eine menschliche Fracht, die zu einem hohen Preis über eine große Entfernung transportiert wird. Ich sitze in der Nichtraucher-Abteilung an einem Fenster vor der Tragfläche. Das ist mein Lieblingsplatz, und das Flugzeug ist nur zur Hälfte besetzt. Niemand sitzt in meiner Nähe.
Wir starten. Ein gutes Gefühl, sich einfach von der Erde zu lösen. Nach der Anfangsbeschleunigung fühle ich mich abgehoben, schwerelos, als würde ich im Zeitlupentempo sterben. Das Abheben von der Erde hat etwas Großartiges, Befreiendes.

Ich blicke hinunter. Der Pennsylvania Turnpike windet sich durch bergiges Land. Vor so kurzer Zeit noch kämpften Billy und ich uns dort Kilometer um Kilometer vorwärts, krochen wir da unten entlang, setzten jede Minute unser Leben aufs Spiel, waren vollkommen absorbiert von der permanenten Konzentration, Unsicherheit und Verantwortung. Jetzt einfach über das alles zu fliegen, zu gleiten, zu treiben, sich darüber hinwegzuschwingen, ist wie der Tod im Vergleich zum Leben. Ich fühle mich weit weg von allem, schwebe mühelos, willenlos dahin. Ich lehne den Kopf an das Kunststoffdoppelfenster. Aus meinen Kopfhörern erklingt Mahlers Erste Symphonie. Ich höre sie jetzt, aber er komponierte sie schon, bevor Dad auf die Welt kam.

Wenn sie mir Drinks servieren, trinke ich; wenn sie das Tablett mit dem Essen vor mich hinstellen, esse ich; aber ich bin da draußen in den Wolken, ein Teil von Gustav Mahlers verschlungenen Variationen über ein französisches Kinderlied. Als der Film anfängt, beuge ich mich den Wünschen des Flugbetreuers und ziehe das Rouleau an meinem Fenster zu, lasse aber einen winzigen Spaltbreit offen, so daß ich noch hinauslugen kann. Ich betrachte die Landschaftsmuster, die wir überfliegen, lange Schatten, die rückwärts weisen, in die Richtung, aus der wir kommen, in die Richtung, in die ich zu guter Letzt hoffentlich zurückkehren werde.

Das Schwemmland der Ostküste geht in die Appalachian Mountains über; die Appalachians laufen in den mittleren Westen aus, ins Flachland, in die endlosen Kornreihen, die Bewässerungsgeometrie, die rechteckig angelegten Felder. Kaum etwas davon war sichtbar, als wir wie die Wilden da durchbrausten, beidseits umgeben von mannshohem Mais oder Weizen und von weidenden Tieren.

Wir erreichen das gewaltige Massiv der Rocky Mountains, hoch aufragender, rosig angehauchter Fels, der sich uns aus der Erde entgegenreckt. Auf der anderen Seite der Rockies durchfliegen wir Turbulenzen und dicke Wolken. Unter uns regnet es.

Ich versuche, wenigstens ein paar Dinge im Geist zu sortieren, so etwas wie einen Plan zu machen. Ich bin noch nicht bereit, mich dem zu stellen, was mich jenseits des Internationalen Flughafens von Los Angeles erwartet; LAX, im Fliegerjargon. Das kam mir schon immer bezeichnend vor für den Lebensstil von Los Angeles.

Da bin ich nun, zweiundfünfzig Jahre alt und allgemein in guter Verfassung. Ich habe eine kluge, vernünftige, liebevolle Frau, drei wohlgeratene Kinder. Ich mache eine Arbeit, die mir Spaß macht, und ich kann etwas auf dem Gebiet. Wie kommt es eigentlich, daß ich nicht ständig glückstrahlend durch die Gegend laufe?

Ich habe Glück, meine Wirklichkeit hat eine starke Ähnlichkeit mit meinen Träumen – im Rahmen der Wahlmöglichkeiten, die mir offenstanden. Dad hat seinen Traum insgeheim verwirklicht, sein Leben gespalten. Vielleicht ist die Wahl, die Mom traf, gar nicht möglich. Das könnte ihre Tragik sein.

Ich trauere noch immer um Dad, hadere noch immer mit seinem Lebensweg. Ich bin dankbar für die kurze, heitere Phase, mit der niemand von uns rechnen konnte. Ich bin froh, daß ich sie miterlebt habe; ich hoffe, daß ich daraus gelernt habe.

Vielleicht ist es an der Zeit für mich, zu lernen, mit dem Alter umzugehen. Mit ein bißchen Glück bleiben mir dazu zwanzig Jahre.

Irgendwie muß ich mich innerlich darauf einstellen, daß ich schwach bin, zermürbt, daß ich geistig nachlasse, vergeßlich werde, weniger einfühlsam, weniger aufnahmefähig, unbeweglich, intolerant werde – eine Unmenge von Zügen an mir habe, die ich entschieden ablehne.

Ich muß mich darauf einstellen, daß nach und nach Dämmwände zwischen mir und anderen wachsen; muß hinnehmen lernen, daß die Zuneigung meiner Kinder erlahmt, bis bestenfalls noch Toleranz übrigbleibt. Ich muß lernen, ohne Verärgerung den Schmerz zu ertragen, wenn meine erwachsenen Enkel sich eines Tages von meinen heiligsten Werten vergewaltigt fühlen, während ihre Gedanken wiederum mich vergewaltigen werden.

Ich muß mich innerlich auf den Tod von Freunden und Verwandten vorbereiten, die mich ein Leben lang begleitet haben, und darauf, daß die Häufigkeit dieser Todesfälle mit der Zeit zunimmt. Ich muß auch lernen, mit denjenenigen Überlebenden auszukommen, die langweilig, uninteressant sind. Ich werde miterleben müssen, wie Vron, Joan, Mario – meine Generation – körperlich und geistig abbauen.

Und mit mir selber wird dasselbe geschehen. Ich werde anderen auf die Nerven gehen, ein geisttötender Gesprächspartner sein, mich wiederholen, schwer von Begriff sein, leicht mißverstehen, nicht mehr zusammenhängend denken können. All das wird mir selber wahrscheinlich entgehen. Ich werde den eigenen Verfall nicht einmal wahrnehmen. Wie der Bauch einer Schlange wird er sich ohne deutlich erkennbare Schritte einschleichen.

Jeden Morgen werde ich als ein Älterer aufwachen. Meine Bewertungsmaßstäbe werden entsprechend dem Relativitätsprinzip unausweichlich mitschrumpfen. Ich werde meinen, die Welt hätte sich geändert, änderte sich schneller als früher, würde immer freudloser, weniger anregend, unvernünftiger und insgesamt immer weniger erträglich. Was leicht war, wird immer schwieriger werden und das Schwierige unmöglich.

Andererseits muß ich lernen, die Vorteile des Alters zu nutzen. Dad ist mir mit gutem Beispiel vorangegangen. Ich werde vermutlich nicht mehr arbeiten, kaum noch etwas tun müssen, wozu ich keine Lust habe. Ich kann aussteigen aus dem Gerangel um Einfluß, Frauen, Arbeit, Macht, Prestige. Es wird praktisch niemand mehr von mir abhängig sein. Zum ersten Mal seit meiner Kindheit werde ich erfahren, was Freiheit bedeutet, die Freiheit, ich selber zu sein. Ich werde voraussichtlich weniger schlafen, mehr Zeit haben für passives Genießen, Tagträumen, Nachdenken und, wenn meine Augen und mein Verstand so lange mitmachen, zum Lesen.
Ich werde Muße haben, kreuz und quer durch mein Leben zu streifen, gute Momente nachzuerleben, den Versuch zu unternehmen, schlechte Momente umzustrukturieren und zu integrieren. Ich hoffe, etwas über den Tod zu begreifen, Erkenntnisse über seine scheinbare Abruptheit, Unwiderruflichkeit zu gewinnen, ihn als Quelle, als Sinn des Lebens, so wie wir es kennen, anzusehen.

Wie ich mich kenne, werde ich allerdings krampfhaft versuchen, das alles zu verdrängen. Es fällt mir nicht leicht, loszulassen, aufzugeben. Das könnte mir das Altern, das Sterben erschweren. Meine verzweifelte Ausdauer wird mir im Wege sein. Ich beschäftige mich bereits mit Meditation und Yoga. Wenn ich wieder in Frankreich bin, werde ich mit dem Laufen anfangen. Ich muß unbedingt auf meine Ernährung achten. Mir ist klar, daß die Alternative zum Altwerden das Jungsterben ist, und dazu bin ich wiederum nicht bereit. Und doch muß ich irgendwie lernen, alt zu werden, bevor ich zu alt zum Lernen bin.

Die Wüstenstriche sind rosig und fliederfarben, lange Schatten malen blaue Löcher in die Leere. Ägypten kommt mir in den Sinn, das Land der Pharaonen, der Königsgräber. Gedanken an den Tod, die ich noch nie gedacht habe, stellen sich ein beim Anblick der lautlosen Öde dieser passiven Landschaft da unten.
Jetzt ragen die Bergmassive der Sierra Nevada zu uns auf, und wir fangen an zu sinken, werden hinuntergezogen; die Motoren ändern ihren Geräuschpegel, und wir beginnen den langen, gleitenden Landeanflug. Ich sehe phantasielos angelegte Wohnviertel mit Wendeplätzen.

Azurblau und türkisgrün glitzern Swimmingpools in den Häuserketten.

Weit in der Ferne liegt das Meer. Betäubende Stille umgibt mich. Irgendwie bin ich auf das alles gefaßt.
Na, sagen wir mal auf einiges.

Robert Merle

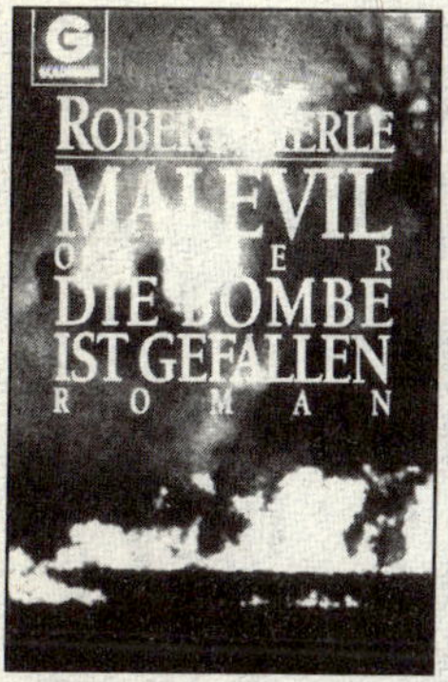

Malevil oder Die Bombe ist gefallen 6808

Die Insel
6864

Nachtjäger
9242

Die geschützten Männer
8350

Hinter Glas
8595

Der Tag der Delphine
8863

Moncada
8957

Der Tod ist mein Beruf
8388

Madrapour
8790

GOLDMANN